रेत समाधि

砂の境界

ギーターンジャリ・シュリー 著
藤井美佳 訳

etc.
books

目次

砂の境界

わが師、わが心、
敬愛する
クリシュナー・
ソーブティー先生へ

第一章

背中

物語は、ひとりでに語り出す。完全に語り尽くされる物語もあれば、不完全なまま終わる物語もある。物語とは、そういうものだ。そしてここに、興味深い物語がある。境界があり、女がいる。それらは物語を行きつ戻りつし、また通り過ぎていく。女と境界があれば自ずと物語ができる。あるいは女だけでも物語は成り立つ。物語は動き出す。風が吹き、物語が浮かび上がる。生えた草は風に吹かれ、動かされ、そこにまた物語が生まれる。沈む夕日は物語の山を燃やし、雲にひだを寄せる。森羅万象が物語に結びつけられていく。目の前に道が伸びている。道は右にも左にも伸びている。気が遠くなるほど曲がりくねり、とどまることなく物語を聞かせようとする。物語は火山の奥底から生じ、音もなく膨らみ、過去は水蒸気や残り火や煙となって立ち現れる。

　この物語には二人の女がいた。女たちの他に、現れては消えた者、行きつ戻りつした事象、女ではなく、さほど重要ではないため深く語られなかった者たちもいた。この物語には二人の重要な女がいた。一人はだんだんと小さくなっていき、もう一人は大きくなっていった。

　二人の女。一つの死。

　二人の女、一つの死、私たちと女たち、なんと落ち着き払っていることか！

　二人の女、一人は母、一人は娘。一人は小柄で、一人は大柄。私は日ごとに小さくなっている。一人はそう言って笑い、一人は日ごとに老いを自覚し、母に対して何も言わなかった。母はサリーを着るのをやめてしまった。ペチコートをたくし上げ、余分になった長い布の半分以上を腰に折り込むようになった。小さくなった母に、猫のような性質が現れた。穴に潜り込んで出ていくことはできないか？　国境に穴を開けてそこから滑り込んだらどうか？　目をくらますこともできるのではないか？

娘が老いを自覚しその悪夢に襲われているとき、母は国境を越えた。法的な是非や名前をめぐる議論が交わされ、窃盗の嫌疑をかけられもしたが、罪を一切認めようとしなかったその小さな女が、本当に無実であった可能性はある。

母の理屈が理解できない人々は、母を頭が狂ったか、そうでなければ知恵の働く悪女とみなした。すべてを理解しているのにぼけたふりをしてはぐらかしているのだと。

男は豆スープ《ダール》の豆を食べる。女が口にするのは具のない上澄みだけ。そう母は言った。そうでしょう？　物おじせずにそう言った。私の言うとおりでしょう？

臆する様子を見せず、強気な視線を送れば、国境の警備隊を説き伏せることができるのか。国境線を越えたら、ただごとでは済まない。

母は声を上げて笑い出した。国境を越えるためなら何だってしますよ。何もしないだなんて。

いやいや、国境線を越える意味を知らない愚か者はいない。警備隊員は厳しい口調で言った。どこで道を誤れば群れからはぐれるか、そんなことは山羊や牛だって知っている。眼鏡が合っていないから見えなかった、そんな言い訳が許されると思うのか？

誰が許してくれと言いましたか？　母の笑い声が響いた。大きくなった娘の目からは涙がこぼれ落ちた。こんな光景を見るなんて。私たちが何を見たと言うの？　だったら眼鏡をかけさせてみたらどう？

母の願いは一つだった。顔から地面に倒れて死にたくない。仮に銃弾が放たれ、それがどこに当たろうとも、私は胸を張り、背中から倒れ、天を仰いで死にたい。瞳いっぱいに大空をたたえ、大地に倒れたい。

練習しておきたいの、母は娘に言った。

母の口からしゃっくりが出た。しゃっくりは止まらない。母のしゃっくりを止められない娘から悲壮感が漂っていなければ、しゃっくりさえも芝居だと疑われていたところだ。水を飲んでも止まらないの。背中を叩いてちょうだい。母は娘に言いつけた。もっと強く叩いてちょうだい、跳んで蹴ってみてちょうだい、と言った。背中を蹴りなさい、腹を蹴りなさい、脇腹を蹴りなさい。母は言った。背中は下に、目を見開き、額を上にして倒れることができたら、私のしゃっくりはきっと止まる。

奇妙な処方であったが、娘は母の言いつけを守り、ドンドンバンバンと一〇〇回は叩いた。キック、さらなるキック。世にも不思議なやりとりが続き、母はドスンと音を立てて倒れた。見物人は胸をハラハラドキドキさせたが、やがて笑いがこぼれだした。この老女にはかなわない。備えは大事、母は娘に言った。

ともかく物語はこのようにして動き出した。銃弾が放たれたとき、母の技は達人の域に達しており、理想の形で倒れる準備はできていた。やがて銃弾は放たれ、体を貫通していった。普通であれば顔を下にして地面に倒れるところを、母は宙返りするようにひらりと体を浮かせて上向きになり、天を仰ぎ、勝者のように優雅に倒れた。実に堂々とした姿。心地よいベッドで休んでいるように見えた。

死を受け入れた人は、生の終わりの訪れを悟る。死は終わりではない。母は、また別の境界を越えていった。

だからこうした形で話が始まることに何の支障もない。むしろ、このような始まりこそがふさわしい。


その前に、一つの死があった。男の妻は杖をつくのを拒んだ。その男とは、母の夫で、娘の父であった。死の気配は感じられた。夫が死んでいようといまいと、妻はすでに死に体であった。母はそのような姿で自室にこもり横たわっていた。

彼らの部屋。家の隅の。夫婦のベッド。冬の日。カバーのかかった分厚いキルト。熱湯の入ったボトル。毛糸の帽子。フックにかかった杖。小さなコップは今もベッドのそばの三脚台の上。水は入っていない。夫がいたとき、その中に自分の入れ歯を浸していた。朝になると起きる。そして杖をつく。

外は歯がガチガチと音を立てるような寒さで、母は部屋の中で歯ぎしりをしている。

風呂敷包みのように丸まり、徐々に何かの塊のようになり、大きな綿入りキルトの中で、母は自分の存在を示す合図を送る。ベッドのこちら側にあったその塊は転がった。時には少し上、時には下、時には向こう。どこまで広げることができるか試しているのだろうか？　それとも子供たちから顔をそむけ、背を向け、八〇に手の届きそうな女はその過程で壁に向かって移動し、力を振り絞り、どのようにすれば壁に入り込めるのか試していたのだろうか。

　壁は、この物語で重要な役割を担う（それはまるで扉の向こうへ抜けるように、こちら側からあちら側へ、そしてあちら側からこちら側へ、幾度となく何世紀にもわたり、永遠のようにゆっくりと）。

　特に変わった壁ではない。特筆すべきような凝りに凝った芸術的な壁でもない。小さな鏡がちりばめられたタール砂漠の壁でもなければ、コラージュされデザインされた山々の岩壁でもなければ、婚礼のために形も色もさまざまに花がちりばめられキラキラと光り輝く壁でもなければ、近代の奴隷が二枚舌を操り、本当は新しいのに古さを強調する欺瞞に満ちた壁でもなければ、牛糞を混ぜた漆喰で塗り込めたい欲望から、プラスチックの上から偽物の草を生やした壁でもなく、ピカピカの大理石に象眼細工を施したそれでもなく、多国籍企業が作るカラフルでキラキラした高層の、決して色あせることのない、傷もつかず剝がれもしない、不滅で不屈で不動のオレンジや青や緑の壁でもない。

　ただ真っすぐ、ひっそりと、レンガとセメントで作られた、黄ばんでいる、白い漆喰のごく普通の壁だ。天井、床、窓、そして扉をつなぎ、水道管や電線やケーブルなどが張り巡らされ、家全体を壁が包み込んで封筒のように綴じている。

　そのような壁のほうに、八〇歳になろうとしている母がにじりよっている。冬の間の壁は冷たく、ありきたりの壁だから当然ひび割れだらけだ。

　壁が母を引き寄せたのか、家族に背を向けておきたい母の意思が働いたのか定かではない。ただ母は壁の方に向かい、背中は目も耳も失い壁となった。起きろといってなだめたりおだてたりする人を母は突き放した。

　いや。起きない。その塊は布団にくるまって丸まったまま口をもごもごさせた。

　いや。今はだめ、私は起きない。

　母の言葉に家族はおびえ、子供たちは頑なになった。彼らは恐れた。ああ、母よ。父が亡くなり、母まで連れていかれてしまった。

　眠ってないで起きてくださいよ。

眠っている。横たわったままでいる。目は閉じたまま。背を向けたまま。こそこそ耳打ちをしている。

父が生きていたときの母は、いつも父の世話で元気はつらつ、キビキビと動いていた。どんなに疲れていても。体がばらばらになりそうなほど忙しくても、生き生きとしていた。苛々し、機嫌は悪く、理性を取り戻しては、ためらい、息を吸い、息を吸い、息を吸った。

皆の息が母の体に入り込み、母は皆の息を吸い込む。そして今の母はこうだ。私を起こさないで。お父さんが生きがいだった。逝ってしまった。

お母さん、それはだめ。子供たちも意地を張る。外を見て、太陽が出ていますよ。起きて、体を起こして。杖は壁に立てかけてある。チルワー・マタル*を食べて。グリーンピースが入ってるから。おなかの中が動いてる。胃薬でもあげるといい。

いやよ、私はいや、いいの、いや。母がぐずる。すっかり疲れ果て、孤独に打ちひしがれていた。母を起こして、何かに巻き込み、何かに集中させよう。ガンジス河のような無限の慈愛が注がれる。それが波となり母の背中に届けられる。

今ではない。母はそう叫びたいのだ。母の死にかけた声がこぼれる。

母はこう考えたのだろうか、母を復活させたい子供たちの試みが母を壁に押しつけているのだと。果たしてそうなのか？　足音が部屋のほうにやってくる。すると母は背を向け、壁にぴたりとくっつく。死に近づいている。目も鼻も閉じている。耳は聞くのをやめ、唇は閉じ、心はしびれたまま、願い事など一切なく、鳥は飛び立つ。

子供のほうも負けてはいない。諦めない。背中に目と鼻と耳をつけるにはどうすればいい？　料理《バーティーとバガール》ができたと言う。

小さな言い争い。ガス台と薪と全粒粉《アーター》。おむつをきれいにしなさい。いや、いや。その人は繰り返す。

何かを企んでいるのではなく、まるで機械だ。退屈な機械。混乱したシステム。消耗しないように怠惰な動きをして、気力なくブクブクと音を出す機械——いやいや、い、いや……

い、いま　い、いや、起きない……

わずかな言葉に子供たちは震え上がった。お母さんが死んでしまう。

言葉。言葉とは何か。ねえ？　自分の意図するものを乗せて発生する音。そこに論理はない。言葉はみずから己の道を進んでいく。死にゆく体と心の倦怠感から生じた言葉は本来と真逆の意味を帯びている。ナツメヤシの種を蒔いたのに、ハイビスカスの花が咲くようなものだ。独り相撲をとるようなものだ！　自己完結！

　いまは起きないという恐怖と死に、誰が対抗できるだろう。機械仕掛けの言葉はやがて呪文になる。母は事あるごとにそれを唱えたが、その言葉はいつしか別のものになった。いや、すでにそうなっていたのかもしれない。

　いや、いや、わたくしはおきない。いまわたくしはおきない。いいまわたくしはおきない。いいまわたしはあおきない。いまわたしはあおきます。いまわたしはあらたにおきる。

言葉の苗木。自ら生まれいずる波紋。そこに隠されたありあまる望み。死の〝否〟が意味する秘密。〝否〟の持つ夢。

　こういうことだ。木が一本そびえ立つ。しかし同じ顔をした影がこすりつけられ、なじみのある葉の匂いに包まれ、枝が醸し出す音を聞いて、やがて疲れてしまう。かくなる上に、木は息苦しくなり、こうつぶやくこととなる。「いや、いや」

　しかし風が吹き、雨が降り、〝いや〟の呪文はその間に飛び立ち、やがて粉々に砕ける。パタパタとはためき、パラパラと雨が降り、風と雨が一つになりますようにという願掛けの布を枝に巻き付ける。いつも結び目を一つつけていく。また次の結び目。また新たな結び目。また新たな結び目。新しい願い事。新しい。新たなる。願いが叶えられますように。〝いな〟の新たなる甲高い鳴き声。パタパタ、パラパラ、パチパチ。

　さて、その木だ。目の前に見えているその木。その幹のさらにその下に低く傾いて生える枝々の上には「いやいやいや」がモクモクと渦を巻き、上方でうねりもつれ合う「いやいやいいや」、そして木にとって

＊平たくして乾燥させたフレーク状の米とグリーンピースをスパイスで炒めた料理。

指であるところの枝と梢が、空に浮かぶ月に手を伸ばして言う。「いや、いいなあ」

　あるいは屋根から。飛び出したり引っ張ったりして。あるいは壁からも。

　そこに穴が見つかった。穴を開けたのかもしれない。そこから切れ切れの吐息のように小さな生命が外に這い出した。まじないの扉がまじないの壁を壊す。


　身内とは、憎みこそしないが、とかく苛立つものである。起きて。

いや。

お天道様。

いや。

スープ。

いや。

背中。沈黙。壁。

シドは帰宅すると母に飛びついた。母のお気に入りの孫シッダールト。またの名をシド。母が完全に背を向けることができなかった唯一の人物。

　朝から横になっている。いつもよりゆっくりバスルームに行き、戻ってから横になった。

　何も食べず何も飲まず紅茶《チャーエ》を口につけることもない。花が咲いていても興味を示さない。

　菊の花ですよ、見もしない。

　シドは自由だ。誰も気づかないうちに現れては姿を消す。時にはジョギング、時にはジム、クリケットの試合、テニスのトーナメント、青春のまっただ中、時にはギター、人にちょっかいを出し、両親に叱られ、それでも気の利いた受け答えをして笑わせる。家の中に入り、バットやラケットなんかを放りだしたまま顔を洗い口をすすぎ、Tシャツを投げ、脇の下にベビーパウダーをはたき、その間に冷蔵庫からサンドウィッチとリンゴを出して口に放り込む。そのまま祖母の部屋へ。

　おばあちゃん《グラニー》、おてんばさんだな、起きてよ、いいから起きなって。

　祖母のいやいやは出ない。背中はどうなる？　突風が吹いた。ぐずぐず言うが、うれしそうですらある。「寒いの」もごもごぐずぐず、少し甘えた声で。

　言い訳。だが真実であり、口に出せばますます本物になる。闇を駆けずり回って布団にくるまりぶるぶる震える鼠のように母は頑なに隠れている。だがシドはシドである。少しばかり試してみないわけにいかない。母が聞かせてくれた歌をそっと歌ってみる。寒い冬は四〇日、パウシャ月*が一五日、マーガ月**は二五日。

　沈黙のあと、調子よくリズミカルにことわざが口から出てきた。声が歌う。ぱーぱーぱーぱー始まる。さ、さむ、さむいふゆはしじゅうにち、ぱうしゃづきは、じゅ、じゅうごにち、まーがづきは、に、にじゅうごにち。

「すごいよ、おばあちゃん。僕たち二人、グラミー賞の候補になったら、ぜったい優秀賞をもらえるね」

　孫のシドはそう言うと、ギターを取りに走り、ベルトを首にかけると、祖母のベッドにぽんと飛び乗った。自分流にギターをかき鳴らし始めた。――ジャスト寒い、なんだか寒い冬イズ四〇日、四〇日。フィフティーンデイはパウシャ、ああパウシャ月、それからマーガ月は二五日、二五、よおよおよお。

みんな笑わずにいられなかった。母の心も和らいだ。それが唇にうっすら現れた。この子に背を向けることなどできなかった。生き生きとした孫の前で死んだままでいられなかった。

　しかし他に誰が来ても母は背を向け、目を閉じ、死んだように固まっていた。あらゆる関係性に嫌気がさした。母として、妻として、寡婦として、あるいは一つ屋根の下で暮らす家族としての役割すべてにうんざりしている。

　玄関の扉に近づくわずかな音がしても母は死んだようになっていた。壁にうずくまり、世界に背中を向けたままで。

　その扉は開いている。もちろん隠喩だ。誰かが通り過ぎる。

　すると音に敏感な母の鍛え抜かれた耳は、誰かが扉を開けて入ってきたのを瞬時に察知する。

　その扉……

＊インド暦の第一〇月、西暦の一二、一月に相当。
＊＊インド暦の第一一月、西暦の一、二月に相当。

その扉。これが普通の扉でないことは、あまり知られていない。何世代にもわたって、この扉が壁をしっかりと受け止めてきたことも。

長男の家の扉《バレー》。長い年月を経て、壁はさまざまに形を変えるが、その本質は開いた扉がよるべとする場所に存在し、そこに先祖代々続く家が建つ。

それが長男の家の宿命だ。

この人物は役所勤めが長い転勤族で、そのため家も壁も住む町も絶えず変化を続け、その扉は新たな地域にも開かれてきた。

動く壁。長男の家の壁は動くのか？　踊っているのか？　扉とは、家の壁を荷車のように引っ張る牛なのか？　この家の長であった父や祖父らは、いつも使用人や子孫を叱りつけていた。かつてこの家は、ウッタル・プラデーシュ州の東、ガンジス河のほとり、薔薇園のほど近くにあった。花の芳香に包まれたこの地に住みつく住人もいたが、近隣都市の香水工場《イトル》の近くに移住する者もいた。薔薇園やイトル工場を手放し、ケシ畑に移った者もいると聞く。中には、アヘン中毒になった者もいた。地主と名乗る者もいた。そうした者たちは、親不孝なろくでなしの息子だ。ついに当時の家の長男、現在の家で言えば長男の父、生きながら死に体となった母の夫が、そんな退廃と堕落の暮らしを断ち切る日が来た。分け前として九〇〇〇ルピーを受け取り、公務員となって全国各地を旅し、平屋の家を転々として精を出して働いた。昔の家との縁を断ち切ったにもかかわらず、父は知らず知らずのうちに薔薇の香りのする家を、レンガやモルタル作りの家に流し込んでいたのだった。

わざと不正なことをしたわけではない。その行為を不正と呼ぶのもおこがましい。彼は、壁の習わしや扉の性質を知らなかったのだ。次の息子が家督を継ぐとき、壁も一緒に旅をする。運ばれるものは、運ばれていく！　料理人が変わり、年も、街も、高さも、幅も、ありとあらゆるものが変わり、不誠実の王も、大昔からずっと、同じ家、壁、扉は生き続ける。

なぜ父親を呪うのか？　社会学者のような偉大な人種がはまりやすい落とし穴がある。彼らによれば大家族は崩壊し、世襲制の父系家族は灰となり、インドは利己的な様式へと変わっていったとされる。大家族は目に見えない家。そんな考えは社会学者たちの頭に浮かばない。その家は動く壁でできている。そんなことがあるとは想像しない。踊って滑って気取って甘い香りを漂わせる壁と、そこに結びついて支え沈黙して立っている扉がある。開く。立つ。そこを通って誰もが行き来する。行く、来る。そして、来続け、行き続ける。

　何かを通り抜けるとき、何かが引き裂かれる。それが扉なら？　扉を出入りすることで、その心と胸が引き裂かれる。

　引き裂かれた者は洞察力と忍耐力を高める。他人の目に触れない感覚を体得する。わかるだろう、それが世代性が滲み出る長男の家の扉だ。長男の家の扉は知っている。何があってもともかく開かなければならないことを。入る者に対して、到着する時間、事前の通告、入る前にコンコンとノックするなどの制約はない。ここでは皆が自由であり、お金も取られない。浴室からタオルを巻いて出てくれば、村の親戚が妻と子供を連れて立っている。あなたにできることと言えば、紅茶や軽食を持ってきてと叫ぶこと、裸体に服をまとうことくらいだ。いつまで客はここにいるのかなどと考えることもできない。息子の仕事、娘の結婚、誰がどこに入学するのか。いったい何の巡り合わせでこの人は扉に引き寄せられたのか。顔にウブタンを塗り、頭髪をヘナで染めていると、突然夫の姉がやってきて、お母さんの気分転換にいいから友達を紹介しに来たんだと言う。食事の時間になり、食事をしなくてはならないのに、あなたは顔にウブタンを塗ったまま、まるで幽霊だ。孫がガールフレンドだのボーイフレンドだのと刺激的な噂話を披露しながら、クソだクズだ《ファックユー、スクリューユー》などと言っているところへ、突然誰かが扉を開けて現れることだってある。視線を合わせ、耳を傾け、微笑み、その合間に意見したり批判したり個人的な見解を述べたりする。ここの辞書にはプライバシーという言葉は載っていないし、そんな権利を主張する者がいれば疑いのまなざしを向けられる。何を隠しているの。怪しいぞ。

　監視カメラは扉の持つ公然の秘密をどう理解するのだろうか？　自分の完璧な技術を盲信する監視カメラは、扉がすべてを見て聞いて記録しているのをどうやって理解するのだろう？　いつからというわけでもなく太古の昔から、誰もがこの扉を行き来している。

それにもかかわらず、ときどき誰かがやってくる。一人、二人、あるいは三人。扉を通り抜けようとして立ち止まる。誰かが時を止めたのか？　一歩踏み出そうとした足が、宙に浮く。ドラマチックに足を宙に浮かせたまま、芝居じみたような格好で、バランスをとりながら足を上げている。あっけにとられたまま動くこともできず、前進するか来た道を戻るか決めかねている。板挟みになって迷っている。世界は前にあるのか、それとも後ろにあるのか？　どちらが現実で、どちらが芝居なのか？

宙に浮いたまま静止した足に疑問が浮かぶ。私はこちら側にいるのか、あちら側にいるのか？　長男の家の扉でこのポーズをして止まるたび、妹の脳裏に思いがよぎる――私は今まで芝居を演じてきたのだろうか、それとも芝居はこれから始まるのだろうか？

妹は空港が嫌いだった。空港の中にいる自分という存在に気づかされるからだ。そこにいると自分が虫になったようで、頑丈な実験室に閉じ込められている気がした。作りものの照明、作りものの情熱、作りものの押し合いへしあい。妹のような虫がみっしり詰まって、せわしなく慌てふためき、出口を求めて四方に駆けずり回る。皆が皆、真新しく立派な服をまとい、同じようなキャスター付きスーツケースを引っぱっている。

まばゆいくらいの明かりに照らされ、虫たちの動きはつぶさに観察される。詳細はカメラでとらえられている。あの虫はルイ・ヴィトンのブラウスの襟をなでたとか、あの虫は鼻の穴に指を突っ込んだとか。

この広大なエリアで行われているのは、何かの繁殖実験なのか？　私たちは卵の中にいて温度と光量を制御した孵卵器の中に置かれている。卵が孵化し、不機嫌そうに手足を空中に振り回し、逆さまに転がり、年寄りの冷や水のように走り出すのを見るために、科学者は私たちをここへ集めたのか？　まごまご、もたもたするさまを見るために？　虫は列をなし、虫は列を崩し、虫は散る。そこへ警戒の目が向けられる。疑いの目、尋問の目。

卵は割れ、震えだし、X線にかけられた。

虫が虫であるのはかまわない。人間が虫であるなんて、ああ、なんという汚点。

厳しい目が向けられる。見ろ。調べろ。

見られること、調べられること。それらは世の姉や妹、娘たちが前世から来世まで経験する。家族から逃げたいと願い、一歩足を踏み出そうとしたそのときに頭をよぎる。家の中にとどまるべきか、外に出ていくべきか。女たちはそんな逡巡をしながら空港に到着する。監視の目をひとつ逃れたかと思えば、また新たな監視の目にさらされる。いつか経験した嫌悪感。空港を嫌うのも無理はない。

　妹について少し話しておこう。なにしろ妹は、この物語の二人の女性主人公のうちの一人であって、終始その存在を主張することになるのだから。二人の女はこの家族において不可分一体の存在であった。持ちつ持たれつの関係。いずれそれは分かる。

　過ぎ去りし日々を持ち出すのはやめておこう。蒸し返すことにどんな意味があるのか。終わってしまったことのすべてを思い出すことなどできやしない。妹が娘だった時代、母が今のように老いていなかった頃、この家は、伝統やしきたり、安全をめぐる議論の中で揺れ動いた。だがそんなときの母は堂々としたもので、興奮する家族を落ち着かせた。

　なんとも面白いことに、母は家族の世話に手を焼きながら、想像もつかない方法で道を切り開いた。

　例えば、グアヴァの果樹園に面した窓だ。娘を出入りさせるため、母がこの秘密の通路を確保した。だめだ、絶対に外に出てはいけない、そんな声が家の中に響きわたる中、妹は鳥のように窓からさっと飛び去った。それを知っていたのは母だけだ。家族が妹の不在を知る頃には、妹はガタゴト列車に揺られ、旅の仲間とアンタークシャリーを演奏したり歌ったりするのに忙しかった。山に登り、海に潜り、星をつかみ、干し草の上に飛び乗り、どんなに危なっかしいことをしようとも、母は娘を信じていた。それが星でも、干し草でも、男友達でも、女友達でも、恋人でも、どんな形であろうとも、母は窓を開け娘を行き来させた。

　こんなにも窓が便利になったので、母も、足をかけ、体を回転させ、外に飛び出していった。夜の静寂の中、母は軽食（シャッカルパーラー、マトリー、バーティー・チョーカー）を包みに入れ、垣根に密生するカローンダーの茂みに隠れて震えている娘と再会した。そして少女のように笑い合った。

　あの日の話もしなくてはなるまい。母は友達の結婚式のため家出したか追放された娘のために、カローンダーの棘に刺されながら寸法を測ってやったブラウスを自分の持っていた薄緑色のバナーラス・サリーの中に包み、茂みの向こうにいる娘に手渡した。二人の女が身を隠し、何かにおびえ、おしゃべりし、時に不安そうに目をやりつつも笑い転げるさまは、さながら禁断の世紀のロマンスのようで涙を誘った。

　しかし、当時の話を今はしない。

　今の状況はこうだ。一人暮らしの娘がやってきて、一人で倒れている母を起こしに来た。まだ窓は開いていない。今は冬。


　娘。娘は空気でできている。静止しているときでさえ、誰の目にも映らない。きわめて敏感な感覚を持つ者だけが娘たちの存在を認識する。しかし、もし娘たちがじっとしていなかったら、震え続けていたならば……ああどのように娘たちは震えるのだろう……空は手を伸ばせば触れることができるくらい頭を下げている。大地がひび割れ、夜啼き鳥が声を上げ、泉がさらさらと湧き上がる。丘が背伸びをする。あたりには雄大な自然が広がり、そして距離と奥行きの感覚が混同されていることに突如として気づく。髪にかかる吐息は、柔らかい花びらのようにも、海で咆哮をあげる岩のようにも感じられる。遠くでは雪山だと思っていたものが、近くで見ると彼女の指であり、溶けることはない。知恵の明かりが燃え尽きて、闇が覆いかぶさり影として残る。夜が夜のままであり続けるかのように。あるいは昼が昼のままであり続けるかのように。空気は流れる。魂がため息をつくように、あらゆるものをなびかせ、何度も寝返りを打ち、魔女と化し、あれやこれや壊していく。

　娘。愛せる。怖くもある。しっかり見えている。完全に姿を消している。

　すべての女性よ、忘れてはいけない、私たちは娘なのだ。

　かつて幼年期があった。辺りは白く透き通り、燦然としていた。大空と大地がつながっているように見えた。あなたは小さな両手を上げ、最初の一歩を踏み出した。

卵が割れ……震え……逃げた……
　再び風が吹き、雲が揺れ出した。空中に銀の粉が降り注いだ。遠くにそびえ立つ山は雲に覆われていた。巨大な象がどっかりと座っているようだ。窓から覗く木は、吹く風に慌てふためいている。風に吹かれた木の葉が雨のように降り注いだ。
　娘は泣きながら下唇を震わせていた。母は娘を膝の上にのせた。すると今度は母が唇を震わせた。娘の頭を肩にのせ、なだめようと囁《ささや》いた。大きな象さんがあなたが来るのを座って待っていますよ。象にまたがりましょう、二人で揺られましょう。木の葉が噂話をする。聞いてごらんなさい、お話をしていますよ。
　やっと娘が笑った。娘が笑えば母も微笑む。
　泣きじゃくっていた娘の息は徐々に落ち着き、母のむせび泣きはため息へと変わった。
　娘は眠りに落ち、母は空想の世界で娘を包む。
　その瞬間、愛が肉体という形を取った。母の息は消え入り、娘の息が震え出し、象の背中が喜びの声を上げた。
　だって……
　木の葉が愛は体によくないと言う。利他的な人間は自分の息を他人に差し出すだろうし、利己的な人間は人の息をかすめ取るから。
　恋に落ちたら
　一人の悪党が
　一つの秘密が一つの自由を奪う
　一人が羊になれば一人は羊飼いに
　一人が足になれば一人は頭に
　一人が貪れば一人は飢え
　一人が高射砲になれば一人は蹂躙され
　一人が花咲けば一人は消え散る
　これがこの物語の時代の習わしだ。扉をくぐってたどり着いたのはこの部屋で、母が死んだように横になり、世界に背を向けているのがこの場所だ。
　母は疲れていた。物事に息を委ねることも、共感することも、相手がしたいことや怒りを感じることにも、心を寄せることにも。そうしたすべての物事にすっかり疲れ切った母は、恐れおののきつつ壁に潜りたくなった。小さな隙間に虫が潜り込んだら、隙間自体が呼吸するのだろうか？
　愛はいとしいものだから、愛ならいつでも語ることができる。自然なこと。大嵐のように激しいもの。愛が実らないとき、お互いを傷つけたたきのめし、争いが勃発する。興奮は激昂となり誰にも止められず、度を超した行いに出る。その輝きは四方に広がり、世界を魔法にかける。空気さえも輝いている。鏡の大広間。蜃気楼。

さて誰だろう。反射して映っているのは？

こんなにも美しい人。

こんなにも筋骨隆々としている人。

神さえもあとずさるほどの。

両親と子供の愛は神の存在をも霞ませる。愛は騒々しく息を乱れさせる。一人が息切れして倒れ、もう一人が二人の息で膨らんでしまう。一人は消え入り、もう一人は肥大化して破裂しそうになり、不潔で悪臭を放つ成分を排出する。

例えば、かつてこんな母親がいた。どこにでもいる母親だ。母親は息子に言う。あなたは私の神だと。息子は母親に言う。あなたは皆の悲しみを取り除く生け贄の女神だと。母と息子は互いに互いを重ね合わせる。一人は貪欲な大蛇、一人は愛しい人。一人の息は上がり、一人は息を詰まらせ窒息する。一人は丸々と太り、一人は痩せ細る。そのような愛を経て、二人の人生は一つになった。

従来の常識では、母親はそれでよかった。母親に残された人生に、風穴を開け光を届けてくれるものだから。残りの人生はボーナスだ。息子は母親を生まれ変わらせたのだ。しかし別の見方もできる。息子の人生が失われてはいないだろうか。人生の新たな節目に立ったばかりだというのに、時間も若さも母に独占されてしまったのだから。母親を起こし立ち上がらせるのを手伝ったせいで、息子の背中はすっかり丸まってしまった。それは悲しいことだ。

かつてこんな娘もいた。どこにでもいる娘だ。父親をあまりに愛するばかりに、父親以上の男を見つけられず、父親もまた、大切な姫をただの男に渡す覚悟はなかった。父親はあらゆる病に効く薬となり、指輪のトパーズとなり、そのうち、娘の若さと人生の全部と言わないまでも半分は空中分解してしまう。

さて。話を戻そう。

物語は主流を必要とはしていない。川や湖や泉に走っていこうとも流れ込もうとも自由だ。しかし今は脱線しないでおこう。そうしなければ本当に迷子になってしまう。この物語を始めた場所、二人の女性の国に戻ろう。

　人生とは？　小さな軌道を進む方法は知っている。あっという間に終わってしまう短い小道のように。広大無辺の恐ろしいほどの人生も知っている。小道から通りへ抜けたところにまた大通りが現れ、歴史的な幹線道路に合流するような人生もある。小道から遠く離れた物語にひねりを加え、トラックやトラクターの轟音で震え上がらせ、シルクロードで手に入れた絹のような感覚が人生を柔らかく包み込む。小道は、これらの道がどこから来たのだろうかとすっかり驚いている。キャラバンに続く道なのか、国境に続く道なのか。私はいくつもの人生を渡り、どこから来てどこにたどり着いたのか。今も私は同じ小道なのか、それとも過去から続く小さな道なのだろうか。

　しかし、誰がこんな問いをする。いつ誰が答えを導き出す。

　今は部屋があり、沈黙があり、娘は母のそばにいる。娘は長男の妹であり、長男は妹を見るなり大声を上げる。

　大声を上げるのは習わしだ。あたかも主人であるかのような態度で。長男が叫ぶのは古い因習だ。因習は表面的なものだ。残忍であるかどうかはともかく、長男はそのように振る舞うしかない。長男の父は心の奥底から怒鳴っていたが、長男の心にそれほどの怒りが沸き起こらない。それでも二人の口調はそっくりだった。定年退職するまで父は怒鳴り散らしたが、息子に役目を譲ってから静かになった。長男は、さらに強く怒鳴ることで威厳をまとい、燦然と輝き始めた。これから数か月で長男は定年退職する。そうなれば、この怒鳴り声はシドに引き継がれる。しかし今はまだ長男が怒声を上げている。

　長男は妹に怒鳴っているわけではなかった。妹に話しかけたわけでもない。自分のズボンが濡れたことに怒っていた。自分で濡らしたわけではない、菊の花が飛んできたのだ。メイドがグリーンピースとチーズのカレー《マタル・パニール》の大皿を持っているのを見たからだ。それを見たのは長男だ。菊の花ではない。待て待て、そうじゃない。長男は頭を振った。ホースを揺らして水やりをしていた。菊の花は跳ね、一筋の水がズボンにかかった。そのせいで倍の声を上げた。待て待て、そうじゃない、と。ホースの水をあふれさせたまま叫びながら家の中に入っていった。

いつ作ったか分からない野菜料理を食べさせて殺すつもりか？

奥様がおっしゃったのです。メイドは心を無にして声にした。言った言わないの夫婦の言い争いは、もううんざりだ。しかも妹さんまで来てる。

野菜料理《サブジー》を作り直せ。残り物を食べさせるつもりか？　物乞いにも出すなよ。死んでしまう。おまえさんが訴えられるぞ。

あなただって。奥様、またの名を妻、またの名を兄嫁、またの名を嫁、またの名をママが、真っ赤な顔をして長男の前に現れた。夕方にお友達が来るんでしょう。あの方のために昨日の晩、あるものをディナーに出せとおっしゃったじゃないですか。ディナーの何時間も前の今、それが毒になったとおっしゃるの？　アンド、妻は英語でまくし立てた。使用人の前で私を侮辱するのをやめていただけませんか。メイドは私の言うことを聞かないし、あなただって信用を失いますよ。

捨てろ。長男は冷蔵庫の脇で皿を持って彫像のようにじっと立っているメイドを威圧して、そう言った。

私は味見しましたよ。絶品でした。友達を連れてきていらっしゃる。二人いるの。足りなくなるといけないから、ほかの料理と一緒に並べておきます。皆の前で和解するためか、義妹に聞かせるためか、妻は夫に対して続けた。

これ以上は作れないと言うならかまわない。足りなかろうが多かろうが、作り立ての料理を並べろ。長男はメイドを叱った。そんなものは下げろ。

戻しなさい、嫁はピシャリと言った。私が食べます。置けばいいさ。どうせ誰も食べやしない。

私が死んだら、主人が殺したと言いなさい。

この怒声や叫声は冗談なのか。子供じみた争い、あざけり、苛立ち、勝負ごっこがいつ終わるのか、メイドは確信が持てずにいる。

もちろん妹は聞いていた。背中の耳が塞がれることはめったにない。妹の友人は、この家の様子に気づいていたかもしれないし気づいていなかったかもしれない。菊が聞いていようがいまいが、いずれ同じことだ。彼らの季節だ。ちょっとした話題が飛び上がるほどうれしくて、じゃれて遊んでいたのだ。長男が引退して庭を手放すことも、次の入居者がどんな行動を取るのかなども、まるで気にしていなかった。塵や虫をよけるために、芝生や花壇を今風にセメントで固めたらどうだ？　少しでも節約するために、花の代わりに小麦やトウモロコシの種を植えたらどうだ？　そんなときも菊は先のことを考えてはいなかった。ピョンピョン跳ねるのをやめようともせず、内部にバネでも仕込まれているのか、気取った調子で揺れている。

　長男の家の芝生も果樹園も花壇も畑も、小都市の役人の大邸宅の何倍も広い。スイミングプールや池や泉や噴水があったりもする。ヴィクトリア女王の時代には、大理石でできた女王像が――決して偽物などではない――庭園を訪れる人々を迎えていたこともある。些細なことで裏切り者と呼ばれる恐れがなくなった今、その彫像は誰に気にとめられることもなく直立しているが、軽んじられているわけではない。

　大都市の家屋は小さくなりつつあった。しかしそこでもなお、建物に樹木を生やし、乾いた土に花を咲かせ、役人の家は砂漠のオアシスとなった。

　菊が山と咲いていた。

　長男の家に入ると、長い通路の先にガラスがある。その向こうに、芝生を縁取るように色とりどりの大小の菊の花が見える。

　妹は、兄がホースを持って花に水をやっているのを見た。太陽が光っていた。後ろに見える木の先に小川が金色の光を放ち輝いていた。まるで最高神が太陽の光を手でこすり、光のしずくを降らせているかのように。

　妹の背中は残り物料理の言い争いをひとしきり聞いていた。母の背中が何を聞いていたか、母しか知らない。

　妹が母の部屋に行き、母の背中を眺めていると、兄はメイドに言った。太陽が出ている。菊の花が咲いていると伝えてくれ。芝生に椅子を出して皆で座ろうじゃないか。

　兄はそう言うと、菊の花の未来について考え始めた。ほかの人たちと同じように、この大都市において、定年退職した者が集合住宅に住むことについてだ。いくつ鉢植えにして持っていけるだろうか。ちんまりとしたバルコニーを鉢植えでいっぱいにしたら服も何も置けなくなってしまう。

椅子が芝生に並べられた。だが座ったのは長男だけだ。冬の間、ここでよくひなたぼっこをしていた亡き父と同じように、半分は菊の花のほうを、もう半分はガラス戸に面した部屋と廊下の突き当たりにある大きな扉のほうを向いて。父と息子は左目の瞳孔を左の端から徐々にずらし、右の端まで動かす技を習得していた。これにより世界の半分がいちどきに見え、あらゆる状況を把握することができるようになる。こんなふうに目玉を転がして左右の景色を見ることができる目は、きっと何か違う筋肉でできているのだろう。それとも、実際には何も見ておらず、目を回しているだけなのだろうか。

妹の声がしている。

菊の花に次ぐ菊の花。

母の「いや」。

色とりどりの大小の。サッカー、クモ、平らな、ビー玉、飛び跳ねてるよ、お母さん。

どうしたら納得する？

紫、白、黄、バラ色、緑。

芝生の上の空に手を振る。

私が連れていくから大丈夫、だから杖を持って。

いや。おや。めまい。杖。いや。お日様。いやよ。

花。い、い、いいよ……

長男が立った。母の部屋、妹の隣に。

二人は目も合わせず顔を合わせ、無表情で笑った。

何年も会話らしいものをしていない。恨みはとうに消えていたが、習慣が残っている。兄と妹のいさかいを思い出すのも難しい。

起きたのか？　長男は母の背中を挑発した。いつかららここにいる、何か食べさせてやれ。新しい料理を作るように言え。キッチンの腐った残飯を食べさせることになるぞ。


足を踏み入れると、その瞬間、暗闇が部屋を覆う。背後の陽光は記憶に変わり、消えていく。閉じた瞼に波打つかすかなぬくもりの気配。そしておぼろげに見えてくる。

何も望まない背中に育った目。娘の指が自分に近づくのを見る。何が何でも起こし、その方法なら知っているという自信にあふれている。背中を触り、さすり、撫でる。まるでその自信が背中の血管に伝わり、ついに受け入れざるを得なくなるかのように。

娘は自分の手当ての力を信じている。手を触れれば凝り固まった気持ちがすべて和らぐのを。

背中はバリバリと音を立てて縮こまる。いや、そうではない。ぐずっている。

しかし娘は言う。それは母の生得権なのだと。皆が子供をあやすように母をなだめすかしても、何を言われても母が「いやいや」をすることもだ。娘よ、はいと言いなさい。良い子だから受け取りなさい。かわいらしい王女様、チャンダーおばさんが遠くからお菓子を持ってきてくださったの。お皿に入れてお食べなさい。コップに入れておちびちゃんにもあげなさい。私の小さなお人形さん。

兄は一〇歳年上で、何かにつけて妹のやることに口を出した。そうじゃない。いやだと言わせておけ。頭を振っていやと言わせておけ。もういい。いやだと言ってるじゃないか！

少女の「いや」は微笑ましく思われた。子供の頃の妹は「いや」でできていた。何かをしたいときは、正反対のことをするように言いつけて、「いや」と言わせて動かした。ごはんを食べなさい、パラーターではないですよ。いや、パラーターを食べるんだもん。お茶を飲みなさい、牛乳はいけません。いや、牛乳、牛乳。青は捨てなさい、赤ではありませんよ。赤よ、赤がいい、青はいやいや。起きていなさい、寝てはいけませんよ、目を開けてなさい。いやよぅ、目を閉じるんだもん。

いや、だめよ、下げてちょうだい、と母が言うことがあった。料理人が青唐辛子とコリアンダーとミントのチャトニーを運んできたときだ。口がヒリヒリする。大好きな「いや」という言葉を耳にした娘は、狂ったように大騒ぎする――いやよぅ、ちょうだいよぅ。「いや」で皆を楽しませた妹の子供時代はいつの間にかどこかへ消えてしまったが、妹の「いや」は妹とともに成長した。いやよ、私は縫わない、ドゥパッターは要らない、閉じ込めるなんてとんでもない、いやよ、私はあなたじゃない。「いや」が多すぎて、「いい」と言おうとしているときでさえ、「いや」が口をついて出てきてしまう。お茶を飲みなさい。いや、お茶はいただく。とても寒いね。いや、とても寒い。

道は「いや」で開かれる。自由は「いや」でできている。「いや」は楽しい。「いや」はばかばかしい。ばかばかしさは神秘的だ。

妹が成長するにつれ、長男は方針を変えなければならなくなった。幼いうちは人の言うことを聞かなくてもかまわなかった。ところが妹は大きくなり、やっていいことと悪いことを教えなくてはならなくなった。問題が起きていなくても、両親のような口調で妹に反対意見を忠告する。問題を山と抱えているときに妹の恋人問題が発生しようものなら、兄は途方に暮れた。今日ははげ頭のグジャラート人、明日は眼鏡のイスラーム教徒、あさっては髭男。しかもこの三人の長所は一つに集約されていた。この家の娘、つまり長男の妹が町の噂の的になったとき、兄の肩に先祖の重みがのしかかる。より厳しい措置をとる。家族全員、妹と話すことを禁じられ、妹のためにココナッツ・バルフィーを作ってやることも禁じられ、妹とは一緒にテレビを見ず、目も合わせず、まかり間違っても微笑んだりしない。そうすることで妹は自分の過ちに気づき、災いや不幸も終わりを告げる。

ところが、そううまくいかなかった。家から出ていけと言うことも、家から閉め出すこともなかった。だから妹が自ら家を出ていき、別の場所に住まいを構えたのを、長男は気に入らなかった。お母さんがここにいるのにどうして、と兄は怒りをぶつけた。どうしてよそへ行くんだよ。

しかし「いや」が口癖の妹の足は別物だ。扉の前に立ってためらうことはあるが、まず自分を解放する。扉と廊下をフェノールで磨かなければならなかったのは、また別の話だ。あご髭を生やした薄毛の眼鏡男が、妹のわけのわからない家財道具を出し入れすると言い、あちこちを汚していった。亡霊や妖怪を箒で追い払い、それをきれいにしなくてはならない。

箒で掃き出すとどうなるか。また別の話ができそうだ。だが今は、その話は異次元に消えてしまったと考えてほしい。長男は今、母の部屋にいる。妹のすぐ後ろ、そばに立っている。二人とも別々に、しかし一緒に背中を見ている。薄毛、またの名を髭、またの名を眼鏡は、この話の中では物の数に入らない。よそ者だ。兄は妹の孤独な人生を憐れんでいる。家、お金、仕事、すべて整っているかもしれないが、妹は孤独だ。

「いやいや」が、なぜこちらからではなく、そちらから出るようになったのか。ジレンマに陥ってやむを得ず向きを変えたのか？　兄ではなく、妹のために。私ではなく、母から？　かつて私の人生で大いに役立った言葉が、古い燃えかすの中から拾い出されたが、それはもはや特別なものではない。なぜなら、誰に向け、誰に対して言うか、話す相手が必要だからだ。今は自分が自分の主人だ。「いや」は私のもの。母はどこから手に入れた？

　妹がこんな思考を巡らせることに何の必要がある？とにかく背中から「いや」がやってきた。

　みしみしと音を立て、背中が壁のように平らになっている。背中が壁になってしまったかのように。しかし生きている背中が壁になることなどない。そうでしょう？　それでも壁になりたいと願ってみる。死にかけている老女を生かそうとする声は聞かない、見ない。

　古い習慣。酒やタバコという悪癖。背中はふるいになって、皆の不名誉や怒りや審問を通過させる。どこに栓をすればいい？　今、母は見たり聞いたりする前に物事を嗅ぎ分ける。おなじみのコンコン、トントン。

花はサッカーボールほどのサイズで、色は紫、娘は菊に熱意を傾けている。まだ見ぬ困難な道さえも切り開けると娘は自負している。だから家の外に住まいを構えることもできた。

　庭師さん、ブーケをどこに置けばいいか、お義母さんに聞いてちょうだい。嫁が遠慮して黙っているはずもない。

　ヒヨコマメ粉《ベーサン》ではだめ。おなかに溜まる。緑豆はどうだ、どうやって作るかお母さんに聞いてみろよ。長男が口を挟む。

　皆が皆、自分が同情されるように考えをめぐらせる。

　おまえ呼ばわり、嫌み、当てこすり、そんなものが隙間から入り込んでくる。出ろよ……遅刻しそうなんだからさ……。ほら、電話をちゃんと置いてない。役人の無為徒食はもうやめにしないと……ファトゥが夕方に来る。作りたてのキールを用意しろ。ひと月前からあるカシューナッツのバルフィーなんか出すんじゃないぞ……。洗濯屋が高価なシャツを焦がした。だが今にお義父さんのところから新しいのが来る。アメリカ製のシャツが……。道すがらガソリンを入れてと運転手に言ってくれ。領収書はおまえではなく私に……。

水をこぼしたな。お母さんが転んだらどうする……。起きてきたら転ぶぞ……。だからお母さんを起こしたい……。だから、言ってるだろ……。冗談を言うなら、せめて面白く……。冗談ってなんだよ、転ばせようとしたり、毒を盛ろうとしたりしているところじゃ、起きたくても起き上がれやしないさ……。あなた本当に……。オーケー、もうたくさん。おまえはそうやって戯言を吐くだけ……。お母さんに言いつけるから……。すばらしい《ブリリアント》、そうやれば、お母さんは起き上がるでしょうね……。みんなが心配しているのは知ってますけど、お母さんは起きたくないの……。

　へえとだけ言い、耳障りな音を、うわの空で聞き流す。ザーザー、プスプス。

　背中は後ろを向いている。どうすればもっと背を向けることができるだろう。壁に潜り込んでいく。どうすれば壁に自分を選んでもらうことができるだろう。

　壁にしみがある。風のせいなのか、それとも自分の影か。虫の仕業か。風なのか、それとも息なのか。

　ああ、虫だったら。

触ると冷たい壁。小さな生命体が滑り落ちていく。かすかな吐息。どこかに亀裂を作って、壁の中に潜り込む。未知なる動きで柔らかな土が裂ける。知らず知らずのうちに私の足が食い込んでいく。

　素焼きの壺のソーンディー*が香っている。冷たい土の中の冷たい埋葬。

　横になったままだ。言葉もなく、執着もなく、呼吸のように、動かずとどまり、そのままの状態を保つ。風にぴたりとついた泡。虫がぷっと息を吹きかければ母は飛ばされ、大地の抱擁を受けるだろう。

　ここが私の墓になる。

　外のしびれるような寒さとは無縁の、心地よい、無念無想の冷涼が体に染み渡る。壁のもたらす安らぎだ。背を向けることに頭を悩ませることもなく、全世界の呼吸が私の呼吸を困難にさせた。背中への重荷もない。

　母は目を閉じ、沈黙を身につけ、息を止める。少し息が残っていることや、小さな生命体が壁の中に潜ったことを誰にも悟られないように、ゆっくりとゆっくりと壁を滑り、旅が停滞しないようにする。リズムを狂わせないように歩みを止め、抑制し、端から落とす。

　土壁の空洞だったら？

土壁は空洞だ。母が想像し、母の心の中から出現した生命が、土の中で道を切り開いている。自分の呼吸を作り出す。みずから創造した道を流れていくように。自分の静脈、自分のふくらみ、自分の泡に。

　壁の中に入り込みながら母は自分自身を掘り下げていたのだろうか。自分の体を逆さまにし、むきだしになった動脈の中に滑り落ちていったのだろうか?

　闇の中の小さな生命。呼吸のはずれ。滑るように舞い上がる土埃。母の閉じた瞳に、かすかな炎が落ちる。
空気から空気の中へ。

　砂の中で三昧**が揺らいだ。

　物語に偶然が訪れるのが必然でも、実体が伴わないことは必然ではない。壁に虫のようなしみが出現し、身の毛もよだつような影を残すその虫の足が、壁に穴を掘る。虫の目の熱は、その穴から瞳のような光を漂わせる。ここでいう〝漂う〟とは、水蒸気が静かに立ち上り、失われた吐息の名残が感じられるようなことだ。

　この虫のしみを見るには、ひたすら黙って横たわっていなくてはならない。壁に貼り付き、キルトの中で丸くなって、世界に背を向けて。

　背中の後ろでは、皆が息をしている。心配と同情の塊。

　窓を開けて、お母さんが息苦しいから。

　カーテンを引いて、暗いのは嫌だろうから。

　壁のほうを向いてあのポーズをしているのは、なぜ?

　起きているのに目を閉じているのは、なぜ?

　外で子供たちが遊んでいますよ。

　テレビで『マハーバーラタ』***をやっていますよ。

　新聞を持ってきて。音楽をかけて。ほうれん草とタマネギのパコーラーを作って。誰に何をどうしたらいいか尋ねて。お母さんとの記憶を通し、お母さんとの

* 芳香のある稲の一種。
** 心を静めて一つの対象に集中し心を散らさず乱さぬ状態。あるいはその状態にいる修練。
*** 『ラーマーヤナ』とならぶ古代インドの二大叙事詩の一つ。

会話を通し、お母さんの生きてきた人生を与えて。そうすれば息を吹き返す。気分が変わる。お母さんがしてきたことを思い出させてあげれば、昔の動作を取り戻す。しかし、してあげれば、きっと、させられていると感じる。自分が料理されている。水に浸され、挽かれ、すりおろされ、切り刻まれ、煮えたぎる油の中に放られて、あうっ、あうっとひっくり返されながら、おなかの中に収まって、もみくちゃにされる。

捨てろ、パタパタと音がする。虫の声とは、耳を何かが這うような音なのか。パタパタ、中にあるのはゴミだ。開けた窓から放り投げろ。祭日のご馳走、サッカーボール、水、ボタン、チャート・マサラ、ドアマット、歯磨き粉、クミン、カロンジ。鍵、芥子の実、裁縫針、咳、痰、鼻水、胆汁、呼吸、紛糾。捨ててしまえ。

壁が背中の後ろまで取り囲み、誰もベッドに横たわる女に近づかせないことが、果たしてあるのだろうか。

パタパタという音だけがする。

象が作物を収穫したあと、畑に虫がいないと悔しがっても仕方ない。つまり、そういうこと。あなたは言うだろう。そんなことがあり得るものか。どこのどんな象が作物を収穫するのか。名簿に記載があるならまだしも、象も、畑も、存在しない。ここにいるのは家と家族とその構成員だけ。彼らが開いた扉を出入りする。何かを収穫することもなく、ひたすらやつれて憐憫の情を漏らし続けている。

憐れみの情を示すのは家としての目標であり、それは親密な振る舞いや友好平和の手立てにもなる。誰かに憐れみのまなざしを送ることができる者は、その人の悲しみを打ち砕く者となり、神に似た存在となり、自分の影を善きものと自覚する者となる。不幸や災厄に見舞われたとき、家族の中で、ある者は神となり、放浪者となる。

例えば娘。かわいそうに、かわいそうに。叱り、咎め、遠ざける。それらは元いた道に戻すために必要だった。しかしそれでも憐れだった。ものすごく、本当にものすごく。甘やかされて育った娘、ちやほやされて育ったせいで意地っ張りで愚かな娘。だまされても気づかない。無知。そんな娘を利用しようとする者たち、ひどい目に遭わせた無能な人間を、娘は恋人にした。何度も何度も独りになった。公務員の立派な兄と父を説き伏せることなどできるはずもなく、娘は荷物をまとめて家を出た。孤独で貧しく不運な娘が家を離れた。定職に就けなかった。今日はこの場所で執筆し、明日は別の場所で講演した。妹が読む誰にも理解できないような本を、役所の図書館が一冊二冊購入するよう兄が手配してくれた。贅沢は言えなかった。裕福な家の娘が野暮なボロを着る。ごわごわの麻のクルター、どこかしら破れているパージャーマー＊、ラージャスターンかグジャラートの村で二五ルピーか三〇ルピーで購入した不格好なガーグラー＊＊。貧しさがにじみ出た妹の顔と姿を見て、家族は涙した。

　考えてみると、茂みで会っていたことは、家族の秘密ではなかったのかもしれない。宿なしの妹を憐れんで、食べ物や衣服を母が手配するのは暗黙の了解であった。家に戻れば問題はなくなる。妹には帰る家がある。家族がいる。そもそもあの妹が誰を頼る？　無力な妹を家へ招き入れた人間がいたかどうかは知らない。いいかげんででたらめな連中と一緒になれば不名誉だ。家族として恥ずべきことだ。妹は放浪者になるしかない。

　そんな憐れみの情が堤防を決壊させ、水の底にすべてを沈めてしまわなければいいのだが。

　憐れみの情が消えたわけではない。雑誌や新聞に妹や娘の写真が掲載された。テレビでインタビューが放映され、妹が助言するのを見るようになったときは驚いた。女性の意識について、セクシュアリティについて、女性のオーガズムについて。でたらめなことを。ああなんということか。

　憐れな娘が高級住宅街に広いマンションを購入し、テレビや電子レンジや自動車まで手に入れたのを知ると、憐れんでいた心がかき乱された。空港を毎日往復し、世界中を飛び回っているらしかった。家では口にされることのなかった話題が持ち上がる。手練手管を

＊緩やかなインド風パンツ。
＊＊インド西部ラージャスターンやグジャラートの女性が着用するたっぷり布を使ったマキシ丈のスカート。

弄すれば、良くも悪くも富や名声を上げられたなら、人脈作りがうまければ、もっと女性がいれば、もっと若い女性なら……。先の言葉が続かない。放置される。実際、長男は、あまり妹に電話をするな、何があろうと会いにいくな、妹の生き方は正当化できないと母に言い聞かせてきた。

ところがだ。妹が大統領官邸で行われたパーティーに招待されているのを見て、誰と目を合わせないようにするべきかわからなくなってしまった。全世界が娘と話をしている。大統領にも話しかけられている。家族だけが没交渉という状態は、かなり奇妙に思われた。

戻ってくるように言ってください。ある日、長男は母にそう言った。妹には身寄りがないのだから、ここで食事をすればいい。記事を持った嫁は、このテーマで物を書ける人なんてほとんどいないんですよ、見てください、と言った。それは自分が軽蔑されないよう、仲間意識を保つ所作だった。

そして今。話は現在に戻る。兄と妹はそれぞれの場所に立ち、母の背中を見つめ、思いを巡らせている。かわいそうなお母さん。生き返らせるためなら何でもする。憐れみの情はそれほどまでに高く高く飛躍していた。

これらすべては登場人物だ。蟻、象、憐れみ、扉、母、杖、塊、長男、娘、嫁が履いていたリーボック、いずれ語られるであろうその他もろもろ。

靴？　靴の話はいつ持ち上がった？　靴というかリーボック。

リーボックは、その昔、アメリカ大陸の南部で栄華をきわめた毒蛇だったという説がある。高く飛ぶために誰かが足に巻き付けたところ、蛇は変身し、毒蛇のうぬぼれが人間に乗り移った。現在知られているのは変身後の姿、それから何世代にもわたり新しい種を世に送り出している。蛇の話ではない、靴だ。靴の種類。スパイクがついたもの、ボディに空気孔があいたもの、ボールのように弾むスプリングがソールについたもの。種は強くなっている。大地を力強く踏みしめ、たぎるような熱い息を吐く。それがかつて蛇だったことを誰が覚えているだろう。

シク教徒、グジャラート人、中国人の人口をしのぐ。世界の津々浦々まで行き渡った。それくらいにリーボックのコミュニティは大きくなった。シク教徒はターバン、腕輪《カラー》、短剣《キルパーン》を身にまといアイスランドに到達したことを自慢げに語ったが、リーボックはこれを打ち負かした。靴だけでなく、靴下、グローブ、帽子、鞄、ブラジャーという形にもなった。その栄華は相当なものだ。

リーボックはウォーキング、ランニング、ヨガ、ダンス、すべての分野で匠の域に到達した。

断言できるのかと思う人もいるだろう。明確な答えはないが、この物語の舞台となる家庭には、リーボックの威力について震えながら語る者がいる。嫁だ。彼女が誇らしげにリーボックを履いた日のことは誰もが覚えている。長い長い散歩を一人でするようになり、女友達とジョギングを楽しむようになり、近所の公園でヨガの師匠に入門し座法を習うようになった。習うようになった？　どんなふうに？　走ったのか？　近所のママたちが子供の学校の準備から解放される休日、長男の嫁が師匠となり、夏と冬に人気のヨガ教室を開くようになった。

実は、サルサのレッスンに通っているという話もある。扉は何度もあっけに取られた。どうなっている。

家から脱落したはずの娘が家の中に入り、現役の嫁が家の外へ出ていく。リーボックは大波乱をもたらした。娘が罪悪感を覚えたようにも見える。自分の義務を果たせなかった。だから戻ってきた。一方の嫁は義務を十分に果たし、安心して出ていったと見えなくもない。

しかし、扉や誰かがそのように感じた形跡はない。今のところはまだ。

常識である。花嫁は結婚式にリーボックを履いて現れない。嫁入り道具としても持参しない。政府高官の家に嫁ぐとしてもだ。この物語の嫁にかぎった話ではない。

色白だとか、スタイルがいいとか、嫁ぎ先を喜ばせたとか。器量の良さが次の世代に良好に作用したわけでもない。美しさの処方箋や育児法について、母や義妹から手ほどきを受けたわけでもない。夢を実現させるために嫁ぎ先を去ったわけでもなく、ひどく孤独を感じたということでもなかった。よその家、よその人々、することなすこと勝手が違う。

純真無垢でかわいらしかった嫁は、嫁いだ日に涙した。トイレを詰まらせてしまった。婚家は賑わっていた。客人が大勢おり、トイレが一つ壊れただけで地獄の沙汰になる。大声が飛び交い、清掃人が駆けつけた。配管から現れたのは血液を吸い込んだ、綿に布を巻きつけただけの手製のナプキンだった。義妹は自分の生理用ナプキンを嫁に渡し、使い方を教えた。古新聞に包んでゴミ箱に捨ててくださいね、お義姉さん。

英語でいえばベリー・プライベート（とても個人的）な経血を、人前でさらした。その恥辱により嫁は、何をどこに捨てるべきか学んだ。ハネムーンでは、ガンジス河のほとりの露天で見かけるようなキラキラしたビンディを額につけ、長く結った三つ編みの上で赤と金のヴェールを揺らした。しかしやがてビンディを外し、額の真ん中にクムクムで挑戦的な丸い円を描くようになった。円は年を追うごとに大きくなり、サリーやスーツに合わせ色も変えた。三つ編みもやめた。長く下ろした髪は歩くたびに鞭のように揺れた。

リーボックの擡頭《たいとう》を誰が止められるだろうか。そして現れた。リーボックが店や広告に登場するようになった時、息子が言った。お母さん、リーボックを買いなよ。買った方がいい。

シドではない。その弟だ。語らなくてはならなかった弟について今ここで言及する。弟は七つの海を越えた海外に旅立ったため、ようやくの登場となった。これまで話題にも上らなかったが、伝統を守るのに弟では力不足だということはまったくない。語られる時はいずれまた来る。

どの母親にもこんな息子がいるものだ。家族の犠牲になった母親。あらゆる人種のあらゆる出自の女性が、この基準にあてはまる。母の身の上に、まだ起きてもいない悲しみや苦しみを膨らませ、息子が焚きつける。リーボックを履いて家を出て行くように促す。

あの子が笑えなくなり、人生が苦しくつらいものになったのは、そもそも笑う力を失ったからなのか、それとも笑う力がなかったからなのか？

この登場人物がなぜこんな様子か教えてほしいものだ。貧しい家の物語では富が演じ手となり、醜い人生においては美が主要な役割を演じる。インドでは、パキスタンとアメリカが敵と英雄の役割を果たす。盲目の物語では目が重要なキャラクターとなり、足の悪い人には足、ホームレスの人生においては家、失業者には雇用、不眠症の人には睡眠。しつこいと思う人に、これだけは言っておこう。あらゆる人生における最も重要な役。この子には笑いがその役目を果たした。

下の息子だった彼については、あまり語られない。なぜなら、この物語が年長者の物語だからだ。年長者がそれを望んだかどうかはまた別の話だ。この子は物語にまだ登場しないが、欠けたものが重要な役割を果たすのも真理ではある。登場にはこだわらない。とにかく確かに存在はしていた。この子の祖父が、ベッドに寝たきりの祖母の夫として先に存在していたように。祖父はあの世へ渡り、この子は海の向こうへ渡り、〝オーストラリアの子〟と呼ばれるようになった。大家族の見えない糸が世界の端へと手を伸ばした。

シドが騒々しかったのと同じくらい、この子は真面目な性格だった。シドが乱暴で饒舌であったのと同じくらい、弟は何事もそつなくこなし行儀がよく落ち着いていた。将来有望な弟にとって、シドの仲間の喧嘩は時間の無駄、中流階級の野暮で混沌とした文化に思えた。時には卑猥だとさえ感じた。だからこそ彼は自分自身に専念し、必要なことだけを話し、気乗りしないと黙ったきり、世間話もせず、時事的な話題だけ口にした。バランスのとれた食事と十分な睡眠をとり、ぼんやりと座っていることはまずない。朝のトイレでも、行列でも、電車やバスや車で移動している間も、手にはいつも本が握られ、集中して読書にふけった。いつどんな時でも知見を深め、歴史、地理、宗教、哲学、科学、心理学、地質学、経済学、政治学、都市学など、さまざまな知識を深め、いかに多くの物事が壊されているのかを知るにつけ、心を揺さぶられ感情的にもなったが、それでも健康はまだ損なわれていなかった。

不在により影の薄くなった真面目なほうの息子にも性格というものはあったが、それは会社の仕事で他都市に赴かなければ知られることもなかった。予期せぬ出来事は、良くも悪くも私たちの人生において重要な役割を果たす。愛がめばえ、死が訪れ、笑いが起こり、そして消えるように。

真面目な息子の人生に笑いがやってきたのか、それとも去っていったのか、それがいつ訪れて消えたのか、ここでは話題にしない。海辺での衝突が、笑いへの警戒を引き起こした。そしてまた彼は塞ぎ込んだ。

会議の後に時間があったから、真面目な息子はホテルを出て〝ビーチ〟に座る。ほとんど満ち足りた様子であった。ほとんどと言ったのは、この世に人の心を満たすようなものが残っていなかったからだ。どこを見ても差別や消費欲やコピー文化が横行している。そこかしこにいるペラペラと薄っぺらで軽薄な人々。そのような事象からなるべく遠ざかり、自分の仕事に没頭した。しかしここで歌を歌い跳躍する海と出会った。海の跳躍や歌声など見たことも聞いたこともなく、したがって大きな好感をもつにいたった。彼はビールを注文し、次に自分の本を開くと、ココナッ葺きの屋根のカフェの一番端にあるテーブル席に座り、海のほうへ顔を向けた。無粋な旅行者が下品な音を立てて近づいてきたので、差し障りのない程度にテーブルと椅子を海に近づけ、満足そうに座った。そしてうつらうつらとまどろんだ。

遠くから眺める景色は魅力に満ちた絵画だ。広々とした空、広々とした海、その片隅に、ビールを片手に膝に本を置いて椅子に座っている若者の姿が小さく描かれる。波はすぐそばまで打ち寄せては帰り、その場面ごと連れ去ってしまうかのように見えた。その光景もまた、催眠にかかったかのように波の中へ引き込まれていくようだ。

遠くからこの景色を眺めた人はいない。近くから見た者はいる。ふっくらとした顔で笑う小さな子供だ。

真面目な息子は子供が大嫌いだった。けなげな子供の活躍を自慢したり、ビデオに撮ったりする親のことも。子供は、はかなげで愚かで瞳と頭をぐらぐらさせる。ミルクを吐く赤ん坊よりも嫌いなものがあるとすれば、よろよろしながら歩く、丸々と活気に満ちた、むやみやたらに話しては歌い、よだれを垂らしてコロコロと笑う陽気な子供だ。彼が見たのはまさにそんな子供だった。

その子は子供であるのをいいことに、テーブルを次から次へとまわり、人のグラスをひっくり返し、誰かの椅子を倒そうとしたり、誰も見ていないところで、急に前に飛び出して誰かを叩いたりした。

向こうに、幼児の存在に気づいていない人物がいる。興奮した王子がじっとしていられるはずもない。挑んでみるしかない。目標を定めた。ドナルド・ダックはよちよちと歩いていった。浜辺に座りまどろんでいる息子の所へ。テーブルと椅子の脚に波が絡みつき、浜辺は静寂に包まれていた。そこへコロコロとはしゃぐきかん坊が手を挙げ、ベビー・パンチを見舞った。真面目な息子は不意を突かれどぎまぎした。自分だけの時間を奪うようなまねは許せない。再び現れた幼児は、パンチをもう一発浴びせ、「笑え」と命令した。この頃になると、真面目な息子は目を見開き、きっと恐ろしい顔をしてにらみつけた。三発目のパンチを浴び、何をやっても無駄だと悟った彼は、幼児の首根っこをつかんで揺さぶり、叫んだ。「次にやったら海に放り込むからな！」幼児は海に向かって大きな叫び声をあげた。何も見ていなかった両親が飛んできて、真面目な息子にまくしたてた。それが子供に対する態度か、みんなかわいがってくれた、君は子供の遊びに腹を立てるのか。人をひっぱたくのが子供の遊びですか？　真面目な息子は言い返した。甘やかしているのはあなた方でしょう。こういう子供は大人になっても甘やかされたままなんだ。どういう意味だ、と両親。息子は君に笑えと言っただけだろう？　笑うこともできないのか？

真面目な息子は立ち上がった。荒廃した人間たちの荒廃した世界が再び目に入る。ビール缶とビニール袋で汚された砂浜、白人が植民した大地、ぶくぶくに太ったインドのずる賢い猿。音楽と自称し本当の音楽を泣かせる不協和音。笑って大騒ぎする愚かな人々。笑え、と彼らは言った。何を笑えと？　この国にしたことのすべてを見ろ。ブツブツブツブツ。真面目な息子はブツブツ言いながら自分の部屋へ戻った。

そして眠りについた。

夢を見た。彼は浜辺で安らかに座っている。広々とした空の下でゆったりと波が彼の足下に打ち寄せる。そしてゆっくりとゆっくりと甘く撫でていく。そのたび椅子は軽く揺れ、あふれんばかりの愛に満ちた波がそれを高く持ち上げる。そして今、彼は海の中の玉座につき、漂っている。浜辺の旅行者たちは、甘やかされて丸々と太った子供たちと一緒になって彼を見ようと集まっている。彼らに向かって彼は言う。ばか者、うすのろ、よそ者どもの猿まねをしている自分の呼吸を振り返れ。その肺の中は酸素ではなく汚染物質でいっぱいだ。だからお前たちは吃音になる。呼吸を整え、子供たちにも教えるがいい。小さなサッカーボールのような丸い子供が人だかりから出てくると、「王様は裸だ、笑え!」などと叫ぶ。浜辺に群衆の咆哮があふれ、笑うことができない。すると大波が彼を襲い、窒息させパニックに陥らせる。あえぎ苦しみ、心臓は恐ろしいほどの動悸を続け、やがて彼の目がぱっと開く。

心臓はドクドク。破裂しそうなくらいの動悸。文章は、夢から飛び出してきたサッカーボールのように彼に向かって絶え間なく弾んでくる。それは小さくなり続け、ビー玉ほどの大きさになり、覚醒と眠りの境界を越え、暗闇の中で彼をにらみつけてくる。笑えないのか?

疑問が彼を捕らえて放さない。家に着くまでつきまとった。真面目な息子の静かな不穏は、やがて不穏な不穏になり、この新たに登場した手に負えないものが、彼の人生のパートナーとなった。笑いの不在をあざ笑う。おい、兄さん、笑えないのか。

真面目な息子は、帝国主義、植民地主義、封建主義、商業主義といった悪について精通し、自分をこのような状態にしたのがこれらの悪であることを知っていたから、心を開いて笑ってみようという考えは少しも残っていなかった。そのような疑念が頭をよぎると、どんな優れた人間の笑いも消えてしまう。一ミリも笑顔も作れないとなると、もうどうにもならない。

そんなはずはない、動揺しつつ真面目な息子は考えた。ふふ。笑えない。こんなばかげた話があるか。状況を把握できる自分の理解力に苦笑した。ジュリアス・シーザーだけが目撃した。

ジュリアスは毎朝早く目を覚まし、散歩に出ることにしていた。イライラ顔をした隣人の家の前を通り過ぎ、目を合わせるなり、きまってイライラ顔のイライラをさらにイライラとさせた。隣人は、彼の名前に腹を立てていた。ジュリアスだけではない。シーザーという名前が嫌だった。ジュリアスが誰かと出会うと、いかにも外国風の自己紹介を始める。ここまでくると、もう彼のイライラは止まらない。サラサラと吹く風の音が聞こえる。ジュリアス・シーザーは聴覚が鋭かったから、その風の音を聞き逃さない。しかも、真面目な息子に対して感じるような、人をイライラさせることに喜びを見いだしていた。この犬以外は、彼を見かけたら道を変えるか、何事もない風をよそおい厚かましく楽しむかのどちらかだ。

今日もまた、彼は隣人に対し外国式の挨拶をしようとしていたが、イライラ顔に別の表情が現れて、その目的は果たされなかった。いつものお座り《シット・ダウン》、お手《シェイク・ハンド》のダンスのかわりにワンワンとやった。つまり吠えたのだ。隣人の奇妙なしかめ面。唇は、びりびりに破いた服かぼろきれのように垂れ下がっていた。目は二匹のミミズがほじくり返したあとの土のように落ちくぼんでいる。肩を地震のように揺らし、割れた顔の裂け目から小さな悲鳴が飛び出した。

　ワンワンと声がする。主人でさえもそちらを見て震えた。イライラ顔の男は何かの発作を起こしたのではないか。しかしジュリアスだけは理解していた。彼は笑おうとしていた、懸命に笑おうとしているのだ、笑いたがっているのだ。ジュリアスはさらにワンワンと吠え、新たな調査に夢中になったが、ワンワンと吠えるうちに同情する気持ちもめばえた。もっともなことではあるが、主人はワルツを踊れとか、お手をしろとか、そんなことは一切させず、リードを引っぱった。

　この出来事が、息子の不安を増長させる。自分は何をしたのだろう、笑っていたのか、それとも違うのか。

　彼は再び唇を大きく伸ばし、顎を無理やり下げ、笑いが消えてしまう前に見ておこうと、ベランダにかけてある鏡のほうへと素早く向きを変えた。鏡に映ったのは、裂けた顔、伸びきった唇、そこからのぞいた歯、細めた目。できた！　誰が笑えないだと？

　さて、状況は深刻になるばかりだ。笑えない、笑うことを知らないから笑わないのであって、笑えないというのはいったいどういうことだ。みんな笑う。笑い方を知らない人などいるのか。僕は笑い方を忘れてしまったのか、それとも生まれつきか。心臓がドキドキし、顔はすっかりひきつっている。額に大粒の汗が流れた。

　笑えない恐怖が息子に常につきまとう。笑うことを切望した。いつとはなく練習するようになった。独りでいるとき。誰かといるとき。

時にはあえて人前で。

　朝。六時頃。新聞配達の時間。新聞が落下する音がすると息子は起き上がり、心臓の鼓動を聞きながら鏡の前へ飛んでいき、唇をひげのようにピンと長く伸ばし、歯をぐいっと出したまま顔を崩さないようにする。玄関まで走ってきた新聞配達の少年も気づいていない。新聞を少年から受け取り、扉から顔を出す。新聞少年が軽蔑するような顔をして走り去った理由を理解できない。真面目な息子は表情を崩さないよう部屋へ戻り鏡を見る。しかし鏡に映る笑いは生きていない。練習は続く。新聞を読んでいる間、笑いの片鱗が現れるのを感じる。おほほ、うふふ、あはは。口元に笑いが現れても、瞳には悲しさが垂れ下がったままだ。『アーラー・ヒレー・チプラー・ヒレー・デーヴァリヤー・ヒレー』*で笑いが起きないのと同じように。

笑えない彼の苦痛を目撃したのはジュリアス・シーザーだけだ。助けようとはした。彼を見てワンワンと吠え、尻尾を振って、ここにいるよと知らせようとした。こんなふうに笑うんだよ。しかしジュリアス・シーザーの同情に気づかない。公園に集まる老人の、耳をつんざくような大きな笑い声に、ワンワンと吠えて注意を促すこともあった。だが吠えても喉を痛めるばかりで変化は訪れない。

笑いは行方不明なままである。

ともかく、兄シドの騒々しい仲間はしばらくそこにいて、ペプシ、ビール、チップス、それから低俗な音楽やダンスに夢中になっていた。すぐには立ち去らず嫌そうな顔をする様子を見て、シドは、そのゆがんだしかめ面を短気な弟の表情カタログに登録した。

もちろん真面目な息子のゆがんだ顔に気づいた者はわずかにいて、不機嫌そうにゆがんだ顔のしわや、体にできた蕁麻疹にも気づいていた。、蕁麻疹が揺れてねじれ、ふうふうと音を立て始めたことにも気づいていたが、ところが普段から真面目な息子に接触してはいなかったから、一瞬は気にするが離れていった。そのくらい誰もが自分に忙しかった。

真面目な息子には仕事もあった。内面に笑いの葛藤を抱えていたが、仕事もしなくてはならなかった。失われた笑いを捜すことが、仕事に影響を及ぼしてもいた。大きな問題だった。笑いに適したものは仕事にない。社用車で戯れに笑ってみようとしたが、運転手は口をあんぐりさせ、驚きで目をぐるぐるさせ、息子の笑い声が聞こえるとついに様子を尋ねた。運転手のマイケル・ジャクソンの制服、ワーオ、やばい《シット》、社会の消費文化、公害汚染ですすり泣く太陽、その下で無作法な振る舞いをする町、埃と錆と糞で変色しきった猥雑としたショッピング・モール。何もかも売買される。水さえも売られる。少女が車の窓をコンコン叩き、物を売る。勉強もせずに物を売り、ボロを着て車と車の間で映画の音楽を歌う。教育を受けた少女たちは通りを横切るが、彼女たちの頭はその小さな服よりも小さく縮こまっている。すました顔の少女たちに尋ねてみるといい。インドの言葉で話しかけても、英語で答える。その英語さえ違っている。標識のヒンディー語のつづりも間違っている。英語のつづりは完璧なのに。オフィスにつく頃、息子の気分はすっかり悪くなっていたが、顔はまだ笑いたがっている。

いつでも顔は笑い、心はイライラを抑えようとする。以前は怒りを感じながら言っていたことが、今は笑顔で言いたくてたまらない。主賓のスピーチの間は姿を消していた同僚が、カクテルタイムに一〇〇パーセントの確率で戻ってきたとしても、秘書がグジャラーティー・ピザ、つまり砂糖をまぶしたピザを持ってきたとしても、有名なアイスクリームのブランドが新商品の味を〝首裂きジャック〟などと名付けたとしても、食堂で働く人が自分の息子の名前をヒトラーと名付けたとしても。教養がないわけでもないのに、平気でそんなことをする。ガーンディーは何かと問えばサンジャイ・ダット[**]と答える。ウスタード・アミール・カーン[***]を、『運命から運命へ』《カヤーマト・セ・カヤーマト・タク》のアーミル・カーン[****]と勘違いする。笑うに笑えない日常の出来事に接した真面目な息子は、真面目な顔を剥がし笑顔を貼り付ける。彼が歯をむき出しにし、顎を伸ばし、口角から泡を飛ばしているのに、なぜ誰も彼の心を軽やかにしてやろうとしないのか？　ある者は逃げ出し、ある者は面食らい、またある者は見て見ぬふりをした。唇は懸命に努力したが、瞳には落胆の色が広がるばかりであった。

ママ、真面目な息子は母親をこう呼ぶようになった。シッダールトをシド、プシュペーシュをプシュ、シャトルンジャエをシャイトと呼ぶように、母親をママと呼んだ。ママは息子が不安に襲われているのを感じ取

＊ボージプリー語のポップソング。
＊＊ヒンディー語映画界を代表する俳優（一九五九〜）。ガーンディー主義にまつわる映画に主演。
＊＊＊古典音楽の歌手、音楽家（一九一二〜七四）。
＊＊＊＊ヒンディー語映画界を代表する俳優、プロデューサー（一九六五〜）。

っていた。私の心配をしている。母親はそれを知っていた。家の男尊女卑的なやり方に子供の頃から苛立っていた。息子が会社へ行こうとすると母は飛んできて、ごま、ヒモゲイトウ《ラームダーナー》、ヒヨコマメ粉、ブーンディ*などで拵えた作りたてのラッドゥ菓子を息子の口に入れ、元気づけようと言った。少しは休みなさい。他人の失敗で自分を責めてはだめよ、私なら大丈夫、あなたのような息子がいるおかげで誰も私につらく当たらない。出がけに一瞬、母の肩に額を預けるが、その目は悲しげだ。笑みはない。

いつにも増して真面目な息子は真面目になり、気をもむ母親と同じように悩んだが、母親はそれ以上のことを考えてはいなかった。夜、小さな息子は恐怖で目を覚ました。朝、洗面台で歯磨きをしながら鏡に映る自分を見て、ふふ、フフ、と泡を飛ばしながら笑おうとするが笑うことはできず、誰かと会えば、顔の筋肉がヒクヒクと引きつって踊り出し、骨は聖歌のように音を立てた。だがそれを母親は見ていなかった。

しかしいつまで見ずにいられるだろう？　地域の子供たちがクリケットでエキサイトし大騒ぎする。その汚らしい言葉は何だ。英単語を使えても英語を理解したことにならないぞ、まずは自国の言葉を学べ、他の言葉を学ぶのはそれからだ、そうでもしないと息切れしてしまうぞ、悪ガキども、どこか別の場所で遊べ、大騒ぎするな。眉をひそめてきつく叱る代わりに、自分のところに転がってきたキャンバス地のボールを拾って投げ、異様に大きな声で笑い、「グッド・ショット」と不自然に顔をしわくちゃにした。ママは隣にいた。ヨガで筋を痛め、理学療法を受けるため息子と出かけていた。クリケット選手は気にも留めない様子だったが、ママは心配で息子を気にかけるようになった。

物語はここから前進する。生みの母は見た。息子が眠れていないことを、食欲がないことを、息子の顔が沈んでいることを。痩せ細ってしまうのではないかと心配した母は、麦芽飲料《ホーリック》、ビタミン飲料《ボーンビタ》、アーユルヴェーダジャム《チャーワンプラーシュ》、ルーフアフザー、フルーツなど、あれやこれやと持ってきては息子につきまとうようになった。しかし息子の笑いはどこかの罠にでも引っかかってしまったのか、捜そうとするだけで体力を消耗した。夜にはドスンと音を立てて起きる。五臓六腑は興奮したまま、口角から泡を飛ばしながら笑いをほとばしらせる。胃は不安で疼き、内なる溝は深まり、そのうつろさと静寂がこだまして、笑いの「わ」の音さえも見当たらない。そこに終止符が打たれ、先の言葉は続かない。

　こうして物語は立ち往生をする。

　物語が停滞し、もっと物語を語らなくてはならないことが明らかになった、今。箒で一掃してしまうわけにいかない、今。止まらなくてはならなかった、留まらなくてはならなかった、物語の速さを自分の速さに合わせなければいけない、今はまだ。

　物語を一つの生命体と考えてみる。生命体は無数にあり、その種類もまた無数である。背丈、体つき、生活様式、叫声、会話、呼吸、震え、角、呟き、すべてが異なり、生まれてから死ぬまでの期間も異なる。すねて途中で物語を壊してしまうことなど許されない。自分の生を生き、死をまっとうすること。蝶の物語が風にそよぐのはわずか数日。蠅は四週間分のブンブン、鼠は一年中商品によだれを垂らし、犬は二〇年生きれば十分に味わい深い。オウムや亀や象は、もちろん何世紀でも生きるだろう。いまいましいゴキブリは大砲に撃たれたって死ぬことはない。咎められることはあっても。蛇の話をするならば、蛇の不思議を語らなければならない。頭を斬られても、爪を失っても、尾だけは踊り続ける。

　物語とは、そういうものだ。物語は飛び、止まり、進み、曲がり、なりたいものになる。かつてインティザール・フサイン**は言った、物語とは放浪者だと。

　あなたは言葉を失うかもしれない。物語がひとところに立ち止まったまま動こうとしないこともあり得る。樹木になり、別の生命体となる。神々の時代から現在に至るまでの目撃者。物語の紆余曲折を茎にして伸ばし、葉の間に寝かせ、風に香りをつける。

　世にも奇妙な命。死の中にも、岩の中にも存在する。現世と来世の三昧のうちにも存在する。石の液体と蒸気が身震いし、無言で偶像崇拝者を作る。物語を適切に整えて立ち上がらせる。

＊　ヒヨコマメ粉の揚げ玉。
＊＊　パキスタンのウルドゥー語の小説家、詩人（一九二三〜二〇一六）。

笑いは優位に立つ。止まりたいところで止まる。未完全な、あるいは完全な終止符を打ち。笑いながら、あるいは失われた笑いを残して。即興的に。

ここに庭師の許可はいらない。尺度を測り、剪定し、いばらの境界を作り、小さな軍隊のように直立し、偽りや傲慢さをもって私たちはこの庭をすっかり包囲する。これは物語の庭、ここには異なる光が降り注ぐ。陽光、雨、恋人、殺人者、動物、鳥、鳩、飛行、かくかくしかじかの炎、空《スカイ》を見よ。

病らしい病。困難な人生。まぎれもなく問題はその場所でそのように存在し、物語を前進させた。眠くて腹をすかせた顔。笑いと格闘したために、当然ながら目は落ちくぼみ黒い隈ができる。食べ物や飲み物は消化不良を起こし便秘や下痢を繰り返す。関節に痛みが集中し額が熱を起こす。次から次へと不調が訪れ、第三の症状が現れる。笑いの痙攣は病となった。息子は病んだ。

都会では常に病が蔓延している。蚊が媒介する病、水が媒介する病、空気感染する病、食べ物を介する病。なぜ誰も笑いにも細菌があると考えなかったのか。息子の母親は、そんなこととはつゆ知らず、ただひたすら心配していた。息子は抵抗したが、医者が来た。湿布、痛み止め、マルチビタミンへと続き、検査を受けるよう助言を受けた。当てずっぽうの病名に似たり寄ったりの症状。かぜ。腸チフス。デング熱。胃腸炎。マラリア。チカングニヤー熱。インフルエンザ。肺炎。ひょっとして……く……くち……口に出せない病気ではないか、と思うと息をするのもやっとだった。しかし検査結果は白だった。広範抗生物質が処方された。よくはならない。コルチゾンの注射を勧められた。無駄だった。母親自ら食事を作ったが、症状は悪化した。息子が休暇を使い切っても一向によくならない。大丈夫だ、と息子は言ったが回復することはなかった。

母親はどうしたか。額に軟膏を塗って息子を寝かしつけるようになり、使用人ラティラールの甥フィトルーを、学校が終わった放課後に呼びつけるようになった。脚をマッサージしてやって、寝ていてもやるの、下の子は元気にならないといけない。フィトルーは夜に何度も起きて息子の様子を見に行くようになり、下の子のためにできそうなことすべてをするようになった。

ある休日、ラティラールが座って脚をマッサージしているのを見かけた。なるほど、今日は休みだから甥っ子がおまえを呼んだのね？　この家の嫁は思ったままを口にした。翌日ティッランが息子の足元で脚をさすっているのを見た。また別の日、ガンティーが脚を持って座っていた。彼女は驚いた、どういうことなの、この前はあの人、別の日には別の誰かが家に出入りしてる。フィトルーは？

やがて、フィトルーが来るのを断っていたのがわかった。なぜ断ったの？　息子さんの具合がよくないからです。具合が悪いから家に来て脚をマッサージしてくれと頼んだのよ。いいえ、そうじゃありません奥様、と続く。息子さんが苦しそうに顔をゆがめ、腹から声を振り絞って何か言ったんです。

一度吐き出してしまうと、あとは楽になって話しやすくもなる。新聞配達のチンプーも怖がっていました。あなたから聞いてみてください。

フィトルーに話を聞くと、こんな様子の息子を見たという。顔が壊れ、口が破裂するような音を立てた。息子が何を言おうとしていたのかフィトルーには分からなかった。何か話していたが、泣いていいて言葉にならなかった。やがて坊ちゃんは疲れて枕元に倒れ込んでしまいました。

あたしは坊ちゃんの脚をさすっていましたが、坊ちゃんは注意を払いませんでした。目を閉じたまんま、口に何かが詰まっているような感じでしたがね。そんなときですよ、チンプーが玄関に新聞紙を持ってきたのは。坊ちゃんはびっくり仰天、変な顔をして表に出たんです。向こうも驚いて新聞紙を投げつけ逃げてった。あいつも言ってます、坊ちゃんは毎日おんなじことをしてるって。坊ちゃんに何があったのでしょうね。

それまで威勢よく叱りつけていた家の嫁は急に母親の心持ちになり、胸がドキドキし、汗が噴き出してきた。監視を強めた結果、彼女も見てしまった。薄暗がりに座る息子が、ハハ、フフ、フフという音をさせているのを。笑いではない？　紙に書いた笑いを切り取って唇に貼り付けたようなものに見えた。目、頬、鼻、額、どれも笑っていない。口は裂け、口以外は恥にまみれ、しょげかえっていた。

普通に考えてみてほしい。誰が独りでベッドに座って笑うだろうか？

どのように息子に話せばいい？　二人の息子が幼い

ころ、口を歪めてはいけません、風が吹いて、顔が戻らなくなりますよと叱りつけ、時に雷を落とすこともあった。そんな息子たちは、もう母親より大きい。

一度見てしまえば、毎日見るようになる。笑顔のシールを貼り付けて固定しているかのように、時に大きく、時に極端に小さくなった。顔の残りの部分とまったくなじまない。噴き出す音も、唇の形とサイズに合っていない。口は短母音のウの形、出てくる音はハーハーと伸びる。口は長母音のアーの形、音はヒヒヒといった具合に。

何かが間違っている。とても間違っている。ママの心は息子を思いひどく傷つきかき乱された。これだけ優秀な息子が、これだけ学校の成績を残した息子が、若くして立派な仕事についた息子が、どこでホーフーハーに絡め取られてしまったのか。

結局、使用人のラームデーイーが手綱を握った。彼は奥様と下の息子をバフケー・ファキールの霊廟《ダルガー》へ連れて行った。そこでは一〇〇歳を超えたピール・ナビーナーが聖人の墓に花を手向けて祈りを捧げていた。肌の色は青黒く、目はサフラン色をしていた。背が高く丈の長い上着《チョーガー》を羽織り、大きなオレンジ色の丸い石の数珠をかけていた。視力を失い遠くを見ることはできない。ラームデーイーによれば、その目はこの世ではなく、この世を超えたものすべてを見ていると言う。

ピール・ナビーナーは手を取り、下の息子の脈を確かめた。押さえた。彼の内側をのぞき込んだ。こうしてピール・ナビーナーの目は、完全に後ろに転がった。

彼の脚には青い痣がある。

はい、ラームデーイーは手を合わせた。

夜に発熱する、朝には下がっている。

そうです、ピール・バーバー。

色は浅黒く、口は閉まらない。

ええ、ええ。

顔を激しく揺すっている。

そうです、ママが答えた。

口と声は、互いの命令に従おうとしない。

はい?

顎を大きく開くとかすかなヒヒという音がして、口を少しだけ開くとハハという音がしてくる。

はい。はい。

口元から気泡がはじけ飛ぶ。

ええ、ピール様、息子の腹から出てきます。

彼の心から。

こ、こ、心？

ピール・ナビーナーは脈を取っていた手を放した。瞳は元の位置に戻った。黙って座ると火ばさみを空中でくるりと回した。目に火がともった。

息子は病気？　女性二人は怖くなって聞いた。何なんですか？

彼の病は笑えないこと、盲目のピール・ナビーナーはそう言った。

びゅうびゅうと風が吹く。風は忍び足でやってくる。物事は重大さを増して進む。物事は変化する、だからこそ重大さを増す。

こうした変化のなか、笑いは去り、とどまり、戻り、どういう事情だろうか、ある日、杖がやってきた。

ピール・ナビーナーがどんな役割を演じたのか、真面目な息子、あるいはその母親に何度も何度も尋ねてみなければ、あるいはその言葉の裏までのぞき込んで確かめてみなければわからない。症状から病が判明した直後、会社は下の息子を昇進させ、外国へ派遣し、海外支社のＣＥＯにした。外国といってもネパールやバングラデシュではない。ドイツ、オーストラリア、アメリカだ。かくして息子、つまりシドの弟は、オーストラリアに渡った。固まった笑顔でハハハと笑っているのか、口を開けずに笑いを垂れ流しているのか、腹の中からブクブクと湧き出した泡が何か別のものになって口からあふれ出しているのか、その様子を示す写真を送ってくれる者はいない。今もまだ、環境は彼に嫌悪感を与えているのか、それとも現地のショッピングモールの商品や価格を賞賛に値するものと考えるようになったのか？

こうして笑いは海を渡り、海の向こうから杖は到着した。海外の息子は数日だけ帰国し、立派な職についた幸せを故郷の両親にも分けた。プレゼントを携えて。Ｔシャツ、コットン、ビニール製の花柄の便座カバー、シャツ、テフロン加工のフライパン、チューインガム、カンガルーのキーホルダー、コアラのペーパーウエイト、ソックス、小さな箱、ガラスの小瓶、そして母あるいはママがいつでも来ていい券、朝市で買った物、閉店セールで買った物、半額セールだったが一〇〇〇ルピーした杖を見て「こんな杖は目にしたことも耳にしたこともない」と言った。

長男が、一〇〇〇ルピーもしたのかと言うと、その息子はこんな色の杖は他にないと言った。周りにいた者たちは、伸ばせるし畳んでバッグにも入れられると言った。息子が、杖はおばあちゃんにと言うと、渡してらっしゃいよ、とママが促す。

杖は母の部屋に移され、ベッドの枕元に立てかけられた。ふわっと軽い杖で、すべすべして、ほっそりして、今にも飛び立ち、踊り出し、大騒ぎを始めそうで、音楽を奏でそうで、支えになってくれそうで、蝶を羽ばたかせそうな様子だった。華があった。いろんな色の蝶が描かれている。深紅、グレー、ターメリックイエロー、シルバー、薄緑、ターコイズブルー、紫、黒、パロットグリーン、白、すべて、全部。今にも羽ばたきそうだ。水しぶき。ストライプ。杖の柄はくちばし。笑顔が、羽ばたきが、おしゃべりがある杖。

こんな杖を見たことがあるだろうか？　金の杖なのだろうか？　首の部分に値札がシールでついている。それを見て、皆は目を見開いた。激しく振ると蝶は舞い上がる。カタカタと音をさせれば杖はひらりと曲芸をしてみせる。なりたいと願えば小さくもなれる。不思議の国のアリスのように。手のひらサイズにした杖を袖の下に隠しておけば誰も気づかない。蝶は魔法の妖精、振ると飛び出して杖が長くなる。アリスの杖だ。

下の息子はオーストラリアから戻り、杖は家族の一員のように母の枕元に置かれた。来客は皆、杖に挨拶し、眺め、触れ、そして褒めたたえた。大が小になり、小が大になる。杖を空中で振るとカチッと音がして真っすぐになる。もう一度振ると自分の役目を終えたかのように、頭、胴、その他の節々を折って挨拶をし、小さくすぼまる。皆が見入る。

色で部屋が満たされたにもかかわらず、母は壁に貼りついて見ることはなかった。

色というのは、それだけで芝居だ。ただ存在するだけでは生まれない。そこにあるだけで、賑やかしたまま埋もれてしまうこともある。息がふわりと立ち上がり、あちらからこちらへと動き回ると、やっと色は滑り出し、寝返りを打つ。瞼を閉じ、辺りを見回し、歓声を上げ、キラキラ輝き、大声でわんわん泣き、幼稚に振る舞い、ロマンティックになる。死んだように横たわり、起き上がる。今までそこになかったものが確かに存在する。

皆が母の窓を開けるが、母は見ようとしない。凧が外の枝に引っかかっている。けんか凧だろうか、糸にガラスの粉がまぶしてあったのだろうか。絹の凧か、紙の凧か、竹ひごに縫い付けた凧だろうか。落ちたのか？　負けて落とされ木に引っかかったのか。この凧も、オレンジ、紫、ピンクと色とりどり。色あせてはいるが豊富な色をたたえている。破れた紙をひらひらさせている。いや、ぱたぱたか。

シドが来れば分かる。杖を振ると何かが起こる。蝶が羽ばたけば、瞳が開く。

シドが来た。脇目もふらず手に取った杖は高く飛び、母のベッドに舞い降りるように収まった。

わお、おばあちゃん《グラニー》、見てよ。パサッシュパッと音をさせ宙に放ち、ピッと伸ばしては縮め、長くしたり小さく畳んだりする。短くすると横笛《バーンスリー》みたいだ、ねえ吹いてみてよ。長く伸ばしたら、悪いやつの向こうずねをビシバシ叩けるよ、グラニー。じゃあさ、これを持って広げてみてよ。僕とグラニーの乗り物だ。雲の中を浮かぶ杖。髪を下ろしてよ、ばかだなグラニー。前に座って、後ろが僕だ。世界旅行に出発だ。

おいおい、気をつけろ《ケアフル》、長男は大声で叫んだ。一〇〇〇ルピーもしたんだ。

誰が言ったのよ、嫁もつい大声を出す。なぜ半額のほうの値段を言うの。

僕がおばあちゃんのために買ってきた、と海外の息子が電話口で付け加えた。お義母さんのそばに置いておくように言ったのは私です、と家の嫁は皆に言って聞かせた。欠けている色は一つもないのよ、捜してみて、と娘は得意げに言った。息子の偉業を伝えたのは私だ、と長男は年長者の声で言った。どの家族もそうだろう。皆が自分の手柄にしようとした。

だが虹《レインボー》は？　本当の手柄はそこにあった。

虹の名前が出たら出ていかざるを得ませんね。だってあたし、見たのですから。誰かが言ったとすれば、それはあたしです。まるであたしではないかのように。でもあたしは知ってます。なぜなら、あたしは他の誰よりも多くのことを目撃し理解しているからです。あたしは黙って見ていましたよ。誰が来て、誰が話して、誰の顔がどんな表情をしていたか、虹がどこにかかったのか。もちろん、あたしがその場に居合わせて、目の前で起こったことに限りますけどね。

虹の場面にあたしの出番があるんです。今がチャンスです。虹について話をしましょう。虹のようにページを渡ります。一瞬でも輝けるように。

虹は輝いていました。ビールの中で。私の相棒《バディ》のためにしっかり持っていたビールです。私もそのパーティーに招待されていて、シドの後について、おばあさんに会いに部屋に入ったんです。するとシドはその杖を持ってぶらぶら歩き出しました。

ミシッ、バリッ、ミシッ、シド、つまりあたしのバディのことですが、彼が杖を開いたり閉じたりさせ蝶を一斉に飛び立たせました。シドのおばあさんは病んでいました。あれが病でないとすれば、何と呼びましょう、老化でしょうか。おじいさんが亡くなったのです。グラニーはそのシンドロームにさいなまれました。どうすればいいのでしょう。ただ横たわっています。あたしが会うときは、いつもベッドで休んでいました。

気まぐれなあたしの友人の笑いは伝染します。火葬されている男が、大笑いしているのは誰だ、と起き上がるような人間。あたしではありませんよ！　あたしでは……

ここで自分の話をするつもりはありません。あたしの物語ではありませんから、あたしは必要ないんです。登場人物ですらありません。それでもページは舞台です――ザ・ページ・イズ・ア・ステージ。この場に属さない者であっても、多少なりともチャンスを与えられたのですから喜んで自分の時間はめいっぱい使います。たとえばこんな場面です。ステージの役者が「雨」と言います。するとあたしのような者が登場し、水鉄砲で雨を降らせます。そのまま退場する流れですが、舞台に上がった者が退場するのは容易なことではありません。水鉄砲の引き金をできるだけ長く引き、腕を少し振って観客の視線を集め、ワンダフルな瞬間をもう一度呼び寄せようとするでしょう。

貧しい学校教員が、同じカーストに属する州首相の私設秘書になるようなものです。三年間、満月が毎晩彼を照らすようなものです。高利貸し、賄賂、快楽、メルセデス・ベンツ、海外旅行、秘書はあらゆる種類の不正に手を出しました。家を改装し、娘を結婚させ、息子や甥を就職させ、やがて任期が終わるとともに、杭につながれた牛のように貧乏教師らしい慎ましい人間に戻っていきます。しかし、チャンスさえあれば舞台で自分の役目を何度でも演じるのです。

あたしも同じ境遇です。チャンスを逃す手はありません。何度でも同じ役目を演じるでしょう。前の場面を見逃してしまった人、どうぞご覧ください。

あたしは強引にエゴを押しつけるようなまねはしません。これ以上あたしは長居しません。あたしはここから追い出されるのでしょう。追い出されるくらいなら、自分の台詞を言って退いたほうがいいに決まってます。あたしの出番はほんのわずか。台詞はこれだけ、虹が輝いた。真っ先にあたしが見たんです。他の誰かが見たかどうかは知りません。でもあたしは見た《バット・アイ・ソー》。

あたしたちは部屋に入りました。ビールの入ったグラスを持って。息苦しい、あたしはそう思いました。杖を持ってシドはジャンプしました。なのにビールはこぼれません。あたしは「いいですか《メー・アイ》」と許可を取り窓を開けました。外には壊れた凧が木に引っかかっていました。蝶が飛び立ちました。たぶん凧もパタパタと揺れたと思います。シドのおばあさんは寝返りを打ちました。そして目を開くことになります。

起きてよ、グラニー、怠け者だな、冬の間じゅう眠っているつもり？　寒いよ、冬だから寒いよ……。シドはおばあさんの枕を立てて隣に座ると、杖で空を飛ぶ歌を歌い始めました。ガーガーいうおばあさんのいびき声をコーラスにして。おばあさんを抱きしめて杖をついてポーズを取ります。

ポーズが決まったら写真撮影。誰が撮る？　ぜひとも、あなたが。スマートフォンを取り出します。ビールのグラスは誰に渡そう、シドに渡しました。するとシドはグラスをおばあさんの手に持たせました。お転婆娘、ビールを飲むんだ。早く写真を撮って。

いいのいいの、シドのおばあさんは、い、いい、と声を出し、微笑むと、それはぴょんと跳ねました。虹が。あたしはこの目で見たんです。凧から色をかすめ取った蝶から色が飛び出し、虹が飛び出しおばあさんのグラスにダイブすると、そこで泳いだのです。おばあさんの目にキラキラと映ります。ここにも虹が輝いています。そしてあそこでも光っています。瞳に映った虹が一番輝いていました。それは写真に丸々収まっています。こちらには虹、あちらには虹の影。信じられないのでしたら写真を見れば分かります。百聞は一見に如かず。

　これ以上は話せません。あたしは物語の登場人物ではありませんので。それでもあたしはそのパーティーにいました。ただのパーティーではありません。忘れられない宴でした。みんなが集まり、そこにあたしもいました。だからここまで話してきました。でもあたしの時間はここまでです。一礼してこのページを去り《アイ・テイク・ア・バウ・アンド・リーブ・ディーズ・》ます《ページズ》。この先に何があってもあたしから語ることはありません。


　息とは虫のようなもの。消えたかと思うと細い息が現れ、冬の風や、出入りする人々の力強い息の中で、もぞもぞと這い出そうとする。老いた母は微動だにせず横たわっている。その母の中を虫が這っていき、穴の中に入り込もうとし、後ろからするハアハアという息から逃れる。穴というものは深く潜れば潜るほど大きく開く。虫の息は鑿《のみ》となって息苦しさを削り取り穴を掘る。暗闇を突き破り、光を放ち、眠りが訪れるだろう。

　風と光。ここに水があれば虹ができるだろう。

　虹？　それは何だ？　ああ、レインボーか！


　最後の晩餐ならぬ最後の昼餐であった。忘れ得ぬ出来事だった。その日、特別な招待を受けた太陽は、盛装して現れた。冬が終わり、間もなく長男が退職する日のことだ。この瞬間が太陽の黄金の輝きをさらに彩るに違いない。この後、その光線だけが祝福される。この家を去った後の話にはなるが。沈みゆく太陽は、土埃の舞う空にぶらさがる。街に林立するビル、車の渋滞、鉄のように重々しく黒々とした空気の中に光をまき散らしながらスクーターのようにブンブンと走り回るだろう。ほんの一握りの者だけがその光線に気づき、その完全なる輝きに思いを馳せ、心を喜ばせる。この芝生の上に、この菊の花の上に、まだ陽光は残っていた。太陽王、どうか来てください。

　太陽が退任する役人の招待を断ることは、まずない。前任者が想像もしないパーティーになるよう、細心の注意を払うことを太陽王は知っている。かぐわしい香りが漂い、笑い声が響き、着飾り、庭があり、テーブルと椅子が並べられ、ムガル様式の衣装をまとった使用人がいる。それを見て、太陽の輝きはさらにほとばしる。地上の住人には理解できないくらいに。私は私の指でつまみ、私の熱で溶かし、私の蒸気で引き寄せ、美味なる料理を楽しむ。太陽なりのスタイルで。私は一口分をほおばり咀嚼する必要もない。

太陽王は、あらゆる仕事を放り出した。王のほかに誰が時を計測するというのだろう、世界を闇に放り出したまま太陽王は自分のオーケストラを連れて登場した。花火だ。ほかにどのような余興があっただろう——火は滝のように枝から垂れ、河のように壁を流れ、松明のように木の葉の間を通り、ランプのように枝を照らした。燃え上がっては消える。ニームの葉を風車《かざぐるま》のようにくるくる回す。空にいたずらをする——雲の巻き毛を金色に染め、波打たせる。黄色い光で縫い合わせたガーグラーを着せて。雲の踊り子が歓喜の叫びをあげるまで、手に手を取って旋回させる。地上の人間に聞こえなかったとしたら、それは彼らが歩き回る柔らかい緑の草が黄金の波でうねっていたからで、ハイヒールやブランドの靴を履いていた人たちがよろめいて転んだ。転ばなかった残りの人たちも別の夢想をして結局よろめいた。

菊はサッカーボールのように跳ね回る。どこに行くのか、死ぬのか、アパートの植木鉢に植え替えられるのか、それとも隣の役人の庭で王子のように生きながらえるのか、気にかける様子はまるでない。今日のこの機会に集中し、気取った様子で、何かを飲み込むかのように通り過ぎるトレーに頭を垂れた。

そしてこの日も母を起こす努力は続く——「母さんに伝えてくれ、太陽が出てきた」

なんというパーティーだったのか。その日付は政府のファイルに永遠に記録された。長男が最後の昼餐会を催した。要職は皆そこにいた。政府職員、新旧が集まった。州内にとどまらず、マムドートのナワーブ・バハードゥル、ドラーングドラーの藩王、製粉所のオーナーをしているバゲールルーラーム、石油王や、ナディア・アシャルフィーやパンチュー・クマールなどの映画スター、作家のトゥトゥ・ゴールディやバーバラ・チャトリーらなど、華々しい顔ぶれが集まった。私もいたそのパーティーは、毎年新たな参加者が集まるほど記憶に残るものだったそうだ。参加できなかった人は劣等感にさいなまれ、面目を保つために参加したと偽るほかない。ただ、税関の退役士官はバリの新居契約のために忙しかった。欠席を公にする者もわずかながらいた。彼は世界中に住居を構えていた——一つはゴアのカーラーングート、ガージープルのゴードウル、さらにはマサチューセッツのペルー。森の家の扉をノックする者があったので開けてみると、腕を組んだ熊が蜂蜜食べさせてほしいと立って頭を下げたそうだ。パリ郊外のゴビヨー、デンマークのどこかの海辺、ハンガリーにも一軒、カナダのエドモントン、南インドの寺院の近く、電気が通っておらず近隣に先住民が住んでいる南米のどこか、ほかにも二、三軒所有していたが、今回のバリからの呼び出しは国際問題に発展しかねない。税関からの呼び出しならどうにか手を打つが。彼以外の招待客は皆出席し、幸せの絶頂にいた。権力者には盲従する。盲従する者は長いものに巻かれる。未来を担う人間は尊重され、過去の人は消える。

この日は皆、長男の家の芝生で心地よさそうに身を揺らしたから、その場の雰囲気も揺れ動いていた。花々はしなを作り、雲は風にそよぎ、木の葉はダンスを踊り、草はうごめき、人々は体を揺らし、太陽は風を染めた。

「母さんに伝えろ、花が咲いてる」

陶器や壺、鍋や瓶まで気取り出したあたりで手に負えなくなってきた。使用人たちは叱られた。「さてはビールをサーブしながら陰で飲んでいるな？」

葉は舞い、草ははしゃぎ、太陽は気取り、風は子供のように長男の家を出たり入ったりしている。あちらこちらで叱責がなされ、誰も休む様子はない。

ああ、ああ、なんて楽しいのか、歌って踊っておしゃべりをして。

「母さんの窓を開けろ」

なんとかぐわしい。芝生の片側に屋台がずらりと並んでいた。中国料理、チャート、バーガー、パスタ。バーベキュー、マッシュルーム、じゃがいも、唐辛子、シーフ・カバーブ、玉葱、レーシュミー・カバーブ、パイナップル。プーリー、カチョーリー、トマト、グリーンピース、ダール。プラーオ、パニール・パーラク、マトン、チキン、フィッシュ。ジャックフルーツ、アールー・ダム、パルワル、ゴーヤーの詰め物。ドーサー、イドリー、ウッタパム。ラワー、米、セモリナ粉の主食。ピザの屋台、パオバジの屋台。サラダ、果物、その他もろもろ、あらゆる食べ物。楽しい宴に酒や飲み物の酔狂は必要もないが、賓客が来ている。極めて重要な役人の邸宅であるから飲み物もまたたっぷりあった。冷えたビール、ジン、スプライト、フルーツジュース、ウォッカ、白ワイン、ロゼ、ザクロ色、ピンク色、深紅色、瑪瑙色まで何でも。コーラ、ペプシ、ラッシー、レモネード、クミン水、キラキラキラキラ。

　平口の大釜で踊っているのは渦巻き菓子《ジャレービー》、イマルティー、バールーシャーヒー。アイスクリーム、クレームブリュレ、クルフィー、ティラミス、グラーブジャームン、スフレ、キールはドライフルーツ入り、サツマイモ入り、米粉入り。緑豆のハルワーとニンジンのハルワー。シャーヒー・トゥクラー*、ケーキ、マールプーアー**、ペストリー。パーパル、パコーラー、チャトニー、ソース、ディップ、アチャール、どれだけいつまで列挙すればいいのだろう。食べに来たのか、それとも数えに来たのか、もはやわからない。

　ただし、かつて薔薇の庭があった場所で出された料理には到底かなわない。長男とその妻の間に面白いバトルが起きた。皆は笑った。夫婦の冗談は、いつ喧嘩に変わるかわからない。長男は東の人間、妻は西の人間だった。一人がバルバラー、マクニー、ティッカル、グランマーと言えば、もう一人はジョール・ドーイ、ファジータ、マター・グウイヤーを作り、ある日それは大戦争となる。妻は婚家のレシピを現代風にアレンジし、麦焦がしでミルクシェークを作る。

「母さんの足を陽の当たるほうへ向けてくれ」

　さて、最後の昼餐で誰かがほかの誰かを攻撃するなどあるはずもなく、長男は誇りの込もった愛情で郷土の名を高々と語り、名物料理パーティー・チョーカーの旗を掲げた。根無し草の都会人が住む人口密度の最も多いこの町へ、人々が集まったのはもっともなことである。マンゴーの国でマンゴーを見たことのない人がどれだけいるだろう。熟す前の青いマンゴーは言う

＊サフラン、クローブ、カルダモン風味のパン・プディングの一種。
＊＊揚げ菓子の一種。朝食、軽食に供される。

に及ばずだ。彼らはバーティー*という言葉を発音もできない。

家の裏手、芝生が途切れたところの菜園の先の角地に、小さな更地が現れる。牛糞餅が金属製の容器で熱され、そこでバーティーが焼かれていた。その近くでは、皿の上に麦焦がしと大粒の唐辛子を砕いた、ウッタル・プラデーシュ州東部にあるビハール伝来のアチャール用マサラを混ぜ、そこへニンニクと塩をまぶしたバーティーの詰め物を仕込んでいる。使用人のヤーダヴおじさんが生地をボール状に丸めるのを人々は見ている。おじさんは、そこへマサラを詰め込み、牛糞餅の上に置いて焼く。生地を丸め、その間に火ばさみでバーティーを挟み、ひょいと裏返す。バーティーを焼く。おじさんが火に風を送り、生地をひっくり返すのを人々は見守る。手品でも見せているかのようだ。目が釘付けになる。バーティーが焼き上がる。おじさんは火ばさみで持ち上げ、灰を払い落とす。そばに置いた鍋いっぱいの香り豊かな純正ギーに浸す。太陽はギーに映る自らの色彩を見いだす。おじさんは、ギーをたっぷりまとったバーティーを大皿に置く。人々は詩の朗読に賛辞を送るかのように、ワーワーと言い息をハフハフとさせ、熱々のバーティーを手に取る。おじさんが、葉の器にナスのバルターと共にギーに浸したバーティーをよそうと、女性たちが手を伸ばす。サッカーボールみたいに丸々と太ってもいただくわ。周囲からどっと笑いが起きる。おじさんは笑顔で熱々のバーティーがのった次の皿を渡す。ヤーダヴおじさんは遠くの村からはるばる来た。役人である長男のパーティーでバーティーを焼いてくれた。長男はおじさんの息子を鉄道会社に就職させてやったので、息子に会いに時々訪ねてくる。

公務員になることは、人々の夢であり、憧れだ。雑用係、公務員、タイピスト、運転手、庭師、何でもいい。とにかく、役所勤めがかなえば死ぬまで安泰だ。訓練を受け、教育を受け、ローンも組める。目標を達成するために。

ヤーダヴおじさんも官公庁の仕事の熱烈な信者だった。ヤーダヴおじさんの両親も、そのまた両親も、その子供も孫も、あるいはヤーダヴおじさん自身も、長男やその祖先から公務員職というお守りを約束されていた。

例えばヴィラースラームとその妻ルーパー。彼が山から逃げてきたのは一〇歳のときだった。長男の家で働くのは何度も断られたが、ようやく公務員職に必須である一〇年生の試験に合格し、何年も長男の世話になり、やがて成長し、帽子をかぶって家を出入りし、成人してから数年間は非常勤職員として会計監査院《CAG》事務所で働き、のちに正職員になった。あるとき村へ帰り結婚した。次の帰省にはルーパーを連れていき、その後は帰省することもなく息子を二、三人もうけ、そのたび長男の家へ寄った。自分が必要なとき、つまり自分と妻が必要なときに長男を頼った。そして最後の昼餐だ。彼らはもちろんそこにいた。ゲーンダーの妻パルトゥーもそうだ。原子力発電所のゲストハウスへやってきたのを、長男が庭師の職に就けてやった。一週間に一度、グラジオラス、チュベローズ、スイートピー、カーネーションなどを花束にして、家の奥様に言われたとおりに花瓶に生けた。カンテーラームはヴィラースラームのおじだ。家出した息子を捜しに街へやってきて、街の暮らしに希望を見いだし、帰らなかった人物だ。役人の肩書きを持つ長男は、村、ガンジス河、薔薇、アヘン、香水《イトル》の仕事を奪われた者たちにとっては神であった。彼の屋敷には、要望の紙を顔に貼り付けたような群衆が列をなした。誰それをどこそこに就職させてください、この子を入学させてください、病気を調べてください、なかなか昇進しません、どうにか動かしてください、警察署に虚偽の報告書が提出されました、助けてください。一度でいいのです、旦那様、技師長と話してください……。私の父の市役所にペンツェ氏がいます、彼に電話をかけていただけたら……。病院事務長が旦那様をご存じです。警備員が必要なら……。ラティラールは二度ばかり逃げ戻ってきた。一度はＤＧのところからだ。長男の勧めで雇われたが、警察関係の清掃人にさせられ耐えることができなかった。二度目は息子の個人出版社で本の紙を運搬する仕事を任され、雑用係として働かされた。長男は、州内は自分の管轄だから、いずれ警察に入れてやることもできると言い聞かせたが、ラティラールは

＊直火で焼いた小さな球状のパン。

納得しなかった。他の警察官と一緒にベッドに掛け布団をかけてゆったりと眠っていたし、ギーをたっぷり塗ったローティーでマトンやチキンを食べていたが、個人的に雇われているだけだ、公務員にしてほしい、お給金だって公務員より少ない、同じ事をするなら長男の家の方がずっといい、うちの村の出身で、同じカーストの人間だと言う。ラティラールの娘が祭日にやってきて母の手を握り、長男のことをパパと呼び、妻をママと呼んだが、悪い気はしなかった。身の回りの世話をきちんとしてくれるかぎり結構。おじいさんおばあさんの世話もしてくれる。何でもしてくれる。家の中のことも外のことも一生懸命に体を動かす。電気屋に聞いてきて、電話局に問い合わせてきて、牛乳や卵を買ってきて、つる草をひもで縛って、セモリナ麵を料理して、錠前に鍵をかけて、新聞を屑屋に売ってきて、トウモロコシを熱々に焼いて包んで持ってきて、アールティーの火をおこして、プージャーの器を灰で磨いて持ってきて、全部やりなさい。やり残したこともすべてやったら、いつか必ず公務員の仕事に就けるだろうから。皆の守護神。一体何人の世話をしたのか。

長男はおじであり、兄であり、甥っ子であり、息子であり、義兄であり、子供であり、我々はあなたのおじであり、父親であり、弟であり、妻の兄弟でもある。長男のところに要望が来れば、君に、あなたのためにやらなくてはならない。手をつけてしまったら最後、永遠に続く。

こうした事実が、そこにいたすべての人を動かした。どんな立場の人間であっても、手伝いの人間であっても、長男に挨拶しに来た。原子力委員会、水道局、インド政府の国家開発機関《BSS》、主計局長、収税官、保健局、酒造業者、障害者局、財務省、通商省、民政局など、さらには「小僧、これを片付けろ」とか、「ガルバル・シン、ビールを持ってこい」などと言って職場の使用人を私的に使っていた上席たちもパーティーに出席していた。

つまり、パーティーに参加したゲストと使用人たちは一本の線のどこかでつながっており、セクハラ、命令、叱責、忠告、なにかしら打てば響く関係にあった。お客の数だけ使用人もいて、長男の家は輝きを放つ宮殿さながらであった。扉は開かれ、風も薫りも人々も食器も自由に出入りした。カーリーチャランはカシミーリー・マサラ・カレーを調理し、ナンダン・シンは冷蔵庫から氷とヨーグルトの壺など冷たい物を出し、カンテーラームの嫁スシーラーは、姑のリーラーワティーと一緒に繊細なガラスを洗って拭い、カンテーラームの妻は、今日は足が痛いのにやってきて、足を伸ばして洗い物に目を配っている。クリパーシャンカル・カーンは部屋のキャビネットからクリスタルのマグをトレーに並べ、ラートルーがそこにビールを注ぐ。何を話せばいいのか。話し始めたとしても、どこで止めればいいのか。誰も急いではいないが、午後の遅い時間から夕方にかけて出かけてみようかという気持ちになる。玄関を出てパーンの屋台で立ち止まり、バナーラスのマガダ産の甘い葉を、ミネラルウォーターで洗ってそれを拭き、そして……。先に説明しよう——アセンヤク、消石灰、グルカンド、ビンロウジュ、カルダモン、クローブ、ペパーミント、カンゾウ、キマーム、噛みタバコなど、どれを省くか考えてもきりがない。

すべてがそろった。今日の試合の優勝者はなんといってもヤーダヴおじさんのパーティーだ。女性たちが声を出して笑って立ち止まっている、いつもならしみができないように口をすぼめる女性たちが、大笑いして顔に深い皺を作った。心から笑った。顎を大きく広げ、皺を張り巡らせて。

「母さんの頭を窓のほうへ向けてやって」

外国人から見ても、このパーティーに自国の文化はかなわなかった。

外国人は見過ごしてきた。彼らは白人だ。彼らは居座り、彼らは変わらない、なぜなら世界は彼らのものになってしまったのだから。世界を作ったのも彼らであって、破壊したのも彼らであって、創造者の同義語は彼らであって、それ以外は破壊者。彼らが中心にあり、本質的な物語は決着がついており、残りはその他のものだ。爪、十進法、紅茶、ゼロ、タイピング、火薬、すべてはこちら側からもたらしたものだが、物事は中央に届いてやっと世界に認識される。すべての色——黒、茶色、黄色——もよそから発生したのに、中央の無味乾燥で色彩のない世界が、あっさり真の色と認識された。中央とその他、あちらは現実、こちらは退屈。色彩も価値もない。記憶も忘却もあちら側から生じる。彼らは古代ギリシャを自分たちの文化遺産にしたが、何世紀も何世紀もその存在を忘れていた。そうで記憶を宝庫に保管してきたのはアラブだった。そうでなければ西洋はルネッサンスを経験しただろうか？　ルネッサンスは西洋で起こった。ゆえにアラブはその他に数えられる。

　だからといって最後の昼餐で、敵意や不和を持ち出す必要はない。外国人はその幸運によって彼らの巻き毛には陽光が降り注ぎ、来場者として温かく迎えられる。このようなパーティーには外国人が必ず訪れる。

　彼らを見て喜び、招き入れるのは自由だが、今は中心に据えない。彼らの名前を口にする必要があるだろうか。陽光を浴びさせ、自由にさせ、軽食や甘い物を与えて喜ばせておくだけでいい。パーティーで目を丸くさせておけばいい。パーティーは奇跡だと言わせておけばいい。おいしいスパイスを与えて楽しませておけばいい。

　娘とともに、無色透明の白人がやってきた。名前はアリルド。色を消しておくことが有益であると考えられていたので、彼はチャンスを手に入れた。長男は喜んですべてを彼に与えた。頭髪は生えていたから、陽光が彼の髪に絡みつき、眼鏡をかけていない青い瞳はキラキラと輝いた。彼が、ああ美しい、ああステキだ、ああおいしい、と言うので、彼と握手したりして歓談する者もいた。

「母さんに会わせよう」

　どこからいらしたの、パーティーの始まりに誰かが尋ねた。そうではない、質問はこうだった――どちらのご出身ですか？《ウエア・ドゥー・ユー・ヘイル・フロム》　人々は次々に質問を始めた。アイスランドはどこだ、アイスランドなんて聞いたことがあるかい？　それってエスキモーランド？　でも、どこ？

　では、あなたの国には誰が住んでいるの？

自然。

では、あなたは？

　私はそこに生えている役立たずの草や雑草です。市民です。水、火山、岩石。おわかりになりますか？　岩石。それが私たちの国にあるものなんです。

　私たちの国にはすべてがある。ホストである長男が続きを引き受けた。例えば、宗教、動物、果物、野菜、自然界のもの、悲しみや痛み、マクドナルド、病気、不寛容。多次元、大量、余剰。有り余るほどの不足、飢饉、飢餓、洪水、喜び、楽しみ。

　妹も笑っていた。ゲームに参加した。世界のどこにでもあって、私たちのところにもある物の名前を挙げてみて。氷、海、キウイ、イチゴ、青い瞳、マンゴー……。

マンゴー？　長男の妻はマンゴーの名前を持ちだした。マンゴーは万物の父だ。世にあるすべての物、それを迎え撃つのが一つのマンゴー。どれだけ物を並べても、マンゴー一つがそれに代わる。

マンゴーか！　大勢の外国人が来たが、彼らはみな敬意から頭を垂れた。

人々がマンゴーを賛美しないことがあるだろうか。パーティーで声が上がった。先物取引市場の入札の声のように。

ダシャハリー＊。

チャウサー。

他の種類があるか母さんに聞いてみて。

トータパリー。

ラングラー。

ラートルー。

バードミー、ラトナーギル、アームラパーリー、シンドゥリー、ファズリー、ニーラム、デーシー、サフエーダー……。

私のようだ。ハハハ。外国人は知っていたに違いない、どの国にもそれぞれ出入りの自由があることを。たとえば服に、笑い声に。誰かが先に進めてしまう前に、この文章は私が引き締める。そんなふうに考えたのだろう。

ええ、お母さんみたい、と娘はつい口に出した。ここでは誰の視線を避ける必要もない。今日は、大きな籠バッグのような母のいでたちにも居場所があった。その宴における母は奇妙な動物のようで、世界を旅する旅行者のようで、最先端《ハイファイ》ディナーの出席者のようであった。今日の母は焦げ茶とターメリック色のバティック布のルンギーの上に、青と黒の花柄のラージャスターニー・クルター、片方は腰に押し込み、もう片方は不格好に肩にかけて着ている。東部特有の着付けでもなく、パンジャーブ地方の着付けでもなく、サリーですらなく、なんだかわけのわからないものであった。

＊以下マンゴーの種類。

色の調和が取れているわけでもなく、ミスマッチが面白いわけでもない。娘の白人の友人は高級スーツに革靴にネクタイを締めており、母もその仲間の一員となった。彼らが母を受容したことで、母は世界に認められた。二人はボーガオン*から帰ってきたばかりで、伝統的な家庭の女子教育について何か執筆しようと考えていた。はっきりと理解されることはなかったが、昨今の女子教育や養育義務が、かなり過熱しているということだけは分かった。

　ボーガオンもアイスランドと同じようなものであった。どこなのか、外国なのか、一体全体なぜそんな所へ行くのか、などなど、笑い声がたっぷり響いた。ボーガオン……ボー……ガオン……ハハハ。

　さあ、教えてくださいよ、誰かがアリルドにバーティーの皿を持たせて聞く。あなたの国にボーガオンはある？　ここにはある。バーティーは？　ここにはある。

　ないでしょうね。アリルドは負けを認めると自分の翼を持ち上げた。青年がズボンの裾を膝までたくし上げてしゃがみ込むと、それを見た人が、インド人と同じように座れるのかと絶賛した。アリルドはヤーダヴおじさんの隣に座り込むとバーティーを作った。西洋の王様がやってきたぞ、と表の通りまで聞こえる大きな笑い声が響いた。

　しかし母はまだ横たわったままで、お祭り騒ぎがその背中を半分に分けた。

　扉は踊らない。人や色や笑いや日光やハエや香りやハチが、塵の粒や酔いのかけらや会話の断片やじゃがいものカチャールーが、そこを通り抜ける。扉は大きく開いていた。平和に、沈黙して開いていた。何世紀もの穏やかな時間を。すべてを見て、聞いて、頭も足もない穏やかな物事の頭と足を理解する。一瞬しか耳を傾けない人は文脈を理解しないし、この雰囲気では聞こうとする気にもならないし、この時代では、対抗してみるという発想を起こすことも難しいが、扉は昔から存在しており、偏狭なまなざしではそれを見ることはできず、そこに存在することに気づきすらしない。ベテラン、老人、賢者、学者。

　家の中ではラヴィ・シャンカルが流れている。誰かの妻が彼の音楽を不吉だと言うので、今はシャンミー・カプールが『大変だ、どうしよう《アイヤイヤスクスク》』**を歌っている。それもいつの間にかスーフィーのカッワーリーに変わる。シドとその仲間が曲を変えた。大地を揺るがすダンス・ミュージックで皆が踊り出す。元気はつらつだった若い元州首相の元妻。一回限り《ネバーリピート》のサローニー・スンダル。彼女はいつもサリーを着ていたが、同じサリーを着たのを見たことがないと冗談まじりに皆が言う。

　このような会話は暗号。知る人だけが理解できる言葉。理解できない人々は、何の話題で皆が鼻をゴロゴロ鳴らして笑っているのだろうと思うだけだ。陸軍准将のトーターラーム・ジャポーター氏が来れば、あるいは准将の名前が持ち上がれば、いつもの会話が始まる。彼は寝ている時も、ピシッとアイロンをかけたズボンとシャツにベルトを締め、ネクタイを巻く。深夜、准将を突然訪問した人の証言がそれを裏付けた。磨いた靴を脱いだかどうか、これについては見解が分かれるところだ。アイロンがけした下着を着て、それも脱がなかったと言う者もいる。いつものおきまりの話題だ。准将には子供が四人いる、と誰かが言うと、笑いながら、子供が聞いてる、シーッシーッ、と話を制止する。天真爛漫で何も知らず純真無垢で何も聞かない子供が近くを駆けずり回っている。

　こうして午後という名の夕方は夜になり、明け方になるまで灯火は燃え続ける。皆の間に和合と愛がある。敵意や呪詛は消え、陽光の泉を浴びた主人、客、通人、判事、皆が一緒くたに交ざり合っていたが、誰も、どけ、邪魔だ、などと言わない。身分の上下もなく、差別意識もなく、それはあなたのもの、これは私のものなどと主張する者もなく、ボロをまとっても今時のファッションとみなされ、ニューヨークやパリのスタイルにも負けていない。なんて素晴らしいパーティー、と皆が感心する。会話に花が咲き、母さんを起こせと上機嫌で言う。

「母さんを起こせ」

　おおい、マスタードオイルはどこから持ってくる？

「母さんの部屋にある、聞いてみて」

「サトウキビの搾り汁をジンに入れてくれ」

「母さんにも少しやって」

＊ウッタル・プラデーシュ州の地名。
＊＊ヒンディー語映画『Junglee』の劇中歌。

ジンを飲む?

「ハハ、ヒヒ。オーガニックな飲み物だったら飲むけど」

「母さんは、うんと言うさ」

菊の花を摘んでから行って。

オーストラリアのパスポートは取れるだろう。私たちのぶんを忘れることはない。毎日電話しているのだから。

あれは母親の世話をしている。これは自分の母親を。（あれとは、つまり長男の海外在住の息子で、これとは長男のことである）

母は静かにいびきをかいている。本当のいびきかそうでないか、最近は誰もわからない。眠っているのを見て、部屋に入り、忍び足で戻ってくる。

眠ってる。

寝かせておけ。

おや、いつも寝ているね。

何もやる気が起きないんだよ。

長男は小切手の心配をしている。母の署名が必要になると、そのたび起こさなくてはならない。大急ぎで一度に何枚ものサインを書いてもらえるように、シドに頼まねばなるまい。適切な場所にお金を投資する。そうでなければお金は銀行で朽ちていくだけだ。母さんはそんなことにまるで興味がない。母さんはどんなことにも興味がない。それが苦難を招く。

かわいそうに。

パパの次にね。

「青い目の人に会わせろ」

いやいや、そのままに《レット・ハー・ビー》しておけ。

「マクスーが来てると言え、起きるかもしれない」

もう、嫌になるな、誰の名前にも反応しない。ほかに一体誰の名前を挙げたら、おばあちゃんは起きるのかな。

深い眠りに入っている。いびきを聞いてごらん。

口笛みたいな音がする。

重大発表。皆さん、お帰りの前にアロエベラをお持ち帰りください。

菊が欲しいね、アロエベラより元気になれる。

耳にウイスキーを注いでほしい、体の汚れがてっぺんまで流される。酔いのただなかで。

「母さんの点耳剤は入れた?」

やり遂げましたね。みんな納得しています、あの方がなさったのだと。君がやらなかったら、こんな宴会を誰が開くことができただろうか。

踊るには一つだけ条件がある。女性陣と順番に踊ること。

ここに朝までいるつもり？

「マドゥスーダンが会いたがっていると言ってみろ、そうすれば起き上がる」

起きないよ。横になったままだ。

ここのジャレービーはすばらしかった、でもその靴はもっとステキだ。

薬草だ、害はない。

靴？　薬草？

向こうの両親の家に泊まってる。こういう日があると、ここに来るんだ。

水のタンクで死んだ猿が見つかった。それ以来、うちではミネラルウォーターを届けさせている。

彼はパキスタン人だ。薬草とはかなり無縁。

来てくれたら助かるけど、うちの子供たちはこんなふうに私たちを世話してくれない。一人は置いておきたいけれど、そのパートナーとぶつかるでしょうね。

兄さんは、母さんの世話をよくやってる。


部屋は何階なんだ？

ダンスをしているカップルが笑っている。

三階よ、菊はどこに置く？　ベランダはとっても狭いの。

エレベーターがない。

そうなると、おばさんはどこへ？（おばさんというのは長男の母）

階段を上る、ゆっくりゆっくりと、それより菊は……。

ほかにどこに行くあてがあるというの、あの人を世話するのは私たちだけ。（あの人というのは長男の母）

使用人を全員連れて行くわけにはいかない。

自分たちで家事をしなければ、そうでしょ。

でも、とにかく、君らが来てくれるから助かるよ。

家の料理を食べ尽くすために。友達だって連れてくる。集まれば家族になるが、それぞれの人生においてみれば現代の孤独そのものだ。

ベッドから起き上がらない人が階段を上るだろうか。

（長男の母）

息子がこんなに美しい杖をくれたのに、それを承知しない。（長男の母）

扉は黙っている。どっしりと構え、見ている。聞いている。背中は背中を向けている。
杖は置かれたままだ。シドは今日もその杖を見せる。空中に真っすぐ上げると杖が木のように伸びるのは見せなかった。そんな思いがいつどこから湧いてくるか、誰にも分からない。

こんな時代があったと言われる。すべてが決まっていて交換がきかない。それを信じるか信じないか、それはあなたや私次第だ。個々人がそれぞれの土地で居を構え、誰といるとどのような扱いを受けるか知っていた。たとえば日本人なら知っている。挨拶のときにどこまで腰を曲げたらいいか、お客が角を曲がって見えなくなったあと、いつまでお辞儀をしていればいいのか。年長者は知っていた。話さずに目を上げれば、若者が気を遣い、自分の言うことをきいてくれるのを。木は知っていた。雨粒が一つ落ちてくると、実が熟し、落とす時期が来るのを。その他もろもろ。

今、すべての自然は前後不覚の混乱の中にある。いつ雨粒が落ちてくるのか決まっていない。降ったとしても、やむのを忘れてしまうのか、降ってきたまま瞼を閉じてしまうのか、瞼を開くことも忘れてしまうのか、それすらわからない。木は欺かれたまま立ち尽くす。どこに実を付ければいい。こちらで雪が解け、あちらで土地が干上がり、鳥はどこに飛び立てばいいのかわからないままひたすら空を漂う。この混乱で大勢の生き物が命を落とす。雪も雨も降らず、空から鳥がボトボト降ってくる。ナスはナスであることを忘れ、注射針を刺せばカボチャになる。ナスは美徳を失った。そのうちあらゆる果実や野菜が自分の味を忘れる。バナナから小麦粉の味がし、ほうれん草から酸味がする。ひょうたんは萎み、茶色い染料の埃っぽい味をさせる。見て判断できるものはなくなり、だめなものに、もっとだめなものが合わさる。鶏と卵、どちらが先でどちらがあとか、わからなくなる。そもそも卵や鶏には何の関係もなかったのか？　雌鶏と雄鶏の関係は？　機械的特質を誇る機械が、人間のように気まぐれに、今はこれ、次はそれと迷わないのはせめてもの慰めだ。理解したことを理解しているのであって、創造性の病には苦しまない。知性が害悪となるなんて、なんという運命のいたずらだろうか。携帯電話は、ある瞬間、通信圏外ですと告げ、直後にこの番号は使われておりませんと言い、ところがしばらくすると番号がつながったりする！　そんなことが起きる。登場人物の主客逆転。関係性の番狂わせ。人間はどうやって生じたのか。動物は？　樹皮は？　沙羅双樹は？　どんな奇跡だ？　今の民主主義からすべてが消えている。

これで話は終わりに？　終わったとして、どこで？　葉から葉へ――バナナの木の茂みのように――話から話へ。先に述べたように、細胞は押し合いへし合いし、めちゃくちゃだ。何億何千万と集まり、物質界を束ねる細胞。この数が結合すれば、この形になる。この単位、この実体ができる。だが細胞にも揺らぎはあり、ナスカボチャひょうたんの細胞の勘定は狂った。何を合わせると何ができるのか、もはや覚えていない。あるときは、どれそれを結合させ、またあるときは、どれそれを凍結させる。これとこれ、あれとあれ。この細胞とこの細胞を混ぜ合わせれば、また別の物語になる。背中をおなかにくっつけると一つの物語ができ、おなかを壁にくっつけるとまた別の物語、さらに背中をほかから引き剝がすと、また別の物語ができる。

最後の昼餐で集団の細胞が一つの場所に集められ、できあがった単位は幸せそうに騒ぐことを任務とした。背中は背を向けた。孤独で、すべての単位と集合体から切り離され、家族とも離された。注射でパンパンに膨れ上がった腫れ物のように遠ざけられた。背中は、食事をしたり祭りを祝うことに身を投じる思考は、もうたくさんだと思っている。もうたくさん。背中に向けられる言葉の攻撃。すり減らされた者に向けられる咆哮。

これは笑い事ではない。慟哭だ。背中を削り、砂を作る。彼女は砂の中に沈み、砂はさらに広がる。その上を歩くことができる。彼女は歩くことができる。彼女は歩く。裸足で。風に吹かれて。砂が滑る。彼女はそこに浸る。長年の屑は砂になり、彼女の上にかかる。滑り、転がり、彼女は自由になり、だんだんと小さくなり、軽くなる。そこまで軽くなった彼女は、砂の中から起き上がる。三昧の境地から。砂の粒と一緒に舞い上がる。彼女は砂の粒子と一緒に飛び始める。口から口笛のような音が出る。見知らぬ世界を漂い、風と風を結びつける。

何年もの間、最後の昼餐について人々は飽きることなく語った。あらゆることが起き、あらゆる説明に何かしらの描写がなされ、話が尽きることはなかった。皆が来て、皆がお祭り騒ぎをした。屑かごに捨てられた素焼きの器は、これ以上積み上げられないほど積まれ、しかしこれを撤去するという無礼なことはせず、市役所は数日間そのままにしていた。歌や踊りのかけらがそこに留まり、今も光り輝いているかのように、草や葉や藁が風にそよいでいた。

パーティーの後、新たな騒動が起きた。パーティーは結婚式のようだった。役人の退職祝いは、結婚式に勝るとも劣らない。祝宴の終わりは、新郎が新婦と去った後の宴のようだった。箒で掃き、天幕や幔幕を外し、大型テントを解体し、椅子や装飾品、敷物をトラックに積み込み、レンタル業者にリースしたものをすべて返却すると、また新たな騒動が起こる。結婚式の後に嘆きが始まる。儀式の段は終わった。婚家で。華々しいパーティーを催した場所を離れ、よりシンプルな住まいへと出発する場面へと移る。

昼餐を終えた長男の家は空っぽで、ある戦略のもと、使用人が送り込まれる。ごみや塵が舞い上がり、荷物は麻袋や箱に詰め込まれ、縫い止められていった。

信頼できる古参部隊のヴィラースラーム、カンテーラーム、ルーパー、スシーラー、さらにその子供たちが集まり、よそから来た使用人に目を光らせる。傷やひびが入らないように、何かを持っていったりしないように。塵や埃やおがくずにまみれ、皆で旦那様と奥様を手伝った。

パーティーにはなかったお茶や軽食の時間があった。エンジンと車輪がうなり、暑さを恨み、涼しさに思いをはせていると、そこへ風がそよそよと吹いてきた。

ある家から別の家へ物を収納するのは容易なことではない。取捨選択。そんなことが行われる。私たちは自分を独創的な存在だと考えるが、皆たいして変わらない。夫婦は音を立てながら衝突する。意味あること、意味のないこと、意味の取り違え。衝突音のしない路地や辻はどこにもない。一人が絵画や額装された写真、プーフと呼ばれる革製のスツール、彫刻が施された花瓶を持って行こうとすれば、シドと弟が小さい頃、夜中に水が飲みたいと言ってもあなたは起きもしなかった、などという記憶がもう一人によみがえる。一人が、ゴミ箱や鍋、ドアマット、靴箱を梱包しようと言うと、結婚の贈り物を記した帳面が開かれる。長男が与えたダイヤモンドのセットは中古品だったとか、当時判明した事柄がつらつらと記され、恥ずかしくなる。

そんなファイルは捨ててしまえ、何の役にも立たない。

ここにあるのは私が買ったものです。決める権利は私にあります。

向こうにしまう場所がない。君はなんでも取っておく癖がある。

こんな小さな場所にしまっておけたんですから、向こうだって置く場所くらいあります。

この家は君のガラクタだらけだ。

これは誰のです、これは？　スシーラー、棚にあるこの箱は何？　これは？　それからこれ、お義母さんのだけど確かめてもいない。

母さんにその話はするなよ。場所もないし、どうせ使わない。

でも、お義母さんのものはそこらじゅうにありますよ。向こうにだって収まりますよ、あなたのご立派なものと一緒に。

それじゃ、植木鉢は頭の上に載せるのか？　死んでしまうよ、持って行くのか？

シドがラケットを振りながら入ってきた時には、熱は沸点に達していた。今度は何だ《ナウ・ワーット》？　どうした、スシーラーに聞け。スシーラーは笑いをこらえて言った。奥様はキチュリーを、旦那様はパラーターをこしらえろとおっしゃるんです。

ねえ、嘘をつかないで。私は言いました、作らなくてはならないものを作ってちょうだいと。私はお茶だけでいいの。嫁は電話をいったん置いて唸ると、七つの海を渡った息子に惨状を伝えた。

くだらない！　長男は隣の部屋から応戦した。私がパラーターと言ったのは、そのほうが気が利いているからだ。キチュリーでは冷めてしまう。

埃が舞い上がるなか、パラーターは作られていく。嫁はもう一度電話を口元から外した。お義母さんも少し召し上がるからね。

母さんはパラーターの香りで目を冷ますだろうよ。

いいえ、起きやしませんよ。

どういう意味だ《ワット・ドゥ・ユー・ミーン》？　その言葉の真意は何だ、長男は口から泡を飛ばして憤った。

　聞いてちょうだい、聞いてちょうだい。嫁は七つの海の向こうの下の息子に聞かせた。こんなふうに私のことをいじめるの。

　ママ、どうしてパパのパーティーにケチをつけるの。弟は向こうで楽しみたいんだ、なのにママはここにある問題で弟を困らせる、そう言ってシドが水を差す。みんなを笑顔にしようと楽しませようとがんばった。考えてみてよ、弟は白人のガールフレンドと一緒にいてビールを飲んでいるかもしれないのに、ママなんて塵と埃にまみれて目を痛めてるんだよ。

　こんな母親がいるだろうか？　自分の心配ばかりしている。事によれば、母親のせいで息子はガールフレンドができなくなる。電話を取る母親は不満の百貨店だ。

　パラーターです、スシーラーがか細い声で言った。

　ほら、使用人だってこんなに厚かましい。私を尊敬しない。嫁の声は国内ばかりか国外まで響いた。

　そうかもね、またもシドはからかいまじりにおどけてみせる。弟は黒人のガールフレンドがいるかもね。あるいは細い目の。

　あり得ない。あの子は全部話してくれる。

　じゃあ、ボーイフレンドとか。シドが、またからかう。

　両親はあっけにとられ、そして動揺した。

　仏像はきれいにしたのか？　長男はどなりつけた。話題をそらす。

　母さんの部屋が残ってる。

　母さんの部屋の梱包は最後でいい。起きた後で。お茶を入れろ。

　人は自分で作った偶像を崇拝する。神の作った偶像は人が考えたものではない。そんな考えが誰かの頭に浮かび、塵の中に舞い上がる。

　旦那様、茶葉を切らしています。

　カンテーラーム、何をぶつぶつ言ってる。カーテンは外したのか。カーテンフックを数えておけ。

　それから店で茶葉を買ってこい。長男は嫁のほうをキッとにらみつけた。

　嫁は電話を持ったまま顔を背けている。

　シドが財布を出した。

　だから尊敬されないんだよ《ザット・イズ・ワイ・ゼア・イズ・ノー・リスペクト》。お茶も頼めない。

　毎日この私が払っているんだ。ランチの後にはチップだってやってる。

君はこっそり自分の貯金箱に小銭を貯めているんだろ？

私は自分の口座を持ってます。あなたのお金をかすめ取る必要なんてあるもんですか。

口座から一パイサだって引き出すことはありません。自分の必要な物だけ購入し、あとは貯めてます。

子供たちのプレゼントは私が全部買ってます。シドが着ているそのシャツだって、お義母さんのシートカバーだって……。

それはオーストラリアから来たやつだ。なぜ嘘に嘘を重ねる？

ほら、その話し方。トイレの便座を高くするのに病院から買ってきた、あのシートカバーの話をしてるのに。

病院ってパッドゥー兄さんのところだろう。

あなたたち、二人して高校生みたいなことを言うんだから。

兄さんが、何でもただでくれるんじゃないの？

いいえ、ただで何でも渡していたのは私です。

あなたたち男子は、大きな出費をして、自分で支払った気でいるんでしょ。予定外の出費は、すべて私に降りかかってくる。

たとえば？

食事の時間にちょうど現れるあなたの親戚とか。

君の親戚は来ないのか？

代わる代わる毎日のように現れるそのお友達とか。

けちくさいぞ、自分の評判を落とすだけだ。言うのをやめろ、マダム。

お義母さんの蜂蜜でしょ……

母さんの名前を出すな。

どうしてよ、蜂蜜は私が買ってるわ。

それは、君のいとこが養蜂しているだからだろ。

だとしても、お義母さん……。

母さんに関するものはみんな君が買ったとでも言うのか。長男は唸った。

あなたなら知ってるでしょ。あなたがお義母さんにサインをさせて年金をあちこちに充てているんですから。

あの、お二人とも。

奥様、お茶をどうぞ。

心が汚れてる。母さんは、自分の金が無駄に使われるのを望んでるとでも思うのか？　母さんがサインをするのはだな、金が有効に使われているからだ。ガージャーバードの土地、ノイダのアパート……。

へえ、そうですか、お義母さんは、どこへお金が流れているかご存じなのね。

全部母さんの持ち物だ。母名義になってる。

お義母さんが使うんですね。じゃあ、サーフープリーにあるお義母さんのコテージに住みましょうよ。あなたが連れて行こうとしている猫の額ほどの小さなアパートよりずっといい。

お義母さんが望むところへ行きましょう。望まなければ、その部屋を孫たちにでも譲るでしょ。私の出る幕はありませんよね。お義母さんからも、息子たちからも、サリーも装飾品も買ってもらっていませんから。

おいおい、お二人さん《トゥー・オブ・ユー》。シドが大声でいさめた。

何の嫌みだよ。はっきりと言ったら？

もう黙って。もう何もしないで。遠くにいる息子が電話口から助け船を出した。

言ってるわよ、何も言わないでって。嫁は言った。黙れと言ったのが自分だけではないのを示すために。

遠くから指示を出すのは簡単だ。


こっちに来たら？　弟は外国からそう提案した。とにかくいったんすべて忘れて自分のところへ来たらと言っていますよ。妻は勝ち誇ったような目をしている。

行けば。そうすれば分かる。

オーケー。もうやめて《ビヘイブ》。シドの声で皆が黙った。

使用人の誰かが何か話していた。その言葉が響く——ラーマ神は私たちの心を魅了《ラマーナー》する。だからラーマ神と言われるのだ。

不意を突かれ、はっとして、二人は口をつぐんだ。こうして、今しも隠居生活へ入ろうとしている夫婦は、どんな派手な口論も沈黙に思えるほど盛大に、嫌みや当てこすりを言い合った。


習慣とはどこからやってくるのか、と質問が上がる。雀からだ、と簡潔な答えが返ってきた。とある教師が講義をした。

その演説の概要をここに紹介する。

中世の時代、中世の森があった。山の斜面は木々に覆われ、さまざまな植物が生い茂っている——ナラ、ブナ、ポプラ、椰子、栗、ライム。木々には鳥が巣を作り、朝から晩まで雀たちと戯れた。鳥は賑やかに啼き、そこかしこでラーム、サラームという挨拶が行き交った。

その中に、特別に魅力的な一羽の雀がいた。皆にかわいがられるようになった。太陽は雀に恋い焦がれ、光の輪を一つかけ揺らしてやった。ある時は金色の雨を降らせ、またある時はひたすら輝き、きらめき、戯れる。機嫌を取り、ちやほやする。やがて雀は緋色の翼を持つ妖精となった。愛情にぴったりと包まれた色が溶け合う。ともかく、雀はさらに気取った様子でピョンピョンと跳ね、大きな木々がやさしく影を作ってやる。雀が大胆に枝から枝へと移ると、緋色の雀の赤が木々の葉の間を駆け巡り、赤々とした葉が満ち満ちる。天候によっては、葉だけではなく花まで緋色に覆われるように思えた。

見渡すかぎりどこまでもが緋色であった。

するとどこか遠くから馬乗りがやってきた。地平線の先まで真っ赤なのを見た。馬乗りの筋肉が脈打つ。馬は興奮して駆け出し、緋色の陽光の中で飛び跳ねた。緋色の森に酔いしれ、馬と馬乗りは息をはずませた。

馬乗りの野心はとどまることを知らない。彼には金と銃がある。まずは丘の上に家を建てた。ジャガイモを土に埋め、そこに火をつけると、薄皮の中で焼けたイモはほくほくとし、そこへ人が集まり、火を囲んで歌い踊った。

緋色の森の緋色の妖精は、目を見開いてその様子を見つめた。愛情しか知らない雀が、恐怖や疑念を抱くはずもない。飛び跳ねるようにして宴のほうへ近づいた。体より大きく目を見開いた。雀とは何か。大きな目と翼。何を鳴らしているのか？　何を揺らしているのか？　雀は、年長者である木々の教えも、香りのよい大地の忠告も聞かず、かわいらしく啼き、飛び立った。太陽は警告しようとしたが、雀は気取った様子で言った。あなた、私に嫉妬して真っ赤になっているんでしょ。

馬乗りは、蝶のようなものが空を飛ぶのを見た。その小さな翼の羽ばたきで炎が緋色に染められるのを見た。その緋色が、自分のいる森を覆っている色であるのを見た。目の前で起こっていることに興味を抱かずにいられない。それはその馬乗りの性分だった。目の前にいる鳥は実にかわいらしい。馬乗りの心は奪われた。こんなにも麗しい雀の妖精がいるのか。馬乗りは立ち上がり、踊り出した。緋色の妖精は、これを自分への呼びかけと承知し、さらに大きく啼きながら頭上でダンスを始めた。肩の上、鼻の上、胸の上で。炎も自分に降り注ぐ緋色の妖精の赤さに身を任せ、なんとか触れようと跳び上がり、落ち着きなくダンスした。宴は頂点に達した。

あの雀、燃えるぞ。と誰かが笑った。うまそうだ、誰かが別の冗談を言った。銃もまたすっかり魅了されていた。馬乗りは銃の気性を理解した。興奮のあまり銃を拾い上げ、雀のそばに置くと、また一緒に歌い踊った。コマドリに似ているが、媚びや気取る様子はどの鳥にも負けない。雀は銃に触れるとさらに腰を振った。俺たちが踊らせた。かわらしい雀の自尊心はくすぐられた。銃が弾を放ってからも雀はまだ踊っていた。森が凍り付くまで、一行は実に上機嫌だった。

雀が恐れを知らず、世界中のあちこちをさまよっているのは誰もが知るところだ。民家に巣を作り、まるで縄跳びでもするかのように肩や足下で跳ねる。鏡の自分とおしゃべりし、会話が盛り上がると、自分を叩けばあなたも叩かれる、などと言って鏡の自分の頭を叩いてみたりする。鏡は仲を取り持とうとして血を見ることになる。しかし——

さて、これらが演説の内容だ。

赤い森では、白昼に、あるいは真夜中に習慣が変わる——雀は恐怖と同義語となった。記憶は習慣の中に収められる。誰も覚えていない、知らないことのはずなのに、何世紀にもわたって心が恐怖を覚える。フィラーク・ゴーラクプリー*が書いている。もう何年もあなたを思っていなかった。でもそれはあなたを忘れたというわけではない。これが習慣というものだ。以来、緋色の森の緋色の雀は、物音がすれば猟師が来たと理解し、銃はマチズモの象徴だとわかるようになった。茂みにさっと顔を隠す。数世紀が過ぎ、猟師は死んだり殺されたりした。狩猟は違法とされ、銃は双眼鏡やカメラに変わり、馬乗りはバードウォッチャーになったが、雀は臆病なままだ。恐怖の原因が消えてもなお習慣は息づいている。サリーム・アリー**も驚いている。私を見て雀が青ざめ藁をつかもうとするわけがない。生来の性質でないにせよ、彼らは今も昔も雀だ。太陽が夢中になり、森は歓喜に包まれ、緋色の妖精が誕生した。その太陽も、今や機嫌を取ってなだめすかして懇願し、やっと森に姿を現してくれるものの、その光は以前よりも年老いて力なく、弱々しい。

習慣は全知全能の神の発明ではなかったのか？　教師が簡潔に問うた。ある方法で神が作り、太陽が別の方法で温め、マチズモがそれをすり込んだ。マチズモはほとんどすべての習慣に潜み、隠してあるからと言ってマチズモが弱まることにはならない、と講師は言った。陶酔は恐怖に変わり、ダンスは崩壊し、幸福は埋もれ、それらを溶かした物から次の血統が生まれた。彼らはそれらが溶け合った理由を知らないが、性質だけはしっかり獲得している。

こうして性質は癖になった。

癖は習慣になる。演説は終わった。

新鮮な反応があるのは最初の一度だけ。その後は癖だ。癖は繰り返しの別名だ。繰り返しは習慣である。繰り返しは空虚で無意味。だが、それは癖となって残る。カタカタと音がしたらどうする？　逃げて隠れる。緋色の森の雀たちは今もその習慣を守る。これは雀の文明であり礼儀であり文化であり、儀式でありマニュアルだ。

私たちだって雀と同じようなものだ。お辞儀をするのも、立ち上がるのも、戦うのも、儀式を行うのも、習慣であり、癖であり、繰り返しにすぎない。当たり前に行っている事柄は、習慣を守っているだけだとも言える——友情関係、夫婦、皮肉、立ち居振る舞い、話し方、恋愛関係、反省、義妹、伯母、嫁、母、長男、次男……。

今日のプログラムは延期します。明日また同じ時間同じ場所に集まってください。次のスピーチを披露します。

おい、発言者、黙れ！　そいつのマイクを取り上げろ。

⁂

この話には真実がある。すべての局面が一度に明らかになるわけではない。今日まで住んでいた家を行政

＊インドの作家、評論家（一八九六～一九八二）。
＊＊インドの鳥類学者（一八九六～一九八七）。

に返す。強制的に立ち退かされる。どんどん日にちは過ぎていく。蛇口から水が漏れてくる。今は何があっても配管業者は呼ばない。あと少しの我慢ですからねとでも言いたげな様子で。テレビや湯沸かし器が、引っ越しを余儀なくされて困っているのを見透かしたかのように故障し始める。新しい季節に入ったが、昨年と同じように風が通るだけで、いまだ前の季節が停滞している。蜘蛛は必死に駆けずり回っている。悠久の時を費やして紡いだ糸を引き抜かれ、地面に叩きつけられるのではないか、そんな不安に駆られている。巣を壊されるのを恐れ、たくさんの足でピタピタパタパタあちこちを這いずり回っている。これで証明された。人は誰かに苛立っている。現代において、ガーンディーのように時を費やせる人はそういない。このような洞察にも時間は与えられず、トラックにまとめて乱暴に放り込まれる。

蜘蛛でさえ何が起きているかわからない。

シドのように、わずかに理解した事柄の断片をかき集め、それを勲章にして生きることに興味を示さない者もいる。やるべきことはやる、大げさにしない、だが控えめになりすぎることもない。感じたままに気を配る。実行に移すだけではいけない。みんな知っている。悲しみに暮れて涙を流している時でさえも、鏡に映った自分をのぞき見て悲しそうに見えるかどうか確かめる。耳をそばだて、泣き声が惨めに聞こえるかどうか確かめる。母親が息子を見て間違った感情を示さないように、見えない手を上げて制止しなければならない。

美とは、自分が美しいと自覚しない時だけ美しいということなのだろうか？　自分を見つめると、密集した濃い眉毛は黒い雲のようで魅力を失い、骨張った体は繊細さを失うものとなるのか。詩人や托鉢僧が言うように、美しさは容姿ではない。情緒を求めるものでもない。技術の優れた芸術に美があるのでもない。美は、むしろ不格好で、ふらつく火花の中にある。シドのような無自覚な酔狂の中に美がある。シドは自分でやってくる。「おばあちゃん、落ち着こう《チル》か」などと歌いながら。人生の長い年月が子守歌やリズムに詰め込まれている。両親が口論していれば、自分の財布を開けて予定外の出費を穴埋めし、さりげなく気遣い、必要な言葉をかけ、目立つようなことはしない。

家が空になった時、楽しそうに心躍らせるのは埃だ。

思いのままにくるくる回り、忍び込む。何層にも埃は堆積する。黒板のように文字が書けるほどだ。天下でも取ったかのように、顔や口にも降り注ぐ。ただし母の部屋の埃は箒で掃き出され、神々からも遠ざけられる。

　母と神々、この二者を除くものすべてが、このところ不安定なままだった。食べること飲むこと立つこと座ること。キチュリーとパラーターの戦い、癖、ルール、そして習慣へと急速に傾く。その日、アメリカン・センターの主催でクリケットの試合が行われようとしていた。アメリカ人がクリケットをしなければならないことに加え、そこに故郷の勝利の女神が押しかけるのだ。そんなわけでシドと彼のチームは明らかに有利だ。

「早く、朝食を作ってよ」シドはシャワーを浴びると嵐のようにキッチンに駆け込んだ。「早く戻らなくちゃ」しかしそこではスシーラーが頭を垂れ、ハイビスカスの花を捧げながらカーリー女神に祈りを捧げた。シドは二秒だけ待ち、つむじ風のように――開いている――扉のほうへ進み、カンテーラームを呼んだ。使用人部屋からカンテーラームの声がする。――ジュワーラー・カラール・ムリトユ・グラマシェーシャースラ・スーダナマ・トリシューラマ・パートゥノー・ディーテー・バドラカーリー・ナモーストゥテー。なんてことだ。今、カンテーラームはきっと片足で立っている。プージャーが終わる頃には頭で立っている。リーラーワティーを呼んでも腫れた足を見せにくるだけだ。坊ちゃん、見てくださいな、こんなに痛いの。一歩も歩けない。ベッドに寝たきりなの。

　だったら？

　シドが「ママ」と大声で叫ぶと、風呂から出てきたばかりの長男が腰にタオルを巻き、銅製の水入れにガンジス河の水を満たし、キッチンの裏にあるトゥルシーの祭壇に向かうところに出くわした。トゥルシーとスーリヤに水をやるために出てきたのだ。息子に目で合図を送った。あそこだ。妻は芝生の隅にあるピーパル*の木の下で、幹に結ばれた赤い糸の前でおじぎをしていた。「ママ」シドは言いかけ、しかし、選手らし

＊インド菩提樹のこと。

い俊敏さで自分の声をのみ込んだ。ママは目を閉じている。祈りを捧げている。早朝にお寺で祈禱を済ませて出てきた。頭にはヴァイシュノ・デーヴィーの絹のショールをかけている。手にはプージャー用の真鍮の盆皿。その上に花と菓子《ペーラー》と水、そして線香が供えられている。シドは立ち止まった。そして母の横を一緒に歩いた。家にまつったすべての神々の前で立ち止まる。ママはプージャーの盆皿で円を描き、祈りを捧げ、香の香りを広げる。すべての神の前でその名を唱えた。お祈りが終わったら話そう。シドは自分に言い聞かせ一緒に歩いた。アールティーはすべての神像と肖像画の前で行われなければならない。長男である父親が言うには、そのなかの一つの像は何百万もの価値があり、博物館に飾られるべきものらしい。それは父親が県長官をしていた時代にどこかで採掘した品で、売ることもできず、かといって割れているので飾っておくわけにもいかず、おばあちゃんの部屋の棚の服の奥にしまってある。しかし、その像一つがなくなったところで、特に不都合が生じるわけでもなかった——プージャーの火はそれぞれの神の前できらめいている。神々の絵や偶像をまつっていない壁は一つもない。訂正。浴室の壁には飾っていない。

　そんなわけで、あらゆる壁やテーブルにランプの光と線香の煙が漂っている。母と息子は周遊するように家のなかを巡り、母は祈禱の文言を唱え、息子はそれを待っている。親密な新たな一体感だ。二人で歩き、そして立ち止まる。一人は沈黙、一人はぶつぶつ。盆皿の上で燃えるランプの炎に向かって神に向かって手を振り、次に炎に向かって手を振り、最後にアールティーをしている間に皆への祝福が炎に宿るようにする。すべての神々を香で包み、家の中に神々の祝福が届くように香を掲げる。それを二、三周する。神々は無限にいる——ドゥルガー、カーンハー、シヴァ、シヴァリンガ、シュリーナート、カーリー、ナンディー、シルディ・サイババ、ナラシンハ、サラスワティー、ラーダー、クリシュナ、ラーマ、シーター、プッターパルティーのサイババ、ハヌマーン、ラクシュミー、パールヴァティー、ヴァイシュノデーヴィー、サントーシー・マーター。神々は壁にいる。家のどの隅にもいる。扉の向こうにもいる。植木鉢の陰にもいる。神々に隠せる場所などあるのだろうか。どこも神々が宿っている。祖父母や曾祖父母の写真にも神々はいる

――祖先にも神々は宿っている。

シドは忍耐の権化だ。

テレビルームのガラス棚にたどり着いたとき、息子は母と戦う意欲を失った。ここには、長男とその妻が集めたガネーシャ神のコレクションがあった。ガラス、金属、木製のガネーシャ。一つは土曜市で手に入れた模造皮革のガネーシャ。一つはビンロウジュに印刷されている。木と石でできた実に芸術的なガネーシャ。やっと象の形であるのがわかる抽象的な像。そうかと思えば現代的なガネーシャ。デッキチェアでくつろぎ、ゴーグルをかけ、あぐらを掻いて本を開き、腹に胸を当てているガネーシャ。五つの顔を持つガネーシャ、羅刹風だが羅刹ではないガネーシャ。ターンダヴァの踊りを舞うガネーシャ、舞いに耽溺するガネーシャ、パラソルを持つガネーシャ。マイクを持ち演説するガネーシャ。シャツとパンツを着るガネーシャ。日を追うごとにこれらの像は増えた。この話をしている間、妻が祈りを捧げている間、長男かあるいは別の人間が後ろから手を伸ばし、また別のガネーシャ像を並べたとしても驚くにあたらない。盆皿はその像の前で何度も円を描き、火と線香の煙が像に注がれる。

寺院がどれほど長い祈禱を行おうと、この家の祈禱ほど長くはない。シドは眉をひそめた。おいおい神様！　冷蔵庫をのぞいて中身を見たが、今日の食糧は乏しいぞ。

ガレージのほうへ飛び出した。ヴィラースラームの妻のルーパー、あるいはヴィラースラームに、大急ぎでパラーターを焼いてもらえないかと考えた。急がなくてはいけない。しかし使用人部屋に着く前に、信心深い夫婦二人は鈴を鳴らし、「オーム・ジャヤ・ジャグディーシュ・ハレー・スワーミー・ジャヤ・ジャグディーシュ」と唱え、信仰篤き者たちから困難を遠ざけるようにお祈りをしていた。その様子を目にしてしまった。自分の危機が遠ざかることはない。信心深くない証拠だ。シドは苛立つばかりだ。

宗教儀礼の香煙に守られた場所で、大好きなおばあちゃんの膝の上に頭を置き、競技場に向かおう。

シドはリンゴを一つ手に取る。おばあちゃんに対してだけは大急ぎでお願いするのではなく、「おばあちゃん、チルだよ。ブギウギを踊りに行こう」と言って中に入ってみたが、不意に不安に襲われた。神々とのやりとりはここでも続いているのか。

おばあちゃんは、いつの間にか新しい杖を手に取り、寝そべったまま腕を九〇度の角度にして杖をピンと伸ばし、目を閉じ、偶像のように静止している。まるで異世界の神像のような姿である。

　杖を真っすぐ宙に突き出す。しかしシドが笑ったり冗談を言ったりする前に、おばあちゃんのほうから声が発せられた——私は願いの木カルパタル。

　家に住む他の神々に触発されたのか、はたまたどこかから霊感を受けたのか、それは誰も知らない。なぜなら、誰も知らないことばかりだからだ。


　それを聞いたリーラーワティーは眉間に皺をよせた。リーラーワティーはカンテーラームの妻で、スシーラーの姑で、実名チャンパク、別名ヒーローという名の息子の母親で、その息子は、このサーキットハウスの主人であるところの長男が政府系の運転手の仕事に就けてやったが追い出された人物で、その事情を話してみるとするなら、酒を飲んで州議会議員バーブー・ミジャージーラール氏の車を運転し、その臭いを隠すためにタバコ《スパーリー・パーン》を噛み、パーンの強い匂いを漂わせながらフロントドアを何度も開け、赤く染まった唾を外へ吐き出したりしていたが、運転席の真後ろに座っていたバーブー・ミジャージーラール氏の娘はえらいもので、その唾の中に混ざる安酒の臭いを感じ取り、フロントドアが開くたび酒の臭いが漂い、場合によっては唾も飛んできていたのかもしれないが、幸か不幸か暗がりではそれを見分けることができず、何より幸運だったのはバーブー・ミジャージーラール氏がかつて馬車の御者を生業としており、かつてはミジャージーという名であったが州議会議員に当選しバーブー・ミジャージーラール氏と呼ばれるようになり、朝から晩まで白のカーディーを着用しているから、パーンの赤い汁のしみなどがつこうものなら目立って仕方がなく、議員である人間がタバコを噛んでつばを吐き出しているなどと疑念を持たれることが少しでもあれば誹謗中傷を受け、名を落とすのは間違いなく、だからといって暗闇に漂う臭気をヴェールで隠すことなど誰にもできないものであるからして、議員の娘がチャンパクの舟を沈めることとなったきっかけが与えられ、運転手をクビにしてちょうだいという娘の不満は聞き入れられ、それからというものチャンパクの名付け親である長男は彼をヒーローと呼ぶようになり、カンテーラームやリーラーワティーから、旦那様どうか息子に職をくださいませと懇願されるたび、私が就職させてやったおかげであの子は牢屋に入らずに済み、手を差し伸べなければどうにもならなかった人間だと思い出させなくてはならなかったが、そうはいっても結局再び就職の世話をしてやり、別の町の建築請負業者の労働者として働く機会を得ることになり、仕事を覚えればいつか請負業者になって想像もできないような金を稼げるようになると助言し、一方で自分が退職したら家とシドの家を無料で建てることを約束させるなどして笑い、たとえばだ、と話を始め、とある場所で単なる配管工だったプッサーは、浴室を作るときにタイルをセットしシンクとシャワーを交換するのがその仕事であったが、今ではすっかりその道専門の職人になり、便座から洗面台、窓や床、壁、イタリアンモザイク、二重ガラス、スライドスクリーン、シャワーユニット、さらにはモジュラーキッチンなどを拵えるようになり、家全体の内装を請け負うようにもなり、スクーターで威風堂々と出勤し、プッサー・ボスに今日の仕事をもらえると期待して門の前でビーリー*をふかしながら長く列をなす大勢の労働者たちを指揮しており、プッサーなどという名前にもかかわらずこの男はボスになったのだから、ヒーローだってボスになれるだろうと諭すと、彼は三か月どうにかこうにか仕事をやり遂げ、トラック運転手になり、タクシー運転手になり、その後しばらく音沙汰がなかったが、ある日その風向きも変わり、腎臓をボロボロにしたヒーローは両親のもとに送り返されて、長男は強く叱責しながらその治療費を出してやり、その夜のうちにカンテーラームとリーラーワティーは村に連れて帰り、かなり長い暇ののちに戻ってきたときには、ヒーローと一緒にネワールの花嫁スシーラーを連れており、少年はすっかり自活できるようになっていたが、すっかりうっかり何かのとっかかりか、またまたいつものところで昔の自分に戻っていたとも噂され、少なくとも一度は思い出された

＊巻き煙草の一種。労働者が吸う安煙草。

夜があり、そのときにはスシーラーが戸を開けることを拒み、ヒーローが家の外に陣取り、調子外れな声色で歌——酒のような君の瞳を見て、私の心は酔ったまま*——を歌い出したのが思い出されるが、スシーラーは勢いよく戸を開けると痛みが残りそうなほど強烈な平手打ちをし、その音は遠くまで響き渡るようなものであったが、おかげで歌は止み、長男のいびきさえも止まり、目覚めたものの風の音しかせず、ここには重要なお役人がいるんだから静かにしろと叫んだが、ヒーローは今、そのお役人の家にカーテンをかけに来ており、そのフックはリング状のもので、そこへファッショナブルな簾もブラインドもかけ、娘も息子もいて、その姫と王子は学校から帰ると、あるいは遊びから戻ると、台所の窓をトントンと叩いて、おかあさん氷の入ったお水をちょうだい、何か食べたいよ、と言うので、時には中に入れてやることもあり、おかあさんからは瓶を渡してちょうだいとかお鍋をどかしてちょうだいとか洗ってちょうだいとか菜園からコリアンダーを抜いてきてちょうだいとか、植物に傷をつけてはいけないと言われることもあるが、中に入れてもらえないときには人目を盗んで忍び込み、誰かに見られたと思えば慌てて背を向け、長男の嫁は厳しく叱りつけ、こっちを見て挨拶をしなさいとか、どうして口をもぐもぐさせて何かを隠しているの、何か欲しければ欲しいですと言わなければ食べてはいけないと言っても、旦那様、口の中にも鼻にも入っていません、と奥様に言ってはうろうろ歩きながら飲み込んで咳払いをするので、これを見た長男の嫁は、母親が子供の世話をせずに甘やかすから悪い習慣が身についてしまったのだと咎め出し、子供たちが悪い癖を覚えてしまったら困ったことになると言ったが、王子のおばあさんは屋敷のベッドに寝ているおばあさんほどではなかったが年寄りで、額に皺を寄せて厳かな様子で、あのおばあさんは願いの木だと王子に言ったのだが、王子はスシーラーに何かを伝える口実でまた家の中に入り、右も左も見ずに真っすぐ向いていたのは、自分が見なければ誰も自分を見ないと思ったからだが、いずれにしても誰に制止されることもなく、大胆にもおばあさんの部屋に向かっていき、朝ごとに杖を真っすぐ宙に立てているとおばあさんが聞いたとおりのことを繰り返さないかと思ってゆっくりと枕元に近づいた。

　おばあさんは黙っていた。

つまらないな、おかあさん《マーター・ジー》、王子はあの手この手を尽くしおばあさんを動かそうとし、誰かに見られていないかと四方を確認した。視線を送る者は誰もいなかった——長男は残った書類関係の用事を済ませにオフィスに出かけており、奥様は新居へ荷物整理と荷解きに行っており、シドはクリケットの試合があったから、この家を統治していたのは王子であった。

　眠っていると、何が聞こえるのだろうか？　子供の質問がかつて交わした重い約束を思い出させたりするのだろうか？　ベッドで動きがあり、「いや」を「いいや」に変えた杖は、眠りの揺らぎで落ちそうになっていたが、目を覚まして体を張り〝幹〟のように直立して警戒し、まるでそれは自立しているようでもあったが、年老いた母は体を軽く揺さぶられ、片手で柄を持ち、起き上がり、こう言った——私は願いの木。

　子供は喜んで大声を出し、笑いながら使用人部屋全体に知らせ、爆竹のような勢いで家から家へと飛んでいった。

　時が適していれば何にでもなれる。適した場所も味方となる。ムハンマド・ビン・トゥグルク＊＊の失敗とガーンディーの成功についてなら、いくらでも楽しく語ることができる。前者は時期を先取りしすぎ、後者は時代と場所に恵まれ成功した。あるいはデーサーニー＊＊＊とラシュディー＊＊＊＊。またはディリープ・クマール＊＊＊＊＊とアミターブ・バッチャン＊＊＊＊＊＊。しかしこの物語の女性はあの瞬間以外のどの瞬間でもなく、その瞬間に新しい杖を九

＊映画『The Train』（一九七〇）の劇中歌。
＊＊トゥグルク朝第二代の王（一三二五〜五一）。
＊＊＊G・V・デーサーニー（一九〇九〜二〇〇〇）。インドのジャーナリスト、講師、作家、教育者。多文化・汎民族の世界における一般市民の苦境を不条理かつコミカルに描いた。
＊＊＊＊サルマーン・ラシュディー（一九四七〜）。インド生まれのイギリス系アメリカ人小説家。『真夜中の子供たち』でブッカー賞受賞。『悪魔の詩』以降、何度も暗殺未遂に遭う。

○度の角度で持たなければ、あのようなことは起きなかっただろうし、その後に起こったことは、おそらく起きていなかっただろうということだけは間違いない。たとえばだ。母が願いの木になったとき嫁と長男が家にいたら、この架空の木が実ることはまずなかった。新しかろうと古かろうと、杖は杖。さあそれぞれの家に帰りなさい、私たちも帰るから。それに、夫婦が在宅していたとすれば、近隣の役人が外出している時間でもなかったわけで、そうなれば、主人の視線を痛いほど浴びながら使用人は家の中で仕事をしていただろうし、門で、街角でたむろすることもなかっただろうし、おきまりの場所や秘密の場所でおしゃべりに熱中することもなかっただろうし、主人のように寝転んでお茶をすすったり、コーヒーを何杯か飲んだりして自由きままにだらしなく過ごすようなこともなかった。

　王子がつむじ風のように、灯明祭の爆竹のように、バンバンと賑やかに駆けだしていったとき、残りの子供たちとその親たちはその音を耳にし、そして時と場所がぴったり符合した。やがて騒動になり、どの集団も眉をひそめ、この木のような物は何なのかとリーラーワティーに尋ねに集まった。

願いの木を知らない？

何だよ、それは。

願いの木だよ。

王子はその場に横たわり、一本の棒を空高くに突き上げて言った。これだ。

　まるで打ち上げ花火のように、どっと笑いが起き、大勢いた人々がおのおの話を始めたので、リーラーワティーの顔は突然怒りで真っ赤になった。

　笑い事じゃない、リーラーワティーは怒りをほとばしらせた。これは宗教的で功徳にまつわる事柄よ、それにね、と言ってリーラーワティーは両手で金属製の盆皿に全粒粉を広げ、こねてまとめた生地をボウルで覆うと、手を洗ってサリーの裾で拭いた。植木鉢と自家用車《モーラー》——役人は公用車で出勤していた——の間にスツールを置くと、この問題についてじっくり語り始めた。

　願いの木は私の故郷チャモーリーにもある。ジョーシーミトという所。そこは緑が豊かで、枯れて落ちる葉は一枚もない。世界中から人々がこの木を拝みに来るのよ。とても偉い聖者様がこの木の下で断食を実践し、贖罪をしていたものよ。ドゥルヴァーサス仙もこの木の下で瞑想に耽ったんだから。

　おかあさん《マーター・ジー》、ドゥルヴァーサス仙って何？　王子はもう笑ってない。

　そこへ集まってきた自転車も、ペダルを止めて真剣な顔になった。

　みんなのガタガタブツブツに怒りを覚えないの？　人生を無駄にしたとは思わないの？　年を考えてよ。そしてもっと訳の分からないガタガタブツブツ。

　お母さんが怒ったらどうなるんだ？　近所の子供たちが尋ねた。

　どこかの老人がこう言った。いいかい、悪いことは願わないように。あの方はみんなの願いを叶えてくれるから。老人は願いの木の下で疲れて眠ってしまったある男の話を始めた。空腹と喉の渇きで気を失った。そして、その男に何か食べたり飲んだりするものがほしいという願いが生まれた。すると、辺りに食べ物や飲み物がぎっしりと敷き詰められている。どうしたことだろう、男は驚きでめまいを覚えながらも喜び勇み、食べては飲んで欲望を満たした。やがて再び眠気に襲われ、寝床を求めた――ああ、ここに簡易ベッド《ジランギー》があったらなあ、と。目の前に高床のジランギーがひょいと現れた。今度は恐る恐る男はそこへ身を横たえた。何がどうなっている、男は自分の上にそびえ立つ木をこわごわと見据えた。もしや悪魔が住んでいるのではなかろうか。俺を太らせ生き返らせたところでひょいと降りてきて、口を大きく広げて飲み込むんじゃなかろうか。するとどうしたことか、魔物ダーナヴァが枝から飛び降り、彼を丸呑みにした。

　どこかの子供が泣き出した。中には悪魔が住んでいて、あたしをパクパク食べてしまうのよ。

　いいえ、お嬢ちゃん、大丈夫。ひそひそ声で人々が囁いている。

＊＊＊＊＊ヒンディー語映画界で人気を博した俳優（一九二二〜二〇二一）。「演技の帝王」と称された。
＊＊＊＊＊＊ヒンディー語映画界で人気を博した俳優、プロデューサー、元政治家（一九四二〜）。一九七〇年代に人気を博した映画の役柄から「怒れる若者」と呼ばれた。
＊＊＊＊＊＊＊インドのウッタラーカンド州の地区。

少女を落ち着かせつつ、不思議な木にまつわる物語は、いろいろな形でさまざまに語られた。この木が乳海攪拌で生まれたというのは誰でも知っており、子供たちは下を見たり上を見たり、家の中をのぞき込んだりした。こんな木があるのは天国だ――子供たちは上を見たり下を見たり家の中をのぞき込んだりして――その枝は宇宙に伸びていて、その下に立つ者の目的を叶える。そう、こうしてご母堂様《マーター・ジー》は願いの木になった。

とてつもなく巨大な力を持っている。おばあさまの足に触れなさい。

人々は列をなし、手を合わせて立ち何度も何度も中へ入ってきては足に額をつけた。願いの木は横になったまま枝を上に上げていたが、枝のように三五度に手を伸ばした。

マーター・ジー、この子を結婚させてくださいな、肌の色はあまりよくないけれど、家事をさせたら誰にも負けませんし、婚家が許してくれるなら、お金持ちのマダムの家を訪ね、出張のメヘンディーやフェイスマッサージや足の脱毛など、何でもできます。少し小遣いが入っても誰も困りやしませんよ。

マーター・ジー、祝福を授けてくださいな。コンピューターを使うスピードが遅くて採用されませんでしたが、九〇〇〇ルピーのコースを受講したんです。あなたが祝福を授けてくだされば、何にでもなれます。きっと指も早く動かせるようになります。

おじさんに店を乗っ取られました。追い出してください。

うちの村に雷が落ちたんです。

ダンノーに息子を授けてください。

新しい橋が架かっているところからヤムナー川に飛び込ませてほしいんです。そのときには、マーター・ジー、飛び込んだ瞬間に泳ぎを覚えて、岸の端から端まで泳げるようにしてください、みんながきっとあっけにとられて驚くでしょうから、一度でいいですから。

ラートルーの所に掘り抜き井戸を作ってくださいな。

マーター・ジー、死ぬまでに壁掛けのテレビを買えるでしょうかしら。

厄介な英語が話せるようになれば――もちろん家庭教師はつけたんです――この子の人生はがらりと変わるでしょう。

この先ずっと祝福してくだされば、あなたのお世話をずっといたします。

　マーター・ジー、シルリーおじさんは、決していいおじではないけれど、とにかくシルリーおじさんが村からとってもきれいなオウムを持ってきてくれたんだ。プラモードに言われてオウムを肩に載せて屋上に出たら飛んでいってしまった、マーター・ジー。他の家の屋根も全部見て回った。どこにいるんだろう、俺の目の前で空高く飛んでいってしまった。飛行機みたいに高く。オウムに一度でいいから声をかけてやってくれないか。名前はラームラール。

　幸福と平和が訪れますように、マーター・ジー、私に祝福を授けてください。

　適切な時に村に雨を降らせてください、お母様《マーン・ジー》。昨年は実った作物がみんな流されてしまった。家も鉄砲水で倒壊してしまいました。まだ借金に追われていいます。

　そうだね、私は雪を一度も見たことがない。見たのはテレビでだけ。いつか朝起きたら外は雪景色だといいな。

　長く豊かに暮らせるように、どうか私を祝福してください。それ以外の願い事はありません。


　マーン・ジー、私は耳元で打ち明けますね、他の人に言うつもりもなかったことで、とても動揺しています、マーン・ジー。私の夫についてなんです、私はその妻でしてね、マーン・ジー、夫は私の肩にあるイボが嫌いで、私だって好きではありませんけど、私たちは恋愛結婚をしたもので、夫はそれをなめて溶かしてあげるとか言って時には歯で噛んでくれるんですが、私はそれが嫌なんです、マーン・ジー、イボを取ってくれたら本当にありがたいことですし、きっと私たちは愛情深い夫婦になります。どうもありがとうございました。

　欲が消えますように、すべてがうまくいきますように、良いことがありますように。

　ムジュトバーが私にシャールジャーに来るように言いますが、私はアメリカに行きたいんです。

　神への畏怖を心の中に居続けさせてください、今あるもの以上のものは望むことはありません、足るを知ります、あなたの手が私の頭上にありますように、それだけです、マーター・ジー。

　たいそう清らかな雰囲気で神への請願に圧倒された王子が「おばあさん、タフィーをください」と言ったその瞬間、王子の目に銀色の器が飛び込んできて、そこにはボタンやピンディーや安全ピンに混ざってタフィーが三つ入っていた。彼の請願は聞き届けられた。

おばあさん？　今度はリーラーワティーのほうを向いた。

部屋はしんと静まりかえり、魔法で軽く震えていた。

姫は、ムラーダーバードの彫刻入りの真鍮皿の下に置いてあった爪切りセットを所望した。その皿はいつだったか彼女の父親がメッキをかけ、化粧台の引き出しの同じ場所に置いていった物であるが、そこにはさまざまな大きさの爪切りと爪の先を丸く整える光沢のない棒が入っていた。同意したかのように杖が振られた。姫は手を伸ばし、爪切りセットを取り出すと、うやうやしいまなざしで願いの木を見つめ、そして深々と額を下げてお辞儀をした。

夕方までには、古いショールやセーター、サリーにブラウス、ペチコートなど、かなりの数の衣類、中身が少し見えているがとても暖かなダウンの寝袋、母の部屋の天袋に収納されていた鉄鍋やチャパティを焼くテフロン加工の鉄板、母の名前が記された雑多な物、実に細々としたものが実にさまざまにあったわけだが、言ってみるなら、それらは母が使っていたものであったわけで、母が管理していた品々であって、花や葉や枝を差す生け花で使う棘状の用具だとか、母のために持ち帰った品々、例えば飛行機で膨らませて使う三日月状のネックピローだとか、今となっては見ることもなくなったが古びたからといって捨てられるものでもない二冊の分厚いアルバムなどなど、いつか使うかもしれないが今は必要のない品々が、母の部屋の奥に押し込められていた。杖は願いを聞き入れ、人々は欲しいものを感謝に満ちた手で持ち帰った。

空が薄暗くなったころ、娘が家に入ると、お嬢さん、願いの木は娘に幸せをくださったんですよ、どんなふうにって、それは孤独なパールヴァティー女神が、これとまったく同じ恩寵でご自身の伴侶をお見つけになられ幸せになられた時のようにです、とリーラーワティーは信心深そうに語った。

娘がどんな解釈をしたのか、この一連の会話をくだらないおしゃべりだと思ったかどうか定かではないが、早足に母のところへ向かい戸棚に目をやると、何を思ったのか、「私の像」とつぶやいてかがんだ。

一日中、皆の祈りや願い事を聞いていれば誰でも疲れてしまうものだから、願いの木の枝、別名杖も、床に倒れた。パタンと音を立てて。

すると「だめですだめだめ、マダム」とカンテーラームが言った。仏像を取り出すのを制止した。パチンと音を立てて願いの木がそう言ったかのように。

だめだだめだ、長男もちょうどそこにいた。何もかも聞いていた。仏像の前に立つ妹の姿も見ていた。

像は割れているが博物館に持って行けば何千万にも何十億にもなるんだぞ。

壊れたらどうする。長男は厳かに言った。どこを見るでもなく。

兄と妹の間に顔を見合わせて行うコミュニケーションがない以上、仏像やら杖について誰が何を言ったのか確かめるすべはない。引っ越しの準備で混乱している今、コミュニケーションの行き違いがどうしても生じて物事がややこしくなる。

長男と妹が子供の頃、戸棚から何か取り出そうとすると、骸骨のような仏像が必ず目に飛び込んできた。しゃれこうべのような顔、黒い谷のように落ちくぼんだ目が怖かった。ずっと見ているうちに、見ることが習慣になり、身内のように思えてきた。その親しい身内、年老いた聖人君子の髭や体毛は長く、それらは戸棚の中で年を重ねるうちに伸びたように思われた。落ちくぼんだ目は、瞑想中で閉じているようでもあり、突然開けば、悪事の報いで目が潰されてしまうように感じられた。耳はガーンディーの耳のように大きく、手を伸ばしてそっと触ってみたくなり、実際二人で触ってみたりもした。二人の心を何よりも揺さぶったのは痩せ細ったブッダの体で、長年の苦行で肋骨、静脈、動脈は浮き上がり、皮膚は薄く、透明な膜のようだった。美しく、覚醒し、静寂で、純粋かつ清らかなるものだけが形となって現れているもののように思えた。仏像は日ごとに細くなり、穏やかに品格をたたえていくようだった。母はそれを私の心の石と呼び、子供たちは飢えた《スタービング》ブッダと呼び、父はそれを母の心の石と呼び、いとおしそうに熱い視線を送ると、母はその父の手を握った。両親の愛情表現を間近で見た二人の子供はおかしくてたまらなくなり、よく笑った。古い苦行像は壊れていた。肩の一部は欠けて損なわれ、耳は片方だけぶら下がっている。もう片方は欠けて消えた。

砂の中で。

　ゴータマ・ブッダがあらゆる願望いや欲望を捨て、生と死の苦しみから解放されるために川のほとりの砂の上で苦行をしたという菩薩《ボーディサットヴァ》の物語を子供たちは知らない。日にゴマを一粒、米を一粒、ただ呼吸を続ける、それだけ。しだいに砂が体を覆い、ゴータマは砂の苦行に埋もれていく。肋骨が浮き上がる。砂の三昧から水の三昧へ移るのを川で沐浴しているスジャーターが見たのはそのときだ。スジャーターが一〇〇〇頭の牛の乳を搾って集めた蒸留物をゴータマの口に注ぐと、ゴータマは正気を取り戻し、砂でもなく、また水でもなく、中道にこそ真理があると告げた。水の三昧や砂の三昧が与えた精神世界の光明は、ゴータマの顔に輝きをもたらし、その後の印象、イメージ、記憶を清らかなものにした。

　三昧の境地に達すると、瞑想者の肉体はすべて砂と水の中に埋もれる。解脱の修行が、これにより弱まることはなく、魚やワニなど生き物に化けた人食い鬼がこの者を見つめ、かじりつき吸いつこうと近寄ってくる。瞑想者が船乗りのように陸地を潜ろうとすると、胴体が外れ、頭が外れ、腕が外れ、腎臓が外れ、耳が外れ、バラバラになって泳ぐ。三昧に入った人は、レンガ、頭蓋骨、骨、器、宝石、偶像、真珠、二枚貝、息、翼、トパーズ、穀粒、心、物語、魂、石、粒子、瞳、などで構成される。

　穴を掘ることは神聖だ。神も、掘るという行いも。すべてが表に出てくる。砂や土の中から、水や空気の中から、古い骨や物語の中から、掘るという行いと神聖さによって表に出てくる。

　イスラエルやイタリアに開発をもたらすのが難しいのはこのためで、新しい物を造ろうと鋤を取り出せば、何世紀も前の過去が頭をもたげ（耳も、鼻も、イエスの目まで）、信者の信仰心が回復される。シュメールやメソポタミアも同様で、地中を触らずとも、墓場から古い物語が蘇る。それらを止めるため、上から強く叩いて落とすということが行われてきた。地中深くに埋められた神々が気づく前に、取り壊してしまう。

　それでもそこにある瞑想が完全に消されてしまうのはごくまれだ。たとえばバーミヤンに悪の手が届き、ダイナマイトがモガンボのように意気揚々と到着したとき、山々は大地の奥の奥で瞑想している石像をずらし出現させた。それは別の場所にも現れた。ダイナマイトの乱だ。

つまりどれだけ年月に侵食されようと、生きとし生ける物に壊されようと、非道に非道が重ねられようと、これらの物語、これらの三昧、これらの像が死に絶えることはなく、埋もれていく。ただひたすらに座り、瞑想の印を結んだまま、ゆっくりとゆっくりと砂の滝に覆われ、覆われるべきところまで覆われたままでいる。

古代人や村人がこれらの苦行像に出くわすと、深々と伏して礼拝した。時に、古い石ころを自宅や家畜の小屋の壁に祀った。家は神殿であり、家畜は神聖な生き物だ。

イギリスが到来し、三昧の世界にイギリスの流儀を持ち込んだ。瞑想のうちにあった頭蓋骨、骨、物語は、博物館、図書館、居間、オフィスに陳列される品々となった。品々に投機家たちが値をつけた。物語を掘り起こしては引っかき回し、引っかき回しては掘り返し――それらをイギリス人は学術研究と呼んだ――小説家や歴史家を名乗って道具にした。自らを神格化し、店を構えた。

だが、こんな話に時間をさく必要があるだろうか。


彼らの思うつぼではないか。新聞をしっかり読み返せば、今に至るまでエゴと商売の関連性は何度でも記されている。ひとつは状況の要約で、修行をして三昧の境地に至った何千年も前の仏像が、私利私欲によって掘り起こされ、動物の皮に包まれ、市場に置かれ、それは今、西洋の国々の博物館の展示場に並べられ、望んでもいない、思いもよらない、不幸な三昧の状況を踊らされ続けている。

この物語の中で、この世を去った過去の人物としてしか登場しない長男と妹の父親は、瞑想にふけるブッダを土の中から掘り起こし、博物館に閉じ込めたイギリス人の所業を窃盗だとか、詐欺だといつも言っていた。たとえ仏像全体が見つからなくても、頭部や腕や足が見つかれば掘り起こして壁に打ち付ける。私たちがこの仏像を家に置くのは間違っていない。これは我が家の物だ。敬意を持って祀りはしたが、金儲けをしようとしてはいない。

しかし父は、のちには長男も、割れた仏像をよそに出してはいけないと言った。だから扉の後ろの棚にしまってあった。母は仏像に花を供えて金剛珠の数珠をかけたり、祭礼があるときには、紅粉と白檀のペーストを仏像の額に塗りつけたり、古びた仏像に穀物のお供えをしたりした。

しだいに家族全体がブッダに特別な愛着を抱くようになった。ブッダは家の神であるかのように、壁龕《へきがん》から祝福を与え家族を守ってくれた。たまに戸棚を開け、ブッダをうやうやしく眺めるのは幸運なことだと考えるようにもなっていた。のちに娘が、私にちょうだい、他の物は何ももらっていないのだし、それに割れた仏像をしまっておくなんてよくない、私の所なら出しておけるんだから、と言った。絶対にだめだ、長男は母から聞いたことを伝えた。父さんが持ってきたんだから、ここが仏像のいる場所だ。またあるときは、通人に見せればこれ何年前のもので価値がどれほどのものか教えてくれる、まがい物ではなさそうだし、高額に違いないんだ、と長男の嫁が早朝ヨガとウォーキング仲間の女性から聞いてきた。調べるだけならいいじゃない、と嫁が言うと、よくも父さんが崇めた仏像を売ろうなどという安っぽい考えを持てるものだ、君には祖先から受け継いだ形見への思いはないのか、と長男が雷を落とした。

神の中には神の物語があるのであって、物語が掘り起こされるとは誰も思っていなかったし、ましてや仏像がどこかへ消え、それを現実に見ようとは、どこの天使も、母さえも考えていなかった。

喪に服しても、過ぎ去りし者は過去でしかない。贈り物だろうが、祝福だろうが、あるいは盗みであろうが、存在の消えた物は存在しない。歴史のページを反対にめくればわかるだろう。コーヒヌールはなくなった。シムラー*の総督邸の大鐘も消えた。盗まれたタゴールのノーベル賞のメダルは戻ってくるのだろうか。あるいはブーペーン・カカル**の「グル・ジャヤンティ」。時間。グーグルで検索すれば、消えてしまった言語が見つかる。アンダマン諸島のアカ・ボ語、アカ・コラ語、ア・プキワール語、コーチンのワイピン語、オーストラリアのビドジャラ語、そのほかにもまだまだ、数え切れないほどある。ヒンディー語だって、いつかきっと。まあ、誰だってグーグルの検索を始めれば我を失ってしまう。消えたサラスヴァティー河は、今はどこを流れているのか。恐竜は絶滅していなくなったし、イエティだっていなくなったと言うこともできる。ガヤーも消えた《ガヤー》。ボードガヤーという地名から知《ボード》が外されてから、荘厳なる知の殿堂も過去のものとなった。人が去れば、なくなる。この物語に出てくる家の父親がいなくなったように、完全にいなくなる人もいる。父が去った、つまりいなくなり、父がやり残したことは残された者に託され、それは残された者が絡め取られることを意味し、彼らの記憶の中にある、父に対する善き思い出の残る場所——人が死ぬと建てられる記憶の家のようなもの——さえも消えたように思われ、悪い記憶を残したヒトラーやビン・ラーデンは本当に混じりけなしの悪人であったから同列に語ることはできないが、例えばドゥルヨーダナであっても善き戦士として記憶され、ラーヴァナでさえ深く賞賛され、現代で例えるなら、ジンナーは善き記憶と悪い記憶の両面が想起されるが、つまるところ、生は生であり、死は死であり、死者は死者であり、去りし者は去ったのであり、忙しい者は忙しい。とてつもない偉人や財宝や思い出が去り、それが二度と戻ってこないとすれば、取るに足らない些末な日用品の類いはどうなる？　どうもならない。もちろん、屑入れに捨てなかった物、売る価値のある捨てられるはずだった物が売れ、貧しい人が慎み深く拾う——そしてそれらも消える——とき、一人の女性が死の床についたとき、皆がこのように思った——おばあさんも逝ってしまった——が、神を慕う者に呼びかけても、その当人は自分が呼ばれているとは露ほども思わず、混乱が生じ、その女性は願いの木となり、朝から晩まで祝福を求める人が家を訪ねてきた。

　生きている者が家に戻るまでに、家の大半は空っぽになっており、何と何がなくなったのか、クリック一つでリストにできるグーグルでさえ、このときは役に立たなかった。この家は、長い月日をかけて塵や埃に覆われていた。見た人はすぐに不要品だと思った——スシーラーは母が何年も集めていたポリ袋の束を欲し

＊　ヒマラヤ山脈の麓にあるヒマーチャル・プラデーシュの州都。アーウィン卿にアンティークの鐘が贈られた。

＊＊　インド現代美術で中心的な役割を果たした画家（一九三四〜二〇〇三）。

がっていたが、その袋がなくなっていたとしても、穀物の収穫量も値段も変わらないのだから、黙っているのが一番だ。

　前例のないことが起こると、人はしばらくの間沈黙する。のどの奥に言葉が詰まって出てこない。子供は神であるし、年寄りだって神だが、この神の姿をしたもの、これを何と呼べばいい、どうしよう、どこから話そう？　ゴミになるはずのプラスチック製の不要品がなくなったと大騒ぎする人間は小物に見える。何と何がなくなったか調べるために役人の使用人居住区に使いを送り、新しい品物が置かれていないか見てこさせれば、品物の里帰り作戦を実行に移せる。警部に捜査令状を持って踏み込ませ――持ち去ったものは黙って元に戻すように言わせようか？　あのお偉いさんは人の情けがないと言われるに決まってる。私たちはこんなにも慈悲深いというのに。私たちの母親は、人生の最終地点にいて、高齢で、孤独で、気前がよすぎて頭がこんなふうになったのだと受け入れて、ガラクタがいくつかなくなったと考えればいい。母の心はしっかりしている。そうでなければ無意味だ、誰の役にも立たないと思って横たわっているだけだ。母の幸せが私たちの幸せだと理解して黙っていることだ。

　ロージーおばさんが来ると、全員が完全に黙ってしまった。喜んでいたのかどうか、それは分からない。ロージーはヒジュラー*で、もう何年も母をお姉さんお姉さんと呼び、家を訪ねてくる。春の祭り《ホーリー》**には喜捨、イードには贈り物、子供たちの誕生日や祝い事にもやってきて、時には何かを持ち帰り、時には何かを持ってきた。外の芝生で母と一緒にスツールに座ってお茶とお菓子をつまみながらおしゃべりをしていたのは誰もが知るところである。そして大事な日には……

　文は途切れた。


　語られる時の事情で、最後まで語られることのない文がある。どのように伝えられたか定かではないが、願いの木の知らせはロージーおばさんの耳にも届き、この家にやってきた。口汚く言い争っていた長男と嫁は、はっと我に返りロージーおばさんを見やった。おばさんが手を合わせたのは、むろん彼らにではない。彼らの母親に対してだ。お姉さんと呼んでいた人、願いの木になったその人は、信者たちの後ろにひっそりと存在する。家の奥のほうに。外の芝生の上ではない。文は途切れるしかなかった。

お姉さん、ヴィノーディニーとサンダル、ロージーおばさんは手を合わせてそう言うと、遠くで長男と嫁が、扉の外からのぞき見していた。ほとんど動きはなかったが杖をくるくる回す様子を見ておばさんは理解した。本は本棚から自分で抜き取り、サンダルはリーラーワティーに渡すように合図した。

サンダルはシンガポール製で、いつか娘が母のために遠くから持ち帰ったものだった。白く、蝶のように軽く、ビーチや砂浜で履くためのものだ。ピンクの花と緑の葉のデザインだ。リーラーワティーのいるところで母はロージーに言った。私はもう履かないから、きれいにしてあの子にあげてちょうだい。おばさんはリーラーワティーにサンダルをよけておくように言ったが、ヒジュラーのおしゃれの世話をなぜ自分がさせられるのか、とリーラーワティーは少しばかり腹を立てた。父親が亡くなり、冬が来て、サンダルの季節ではなくなった。そしてついにその季節が来た。

姪っ子にあげるのを嫌がっていたの、きっと後悔しているはずよ、嫁はぶつぶつつぶやいた。

ロージーは恵んでもらった品々を、肩にかけた刺繍入りのシュニール織のハンドバッグに詰め込み、緩く巻いた髪を解いて背中に下ろし、ビーズで飾られたカラフルなクリップを取ると唇で挟み、髪を女性らしくまとめ、両腕を上げ、空中でくるりとお団子に丸めて留め直し、クリップを元の位置に挿した。

ロッキングチェアはとっくに持ち出させていた。嫁のイライラが始まる。なくなったものは何なの。

ロージーはもういない。

なぜその話を蒸し返す？　あれはずっと前の出来事だ。不可解なことが増して、今度は長男の怒りが増した。とにかく、それは庭師のニーパーにやった。

庭師が草刈りと草むしりをする間に椅子をゆらすと

＊南アジア世界で第三の性と呼ばれるジェンダーを生きる人々。

＊＊インド暦一一月の満月の日から二日行われるヒンドゥー教の祭り。春の訪れを祝い、色粉や色水を掛け合って祝う。

いうの？

君のものでもなかろう、欲しがったから譲った。

庭師のものでもないでしょう、バンシーがこの家のために持ってきたのよ。

もちろんすべて母さんのものだ。一人がゆっくりと言った。

すると反論が起こる。あのミュージックシステムは私のもの。

お金を出したのは私だ、反論に反論が起こる。魔法瓶《サーモス》がない。

あれなら、おじさんの社員証で買ったものだ。

私のおじさんの社員証よ。

お金は私が出した。

ええ、あなたのお金でしょうね、それが誰のお金であっても。

ぶつぶつぶつぶつ言いながら、二人は承知している。新居にすべての荷物が入らないことも、捨てなくてはいけないことも。そんなわけだ。危機的状況とユーモアの融合！

引っ越しをしなくてはならない、夫婦はおとなしく合意し、深呼吸をした。


引っ越すとなれば、壁や扉は置いていくしかない。家は気を悪くするだろうか？　壁や扉は、目につかないように、こっそりあとをつけてくるだろうか？　霊魂のように。内に宿る形で。内なるものは、家を城にも鶏小屋にもする。外見の大きさとは何の関係もない。そんな話を聞いたことがあるだろうか。家には住人がいる。となれば彼らこそが家の魂ということになるのか？　住人の身の回りの細々とした品々は箱に詰め込まれ、その上に横たわったり座ったりもできる。しかし、長男や嫁にそんなことを考える余裕がどこにある？　家の成り行きに思考を向けていては、不注意を生むだけだ。

家は段ボール箱の中に消えた。そこで暮らす人々が、箱と箱の狭間に身を置くことすら難しくなった。箱は四方に散らばり、誰かのところへ移動するのも容易ではない。自分の心と体と富をひとところに集めておけなくなった。

数日後には、箱に何が入り何が入らなかったのか判明する。それも記憶が鮮明に残っていればの話だ。新居に到着してすぐ、すべての箱を開けるわけではない。あるものが見つかれば、またあるものを探す。あれはどこに行った、なくしたのか、私が隠したとでも言うの、君がどこかにやった。そんな新たな口論が起こる。不安に駆られて四方に散らばった紐や紙や段ボール箱が飛び交い、そして……。

　そして何も出てこない。なくしたものの足跡はどうやってもたどれない。泥棒も、願いの木も、他の誰も、それがなくなったことを教えてはくれない。

　しばらくして気づく。仏像は梱包すらされず、行方不明であることを。そして年老いた母がいないことも。

　高齢の母が行方不明になった話を広げることにしよう。あるいは、家族の価値観から解き放たれた、新時代で自由を手に入れ、自分の意見を言える娘に焦点をあてよう。二人の女性を交互に登場させてもいいが、そんなことをすれば混乱を招く。

　そんなわけで。この道はどこからどこへ続くのか。道が一つ、曲がり角も一つなら、物語は語ったそばから終わってしまう。しかしそうはならない。道は複雑に絡み合い、新たな地平へと続く。だから人は、どこか別の世界に導かれると信じ、次の道へと進む。明白で汚れのない世界に囲まれて生きるのを幸せと考える人は、少し世界を見ただけで全体を把握したと理解し、浅い視野から浅い知見を得て、傲慢にも、満ち足りたと考える。

　理解という言葉は、蝕まれ、乱用されてきた。その本当の意味は意味を置き換えることなのに、意味を確立することとされている。稲妻を見るような衝撃だ。その閃光はとても明確で、刺すように鋭く、辛辣で、強い光を放ち、閃光が走れば、大地や空や、その間に会話のようにたゆたう海もまた互いを理解し、尽きることなく理解しようと努める。

　　雲であれ、波であれ、煙であれ、空気であれ
　　丘であれ、獣であれ、石であれ、低木であれ

単純な話だ。極めたものはキラキラと輝きを放つ。自問してみればいい、愚か者よ、蜃気楼よりきらめくものはあるか？　その下にある地面は堅さを持たず、その上の空気に実体がないというのは偽りなのか？　それを見るとき、希望や欲望や詩が湧き上がらないのか？

正直で高潔なだけなのに、原初の、根源の、真の色で、その色はどこから生まれるのか知りたいという私たちの強い思いが混乱を引き起こす。どうすればその源を知ることができるのか。空と大地、山と風が自分の影を弾むボールのように飛ばしているときに。今は黒く、今は草色、今は緑、今は赤く、今は光沢がなく、今は影があり、今は丸く、今はトゲがある。それが元々何であったか、何になったのか、誰が知っている？

　あらゆる物語、伝説、寓話、神話には、それぞれ底知れぬ謎めいた色合いがあり、どの物語にも、人生の悲喜こもごもがある。そして愛する人がその迷宮に迷い込んだとき、心にあった喜びはすべて悲しみに変わり、どんな色に彩られても安らぎは得られない。

　だから母が行方不明になったとき、彼らはこのような表情をしたのだ。

　お母さんはどこ？　今までここにいたのに。

　フェミニスト的に言えば、彼女は前からそこにいなかったし、何年もいなかった、家と子供たちを任されていた彼女は影のように漂っていた。しかし、哲学者なら、誰が実在し誰が影なのか、それを知っている人はいるのか、と問うかもしれない。あらゆる色の中に、独立した本物の人生が存在することはないのか？

　ウィトゲンシュタインは、かつてこう言った。私は山頂に登らない、山のふもとにいるのが幸せだと。しかし母の子供たちは、寡黙に座って待つウィトゲンシュタインではなかったし、消えてしまったものは消えたものだといい放つフェミニストでもなかった。彼らが理解していたことといえば、今までここにいた母が消えてしまったこと、ベッドから姿を消したということだった。

　起き上がれなかった人が、どうやって起きたのか？

　頭は混乱状態、家は大騒ぎだった。

　スシーラーの記憶はぐらついていた。熱湯を入れる魔法瓶とくし切りにしたレモンとグラスとお皿を一緒にトレーにのせて部屋に入ったとき大奥様はそこにいた。消えたのはいつ？　スシーラーが責められるのは、あまりにも不公平であった。山鼠、それがキルトの中の老婦人の姿だった。キルトのしわのどこに身を縮めているのかまるでわからない。スシーラーは、皆が眠っている間、まだ夜が明ける前にやって来る。早朝で、女盗賊のように頭にショールを巻き付け、口から白い息を出しながら、見えるのは目だけ、その姿は闇の中で消える。忍び足で大奥様の枕元にやってきて、音も立てず、大奥様の脇にある小さなティーテーブルに物を並べると、また静かに家から出ていく。一人は立ち、一人は横になっている。二人とも鼠のようだ。

長男は注意散漫になっていた。仕事があるからと急いでシャワーを済ませる。大急ぎとはいえ朝のプージャー・パリクラマーを行い、家じゅうのロウソクにうやうやしく火をつけてまわり、母の部屋に入ると父の写真に火をかざした。そうこうする間に薄汚れたキルトが長男の視界に入った。神の名を唱えながら横目で眺め、母をこんなにも生気を失わせてしまった事実に思いを馳せる。熱いお湯を浴びて半裸のような体でうろうろするから、咳がコンコン出るし鼻がずるずるするんですと叱られることもない。長男がベッドに向かって半裸の体をさらして話しかけたのは、おそらくは悲しみによるものだろう、キルトを見て駆け寄った。そのとき長男はくしゃみをしたと言われており、昨今の線香は刺激が強く、体を揺らしたのはそのためで、プージャーの盆皿にのっていたベルがチリンと音をさせたが、プージャーの時間にはまだ早く、そのベルは銅製で、ガンジス河の聖水が入った小さな壺の隣に置いてあった。いや、それともあの音は長男の心臓の鼓動だったか、さて？

母さん、と長男は叫んだに違いない、間違いなく叫んだ。

長男は、まず時計に、次にキルトに目をやった。キルトは広げられているがしわくちゃで、押さえつけたのか持ち上げたのか、ひだが寄っていたり浮き上がったりして、その下に何かあるのか、それとも何もないのかもしれないが、そんなふうに見えていた。次に長男はバスルームを見て、扉を触った。ゆっくりゆっくりその扉を開き、中にいる母が答えられるように、母さん、母さんと大声で呼んだ。今度はキルトをめくってみる。かくれんぼのように引っ張って隠れそうな場所を捜してみる。母さんの三つ編みは見えないか、足の爪やこめかみが見えたら叫ぶんだ。「みいつけた！」

皆がやってきた頃にはスシーラーはもう泣いていた。私が先に気づいていたらトレーを落っことしていて、そうなったら魔法瓶のガラスは絶対に割れていたでしょうし、前にもそんなことがありましたからね、もう一つの魔法瓶は大奥様が私にくださったので、そうなると大奥様は新しいのを買わなくてはいけないところでした。

長男は、不機嫌そうに顔をむすっとさせた。壁のひびのような怒りが、メリメリと大きくなり溝や堀のようになり、長男の脳を飲み込んでしまったに違いない。どれほど大きな溝も、その瞬間、完全な虚無感に襲われ、口をあんぐりさせたままだ。自分の役人としての生涯の総決算はこれだと言わんばかりに。

キルトの中で消えたものを捜す方法は数え切れないほどある。失踪した人はたいてい同じような方法で捜す。ある人は、全粒粉をこねるようにキルトを軽やかな手つきで優しくパタパタと叩いてまとめてみる。

またある人は、キルトを全粒粉の生地ではなくテントに見立ててみる。サイクロンが吹き抜けるように生地の端を激しく上下させ、手を滑り込ませてなくし物を探ってみるが、手応えがないとわかるや、今度は自分の頭を突っ込む。体を押し込んだかと思えば反対側から頭を出し、目を大きくぱちくりさせる。水中で息を切らしあえぐ人のように、目を鼻の穴のように開閉させる。

また別の人は、キルトをカーペットのように捉え、引っかかって行き場を失ったバッタのように母が落ちてこないものかと寝具を持ち上げ揺さぶってみる。

そして理解する。隠された物はどんな形にもなる。サイズさえ変化し、あらゆる場所やあらゆる物が可能性を持つ。捜索が深まるにつれ、五感は研ぎ澄まされていく。

あなたは、母が足の指輪になったと想像し、薄手の繊細なショールのようにシーツを振る。手紙になったと想像し、枕をめくり、マットレスの下に手を入れる。子猫になったと想像し、陶器を触るようにところどころ手で押さえ、するりと逃げないようにする。もし象になっていたら、キルトを宙に浮かせて上から包み込み、怒って踏みつけられないよう、さっと退く。

空想の限界はいまだ発見されていない。誰かが境界を越えれば、また別の境界が出現する。ありとあらゆる大きさのものが空想の世界で形になり、また新たな場所へと捜しに行くこととなる。魔法瓶に付いているコップを外して中をのぞき、父親の写真の裏や、カルダモンを入れた小箱の中を調べる。ベッドの下、窓の桟、戸棚の中、引き出しを開け、トイレの便器まで覗き込む。そのたびスシーラーが涙を流してわんわんと泣き出す――大奥様がどこにもいない。

　スシーラーがマットレスを持ち上げて下を覗こうとしたとき、長男はばかにして笑った。気でも触れたか。

　いいえ、いいえ、私は思ったんです。スシーラーはしくしく泣いた。

　何を思った？　さらに大声で叱る。

　大奥様がマットレスにくるまっているのではないかって……何の間違いで……

　あるいはこうも考えられる。大奥様でもお母さんでも母さんでもおばあちゃんでもグラニー・チルでもなく、まったくの未知なる感覚を持つ存在となったとか、またあるいは、こうも言える。母はその中で最も空想に満ちた未知なる感覚そのものとなり、器用なマジシャンのようにくるくると杖を回して枝を蛇に変え、大きな物を小さくし、息を吹きかけて死者を蘇らせ、倒れた人を起き上がらせ、目に見えるものを透明にする。

　そこにいる誰もが度肝を抜かれ思考停止に陥っていた。あり得るものとあり得ないものの区別がつかなくなり、手当たり次第に何でも調べていただけの話だ。

　誰かが壁をコンコンと叩いたのは、ひび割れに気づいたからだろうし、そのひびは、寒さで収縮して裂けた傷のように見えた。針の穴に糸を通すように、息が通り抜けるだけの穴が開いていて向こう側へと通じていたかもしれない。

　もっとも、これらすべては無駄だとも言える。させたいようにさせてやれるのが物語だ。そうでなければ、井戸に桶を垂らす要領で一人の女性を壁のひびの中へ下ろし、桶の水を引き上げる要領で反対側から救い出すなどということなど起こりえない。

　娘は枝を捜した。別の言い方をすれば父の杖だ。そして見つけたいのは母の真新しい杖だ。しかしその杖を、毒をまき散らし母に巻き付いた蛇だと想像する大胆さを彼女は持ち合わせていなかった。

　仏像について誰が思いをめぐらせるだろう。子供の頃からそこに存在し、威厳があり、高価な古代の彫像だ。割れているがそれがどうした？　博物館が買い取りたいと願う貴重品で、何百何千万もの金額がつく代物だ。人目に触れないようにここにしまっておくのがいい。

　結局、多くの質問と同じように答えが出ることはない。さまざまな形、さまざまな大きさになった人を必死になって捜していた長男は、捜索を中断し、プージャーの盆皿と灯火を持って突然向きを変え、盆皿の火は消えてしまうかと思われたが消えることもなく、長男と同じように少しだけ飛び跳ね、仏像が安置されていた両開きの戸棚の片方の扉は勢いよく開かれ、視線を上げたときか、盆皿を持ち上げアールティを行ったときかは定かでないが、なくなったという事実を知った余波が長男に押し寄せた。

　事実として言える。彼は何も理解していない。

　家族の状態はデリーという都市の状況とよく似ている。バタバタ、ガタガタ、ごちゃごちゃして、散らかって秩序がなく忙しそうで、チーラスパッタ・キール、バターサー、最古のシカンダル・ローディー、最も古いのはインドラプラスタ、きらびやかなショッピングモール、ぼやけたスラム街、その上下に広がる大地と空の断片。電線と電話線は土色になって揺れている。時々、愚か者が触れ、あっという間に感電させて消してしまう。それでも町は一向にきれいになることはなく、人口が減ることもない。デリーと家族は不老不死だ、爆弾を抱えながら持ちつ持たれつ寄りかかり、いつまでも動き続ける。

　何がデリーで起きているのか誰も知らないように、家族の内部で何が起きているか誰も知らない。たとえばこの家の母親がどこにどんな理由で行ったのか、誰にも分からない。頭の数だけ物語は存在する。その苦悩を抱える頭はどれだけあるのか。まずは古いしきたりに従って生きる人々が駆けつける。それはもう大勢で。年齢よりずっと速く、あるいは年相応に、先を急ぐように、あるいは慎重に。そうやって集まった人々が心配する。ああどうしてこうなったのか、かわいそうに。NGOワーカーまでやってきて、これが高齢者虐待じゃありませんか、などと脅しをかけてくる。

　その日は階層について学びを得る日となった。どの階層がより柔軟性があって自由な移動が許されているのか、どの階層が移動に厳しく行き来が許されていないのか、階層の多様性が一堂に会していた。ある学生がいた。その学生は人情深い役人の息子で、研究のため階層の分類データが必要なのだと言った。学生はパソコンをいつも持ち歩き、素早く取り出すと、その人の歩き方、その人の受け答えに、その人の階級がどう反映しているか記録した。天に頭を向けてするりと通り抜ける人、次の人は「すみません《エクスキューズミー》」と言って通路を渡り、別の人は音を立てながら誰も見ないようにして通り過ぎ、その人のせいで後ずさる人、寺院の内陣に入って問いかけるのは誰か、使用人居住区でこそこそと話をするのは誰か、誰が窓辺でまどろんでいるのか、誰がからっぽのベッドに腰掛けるのか、誰がその足下に立つのか、不在の足に額をつけるのは誰なのか、そんなことすべてをノートに記録した。この場所は彼の調査リスト作成のために存在しているわけではないが、どの階層の家族に慎み深さや尊大さがあるのか、どの階層に成金の粗野な行いやうぬぼれがあるのか、どの階層にカースト特有の無気力さがあるのか、どの階層が利己的で横柄な態度を取るかなど、その研究者は微に入り細を穿つ記録を残した。デリー全土に広がるさまざまな階層がここに集まり、この学生の収穫になったということだけで今は十分だ。

　向こうから流しのオートリキシャの運転手がエンジンをふかしたままやってきて、立ち止まる者もあれば、何があるんだと確かめに行く者もあり、エンジンを切って人だかりに交ざる者もあった。

　母の部屋の壁の外側にひびが入っていることに一人の少女が気づいた。そこは、少女が棒で顔を描いていた場所だ。少女は、あなたが傷をつけたのでしょうと母親に責められるのではないかと思い怖くなった。どう答えよう。ええとね、寒いから壁がぎゅっと縮こまって割れてしまったんじゃないのかな、お母さん。壁のひびなんて私は知らない。少女は知らなかった。壁の割れ目の向こうに母のベッドがあり、その割れ目を通って消えていなくなってしまったことを。少女はレンガを三つほど重ね、その上によろよろと立った。壁の裂け目は双眼鏡だ。穴から覗き込めないかとがんばってみる。針の穴に糸を通す要領ですっと視線を送る。少女はひそかに微笑んだ。目で見るというより、心で眺めた。なあに？　とは誰も言わない。それぞれの理由で皆がストレスを抱えていた。中は静まりかえっていた。

　大丈夫ですよ、と長男の妻は夫には直接言わず、しかし聞こえるように言った。そうやっていつも半分そっぽを向いて夫婦は会話をしていた。お義母さんは戻ってきますよ、お義父さんも何も言わずにお出かけになって好きな時に戻っていらしたじゃないですか。

そのとき、長男の妹は電話を投げつけ、顔を真っ赤にして言った。今まで誰も気にも留めなかったのに、今は誰もが同情で死にそうになってる。

きっと若奥様に向かって言っているのだな、と使用人は受け取った。ひとこと言うにも、肉親とそうでない者の間には壁がある、と使用人たちは話し、我が子のように胸を痛めた。他人にはわからないわ、だからあんなに簡単に若奥様はおっしゃるのよ、どこに行ったわけでもない、戻ってくるなどとね。黙ってどこかに出かけて戻ってくるなんて今までしたことないじゃないの。かわいそうに、ほんのわずかに生気が残るばかりで、食べ物も消化できず、やっとのことで穀物二粒をのみ込んでいた。朝にはふんわりと膨らんだチャパティを一枚、夕には少しばかりのスープに二口ぶんのトーストを、皆にせがまれてやっと食べたが、もったいないもったいないといつも言っていた。

若奥様が友達や家族が来たときに気前よくあげてしまうから、旦那様は、戸棚に服をしまわず、ドライフルーツやお菓子、チョコレートを入れて鍵をかける。ひそひそ話と笑い声が起きた。

若奥様は、今日もまた、どぎついピンクのマニキュアを塗っていて胸が痛む。旦那様は今にも泣き出しそうだ。

前から塗っていたのよ。

落とせないのか？　自分でやる必要はないのだから――手を広げて座り除光液で落としてと言うだけで済む。

そこにシド坊ちゃんもいなければ、もう一人の坊ちゃんは電話越しで気を揉むだけ。電話口でお義母様の話をするなら、悲しみを伝えてくださいな。母親は電話口で小さな不満を述べる。今日は、旦那様が紅茶に蜂蜜が入っていないと言って急に怒りだした。あの人は食べることにすっかり嫌気がさしているの、顔もすっかり痩せこけて、好きな紅茶を入れてあげたのに、それにも文句を言う。緑色のペチコートを広げていなかったと私まで叱られた。今日のような日に誰がそんなことを思い出せる？　今日という日に、誰がそんな話を覚えていられるだろう。皆が動揺し、お母さんはどこにいるの、何が起こったのと考えている時に。

心配そうにささやいていた人たちが、この家の嫁の悪口を織り交ぜながら話したのは、つまり、嫁を口実に心に鬱積した思いを吐き出したかっただけのことだ。夫の顔を見て妻が憐れみを感じ取っているようには見えなかった。だから大丈夫、誰も消えていなくなったりしないと言うのだ。

長男の嫁の唇はわなわなと震えだし、今にも大粒の涙がこぼれ落ちそうだった。矢を射る速さで携帯電話を手に取るとオーストラリアに電話をかけ、口を開けるが早いか私は悪者だと言った。まずはあなたのお父さん、それから叔母さん、みんなお義母さんの心配をするだけ。それに使用人まで私の悪口を言う。

嫁は大きな足音をさせて表へ出た。娘はくたびれたサンダルを引きずりながら家に入った。それは続いた。扉を境に二人は正反対の方向へ進む。目を合わせているのに見ていないようなそぶりで、扉が何かを言ったとして聞こえるはずもない。これは数ある出来事の中の一つに過ぎない。

とにかく話は話であって、それが正しかろうと間違っていようと流れ出し、口を閉ざすことになるとは誰も知らない。問題は母だ。横になり背中を向け、いつしか願いの木となり、そして風となった。

母は帰らない。

次を読まなければ、この文は誤解を生む。

母はその家に戻っていない。

しかし二つの文を読んだところで、誤解は解けない。このように誤解は往々にして起こる。少し単語を聞いただけで最後まで聞かず、耳に届いたものをうのみにしようとするが、物語はねじれたり曲がったりしてまた別の意味を帯びる。たとえば、買い物に行って、野菜売りの手押し車と手押し車の間でこんな言葉が耳に飛び込んでくる。「あれはどのドだろうね？」ドという音について、そしてその音がその人の歌の音域のどこに位置するのかということであれば非常に興味深い質問だ。なぜなら、その人の音階がオームカールナートやクマール・ガンダルヴァならば高音域、アミール・カーンやワヒード・フセイン・カーンは低音域で、それにより、どのオクターブで音を取るか決まる。これが歌手ではなく一般人の話なら、その人物の持つドの音だ。オームカールナートはオームカールナートであり、それはクマールでも同じことだ。

か細い声であったなら、あるいは話し声であったなら、その音は彼のうめきや泣き声だ。もっとも、女性であれば、か弱い音であってもおかしくはない。しかし通りすがりの人間が、そのような問いかけをするだろうか。男性が女性の声を出すとか、女性が男性の音を出すとか、正反対の声を出すというなら好奇心が生まれてもおかしくはないが、ドはレの前の音だとか、シの次にドが続くとか、質問がそんな内容であったかどうか知るすべはない。おかずを拵えるために一仕事を終え、家に帰って目を閉じてゆっくりする、そしてなんとなく、物事はなんとなく発生するものだが、通りすがりに質問した人の答えが耳の中で聴こえ、忘れられなくなる。あの時は時間がなかったが、今ならその人が言いたかったことを考える余裕はある。あれこれ推測し、答えを探す。そうでなければ大勢の歌声や話し声を聞き、あの人とこの人のドはどのドだろう、などと答えを探す。だが「どのドの音か」という質問の答えは出ない。新鮮な野菜を買うことに集中しないで、会話の続きを聞くために、影のようにこっそりと、その人の興味を引く質問をした人のあとをつけていたら、質問の文脈や人物を明らかにすることもできたが。

あるいはまあ、なんとなく、誤解を解こうとして別の誤解が生じることもある。帰る帰らないの話をしている。この物語で帰る場所は家なのに、家の住人は住まいを移そうとしている。そうなると家が戻らなかったということか？　同じ壁と同じ扉が、漆喰だけ新しくなって戻る？　長男の官舎から引っ越したあと、壁と扉は賃貸マンションの階段を二階分上ってついていったのか、それともついていかなかったのか。

その瞬間はまだ訪れていないが、今までどおり一緒に旅をしない理由はない。エレベーターに頼りきりで階段を上れない老人ではない。一緒に旅をしないとなれば、それは宇宙初の出来事だ。何世代もお供をしてきた扉が急に信念を覆す。それはまさに世紀の失踪を意味する。

さて、失踪した彼女の話をしよう。それが失踪であるなら、彼女は戻らなかったと言える。引き渡しまであと数日となったあの官舎に。

一三時間後、年老いた母は発見された。そう言われている。あるいは一三日だとも。そこかしこで言われるようになった。日、週、月はリボンのようなもので、時の魔術師が自分の楽しみのために測ってみろと言わんばかりにリボンをちらつかせるが、それを測れる者はいない。その事実を知る人は、最初から白旗を揚げてリボンで目隠しをし、それで間違いない、あなたの言うとおりだ、その人は見つかったのですよね、などと言う。何時間であるか、何週間であるか、何か月であるかと議論する人は、一〇〇パーセントの正確さで時を信じる人々だ。その時が過ぎ去ったこと、杓子定規な正確さと一〇〇パーセントの真実がゴミの山に埋もれてしまったことを、憶測で物を言う人々にどう説明すればいいのだろう。

第一級の調査が行われ超一流の探偵が調査を進めたにもかかわらず、詳細が判明することのなかったサムジャウタ急行爆破*のように、ここには大声で泣きわめく家族がいるだけで、人々は噂話をし、意地の悪い物の見方をし、根拠のない憶測をした。誰もが話を膨らませるか自分を納得させようとして、本来の物語は憐れにも本当の顔を失い、さまざまな顔に溶けていった。

このページにすべての物語は収まりきらないが、なんとかやりくりした末に語られる。

嫁は恨みがましく言った。海の向こうに住む息子は、しきりに電話をかけてきてくれます。家にはこれだけの人間が近くにいて、それはもちろん私は家を少し留守にしていましたよ。でもそれだってお義母さんとあなたたちみんなのため、新しい家を掃除するためだったんですから。なのに戻ってきたらこのありさまですか？　夫は、ものすごい剣幕でまくしたてた。いつまで当てずっぽうにうろうろしているつもりだ、警察に知らせよう、年寄りなんだ、分かるだろう、鳥のツグミほどの体力しかないぞ、いなくなったときにどんな様子だったのかもわからない、夜道で怪我をしているんじゃないか、気を失っているんじゃないか。

母のヒーターに布がかけられているのを見た長男は震え上がり、「誰がそこにかけろと言った！」とヴィラースラームを叱りつけた。

娘の口も止まらない。地元警察に電話したわ。小声でつぶやこうとしたが、湧き上がる怒りが口を滑らせ

＊二〇〇七年二月一九日、多くの負傷者が出たテロ攻撃。

た。新しい杖のせいよ、こんなのがなければお母さんは杖を拾わなかっただろうし、立つことだってできなかった。でも起き上がったのよ、寄りかかる支えを誰かが与えたから。それに杖も消えてる。

よく見ろ、杖はあるさ、長男はガミガミとフワフワの中間を往き来した困惑した声で、杖があるなら母も一緒に見つかるとでも言いたげだった。ベッドの下や扉の陰はどうだ。お母さんは杖の伸ばし方も知らないんだからなと希望的観測を述べた。

いいえいいえ、もう伸びていました、真っすぐにピシッと、あれは願いの木の枝でしたから。カンテーラームだかスシーラーだか、ぼそっと誰かが言う。その言葉は皆の顔を見るとたちまちどこかへ消えた。

証拠はあるが、わざわざページを割くことはない。スシーラーは考えていた。杖を欲しがる人に願いの木が杖を渡してしまったら、大奥様は支えを失ってしまう。しかしすぐにそんな考えは取り下げた。木の枝を幹から切り離すなんて自殺行為に等しい。そんな恐ろしい話は誰にもできない。そこで自問した。願いの木に願いの木が欲しいと人が願うものかしら。お姑さんに聞いてみようかしら、やっぱりやめておくべきかしら。

待って、どのサンダルで出かけたの？　もしかして裸足……？　嫁はふと思った。

よせ、そんなことがあるものか……？　長男はかっとなった。母親の品格や品性を疑われたような気がしたからだ。

嫁はちらりと辺りを見て、ぼそりとつぶやいた。だってサンダルを誰かにあげていましたよ……。

本当に母がいなくなったことを悟り戦慄が走った。ゆっくりと、刻々と、一つずつ、なくしたものにも気づいていく。奪われたと感じた幻のような不安も、それが終わりに近づくにつれ、思っていたよりずっと大きな喪失感となる。残りの人生、私たちはどんなものを失ったのかと自問して過ごす。

外が暗くなれば、それは夜だ。

重々しい漆黒の闇だ。道に、あるいは遠くに見える家々に、行き場のない忘れ去られた明かりがともる。それを静寂が包む。世界が眠っている。追悼のため山に登らなければならなかった。道は険しい。崖に打ち付けられたくさびから、結び目のついたロープが垂れ下がっている。ロープは風で揺れていた。崖を登るにはそれをつかんでいくしかない。つかもうとするたびロープは揺れ、ロープが切れたら、どこかへ落ちてしまうのか？　スプートニク号みたいに。ロープだと思ってつかんだのが枝だった。茫然自失となった。明け方にそよ風が吹き、足は音を立て硬い石にぶつかる。暗闇でなぜわかったのか？　彼は弔いのために先を急がなくてはならない。再びロープをつかみ、体をあずけ上に登っていく。すると突然、手に杖が現れた。それからは、コツコツコツと音をさせ、長男は土のように宙を舞う。「着いた」大声で叫び、発射するロケットのように空気を裂いた。ただし逆方向に。下に向かって。叫び声を上に残したまま。声を失ったまま、枝にしがみつき、猛スピードで落下した。枝ではない、杖だ。どこから彼の手に渡ったのだろうか？　コツコツコツ。杖は開いた。どこかの茂みに座っていた母が息子に渡したのか。長男は落下しながら、同じ杖なのか確かめようとする。蝶が羽ばたいた。あれだ！　金色の杖。両手を伸ばし、足で宙を強く蹴り、茂みに自分を引き上げてくれる何かをつかもうとする。ベッドに倒れ込むとその下で地震のような揺れが起きた。彼の目は開いた。小さな子供のように足をバタバタさせた。銃撃のような勢いで屁が腹から放たれた。慌てて隣を見る。妻は知らぬ顔で眠っている。

彼は長男に戻った。ゆっくりと立ち上がり窓辺に立った。

外はまだ暗い。夜の出来事だ。いくつかの家と通りが空虚な明かりをわびしく放つ。皆が眠りについている。

どうしてだろう、突き刺す痛みが胸にある。妻の手が肩に触れ、彼は振り向いた。妻は背後に立っていた。眠っていなかった。

彼の顔は涙でびしょぬれだったのか？　砕けた心のかけらが顔に散らばっていたのか？　わからない。黒い夜。

すぐ戻る、彼は妻の手をそっと払った。

私も行きます、妻は寝間着の上にガウンを羽織った。なくし物を捜しに、見つかるかどうかもわからず、二人は家を出た。正面の扉からではなく、裏手の芝生の庭に。しずかに、こっそりと。茂みの草も静まりかえっていた。風がないでいる。寝たきりになる前、母はよく、どの植物にどれだけの水をやるべきか庭師に注文をつけていた。母はホースを手に持った。葉にも水を浴びせなくてはならないけれど、かけるのは根の辺りだけ、上から水をまくと葉が取れてしまうわ、赤ちゃんみたいに接してあげて。

ホースはどこ？　嫁は草の茂みの辺りに視線を集中させた。暗闇で物が見えるかのように。

二人は小さな生け垣を開けて外へ出た。この生け垣で一度母は転び、一人で笑っていたことがある。近所の庭師が母を起こして家まで連れてきてくれた。大奥様が転んでいた、笑っていた、と二つの出来事を同じことのように語った。見えない怪我がないかどうか医師が診察した。何もなかった。のちに医師は長男に言った。今は白内障を止める治療をする人はいませんよ、レーザー手術で悪いところをさっと取ってしまうんです。目がかすみ、段差で足を取られたのでしょう。お母様が自信を失いますから、手術の予定を入れてください。なぜ笑っていたの、長男は尋ねた。痛かったからですよ、と言ってまた笑う。長男はとがめるような目で母を見た。ばかな転び方をしてしまったものね、と母が言うので、知的な転び方なんてあるもんかと言いたいのをこらえ、長男はさらに厳しい視線を母に送った。それにね、血が出てきたけど私の声は誰にも届かなかったし、あなたたちは結婚式に行っていたでしょう、だから泣いていたの。お母さんは泣いていなかったよ、笑っていた。そうね。もうだめだと思った。死んでしまうと思ったの。でも泣きながら逝くなんていやよ。私は笑って死ぬわ。そうしたら庭師のナットゥが見つけてくれたの、モスクの帰り道に。

見つけるとき、母はきっと笑っている、そんな考えが頭をよぎった。

眼鏡は忘れていかなかった。一つはここにあるが、眼鏡はもう一つあったはずだ。家の中を探してみよう。長男は、転ばないようにサンダルで小石を踏みしめ平らにした。

時は夜。風も眠っている。木々は涙ぐみ佇んでいた。二人の体は通りに出た。近所を見回り、その先も捜した。枝の中、幹の陰、根っこの周辺、茂みの中、穴の奥、排水溝、小道という小道、路地の奥まで覗いた。日中に大勢で捜し回ったところもすべて。昼の光の下では見えなかったものが、夜の闇の中でくっきりと姿を現すかのように。

夜は闇に覆われたかのように黒く、そこかしこに小さな闇の束が現れた。その闇の束から何か出てくるかもしれない、わずかに面影を残すものが。

お義母さん？　不意に妻の口からもれた。聞かれたのではないかと急いで夫を見る。目を見開いているのかいないのか、寝ているのか起きているのか、ともかく夫は隣で横になっていた。

時計だった。チクタクチクタク。

なぜ嫁がそれを時計のチクタク音と思わず、姑の心臓の音だと思ったのか、それは誰にもわからない。義母の時計だった。それは息子が海外で買ってきた土産物で、ベッドの上にかけてあった。鳥の巣の中にはめ込まれていた。プラスチックのストローと小枝を用いて上手に作られている。そこには卵が二つ詰まっており、青い鳥が翼を広げていた。今にも飛び立ちそうだ。巣は鏡のように壁に張り付いている。嫁はちょうど昨日、義母の部屋から持ってきて自分と夫のベッドの上にかけたのだった。自分たちの時計は梱包してしまい、義母はといえば……。犯罪者のように嫁はそれを見る。お義母さんが呪っているのではないわよね。チクタク音をさせて。

嫁はバスルームへと急いだ。夜、電話を切ったあと、しばらく奇妙な感覚に襲われていた。子供たちは電話で話題をそらし、お母さん、何を言ってるの？　誰かが空中に消えてなくなるなんて。そんなことあるわけないだろう、よく捜してみてよ、きっとそこにいるんだからさ、起き上がれなかった人がどこかに逃げたと言うの？　そんなことがあるとすればだよ、どこかのエイリアンが光線を放っておばあちゃんを捉えて宇宙に連れて行ったとかならわかるけどさ。それか、どこかの女神が神隠しにしたとか？　そんなありもしない話をまくし立てるように言った。

しっ。嫁は頭を振った。今そこにいた人が、次の瞬間いなくなるなんてありえない。敵やごろつきにさらわれでもしないかぎり……。うろたえた。夫は妻の妄想に耳を貸すことはない、そうでないとすれば……。誘拐、身代金、ランサム、あらあらどうしましょう（その不安をまたも夫は読み取ることができない）、お義母さんにそんな苦しみを与えるのはなぜ？　八〇歳になろうとしている人なのに。この世にだって憐れみの良識は、残っている。

たった今までここにいた人が、次の瞬間どこかに消えて生きているのかそれとも……そんな話はよく耳にする。妻はまた不安に駆られていた。夫がそばにいなかったからではない。夫は今そばにいないが、こんな妄想をすれば、まるで私がそう望んでいると言わんばかりに大騒ぎする……。

誰も私を信じてくれない。誰一人として一度も。涙がこぼれ落ちそうになる。姑が楽に過ごせるように部屋をきれいにした——熱湯を入れた魔法瓶、音楽を聴くためのプレーヤー、使わなかったらそれまで、ブーケ、ニュースを見たいだろうとテレビも私が頼んで取り付けてもらった。小さな細かいことによく気づいたのは私であって夫ではない。トイレ用のシャワーは左側に付いていたが、右側に変えさせたのは私だ。右手で握ればもっと快適に使えるようになる。あの人はいつも物事を大きく捉え、そうすることが自分を偉大にすると考えている。あの人の妹だって、ラームクマールだかどこのクマールだか私は知らないけれど、見ただけでぞっとするような気の滅入る暗い色の抽象画を飾った。私はその絵を片づけ、鳥が森の中を飛びそこに川が流れている風景画をかけた。起きた時に元気になるかと思って気を利かせたのに、それだって兄嫁による義妹いじめのように見られた。息子がいなければ、とっくに家を出ていただろう。家にいるのは息子のため。お義母さんの世話はしっかりしている。夜も起きて、すべてうまくいっているか様子を確認しているのに、お母さん、お母さん、と他の人たちが声に出してやってきて、自分が何でもやっているような顔をする。お母さんという名前の飛行機を飛ばしてそこへ乗り込むだけで、食べ物も飲み物も出てくるのでしょうね。息子の言葉はさえていましたよ。そこって巡礼者を迎えるダラムサラみたいだね、それって家庭なの？

私の家庭が私のものであったことは一度もなかった。あの人は好きに人を招待した、私の都合など聞かずに。もうたくさん、息子がそう言った。もう自分のことだけを考えなよ、他の人たちは自分でなんとかすればいい。

でもどうやって？　私がこんなに心配しているのに、人は、あなたがいたのになぜいなくなったのなどと言い出す。でも、こんなふうに人は姿を消すものだろうか。

嫁の胸がドキドキと脈打っていたのを誰も信じない。時々、息子が電話の向こうで心配してくれた。お母さん、しっかりしてよ、みんなのことはみんなにさせればいいんだからさ、家を守ってるのはお母さんだよ、お母さんに何かあったら家は完全に麻痺してしまうんだからさ。

夫の外面はライオン、内面は臆病者だ。学校でのあだ名はミッキーマウスだったのよ、と姑が教えてくれた。

その人がどこかに行ってしまった。でもどこへ？

姑がいなくなって自由になった嫁は、立ち上がり手を洗いに行った。石鹸を泡立てているうちに手は見えなくなった。こんなふうにお義母さんも手を洗っているのだろうか？　手は石鹸の泡で見えなくなり、よく洗っているうちに石鹸と一緒に手も流れていってしまうのか？　お義母さんは驚いて自分の手を見ていたのだろうか、目の前で消えていくのがわかるのだから。カラー写真のネガフィルムのように明暗が反転し、やがてすっかり消えてなくなる時のように。恐ろしかったに違いない。鏡を見ても何も映らないのだ。嫁は恐ろしくなって鏡を見た。しかし彼女はまだそこにいた。軽く笑ったが、その笑いは嗚咽のようであった。

神聖な力が訪れ、お義母さんを透明にして連れ去ってしまったのかもしれない。それとも、本当はそこに座っていて私を笑っているの？

そこにいるよ、息子は電話口で激しく怒っていた。嫁は慌てて四方を見渡した。いらっしゃいますか？　お義母さん、小さな声で姑を呼び、そして頭を振った。

あるいはどこかの惑星が姑をさらったのだろうか。私たちは宇宙について何を知っているのだろう。私たちはものすごい速さで、あちらからこちらへ移動している。姑が眠っていたとすれば、光線を浴びせて幽閉し、宇宙へ運ぶのはそう難しいことではない。

息子が言ったあり得ないことすべてが、あり得るような気がしてきた。嫁の笑いが嗚咽に変わった。こんな出来事が世界であっただろうか？　誰かがこんなふうに起き上がり、そのまま帰らぬ人となってしまうことが。ああ神様。夫はどこ？　もし夫の耳に入ったら……。ある小説家が散歩に出かけ今日まで行方がわからない。家族は希望と絶望の狭間に立たされたまま。ボールを壁打ちして遊んでいた子供が、投げてはじき返されたボールが茂みの中に入ったのを拾いに行ったまま戻ってこない。チャンドラ・ボースも消えた。世捨て人の姿をして歩いているのを見た人がいるとかいないとか。ある夫は噛みタバコを買いに行って戻ってこない。アーラム・サーハブを覚えているだろうか。彼の妹の夫はパキスタンを建国しに行って妻を迎えに来ると言ったまま戻らず、いまだ彼女は待つ妃《インタザール・ベーガム》となっている。

嫁は急いでバスルームから出てきた。戸棚を開けてサリーを選んだが、選びながら、なぜこれを選んだのかと考える。お義母さんのために選んだ。私には重いからあなたが着なさいと言ってくれた。でもなぜこれに手を伸ばしたの？　ハンガーと一緒にサリーを取ると、値札がついていて、半分は剝がされていたが、残りの半分はまだこびりついており、値段は見えないが、ペイトニーと書いてあった。誰かが半分だけちぎったのだろうが、なぜだ。私ではない、謎だ、誰かがやった。そして彼女はまた辺りを見回した。

彼女の口から三度目の「お義母さん」がこぼれた。時計がチクタク鳴っている。義母の時計だ。

ああ神様、私の心に移ろうこの思いは一体何なのでしょう。嫁は体を震わせた。一度は夫のそばに戻り背中合わせで目を閉じたいと思った。だがこう何年もガミガミゴタゴタもめ事をするのが自然になってしまった今となっては、互いに戸惑うだけだ。ここから出て行け、嫁はリーボックを履き、ハンドバッグを手に取った。すべきことをするだけ。帰り道にグアヴァを買って帰るだろう。自分で選択すると物事はまったく違ってくる。

ゆっくり歩き出すと、一歩一歩が軽くなるように感じられ、さらに彼女の雰囲気まで明るく、もっと軽やかになり、軽く軽く、見えるのは輪郭だけ……そして……

嫁は扉の前にいた。そこから義妹が入ってきた。二人はなんとなく目を合わせた。扉はまごついた。出ていった者が中に入り、家の女主人が外へ出て、二人は恐怖を胸に秘めて先を急ぐ。

怖くて震えていた。眠りから覚めたのだから悲しくなるのは自然なことだ。風に戦慄が漂う闇夜、目覚めて当然の時刻ではないか？

なぜこんなにも暗いのかと怒りを覚える。空には満月が光っているのに。薄雲に覆われた月は、額を飾るスパンコールのように輝いている。魔法ではなく幽霊の出そうな、ぼうっとした光をまき散らしている。固体らしきものはない。まるで官舎全体を網にかけて引っこ抜き、煙のようにうねる肩にのせたまま魔女が夜道を歩いているかのように、家々は震え、木々はだらりと垂れ下がり、庭の断片がおびえて様子を窺っている。バドミントンのコート、花壇、ドアマンの小屋も同様だ。すべてが等しく吊るされて、かすかに動く手は外にはみ出している。このまま地面に着地して、また立ち上がることができるのか。

　母なら一一夜の月だと言うだろう。娘は月を見て〝インドらしさ〟と戦った。幽霊のように思えたものは月なのか、茫然自失のまま外の世界に出ていった自分自身だったのか。とにかくその後、すべての物事はぐちゃぐちゃに絡まって、一三時間、一三日、一三週間、一三か月をめぐる議論と同じく放置されたまま、一つまた二つと増える混乱は誰にも整理されることはなく、彼女の記憶のもつれが解かれることもなかった。

　それは兄と妹が一晩中起きていた子供のころの、終わらない夜のようだった。パーグン月*が終わればチャイト月**がやってくる。目をこすって、眠る時からセーターやジャケットを着て、外へ出る。外では新春を祝うホーリー祭りの準備が進んでいる。それを見ると眠気は吹っ飛び、太い枝や細い枝がまだ落ちていないかとあちこちを駆け回って拾ってくる。近所の家が忘れていった竿や杖や棒を見つけたら、それを持ってホーリーの焚き火に入れて燃やす。まばたきもせず涙が出るまで目を見開いて辺りを見回す。ただしマントゥーリーは用意周到で、皆が眠っている間に箒ですっかり掃除を済ませてしまうので、藁の一本も落ちてはおらず、枝など言わずもがなだ。何を燃やせばいい？　妹は心配になって、バドミントンのコートで子供の頃にやったホーリー祭の思い出を重ねながら、アパートの

＊インド暦一二月。
＊＊インド暦一月。

正面や裏手を周ってくれれば棒の一本くらい見つかるのではないかなどと考えてみる。ただしそれは棒ではなく杖だ。金色の杖、色とりどりの蝶が舞っている。杖ではなく槍のように炎の中に投げ込むと、蝶が驚いてパタパタと羽ばたく。肉体も魂も燃え上がれば、この夜は幽霊のように感じられなくなるかもしれない。ホーリーの焚き火が燃え上がり、皆が偉そうに語る杖、眠っていた人をむやみに起こした杖が燃えてしまえばいいのにと思い始めた。占い師《バッダル》、と大声で呼ぶと、彼は頭と顔を手拭きで隠し、夜から飛び出し、街灯の下で寝ていた黒い犬がそれを見て吠える。夜の闇にバッダルの顔と体はのみ込まれ、巻物にした手拭きと衣服だけがこちらへ近づいてくる。支離滅裂ではないか。ホーリーの焚き火は燃えているが、バドミントンのコートは、娘の子供の頃のバッダルが見たものでもなければ、マントゥーリーがそこを箒で掃いたわけでもなく、ましてや街灯の柱や犬が見たわけでもなく、ただ杖が消えてしまっていた。母と共に。耳をつんざくような大声を上げて、家々を、茂みを、小道を、夜の闇を縛りつけるような叫びを放ち、簡単に消えた人を見つけることができたらと願った。彼女は叫んだのか。

腕を組んで座っているのは叫んだからだろう。焚き火の火に薪をくべる時刻は近づいている。母から大麦やヒヨコマメの緑の莢《さや》を手渡されると、私たちはそれを火に入れはぜさせた。家に戻ると中庭にベッドが出されており、朝までそこで寝る。横になって眠った人間は杖のことなど気にも留めないし、目を覚ませばホーリー祭りだ。ハナモクヤツノキの花を集めて水を染めようなどと考える。そんな時、夜の闇の中からアマルタースの花が目に入る。同時に怒りを覚える――この花は目の前で揺れて期待をさせるだけ。ホーリーの色水は作れない。それも根っこから引きちぎって燃やしてしまえ。ドクドクと血のたぎる彼女の心臓も燃えた。電話が鳴る、海の向こうから声が届く、彼女に対立する声で、彼女に話しかけているわけでもなかったが聞いていた。ママ、いやお母さん、また血圧が上がるよ、よくよく考えてみて、おばあちゃんの子供たちにだって何かをさせてよ、新聞に広告を載せるとかさ、おばあちゃんの娘は物書きなんでしょ、同僚を大勢連れてきてたじゃないか、活躍してもらえばいいんじゃないの、その人たちの態度は悪かったじゃないか、お母さんが声を荒らげることは一度もなかったのに、おばあちゃんの息子とか娘は怒鳴りつけるよね、おじいちゃんにだってきつく叱ったりしていたよ、離れてみればよくわかる、近くにいるとお母さんが何でもしてくれると思い上がるんだ、海外からおばあちゃんの気に入りそうなものを持ち帰ったのは僕だよ、騒ぎ立てては言いがかりをつけるじゃないか。向こうの電話は鳴らせておけばいい、家に戻って、焚き火の火が燃え尽きれば魔女の夜は消えていく、暗闇の中を私は兄の家に入っていく、見る、そうすれば、眠ってなどいられるものか、まずは確かめる、母は自分のベッドで寝ているかもしれない、だがこの家には母がベッドを出して眠れるような中庭もない、そうなると母が眠っていやいやをしていた場所でもなく、かわいそうに、小さな小さな手を差し出せばお母さんは手の中に入ってくる、まるで兄が子供の頃に夜に捕まえた小鳥のように。いやだよいやだよ、私は持ちたくない、なのに兄は嫌がる私を追いかけて私の掌を広げてそこに小鳥を置いた。私の心臓の鼓動のように鳥は翼をパタパタさせた。鳥は落ち着いて、やがて私の掌で息絶えた。私はそれを落とすことも、つかまえておくこともできず、鳥は死んだのか、殺されたのか、いったい誰が殺したのか、立ち直ることができるだろうか、そんなこと無理だ、だいたい家族とはいえ思いやりがないではないか、近くにいる者も、遠くにいる者も、電話の向こうの誰かも、お金の心配はないとか、いつでも電話をしていいよとか、僕がついてるとかそんなことばかり。携帯は鳴らせておけばいい、娘はいけない考えを巡らせている、なぜ兄は死にかけている小鳥を私に押しつけたのか、死ぬのがわかっていたのに、私が殺したことにするためか？　ベストのポケットから携帯電話を取りだし、あのときとまったく同じように持つ、子供の頃に兄から渡された小鳥のように、落とすこともつかまえておくこともできず、鳥は掌の中で翼をパタパタさせていた。ブルブルは止まらない。

彼女の電話が鳴っている、サイレントモードで。ブーンブーンと震えている。出なさい。もしもしと言いなさい。

どうやったらもしもしと言えるの、彼女は一瞬わからなくなった。

『マハーバーラタ』について言えることは、家族についても言える。この世のすべてはここに書かれてあり、書かれていないものはこの世のどこにも存在しない。詩人の想像力をもってしても存在しない。落ちぶれたテロリスト、かっとして血迷った左翼主義者、フェミニストや女性、その他のあらゆる主義主張、勝ち負け、家族にはこれらすべてがある。あるいは『マハーバーラタ』と言い換えてもいい、どうぞあなたの好きな方に。

『マハーバーラタ』には世界があり、世界は家族にもあり、だからこそ家族に『マハーバーラタ』はある。日々の騒ぎ、それら一つ一つが『マハーバーラタ』だ。

そんなわけで家族全員知っている。私の中にあるものは他の誰の中にも存在せず、私にないものは存在する必要がないということを。

たとえば私には頭脳があり、他の人にはお金がある。

あるいは皆が私を利用したから、私はもう何もしない、残りの人がやればいい。

あるいは私は遠くに住んでいるのに憐れみ深いのは私だ、あなたは近くにいるのに無関心。

あるいは私は常に与える側で、あなたは常に奪う側。

あるいはあなたが自分を社交的だと思ってやっていることも、私がすれば打算。

あなたが黙ればそれは寡黙、私が黙れば狡猾。

あなたが言えば礼儀正しく聞こえるが、私が言えばおべっか。

あなたが言えば率直、私が言えば無礼。

私が問えばわいせつな質問、あなたが問えば同情。

私がすると自分の都合、あなたがすれば感謝される。

私がするとけちんぼう、あなたがすれば経済的。

私が黙れば傲慢、あなたが黙れば内気。

私は秘密主義、あなたは人見知り。

私のファッションはイミテーション、あなたのは世界の最先端。

私の物がなくなってもどうでもいい、あなたの物がなくなれば盗まれた何だと大騒ぎ。

私がしたことはたいしたことではなく、あなたは目的を持って何かをする。

つまり私は行いの結果、あなたは思考の結果。

私が言えばあてこすり、あなたが言えば冗談。

私の言葉は自画自賛、あなたが言えば飾りけのない真実。

私がつかめば横取りと言われ、あなたがつかめば当然の権利。

　私が話せば憶測で、あなたが話せばそのとおり。

　私の怒りはユーモア不足、あなたの怒りはプライドになる。

　私の行動は義務から、あなたは責任から行動に出た。

　私の成功はあなたのおかげ、あなたの失敗は私が邪魔したせい。

　私が行き詰まると怠惰、あなたが行き詰まった時はチャンスの見送り。

　私が理解できないとのろま、理解しようと悩むあなたは無邪気。

　私があなたに憎まれても当然、私があなたを憎めばそれは嫉妬。

　私がやらないのは思慮のなさ、あなたがやらないのは気が進まなかったから。

　私がいくらやっても十分ではなく、あなたがやれば十分だ。

　私の鼻が曲がっているのは醜く、あなたの目が曲がっているのは芸術的。

　私の写真が見栄えがするのはカメラマンの腕がいいからで、あなたの写真が美しいのはあなたが美しいから。

　肌の色が白いのは羽をむしったあとのウズラ、あなたが白いのは西洋風。

　私が色黒ならナスの王様、あなたの肌が黒いのはブラック・イズ・ビューティフル。

　私が太るのは食いしん坊、あなたが太るのは好ましくて華がある。

　私が痩せるとガリガリの小枝、あなたが痩せると上品でおしゃれ。

　私がエアコンをつけるのは享楽のため、あなたがつけるのは体のため。

　私がお酒を飲めば酒飲み扱い、あなたが飲むのは医師の指示。

　私が英語を話せば自慢、あなたが話すのは教育を受けたから。

　そう、あなたが困っていれば私たちの問題、私が困ってもあなたにとっては他人事。

　私の上品さはうわべだけ、あなたの上品さは血筋。

　私が汗をかいて生活の糧を得るのは労働、あなたの貪欲さは精神文化。

　それから、あなたの仕事は職業、私の仕事は趣味。

家族と自分の良識が私を消費した、そうでなければ、あなたのように局長、教授、役人になっていた。

あなたが私ではなくてよかった、あなたも私になりたくないでしょうし、私もあなたにはなりたくないし、なれもしない。

私には責任があり、責務に忠実で、信心深い。

私たちの街は何世紀にもわたる歴史があるのに、現代の悪人の所業を並べて汚名を着せるのはなぜ？

そう、私たちが偉大な文明になれば、何をしようと私たちの自由。

ガールギー（ドゥルガー）がヤーギャヴァラクを倒した場所で、マンダン・ミシュラの妻がシャンカラーチャリヤを倒した場所で、どうして女性蔑視やレイプや排斥運動ができるのか。

くだらない。

かつてラーダーが踊り、ガンガー女神がシヴァ神の寵愛を受けた場所で、あなたの目には牛の糞と糞しか見えないの？

イエス、ノー、私たち、私と君と君と私と母と母のためにしてきたことと見えなかったことと憐れにも年を取って横になっていたことと独りで何をしているかわからなくなっていたことと名前を混同していたことと頭の中の出来事の影響で、皆が駆けずり回ることになった。

駆けずり回っていた人たちもまた混乱状態にあったか、じきにそうなるところだった。

たとえば娘。朝に夜に、子供時代、就寝、起床、マントゥール、バッダル、上と下、そんなことで脳内をいっぱいにしていた。内部障害を起こしすべてが混沌としている——脳が踵になり、脚が頭から生えるようなカオス。

そのさなか、新たな不安が生まれた。ひょっとして裸足で外を走り回っているのだろうか？　両足にサンダルを履いていた？　左右同じ靴下をはいていた？　着替えたの、それとも寝間着のまま？　ああ、ブラは着けていたの。自動車のキーは持っていったの。ああ神様、母は家に鍵をかけていった？　それとも開けっぱなしで出ていったの？　ご近所に閉まってるか確かめるように言おうか。電話はどこに置いた？　扉のチェーンはかかっていた。ガスはついていないわね。水道は？　バルコニーに出る扉は？　開いていた？　サングラスは？　お金は？　そうよ、お金は？　魚臭い？　ゴミを外に出し忘れた。頭に思い浮かぶ数え切れないほどの事柄を点検し、腹と背中が正しい位置にあるか、ドアノブや鍵がきちんと回るか確認した。ほとんどのものはそのままであった。嵐が来るときもそうだ。時は自分に習慣をつける達人だ。ガス栓を開いたまま、ぼんやりうっかり消し忘れるようなことがあれば、指がむずむずして、家を出ようとしていた脚が前に進まなくなり、鍵をかけたとしてもガスを消すまで動けなくなる。

　そんなふうに頭で逆転させせながら門まで到着した。急いで着地しなくてはならず、本格的な逆転はできなかった。警察だ。

　門番は焚き火で暖をとるのをやめ、門を開けようとした。車を走らせながら娘は思い出した。自分たちも学校へ通うのに門を出たのはちょうど今頃の時刻だ。右に曲がると小さな市場があって、そこでイディヤが焚き火で暖をとっているのを眺め、暗いうちから自分の畑で収穫したほうれん草、フェヌグリーク、バトゥアー*、チョウラーイー**、ディル、ヒヨコマメなどの野菜を束ねた大きな梱包を広げ、手押し車にきれいに並べるのを眺めたものだ。学校から帰ると市場まで走り、イディヤが野菜を天秤ばかりで量るのを観察した。分銅の皿は上、野菜の皿はいつでも下にあった。私たちは綿入りの長いコートを着てお母さんがポケットに詰めてくれた量り売りの松の実を食べた。最近はあまり見ることがない。お母さんもそうだ。彼女は車をスマートに走らせ、門番に話しかけ、幽霊がいるかのように何度か背後に視線を送った。ホーリカーの焚き火は燃え尽きた。彼女の胸を騒がせたのは、子供時代の話、子供時代の家、子供時代のホーリカーの焚き火であった。今日のホーリカーもじき燃え尽きる。

　思いがけないところで混乱が生じる。彼女は頭を振

＊シロザ、アカザ属の一年草の雑草、食用。
＊＊ヒユ科の植物、食用。

って道を進んだ。さようならと言って。これからあなたはあなたではなく、私は私ではない。過ぎ去ろうとしている夜が真新しい日として蘇る。

　兄も怒りでおかしくなっていた。クルターにズボンを合わせようとしたのに、パジャーマーの上にズボンをはいた。それから、運転手はこんな朝早く来るわけないだろうと怒鳴った。スシーラーが公用車のキーを渡してしまったからなのか？　そしてしばらくの間、その時間は異様に長く感じられたが、雲隠れをしていた専用車のキーは見つかった。髪をとかす余裕もなく、朝はいつも角が二本生えたような髪をして、そんな頭のまま大声で怒鳴っている。ハリーアップ、急げ、遅れるなら運転手と一緒に行ってもらうぞ。外に飛び出し、また戻っては、プージャーの部屋に入ってランプをともし、頭を垂れて、車のエンジンをかけさせた。

　嫁もまたわめいていた。待って、すぐ行きますからと言いながら、いつもどおりの足取りでやってきた。顔は洗った。サリーも着付けた。魔法瓶には熱い紅茶。バッグにはビスケット、りんご、バナナ、ナイフ、腕には姑のショール。指示を出して家を出る。キッチンのこと、お義母さんの部屋とバスルームをピカピカにすること、シーツを替えること。湯沸かし器をオンにすること。小さなカーペットは滑るから捨ててジュートのカーペットを敷きなさい。庭師が来たら、昨日下ろした植木鉢を引っ越し業者に頼んで目の前で梱包してもらうように言いなさいと伝えた。わかった？　お義母さんの、あるいは誰のでもいいけど、櫛を走って持ってきて。庭師に言っておいてちょうだい。青い花瓶にきれいな花を生けて、お義母さんの部屋に飾っておくのよ。いいわね、青よ、丸いほう、上に半月が彫ってあるわ。そう、ガラスの。わかったわね、赤のテラコッタの花瓶じゃないわよ、細長いタイプのほう、大丈夫ね？

電話で何を話していた？

小柄な女性が見つかった。

小柄な老人？

カチカチカチカチと音をさせて杖を繰り出すらしい。

ああ、お義母さんだ。

名前を忘れてしまったようだ。

ああ、お義母さん。

警察署からこの辺りだと聞いたが、どうやって見つけたんだろう。私たちもあんなに捜したのに。

あれが笑いだったのかどうか答えられる人はいるのか。誰にもわからない。私にだってわからない。

　私が尋ねられたとしたら何と答えるだろう？　尋ねられることはない。私は自分の場面のために退出していたのだから。

　とにかくそんな様子で笑っていた。

　それ以外の出来事は憶測の域を出ない。壁に穴が開いていた。一つは内側から、もう一つは外側から。まるで針穴に糸を通すようにこちらから吹いた息が向こう側から出た。やがてカチカチカチカチという音とともに杖がすっと伸び、門から外へ出た。そういうわけだ。

　ロージーおばさんの話を聞いて、母はしたいことがあったのではないかとの思いを強くした。目標を達成したあと、元の場所へ戻ろうとして混乱が生じたのではないだろうか。五二番地を通り過ぎた。一歩進むたびに門が遠ざかる。

　疲れ切った一人の女性。周囲のリズムに合わせて自分を失い、ベッドに何か月も横たわり、髪を梳かすこともなく、自分の呼吸にすがって生きた。孤独に身を置き、皆に背を向けているうちに知覚が戻り、杖がやってきたことを知る。その杖は、伸ばすと願いの木になる。杖に乗ると魔女のところまで飛べる。母は長年、母親として生き、母親らしさに身を沈めてきたが、今となっては覚えていない。これは誕生ではないのか。新たな命の誕生だ。新たな命は歩くこともままならない。学ばなくてはならない。一歩一歩また一歩。子供はすぐ迷子になる、よく泣きよく笑うものではなかったか？

　母はそんな様子で笑っていた。

　五二番地を通り過ぎる。一つまた一つと官舎が並ぶ。読める数字もあるが、蔓草や支柱やパイプの陰に隠れてよく読めないものもある。五三番地も五四番地もあれば、一〇五三番地、一〇五四番地だってある。そのうち何をしているかわからなくなる。気候が体の味方をしてくれるわけでもない。ベッドに寝たきりの生活は、踏みしめて歩くことを忘れさせた。母を起き上がらせ立たせたのは杖だと言っていい。杖がなければ、母の心はすっかり壊れてしまっていたことだろう。少しずつ、バラバラになって、息も細々となり、知覚する力も、認知する力も、理解する力も奪われる。ある門から出てきた。別の門が現れ、その先にはまた別の門。

転んでひっくり返り、ひざまずき、小さくなって、ゼロゼロ無無忘れて忘れて飛んで飛んで、もうその季節は過ぎてしまったが、子供はホーリーか何かだと思って、母の顔を白いニスで塗ってしまった。だが、スディール・チャンドラによれば、悪い時代にはいい人間が希望をもって立ち回る。通りすがりの旅人が母を見て、このおばあさんは杖をつきながら一人でふらふら歩いている、ガウン《チョーガー》*を着てはいるが貧しい人がボロ着をたくしあげているようで、笑っているが、気の触れた女のように笑い出したら止まらないようで様子がおかしく、どちらかといえば泣き出したい様子だった。何を塗りつけたのかと子供たちを叱りつけ、小さなおばあさんのそばへ寄り、どうしましたか、おかあさんと声をかけた。

乾いた唇をした真っ白な母は答えた。水。

何をお探しですか、おかあさん。

門です、母は声に出したが、旅人には何のことかわからないし、番地を聞かれたところで母には答えられない。

家にどなたかいますか、おかあさん。

息子、母は答えた。

何をなさっている方ですか、おかあさん。

役人、母は答えた。

ご主人は、おかあさん。

アンワル、母は答えた。

役人、アンワル、さて誰のことだ。この人にわかるはずもない。母自身もわからなくなっている。

通りすがりの旅人は、親切に母を近くの警察署まで送り届けたが、そこは娘が問い合わせた警察署ではなく、〝警察はいつでもあなたに奉仕します〟というスローガンそのままの警察官が当該警察署に問い合わせると、八〇歳くらいのおばあさんが行方不明になっていること、金色の杖がおばあさんを連れ去ったこと、虹色の蝶がおばあさんを案内したことなど、五二番地の家の出来事を皆知っていた。

砂嵐のように全員が警察署に駆けつけた。

母は空を見ていた。胎児のように丸まっていた。遠くから見ているようなまなざし。太古の時代の生命誕生のようなまなざし。痛みや苦しみ、あちこちで道に迷い、体力をすり減らし、消耗し、苦難を乗り越えた。生まれ変わってここに着いた。体の痛みにいにしえの記憶がある。全身から、すべての関節にたまった疲労から、笑みがこぼれた。その笑み。ブルブル震えた唇が、かすかに微笑むように開いていく。そこへ今しも現れようとしているのは、信念と充足と驚嘆と特徴、これらすべてだ。

　その笑み。お母さんの。

　その一本のマッチ棒が、家族全員の笑顔を照らす。

　私を呼び出しても無駄だ。私にも描写できないのだから。

　初めて世界を見て、初めて他者と交流した新生児のように微笑んだ。

　心が壊れてしまう。

　少女があなたを見ている。笑いながら。君は少女の世界のすべてだ。母がそのような顔をしたらすべてはおしまいだ、君はそこにとどまったまま。それほどまでに真っ白な心で、真っすぐで、まがい物ではない。純粋で、素朴で、信念がある。

露。遠い星。虹のしみ。そよ風の愛撫。

あなたはこれらが滑り落ちた堆積。

行く？　行こう。

誰かが安タバコでも吸っていたのか、臭いのする男性用ブランケットを外し、母の肩にショールをかけた。

行くわよ。行きましょう。

　母のなんと小さいことか。私の腰の高さから掌ひとつぶん大きいだけだ。でもいつから？　キルトの中で剪定していたのだろうか。

　顔に塗られた白い塗料のせいで、母はうらぶれたサーカスのピエロに見えた。湿らせたハンカチで拭きましょう。小さな女はぴくりともしない。ピエロになりきっている。

　母は咳き込んでいた。引っ越しの梱包と塵や埃にまみれていた。箱は山のように積まれていた。扉は開いていた。

　母の目はおかしくなっていた。

＊裾が長くゆったりしているガウン。

埃っぽくてすみません、嫁は謝った。お義母さん、どうぞそちらへ。

壁の部屋に戻ってきたのか？　母は放心状態だ。ベッドがある。

母の瞳は虚空を見つめている。今にも起き上がりそうな様子でベッドの端に腰掛けた。咳が止まらない。脚がパンパンにむくんでいる。静脈が今にもはじけて破れそうなほどだ。咳を止めてやることもできない。

温かい物を飲ませましょう、温かいスープを飲んでください。お義母さんは風邪を引いたんです。埃っぽいですから頭はこちらへ。少し脚を揉みましょう。まあなんということでしょう、髪がこんなにもつれて、修行僧の蓬髪のようではないですか。私がゆっくり梳かしましょうね。布を畳んだり開いたりするように皆で母の皺を伸ばした。昼夜どうすごしていたのか聞かないように。母がどこにいたのか考えないように。お母さん、どうして行ってしまったの？

お母さん、横になって、少しでいいから。脚を伸ばしたらいい。なんと小さいことだろう、本当に小さくなってしまった。目を閉じてください。瞼が開いていますよ。目を見開いている。目を閉じて、落ち着きますから。まだ開いたままだ。忘我。

兄は離れて立ち、見ていた。母は疲れている。物を忘れている。ターラーだとかチャンダーだとか、自分の名前を間違えて答えた。夫の名前も。アンワルと答えたと警察に言われた。アンワル？　夫の名前。夫の名前はそうではない。舌がもつれたのだろう。主人《シャウハル》と言ったに違いない。あるいは役人《アフサル》。杖が母を支えていた。杖で母だとわかった。そうだ、老婆が一人杖をついていた。

嫁はスプーンを持って立っている。一滴でもいいから飲んでください。喉を潤わさないと。娘はコットンに洗顔クリームをつけて顔の白を落としていた。全員思っていた。他の人はここにいるだけ、何でもやっているのは自分だと。皆が皆、母の新たな生活を思い、調えていた。

娘は母の髪を後ろになでつけ、腰をかがめ、地肌に白い色がまだ残っていないかよく確かめた。湿らせたコットンを往復させた。母の目は閉じている。気持ちよさそうにする牛を沐浴させているようだった。そして、母は行こうと言った。モーと鳴くように。

咳き込みながら立ち上がろうとする母を見て、皆の心で同情心が渦巻いた。どこにいたのだろう。この年でどれほどの苦難に耐えたのだろう。

休ませろ。兄は見ている。母には睡眠が必要だ。休まないと意識がしっかり戻らない。

今すぐよ、母は咳き込みながらも背筋を伸ばして言った。娘に向かって。

〝いや〟が〝いいや〟になったように、〝今すぐ〟を〝今〟と母が言ったのか、振り返って考えてみても娘にはわからなかった。そのときの娘は、柔らかな母の笑みと不思議なまなざしに胸を打たれ、ここの家は埃っぽい、私の家に行きましょうという言葉が、つい口をついて出た。

　娘は大きく弓を放った――この家の人たちに突き刺さった。自分の住まいがどんなにいいかを示し、心も体も弱りきった人の魂に安らぎをもたらした。ジョーギンダル・ポールが書いた『スリープ・ウォーカーズ』の登場人物は、カラチにいるのにラクナウにいると言い張った。真実を告げて動揺させるのではなく、良識的に合わせてそうだと言い続ければいい。

　当然、嫁は不機嫌になり、大粒の涙をこぼし、口には出さないが全身で抗議した。私は一生を捧げてきました。耐えて、我慢して、いい時も悪い時も、不平も不満も言いませんでした。なのに晩年、私たちに汚名を着せてお行きになるんですね。杖を持って。

　誰の晩年か、それはわからない。乾ききった葉のように、問いは宙に浮かんだままだ。次の問いも賢者や悟りを得た人だけが答えられるようなものだった。主人と言ったのか、役人と言ったのか、アンワルと言ったのか、それとも別の誰か？

　これを新時代と呼ぶ人もいる。女性にまつわる事柄の中には常に新しい時代があるという人もいる。新時代。女性のために事物が変わっているかのように。（事物はいつだって女性のために変わってきた）女性はもはやかつての役割にない。（いつだって女性は違う役割を果たしてきた）女性は外に出ることになった。（ずっと前から外に出ていたのに）中に入る。（いつだって）

　そしていつだって、少なくとも、どんな女性も、あの女性やこの女性、小物であれ大物であれ、自分の扉にたどりつき、片方の足を宙に浮かせ、まるでダンスの型のように、遥か遠い昔に捨てた家、あるいは扉に再び足を踏み入れようとし、私が行こうとしているのは、私自身の世界なのか、それとも捨ててきた世界なのかと自問する。私は少し前に家族の様子を見に来ただけ、それだけではなかったか？　家に属していなくてよかったとさえ思った。この突然の違和感は何だ。背中を向けて出ていったはずの私が正面を向いている。かつて私がいた場所、私が自分を装っていた場所、前にも後ろにも。神様、教えて、ここはどこ？　足がよろけて宙を漂う。まるで舞台に上がる前に恐怖でブルブル震えるように。開いた扉の前で、その瞬間はおぼろげなまま、前に行こうか、後ろへ逆戻りしようか、前には何がある、後ろには何を置いてきた、私はどうしたらいい、どうなるのか。

時が錯乱したのは、家を捨てて出て行った娘がその瞬間に一緒になって中に入ろうとしたからで、中にいる人――たとえば嫁――がリーボックの足音をさせ、全く同じ瞬間に娘の脇を通って外へ出てきたからだ。娘は中に入ろうとした。嫁は外へ出ようとした。頭からつま先まで混沌の渦が巻く。一体、体のどこを曲げたらいい。体は均衡を失った。

新時代は旧時代にもつれているものだから、巻き毛を梳かして新たな様式で髷を結ってやるだけの時間がかかる。私たちの人生におけるしきたりは全く別の物となったと考える。私たちは個人で、古い扉の支柱でもなく、古い靴紐の結び目もなく、新たな地平が見えている。なのになぜ、この古い壁は私に迫ってくるのだ。娘は自分の手首と指をしっかり点検し、額を触って調べ、自由で、幸せで、誰にも何も塗られていないか、誰かにビンディをつけられていないか確かめる。なのに今、脇を通った兄嫁は髪の分け目には紅粉、火山からほとばしる溶岩のように赤い紅粉を額につけていた。彼女は外へ、私は中へ、何の矛盾だ？

こんなふうに無防備に立ったことは何度もあった。目の前の敷物は疲れた臀部を休ませる場所なのだろう。歴史書の一ページ、あるいはフェミニストのスローガンの中でなら、靴紐も皮革も樹皮もはっきりと別々のものとして視覚化されるが、ここでは驚きを与えるものとしてごちゃ混ぜに転がっている。リーボックは認識できても、レースで履く場合と、サリーの中で履いている場合があって、脳内のヒューズが飛ぶ。年長者、あるいは兄の意見はこうだ、妹は気にするな、あれは独身で、結婚や家や子供の責任からも自由、フリーランスだからどんな責任を負うこともない。フリーな人間は、槍《ランサー》を突いて生きる。時間の女主人。職場に出勤して一〇時から五時まで拘束されるようなつらい仕事もなく、ジャムだかマーマレードだか交通渋滞《トラフィックジャム》だかで足止めを食らうこともなく、稼ぎは十分、日中は眠り夜中に起きて好きな場所でパソコンの音をカタカタさせる。今日は気分が乗らなければ、明日。職場で解雇されることもない。お母さんが向こうに行きたいと言うならいいじゃないか、こっちは一息つける、妹には同居人ができる。二人で一緒に数日過ごせばいい、誰にも迷惑はかからない。アパートを片づけて、それからお母さんを迎えに行こう。小切手は渡すべきだと思うからシドに行かせる、あいつに持たせるよ、今はお母さんが疲れきっている。

しかし、疲れていようが、元気だろうが、横になっていようが、起き上がろうが、東西南北という四つの方位は変わらない。北にはシヴァ神、南には死者の頭、東から日が昇り、西には西だけがあり他の方位は禁じられている。風は四つの方位の間を流れるが、そこには息苦しさもある。あらゆるゲーム、外交、政治がここに集まる。ヴァーストゥ・シャーストラ*や風水ではエネルギーの流れを適切にする必要があるとされる。欲望や野心は、健康や幸福、もちろん富に収斂される。音色を聞き分けるのに音楽通である必要もなければ、ナーティヤ・シャーストラ**を読むのに芸術家である必要がないのと同じように、地鎮祭を行わなくても、あるいはヴァーストゥ・シャーストラや風水の専門家にお金を払わなくても、風や光や飲み物や食べ物の調和は取れる。芸術通はそれを知っている。真の尺度は心だ。歩行の乱れや勾配の異常を教えてくれる。

芸術は芸術。ラーマーヌジャンは数学者だったが解き方がわからなかった。解は正しかったが、そのテクニックを知らなかった。

もちろん娘はラーマーヌジャンではなく、アムリタ

＊住居や寺院の立地や間取りの方位を決定するために用いられてきた伝統的概念。
＊＊インドの古典的な演劇・舞踊・音楽の理論書。

ー・シェールギル***でもなく、方位の真理や方位の調和など方位占いにこだわる傾向もないが、自宅に美しい流れを合流させることを思いつき、母と一緒にそこへ向かったのは間違っているだろうか。
お仲入り。もう一つの人生？　他の人の人生。定義が必要だ。定義しようとしまいと、ホーリー祭は訪れ、去って行った。通りの色は洗い流された。顔や髪の色も拭い去られた。しかし老いた庭師の白い眉はまだピンク色に染まっていた。

***ハンガリー出身のインド人画家（一九一三〜一九四一）。二〇世紀のインド近代女性画家で最も重要な人物とされる。

第二章

陽光

娘の家の扉を開けてまず目に入るのは、開放的な長い廊下の向こうに見えるバルコニー、その先に緑地と青空が広がる。目を閉じると安らぎが戯れを始める。あるいは閉じられた目が開きだす。

　この扉はあの扉とは別物だ。ここを出入りする時に起きたわずかな振動が、娘を立ち止まらせた。誰か話した？　娘は訳がわからなくなる。私は外に出ようとしていたのか？　それともどこからか戻って中へ入ろうとしていたのか？　それともリーボックが方向感覚を狂わせ、中と外の人間を混乱させたのか？

いや、この扉はあの扉とは別物だ。ここには娘が築いた世界が広がっている。

　どの扉もそれぞれに重要だ。扉は扉。それぞれが個性を持つ。廃屋の扉であっても。今の人は見かけで扉を判断し、持ち主の経済的地位を見積もる。だが扉は密かに真実を耳打ちする——敷居をまたぐ人間が魅力的か軽薄か粗暴か、恋人か嫌っている人間か幸福か下品か涙もろいか華があるか輝いているか、外に出るとき、または外から中へ入るとき、点検しろと。扉には目がある。開いたり、まどろんだり、にらんだり、告発したり、静かであったり、せっかちだったり。そうそう、せっかちだから、一人の人間が毎日出入りするのを退屈に思っている。視線は変化し、どこか使わない部分があれば衰えていき、扉は死んだようになる。血液が血管に漲り、肉が覆っていても、脳、目、魂、心が虚脱状態に陥り背を向けてしまうこともある。

　退屈した扉は目を覚ましただろうか。倒れかけた母を支えて娘が入ってきた。扉は蝶番から少し覗いた。杖を動かしている。母の目は少し開いていた。廊下の先のバルコニーと、その先の垣根と、そのまた先にある中世のドーム風の建物に視線をやっていた。到着した初日、最後の日差しの柔らかな粒子が木々をやさしく照らし、森林省が保護した森林の光景は、目を楽しませ、安らぎを生み出すに違いなかった。先に娘から聞かされていたら疑いを持ったかもしれないが、母の瞳を見て、疑う余地はどこにもなかった。疲れて足を引きずり咳き込む母は、まだ意識がはっきり戻っていなかった。

半意識状態と睡眠状態で浮かび上がるのは、本当の深層心理、無防備なありのままの自分だ。睡眠状態の啓示。これが三昧を引き起こす。真理と芸術の美において、二つの色——青と緑——は極めて重要だ。青は空、緑は植物すべて。この二つから酸素が生成され、この二つが結び目を解く。

青と緑が敬礼した。まどろみながら目は部屋の中を点検する。開放的な廊下に視線を滑らせ、本や写真や家財道具の先にあるバルコニーへ、神に導かれたように向かう。前に見える木立の間、古い時代のレンガ造りのドームの上で羽を休めている鳥が、礼砲を鳴らすかのように一斉に飛び立った。母は驚き、そして笑った。

どうして笑ったの、娘は訊いた。

笑いが私のところへやってきた。

やってきたから笑ったの、娘も笑った。

ここなら息が戻るかもしれないと母は感じたのだろう。少しの間、私は黙っていよう。私は私、他の誰でもない。自分のリズムが、他の誰でもないリズムで、私を転ばせ、よろめかせる。こう考えているに違いない。そしてこんな風に考えたかもしれない。ここは、長らく暮らしたあの退屈な場所ではない。あの音も、景色も、物たちもすべて追い払った、そうでしょう？

疲れ切っているはずの母が、こんなに深く思考を巡らせている。疲労もまた睡眠状態であり、三昧の境地であり、やがてそこへ啓示が訪れる。

しかしだ、疲労した心は何も考えていないかもしれない。その可能性はある。母の呼吸、母のリズムについて、娘が理解できたということは考えられないだろうか。女性なら誰しも抱える困難を背負い、かねてから母の体調の危うさを心配していた。今日、彼女は母に新たな人生を授ける。疲れ切った母を再び蘇らせる。彼女は気力を奮い立たせ、母の肩に腕を回した。

扉の前で母は杖を支えに立ち尽くす。目の前に広がるおよそ壁のない家に見とれている。娘は微笑んだ。

ここには視線を遮るものがない。小さな廊下には釉薬をかけた中国製の陶器の壺があり傘と杖が挿してある。片側には靴箱、土埃をかぶった靴は脱いで色とりどりのサンダルから好きなのを選んで履けばいい。必要なら彫刻を施した中国製の腰掛けに座って。隣には孔雀の羽が飾られた、羽のようにふわりと軽い扉がある。その扉は開かれ、薄紫と緑の客間につながっている。そこにも本や絵画や彫刻があった。クローゼットの引き戸を開けると、長いコートがかかっており、折りたたみのアイロン台とアイロンが置いてあり、ヒーターなんかもある。隅には、白檀の花輪の向こうにバスルームがある。少し離れたところの扉も開いていたが、ここから中は覗けない。その他は大きなリビングだ。背の低い壁や本棚の他には、畦道のような遊び心たっぷりの間仕切りがあるだけだ。ああ、これを壁と呼んでよいものかさておき、視線はそれらを楽しげに飛び越え書斎に向かう。そこには机と椅子、コンピューター、本棚、その向こうには居間があって腰掛けられる。それはソファというか古い鉄道駅の待合室にあったような長い肘掛け椅子で、真正面にテレビが据えられていたが、長男の家とは違って自分で電源をつける必要はない。その先には、なんとなんと、ブランコがあり、ぶらぶらと揺られながらあちこちにかけられた絵画を観賞するのも自由、この時間帯であればガラス窓が開いているから外のバルコニーを眺めるのも自由だ。右手には食卓のテーブルがあり椅子が四脚並び、その先にはトマトとアーモンドの色をした背の低い壁と台所が続く。壁の窓は開け放たれており、ニームの木が覗いていて、四方八方、内側も外側もくまなくなめるように見渡し、開いているのは君か私かと問うかのように空間という空間に視線を滑らせる。

　娘は母をホールの突き当たりにある、色とりどりの石をはめ込んだ扉まで連れて行く。娘は言う。この先が主寝室。風通しのいい部屋。ここにもガラス窓と扉があり、ニームの木やピーパルの木やシャンデリアが温かいまなざしで様子を窺っている。棚の上には芸術品が並ぶ。壁は青い湖水のような色で、そこを魚のように泳いでいる気分になる。

　母は疲れていただけかもしれない。すぐにベッドに横になると、軽いいびきをかいた。

　壊れかけてかわいそうなお母さん。娘は母親のように思考した。喉が詰まる。

　こんなふうに母親が子供を見つめれば、自分の思い通りにしたくなる。誰も母親と子供の間に入り込めない。どんな人間であっても、どんな意識であっても。そのほかにあるのは気持ちだ。我が子のためなら何でも捧げましょう、我が子をキラキラと輝かせましょう。親のエゴイズムや成功体験が一方にあり、母子の関係がもう一方にある。世界も傲慢なものだが、中でも母親のエゴイズムほど強いものはない。

　娘が母になり、母が娘になり、額に手を置いた。ここへ来てくれた、もうどこへも行かせない。こんなに弱々しくなって、私がいないと倒れてしまう。これだけのことで息を切らせている。引っ越し騒ぎで倒れてもおかしくなかった。あれだけの人がいたのに、かわいそうに、無力なこの人に誰も目を配っていなかった。今もそこかしこに埃がついている。いつからシャワーを浴びていないのだろう。眠らせよう。それからスポンジで体を洗ってあげよう。ゆっくりと生き返らせよう。

　心理学者は、室内や人前に出たときに現れる性質が、その人の人格を形成すると言う。未来の時の色が決められる。部屋に入ると、母は眠りにつき、娘は母になった。眠りから覚めれば、真新しい人生が始まる。もう一つの人生。これからは、女は女自身を生きるのだ、アーメン。


　母の朝は、実にくつろいだ目覚めであった。目を閉じたままのびをし、娘は飛び起きてそばに行った。目の前にはラザ*の絵。母の瞼の裏の無数のオレンジ色の点《ビンディ》が絵の中を浮遊し、枠の中に閉じ込められて身動きの取れないラザのビンディをかき回して扇動する。絵のタイトルは『風が風だったとき』。まさか母は瞼の裏から読んだのだろうか。

　母は瞼を開き娘を見ると、すっきりとした笑みを見せた。睡眠が、袋いっぱいに溜め込んだ疲労をすっかり清算してくれたのは明らかだ。あちらこちらに動か

＊サイド・ハイダル・ラザ（一九二一～五五）。インドとパキスタンが分離独立した年に進歩的美術家グループを創立。黒の円をモチーフにしたビンドゥシリーズが有名。

す視線は、もう眠そうでもなく、ヘトヘトでもなく、フワフワもしておらず、きれぎれでもなく、ボロボロでも、ヘロヘロでもなかった。見る物すべて目新しくもないが、退屈になるわけでも関心を抱かないわけでもない。ああ、少し夢見心地かもしれない。私は起きているのか、それとも寝ているのか？　新たな視野、新たな人生、ああ、嗚呼、私の前に、生まれて初めて世界が広がっている。

母は手を上げ、腕一杯に集めた光の点で顔を優しく覆う。その温かさを味わうために、唇を舌でなめてみた。赤ちゃんは何でも口に入れたがる。

（シドが子供だった頃、こんなふうにやみくもに、ひっくり返ったゴキブリを口に詰めて食べようとしたことがある。もちろん吐き出し、代わりに顔をひっぱたかれた。強く子供を叱りつけて泣いている母親をなだめたのはスシーラーだ。泣かないでください、蛇だったらもっと大変なことになってました。でも、そうじゃないでしょう）

母はキルトの外に足を出した。これが子供なら、鋏、槍、風車、自転車など、足をごそごそ動かしていろんな物になってみる。そういうことを母はしなかった。視線に年齢はない。新たな世界をあちこち見渡す視線は、風車のように回転し続けている。

起きるのかしら。娘は様子を窺っている。

もちろん起きる。いつから眠っていたのだろう、そろそろ起きる時間だ。

娘はうとうとし始めた。眠れなかった。母が心配で一晩中眠ることができなかった。母が少し動くと、起きるのか起きないのかと気になって緊張が走る。バスルームに行きたいの？　母が起き上がらなければ起き上がらないで、娘は緊張して目が冴えてしまう。母の動きは緩慢になってはいたが今ついにのろのろの極みに達したようで、ぐうぐうという母のいびきも聞き慣れず、久しく誰かのそばで眠る習慣がなかったものだから、これらがまた不眠の原因となった。母は眠りながら夢を見ている子供のように体を小刻みに揺らした。その合間に、疲れを振り払うように体をぶるっと震わせ、さらに大きく深いいびきをかく。娘は飛び起き、まばたきもせず目を見開き、夜にしか見られない世界を見つめる。どうしたの、と声をかけても、母はすやすやと眠っている。よかった、よかった、娘は心からそう思った。心が充足感に満ち満ちている。

これが第一夜だ。今起きていることはこれからも起きる。世界が眠っている間に、今ある物事が陶工のように未来を形作る。

母は、いや、起きたくないとは言わなかった。口にしたのは、はい、だ。それに自分から起きようと準備を始めている。娘が飛んできて母に杖を渡すと、体を支えてこう言った。さあ、バルコニーでお茶でもしましょう。

さて。最初の瞬間。その先の行動は定まった。朝になり、バルコニーでお茶を飲み、たっぷり慌てふためく。慌てふためくのは娘だ。母が行動するたびに飛び上がり、動くたびに手を差し伸べ、慌てふためく。心配性のお母さんみたいに。日中はそのように進む。夜は言わずもがなだ。

夜のルーティンはこうだ。母が起き出してバスルームへ行く。それが少なくとも三度か四度あり、十一時頃に一度、二時頃に一度、あとは四時くらい、六時か六時半に一度。そのたび娘は起きる。そうでなくても熟睡することはない。一度か二度うつらうつらしかけても、物音で目覚めてしまう。何気ない動きで飛び起きる、様子を尋ねる、懐中電灯をつける。母は怒り出す。あなたが眠らないなら、私が起きるのをやめますよ。でも、そんなことができるのか？　起きることは避けられない。母はもう、いやいやと言って丸まっている人ではない。

娘は尋ねるのをやめたが、目は覚ました。母が起きればこっそり様子を確かめた。サンダルに足を突っ込み、そろりそろりと足を動かし、杖に手を伸ばし、それを支えに立ち上がり、犬が吠える。トラックが通り過ぎる。母はつまずき、壁に手をつき、娘はつい駆け寄ろうとするが、じっと我慢する。バスルームの扉を押すと光の輪が大きくなる。娘は即座に目を閉じる。母は中にいて、何かの物音が聞こえる。座った。静寂。しばしの静寂。どれだけの時間か。娘は音を立てずに起き上がり、猫のように扉のほうへ近寄り、まずは耳をつける。何の音もしない。足が動く音がする。娘はもう一つのバスルームへと向かう。戻って耳をそばだてる。静かだ。なぜ。隙間から覗き見る。お母さんは便座に座っている。静かに。ただ座っている。どうしたものか。キッチンに行って水を飲む。戻る。おや、まだ出てきていない。お母さん、娘は自分のベッドのほうから呼びかける。眠ってちょうだいと少し強い口調で言う。娘は音も立てずに扉に耳をつけ中の様子を窺う。何しているの、あなたは寝なさい。母は少し怒ったような、少し涙ぐんだ声で言った。水の音。母は水で洗わないと気が済まない。娘は、夜中はトイレットペーパーを使うようにと言っている。そうすれば何度も行くことはないでしょう。忘れてしまったの？子供にトイレを教えるとき、母親が水をかけるでしょう？　そうするとおしっこが出てくるの。それでも母は水で流す。それから手をきれいに洗う。つまり何度も何度も通わなくてはいけない。扉が閉じられ明かりが急に細くなったので、娘は急いで懐中電灯をつける。もう。あなた、まだ寝ていないの、疲れますよ、母は叱りつけた。

こんな事情で娘の眠気は娘を見放し、隣の部屋へと行ってしまった。娘は部屋を暗くして寝るのに慣れていた。いつも一人で寝ていた。寝ている他の人の癖に干渉されずに寝ることに慣れていた。何にも邪魔されずに眠る習慣があった。叱りつけはしたが、母は娘のそばで眠ることで安らぎを感じていた。それは寝姿にも現れていた。娘が体をずらすと母も体をずらし、娘の腕を腕枕にすることもあった。母の眠りは娘を支えにして安定し、娘に体を預け、娘の存在を感じ、心配事を忘れ、安らかに眠りにつけるように伸びをした。

母の一挙手一投足により娘は眠りを奪われ、ますます眠れなくなった。何かを見る時には母のほうを見る。間違って手や足が母にぶつかったときは、目を開けてベッドの端まで移動する。眠っている母が、手で娘がいるかどうか探っているのがわかると、母の後ろにじりじり寄って体をぴたりとくっつける。娘は息を止めて横たわったままだ。

別の日、娘はベッドの端の木枠すれすれの所で縮こまっていた。母の頭は腕の中にあり、それ以外の母の体がベッドを占領していた。娘が少し体をずらすと母の手足は木枠の外にはみ出しぶら下がった。母は朝まで体を斜めにしていたから、娘はベッドの端で小さくなり、立ち上がろうとする人のように脚を床に垂らした。

母の八角形のポーズは一見の価値がある。それを見たのは誰か。陽光だ。朝が来て母の顔を照らす。母は起き上がり互いを見つめ合う。母と陽光。

陽光とともに母は起きるようになった。まずは目、次は全身で、陽光とともに家じゅうに広がった。

太陽の光の粒を顔いっぱいに浴びた母の目が開く。それを見て娘は言う、行こう、と。杖はうれしくて母の手に自分を握らせ母を支える。どれだけの恐怖を抱えていたのだろうか、母は兄の家で悲しげに横たわっていた。脚も弱っている。ここには私がいる。絶対に健康で幸せにさせる。今は一歩一歩だ、つかまりながら覚えていくだろう。歩くことを。私が教える、見ていてごらんなさい。

朝の太陽は、正面の森にあるドームから顔を出し、まっさらな視線をバルコニーに投げる。母はバルコニーまで歩き、そして立ち止まる。娘は母をしっかりとつかんでいる。あ、あ、あ、倒れる、倒れる。母が息をつくと娘も息をつき、二人の呼吸が一つになる。

一日の始まり。母は平衡感覚と自分の動きを捉えようとした。

母はバルコニーにしつらえた安楽椅子に腰掛けると紅茶をすすり、前方に視線をやり、後ろを見やる。近くのもの、遠くのものを観察し、陽光もまた陽光に照らされながら陽気な動物のように母の周囲をぐるりと回り、バルコニー全体を金色に染めた。

娘は、母をバルコニーに連れ出すのは自分だと思っていた。ところが気づいてみれば、陽光が母の杖を手なずけ、しつこく母を外へ引っ張り出した。

こうして時は過ぎ、母は陽光とともに家の中をあちらこちらへと移動するようになった――陽光の向かう先に母は行き、座り、寝そべった。時には、陽光にうっとりしたまま立っていた。空や木々や風が窓や壁を叩いて入り込んでくる家だ。陽光はいともたやすく差し込み、母と深い愛情を分かち合って遊ぶ。

そうだ。初めのうち、膝からこぼれ落ちそうになる陽光を見て、あ、あ、あ、と声を出し、体を支えていた母が、そのうち成長し、互いの腰に手を回して一日中家の中を歩き回るようになる。起き抜けの紅茶と朝食までバルコニーにいる。母がバスルームに入れば、陽光もそこに入り込むようだ。というのも母が出てくると陽光を浴びたのがわかるからだ。（娘ことママは、母がまだ弱々しかった頃は一緒にバスルームへ付き添っていた。その詳細はこの先、判明する）陽光と杖のサポートを受け、母はふわふわとやってくる。その足取りを見て、陽光はブランコを思い出す。娘はゆがんだ笑みを浮かべ、ブランコのほうへ身を乗り出し、ゆっくり慎重にそこへ母を座らせると、二人でほっと一息をつく。（母がそこに座れることは理解しているが、必要以上に考えすぎる癖が娘にはあった）ブランコに腰掛けた母に降り注ぐ陽光、なんと映えることだろうか。陽光はもっともっと降り注いで輝かせたくなる。黄金色の輝きに覆われた杖の熱で、蝶がヒラヒラと羽ばたき出す。日差しが強くなってきたみたい。娘はそう言うと、母は少し身をずらす。陽光はそれを理解し我に返り、許しを請い母を立たせる。両者は食卓に向かい、日陰に母を座らせ（娘は持ち前の前向き思考でそこにもついてくる）、愛情たっぷりに母の足下に滑り込んだ。

　その後も両者はいつも一緒に移動し、母が望めば、陽光は母の腰を温めてやり、背中も温めてやり、昼寝の間は歌を歌ってやった。そう、陽光は体に降り注ぎ、風は肌を揺らす。太陽に肌を撫でられた体は初めて自分を感じたように、お、お、お、と大喜びした。母は陽光にしたがって体の向きを変え、頭を起こしては大きなベッドの上に何度も落とし、枕を前方にずらし、体を横にしたり斜めにしたりした。まるで太陽が母を動かしているかのように。

　自らを朱色に染めた陽光は、夕暮れまでに母をソファに座らせ、バルコニーの西の窓のほうへと退場していく。退場とはいうが、そこに意思はなく、ただ夕暮れ時に逆らうことができなかったというだけのことである。時間は守らなくてはならない。母に赤みを与えた当事者が退場した。母はキルトにくるまり、落ち着いている。母は十分に知っている。当人が認めなくても、陽光は明日必ず戻ってくる。

　母に腕を上げる力さえ戻れば、杖を陽光に浸し、日がな一日、家の壁や、あちらこちらを歩き回るだろう。家財道具をブラシで塗り直すかもしれない。母のほうが陽光をあちらこちらに移動させる。二人の女友達が協定を結ぶように。最初は私の番、次はあなたの番。

　誰でも妄想する、なぜ娘だけ責められなければならないのか？　大きくなった娘が、小さくなった母にどれほどの愛情を注ぎ気にかけていることか。一日一日、ゆっくりとゆっくりと。いくら大切に丁寧に母の世話をしたところで、母はガラスの人形ではない。小柄な老女だ。母もまた娘と一緒に壊れてしまいそうな行動をする。娘は母の髪にオイルを塗った。毛束を開いて白いニスやナツメの残骸がないか調べる。今の母は頭を起こすのもやっとで、指を滑らせると、ああ、ああ、と息を漏らす。

お母さん、母親代わりの娘が愛情を込めてにらみつける。

本当に痛いの。

母は体を曲げることもよじることもできない。母の疲れが少しずつたまってくる。娘はマントゥーリーを市場に行かせ、水はけがよくなるように穴をあけてこさせたプラスティック製の浴用椅子に座らせ、母を入浴させる。母は浴用椅子に座ったが、その行為は体を洗うというより洗濯に近かった。少しでもいやな感じがすると、いや、と抵抗する。あなたの前で裸になりませんからね。いや、後ろにいるのは私よ、見えると言っても少しじゃないの。何が気に入らないの？　私は娘よ、お母さん、娘は叱る。

痛い、痛い。娘は石鹸で体をこする。汚れと衰弱に長らく埋もれていた体が、真新しく浮かび上がってくる。今はまだデリケートで、どこかを触れば痛い痛いと声を漏らす。

足にできたしもやけで母は気を失ったかもしれない。足の裏には水ぶくれがあった。そっとへチマでこすってやる。

娘は後ろにひざまずき、体中をスポンジで優しくこすった。母は、初めて自分の体の感覚を味わったかのような弱々しい声を出した。

娘が湯を流す。泡の下からピカピカの真新しい体が現れる。

母を座らせたまま、娘は体を拭いてやる。大きなバスタオルを巻いた母を支え、立たせ、浴室を出て部屋へ連れて行く。母は赤ん坊のように柔らかく繊細で、そして裸だった。

見なさい、母が言った。腕のあちこちに赤や青の痣《あざ》があった。

娘は愕然とする。私が強くこすりすぎた？　背中にも痣があった。行方不明になっていた間の知られざる物語の中でできた痣だ。思い出させてしまうから、母に聞くのをためらう。どこで寝ていたの、何を食べていたの、娘は何一つ聞けなかった。お母さんは靴を履いた状態で見つかった。つまり意思を持って出かけたということか。どうやって？　独りで？　杖を相棒に？　娘は何も訊かない。悪夢を洗い流し拭き取るので精いっぱいだ。

　掌にベビーオイルを少し取り、母の体に塗る。母は痛いとか何とか言いながら、実は心地よいのだろう、その快感を全身で受け止めているようだ。オレンジジュースを見て母ははしゃぎ、疲れた足を伸ばす。

　これらが最初の頃だ。入浴させ、体を洗い、食事をさせて歩かせるところまで、娘がすべてこなす。これらを常にしなくてはならないのか？　母の体は健康に向かうだろう。自分で何でもするようになるだろう。入浴し、体を洗い、食事し、歩く。娘は部屋を出て、母はベッドで機嫌よく八角形になる。

　一本の茎、一枚の花びら。そうねえ。母はバルコニーでお茶を飲みながら、ここに植物が欲しいわねえ、と言った。でも、と娘は反対する。旅で私が家を空けることになったら誰が世話をするの？　誰が世話をするのかしらね、と母も言った。二人は笑って、母と一緒になって土いじりができる一人の庭師を決めた。別にいいではないか、と娘は考えた。母が喜ぶことをさせよう、したいことをすればいい。ここでは兄のルール、兄嫁の要求、役人のお付き合いはない。着たい物を着て、言いたいことを言う。私たちは自由。バルコニーをガーデンにしよう。

　毎日一つ別の植物がやってきて、別の植木鉢に登って母のようにかわいいよちよち歩きをする。その歩みは幼少のラーマのようで、よちよち歩くたびアンクレットの音がチリンとする。陽光のかけらのあるところで母は立ち止まり、杖を植木鉢にもたせかけ、手を上げて伸びをし、両手を腰に当て右に左に体をひねる。植物もまた右を向いたり左を向いたりしてダンスする。

　どうしちゃったの、娘は笑っている。ゆっくりではあるが母が正気に戻っているのがうれしい。

　気分がいいの、腰は痛いけれど。トイレに長いこと座っていたから。

　母は痛みを訴えたが、楽しそうに話した。

　お母さんはどこもかしこも痛いのよ、娘は愛情を込めて言う。耳に薬を入れると痛い、中でパチパチ声がすると言う。爪を切っても痛い痛いと言って歯を食いしばる。

だって痛いんだもの。母はぐずぐず言う。見て、赤くなったわよ。

前からそうよ。娘はそれを見る。

でも前は小さな点くらいだった。こんなに大きくなったの。ほらこっち、紫色になってる。それから昨日、何があったと思う？　おねしょしてしまったの。母は今日、薬草と胃腸薬を飲むと言う。どれだけ出たと思う？　爪の先ほどよ。母は便秘で苦しいと訴えている。感情を制御できず声を上げる。腹の中で秘密が沸き立っている。

イボほくろニキビしみをいじって、かき壊すのが母の日課だ。手や足を撫で、よく観察し、こちら側で服を脱がせ、そちら側をライトに当てて眺めては、ほら、ここが痒いんだと始まる。ちょっと広がってきた。色も濃くなった。先週は点だったのが、水ぶくれになった。悪い病気だったらどうしよう。

無邪気な少女の胸に、水ぶくれでもニキビでもイボではなく、小さな芽が吹き出したかのように。

自分の体について語る母は、新しいものを発見する少女のようだった。聞いて、いい知らせ。月経が始まったみたい、今日は学校を休むからね、ディスプリンを飲んで湯たんぽを抱えてお日様を浴びて横になっているわ。

またあるとき、こっそりと見せてきた。あそこに毛が生えてきたの。

これまで楽しめなかったから、今になって？　内なるものがパチパチと芽生えるのを感じ、胸がざわめき、生きること、生まれることの困難を感じ始めたのだろうか。肉体は肉体だ。一六歳であろうと、一七歳であろうと、一八歳であろうと、発芽したときであろうと、抑圧されたときであろうと、もったいぶって見せつけるときであろうとも。風がそよぎ、陽光が打ち付け、木や植物のように花を咲かせる。身をかがめ、自分を調べて点検し、腋の下の臭いを嗅ぎ、つぼみを咲かせる。新たな植物が揺れるとき、それを踊らせるのは風ではない。内なる震動だ。首は満悦し、自らを求め、気取ってしなを作る。

大丈夫、娘は言い切る。そういうことは年齢とともに起こる。

秘密。女子だけがわかる覚え書き。私の場合、一日目は開きっぱなしの蛇口。私は一週間。私の三日目はポタポタしずくが落ちる程度、それでおしまい。でもね、家庭教師の授業が終わって立ち上がったら、きれいなソファに真っ赤なしみ。私が見つめ、先生も見つめ、二人の顔は真っ赤になった。

内輪の親密な会話。女子は笑い出す。体の喜びは、バランスを崩す。たっぷり流れるほうがいいのか、それとも倹約するように軽い方がいいのか、判断は難しい。

何もかも平和だ。何事も起こらない。どこもかしこも落ち着き払っている。母の気に入るところだ。

ああ、と母は言う。

ねえ、ゆっくりよ、と娘が言う。

母は自分の二の腕を見ている。何を見てるの、お母さん。日差しが強いわ。腕にイボができてる。ごらんなさい、と母が言う。こんなのなかった。いやよ。痛くないんでしょう？　ええ、でも醜いわ。潰してしまおうかしら、と母はきっぱり言う。

忘れてしまいなさいよ、と娘は慰める。

母は忘れた。こそこそ口げんかしていたことを。

D・V・パルスカル*がラーガを歌っている。『ハリ・ケ・チャラン・カマル』だ。彼の歌声が母と娘の会話の間を緩やかに回る。太陽は別れの挨拶をして頭を下げた。机には芥子色の皿が置かれている。椅子が引かれた。スパイス入れが閉じられた。冷蔵庫からボトルを取り出す。ミキサーがゴーと音を立てる。時計の針がチクタク鳴る。赤い陽光は明日また戻ってくる。本は棚に整然と並べられている。影はあちらこちらで休んでいる。花模様の刺繍《ブルカーリー》が施されたショールが静かに揺れる。針が落ちる。夜の沈黙の声。沈黙とは無音ではない。静かに、沈黙をすみかとする。沈黙は風となってただよう。背後に隠れた沈黙に囲まれる。自分の吐息の音を聞く。

その人は音を奏で始めた。真実を言うなら、母が呼吸を使い始めた。長い長い呼吸。深い呼吸。さらに様々な音が集まる。

アーアー　アーアハアハ　アアーアーホー。裂けそうなほどあくびした口を開けて。

ウーウー　ウーウー　イーイーイーイーイマー。ウイー　ウンマー。腰を揺らして。

ヒッスアング　エーハッッッチュ。杖を持ち上げ、壁に陽光と風を波打たせて。

ウィイーイーイー　イーイーイーイーイー　イーイー　イーイ。耳の穴に指を突っ込み、強い痒みを感じて。

自分の体の内外をほじくり返してはリズムを作る。寝返りを打ち、アー。肩を上げ、オー。足を伸ばし、アイヤー。時計が鳴り、オーオー。誰かが来ると、シッ。ローティーを食べて、クチャクチャ。でたらめの言葉を聞かせる。呼吸の浮き沈みを旋律にして。

身体と呼吸と声、それは真新しい可能性。

子供と同じだ。自分の身体をかじり、キスをし、いろんな声を試しに出して実験をする。世界を生きるトレーニングだ。前世の音が現世で生み出される。ある物は手放し、ある物は自分のものにして新たな物を創造する。

母親たちは笑い、愛おしく思う。子供たちのくだらなくも愛すべきおしゃべり。

娘は母を甘やかす。またナンセンスなことを話している。録音しましょう。あなたの子供たちに聞かせるために。一人のときも、二人のときも、食事の間も、目覚めのときも、眠るときも。寝返りを打つとき、それはもう平和そうにアーとかウーとか声を出す。食べるときは、ウムアムチャプチャプと唇を鳴らす。飲むときは、ズルズルとすする。伸びをするときは、イーンアーンウーン。浴室からも声がする。アーアーアーフンフーンフーン。娘は笑う。

しかし夜は笑わない。眠りから覚める。何かの運動でもしているのか、日中に繰り返しているように、世界に飛び出すかのように母はベッドから手足を動かす。さまざまな仕草、さまざまな印相を試す。動くたび、アア、ウウ、オオ、オーオー、オーッホーといびきをかく。

これらの新たな音の間に、母は時々わかる言葉を差し挟む。ああーそうねえ、いいえっと、くちがくさーい、ああおおさむーい、いいーかべがきた。意味を

＊北インド古典声楽家（一九二一〜五五）。

なさない。音をさせるだけの目的で音を出す。新しい音が見つかると鳴らすという具合に。

　これがどんな文法の深淵か、娘には理解できない。すべてが平和の音であることはわかる。音は騒々しくなければならないと誰が言ったのか。

　平和の音。

　箒がガサガサと通りをこする。

　新聞配達員がサンダルで駆け回る。新聞がポトンと落ちる。

　外扉が開く。梁が反動で戻る。舞い上がる土埃と塵の音。

　新聞の見出しを読む音。紙をパラパラめくる音。

　枝が窓に葉をこすりつける。ひとひらの葉がため息をつき、地面にひらりと落ちる。

　通りの向こうの林で孔雀がミャーミャー鳴く。羽を広げる。旋回してダンスする。

　母と陽光の親愛。彼女たちの囁き。ひそひそ声。

　ティーポットから紅茶を繊細に注ぐ。

　透明なティーポットから注がれる陽光に照らされた紅茶は甘い静寂に包まれていた。それでも母は蜂蜜を二杯入れる。

　チャンパの花が落ちるのを見れば、その音が聞こえる。

　どこかのアパートでメイドがバケツをガラガラ引く。

　誰かが新鮮な香辛料を潰している。芳香が歌う。

　誰かがすり鉢でカルダモンを挽く。気分がすっとする。

　母は長く紅茶をすする。小鳥がさえずるように。

　鳥が一羽、母の声に応答する。

　庭師のシャベルが土をザクザク掘る。

　男になってしまったのかしら？　髭が生えてきた、見て。

　一本でしょ、娘は笑う。ほら、私だって同じところに。

　そう、あごから毛が生えるの。よく見て。長くなってる。母はむしりたくなっている。鋏をちょうだい。

　だめよ、だめ、娘は慌ててふためく。毛抜きで抜いてあげる。だってほら、私だって同じ所から毛が一本生えてる。私たち二人とも髭がある。

ふふふふ。

まるで初めて見るように、母は自分の体を調べた。これは愛なのか？　初めてのものに対する愛。

四方から包み込む愛。さらにその向こうまで包む。母のコート。かつてきちんと着こなしたそのコートを、母は脱いで裏返しに着る。内側の破けた裏地が表に見える。風でカビは飛ばされて消える。でこぼこでボロボロでほつれが見える。青い静脈、腫れ物、水ぶくれ、切り傷、継ぎ足した布。それらをつぶさに調べて、なでて、眺めて、人に見せる。

娘はうれしくてたまらない。お母さんが自分で歩きだした。楽しげに家の中をぐるりと回っている。これは何？　Ｍ・Ｆ・フサインの版画？　自分の母親を探している。彼は母親を知らない。だから絵の中に持ってきたのか。ああ、芸術の奇跡！　これは？　バスタルの人々が描いた動物。彼らの住む世界では鳥獣と人間と自然が一体。すべてが守られ尊重される。わあ。

娘の息は母の吐息の中にある。娘の色は高揚した母の色の中にある。

この本、あなたみんな読んだの？　何冊か持ってきて、読みたいわ。目頭が熱くなる。涙がこぼれ落ちそうだ。

どうしたの、いつからそんなに弱々しくなったの。娘は自問するが、心が揺さぶられ答えは出てこない。

横になって。一度に何もかもしようとしないで。休み休みやりましょう。

電話が鳴った。ＫＫだ。娘は素早くサイレントモードにした。幼児になった母が目を覚まさないように。後で話せばいい。ダール・エス・サラームから帰ったのだろう。忘れていた。この家に来させてはいけないのだけは覚えていた。ここでは眠れない。ベッドは母が使っている。今は無理。数日間、人間関係を保留にする。

会う気もしなかった。娘は無意識に理解していた。母親と恋人は同じ皮膚の下で同居できない。いったん母親が大きく育つと、恋人は蛇の抜け殻みたいに置き去りにされる。

母はパラーターとほうれん草のカレーを食べている。娘は、料理を隣家のメイドに拵えてもらうことにした。野菜や穀物を一緒くたに猫まんま風にしたものをＫＫが家畜の餌と呼ぶから、彼の前でそれを母に出せない。

母に新たな経験をさせるのは、娘にも有益だった。見て。このイギリスの映画、とてもいいから。ちゃんと理解できるから。音を聞いていれば発音もわかるようになる。ドイツのナチスの映画。実話に基づくの。母と娘で映画を見る。西洋式のキスに不意をつかれて母が笑い、二人でまた笑う。ちょっと、母はまんざらでもなさそうな様子で声を出す――どうなってるの、唾と唾が合わさって。二人は無邪気な子供のようにころころと笑う。頰の赤みは日差しによるものか、それとも体が火照ったせいか、それはわからない。

ＫＫと話した。落ち着いてからにさせて。今はまだ母の調子がよくないの。いつか来てみて。こんなふうに言えなかった――自分自身に対しても――心の中が変わってしまったことを。二振りの剣が同じ鞘に収まらないように、母親と恋人は同じ皮膚の下に住めない。ましてや二人が同じベッドで眠ることも。

母はベッドで体を広げて寝る。横になるとすぐに深い眠りに落ちる。眠りながら娘がそこにいるか手で探る。ああ、いた。頭、手、膝を娘にぴったりつけてぐっすり眠る。一方で娘はしっかり目覚めているが、それがどうした、母はすやすやと眠っており、娘はそれで安心する。朝まで娘の体のほとんどはベッドから落ちていて、母が占領している。娘は時計のアラームをセットして眠るが、目は覚めているから鳴る前に止めてしまう。

このところ、娘にも制御できないのが呼び鈴だ。電話の呼び鈴も、玄関の呼び鈴もそうだ。

この家の呼び鈴を鳴らす者はいなかった。予告せずに訪問する者もいなかった。来るのがわかっていれば時間を決めて、足音が聞こえれば扉を開けた。ＫＫは自分の鍵を持っていた。ゴミは娘が出し、牛乳の袋は外に置く。よその家で鳴らされる呼び鈴の数々は、この家では鳴らなかった。掃除機は娘がかける。箒やモップがけもした。時にはＫＫのオフィスの清掃会社が、この家でもプロの仕事をしてくれた――蜘蛛の巣を払い、害虫や蟻の駆除、本の塵払い、水道管の錆取り。そうやってすべてが整えられたが、料理人は雇っていなかった。娘は健康に気を配っていたが、食べ物にうるさくなかった。一人分の食事、たまに二人分。時々のパーティー。それだけのこと。なぜ大騒ぎする？今日はちょっと腕を奮って、パーティーを盛り上げよう。イタリア風、チャイニーズ風、メキシコ風、グジャラート風、ベンガル風、マラーバール風、いろんな趣向のパーティーを催した。ＫＫは料理の天才だ。

しかし今は呼び鈴が大豊作で、よく鳴る。料理人が呼び鈴を鳴らす。庭師、掃除人、青果売り、ココナツウォーター売り、それから親戚。それぞれおのおのの都合でやってくる。前もって電話をかけるような者はいない。母の携帯電話が鳴るたび、家の呼び鈴が鳴るたび、娘は痛い目に遭う。自宅で音がすることに慣れていない。母の電話の音にも。自分の家なのにビクッとする。

遠方や近くの親族、兄や兄嫁の友人知人がこぞって電話をしてくる。聞いたわよ、あなた何日か娘さんのところにいるんですってね、よかった、娘さんのためにもね、それで元気なの？　今から迎えに行きましょうか、兄嫁が毎日訊いてくる。新居はすっかり片付きましたからね、お義母さんの部屋は日当たりがいいんです。兄が電話をかけてくる。いつ戻ってくるんですか、お母さんの浴用椅子を買ってきましたよ、何か食べたんですか、パラーターでもそっちへ持ってよこしますよ。シドがボストンからかけてくる。帰ったら会いにいくからね、聞いたよ、一人で家を抜け出してあちこち歩き回ったんだってね、なんで僕を連れて行ってくれなかったんだ、言ってくれたらよかったのに、おばあちゃんたら、ひどいな。すると庭師の電話。大奥様、魚粕が手に入りますよ。いろんな種類のブーゲンビリアがありました。メアリー・パーマーはありましたが、チャイニーズ・オレンジはまだみたいで、別の市場を調べますね、ホースは持ってきました。青果売りが来ては、奥さん、パパイヤありますよ。交配種ではなく天然物です。野菜売りは、奥さん、バトゥアーとディル、どっちも持ってきました、いかがです？母は答える。黒い人参も持ってきてちょうだい。そしてメイドにも言う。下ろしておいてちょうだい。人参のハルワーを作りましょ。

　呼び鈴が鳴ると、娘はつい電話を取って、もしもし、もしもし、と始めてしまう。そして目の前の扉が開き、不意を突かれた娘はわけがわからずきょとんとする。一体誰が来たの。よく知っているけれど、ここで見るのは初めて。どうすればこの新しい状態に慣れることができるの？

　ある夜のこと、午前一時に音がして、娘は理性を失った。はっと目を覚まし、慌てふためきながらもショールを肩にかけ、よろよろと扉を開けに走った。誰もいなかった。前触れもなく誰かをよこすなんて非常識だ、守衛に電話をかけて叱りつけようかと考えた。しかし、守衛が誰かをよこしたわけではない。娘はやっと覚醒し、理解した。鳴ったのは母の電話で、母が電話に出ていた。こんな時間に？　娘の怒りは恐怖に変わった。人が亡くなった知らせの電話だったからだ。電話の主は兄だった。遠くエドモントンに住むティンノーおばさんが亡くなった。昨日シドが会いに行ったら喜んでくれたそうだよ、そう、八〇歳をゆうに超えていた、もうすぐ九〇になろうというところでね、あなたのお父さんと一緒にラーンチーにいたとき、おばさんもいらしたのよ、二〇年も前の話ですけどね、だから当時は七〇くらいだったのかしらね。年齢の話題から、人が死ぬ年齢が想像され、娘はさらに怖くなった。その夜は、母が心配で眺めて過ごした。どうせ眠れるはずもない。

　呼び鈴に妨害されずに済む処方箋を探さなくてはいけない。

　母は眠ってしまった。すべてが平和であるかのように。実際そうでもある。平和が喧噪と関係性を持つようになったのはいつからだ？　あるいは喧噪が平和に対して関係を持ったのはいつだ。静寂があれば、静寂であり続ける。周囲が平和で、あなたは静寂の中にいる。たとえ外の世界が喧噪のさなかにあっても。周囲が喧噪のさなかにあれば、たとえ平和の中にあっても、自分もまた騒音となる。

　母はこっそり話をするようになった。自分に話す。

他の人にはもう話してしまったから、今は自分に話すのだというように。母が二人いるようだ。一人がもう一人を見て、もう一人に話している。さあ、シャワーを浴びてしまいなさい。するともう一人が答える。遅くなってしまうわね、ええ、浴びましょう。

ちょっと気をつけてよ。一人が言う。

ええ、危なかったわ、もう一人が笑う。

心の目で見ることができる。目を閉じていても見える。母が少し汚れた服を着て、よろけそうな足取りで、シュッと伸びる杖をついて娘の家を歩き回り、床から二インチほど浮いて、陽光の虹色に覆われた繊細な静寂の泡の中にいる。

平和は喧噪に侵されていない。

毎朝、母がバルコニーで紅茶を飲んでいると、黒い鳥が長い口笛を吹く、軽く弾むような調べ。

母はしだいに家の隅や納戸にまで身を忍ばせて入るようになった。宙を舞うような気分で。気分がいい。ここでは私の足は床に着かない。音も立てず舞う。吸ったり吐いたりする息に耳を澄ます。藁が飛ぶ音を聞く。草が生えるのを聞く。陽光がたゆたうのを聞く。夕暮れの訪れを聞く。体が開くのを聞く。花が咲くのを聞く。

風のように新しい家の隅や納戸に忍び込むのね。娘はやさしく声をかける。空気を送り込むために歩いてる、母は言う。触ってごらんなさい、私のおなかは空気でいっぱい。歩くと空気が出てくる。空気は飛ばされて空気の風船になって飛んでいく。ハーハー ハーハー、上出来とはいえないジョークを言って二人で笑う。

おなかについての長い長いやりとりが続く。ここでこんなに食べたのに、出てくるのはゴマ粒くらい、睡蓮の実ほどの大きさになるのはどうしてかしらね。いつも出そうな気がするのに、出てくるのは空気。おなかがごろごろした、出そうな気がする。でも腸が詰まって先にいかない。出てきてくれない。無花果をもってきてあげる。あなたが全部食べてしまうじゃない。私は年を取らないの？　あなたこそもっとトイレに座ってなさい。それから二人で風を切って歩き回りましょう。

ちょっと、やめてよ、お母さん。親密そのもの。母と娘が笑っている。親しみを込めて互いを呼び合う。


　ごらんなさい、お母さんが植木鉢の土を掘ってる。聞いて。鳥が天空に届きそうな口笛やさえずりを聞かせている。娘は揚げ物を味見し、指をなめた。蝶はすべてを見ている。お日様の匂いがする。

　笑いが起こる。何をしているの。

　笑いが続く。私たち、何してるのかしらね。

　バルコニーと口笛。鳥と口笛。母と鳥。バルコニーに植木鉢が届いた。母は手で土をこねる。新芽が顔を出している。


どの果実にも旬がある。サーワン月*とバードン月**にはジャームンの実が木からポタポタと落ち、夏になるとマンゴーが熟れてはじける。冬には真緑色のオウムたちが青いグアヴァを寝ぐらにし、家族の集まる光の季節になると、あちこちで口笛の音が鳴り響く。口笛を吹けば吹くほど、それぞれが自己認識を高めていくもので、そうした認識への到達は、涅槃に到達した者だけが得られるものではなく、いや、むしろ声をかけてきた者たちはみな、ああだ、こうだ、そうだ、と主張する。私たちはここにいる！　強く強く音を鳴らし、近くで音を発する物を微笑みで受け止める。

　圧力鍋の笛。炊けました。止めなければ焦げてしまいますよ。鍋の笛が鳴ると、食べ物と一緒に娘も調理されていく。それを見ていた他の鳴り物たちは、自分が音を出すとどうなるか、つい試したくなりうずうずしている。そんな事情で、みんなで一斉に音を発したり、笛を鳴らしたりした。電話、呼び鈴、落ち葉、黒い鳥。

　娘のせいではない。ただ慣れていなかっただけだ。音がするたびぎょっとして、どこから音がするの、誰の仕業なのかと視線を移した。音のしそうな機器から機器へ。やがて音を鳴らす喧噪自体に対して復讐心が湧く。娘がティーカップを持ち上げたとき、圧力鍋がけたたましい音を鳴らしたので熱々の紅茶がこぼれた。自分の書いた記事を直そうかと座ったときに呼び鈴が鳴って、誰それさんが母に会いにやってきた。守衛が顔を知っている人たちには伝えてあった。甘やかされた子供みたいにむやみにピンポンピンポンと呼び鈴を押せば、娘がびっくりして転んでしまうからやめるように、と伝えてあった。いまだに母の携帯電話の音が聞き分けられずにいる。娘には、けたたましく鳴り響くお客の携帯電話の音と区別がつかない。ありとあらゆることに対し、娘は振り回され、ぐらついてしまう。

　鳴った。鳴った？　電話？　呼び鈴？　小鳥のさえずり？　扉？　立ち上がり、今にも飛びかかりそうな勢いで扉を眺める。

　私が開けます。メイドが手を拭きながらキッチンから出てきた。

　娘は、見たこともない人を見るような顔をして呆然と眺めていた。この先もそのリーボックには慣れないだろう。見慣れた人といつもと違う場所で会ったら、誰かわからなくても不思議はないのかもしれない。リーボックがパタパタと音を立てながら扉の隙間から滑り込んできた。思い出した。こんなふうにパタパタと音を立てて歩く人がいた。私はこの家の外の人間か、それとも中の人間か。そしてこの人は？

　娘は瞬きをして目をパチパチさせた。これは私の家の扉、あれではない。ここにいるのは私で、家の中にいて、あの人は外からやってこようとしている。この家はあの家ではない、この家は……、嫁が入ってきてブランコに座る義母の足下に触れている。そちらへ娘は体を向けた。ここは私の家だ。

　おや、母は言った。

　嫁は声を出して笑いながらブランコに座った。お義母さん、ブランコですか。

　母は私の家でブランコに揺られている。娘は自慢に思うこともできた。しかし、即答するのに必要なのは即座に理解できる頭の回転力であって、呼び鈴や時計

＊インド暦の五月。西暦の七、八月に相当。

＊＊インド暦の六月。西暦の八、九月に相当。

の鐘に反応する瞬発力ではない。時は過ぎ、母は嫁に家の案内を始めた。

この家は間仕切りがないの。見て。杖をくるくる回す。ここが廊下。その奥に書斎、そっちの奥はテレビルーム、こっちの奥が書庫、そして最後がティールーム。引き出しを開けてごらんなさい。中にティーポットと紅茶を入れる道具がぴったり収まってる。紅茶を淹れて、お閉めなさい。あなたも自宅をこんなふうにするといい。母はパワーポイントのプレゼンテーションでもするように杖を振り、嫁が真似できるように、自分の家のように紹介してみせる。この窓の向こうにニームの木。ここにはピーパルの木。昨日はここにカワリサンコウチョウが羽を休めていた。こっちは予備の部屋。遅くなったらここに泊まりなさい。これは私のベッド。ゆっくり立ってバスルームに行ってごらんなさいな。壁が支えてくれる。安心よ。でもこの人、寝ないの。懐中電灯をつけて何度でも起きるの。あの子も損な役回りだこと。

何が損なものですか。嫁は家族の一員らしく褒めそやした。当てこすりではない。一緒に過ごす相手ができたんです。母と娘の特別な時間。鳶がチラチラとこちらを見ている。貧しい家の皿だ。支離滅裂な絵だな。ナンセンス、そうでなければヌード。今日のアートで可能なのはこの二つだけ。アダムの時代の椅子。色とりどりの食器、セットで揃えようとはしない。テーブルクロスのかわりにバナナの葉。ゴム製。絨毯の代わりに何かの草で編まれたマット。カーテンの代わりに鳥や馬やらくだを数珠つなぎにした飾り。厚紙で作られた小舟型のボウルにクルミと果物。冷蔵庫の中の色彩は混沌としている。キッチンはオープン型で目の前にメイドがいつもいる。籐とジュートのソファやスツール。壁は牛糞を塗りたくったように汚れていて、村の小屋でも建てたかったのかと思わせるほどだった。見えないくらいほんのわずかに嫌みな笑みが口の端に浮かぶ。部屋のない家。不要品業者から買ってきた家具。こんな家はただでも住みたくない。

しかし嫁はそんなことはおくびにも出さない。オーストラリアにいる息子に電話したが不在だった。折り返しの電話では、息子にとって叔母にあたる人の家を褒めたたえた。とにかく変わった家なのよ、飾っている写真は新聞や雑誌の切り抜きで、例えば、生きている木の幹や枝を囲むように建てられたウダイプルにある家の記事。いいえ、木はなかった、何もかもたわんで歪んでいるの。あなたは若いからいい、向こうへ飛び、こっちへ戻ってくれれば済むんだから、そんなふうに話した。私はあんないびつで難しい椅子やブランコに座ったら転げ落ちてしまう。とにかく低いの、下に目線を落としておかないと、足をぶつけてしまう。お医者様にも禁じられてる。あんなに低いところに座るのも、腰をかがめて過ごすのも、腰や膝に悪いんですって。ええ、それで？　そうか、という息子の言葉に合わせるように、ええ、と言う。あなたのおばあちゃまだって、あんなに腰をかがめなくてはいけない生活に慣れてはいませんよ。あなた覚えているかしら、おばあちゃまのためにベランダの椅子の脚の下にレンガを置いて高くしたでしょう？　なのにおばあちゃまは気に入らなかったの。歩行器をおばあちゃまのために持ってこようかしらと話したの。置いておけば使いたくなるかもしれませんから。家具がなんだか芸術的すぎるの。気をつけて歩かなくてはいけないでしょ。転んだら大変。

いいえ、違う。娘はそう言いたかったはずだ。ここで人をつまずかせるのは低さでも揺れるものでもない。けたたましい音だ。

まあ楽しいこと、母は言った。母はおもちゃ箱をひっくり返すように家を紹介し、嫁は厳しい視線で隅々まで検証した。

アンマロクのチャトニーを持っていらっしゃい。一番搾りのバターミルクを飲んでからよ。ベルノキのジュースは飲むかしら。庭師がどこかから採ってきてくれたの。

ああ、何でもある。家財道具一式揃えてくれたのね。大根のパラーター？　まあ。いい料理人を見つけたわね。家がキラキラしてる。メイドも置いてるの？　あらそう。週一度だけの掃除なんてインドでは通用しない。嫁が褒める。お義母さんがこの家を家らしくしたんです。

母はすっかり満足したような顔をしている。嫁はさらに絶賛し、うれしそうな様子を見せる。義妹は浮世離れしたところから現実に降りてきた人だ。自分の人生がいかに普通と違って自由かと思い上がっていたのに。今や私たちと同じ地平に立っている。天地がひっくり返され、壊され、滑って転んで、ぱちんと割れた。

こんな活動的な人生に嫉妬など存在しない。嫁が義妹の人生をうらやましがることはない。しかし義妹が思わぬ人生を歩むのを見るのは楽しいものだ。

　嫁が本当にそう考えていたのか、嫁と小姑のステレオタイプに当てはめた物言いであったのか、それは誰にもわからない。人間関係の慣習において与えられた役割を演じている。ほとんど惰性でその行動を選ばされ、見させられ、聞かされる。その檻から関係性が引きずり出されたのか？　そうだとして誰がそんなことをわざわざ分析する？

　娘の心は沈みに沈んだ。この夜明け、待ち焦がれていたものではなかった。出立*のときには、友よ、どこかで見つかると信じていたのに。

　あなたのサリー。ホーリー祭であなたが買ってくれた。襞をつけた。ああ、サリーの半分以上を腰に巻きこまなくては。持って行きなさい、あなたが着なさい。どうしてよ、気に入らなかった？　なぜ着ないの？　香水《イトル》をかけましょう。ミッティのイトルよ。チャンドニー・チョウクに行ったの。確かめて。ここにサインがいるとあの人が言うんです。この書類にも。お金が要る？　取っておいて。娘たちからはもらえない。いつお帰りになります？　なぜ耳の穴を掘っているんです？　ちゃんと聴こえていますか？　どこにも行かないでくださいね、何か大変なことになりますから。私、耳鼻咽喉科に行くんです、一緒に行きましょう。

　息子は何してるの、来られなかったの？　母は声を荒らげた。

　娘は観客になって見守り、話を聞いている。ステージを見るように。目の前で起きているのは芝居か、それともすでに起きた事象なのか。

　そしてまた呼び鈴が鳴った。玄関？　鳥？　圧力鍋？　お母さん？　心臓？　電話？　ＫＫ？　出ていらっしゃい、今すぐに、私の生活を見ればいい、わざわざ見せるようなモラルなどない。ヴィシャーカパトナムから来たに違いない。

　母の電話だった。もしもし。もしもし。お母さん？　いいえ私。いやねえ、私ロージーおばさんよ。こんにちは、ロージーおばさん。

来てるの？　もしもし。しばらくじゃない。ええ、ええ、いらっしゃい。いつでも。娘から住所を伝える。あの人？　ヒジュラーの？　おばさん？　嫁は尋ねた。あの人もここへ来るの？

来ますよ。

娘は嫁が聞いているのを聞いていた。難しくありませんよ、ロージーおばさん。母はここにいますから。もうすっかり元気です。橋を二つとも渡ってください。バス停のところから道路を渡ると、目の前にお店があります。左手にあるのがル・マルシェ。ル・マルシェ。フランス語です。町の人はみんなラ・マートとかラ・マルシュとか呼んでますけど。その先にラウンドアバウトがあります。そこを真っすぐです。

伝統の環境の中にいれば、物事はシンプルになる。娘の機嫌がややよくなったのは、そうした算段の結果だ。私たちの家にタブーはない。ほら、見てごらんなさい、お母さんの声があんなにもはっきりしている。ここに生気のない者はいない。

ロージーがリーボックに退場を告げたようだ。さて答えて、王様は誰？

母に決まっている。だれも気づいていないが。

そんなある日の出来事。または夜だと言ってもいい。また別の呼び鈴が鳴った。

眠っては目覚める娘の目がぱっちりと開いた。呼び鈴らしい呼び鈴の音ではない。とはいえ、どんな呼び鈴が呼び鈴らしいのか。母が自分の造語を増やしているのか。娘はほの暗い闇の中で目をこらした。母は眠っていた。しかし、だからといって、それは何の違いもなかった。音はまた鳴った。

カラン、ピン、チン。

腕輪《チューリー》。母の手首の。

二本のチューリー。その間で安全ピンが揺れている。これが私を起こしたの？　娘はうんざりして寝返りを打った。

しかし。チューリーも引き下がらなかった。鳴らすのをやめるなんてとんでもない。これは母の仕掛けたいたずらなのか。チューリーを鳴らましょうね、そうすればあなたは別の部屋でよく眠れるから。

夜はまだ始まったばかり。夜が明けるのはまだ先だ。

＊ファイズ・アフマド・ファイズ（一九一一〜八四）の一九四七年の詩。パキスタンの詩人、社会活動家。

二本のチューリーが音を鳴らし始めた。娘が深い眠りに入ろうとしていたときだった。薄くて光を放つガラスのチューリー。母はチェーンや金属製の腕輪《カンガン》は外していたのに、家族の助言があったのか、スシーラーに言われたのか、あるいは他の誰かのアドバイスか、母が自分の意思でこのガラスのチューリーだけ外さなかったのか。もしくは、このチューリーも世界から自由になり、自分だけの居場所を手に入れ、音を鳴らし始めたのだろうか？

どんな音にも動じない娘であった。何人もの恋人や、かつて夫だった人のいびきの中で眠りにつくことのできた娘が、たった二本のチューリーに敗北感を感じ始めた。母が起きる、サンダルに足を突っ込む、扉をギイイイイと鳴らして開ける、電気をカチッとつける、水が流れる、こうした音にはどうにか起きずにいられたが、この二本のチューリーの音は娘の気をそいだ。他の音はどうにか我慢できたが、もう限界だ。詩人が歌っていなかったか。しばしば中流を漂っていたはずの小舟が岸辺を前に沈む、さて、これはいかなることか。

音を鳴らしていたのか、それともあれはおしゃべりか。冷やかしなのか、あるいは何かの陰謀か。あえて軽くしたのか、わずかな動きでも鳴るように。ちょっと跳ねて、ちょっと飛んで、ちょっと滑って。眠気を奪い、徹夜をさせる。一晩中、踊ったり歌ったりして。どんなに娘が体を丸めて縮こまり、耳を塞いでも、チューリーは楽しげに気取っておしゃべりをする。眠っている母が上げた手をどこかに下ろし、娘はびっくりする。お母さんは、わざと強く叩きつけてカチンと音を鳴らしているのかも。

チューリーの衝突音。他の人なら、チリンという軽やかな音で表現するその音が、娘の耳の中でしつこく鳴り響く。耳にアンテナが立っているかのように。小鳥のさえずりまで拾う。二本のチューリーは、そんな調子で一晩中おしゃべりを続け、騒音の定義は沈黙のなさと同義となった。騒音と沈黙の強弱にいったいどんな関係があるのか。大きな音は効果がなく、小さな音が耳をつんざく。ハリール・ジブラン*の柔らかな声。ガリバー旅行記**。象と戯れる蟻。

眠れない夜、追い詰められた娘は悪霊がチューリーになって自分を破壊しに来たのかとまで考えた。働く女性として誇りを持っていた。鳥のように自由であることにも、女性の権利を有するリーダーとしても。だから今こそしっかりしなければ。家庭に収まるような人生は求めなかった。そんな器でもないのに今それを手にしろと言われている。あなたは今までもこれからも誰の役にも立つことはない。家庭にも収まらず、根無し草で、完全に孤独でも、KKといるわけでも、仕事一筋でも、遊びに夢中でも、目覚めているわけでもなく、いつでも眠く、眠りたいと思っているのに眠りさえも曖昧だ。カンカン、カランカラン、くちゅくちゅごにょにょ、ひそひそ。こうした言葉の意味は知らないが、間違いなく喧嘩を仕掛けている。時には、いがみ合いぶつかり合うこともあるようだ。――私はあなたより美しい、君は私より貧しい。いやいや、そうじゃない。どちらにしたって目的は一つ。私を眠らせないこと、耳の中で鳴り続けること。キー、キー、キキー、カーン、カーン。

娘は二本の饒舌なチューリーと一夜を過ごした。母の願いが心の中に忍び込む。別に寝た方がいい、私が客間に行くしかない、お母さんを運ぶのは無理だから。

起きてみると、広大な世界のようにベッドの上で手足を伸ばしているはずの母がいなかった。なのに二本のチューリーが耳の中でわんわんと響いている。鼻の中には潰したにんにく。これは二本のチューリーが仕掛けたいたずらか？

にんにくの香りがして娘の目はぱっちり開いた。チューリーの音が頭の中で鳴り響いている。母は隣にいない。娘が朝になってようやく眠気に襲われたところで母は自分で起きた。きっとそんなところだろう。娘がよろよろと部屋を出ると、バルコニーで母が空を見上げ声をかけている。近くに紅茶を置き、草木をなでたり、土を掘ったりしている。

娘は驚いて広間に出ると、ロージーとともに物を盛

＊レバノン出身の詩人、画家、彫刻家（一八八三〜一九三一）。

＊＊ジョルジュ・メリエス監督のフランスの短編無声映画。

大に散らかしている母がいる。にんにくを叩き潰した香りが漂った。

あららら、ロージーおばさんが声をかけてきた。倒れてしまうわよ、ベイビー。

あの人が私をベイビーと呼ぶのが気に入らない。母が黙って起きたのもいやだ。また紅茶を淹れたの？ それから、にんにく？ 扉を開けたの？ こんなに風が強いのに。抜け目ない。忍び込んできたのだ。

ロージーの入れ知恵だ。イボやホクロが大きくなるのを母は嫌がっていた。だから潰したにんにくをそこに塗りつけた。

母は手足を広げて座っていた。ところどころにペースト状のものが塗られた。にんにくのかけらが母の皮膚にこびりついていた。骨の髄まで体をひっくり返されていた。血管も内臓も解放され、そこを通る血も息も、命もむきだしだ。

そんなふうに母がだらしなく座るのが気に入らなかった。

ほら見てごらんなさい、ベイビー、あなたのお母さんの座る様子を。ロージーはそう言って笑った。メヘンディ*を手に塗り何もできず、どうしようもなく座っている少女のようだった。

にんにくで焼くのよ、ベイビー。ロージーは説明した。見て、バンドエイドで一枚一枚押さえてみたの。においは消えたわ。

全然におわないでしょう。あなた、元気なの？ 娘は微笑もうとし、それからにんにくの皮を床からつまみ上げ、キッチンのほうを向いた。

自分自身に怒りを感じていた。やっとのことで朝まで眠れたというのに、なぜ母は黙ってこっそりベッドから抜け出したりするの。夜中に母は賢く息をひそめてそっと抜け出すから、母の寝息で私が目を覚ますことはない。母の服や体を触って、安心しているのは私のほうだ。母は私に空間が必要だと考えている。私に空間を与えようと体をよける。私は母の無事を確かめようと、母を追って体をずらす。母がベッドの端まで体をずらせば私が母の真横にぴったり体をつけるから、ベッドの大部分が空く。だから母は私より先に眠りから覚めたのだ。

あとから娘は考えた。警備員が連絡をよこしたかもしれない。何か言ったのだろう。女性の誰それが来たとか、男性の誰それが来たと。そして中に入れた。私は眠っていたが、母がインターフォンに出た。それで起きたのだ、きっと。それに、ロージーおばさんが来ない理由も特にない。そういうのは外でやってくれとうるさく言う人間は、ここにいない。

　娘は小さくなってバルコニーに座り、横目で母とおばさんを眺めた。ホーリー祭のご祝儀でももらいに来たのだろう。母は、しばらくね、などと言っていなかったろうか？

　こうしてロージーが出入りするようになった。風が吹き込むように。

　いつとはなしに入り込む。風のように音を鳴らす。帰ってもなお、おばさんの存在は家を満たし、あらゆる形の痕跡を残した。あるときは鉢植えを持ってくる。あるときはコリアンダーを一束。またあるときは、オールドデリーのおせんべい《パーパル》、イモと豆のお団子《バリー》、漬物《アチャール》。家を新しい香りで満たす。おばさんの香りだとはっきりわかる。

おばさんは何をつけてるの、娘は母に聞いた。ああ、何かの香水《イトル》ね。やだ、ローティーまでイトルの香りがしてる。お母さんからはにんにくの香り。

そんなことはない。今ちょうど髪を洗ったところだもの。ハーブのシャンプーで。その香りならするけれど。

　でもどうして頭にタオルを巻いてるの？　陽がさしてる、座って髪を乾かしましょうよ、娘は言ってみた。いいえ、母は小賢しい声で答えた。少しタオルに巻いて乾かすのがいいとロージーに言われたの。そうしないとナチュラルオイルが風や日差しで蒸発してゴワゴワしてしまう。

　髪を黒く染めるようには言われなかったの？　失礼なことを言うつもりはなかったが、ロージーはなぜ母の皮膚や髪やいぼのことばかり蒸し返す？

　染めたほうが良ければ、あの子が染めるように言うでしょ。あの子は美容院で働いてたの、だからやり方を心得てる。ムンゴーリーを味見してみなさい。熱々よ。もう柔らかい。カリーに入れてはいけないわ、硬

＊ヘナという植物のペーストで、お祝い時に肌に模様を描く。祝福や魔除けの意味がある。

くなってしまうから。火から下ろすときに入れなさい。

ロージーの軟膏を母が塗る様子を毎朝見た――アンマロク、タカサブロウ、ブラーフミー、そしてヘナを一さじ。これらを煎じ、すり潰して混ぜ、ロージーは薬瓶に詰めた。母は毎日それを冷蔵庫から出すと指の関節を使って髪の根元にすり込み、指に巻き付いた抜けた毛の束を娘に渡して捨てさせ、昨日より抜け毛が少ないでしょうと言う。それが終わると青く染まった爪の色をレモンの皮で落とし、娘を困らせる。まだ柔らかいから捨てないで、使い古して青くなり腐ったレモンの皮が机の上で娘を眺めている。

人生における新たな展開。痛い痛いと言っていた母と叱咤激励するロージー。

もう、神経質なんだから、お姉さん。

あら、傷ができたかしらね。見てちょうだい。青くなってる。母が笑い出す。

どこかにぶつけたんでしょ。

いいえ、扉でゴツンとしただけ。

それをぶつけたと言うの。まあ、お姉さん。ボロボロじゃない。

どこもかしこも叩かれてしまってねえ。扇風機の風も私を叩くの。

ねえベイビー、ロージーは娘を見て言った。あなたのお母さん、一六歳になってしまったみたいねえ。風が肌を傷つける。聞こえてる？　ベイビー。

もちろん聞いている。お母さんがお姉さんになってしまった。私はどこにいた？　私はどこにいる？　言葉がすっかり入れ替わった。私に一言もなく？　どうしてお母さんがお姉さんになるの。私だってお母さんをお母ちゃまと呼んでみようか？

夜明けに麻袋を抱えてやってきた。娘が目をごしごし擦りながら出てみると、バルコニーと部屋の間に布が敷かれていた。目の前にロージーがいる。お母さんは？　白と金の布に包まれツタンカーメンのように座っているのが見えた。小さな頭を外に出している。エジプトのスフィンクス像。

お母さんがあんな姿に！　茫然自失。

これは何？　娘は訊いた。なぜ布に隠れているの？

だってお姉さんは山羊の耳だからよ、ロージーは大笑いして言った。耳を隠してる。

娘はくだらない冗談だと思った。やりたい放題やっている。

やがて判明したのは、サリーを着るのはお母さんには大変な手間で、そのうち身長が縮み、そうなると昔の麻袋のように生地を二重にして襞を寄せ腰に突っ込まなくてはならず、ペチコートの裾を常に持ち上げることになる。そんな厄介事から母を解放するためにロージーが勧めたそうだ。ガウンを着なさい。私が作るように手配する。

仕立て屋に。ラザという仕立職人がいる。

朝も夜も寝間着を着るつもり？　気まずそうに笑って娘は尋ねた。笑ったのは、人前ではああしなければこうしなければなどと見栄を張る中流階級特有の悩みはなかったからだ。それでも気まずかった。娘の管轄外で決められた。娘の意見を聞くつもりもない。私が眠っている間に好き放題やった。これから先、朝ごとに母が新たな王国を広げていくのに慣れなければならない。

（アメリカから帰国したシドも毎朝ジョギングのあと不意に来訪し、KKは断るのも気にせず立ち寄った）

寝間着じゃないわ、ベイビー、ガウンよ。

ドレッシング・ガウン。くだらないと思いながら娘は口にした。

イヴニング・ガウン、デイ・ガウン。ごらんなさい、あなたも欲しいでしょう。

ハンカチを入れておくポケットもつく、お母さんのリクエストなの。

ええ、そう。ハンカチ、カルダモン、ペン、ロージーのリストは増える。

象、馬、駕籠。

きれいな刺繍。

派手ではない。

布を選んでいた。あまり派手にならないように、落ち着いた色合いで縁取りは手が込んでいて軽く刺繍が施されたものがいい。

お母さんがヴィクトリア女王みたいに変身したら、あなたも選びなさい、ベイビー。トイレに行くのが楽になる。両脚の間でバサバサと布が束になることもない。

どんなことでも口にする。ヴィクトリア女王、山羊の耳とか何とか。そして今だ。

何はともあれ、母の服装は決められた。ロージーは生地にデザインペンで印をつけて裁断し、仕立屋のラザのところへ持っていく。娘の家の鋏や糸や針やメジャーは、あるときはバルコニー、またあるときはブランコ、または机、ときには書斎机に置かれた。

そうなるのは次から次へと話が飛ぶからだ。反物から切った生地から端切れが出ると、母が捨ててはダメよと言う。やれ小さな袋とか、ポケットつきのバッグとか、ハンカチとか、子供の頃に遊んだオウムや猿のぬいぐるみだとかを作り始めた。そこにビーズで鼻と目をつけた。マッチ棒で家や自動車を作りましょう、ビンの蓋を車にする。庭師やメイドの子供たちの玩具ができる。娘や家族にはバッグや袋、残りはロージーの儲けにすればいい。

ところが話題は話題を呼び、集合住宅の住人までこの流行病《はやりやまい》に感染し、不要品を母やロージーに渡し、代わりに揚げ菓子や簡単に作った手芸品をうれしそうに持ち帰った。

実を言えば、それはゴミでありゴミではなかった。母やロージーの合意なく捨ててはいけなかった。容れ物、ガラス瓶、紙箱、割れたコップ、皿、ボタン、果物の皮、丸太、石、羽、コイン、これらすべてを集めては蘇らせた。動物や、何だかわからない物がいろいろな物になった。

母の髪の毛はロバの尻尾になった。毛先は整えられた。枝毛のままでは髪を美しく豊かなまま伸ばせないでしょう?

そして母は美しく刺繍の施された上っ張り、あるいはガウン、あるいは何とでも呼んでいいものを着るようになった。家の中を歩き回ると風が流れて対流した。そのうち母は階下に降りるようになり、隣人と芝生に座ったりもした。通りの向かいの緑地帯にある中世の霊廟の階段に、ロージーと腰掛けるのを母はとりわけ好んだ。

お祭りがあるとロージーおばさんが来ていたのを娘は覚えている。母の様子を見に兄の家に寄ると、偶然出くわした。母のために芝生に椅子を出し、芝生の後

ろにある門から――それは小さな門でガレージの横にあるのだが――ロージーは中へ入ってきて、手を合わせ、娘を見つけると頭を手でなで、おやベイビーいらっしゃいな、元気でね、いつ来たの、などと話しかけてきた。

　当時はベイビーと呼ばれても気にならなかった。

　ロージーおばさんは体格がよく、カラフルなサリーを着ていたが、ときどき裾や袖のゆったりしたタイプのものも身につけた。金糸や銀糸で星の刺繍の縁取りが必ず施されていた。ブラウスやショールもそうだ。蔓草や花が刺繍されていた。ブラジャーは昔の映画女優が着ていたような形で、先が山のようにとがっていた。おばさんは踊らなかったし、人前で踊るのを生業としているようでもなかった。声は少し低かったが、普通の女性の声と大差ない。母と一緒に品良く座っていた。母は話すと祝儀《ネーグ》を渡し、軽食を出した。娘が覚えているのはそれだけだ。たまの出来事を人はどれだけ覚えていられるものだろうか？

　それがかつてのロージーで、今は毎日《ローズ》。カーブルの行商人のように大きな袋を持ってやってくる。娘が実際に子供《ベイビー》だった頃、袋に何が入っているのとカーブルの行商人に尋ねたことがある。行商人の袋から象が出てきた。

　それが象ではなく仏像だと娘が知ったのはずっと後だ。一番上の棚にある本を捜して脚立に上ったときだ。

これが？　ここに？　誰がここに置いたの？

　ロージーよ、母がそっけなく答えた。

　日常は起きていることにヴェールをかけてしまう。起こったことが明らかになるのは、物事の大半が起きたあとだ。多少なりとも娘は反発したが、十分すぎるほど心は押し潰されている。かわいそうなお母さん、杓子定規に物事が進むあの古い家で、どんなに壊れて傷ついてしまったことか。こんなにも縮こめられ小さくなり、行方不明になった。無事に見つかったお母さんのことを忘れはしない。もし何かあれば皆が後悔の念にさいなまれていただろう。ここには母と娘だけの平和で貴重な時間が流れ、お母さんが元気でいることが何より幸せで、カラフルな杖がコツコツと音を立てるのもうれしく、すべてが陽光に照らされ揺らめくのも素敵で、人が自由に呼吸できる、そんな空間だ。お母さん、心ゆくまで生きて、そんな願いが娘の心からあふれ出す。

あなたが思い出すかどうかは別として、ある物語が想起される。こよなく樹木を愛していた人物が、その木の発芽を喜び、花が咲いたことを慈しみ、風にそよぐさまをたいそう誉めそやし、朝に夕に声をかけていたので、孤独を感じることはなかった。紅棉の木はたいそう喜び、あちこちにふわりふわりと花を咲かせた。大きな大きな花がポトンポトンと落ちる。自動車が木の下を通り、辺り一面に舗装された道路ができた。掃除という厄介な問題が立ち上がった。こうなったらやるしかない、こよなく木を愛していたはずの人物が深く愛し賞賛した木を切り倒した。

あるいはこんな話を思い出すかもしれない。それはたとえば、アメリカは恥知らずな国だと言っていたはずの人が、渡航のチャンスがあると見るや、甘い声で囁き招かれると、よだれを垂らして行くというシナリオ。

物語を回想する、あるいは回想していると仮定しよう。小説家を自称していた女性の話だ。都会を口汚く罵ることを人生の柱とする人だった。私は外出する。ペンがあれば、ノートがあれば、二冊の本があれば、そして自然があれば、ほかは何もいらない。それらの物を携え、小説を書くために、とある森の小屋へ向かった。小屋は素敵な丘の上に建っていた。風の良く通る、空から吊るされているような部屋だ。ペンを出し、紙を広げ、小説家は腰掛けた。新しい人生が始まった、人生らしい人生が。やってきた。真新しい命という命が。小屋には風が自由に行き来し、ありとあらゆるものが風とともに訪れては去った。始まりは始まりの時に始まる。作家はうっとりとして、理想像が花開くのを見守った。風が吹くと、木の葉が、茎が、草のかけらが、小石が飛び込んでくる。わあ、森だ、わあ、自然だ、作家のペンはすらすらと生き生きと進んだ。ところが自然は死に装束でもなく、風の小屋は棺でもない。それを作家は知らない。ここにあるすべてのものは生きている。そうでないものは後押しすれば生き返る。死体から新たな植物が生えてくる。追憶が忘れられた物語を蘇らせる。など。等々。刺激を受け触発された作家は、自分の目を信じることも、耳を信じることも、自分の愚かな脳を信じることもできない。すべてが生きている。ただの土くれだと思っていたものが実は昆虫で、突然走り出したりする。木の葉だと思っていたものが羽を持つ生き物だとわかる。小さな子供が初めて絵を描くときに使う棒切れのような小枝が、壁の上で突然くるりと回ってどこかに行く。そしてあろうことか、天井裏でかくれんぼをしていた鼠たちが、紙がまっさらでそこに何も書かれていないのを認めると、ぽとりと落とし物をして自分たちで何かを書きしたためる。小説家は青ざめた。風はただそこにある。上にあるものは上に、下にあるものは下に。ぶるぶると震えている生きとし生けるものの住空間に死んだものがあるとすれば、それは彼女だ。自然への愛は遠ざかった。むしろ憎悪していた都会的なものの記憶に近づきたくてたまらない。憎しみと愛情が同義語であるかのように。

この逸話が私たちの物語とどんな関係があるだろう。娘はありとあらゆる面で母の生活を整えた。誰の出入りも禁じない。新たな食事スタイルや衣服を見ても笑ってやり過ごしている。バルコニーがジャングルと化しても好きにさせた。ＫＫが許可なく勝手に出入りすることも認めた。娘が外出から戻ると、ＫＫと母とロージーがおしゃべりをしていた。もちろんロージーはいつとはなく愉快そうに訪ねてきたが、あれやこれやと言うつもりはない。ロージーが母の足の爪を切っているのを見て胸がざわついたかもしれないが、それもほんの一瞬で、声を掛けてくれてもいいのにと思う程度であった。熱中できる物事を見つけて二人は夢中になっていた。母がこんなに自由を謳歌できるのは、私が自由を確保してあげているからだ。ジレンマは多少なりともあった。しかし、だ。

その先はすべてに〝しかし〟がつく。

そうだ、母が自分の仏像を渡すために家を出たというのは少し間違っている。どこかに出かけようとしていたロージーが、街角で母とばったり出くわし、家に戻るよう促したが、兄の家に帰るはずの母は家の門を間違え、隣の門に入ってしまい、次はその隣、またその隣をさまよった。仏像をどこかにやる必要があったのか？　あるいは隠す必要があったのか？　娘はＫ・Ｍ・ムンシーの『ジャヤ・ソームナート』を捜しており、脚立の一番上まで上ったとき本棚の上を見て驚いた。ムンシーの本の前に、なくなった仏像があったからだ。子供時代の仏像。ずっと欲しかったのに、兄が禁じた仏像だ。

私が盗んだのだろうか？　娘はびっくりした。そして叫んだ。「お母さん！」

娘が手に持つ仏像を、泥棒を見るような目つきで皆が見つめた。そもそも下からは仏像もムンシーの本も見えなかった。

私がそこへ置いたの、ロージーが言った。

私が頼んだの、母が言った。母は手を伸ばした。ロージーは仏像を受け取ると母の前に置いた。

二人はうっとり見とれている。三位一体。

娘は三位一体を遠くから眺める。距離は距離そのものではなく視線がつくるものである。あるいは心のありようが遠ざける。ずっと恋い焦がれていたものが与えられた。私の家に運ばれてきた。私が同意しないまま、私の知らないうちに。

同意すること、知っていること、時として娘の感情をかき立て、それらがないと娘は不愉快な思いをさせられるもの。

風が、風が、風が吹いた。

風は変幻自在だ。記憶、痛み、願望、信念、虚栄、麗しさ、空想、芳香。
一陣の風で地球は回る。種は芽吹き、木に向かって伸びる。鳥の群れが緑の草の上に舞い降りる。自分を蓮の花、草を水と信じ込んで。水は草の緑となる。風は夜を夜にもたらした。太陽を雨の避難所に連れていった。風は太陽をくすぐって隠してしまった。雲は笑い転げてどっかりと腰を下ろし、雨になって破裂した。これが、お母さんの時間となり、風が吹くたび痛っ痛っと声を上げ、風の跡を見ては大喜びし、痛みにうっとりした瞳をして、呼吸と生命の振動が体に広がる。
誰も考えもしなかったことを考えてみようではないか。風が体内の水分をかき混ぜたらどうなるか。飛行機が高度二万七〇〇〇フィートの上空から七〇〇〇フィートまで降下すると、風は耳を詰まらせる。耳の閉塞は揺さぶられる間も続き、耳の奥にわずかな空気が溜まり、次の振動で痛みを伴うかすかな笛の音とともに漏れ出す。時に耳の詰まりは長時間に及び、外に空気を出せなくなり、そうなると笛の音は耳の奥の奥で大変な騒ぎを起こして鳴り響き、耳の下やどこかで暴れ回り、静脈となって頬の下でジタバタし、瞼の下をピクピク振動させ、あるいは翼のように眉の下で羽ばたいたりする。怖くなって西洋医師、イスラーム伝統医師、インド伝統医師を呼ぶと、体液のバランスが崩れたと言われる。だがバランスを崩したのは他でもなく風ではないか。何世紀も静止していた液体だって、永遠に静止してはいない。風は液体を揺らし、硬直したものに振動を与え、やがて少しずつぷるぷると動く。記憶、痛み、願望、非難は、母が風のかけらとなったとき回転しだすのか？

　肉体は家だ。風が家を吹き抜けるように、体を吹き抜ける。進路に立ちはだかるものを飛び越え、回り込み、ぶつかりながら、時にトンネルを作って風を通し、風の音を鳴らし大騒ぎする。障害を乗り越え、かわしていく。

　窓を開けると、閉め切っていたときとは風向きが変わり、新たな様式の風が新たなラーガを演じだす。壁は楽器となり、ハンピにある寺院の円柱のように音を奏でる。

　物語は今、娘の家に宿った。ここを訪れる人は皆、ペンと気が合ったということだ。兄から電話は入ったが本人は来ていない。では、なぜペンは兄について書くのだろう。

　こういうことだ。古くからの慣習で、家族で何かあれば長男の家に集まる。だからといって皆がこの意味を理解しているわけではない。つまり、長男に会う人は、長男に会うために来る。郡《タフシール》の視察から帰ってきたとき、警察官、タイピスト、村議会の委員が、上司に「少しの時間で結構です。我が家に寄って食事をしていってください」と頼むかもしれないが、兄が彼らの所へ赴くことはなく、彼らのほうが兄のほうへ寄ってきて、手を握り、感謝の笑みを浮かべて挨拶し、手厚いもてなしをする。

　男と暮らしている者についても、似たようなものだろう。兄と暮らす者はどこへでも同行するし、それがどれだけの期間であろうと共に過ごし、休暇を共にして戻ってくる。母は兄と暮らし、どこであろうと同居した。母のお金の手配、母の世話、母の生死に関するあらゆる取り決めは、口に出そうが出すまいが、考えようが考えまいが、兄一人の責任だ。

　だからペンは兄についてなお書く。そこに家族がいて、年老いた母がいて、扉があって、望むと望まざるとにかかわらず、兄がそこにいる。壁と壁をつなぐ扉は、もう一つの家、定年後の集合住宅に向かった。見た目は違ってもあの扉。そして今、母はいないように見えてそこにいる。小旅行に出かけているようなものだ。長男は電話をかけて様子を確かめる。

電話だ。兄からの。

家族との話し方を心得ている長男は少ない。電話で様子を尋ね、腹を割って話し、親しく内輪の話をする方法を知らない。命令するか、方法を提案するか、そうでなければからかったりするのが長男の話し方だ。父親のような厳格さをたたえながら、そのくせ心は長男らしく温和だ。長男は、無礼で、傲慢で、皮肉めいて、心配はするが、あれこれと話が飛ぶ。長男というものはストレートな愛の言葉を語る術を知らない。

(外部の人間と話すのはまた別の問題だ。政治談義や詩や映画の話題、その他共有できそうな話題が共有される)

お母さん、お父さんの車のナンバーは?

お父さんの車? 母は電話を持って体を揺らし始める。ブランコに乗って。

ああ、あのファテープルで買った車?

そう、ファテープルで手に入れた。

あの車のナンバーは?

ピンクのフィアットだった。今はもう見かけないわね。

ナンバーを聞いてるんですけど。

あの車を運転してラクナウへゴータムさんに会いに行った。あの方のお嬢さん、素敵な名前だった。ちょっと待って。

お母さん、ナンバーを知りたいんです。

知ってどうするの? カーンプルにも行った。スワループ・ナガルへ。あなた犬に噛まれたんじゃなかった。おかげで太い注射を打ったの。ペットの犬だった。

それが何? ナンバーは覚えてます?

名前は、アルガラーナンド。

犬の名前が? 兄は笑うしかなかった。

違いますよ、犬の飼い主の名前。

お母さん、フィアットのナンバーが知りたいんですけど。

いやね、覚えてると思う?

でもアルガラーナンドは覚えていましたよ。

あなたを噛んだからですよ。

その人が？

今はどうしてらっしゃるかしら。立派な方だった。

噛まれたのに？

もうやめてちょうだい。電話番号を調べて。水道局の方だった。いつか行きましょう。

いつ帰ってくるんですか？　帰ったら行きましょう。

長男は、まさにこの話題をするために電話をした。

休暇は楽しんだでしょう、帰ってきてください。家は片付きました。大きなベッドルームは、あなたとDが過ごせばいい。Dというのは夫婦同士の呼び名で、最初はダーリンだったのが短くなってDとなり、のちにそれはだめな人のDとなった。嫌なら隣の部屋でも構わない。少し狭くなるけれど、どちらの部屋にもバスルームが付いていて、両側に扉がある。

どうして。嫁は言った。開けていない段ボール箱がまだありますけど。開けたのは特別な物だけで、特別な物の半分も見つかってません。そこらじゅうに埃がたまっています。嫁はこうも言った。あなたには寝る時間も食べる時間もありません、お風呂にだって入れない、下着姿で外に出る、定年退職後の生活とはこういうものなの、糖分は気をつけているの？　そんな声が聞こえて、兄はオーケー、バイバイと言って電話を切った。

兄は飾らずに自分を表現することができない。電話をしたのは自分の胸が痛んだからだ。新しい住まいに荷物が収まっても、母は来てくれず、以前のように広くもなく以前ほどの使用人もいないことを母はどう感じるだろうかと考える一方で、妹のところで変化に気を取られているのも、支離滅裂で意味不明な生活を送っているのも、お互いの精神衛生にいいだろうとも思う。きちんと食事をさせること自体は良いことだし、妹のところに集まるショルダーバッグを下げたよくわからない集団と、母が行儀良く交流しているのもすばらしいことだ。地域の人たちも、母が良家の出身であることを知る。良いことではないか。

ショルダーバッグを下げた集団が、近頃は来ていないのを兄は知らない。集まってくるのは母の集団のほうだ。ロージー。最初に扉を開けたとき、手には大きな袋を抱えていた。その隣には興味津々で落ち着きのない警備員。もう警備員は来ない。だがそれ以外はみんな来る。不要品を持ってきて母やロージーが作った物を嬉しそうに眺めていく。やがてここで作った物を携え、ロージーは「がらくた屋《オッズ・アンド・エンズ》」という屋号で店を開く。夏の夕方になると、ロージーは母を連れて階下に下りる。霊廟の前に二人が座っているのが目撃される。ただ静かに座っている。何かの新しい受容体制のように。不要品の受容、ヒジュラーの受容。この世で何が受容されるのか、兄も他の誰も理解していない。

詰め物の綿や植物を刈り取った屑が舞って震える家。風が吹きすさび、レンガがレンガを鳴らし、新たな慣用句が生まれる。

孤独な家は娘の仕事を理解していた。敬意を持って静かに座っていた。娘は深夜まで身を乗り出して本のページを繰っていた。仕事の女神に敬意を表して。機嫌がよければ女神はそっと娘の横に座った。ひとりでにペンが立ち上がり、紙の上を走り出す。記事が、物語が、本が形になる。

このところ家は無防備だ。どのレンガも伸びをする。おしゃべりや雑談が絶えない。特に賑やかな人が現れると、壁はそれを楽しいと考える。

来客があると一緒になって戯れる。お客に軽く押されて壁は音を鳴らす。中に空気を送り込んだかのように。母が触れるときは比較的弱々しく、ロージーおばさんの肉付きのよい体があちらこちらを漂うと、どこからともなくピシピシと音がする。おしゃべりの相手をしている柱も框もキシキシと音をさせる。ロージーもまた、手を叩いたり、こっそり背中を掻いたり、ときにはふざけておでこをパチンと叩いたりする。壁がよく響き渡るのを知っているように。

母も試してみる。指の先から音階が現れる。脚が五拍子を刻む。レンガの中にジャルタラング[*]、ここにはタブラ、そこはムリダンガム、脚で叩けばガタム[**]、ブランコの鎖を揺らせば鐘の音、引き戸を引けばシェヘナーイー、埃を吹けば法螺貝、植木鉢を振ればダムルーだ。

仕事の女神が覗き込む。恐れおののく。ここは騒がしすぎる。私は孤独の神。細い小道からそそくさと抜け出す。

母は言った。仕事もしない、眠りもしない、目の下の隈をごらんなさい、あなたが客間で寝なさい。

母に同意はしなかったが、それでも暑さで弱り果てていたので受け入れた。

母は言う。そんなに暑くない、雨季になろうとしている。母は窓を開けるだけで喜んだが、娘は嬉しくない。そんなわけでエアコンをオンにして客間に横たわる。最後はチューリーの勝利だ。娘を外に追い出した。母とロージーが残していったがらくた屋のご立派な品々を押しのけ、痛む手足と疲れ切った神経を客用ベッドに投げ出した。

客間ではチューリーにしゃべらせない。KKとバリから持ち帰ったジャラジャラ音のする竹のモビールを下ろして鳴らないように包み、ロージーが作ったブリキ製のカンカン音のする羽のモビールと一緒に収納した。

母の様子を見にいく。とにかく今は元気みたい。私と一緒に暮らすようになって血色がよくなった。歩き回り食べて飲んで笑って陽気におしゃべりをする。

夏が去ったある夜のこと。何時間も降り続いた雨がやみ、空がぱっと開いた。月が雲の合間を縫って母の植木鉢に覆いかぶさる木の梢にとまった。母は椅子に座っていた。月のほうを眺めて話を始めた。独りで。あるいは月に向かって。

娘は母のところへ近づき、こっそり聞きたいと思った。でも起き上がらなかった。

起き上がったのはコーヒーの香りが漂ったからだ。目をこすりながら出て行くと、香りを放つコーヒーカップが見え、KKの手がそれを握っていた。私はどこに来てしまったのか、娘はあちらこちらを見回した。夜に家で眠り別の家で目覚めてしまったように思えた。睡魔泥棒がベッドごと娘を運んでどこかへ置いた。で

＊　水を張った金属または陶製のボウルをビーターで鳴らす旋律打楽器。
＊＊　素焼きの壺でできた伝統打楽器。

もそんなはずはない、ここは自分の家で、自分が好きなよう形作った住まいだ。

今までうまくいっていた。KKは長旅に出ていた。電話でもはぐらかした。今日はだめ、私が行く、母のことではない、いつも誰かが出入りするから、みんな集まると大変、気まずくなる、みんなが楽しくなくなる、そうでしょう。

なぜ行っちゃいけない。娘はどう答えればいい？　来てどうするの？　とても言えない。かつてのあなたは自分のラップトップをここへ持ち込んで仕事をし、私は自分の書き物に励んだ。周囲は静かだった。誰も来ない。一緒に料理をし、食事もする。

その合間に抱き合ってリラックスもした。夜には誰かを招くこともあった。KKは帰らなくてはならなければ帰り、泊まりたければ泊まった。合鍵があったから、空港やら何やらの用事で早朝へどこかへ行くとき、娘を寝かせたまま出かけた。

だが今、こうしたすべてがふさわしくない。

互いの顔を見つめる。見つめてほしくてたまらなくなる。

娘は下品だと感じた。プライベートなこと。人前ですることではない。

独りでいるときの私だけが私なのか？　人前では他人が望むように振る舞うべきなのか？　そうしなかった場合の報いは？　こうした問いはフェミニストたちのもので、それを解き明かす余裕は娘の人生になかった。

ええ、私から母に紹介する。

私は寝ていたのに、あの人はケニアから直行し、もう母と親しくなっている。

母が扉を開けたのか、それともあの人が勝手に入ってきたのか。娘の心に怒りがふつふつと湧いてきた。お母さん、どうして一人で起きるの？　倒れてもここには世話してくれる使用人がいない。一人で倒れるかもしれない、娘は母をきつく叱った。だってお母さん、あなたは一人で倒れていたじゃないの、心の中で付け足した。

ハロー、ハロー。KKが言う。

二人は無邪気だ。娘も無邪気になろうとした。私は消された。

一晩中起きていて、朝になって少し眠るの、母は言った。シャワーを浴びて体を洗って植木にじょうろで水やりをし、そばにコーヒーを置き、KKは隣に立つ。いつも起きて懐中電灯をつける。だから朝は静かに起きたの。

娘は無防備になった。

家の間取りは微妙に変わっていた。かつては外にあった物が、新しい地図上では都市をつくっている。

雨は降り始めている。なぜ植木に水をやるの。娘は母をまた叱った。

こんなにおいしいコーヒーがあるなんて聞いてなかった。それが母の答えだ。

あの二人は何を話していたのか？　娘は明かしていない秘密が一つ明かされたような気がしてうろたえた。服を着ていなかった娘は目をそらす。バスルームに行きガウンを羽織った。突然誰かやってくるかもしれない。庭師、メイド、みんな朝早くから来る。家族も、近隣の人たちも、いつとはなく。昔のようにだらしのない格好ではもううろつけない。

私は紅茶、苛立ちながら娘は言った。形式的に付け加える。コーヒーは朝食のときに飲むわ。

おはようもないのか、KKは耳元で囁いた。母をバルコニーに残してコーヒーを淹れにやってきた。

いつ来たのよ、娘は聞けなかった。どうして来たの、それも聞けない。元気だった？　そう聞くには優しい声が必要だ。何しに来たの、それは不躾に過ぎる。いつ帰るの、娘は少しむかっとしていた。

落ち着いて、KKは腕を回してくる。彼女、いいね《シー・イズ・クール》。外にいて。母と一緒に。私もすぐ行く。きっぱり言った。

お茶を飲む間は一緒に座っていたが、会話は二人の間で進んだ。母はケニアのリフトバレーに突然興味を示しだした。二人の四方山話を放っておき、娘は身支度を調えに中へ入った。シャワーを浴び、窓際に立った。モンスーンのさなか、ニームの花の甘い香りがかすかに漂ってくる。やがて実をつける。その実は熟すとポトポトと落ちる。葉の中に小動物が隠れていて、いたずら心で狙いを定め、下を通る人の頭をめがけて投げるように。ニームの実は踏みつけなくても自ずとはじける。甘酸っぱい香りを放つ。

今は、すり潰したフェンネル、にんにく、コーヒーの香りが互いに競い合って、どれが先頭に立つのかわからない。ニームの実は踏み潰され忘れ去られるだろう。

ＫＫの声がして振り向いた。扉の前に立っていた。少なくともまだ入っていない。それだけの敬意は払ってくれた。

鋏を取りに来たんだよ、と小さな声で言った。不在着信を見てくれよ。君は電話に出ないし、朝だから自分で出かけた。鋏がないと髭を剃ってもらわなきゃならない、鋏がどこにもない。そんな言い訳をした。

少し腹を立てていたが娘が微笑む。そのまま横切ると、ＫＫは後ろから軽くつねる。彼女は飛び上がった。

その瞬間、呼び鈴が鳴った。

ロージーの到着とＫＫの出発だ。娘は考えあぐねていらついている。この人をあの人に紹介するべきか、あの人をこの人に紹介するべきか。不機嫌そうに見送る娘にＫＫがそっとキスをしようとしたが、身をよじって振り払ったことに彼は苛立っていた。そんなことしたら、みだらだと思われるじゃない。体を離して言った。鋏は置いていく、君の鼻の穴から毛が一本出ているからね、みっともないから切っておいて。不機嫌そうに出ていった。仕返しのように。

母親というものは時に詳しい。あれはパップーの剃髪《ムンダン》の年、これはムンニが馬車から落ちて前歯が折れた時刻、あるいは、うちの村のお寺でガネーシャ像がミルクを飲んで、それからインド中のガネーシャ像がミルクを飲み始めた年。またはジャンマンが天然痘にかかったのはこの季節。当時、おじさんが屋根から落ちて脚を折ったのをそれは詳しく話した。洪水が来て、家の穀物やらトランクやらが流され、みんなで屋根に上ると、大きな蛇が水中を漂っていた。村全体が池のようになったとき、政府が空飛ぶ台座を持ってきて、ロープのはしごで私たちを吊り上げて近くの病院に避難させてくれた。

このような時も、そのような母親も、今ここにはいない。誰となくここへやってくる。古くからの知り合いも、新しい友達も、朝な夕なにおしゃべりに来て、縫ってほしいと頼んだり頼まれたりして作ったバッグを受け取り、家の不要品を渡し、あなたこれで何か作ってよとお願いし、お茶やおやつの休憩をし、さらに、シドが特に理由もなく何も言わずにいつでもそこを訪れた。最初のときなど、アメリカで課題を提出し、そのまま飛んで来た。ねえ、グラニー、おばあちゃんさ、どこに消えたかと思ったら、おばちゃんの家でパーティーしてたのか、僕が帰った途端に、おてんばさんだな。

　歴史家は、どの日どの時にどんな歴史的出来事が起きたか必ず仮説を立てる。何を大きな出来事と呼び、何を小さな出来事と呼ぶかで揺れ動く。それはいつであったかとリサーチを始めるかもしれない。シドが祖母に愛と叱咤激励を浴びせにやってきたのは何日か？　ロージーより前か後か？　ＫＫより前か後か？　倒れる前か後か？　病院の前か後か？　物語の作家は歴史家より何十万倍も優れている。ほんのわずかな瞬間であっても夢中になったものを壮大に描写する。それがどんな日であったにせよ、母の孫は到着した。叔母が扉を開け、ここに立つ人はいったい誰だろうと驚いた表情で立ち尽くした。シドに会うのは、いつも両親の様子を見に自分が出かけていった家だったからだ。

　インド人は朝も夕もなくいつでも訪問する。全員の顔がわからないこともあり、顔がわからないのは、あまり会っていなかったからでもあり、母のほうが人と多く会っていただけのことかもしれないが、娘が驚いた表情をしたのは、いつまでも人と会うことに慣れなかったせいだとも言える。近隣の人にこんにちはと挨拶もしない人に、砂糖やヨーグルトを貸し借りする関係性はわかるまい。植栽など言うに及ばずだ。母はベランダを小さな庭園にした。誰かが来て言う。おかあさん、庭師に言ってくれませんか、水やりをするなら下をよく見てほしいんです、うちはテーブルと椅子を出して朝食を取るんです、ゆうべ、水しぶきがかかったんです。それを聞いた母は慌て、ゆうべ水やりをしたのは私だわ、許してちょうだいね、おばあさんのしたことだから、目も見えなくなっちゃって、植木もわからなくなっちゃって、とそこまで言うと不平を言いに来た人は笑いだし、座って軽食をつまみ、庭をいとおしそうに眺め、やがて、土に挿すだけで増やせる木の枝を持ち帰った。

　それだけではない。近隣住民の間で木の伐採について毎年言い争いが起きたが、母とは誰も喧嘩しない。公園《パーク》を駐車場《パーキング》と勘違いされるこの街で、草花が青々と繁るのを見て喜んだ。木の枝を切るのを庭師に禁じた。庭師は笑って、おかあさん、聞いてくださいよ、娘さんだって闘っていたんです、それでも剪定させてくれますよ。木に罪はないでしょう、母は言葉を失った。

でもどうして。おかあさん。木にはいろんな物が住んでると言うでしょ。小さな虫やゴキブリ。その奥には蜘蛛。それからトカゲ。リスや鼠に鳥。木に登ってみてごらんなさい、中にテーブルがあり果物が置いてある。猫が忍び込む。猿は貪欲で、蛇は何世紀も前から這いずり回っている。そして泥棒は木に登って盗みをする。

そうなの、母は庭師をにらみつけた。取り除くなら取り除いておしまい、切りたいなら切っておしまい。枝を刈り込んでおしまい、私はここにいますからと番兵のように仁王立ちした。杖を銃のように構えて。いらない、太陽はいらない。そうよ、私は泥棒と蛇が欲しいの。

庭師やガードマン、みんなが笑った。母は母である。母を相手に近隣住民は闘えなかった。みんな母に会いに来る。娘は、まるで他人の家で客を招き入れるかのように扉を開けて道を作る。

イエス、叔母さん、シドは笑った。US帰りの純真無垢の野生動物、僕のこと、おばさんのお気に入り《ユア・フェイバリット・》の甥っ子《ネフュー》、シド、シド、熱々でフレッシュな、アメリカのベーカリーで焼きたてほやほやの僕だ。

それがアメリカだ。二日もアメリカという名のオーブンに入ればアメリカンなバーガーが出来上がり、他の言葉や味を忘れ、アメリカ人以上にアメリカ人らしく話すようになるが、一生変わらずボージプリーの薄焼き《リッティー》パンを焼き続ける人もいる。アメリカのアイシングを塗りたくって身を飾る人がいる一方で、サトウキビや粗糖や牛糞にまみれたままの人もいる。扉を開けたままにする人もいれば、扉を閉めて開けてを繰り返す人もいて、内にいる人間が外にいる人間のように眺める。母は太陽を一反の布のように広げてみせる。現れたのは、そこかしこに散らされた金の布の断片。部屋に溜まった陽光がキラキラ輝いている。

あたしは見ました。これを話しているのはあたしです。インドとアメリカの発音について馬鹿げたことを言っている人たちからマイクを取り上げて演説を止めさせ、ここからはあたしがナレーションします。なぜなら、これこそが人生の流儀ですから――いつだって誰かが何かを話す。石、鳥、木、水だったり、あたしたちが自分たちの考えを述べたりします。あたしが考えを述べているつもりでも、それがあなたの考えであったりしますが、それでもとにかく、あたしが話してるんです。

　空港を出たところで、シドは思いつきました。そうだ、グラニーにサプライズを仕掛けよう。叔母さんの家は帰り道にある。アメリカの埃にまみれてあたしは陽光のかけらに揺られながら家の中へ。警備員は国際線のタグを見ても来客名簿に記入を迫ることもなく、電話で確かめることもなく、あたしは扉の前に立っていました。呼び鈴。メイドが開けました。本棚の向こうの机でうなだれていた叔母さんの頭は風船のように飛び上がり、続いて他の部分も飛び上がりました。あたしが誰だか分からないようです。

　そんな空気が漂っている家の中でグラニーは別の空気をまとっていました。風船がひょこひょこ動き《ア・バルーン・ボビング・》回ってい《アロング》ます。

　早朝から散歩《アーリー・モーニング・ウォーク》、グラニー？

　おなかのための散歩よ、坊や。グラニーは彼を抱き締めました。そしてあたしも。ちょうど起きてて良かった《グレート・トゥ・シー・ユー・アップ・アバウト》、あたしは言いました。


　そう、またやってしまいました。また押しかけてしまいました。あのページで自分は完全に退場すると約束したのに、あたしは消えます《アイ・アム・ゴーン》と。あたしだって分かっていますよ、この世界があたし抜きで回っていることも、この先も回り続けることも。あたしは、物語の中における殺人の重要な目撃者というわけでもありませんしね。とはいえ、今どき《ナウアデイズ》何をもって殺人とするか、また何をもって目撃者とするか、別の議論を始めることもできましょう。サルマーン・カーン*が鹿を殺したのを誰が目撃したのか、路上で寝ていた貧しい人を轢いた車を運転していたのはサルマーン本人なのか、それとも運転手なのか、それはどんな罪でその罪は誰が負うべきものなのか。あるいはダードリーの牛肉リンチと肉屋、この事件では誰が犯罪者で誰が法の番人だったのでしょうか？　愛国者と非国民について考えるとき、法はどこにあるのでしょう。いつどこで選ばれた本の、どんな文脈で、どのように行われた議論の中で反目が生じたのか。結局、殺人者は誰で、目撃者は

＊ヒンディー語映画界を代表する人気映画俳優（一九六五〜）。

誰なのでしょう。

　でも待ってください、この物語のどこに殺人が？ あるのは虹です。

　あたしがいなければ気づかなかったかもしれません。あたしはすぐに注目しましたから。そもそもあたしは物語の一部でもなく何の関係もありませんでしたから、別の視点で眺めることができたのです。他に何をすることもありません、黙って、外側から、見て、聞いて、嗅いで、楽しむだけ。ニルマル・ヴァルマー*の中立的な登場人物よりもさらに中立的です。

　あたし。シドと一緒。出て行きます、もちろん出て行きますとも、このシーンの一部始終を見届けたら。

　グラニーが消えたときも、官舎を引き払い新しい住まいを調えられるように、グラニーが娘、つまりはシドの叔母さんの家に引っ越したときも、あたしはそこにいませんでした。自分の便秘の悩みをシドに向かって愉快に話したときには居合わせました。便秘なのか、グラニー、棒のサイズの固体というのはイコール壺いっぱいの液体なんだ、とシドはでたらめを話してみせました。あたしは大笑いしましたが、叔母さんは、お黙り《シャツタツプ》、気持ち悪い話をしないでと言います。自分の便秘話で場が明るくなったのでグラニーはうれしそうです。

　新しい雰囲気のグラニーを心地よく感じました。フワフワしています。陽光に照らされながらフワフワ浮かんだり沈んだり。凧か、それとも風船か。くるぶしまであるガウンを着ていたからそう見えたのでしょうか。あるいは凧に。その面白い服はロージーおばさんが作った物だとわかりました。おぼろげながらその夕方のことは覚えています。ロージーおばさんはかなり頻繁に訪れ、グラニーの世話をよくしていて、地域で集めた容器やら蓋やら布きれやら段ボール箱やら食器類やら籠やらボタンやら端切れやらを、グラニーはおばさんと一緒に頭をひねってコンテナやら果物鉢やら玩具やらバッグに仕立てさせていました。あたしは灰皿をもらいましたが煙草は吸うなと言われました。残りはロージーおばさんがどこかへ売りに行き、売り上げの五〇パーセントは児童養護施設に、残りはロージーおばさんの親族で困っている人がいたら寄付をします。

　シドは名前を提案しました。オンラインショップを開きなよ、がらくた屋《オッズ・アンド・エンズ》ってさ。インド名の屋号じゃないの？　グラニーは尋ねます。あり得ないね。シドは言い聞かせます。周りを見てよ。ヴェルヴェット・ホテル。スウィート・ドリーム・ゲスト・ハウス。スノーホワイト・ビューティーパーラー。コメディ・ナイツ。あたしからも一つ、シッダールトではなくシド。ロージーが名前を気に入ります。彼女が来ました。今はいません。今はあたしたちがいて、グラニーは叔母さんとメイドに、孫息子が外国からやってきたの、今日は純インド料理を食べましょうね、などと言います。シドの父親に電話をかけたりして、あたしたちがここにいること、食事をして帰ることを伝えます。

まずはシャワーを浴び、計画にもなかったことですが、あたしたちは二人とも横になって昼寝をしました。グラニーのベッドで。というのもゲストルームにはオッズ・アンド・エンズのものが散らばっていたからです。眠りにつき、夕方まで目覚めませんでした。

目覚めたのではなく、目覚めさせられたのでした。叔母さんが言うには、時差ぼけを治すにはここの時間になるべく早く合わせなくてはいけないということでした。そうしないと、夜に眠れなくなってしまいます。沈む太陽に染められた空のピンク色に包まれて、あたしたちはグラニーの豪勢なディナーになったランチをいただきました。その頃にはあたしたちが機内で購入しておいたワインをシドが出していました。グラスにワインを注ぎグラニーおかえりとお祝いしました。

あなたもね。叔母さんが言いました。

グラニーに乾杯、シドは自分のグラスを唇に近づけました。すると以前にもあったことが起きたのです。陽光の最後の一筋がグラニーの瞳に反射してワインに虹をかけました。

あたしは見ました。空にも虹がかかっているかと見上げました。虹が反射してグラニーの顔にかかったのでしょうか？　今見えるのはランチ・パーティーで見た虹で、これはあたしの空想なのかとすっかり困惑してしまいました。あたしは再び見ているのでしょうか、あのあふれんばかりの虹を。

＊現代ヒンディー語作家、活動家（一九二九～二〇〇五）。

すると抵抗するのです。グラニーは。いやいやをして頭を引いて反対しました。抵抗しているふりでしたけどね。苦いんでしょ、と言って顔をしかめました。

わからないじゃないか、シドがからかう。酔っ払ったんだね。グランパがいたときにさ。

飲んだからわかるのよ。グラニーは笑いました。そしてぐいと飲み干しうれしそうにしたのです。

さてさて《アンド・ナウ》。シドはシドらしく遠慮せずに言いました。遠慮がないといっても尊大ではありません。グラニーに訊いたのです。どこに逃げちゃったの？

さりげなく《ジャスト・ライク・ザット》。他の人たちがごまかし避けてきたことを事もなげに聞いたのです。

仏像を預けるためだったの。ロージーのところへ。列車に乗らなくてはならなかった。ここから門が見えるでしょうと言って曲がり角で私を残して走り去ってしまったの。だから自宅の門を通り過ぎ、見覚えのある門を次から次へと歩いたの。

すごいじゃないか、すごいよ、シドはそう言うとグラスに注ぎます。

グラニーがもう一口も二口も飲んだだろうと思っています。おそらくは場の雰囲気で。あるいはみんな自由な気分になっていたからかもしれません。どんなことも許されているかのように。話が進むにつれ、何でも試してみようかという気になったのかもしれません。あるいは何もかも面白かったから。すべては虹の輝きの産物でした。

叔母さんは自分のグラスからグラニーに少し注ぎました。あたしもです。シドは冗談を言っています。僕のことを言ってるように聞こえるけど、本当の酔っぱらいはグラニーだからね。

グラニーはシドを叩こうと杖を振り上げました。虹や蝶が一緒になって舞いました。

いるはずのないあたしがページに舞い戻ってきたのを正当化するために、罪悪感から虹をクローズアップさせたと言えなくもありません。あたしは虹を見ました。見たからなんだというのでしょう、見なかったとしてもどうということはありません。虹が空にかかり、グラニーの瞳から空に弧を描いたとしても、そんなことはどうでもいいことです。虹が別の日に別の色をあふれさせるのはよくあることです。みんなが幸せならそれでいい。それ以上に大切なことなんてありません。来ることを選んだのは、あたしではありません。シドとあたしは一緒に帰ってきたのです。彼はあたしに相談もせず、ただ連れてきたのです。そうでもなければ、あたしは空港から自宅に戻っていたでしょう。皆さんが歓迎して《ウエルカミングリー》くれるのでしたら喜んで《ハピリー》ついていきます。本来、ここにいるべきは彼ら《ゼイ・ビロング・ヒア》であって、あたしはお飾りなんです。

なんといまいましい。誰にも何も言われていないのに、自分を罵ったり恨みがましいことを述べてしまいました。理由や目的がなくても、誰でもどこへでも行っていいのに。

あたしの心の平安のため、これからシドに断ろうと思います。さようなら、深々とお辞儀《アイ・バウ・ディープ》をしてお別れのご挨拶をします。もうお会いしません。ショートパンツとTシャツはシドの叔母さんの元彼のものですから、お返しします。脱いだ衣服は言われたとおり洗濯かごに入れましたので、それは取りに行かなくてはいけません。誰かに取りに行かせます。もし立ち寄ったとしても、物語からは距離を置き、急いで退散します。物語のページの外でも人生は続いていますので、あたしの服はそのままにしておきます。物語には大きな空白がありますが、その空白に気づく人はほぼいませんので。

喧噪を愛でる人は沈黙や静寂を墓場と呼ぶ。川を湿っていると表現し、砂漠を乾いていると言う。いきなり飛びかかり襲いかかってくるのを男らしいと呼ぶ。そんな男を殴り倒してやっつけた女性を幸運だと言う。物が陳列してあるのが店で、物が詰まっているのが人生だ。道には道の掟が、家には家の決まりがある。ギーの上には上澄みが層を作り、ミルクにはクリームの層ができる。これらを夜露と混ぜるとバナーラス・マライヨー*ができあがり、これをミルクに入れるとパンジャービー・ラッシーになる。雨季には雨が降り、夏には風が吹く。母の体は新しい言葉を話し、娘の心は壊れた太鼓のように鳴り響く。小柄な女性は、軽くなるために、自分の体をもう少しだけ小さくする。大柄な女性は、顔の皺に囚われて、夜寝るのも朝起きるの

＊バナーラス名物の生乳菓子。

も遅くなる。

　雨季だから雨が降る、それは雨季の条件にない。気ままな季節は気ままであり続けるし、人は知ったかぶりで実際はほとんど何も知らず、迷走しながら最後は神の所へ行き着く。そうやって結局すべてを天に任せる。風が母のように静かに落ち着いていないときは、びゅうびゅう吹き荒れる。太陽が出ないときは水のしずくが激しく打ち付けるか、ポタポタと落ちて小さな流れになり家の中をさまよう。ピカピカと稲妻が光り、雨雲がドンドンと哮り、枝がギシギシと音を立てて引っ掻き回され、なぜ外に出されているのと悲鳴を上げながら木を打ち鳴らし泣き叫び、眠りの中にいた娘は飛び起きる。

　自然は荘厳だ。世界のすべてがそこにある。自然からメロディを受け取るだけでいい。心と魂は風に身を委ねる。雲が垂れ込めるとヒロインの心は雲と「雲の使者《メーガドウータ》」への憧れで満たされる。花が咲けば足が踊り、聖チャイタニヤ・マハープラブ*を呼び覚ます。風の中でアリストテレスの哲学が目覚める。

　泣けば心に雨が降り、折り紙の舟のように震える。真新しい命は陽光と月光と露の上で揺れる。床に伏し、起き上がった母の上で露のしずくが揺らめき列をなす。静かに歩みだす。四方によろけながら。芳香を漂わせて。

　母は歩いている、重々しくも静かに、楽しげだが穏やかに。眠っているときも穏やか、話す時も穏やか。新たに開かれた、内側から外側へと広がり始めたその場所でくつろいでいる。そこを行き交う鳥が母を知る。

一羽の鳥が毎日やってきて口笛を吹く。旋律に合わせて舞い上がり舞い降りる。

あるときはおどけて、またあるときは悲しげに。

おい小僧、口笛を吹いてるのはどこのどいつだ?

ロージーはいつものように、来てみろと言わんばかりに両手を振った。

ちょっとねえ、鳥よ。母が口を出した。

口笛を吹いた。長々と。旋律が変わる。

黒い鳥。夜の鳥だ。ブラックバード。

語り部のような口笛。遠くから聞こえてくるような呼び声。

　母は口をすぼめて吹く。ロージーが母の真似をする。

二人は懸命に口笛を吹く。

沈黙の鳥。

ロージーと母は黙る。鳥の口笛が再び。二人もまた口笛の音を響かせる。三者が調和する。

娘は家の扉の鍵を回す。私の家から口笛が聞こえているの？　扉はすでに開いている。ロージーと母は口笛のような音を出している。再びの沈黙。二人に教えるように。再び口笛。

見て、ロージーの声。

振りかけてちょうだい、母の声。

そして空には満天の星。

もはや母が倒れる理由はなかった。つまり、わけもなく倒れたのだ。

母は口笛を吹いている。

植木に声をかけて葉や枝の一つ一つを手で軽くさすってやる。以前はきれいに拭いてピカピカにしていたが、今は雨季、愛情を注ぐためにそうしている。

乳鉢でフェンネルを潰したり、時にはにんにくを砕いたり、時には乾煎りしたスパイスを突き砕く。香りが立ち上がる。

一人で起きる。一人で入浴する。一人で紅茶を淹れる。一人で食べ、食べさせる。

階下の家から出てきた人にナマステ、まあまあ、ハローと声をかける。

一人でいる自分と空と木々にしゃべりかけるが、聞き耳を立てると耳に負担が掛かる。その他いろいろな声が聞こえてくる。うめき声、ため息、嗚咽、悲鳴、このすべてに痛みの喜びが含まれる。もちろん他の人にも話しかける。母と娘の時間。ロージーとの時間。来ては帰る人との時間。シドが来れば、ワインかビールを一口二口飲む。一度、ＫＫがコニャックを開けて飲ませた。最初は顔をしかめた。そこへ蜂蜜を垂らすと娘は〝コニャック殺人〟と言って大騒ぎした。だが母は唇を舐めてはＫＫと一緒になって蜂蜜コニャックの味を覚えていった。飲み干すと、冷たいお水を少し注いでちょうだいと言う。一滴も無駄にしたくないも

＊ヒンドゥー教の聖者。

の。

　しかし物語はここで終わらない。

　自分で歩いて動き回り、杖を他の目的で使う。腰掛けの下にあるサンダルを探り、力を入れて窓枠を押し、壁をトントン叩いて外にいるトカゲを追いやり、足の裏を掻き、パワーポイントのプレゼンテーションみたいに杖を振って自分の話を解説し、ユーディ・メニューイン*さながらに家の壁や床を鳴らし、めくれたマット、敷物、シートをしゃがまずに直し、蟻をこちょこちょした。

　電話で話している。肩と腰の間あたりが痛む、少しだけなんだけど、これって五十肩とか言うらしいけど、ここまでは上がるの、だけどそれ以上は全然だめ。誰かに詳しく説明している。電話の向こう側に双眼鏡でもあるかのように。聞いている人がそれを持って、実際は持つこともできないのに、その部位を見られるかのように。どの痛みにも心地よさを感じているような口ぶりだ。言葉でケアするのがふさわしいとでもいうかのように。どんな小さな物にもどんな藁にもどんな繊維にも認知する能力はある。

　耳と同じように。待って、座るから。左の耳で聞く。右耳は詰まっているのよ、いえいえ、雨季のせいなんかじゃない、年のせいかしらね、縮んで穴が小さくなるの。五〇パーセントは聞こえてない。六〇パーセント以上かも。

　足がむくんでいるのを見せる。見てちょうだい、両脚で違うから。

　お尻の骨もと言う。尾骨のことだった。

　便秘だとも話し、今朝はどのくらい出たか聞かせる。一日がこれだけのスケジュールで、午後まで試行錯誤は続く。起きて行く、お茶を飲んで座る、散歩をしてから戻ってもう一度、フルーツを食べてトライ、朝食の後に玉座へ。ベルノキの実を食べてみる。トリパラー**を飲んでみる。ガストロモン、ソフトワク、ルーズ、イサブゴル、どれも効かない。野菜だけ食べているの。いつも何かがぶらさがってる感じがする。空気だって重たくまとわりついて、そこにあるのを感じる。昨日なんて二回もルーズを飲んだ。ロージーが目を丸くして言うの、まさか自分で治せると思っているの、お医者を頼るつもりはないの？

　これが日常会話。こんな会話に何らかの名称を誰が付けるだろうか。大悪党が悪党の国を取り仕切っているのが日常の刑務所で、何も手を下さないのと同じだ。公害が日増しにひどくなっているのに当たり前のことのように何もなされない。ヒトラーのガス室の惨劇は当たり前の出来事ではなかったから、何らかの手が打たれた。何かが起こったのはやや劇的な事態であったということで、紙幣が突然紙くず同然になったとき、アーグラー高速道路で玉突き事故が起きたとき、バンガルール湖で火事が起きたとき、カシミールの狭い雪道で熟練のガイドが観光客を注意深く案内していたのに、風にあおられたガイド自身が無残にひっくり返ったとき、あるいは母が娘の家で倒れたときのことだ。

　そこに理由はなかった。ただ、不意に、わけもなく。

　なぜ倒れたのか、それは厄介な議論だ。テーブルの四方を囲んで議論があったわけではない。背後ですべては起き、腹の前に落ち着いた。

　娘の考えでは、倒れた原因は彼、いや彼女、いや彼、いや彼女、ロージーおばさんだ。母と一緒にでたらめな行動をし、霊廟から二人で口笛の音をさせ、その日、というか毎日、騒がしく音をさせ、おかげでそれは近所中に響き、何しているのだろうと思われた。いつ転んでも不思議はなかった。ロージーおばさんは母を叱りつけ、いつも一緒にいて、ごちそうしてもらう代わりにミントを一束持ってくる。母は、自分のために生きる真新しい自由な環境を手に入れ、憐れで質素な人から意気揚々と変化していった。町中の家々の不要品が集まり、それをデザインし物を造り出していたから、この関係性において誰が利益を得て誰が損をしたか明白だ。母は動き過ぎて無理をしているようだったし、倒れる寸前でもあった。以前も母は具合を悪くし、気を失い、体調を崩した。みんなが仏像に目を付けていると母に伝えたのはあの人に違いない。何十万ルピーで売れるらしい物だと兄は言い、娘も欲しがっていた

＊アメリカの音楽家（一九一六～九九）。
＊＊インド医学に用いられる三種混合薬。

けれど、母が何もかも人に譲ってしまいそうなのは他の多くの人も気づいていて、万が一にも欲しいと言ってくるかもしれない、あなたよ、お姉さん――――お姉さんとは！　――――はあげてしまいそうだから、私の所に置かせて。少女のようになった母は弱々しいというより物がわからなくなっている。どこにいるかもわかってない。どこかの掘っ立て小屋の中か、籠の中か。私は外に出て仕事をするが、母はいつも家にいる。一体の仏像のために病気が蔓延していそうな場所へ行った。それから母は弱々しくなったが、何の病気も現れず、ここへ連れてきたから病気になる恐れもないが免疫は減った。ここへ来る予定はなかったが、ここへ仏像を持ってきてと言った。仏像はやってきたが、自分のためにあるのではない。私は泥棒でロージーおばさんは兵士。おばさんはたっぷり私を笑いものにした。今もそうだし、巧妙に利益を上げている。母はアイデアを提供しているにもかかわらず、この年になってしゃがんだり歩いたり引っ張ったり切り離したり揺らしたりして、ふらふらするようになって、そして倒れた。

KKは、最近セックスアピールが弱くなっていることを、どんな理由であれ責められることに同意しなかった。どんな理由って何だと言い返す。どんな理由であろうと責めるべきじゃない。どんな理由とは。最初はKKが「どんな」の意味を説明しようとしたが、負けを認めて言葉を引っ込め、そんな言葉を兄嫁が言ったらどう思うかと言った。何らかの理由があると思うと彼の元パートナーは皮肉めいて言った。

的外れな疑いでもなかった。言っていたのだ。奇妙なライフスタイルの家の中に送り込めばきっと倒れると。兄嫁は兄をも非難していたのだろうか？　そのようだ。確実に。自分で見たわけでもないのに、どんな様子かわかるの？　そうだ、家を引っ越す間だけ行かせたが、そんなに長引かせるつもりはなかった。向こうには食べ物が少なく、飲み物は多すぎ、薬はなく、酒は多く、いつも時間どおりにいかず、冷蔵庫を開けても空っぽで、必要なことがあれば二倍かかり、一歩進めば壁にぶつかり、フルーツボウルから果物を取りたいのにブランコに揺られて取りに行かなければならず、そのうちに転ぶことになる。あの人の家具は無料で手に入る草木でできているし、埃と泥でいっぱい。それによその人が持ち込む不要品はあの人に委ねられるから、物を作っては売る。お義母さんを誰かの家へ行かせて、どんな得があるの、そうよ、私たちまで向こうに行くことになる、お医者様には私たちが連れて行くの、ＣＧＨＳ＊に薬をお願いするのも私たち。名義は妹さんだけど。紅茶だってお義母さんは自分で淹れる。ここならお義母さんは、どんな用事でも立ち上がる必要もなかった。ベッドを守っていればよく、必要なら頼めばいい。女王様だった。偉そうにしていればよかった。今は粗末な食べ物を自分で用意してる。あの年でですよ。だってあの家、あれを家と呼べるならですけど、世界征服をもくろむ女主人が住んでいて、お義母さんを使用人に任せきりにしてる、あれだってどういうわけかしら、転ぶに決まっているでしょう？　未婚だろうと離婚したシングルだろうと、義妹の家には行かせないと言ったのも中傷したのも私たち。無理に連れて帰るなんてできないとか、おばあちゃんの娘だよとか、嫌な人じゃないよ、などと毎日息子が電話で説得してくる。私は不安なの。娘ではあるだろうけれど、誰かの世話をする能力はないのに勝ち誇ってる。ここにいるとき私は心配していたし、いなくなった今も心配してる。他人の人生を生きることはできないんだよ、倒れたってママのせいじゃないんだしさ、息子に説得されるが、私の心は打ち震えている。あなたは、私やシドを送り出してサインをもらってこいと言うけれど、一度だって自分で行かない。母親がどんな様子か確かめて自分で連れ戻そうとは考えもしない。

私が行けるもんか、長男はにらみつけた。母はサリーのせいで倒れたと言ったじゃないか、私が行っていないとか見ていないとか言うのは、どこの誰だ。

なぜなら彼は見ていた。そして行ってもいた。木の葉のざわめきが変わり始めたときに。

だから風は落ち着きを失い、長男の気分もそれに従った。

長男の母親は冬の終わりの日に姿を消し、春になって見つかったことは誰もが覚えている。それが何日だったか知るのは容易ではない。毎年、冬の終わりに樹木は上のほうで乾いた葉を落とし、その下から新たな

＊公務員向けの病院

葉を芽吹かせる。冬に溶けた春というわけだ。上層の葉から乾いた音が聞こえる。最初はカサカサと音を立て下の真新しい葉の上をかすかに風が吹き、新緑をサラサラと揺らす。上には驚嘆、下には希望。

　家の変化、職場の変化、環境の変化、これらが長男の落ち着きを失い苛立たせる。こうした変化に抑えつけられ、長男は枯れ葉のようにきしんでいた。母が消え、その間、木の葉はさらに乾き、心はうろたえ傷ついた。

　だが母は見つかった。心の中で子供の声がした。柔らかく繊細に葉は落ち、新たな芽が生えた。

　しばらくの間、母は妹の家に送られた。木の葉が落ちるなら、落ちるがまま、芽吹くなら、芽吹くがままに。

　いつまた木の葉が心の季節を移ろわせるかわからない。雨季まっさかりだ。木の葉は厚くなった。ぎっしり樹木を埋め尽くす。悲しみをしたたらせぶら下がっていた。黙っているのに重々しい。木の葉いっぱいに色香を漂わせるが、悲しみの色が深い。哀歌。スローテンポの、極めてスローテンポの、絶望の旋律《アーラープ》。あるいは悲嘆の。

超エリートの元官僚には理解できなかった。心に響く、葉の悲しみのラーガを認識できなかった。しょんぼりとうなだれている。最後はみんなそうだと妻は言う。仕事を引退した後は。一日をどう過ごせばいいのだろう、夜をどう過ごせばいいのだろうと下着の隅をしゃぶって座っている。妻には教養がある。だが木の葉が鬱の風にあおられること、一度やんでも、春風が吹けば湿っぽい風を帯びる。そして今、ひどい雨季のさなかにあるのを妻は知らない。

　葉から生まれた風のラーガと、そのラーガが心に送った合図を誰も理解していない。

　理解とは何か、それすら誰も理解していない。理解はどこにあるのか。脳は、頭をよく使っているときにひらめきを与える、誰もがそう教わってきた。そうでなければ心と体は脳からジャレービーのように渦を巻いて垂れる樹脂だ！　または、アリスのように行方不明になって、あなたの根源は笑いとなり、宙に浮かぶかもしれない。鼻、目、唇、首、肩、肘、膝、足首、手、腿、裸、おなかとか、背中とか、すべては汚く隷属的で無知で無分別で無頓着で役立たずだ。これらすべての体の部位が、ジャレービーにおけるバールーシャーディ、ラージボーグ、モーティーチュール、シュリーカンド、サフランのハルワー、クルフィー、バースンディーであることを知っていたらなあ。そこには心も頭も肝もすべてあるのに、ジャレービーには、それらがどこに収まっているかとか、心や頭や肝がそれらのどこにあるのかなど想像もできない。だからこそジャレービー状の脳に聖典が到達する前に、子供が聖典を暗唱して僧侶になるということもあるのだ。ビームセーン・ジョーシーやシャラーファト・フサイン・ハーンやラターファト・フサイン・ハーン*は体のあらゆる部位で音色を理解し楽曲にする。これらは飢えて渇ききった野暮で恥知らずの鈍い垂れ流しの脳の能力ではない。盗賊ダスル・ラナートカルの脳は垂れ流しの状態に陥り、何人も人を殺した。ところが後に頭脳と精神と信仰心を獲得し、解脱して賢者となった。垂れ流しの脳は思い上がりの塊で、彼らのような力はない。

単刀直入に脳とは何か？　それは思考だ。では思考とは？　見て嗅いで聞いて考えて味わってたゆたって得意になって紡ぐこと。頭の中に閉じ込められたジャレービーがそれを行うが、それができなかったとしたら？　他の部位がこれを補う。英知を備えたもの、つまり真の頭脳。頭の中にあるジャレービーは単なる貯蔵庫であり倉庫だ。そこに保存しておく、それだけ。

兄の膝や手首やその他の体の部位に住み着く脳は、頭にある脳とは対照的に、心臓も肝臓もすべてが備わりざわついている。気が滅入る。時に絶望もする。どうすればいい。嘆きの木の葉を風が吹き抜けると記憶が甦る。だがそれが何なのか思い出せない。母と一緒に暮らしていたころ、兄の使用人がいたころの平屋では、風が鈴のように小さな葉の間を通り抜けたが、その記憶はつらく、とても思い出せるものではなくなった。頭を掻きむしりたくなる痒みの原因がわからない。膝を組み直し、伸びをし、腕を広げ、虚空に何かを探し求めるが思い出せない。ある日、銀行へ一人で向かった。株式や投資などの用事をひとしきり済ませ、現役時代からの知り合いの支店長とレモンティーを飲み、政治の動向などたわいもない話をした後、車で帰ると

＊インド古典音楽の声楽家。

きにうっかり左折して妹の家がある道に入ってしまった。家までは行かず、車をバックさせて少し左を向き、広がる道を眺めた。ああ、この先にジャマールの家があったな。先週、アメリカのどこかのパブで、エンジニアになった息子が撃たれヘイトクライムの犠牲になった。その角を曲がるとジャマールの家だ。お悔やみを伝えに行こうかと考えた。銀行を出る前にトイレに行くべきだった。どこかで車を停めなくては。

緑地帯のそばに車を停めて考えた。雨は今にも降り出しそうだ。空を見上げると陽の光が残っている。母が越していった家が目に入った。あの部屋だ、二棟目、あの木のところ、あのバルコニー、そうだ、植木鉢を置いたのはお母さんに違いない。後ろに明かりがついている。雨季の間は電気をつけるのが早い。

誰かがバルコニーから出てきたので、兄は緊張して茂みに隠れた。お母さん。長いガウンを着ている。甘い香りを楽しむように長く長く深呼吸をしていた。何か話している。植木鉢、植物、そんなものたちに。観察し、話しかけ、杖でくすぐっている。そして杖を空に向かって振り上げると、お母さんは笑った。あんなに長い丈の服を着て転ばないのか？　奇妙な服を着ているな。妹だってまともな服を着ちゃいないが、お母さんにまでおかしな身なりをさせるのか？　イスラーム神秘主義の修行僧のような出で立ちだ。

母が振り返った。家に入るために。兄に背を向けて。一瞬の出来事だった。兄はもやもやしている。車をロックし、通りの反対側、つまり家のあるほうに向かった。木のそばに。その木の幹は小さな岩の間に生えており、まさにそのバルコニーのほうに枝が伸びていた。何を思ったか岩に足を掛け、木にひょいと飛び乗り、木の葉の中へ。

脳内が渋滞を起こした。他は何も考えられず、何も見えなくなっている。木の中に入り込み、覗き込むと、電気がついているおかげで中がよく見える。誰にも気づかれていない。

しかし見ていた。カラスが。兄のジャンプとかくれんぼは、カラスの会議を邪魔していた。

母は空に向かって杖を持つ手をひらひらさせていたから、何か話しているのだろうと兄は勘違いした。母はカラスに言い聞かせていた。それも怖い声で。カラ

スの一団が突然飛んできて、草木の上で啼いていたからだ。何の騒ぎですか、と叱りつけた。何に興奮しているの？　ずうずうしいわ、集団でうちに降りてくるなんて、餌をもらえるとでも思った？　ぜっっったいにやりませんよ。見ていなさい、私の植木が一本でも折れたらこの杖で痛い目に遭わせますからね、杖をクルクル回して、肥やしにしてこの子たちに食べさせてしまいますよ。おまえさん、ご立派じゃないの、母は杖を振りかざして言う。私をにらんでいるの？　ええ、どうぞ、いらっしゃい。母は挑発する。首輪をつけて飼い犬みたいにしてやりますからね。自分の冗談に大笑いした。あなたはカラス、それとも犬？　カラスを犬にしてやりましょう。笑って笑って笑い転げていたところに娘が出てきたので長男はぐっと体を引いて身を隠した。母はまたも杖をつかず、空中で揺らしながら部屋に入っていった。

母が空に語りかけるのを長男は苦々しく眺めた。奇妙でみすぼらしい服のまま外に出てきたのは、妹みたいなタイプの人間がいるせいだ。おや、転んでしまうではないか、どうする、長男は心配でたまらなかった。

二階建ての集合住宅と緑地帯の間には舗装されていない道があった。通行人が唾を吐いたり小便したり大便したりするのを禁じるのは守衛の仕事だったが、最近はそうしたことより、ふらりと入ってきた若い男女が、二匹のバッタのようにぴったり重なっているところを脅かして、警棒で引き離すほうが楽しくなっており、他の任務はおろそかになっていた。あるいは元官僚の長男は威厳があったから、お役人さん、唾を吐いたり大小便をしたりするのはやめてくださいと守衛が注意できなかっただけかもしれない。

カラスは会議も雰囲気も台無しにされた。その日カラスは、雨を越え山を越え公害を越えビルを越え、それは遠いところから群れをなしてやってきた。空が黒い翼で覆われているのを見た人は、今日は何事が起こるのかと訝しんだかもしれない。

大変な数のカラスが到着した。主催者側は大喜びで、全員をどうやってまとめようかと思案したが、カオス状態にもなった。拡声器や防犯カメラが必要だとまでは考えていなかった。必要としないというより適切ではなかった――問題は科学の名の下に汚染が広がっているという点にあるからだ。小さなカラスは、太ったカラスか年老いたカラスの膝にのせられた。カンガルーが自分のポケットに子供を入れておくように、あるいはアーモンドの殻に実が二つ収まっているかのように、または一つのバナナの皮の中にバナナが二本、一つの胴体に頭が二つあるように、そんな具合に、一羽のカラスの体に頭が二つ、目は四つある格好になった。丘や木々は、こうした風情の双頭のカラスでいっぱいになった。木々は、カラスたちが裸でいるのかと思い、カラスの服を着せてやろうと音を立ててざわめいた。ちょっとしたお祭り騒ぎの雰囲気で、カアカアと啼き声をさせても外部の者から攻撃を受けることもなく、睨まれることもなく、棒で突かれることもなく、注目されることもなかった。

カラスの会議は進行中だった。変わりゆく気候と科学を信奉する人間のせいで、カラスが経験する苦痛や不安についてである。自然環境を愛する鳥たちが書いたスピーチを取り出し読み上げると、大勢がカアカアと啼いた。スピーチの心得のあるカラスがよどみなく講演を行った。絶賛するカアカア声が湧き起こった。人間には単にカアカアと聞こえるだけである。ヒンディー語もマラーティー語もタミル語もモールス信号も、慣れない耳には外国語に聞こえるのと同じだ。言葉は言葉、ここではカラスの話をしているのだから、カラスの国のカラス語というべきだというような政治的正しさは問われない。とにかく話し声がし、長い議論がもつれ合っていた。ボージプリー語、メイテイ語、アワド語、ブラジ・バーシャーが空で響き渡る。

カラスたちの間では議論の時代が続いており、会話は大胆に進められた。自分の経験や理想、あるいは無理解から、異なる思想を持ち自分なりの意見を表明する者を狙い撃ちにする習慣はなかった。カラスの大群は圧巻であった。黒い羽根が白色を帯びつつある老齢のカラス、高校生や大学生のカラス、雄、雌、これらの全員が、宇宙がどれほど混乱に陥っているのかについて、人類の知の巨人も顔負けの開かれた議論を交わしていた。その昔、気圧計、コンパス、温度計、農業気象、グーグル、ツイッターの助けを借りなくても、降雨状況、森の野生動物が狩猟に来ること、風がやまないこと、ツチイロヤブチメドリが啼くのをやめないこと、鼠がライオンになること、雲が舞踏家になることなど、さまざまな事象を理解した。顔を見ただけで、誰が誰を餌食にしようとしているかわかったし、どの行者が自分の水入れから水を飲ませてくれるのかわかった。その能力は、人類が地球環境に干渉したことで崩れた。聴診器や望遠鏡を持ってわめき散らすだけだ。子供たちの食糧を守れるかどうかすらわからない。

議論はエルニーニョ現象に及んだ。

やや傲慢で、やや退屈し、若さゆえに自己陶酔しているカラスが、冗談まじりに興味本位で尋ねた。ニーニャって誰？

ニーニョだ、隣のカラスが教えてやった。

エルニーニョ、別の物知りが言う。

ラ……何、傲慢カラスが嘴をとがらせて言った。

エル、エル、年長のカラスが高い声で言った。

アル＝ビールーニーのアル＝アズハル大学のアル？傲慢カラスはからかった。

集中しなさい。どんな話題も冗談にしてはいけません、年配の女性カラスが言い返した。

そのとき、翼を持たない思慮に欠けた生き物が会議を妨害しにやってきた。雨がやみ、夕闇が深まってきた頃、カラス会議の行われている場所の前の緑地帯沿いの舗装されていない道に一台の車が止まり、人間が降りてきた。そしてフロントジッパーを下ろすと環境汚染を拡大させた。

おいおい、ばか者、若いカラスが殴りそうな勢いで立ち上がった。汚物をまき散らしに来たのは誰だ？カアカア。

あきれた、汚物をまき散らして、私たちを追い払おうとやってくる。

不吉なやつめ、若いカラスがまた喚いた。ゴミの山から食べ物を漁るからって、おれたちがゴミを好きだとでも思うなよ？

大きな声を上げたので、他の若いカラスたちも怒りを露わにした。われわれが顔を忘れないのを知らないんだな。今は両親が穏やかに参加しているから逃がしてやるが、この先どこかで見かけたら嘴で一突き、目を潰してやるからな……一本の足を鋭いかぎ爪のように前に出し、嘴で目を突くような仕草で振り回した。

クリーン・インディア《スワッチ・バーラト》・キャンペーン＊をやりましょう、議長の息子が言った。全役員が集まったのですから今すぐ議案を通しましょう。何人か若いのを選んで

＊モーディー首相によって提唱された政策。

カメラを持たせ、公共の場で自然を侮辱して汚物をまき散らす者があれば写真を撮り、チームをもう一つ編成して写真のコピーを作り、あちこちにばらまくんです。そうすれば、あいつらも恥ずかしくなってやめるでしょう。

世間では羞恥心が欠如しているんです、一羽のカラスが嘆いて言った。

するとと、やるっきゃない精神のカラス娘がピョンピョン跳ねて言った。写真に石をくくりつけて、石ごと落っことして、不届き者の頭を割ってやろう。

まさにそのときだ。高台の木の上でカラスたちが騒いでいるのも知らず、長男は高台に生える木の中に飛び込んだ。慌てふためき動揺するカラス。長老が落ち着くように群れに言い聞かせ、カラス同士がぶつからないように、また老カラスと小ガラスがつまずかないように、一列にして飛び立たせたが、懸案事項は、傲慢カラスの一味の怒りが沸点に達していた点であった。突然の出来事に彼らもまた驚いた。自分たちを恐怖に陥れた者を敵と見なすには十分だった。恐怖というのは厄介で、恐怖を感じる自分は見たくない。それは自分の沽券に関わるからで、そうなると、ギャアギャア悲鳴を上げるか黙るしかなくなる。

紅潮したカラスたちが、高台の木を跳ね回り、声を上げていた。お願いです、皆さん落ち着いてください、携帯電話や笛やでんでん太鼓をひったくった若者の皆さん、冷静に対処できるように、どうか吹いたり鳴らしたりするのはやめてください。

しかしカラスはすっかり興奮していた。何に対しても大歓声が湧き起こった。カアカアと大騒ぎをして跳ねるカラスで木が揺さぶられた。木に群がる双頭のカラスはシヴァ神を思わせ、木は怒りのターンダヴァの踊りで揺れているように見えた。

おい、カアカア、汚すなら自分の家を汚せ、どうして汚れをまき散らしてわれわれのいるところを荒らす？　われわれの家は宇宙であり自然そのものだ。翼のないこの者どもが己の家を建てるために自然を破壊する。自殺願望が湧いてきたなら好きにすればいい、どうしてわれわれを巻き込む？　あの者どもに空と木々を破壊されたら、われわれはどこへ行けばいい。有機物だから、糞尿を垂れること自体に異論はなかった。われわれの樹木は水とミルクを分離する方法を知っている。ところが今、ミルクには毒性のある化学物質が含まれ、樹木の根や土や空気が焼かれている。こうした行いに対し、われわれは皆で抗議する。

糞尿を垂れる翼のない生命体が、高台の岩場のミーティングが行われている場所へやってくると、カラスは再び多くのプレゼンテーションを行った。高台へ飛んだだけでは済まず、木の枝に飛び乗ってつま先立ちになった。双頭のカラスが見えないのだろうか、この闖入者は権利を主張し割り込んでくる。当然われわれの色も見下しているのだろうな。われわれを侮辱している。カラスはカアカアと猛り叫ぶ。われわれは黒い、それがなんだ、われわれはカラスだ。

つまりだ、われわれの名誉はこのように危機にさらされる。われわれの財産に対し配慮がないか、または、われわれの存在を知っていたとしても、見さえしない。おまえたちはわれわれを見てさえいない！　一羽でもなく二羽でもなく集団でいても、あいつの目には入らない。いることすら気づかない。われわれがあいつを監視する。巨大な雲が現れたら、われわれカラスは嘴で雲の襞を作り、ある場所から別の場所まで飛んでいく。それと同じようにこいつの肉を嘴でつまんで、空から叩き捨ててしまえばいい。どこか遠くでちりぢり散らばって、骨は何年も拾われず、ハリドワールに送られることもない。

皆が怒りで飛び跳ねる。その怒りは足の裏で、丘や木の枝の上で、燃え盛る炎のしずくとなった。それを見た人間は、沈みゆく太陽の光線と勘違いしたかもしれない。

カラスによる黒魔術のような光景であった。漆黒のカラスが燃え盛る炎の上で踊り、その中に翼のない生け贄の獣が混ざっていた。首を引っ張られ、振り回している。戦慄の供犠。

悲鳴のような呪文は突然収まった。

新たな指示で、謝辞を述べる場所が変更された。木立の中にある霊廟のドームのひさしと台座へ移ることとなった。黒の群衆は高台の木から飛び立った。若いカラスは、植木に向かって飛び上がっては降りるを繰り返し、そのまた向こうで、でたらめでだぶだぶの服を着た小さな女性が、こっちへ来たらただじゃおきませんからね、と若いカラスに向かって叫んでおり、カラスたちは木の枝に腰かける長男に向かって、おれたちの場所を不当に占拠するなと言って襲いかからんばかりに飛びかかろうとしたが、老女がおれたちを放っておいてはくれず、植木に糞をするなと言ってきた。全世界に糞尿をまき散らしているのは人間どもであって、おれたちではないし、ありとあらゆるものに糞を垂らす芸当をしているのはあんたらのほうだ。そんなふうに威嚇してカラスは飛び立った。森のほうへ。

詩人のような心を持つ一羽の年配の女性カラスが、カラスの法を思い出させようとした。女性カラスは、ミーティングに出席する権利、地域社会で何かを決定する場合には雌も参加できる権利を主張し、娘世代のためにそれを勝ち取った、現役時代にはその道で最も恐れられていたフェミニストであった。自分の産んだ卵を育てず他の巣に捨ててはならないし、巣を作るために植物の茎や藁を無造作に捨ててはならない――私たちは整理整頓して暮らしており、カラスも卵を育てます。自分たちの子供なのです。彼女は昔と変わらず率直で、上品に自分の言葉を並べた。一〇歳をゆうに超え、老齢であった。彼女の目は牛のように穏やかで、その翼には、垂れ下がるピーパルの木の根のような叡智を感じた。彼女は、ゆっくりと跳躍する。晴れた日に彼女が跳躍するのは、関節にビタミンDを十分に吸収させるためだというのを知る者はほとんどいないが、こうした習慣の継続は彼女の流儀であった。他のカラスが大騒ぎして飛び立とうとしたときも、落ち着いて尊厳を感じさせる足取りで進んだ。爆弾が落ちようと山が割れようと慌てる様子は見せず、落ち着き払っていた。

他のカラスが慌ただしく宙を舞う中、彼女は人間のそばに立ってじっと見つめた。そして物思いに耽りながら緑地帯の古いドームに近づいた。落ち着き払ったカラスの足取りに、前にいた者たちは畏敬の念を抱き、恭しくマイクを握らせた。淡い緑色の竹でできた棒で作られたマイクは、カラスらしい美しい声を色濃く響かせた。

親愛なる子供たちよ、カラスを悪者の代名詞にしてはいけません。心を柔らかくしなさい。真綿でできたガーゼを世界に広げるように、空から雪のかけらのような雨を降らせなさい。頭でなく心で見るのです。ごらんなさい、二足歩行のあの者は、あなた方に敵対してはいません。あそこから家の中を見ている者は深い悲しみの中にあるようです。おそらくは最愛の人をなくしたのでしょう。その女性はあの人の母親ですが、あそこからは息子の姿が見えていない可能性もあります。目の前にいるのに自分を見てもらえないとしたら、どんな気持ちになりますか？　自分が存在していないのではないかと不安になりませんか。もう一人はあの人の娘でしょう。私たちは生き方を変えましたが、彼らは違います。息子と暮らしていた母親が今は娘のところにいる、そんな屈辱があるでしょうか。あの人の顔を見ましたか、物思いに沈む寂しげな月のようです。

それから、あなた。フェミニストのカラスは傲慢カラスをにらみつけて言った。何かにつけて、なぜすぐかっとなり暴力に走るのですか？　毎日、雨を浴びて体を洗い、少しは頭を冷やしなさい。こんなにも簡単に道を踏み外し、興奮し、判断力を失う。それもこれも、あなたがカラスの特権を手に入れたいと思っているからです。あなたのようなカラスは捕まりますからね。誰かに爆弾を渡され、これを腹にくくりつけて祭りや宴に出向いてボタンを押せと言われます。あなたのいまいましい顔が毎日新聞の一面を飾ります。理解もせず考えようともせず、あなたは突き進み飛び立つ。その結果、あなたのいまいましい顔が紙面に載るのです、捕まったあなた自身は読むことができませんけれど。カラスです。ロバ《ばか》になってはいけません。鳶でも鷹でも鶴でもありませんよ。辛抱です、若者たち。そう言うと、かしずくカラスの頭を撫でた。

彼女の言葉を聞いてカラスたちは落ち着き、辛抱強く立った。暗闇の中で蚊の攻撃をかわすため、カラスたちは赤い蟻を潰してからだになすりつけた。ギ酸はオドモスよりも効果があるらしかった。大麻中毒者がタバコの実を砕いてそっとふかすように、それは静かに行われた。こうしてカラスのカアカア声はやみ、長男が嘆く声だけが聞こえていた。

喪失を知る憐れな月が何かぶつぶつつぶやくと、カラスたちは目をうるませた。傲慢カラスも同様に、長男に石を投げる計画は諦め、どうすれば一人の息子の心を軽くし健やかにしてやれるかと考えてみた。

感謝を言い合った後、家や巣に戻らなければならないカラスは出発したが、フェミニストのカラスと傲慢カラスとその仲間は、同情から、もといた木のほうに戻っていった。

長男の心の声を聞くために。カラスは心の声に耳を傾ける特別な訓練をしている。傾聴するなら相手が眠っている間がいい。木の枝に立つ。

アパートの中で何かが揺れた。なるべく姿が見えないように長男はさっと身をかがめる。

室内は明かりが灯り、外は闇が深まっていたが、だからといって長男が見えにくくなっているとは言い切れない。泥棒の髭は生えていないが、体に藁が付いている。犯罪者のような気分で身をかがめ、通りの左右に誰もいないのを確認すると、アクロバティックな動きで少し高い枝に飛び移った。そこのほうがよく葉が茂っていたが、前方への視界は良好だ。

愚かな妹がバルコニーを開けっぱなしにして、ディーワーリーのお祭りでもないのに家じゅうに明かりをつけていたから、闇の中でも葉に隠れながら家の様子がはっきりと見える。誰かに覗かれるなんて考えもしない。どうぞ見てくださいと言わんばかりだ。母を笑いものにするために神秘主義の修行僧のようなコスチュームを着せてブランコに乗せている。ぶらんぶらん。みんな見てくれ、あんな暮らし、見たことも聞いたこともない、あんな寄せ集めのぼろを着て、ああ、お母さんが落ちてしまいそうじゃないか。昔はたいそう美しいサリー姿で、キビキビと仕事をしていた人なのに。サリー姿の母を思い出していた。母はサリーを捨ててしまった。そう考えながら腹を立て、疲れ果てたのか眠ってしまった。

サリーの思い出の中でまどろむ男はサリー商人だけではない。荒涼とした記憶の中庭でサリーの山から一枚一枚広げる。兄は木に登っていたので、それらを枝にぶらさげた。子供の頃に母が着ていたサリーもあれば、もう少し大人になってから仕事先で母に買ってあげたサリーもある。母はサリーを着てこそ母だ。バナーラスでは、ダシャーシュワメーグ・ガートのヴィシュワナート寺院の階段を、小麦粉粘土でできた素焼きのランプ《ディア》を盆の上に灯しながら下り、マイソール産の絹のテンプルサリーを身につけた。紅色《シンドゥール》で裾に細い金糸の縞が入っている。パッルー*を頭に沿わせ、金の筋が顔を縁取る。女性たちは身をかがめ、火を灯した素焼きのディアを水面に浮かべると、満天の星がガンジス河に降り注ぎ、天の川のようにキラキラと輝く。母はパッルーで軽く頬をぬぐう。木の上で眠る長男の頬に、バターのような感触が伝った。

頬を伝う甘い感触がお仕置きに変わった。台所から出てきた母が叩いたのだ。何年前のことか、どの町であった出来事か思い出せないが、マスタードオイルでからりと揚げたヒヨコマメ粉のパコーラー**が何ともいえない香りを漂わせる。カリーとライスの日だった。味見に母が小皿いっぱいよそってくれたが、舌は舌、手は手、足は足、長男はまだ幼かった。長男は何度も何度も盆にのったパコーラーを取りに台所に戻り、両手いっぱい握りしめた。熱々の熱々、フワフワのフワフワ、揚げ衣に嘴や尻尾が生えてカリっとしている。もぐもぐもぐもぐ。そこへ母がやってきて、長男の着ていたブッシュシャツの腕を引っつかむ。カリー用に残ってないじゃない、みんなのがなくなってしまったじゃないの、と叱りつける。マイソール産サリーの裾に触れられたような甘い感覚にひたっている木の上の長男の頬が叩かれた。だがその日、母が着ていたのは木綿のサリーで、裾を後ろから前へ回してウエストに押し込む姿は、勇敢な女戦士さながらであった。サリーの裾布は、熱で火照った母の顔をパタパタとなでたり、幼い長男を叩いたりした。

木の上でまどろむ長男は、うっとりと愛おしそうに頬に手を置いた。

その頃までに、フェミニストカラスは若い群れを連れて木に戻っていた。

他のことはわからなくても構わないが、サリーについては勉強しておくようにと年長のフェミニストカラスは囁いた。

知識に飢えた若いカラスたちはノートを出し、羽根を一本引き抜くと木の樹液に浸し、名前と日付を書いて万全の心持ちで座った。

一行目に記す。「眠っている」

木の上は不思議な光景だった。人間が頬に手を当てて眠っている。無数のカラスがノートを取って心の声を聞く。長男をぐるりと囲むように学生が集まって、それぞれの枝に整列して座った。どの枝にもカラスが

＊　サリーの布の末端の頭から肩にかける部分。装飾や刺繡が施されている。
＊＊　ヒヨコマメ粉とヨーグルトを用いて煮た豆料理の一種。

座っていた。フェミニストカラスは若いカラスを指導し、眠っている者のことが理解できないときには明瞭に説明した。サリーが広がり柔らかに枝を揺らした。カラスは驚いて眺めた。

心の声はまだ続いた。

やがて成長した長男は、母にサリーを買ってくるようになった。コーター*に行くことになればコーター織のサリーを頼まれた。軽くて乳白色のサリーでそこに同系色の細かいチェック柄が広がる。白を選ぶべきだろうか、長男は自問する。すばらしく美しいが、喪服の白とは違うよな？　夏の夕方、それを着た母がパパと一緒に駐屯地まで散歩していたのを思い出した。時折ディロン准将が電話をかけてきて、両親を夕食に呼ぶから二人もいらっしゃいと招待してくれた。

コーター織、カラスたちはカラス語で囁き合った。

そのとき長男の頭に女王色のサリーが広がり、木は瞬く間にきらびやかに輝いた。

パトーラー織だ、長男は思い出した。

パトーラー織、カラスは声も出ない。あの色彩を見てよ。

踊る乙女の意匠が織り込まれている——ナイルクンジュ、長男は思い出した——ラース・リーラーを図案化したものだ。ハイダラーバードのチャールミナールで買った。妻にも一枚買ってやったが、母のサリーのほうがよかったようだ。母は、あなたが着なさいな、年老いた雌馬はこんな派手なものを着られないからと言った。しかし長男が母に着せてみると、よく似合ってとても素敵だった。妻の嫉妬が火の粉に化けたのだろうか、そのサリーにいくつか穴が開いた。洗濯屋は熱いアイロンを押しつけた。それでも母は穴を糸でかがり、そのサリーを大切に着続けた。年に三度か四度、私の出張があるとき、あるいはハイダラーバード方面に行く用事があるとき、妻は私に同じようなものを買ってきてとせがんだ。寝ても覚めても、そのナイルクンジュが妻を嫉妬させていたのかもしれない。おそらく今はクローゼットにかけてあるのだろうが、今はもっと糸が擦り切れているに違いない。

ガドワールほど絢爛《けんらん》なサリーはない。

けんらん、一羽の若いカラスが書き留めた。サリーの種類かと思って。

ガドワールよ、フクロウ《ばか》、姉カラスが小突いた。

カラスだ、フクロウじゃない、弟カラスは気取った目をして言い返した。

木の上でサリーを広げながら長男は考え始めた。母のおかげでインド中の織り職人に詳しくなった。ガドワールが何か知っている男がどれだけいるだろう。サリーの本体は木綿だが、パッルーとボーダーは正絹で金糸や銀糸で刺繡が施されている。黄色のサリーにパロットグリーンのパッルーがついたサリーはマンゴーがたっぷり波のようにあしらわれ、実に素敵だった。アーンドラのガドワー地方の石と木を彫ったブロックの型染めだ。

そのとき長男はマンゴーのことを思い出した。マンゴーの果汁を母のポーチャンパリー・イカットのサリーにこぼしてしまったのだ。大泣きする小さな長男を母はなだめた。大きな坊や、こんなにたくさんの色があるの、見てごらん、えび茶色、こげ茶色、ヘナの色、ターメリック色、いろんな色が混ざったデザインだからしみは目立ちませんよ。母がそのサリーを着るたび、幼い長男はお寺参りをするように母の体を一周し、サリーを手で広げてマンゴーのしみを探したがデザインのせいで見つけられないのが悔しかった。不安に駆られている長男を家族がからかうので、版木は……

ハンギ、一羽のカラスが声に出して書き留めた。

それ以前がポーチャンパリー、その後がカーンチワラム。牛のような目をしたフェミニストカラスはゆっくりと言った。かけ算の九九でもそらんじるように。

どうしてわかるんですか、傲慢カラスが興味津々な様子で近くへ座って尋ねた。

シー、フェミニストカラスは合図をして微笑んだ。

カラムカーリー・サリーを私たちの母はよく着ていた。長男は職人が竹の絵筆に髪の毛を巻き付けてサリーに象嵌を重ねるのを見た。芸術家と呼びなさい、母は口を挟んだ。実際、サリーはとてつもなくすばらしかった。色彩は独特で自然由来だ。茶色、焦げ茶色、濃い赤、銅色。植物の根、ビンロウジュ、銅、ターメリックの色だ。花、木の葉、一つには藍も入っていたが、それが何のエキスから作ったものか忘れてしまっ

＊グジャラート州の地名。

た。それからカーンチワラムは……

　それを聞いた傲慢カラスは、ねえ、あなたは前から知っているのですか、と驚いて尋ねるとフェミニストカラスは意味深な笑みを浮かべた。

　黒のカーンチワラムだった。そこにはラーマとシーターの物語が白で描かれていた。壮大に描かれているのに素朴であった。

　それはね、黒のような色はないからです、とフェミニストカラスが言い若者たちを納得させた。ああ、と皆の声が上がる。そうやって枝に揺れるサリーを大切そうに撫でた。

　嘴ではいけません、フェミニストカラスは翼をシューシュー言わせて注意したので、皆は翼で撫でた。

　二〇〇〇ルピーで買った。南を訪れたのは初めてだった。妻の分も買ったが、妻は母に買ったサリーも借りては着ていた。当時としてはとても高価な品だった。だがそれより高価だったのがパイターニーのサリーだ。

　パターン。カラスはカアとつぶやいた。

　パターニー。雌カラスが訂正した。

　いえいえ、とフェミニストカラスが二人を黙らせた。パ・イ・ター・ニー。

　ヴァローダラー*で手に入れた。ガーイクワード王家に、伝統サリーの風呂敷包みを頭に載せてオーランガバードからやってきた男がいた。王家以外のどこに本物のパイターニー・サリーが見つかるだろうか？　そちらをお見せしなさい。奥さんにどうぞ、と王妃は私のほうに差し出させた。母にも、と私は考えた。バーングリー**の孔雀柄、この蓮のも、このアシャーワリー・サリーも。これらの繊維は手紡ぎの手織りで、一枚のサリーを織るのに一年半かかるんですよ、旦那、とサリー売りが言う。両陛下のお客様ですから、お安くしましょう。一枚は茄子紺、一枚は草色を選んだ。

　このサリーもまた枝にかかって揺れたので、先のとがった小枝に引っかかって破れないように、一羽の生徒ガラスが丁寧に葉っぱでくるんだ。

　長男が笑い出したので全カラスが振り返り、好奇のまなざしを向けた。タミルナードゥへの旅の道中、赤煉瓦色のサリーが店に飾られているのを見たのを思い出したからだ。運転手に車を停めさせ、店に入ってそのサリーについて尋ねた。売り子の女性は無愛想に言った。売り物じゃありません、傷物。引き返そうとしたが心が店へと引き戻した。見せてください。傷物、傷物！　耳の不自由な人に話すように、売り子は大声で言い聞かせた。見るだけならいいでしょう、長男も大声で返す。売り子は、自分の大切な時間を無駄にする愚か者を見下す目つきで、ショーウィンドーからサリーを下げると、投げつけるように長男の前へ置いた。二つとないサリーであることは長男でもわかった。タミルナードゥ・シルク。赤煉瓦色の。孔雀の総柄で、パッルーに獅子の寝ぐらがある。全面に手の込んだ仕事が施され、空白はどこにもない。なのにこれほどまでに品がある。一流の品。シルクも洗練されている。触れて、重さを確かめて、撫で、置いてまた手に取り、しまいにはいくらか尋ねた。売り子は、この男はどうかしていると思った。傷物、今度は判決を言い渡すように声を張り、こことここに傷があり、ここもここも裂けている、と示して見せた。だが長男はこれが世界に一つのサリーであることを十分に理解していた。構いません。あの時代に割引料金で数千ルピーを払った。

ああなんと、あのサリーだ。母が着て、彼の妻も着たサリー。裂けたところはかがって繕った。当時の繕い方は見事であった。そのサリーを母は絨毯のように丸め、その上に別のサリーを巻くと、さらにそれを紙で包んでリボンをかけ、破れないように棚に立てておいた。

それを見て、長男は上に巻いていたサリーのことを思い出した。ティシューのサリーだ。雲の色に金が溶けている。純金だ。なんとも美しかった。長男はそのサリーを枝に掛けるとカラスたちはうっとりした。純金！

そうです、老齢のフェミニストカラスが説明した。金を取り出すためにこれを溶かす人間もいます。

私たちはそんな理不尽なことはしません。一羽のカラスがうっとりして手を触れた。

気をつけて、別のカラスが叫んだ。今度こそ破れてしまう。

＊グジャラート州の地名。
＊＊ハリヤーナー州東部地方。

おや、あれを見て、一羽のカラスが向こうへ皆を注目させた。そこには長男が別のスタイルのサリーを丁寧に広げていた。小さなサリーだ。

あれはなんというサリーだろうか。彼は思い出しただろうか。カラスたちが耳を傾ける。

これは自分で買った物ではない。タミルの大臣夫人のお寺で見かけたんだ。大臣夫人の父親は、そこで代々祭司をしていた。女神に着せるためのサリーだった。私はそのサリーも気に入った。赤いサリーだったが、けばけばしさはまるでない。

お寺の中に毛羽《けば》？　カラスは驚いていた。

毛羽ではなくけばけばしさ。別のカラスが説明した。私が解説します。まずは聞きなさい。老齢のフェミニストカラスが口を挟んだ。注目。

サリーに金色の格子があった。

幅が狭いよ、と長男は言ったが、母はたいそう嬉しそうに、自分が着られるように丈を直した。

本当にそうだ、長男は自分を称えるように言った。自分がこんなにサリーに詳しいとは思わなかったな。

フェミニストカラスは若者たちに解説した。あなた方の周囲に聞こえる言葉は、無意識にあなた方の心を満たし、知らず知らずそれらの言葉を覚えていることを自覚したとき、気が遠くなるかもしれません。だからこそ、人がよく話すところを巡りなさい。

長男のサリー教室は順調に進んでいた。長男が木の上から覗いていた家の中とはまったく別の光景が広がっていた。長男はまどろんだままサリーに包まれた思い出を整然と広げ、一枚一枚枝にかけていった。学びを得た生徒たちは、すっかり有頂天になった。心の声はいつまでも続いた。

寝ている長男の心に、レスリングのような争いの記憶が甦った。嫁はいつも自分のサリーより、母に買ったサリーを気に入った。母のサリーを着たいと言い、こけら落としに、まずは母に一度着せて名目上は母のサリーにし、あとは自分で着た。嫁は床につく長さに着付けるから、ハイヒールで裾を踏んで穴を開けてしまうばかりか、床を引きずって歩き、ついに、このサリーはあなたが持っていなさいと母に言わせた。それでも嫁の不満はやまず、サリーのブラウスはどれも母の寸法で誂えているから、私は手持ちで色を合わせて着なくてはならないと口に出す。嫁姑のサリー争奪戦は終わることのない課題だ。特別な日になると二人ともサリーを着飾るが、母はどちらかというと地味なサリーを好んだ。父親が生きていた頃からカラフルではないサリーを選んだ。

　ああ、思い出した、あの濃い青のサリーはシャンティニケータンから持ち帰った。ガヤトリー・デーヴィーが自分の店を開いたころのデザイナーズ・サリーだ。ムガルの意匠がプリントされていた。妻も一緒にいて、カラフルなのは着ないと言いながら選んだサリーだ。青黒く、黒のような青のようなゴブレットがプリントされていた。あまりパッとしないので長男は他のあらも探したが、母はそれを気に入った。どこか授賞式があったとき、母はそのサリーで出席し、兵士とその妻たちに栄誉の品を手渡した。その写真もある。

　これはまた趣向の違うサリーだな、カラスたちは感心したように眺めた。フェミニストカラスは翼を伸ばし、そこにサリーをかけた。

　その月曜日――いや火曜日だったか――の夕刻、討論は白熱し、カラスたちは足や翼を振った。フェミニストカラスの指導の下、彼らは木に登り熱心にサリーを眺め、その種類の多さにくらくらした。何羽かは、白鳥のように美しいサリーをまとえたらと思ったが、彼らはカラスであり白鳥ではなかった。

　やがて夜が更け、木の上はサリー一色になった。眠っている人間は夢を見ることで、意識のあるときには注意もしなかったこと、つまり長男の視界でゆらゆらと揺れ、注目されてこなかったサリーを目にして心が豊かになった。長男の心の声を聞こうと同情して集まった鳥が、木の上でお祭り騒ぎをしたくなるのを誰に止められるだろう？　長男の心は美しいサリーが波打つさまに合わせて揺れ、枝の上で心地よく眠っていた。市の森林局の行政的な手違いであろうか、柔らかな街灯が灯り、家々の外に柔らかな電球が灯り、木の枝に掛けられた無数のシルクのサリーがほのかな明かりに照らされて、カラスたちはそれらを触ったり、近くで眺めたり、時には自分でまとってみたりして夢中になり、くるくる周って踊ってみたりしている――見てよ、絞り染め、ザルドージー刺繍、バンデージ、タンチョーイー、イカット織、アジュラク染め、ジャームダーニー織、チカン、チャンデーリー、マドゥバーニー、マヘーシュワリー、ムーガー、コーサー、女性が水キセルを吸っているバールーチェーリー、白のダーカイ、バーガルプルのタサル、手織のベンガルのシャンティプリ、バスタルの白檀色の太鼓がプリントされているのは、のちに切ってショールになったサリー、ダーングから持ってきたルグダーは、薄ピンクにターコイズ色のボーダーで、丈は少し短かったが、母は家でよく着ており、色はぱっとしなかったが、いなたい村人タイプの服を好んだので、少し歩いて……

歩いて、カラスたちはメモした。

パイターニー。フェミニストカラスは厳しく言った。

それはもう書いた、カラスたちはノートを取ってフェミニストカラスに見せた。そして立ち止まり翼を頬に当て、将来有望な学生のように姿勢を正し、牛のような目をした先生のほうを向いて尋ねた。なぜおばあさんはあんなに美しいサリーに別れを告げて麻袋を着ているのですか？

それはね、子供たち、あの方は今、外側にあった層を何もかも剝がし、内側の層を開こうとしているからですよ。

ちょうどそのとき、サリーにくるまれた昔の母親の姿を眺めていた長男が、新たな母が一枚だけ衣をまとっているのを思い出し、慌ててパタパタパタパタと自分の服を払った。蟻が這いずり回っていたからだ。服をひねって潰せば、一石二鳥、蟻も蚊もいなくなる。こんな格言は学校でも大学でも教わらなかった。

何が起きたのだ、長男は時計に目をやると、枝に揺れるサリーを踏まないように気をつけながら下に向かってジャンプして降りた。サリーの嵐だった。タンチョーイー、タンガーイル、ガドワール、バナーラシー、マヘーシュワリー、カーンター、ポーチャムパッリー、カッタク、バールーチェーリー、チカン刺繡が宙を舞い、その他にも汗の玉のようにきらめく塵が舞い上がった。

長男は木を降り、怒りながら上階の妹の家を見た。ボロを着て歩く母が見えた。

ああ、足を引っかけてしまう、倒れてしまう。長男はぶつぶつ言った。

そして母は倒れた。その時ではなかったが。

最初の使者はカラスだった。鳥を見て、シーターの危機をラーマに知らせるジャヤンタやジャターユだと思う時代は過ぎ去った。木も空も川も鳥も、名誉はすべてセメントの中に投げ捨てられた。水といえば悪臭を放つ下水、空は煙のヴェールで、その鳥がカラスなら、盗みに来たか糞をまき散らしにきただけだ。

もちろん盗みも頭をよぎったが、実際はメッセージを伝えに来ただけだった。真っ赤なトマトに浸るラジマ豆のかかったトーストがテーブルにあるのを見て心が揺れた。欲との闘いの始まりだ。自分は空腹なのだと言い聞かせたが、目覚めたばかりの真新しい良心が、貪欲という名を彼に与えたから苛立った。空腹と貪欲を区別するのは難しい、カラスは思った。善人も悪人も腹をすかせる。近頃はおいしそうな物を見るとおなかがグーグー鳴るので、それがどちらかわからない。視線を逸らそうとして、ある考えが頭をよぎった。少しかじってみたところで誰が不幸になる？　どんな違いがある？　窓は開いていて、足も翼もある。ひょいと跳び越え、さっと去ればいい。それから伝える、あの人のお母さんが倒れたと。だが彼はそれを聞ける状態にあるのか？

夫婦は喧嘩をしていた。

その日のことだ。正確な日付はどうでもいい。長男と妻の喧嘩など、歴史ではなく噂話の類いだ。母のサリーはどこにある？　疑われてショックを受けた妻は

――西洋社会に暮らす息子は、不幸があってから母親の忍耐力はゼロになったと言った――私が横取りしたとでも言うんですか、私が着てるのを見たのですか、私には自分のものがないんです、私が願いの木を生やしたのですか、受け取った財産はすべてあなたが持っていけばいいじゃないですか、誰のために料理をしてきたのですか、どうせあなたはパンとケチャップしか食べない、ガラスのグラスからウイスキーの匂いがする、私の友達はそんな味のジュースは飲まない、玉葱がキロ一〇〇ルピーするのに、あなたはお金を使ってばかりだと騒ぐ。

それが私の質問に対する答えか、わざと話題を変えて私を金食い虫呼ばわりしているのか？

サリーは買ってもらいましたけど、私がサリーに全財産をつぎ込みましたか？

君のお金に私がいつ手をつけた？　これはお母さんのだよな、な、な、違うか？

過熱する喧嘩の最中、かっとして余裕を失う敵を見て満足感を得ることがある。母の名前が出た瞬間、長男は怒りでのぼせ上がった。のぼせ上がった敵が罵れば、満足度は増す。それがどんなに汚く醜い言葉であ

ったか世間に触れ回れる。海の向こうにいる息子はそれを聞いて心配して手を震わせ、仕事を放り出して前線を守りに駆けつけようかとまで言ってくれる。

何もかもお義母さんのもの、他はあなたの息子たちのもの、私は何がいただけるんですか？　あなたのお母さんは息子の嫁に何もくださらないの？　いいか、母の話はもうよせ。たくさんだ、次はサリーを何枚でも持っていけばいい、長男は叱りつけた。ご自分では行かないんですね、まともなお茶も出てこないあの家に行ったところで、何の得もありませんけど、小切手にはお義母さんにサインをしていただかなくてはいけません。

サリーのチェックはやめなさい、カラスはよだれを抑えながら言った。お母さんが倒れましたよ。

このカラスこそ、会議が紛糾したときにフェミニストカラスに攻撃的な態度をたしなめられた傲慢カラスであった。血気盛んに頭を割ってやると言っていたあのカラスが、母を慕う物語を知った今、息子の頭を撫でてやりたくなっている。

それが若さだ。衝動だ。命を捧げようとしたかと思えば命を奪うこともある。

執着から愛着が生まれる。カラスがどのようにして敵から味方になったのか、話せば長い。このカラスの母親は出産で死んだ。卵が体内で割れて動けなくなり、衰弱して呼吸が弱まり、やがて息絶えた。叔母がいたおかげで、一軒一軒、いや巣から巣へとさまよわずに済んだ。頑なで若い彼の心も、母親の名前を出すだけで溶け、母親そのものになった。開いた瞼には偽りの怒り、閉じた瞼には真実の愛*、という考えはどこかに消えた。

それが問題なのだ。どちらの感情もいっぱいに詰まって、どちらが優勢になり、いつそれが波及するのか。長期政権の指導者の関心事だ。外交術を発揮できないようではその政権は終わる。執着とは誘惑でもある。

必要もないのに浮上するのが、若さへの執着だ。若さはカラスを周囲の利益の道具にする。若さの嵐に吹かれる者は、まず行動に出て、考えるのは後回しになる。カラスがどの道に飛びつくか――喧嘩か愛か――は文脈や環境により決まる。

欲の話が出たのでビーンズ・オン・トーストの話に戻ろう。欲には愛憎が絡み合う。愛国心と同じだ。だからカラスは敵意を忘れて慰めになりたいと心から願うようになった。長男を思うと胸が熱くなり、あちこち道を尋ね、定年退職後の新しい住まいまでやってきた。扉ではなく、長男の座るすぐそばの窓を、嘴でトントン叩いた。早く伝えなければ。君の尊いお母さんが倒れたよ。しかし夫婦は見もせず聞きもせず、カラスは食べ物を見てよだれを垂らした。

多くの出来事と生理現象が重なると、集中力は分散されるから、なぜ自分が来たのか、カラスが一瞬忘れそうにもなる。植民地健忘症のように——耳はあちらを向き、心臓は別の所、目はあちらとこちらを見る。しかし、カラスは自分の翼と足を思い出し、再び憐みの心が湧き起こる。あの憐れな人間には自分のような足も翼もない。嘴もない。彼に何ができるのか？カラスは同情して翼を広げ、慈悲の心とともに今日そこへやってきた。お母さんが倒れているよ、おれはこの目で見たんだ、君の住所をあちこちで尋ねて来た。さあ行こう。

と、それでもカラスの話題は残っている。「と」と言ったからには、「と」に関する話題もある。短い「と」も、取るに足らない存在ではない。サンスクリットの時代から現代のアニー・モントー**に至るまで、重要な言語学者は「と」を研究し、焼き色がつくほどに料理し議論を尽くしてきた。

「と」の音は耳に心地よく楽しいが、母が倒れた今、喜びに浸っているのは場違いというものだ。「と」は終わりのない永遠の話題であり、議論は止まらない。あらゆる物事は終わりがなく、どんな話題も完結しない。人生もそうだ。死を終わりだと考えるのは愚かだ——死が人生の終わりであったことはない。今日、生命が危機に瀕しているのは、なんとか延命する方法を探ろうと、死に終止符を打とうとする科学者たちが生まれたからだ。生命を終わらせようとしたのは彼らだ。永遠の若さという恩寵を受けたヤヤーティ王が、不老の恩寵を放棄しようと躍起になったのを知らないのだろう。敵は若さではなく、永遠不滅であった。永遠不

＊映画『Professor』（一九六二）の劇中歌。
＊＊言語学者、インド文学の翻訳者。

滅を手にすると万物の価値はなくなる。死があるから生があり、悲しみがあるから喜びがある。その逆もまたしかり。

　これは哲学的な話であって笑い話ではない。偉大なるグラーム・アリー・ハーンが「腕飾りの紐《バージュー・バンド》がほどけたのは《クル・クル・ジャーエー》」を歌ったとき、腕飾りが落ちたのは恋する乙女が痩せ細ったからだと言うと聴衆は笑ったが、話には続きがあり、終わったはずが終わってはおらず、それは三昧の境地にあり続け、一陣の風が吹いただけで命は再び蘇る。

　いつも何かがそこに残って存在し続ける。物語であるにせよカラスであるにせよ。

　ともかくカラスの話は続く。ノックの音に誰が気づくだろう？　重要なんだ、大切な大切な話だ、カラスは言った。誰が見てくれる？　大きな戦争が起きている。カラスは咳払いをして大人らしくゆっくりとした口調で始めた――いいか、今日おれは、君が吊るしたサリーをもう一度見て触って嗅いで手に取ってみたい。そしてご母堂さんが元気か確かめたいと思って会議の会場《ベニュー》から戻ってきたところだ。そんな気持ちを知れば君もきっと喜ぶだろう。数々のサリーは、君が目覚めたあと、あとかたもなく消えた。そんなわけでご母堂さんをバルコニーから眺めていた。まだ明け方で、空はけだるそうに瞬きをして酒に酔ったピンク色の目を開いた。ゆっくりと世界を回り、ほろ酔い加減で一面をピンク色にした。黒いおれの体まで赤く染まっていくのが、バルコニーの窓ガラス越しに見えた。だが喜んだり得意げになったりする間もなく、別のものを見ておれは恐ろしくなった。それは、おれが来るのを待っていたように始まった。君の妹が紅茶を載せたトレーを持って立っていて、君のご母堂さんが部屋へ入ってきた。

　カラスは調子に乗って話していたが、勃発していた夫婦喧嘩に何の影響も及ぼしていないことに気づいた。トーストもそのままだった。窓辺までぴょんと跳んで近寄ってみたが何も変わらなかった。いやいや。カラスは喧嘩を聞いて言った。サリーのことじゃない、テントみたいな衣の話でもない、あれは昨日来た、あの男とも女ともいえない仕立屋が持ってきた。ご母堂さんが今みたいに小さくなってしまう前の晩、その衣はくるぶしの上まであった。だからご母堂さんの足下が曲がるのがおれには見えた。ピンク色の朝焼けの中、君がマンゴー色のポーチャムパッリーのサリーをかけた。あの朝のカワリサンコウチョウのせいだ。君のご母堂さんもそれを見て気が急いて目がくらんだに違いない。あらゆる扇動にそそのかされて、ご母堂もあおられた。権力はまやかしだが、自分に力があるとうぬぼれる者は、本当に力があると信じだす。たとえば王。ヒトラーのように傲慢で独裁的になる。人間とは愚かなもので、権力が一人に集中することを許し、その人物が法と秩序と美の象徴だと考え、世界を偉大なものにしてくれると信じてしまう。おれが真っ黒で傷ついているからといって、侮辱だと思わないでほしい。カワリサンコウチョウや白鳥になりたいというおかしな野望は持ってない。君のご母堂さんは真新しい人生を歩みだした。新たな目ですべてを見つめ、心と身にははちきれんばかりの希望をたたえている。ご母堂さんはさまよっている。カワリサンコウチョウのように空を飛びたいと願ったが、空を飛ぶのはおれたちだ。無理に近づくと怖がって逃げてしまうから、ゆっくりと曲がろうとしたんだ。わかるか？

全くの徒労だった。反目し合って心が折れた夫婦はちりぢりになり、妻はテーブルに朝食を並べ、長男はベッドに戻って目をつむり、怒りを装って憂鬱を隠した。カラスは思った。今は落ち着いているから聴くかも知れない。カタカタと音を立てて近づいた。トントン。

長男は目を開いた。目の前の窓越しに柔らかな光を浴びるカラスがいた。ゆっくりと手を伸ばし、カーテンを脇に引いた。カラスは敏捷な目をしていた。両者は対面し、目と目が合った。

あの物憂げなゆうべにこのカラスがいたことを長男は知っているだろうか。間一髪のところで頭蓋骨を割られずに済んだこともきっと知らない。どのカラスも同じだと思っている。アメリカ人がインド人を全員シク教徒だと思うように、ドイツ人が韓国人はみな同じだと思うように、白人が黒人はみな同じだと思うように、頭の悪い人間が天才はみな同じだと思うように、粗野な心が雲はみな同じだと思うように、ヤクザ者が女はみな同じだと思うように、人間が蟻はどれも同じだと思うように。そんなふうに眺めているうち、そのカラスを知っているようにも思えてきた。カラスのほうも長男が耳を傾けたので上機嫌で話を始めた。

カラスはただカアカアと啼いていたわけではなく、

その声には特別な抑揚や、言葉や節回し、感情の創出があった。カラスは言った、心がカラスのように空を飛べたとしても、足が亀なら、年寄りが倒れるのは当然だ。君のご母堂さんの心と足は異なる軌道を進んでいたから、片方の足は前進し、もう片方の足は後退した。カワリサンコウチョウはこれを望んでいたに違いない、カラスは政治的分析を述べた。足取りが乱れたのだ。ご母堂さんのサンダルが滑り、バランスを保とうとしたときに後ろに突然ひっくり返って倒れかけた。あらあらあら、君のご母堂さんは驚き、君の妹さんはあっけに取られ、おれも全く無力だった。おれがぴょんと飛んで受け止めてやろうとしたときには、ズドーンドシーンと大きな音がして、もう倒れていた。

ちょうどそのときだ。シドがいつもの調子で入ってきた。グッドモーニング、パパ、見てよ、カラスもグッドモーニングと言ってるよ、ママ、何か食べるものない？

すべてがごちゃごちゃになった。

喧嘩はやんだ。シドが座った。ママはビーンズ・オン・トーストを渡した。炒めたマッシュルームを添えてフォークで一口分をすくい上げ、シドの口に入れてやろうとしたが、テーブルの下に転がって落ちた。カラスは反射的にひょいと跳ねた。長男はカラスが飛び跳ねるのを見て、落ちた食べ物を拾い上げ、窓の外のカラスのほうに放り投げた。私の夫はまったくだめな人。ママは首を振ったが、シドがいたから怒りは収まった。君よりましだよ、黙って私の話を聞いてくれるし、口答えもしない、長男は言った。シドが笑った。カラスはカラスらしく目を光らせていたが、なんとか知らせなくてはいけなかったから、もう一度伝えた。早く食べ終えるんだ、君のご母堂さんが倒れてる。

もう行く、シドは立ち上がった。カラスは自分の知らせが通じたかと思った。国際オリンピック協会のメンバーと重要な会議がある。これが成功したら僕の将来は明るいよ。

まず会いにいくべきはおばあさんじゃないのか、倒れてるんだ。カラスは食べ物をのみ込みながら言った。

おばあちゃんのところへは、いつ行く？　長男が尋ねた。カラスは感謝するように彼を見た。

日曜日以降かな、シドは言った。

サリーを持って行ってやって。転ばないようにな。転んでしまった、サリーとは関係なく。カラスも医師も長男には説明した。だがカアカアに付き合っている暇はなく、医師の言うことに耳を傾け、それ以外の言葉には耳を貸さない。これを熟慮すべき問題だという人もいれば、心のささやきに関する問題だという人もいて、両者の意見が交わることはない。

いけませんね、医師は言った。どの質問にも娘は即座に答え、どの質問にも恐怖を覚えた。

すでにおびえている人を怖がらせるのは簡単だ。どこに手抜かりがあったのだろう？　母はすっかり健康だと思い込み、高齢ということに無関心であったのか？　客間から時々出て母の様子を覗いていた。時にチューリーの音が遠くから聞こえ、時にバスルームの電気がつく音がした。母は見ると煙たそうに、私なら大丈夫よと言う。母が見ていないとき娘は母がベッドを占領するのを観察した。私と一緒に暮らしてこんなに幸せじゃないかと娘は微笑んだ。

だが今日はどうしたことだ、恐怖が教訓を学ばせようと意を決し、娘の油断をとがめに来たようだ。朝、二人でバルコニーに座ろうと、娘が紅茶を淹れて立っていたところ、母は理由もなく事情もなく、前に進むべきところを後ろに引きずられてしまった。あらあらあら、歌のような笑い声が起き、水辺の舟が後ろに流されるように、パタパタと音をさせながら母はサンダルのオールを掻いた。

一秒か二秒がひどく長く感じられた。娘はトレーを置いて跳び出したが、その頃にはもう母は後ろへひっくり返り、壁を擦り、床に倒れていた。腰に娘の手が届いたから、恐らく頭が壁にぶつかることはなかった、ショックに続くショックであった。床に倒れた母はびっくりした様子で視線を上げ、何が起きたのかしらと自問し、倒れたのを理解した。

娘は恐れおののいた。かばおうとしたがかばいきれなかった。頭を打った？　母をどうやって起こそう。恐ろしく重い。娘は母を引きずるのに使えそうなものを探した。床には水で湿った跡があり、体から水が滴っている。汗なの？　おしっこ？　これではまた滑ってしまう。恐怖でにっちもさっちもいかない。母を起こせなかった。母は後ろめたそうに笑っていた。もういいわ、自分で起き上がれますからね。でももし滑ったら。娘はタオルを取りに走り、母を拭き、床に今日の新聞を敷き詰めた。母は、どこで自分の体重を支えられるだろうかと辺りを見渡した。椅子を一脚持ってきてちょうだいと命令し、子供のように這いつくばって椅子のほうへ向かった。椅子を支えに、どうにか体をひっくり返した。背中が上、腹が下。そして両手を椅子に、両脚を床にしっかりとつけ、ふうと息をついて呼吸を整えた。まるで四本足の獣だ。娘が何度か手を出そうとしたが、母は自分で立ち上がった。雌の羊か山羊のように。母のキルティングのガウンが、こどもをたくさん産んだおなかのようにぶらぶら揺れていた。様子を見ていた娘の手足が震えた。私一人の手に負えない。ＫＫに電話しようか、それとも兄さんに。お母さんをこのままにしておけない。

　母は背中を上にしばらく休んでいたが、力を出して後ろ足を持ち上げ、少しずつ、手で椅子をぎゅっと握り締め、いやいやまだまだあーあーと言いながら上体を起こし、娘をつかんでゆっくりと歩き、またしばらく壁際の椅子に手足を伸ばして座った。娘はこう思ったかも知れない。低いと思っていた椅子があったおかげで立ち上がれた。怒りは粉々に消えた。母は起き上がり、もう何でもない大丈夫と言うが、小指をひねったらしく、頑固なバラモンみたいに、まずはお風呂に入ると言う。

　娘が覗き見ると、母は服を着せる小さな木綿の人形のようで、自分の体を洗ったり拭いたりしている。

　医師に電話をした。めまいはしませんでしたか？　湿疹は？　膝に痛みは？　頭は重い？　床が濡れていた？　汗はかいていなかった？　何を食べました？　喉に焼けるような痛みは？　血栓、血圧、白内障、耳圧、心臓……、カルテがめくられた。

　いけませんね、医者は言った。医師は病院に連れてくるよう娘に勧めた。母は拒否したが、兄の勧めるＣＧＨＳ病院に連れていった。そこでなら公の検査と治療が受けられる。

　病院のベッドに横たわる母は、元気ではあるが活気はなかった。また横に寝かされるの、とでも言いたげだ。もう。大丈夫なのに。母は決まりが悪そうだった。サンダルが滑ってね、だから私は転んでしまったの。

　朝の時間帯はフェノールの香り一色になる。外来診察の外はターバンの紳士たちで賑わっていた。大声で、おめでとうおめでとうと言い合っていた。医師が、ここは病院だと言って叱りつけたが、年寄りのシク教徒がお菓子の箱を開けて言った――先生、孫が生まれたんですよ、お菓子をどうぞ。その脇でシク教徒の若者たちが両腕を上げて、バッレバッレとバングラダンスを踊っている。

物語の中で母親が倒れると、登場人物は一か所に集まってくる。朦朧として。朦朧としていないなら、ガタガタガタガタと大騒ぎしてよろめきながら皆が集まる。

昔ながらの家族だ。互いに悪口や非難めいた気持ちを抱えながら、皆で心配を共有する。不仲であろうとなかろうと、母の絆で結ばれている。

すべてはみな自分の時間の映し鏡で、すべてが時間から切り離される。鏡にはたくさんの角度があり、歪みがあり、角があり、起こりえないような姿が現れて、それが誰のものであるか、どうして現れたのかわからない。曲がっていると知らなければ、鏡像を見てもまったく気に入らない。鏡の脇には時のかけらがあり、握り締めた拳の中には時の目があり、鏡像が安定しているかに見えて、そこにまた時の塊があり、別の皺、別のたるみを映し出す。鏡が割れるのも折れるのも壊れるのも時だ。どのスピードも時であり、揺れるのも揺られるのも滑るのもめまいがするのも跳ねるのも泳ぐのも女性も、これらを何と呼ぶべきだろう。これらは毎日死んで消えていく。なのに本の中では生き続け、病院に着いた母の前後に全員が集まったところで母が言う。ロージーを呼んで。

長男はおそらく聞き違えた。サリーを着せて。奇妙で貧乏くさく、ひらひら揺れる天蓋のようなマントをかぶって母は倒れていた。子供の頃から今日まで妹と面と向かって話すことはなかった長男が、包みを渡して言った、開けてみろ。サリーが出てきた。

妻は、いつ私のクローゼットから持ち出したのかと驚いて目を見開いた。やがて古傷がしくしくと痛み出した。私のものは永遠に私のものではない、姑は欲しいものを何でも横取りする、子供だって私に育てさせてくれなかった、いつだって叔母か祖父母に預け、家は世界に開かれた宿場のようだった、私にだって自分の家が誰のものかわかっていた、義妹は好きなときに泊まりに来て、お義母さんは私の寝間着を勝手に渡して今日は泊まって行きなさいなどと言い出し、こんなことまで言いたくないが、泊まりに来れば窓辺の私の席に座り、台所を見張りながら読み物をしていた嫁の私が悪者にされ、家事に興味を示さなくなったと非難される。義妹は家に車もあり運転手もいるのを見ると、自分の車やスクーターのガソリンを節約するために母親をだしに外出し、近くのマーケットにクノールスープがあるだの、オーガニックがどうだの言い、母親が飲まなければ自分が飲むと言って購入し、一〇分で済む用事を何時間もかけ、自分のドライクリーニングの受け取りや、人との用事を済ませ、こちらを混乱させることばかりする。一〇〇日にたった一度我が家の車にガソリンを入れただけで、それから二〇〇日間、お義母さんは事あるごとに娘がガソリンを入れてくれたと語る。自分勝手にやってきて、我が物顔で家に居座り自分の用事に干渉を許さない。あんな不愉快な生き方をする人は近づいてほしくない。過去の経緯が煙のように立ちこめ、嫁の頭の中を波のようにゆらゆらと漂っていたが、ここは病院という微妙な場所だから、そんなことはおくびにも出さない。

　静かにしてはいたが、静かにすることに我慢できない者もいて、別の所から違う声が跳び出す――ちっ、窓ガラスに蜘蛛の巣が張ってる、掃除しなさい、えっ、こんな餌だか馬草だかおがくずだかを食べるの、お母さんを家に連れて帰りましょう、もういい、ショックもショック、こんなに着るの、ショッキングピンク、ここに病院のガウンがあるけれど、などという声が響く中、妻は包みを開けてどんな種類の何枚のサリーを持ってきたのか数える。入院のためにサリーが七枚。

　だから倒れたんです、そう長男は医師に伝えたが、医師は納得しない。いくつもの質問をしたが、そのどれもサリーとは一切関係ない。目が見えていないようだ、目を調べろ、弱っているのはどうしてだ、心臓を調べろ、耳圧がおかしい、耳を調べろ、なぜ指が曲がっている、骨密度を調べろ、貧血かもしれない、血液、ヘモグロビン、血小板、甲状腺、すべてを調べろ、心電図《ECG》、耳鼻咽喉科《ENT》、ＭＲＩ、あの検査この検査、すべて書き出した。母の胆嚢に結石があって過去に取り出したのを知り、炎症が起きて破裂する恐れがあるからＸ線検査をしろとも言った。

　母は車椅子に乗せられた。年齢、年ですから。認めてください、個室はありませんかね、そこで快適に過ごし、検査が行われ、倒れたとき母は笑っていたが、病院に足を踏み入れてすぐこれらすべての検査を提案され、三日がかりで行ったから今は疲れきっている。

ＫＫと長男は並んで立っていた。互いに話すことはなく、それぞれ医師や看護師と話した。

目がチカチカしますか、お母さん？　医師はカルテを読んで質問した。

ときどき、母は少し考えて答えた。

歌うとき、カルタールみたいに声が響いたりします？

歌いませんので、母は考えながら言った。

咳は低音《マンドラ》、中音《マデイヤ》、長引《ヴィランビタ》きますか？

音階で答えましょうね、母は医師の質問に合わせて音を出した。

脚を掻くとき腰を折りますか、それとも脚を上げますか。

杖で掻きます。母は説明した。

夢は見ますか？　質問だ。

とても。母は答える。

この方の……。医師はよくわからない言葉でいくつかの検査を記入した。主治医だ。

看護師が口を開いた。先生、夜に、彼女がリストのページを開いてダブルチェックしました。ええ、午前一二時三分と午前四時五二分に患者さんが笛を鳴らしました。

なんだって、笛はやめてください、感染症になるかもしれない。

いいえ、看護師は笑った。ご自分の口を吹かれたんです。

面白いなあ、医師はしばらく母を眺め、決めかねている様子でペンを持ち直した。それほど深刻な問題に受け止めなかったのだろう。

わかったでしょう、サリーは関係ないんです。一刻も早く母を退院させて家に連れて帰ろうとする長男に、医師はあきれたように言った。

医療用ガウンを着て、聴診器をぶら下げ、ファイルを握り締め、来ては去る。この薬、あの薬を飲ませてください、注射を打ち、生理食塩水の点滴もしたが、退院許可は主治医の判断に委ねられ、朝来ても次に来るのは夕方で、夕方来てはまた朝になる。長男は料金を払い続け、一日中誰かが出入りし、夜は娘が泊まった。なぜなら娘の仕事は——仕事があればの話だが——どこでもできるからだ。

皆の顔は不安げで意気消沈していた。娘はしょげている。一人ではどうにもならないし、みんなと同じようにするべきだった。ここにいると、一人でいることの不利な点だけでなく強制的に一緒にいなくてはならない不都合ものしかかってくる。嫁も動揺している。心から耳を傾け、この気持ちを分かち合ってくれるのは息子だけだ。病棟を出て電話をかける。遠い国にいる息子が困った時に寄り添ってくれる。息子は遠くから気を揉み、どうやって母を慰めるべきか悩む。おばあちゃんにエレクトラル*を飲ませるといいよ、ナトリウム不足なんじゃないかな、ママも飲むんだよ、三〇分おきくらいにさ、一口か二口でいいから、電解質不足で脱水症状を起こすことがあるんだ、息子は言った。ええ、そうね、慌ただしく行ったり来たりしていて時々めまいがするの、この頃はヨガのクラスも定期的に通えていない。湿っぽい気持ちを息子に打ち明けたことで、嫁の疲れは癒やされた。長男は心配で気分を悪くしながら一人で立っていた。義務とプライドが目覚めた。お母さんは私と一緒にいてくれる、検査は済んだことだし、もう大丈夫、ここから家に帰るだけだ。

ロージーが病院に入ってきたとき、義務とプライドをたたえ輝いていた長男の瞳が曇った。その朝、ロージーはKKと同じ部屋にいた。色の白い我が家系に生まれた妹が、色黒でナスのような色のこの人物と出会ったというのも驚く。そんな相手と結婚させれば、子供たちの未来はどうなる。妹が結婚することはない、確実にそう思えた。そして今、新たなる災難が胸を張って訪れた。

胸を張ってやってきたのはロージーだ。いきなり母を叱りつけた。私は今日知ったのよ、家のほうに向かっていたら警備員が教えてくれたの。どういうこと、あなた、こんな落ち込んだ顔をして。お姉さん、生きていれば世界がある、情熱があれば勝利がある。そうでなければ話はおしまい、元も子もない。

医師と看護師は、ここには関わらず、仕事に没頭したほうがいいと目配せをした。

ロージーはバッグから小さな櫛を取り出し、髪をほどいて片側に寄せ、髷を留めていたピンを口にくわえ、風で乱れた髪をひとまとめにぐるりと丸め、母の枕元に座った。三日よ、お姉さん。ロージーは目を大きく見開いた。オレンジにブルーブラックの花が描かれたタイトなクルターとチュンニーの間に手を入れて、ねじれたブラの紐をこっそり直した。

あなたこそいなくなって、役立たずだこと、と母は笑った。

お姉さん、ロージーの声が響く。役立たず、上等じゃない。いつも一緒にいるでしょう。何でもない人であろうと決めたの。

看護師は笑った。母の体温を測り始める。

まだ高いんですか、お姉さんの体温。ロージーは尋ねた。

平熱ですね、看護師は南インド式に首を振り、否定の仕草で肯定した。

私が来たでしょう。すべてはいつもどおり。そうじゃなかったらどうなっていたことか。

母はうれしそうに話した。死んでいたかもね。

お姉さん、ロージーおばさんがものすごい剣幕で振り返った。そんなに簡単じゃない。死にゆく日にたどり着くために、人は何千日も生き抜かなければならない。

ロージーの言葉はお気に入りのドラマのセリフのように病院の廊下に響いた。ガッバル・シンのセリフ「何人いた」のように**。「死にゆく日にたどり着くために、人は何千日も生き抜かなければならない、そしてやっと死ねる」

ロージーが病院で派手な芝居をしたおかげか、あるいは検査が終わったからなのか、事情は誰も知らないが、退院書類はそろっていた。のちに長男は知る。書類関係の手配はロージーが済ませていた。母は娘が連れて帰った。長男の義務とプライドが再び打ち砕かれた。病院職員の間で人気のあったロージーが最後に残したセリフが奮っていた。「上《バレー》のをよこして」母が長男を呼ぶように言うと、ロージーは聞き返した「上のって何よ、上等《バレー》なヨーグルトがけのフリッター？」

＊脱水を防ぐ効果がある。

＊＊映画『炎（原題 Sholay)』（一九七五）の台詞。

帰還すると、四方から人々が駆け寄ってきていろんなことを尋ね、あれやこれやと持ってきてアパートまで届けてくれた。警備員はゲートを開け、挨拶をし、庭師は車の扉を開け、清掃人、車磨き、新聞配達人、メイド、他には運転手、会社から帰宅した近隣住民が様子を見に来た。何ともないのよ、子供が無理に連れて行ってしまってね、子供たちを安心させるために仕方なく行ったの、母は女王のようにそうのたまった。年齢は裏切り者で悪さをしますからね、臣民は嬉しそうに歓喜の声をあげる。何が年よ、娘は言った。何を食べているんですか、心は少女のままですね、なんてお医者様に言われたじゃない。おなかは年寄りだけど、母は大声で言った。杖をぐるぐる回したので、皆の頭の上で色とりどりの蝶が舞った。

大勢の人が列をなし、アパートまで母を送り届けてくれた。扉を開けると、母はつむじ風のように家の中に飛び込み、窓をすべて開けた。おかげで雌リスは跳ね、雀はプルルと飛び上がり、蟻は小さな脚をペタペタさせ、ウサギはウサギらしい足取りで、鹿は美しく跳躍し、偉大なる象は鼻を振り、猫は背伸びし、鼠は素早く戸棚の後ろに隠れ、犬は愛らしく尻尾を振って舌を出し、よだれを垂らしながら駆け回り、陽光は風をまとっていた。

これだけのものを見た娘に何かが起こった。土と汗と石鹸と食べ物と油とガソリンの混ざった香りが頭の中を占領していく。退院したばかりの患者のように、娘はのろのろと家に入る。

あなた植木に水をやらなかったでしょう、土がカラカラに干からびてる。母はスツールを引き寄せて座り、指から肘まで土の中に埋めた。再び草木とともに成長するために。肉体を取り戻すために。

何度も言うが、一七歳になろうとする娘ではない。八〇歳近いおばあさんだ。子供は入浴するとき、自分の体をいとおしそうに眺める。胸の蕾、臍の丸み、太腿にトウモロコシのひげ、顔には輝き。はにかみながら、うっとりしながら、神秘に包まれ、大騒ぎもする。自分の体に手が触れるとゾクゾクする。滑って転んで、たわいもない興奮に浮かれる。それから、それから？

母のおうおうというめき声が聞こえた。

　病院で体をブツブツ突き刺され、肉体の感受性と痛みへの感覚が研ぎ澄まされた。腕を握られ、背中を叩かれ、ああ、押された、痕が残った、見て、こんなにたくさんの注射を打たれた。看護師は血管を見つけられずにあちこち突っついた。ある場所にはおかしな色のジェル、別の場所には針を刺した痕、また別の場所には臭い軟膏。

　どれも気の沈むものだったわ、母はうれしそうにそう言いながら、たるみ、しみ、ぶら下がった手足をさすり、目を擦る。見て、病院で生えてきたの。

　わあ、お母さん、何でも覚えてるみたいだけど、どれが新しいか分かるの？

　もちろんよ、自分の体は自分が一番よく知ってる。ほらこれ、触って、ああ、おお、おやおや。

　ざらざらしたところを引っ掻いて、クレーターの傷や水ぶくれをきれいに平らにしたい。

　ハキームもルクマーンもどんな医者も持っていない治療法をロージーは持っている。曼陀羅華の葉を持ってきてイボの上に貼り付けた。ジャガイモの皮を顔に擦りつけた。悪臭が立ち込め、家は再び騒々しく混沌の様相を呈した。壁や柱や部屋の隅が何事かと音を立てる。母は目を見開く。ほら、本当に平らになってきた、見て、穴が少し縮んだみたい、色も薄くなってる。杖から蝶が舞い、娘が不思議がっているのに気づく様子もない。誰が気にする、誰がそんなものを見る？

　バランスを欠いた体に情熱を傾けるのは若者だけに与えられた権利なのか？　その後の人生は、少しずつ、自分の皮を剝ぎ取り欲を捨てるの繰り返しなのか？

肉体は謎だ。母を腕で支え、階下の霊廟まで歩いていくロージーを眺めながら、娘はロージーについて考えた。母と手を握っている男性あるいは女性の肉体は誰なのだろうか。

　つんと尖った胸のようなものが、ロージーが手を上げるたびショールから跳び出したくなってうずうずしている。境界侵犯だ。

　芸術や大衆文化においても、越境するのは別の肉体だ。境界を越えたところに合流がある。男と女の混成。ビルジュー・マハーラージとカタック、ジャイシャンカルとスンダリー。シャンカル《シヴァ》とパールヴァティー。

両者が合わさると魔法が生まれ、他者になり、他者を自分のものとする。ガーンディーは女性のように足を組み、境界を越えようとする。ラッチュー・チャー《おじ》チャー《さん》は料理で人々の心をつかむ。

結婚式があると、ラッチュー・チャーチャーは女性たちのグループの先頭に陣取り、プーリーやカチョーリーをざるに上げ、ゴーヤーや瓜やオクラの詰め物のマサラを乾煎りしては潰す。頭にはドーティーを巻き、中庭で脚を伸ばし、新米ママたちのために、ギーと炒った全粒粉とヒヨコマメ粉にジンジャーパウダーとトラガントゴムと粗糖とセモリナ粉を大きな盆皿に入れて混ぜ、それを掌で丸めてシトーラを作ったが、彼の女性的なたたずまいを誰も笑わなかったどころか、ラッドゥ菓子の香りで新米ママたちは元気を取り戻した。チャーチャー、味見をさせて、男性や子供たちがせがんでくる。チャーチャーが、女の子か男の子を産んだことがあるなら味見させてあげると言った。まるで大女将のように。庭に笑いが広がった。チャーチャーを笑ったのではない。男らしくないとか宦官呼ばわりする者はいなかった。チャーチャーを尊敬している。男性たちにみな食事をさせ、チャーチャーは女性たちと一緒にギーをかけたローティーをちぎって食事をした。女性たちの世界にどっぷりつかって。

ラッチュー・チャーチャーを知らないと言うなら、シトーラを知るはずもない。ラーデー・ペヘルワーンのラッシーやクリーム、おばさんのバールーシャーヒーも知らないだろう。ラールー・チャーチャーのシャッカル・パーレーも。ティマクおばさんの雑穀キールも。バルナックーのイマルティー*や、ジューシーで罪悪感を抱かせるナッチーおばさんのラヴァング・ラター**も知らない。きっとあなたは、すべての命や蜜を知らずに生きている。

だが、私たちは時代を再構築したいわけではなく、一つの家の物語を伝えているだけだ。それぞれの体に異なる味わいや顔つきがあってもロージーのような存在は理解されないままであるのだし、娘が理解しているのは、理解されることのない埋もれた輪郭のイメージだ。ニームの木は芽吹いたのか、それとも隠れたのか。

未知なる肉体ロージーとともに、母もまた新たなる肉体を体現しつつあった。髪を洗った後はタオルで緩く巻いておく。これもロージーの指示で、濡れた髪をそのままにしていると風に養分を持っていかれるから、それを食い止めるためにそうする。今は髪を緩く三つ編みに結っている。母は椅子に座り、その後ろにロージーが立って髪を触る。どの肉体に誰のどの指が触れるのか？　自分の肉体を誰にでも触らせるなんておかしい。娘は何と思うだろう？

いらっしゃいな、ベイビー、あなたもやってあげる。

緩い三つ編みにしましょうね。母が言う。ＫＫが持ってきた雑誌を読んだせいか、はたまたロージーの香りをたっぷり含んだ言葉に影響されたせいだろうか。

そうよ、ベイビー。あなたの髪、箒《ほうき》みたいよ。頭の上に蛇がとぐろを巻いて鎌首をもたげてるわ。

オイルを塗ることも、髪をとかすことも、ブラッシングもできず、新たな義務に追われて本業に打ち込む時間もない。私の仕事を追いやって侵入してきたのはあなた方だ、娘は心の中で答える。

鋤で畑をすいて耕すように、あなたの髪を強くしてあげる。

そうですとも、畑や庭で土いじりをしたかったの、娘は心の中でつぶやく。

いいじゃない？　ロージーは心の声を聞いたかのように目をキラキラさせた。鴨も泳ぐかしら？

娘はロージーをばかにした目で見たが、母は冗談だと思って笑った。

誤解や矛盾に満ちた形而上学的なこの会話は、一体何なのか？　交差した肉体を理解するために必要なラーガかもしれない。不思議なことにロージーの定義は、その逆もまた成立する。平坦な定義に別れを告げる肉体。どんな境界にも正当性を与えない肉体。こちらも正当であり、あちらもまた正当だ。

川が流れていた。ある聖仙が娼婦に嫌悪感を抱き軽蔑した。すると女は、私が義務を果たせば川は向きを変え、反対方向に流れていくでしょうと言った。女が掌を合わせ、マンガル・アルチャナーのめでたき礼拝

＊ウラドマメ粉と砂糖水を混ぜて花形に揚げた菓子。
＊＊凝乳、ナツメグ、ココナツ、ギーやナッツを包んだ筒型の揚げ菓子。

を行い、目を開けると、川は逆方向へ流れた。

人の心には常に迷いが生じる。どちらが正しいのか、進んでみてようやく逆に進んでいると知る。こちらに流れて、あちらにも流れる。境界のこちらにもあちらにも。どうすれば理解できるのか？

境界で水が出会うとき、そこにできる静止とは何か？

娘の肉体の突然の停止。ＫＫの侵入。遠ざかり、立ち尽くし、停止。

ＫＫは上機嫌だ。下でロージーとお母さんに会ったから、僕の車で好きなところへ行かせた。ここには誰もいない。存在するのは、君と僕と鍵だけ。

どこ？　娘は不安になって聞いた。

ここ。ＫＫは娘を引き寄せた。

お母さん……どこ……？　強引なキスの合間に尋ねた。気まずい。思い切り突き飛ばしたらＫＫは気を悪くする。いやと言う自由さえ失い娘は苛立っている。

どこかの湖畔の祭りに行った。欲情を抱えた唇でＫＫは声を潜めて囁く。今頃の湖は水をたたえている。じらされたＫＫは、我慢の限界。

ヤムナー河は水がないらしいわ、どこの湖に水があるというの？

彼の乾いた唇が娘にまとわりつく。よして、娘はＫＫを押しのけた。誰か来る。

猫、鼠、カラス。ＫＫは彼女をマットに押し倒した。

お母さん……娘は何とか話そうとがんばる。

お母さん、この中にいるかな。ＫＫは手で愛撫し、口で冗談を言った。

どこにでもいる、娘の体は言おうとしたが、声にならない。やめましょ、いつ戻ってくるか分からないし。

ＫＫは娘に覆いかぶさる。笑う唇から唾液がだらりと垂れて娘の顔に落ちた。糸のように伸び、指で絡めれば巻き取れるほどの長さがあった。

その糸はＫＫをも絡め取り、気分を萎えさせた。いまいましい空気が吐き捨てられる。

二人は立ち上がった。娘は気まずそうに、ＫＫはむくれて。

こんなに早く戻らないさ、ＫＫはそう言って服の乱れを整えた。

忘れ物を取りに戻るかもしれない。娘は自然をよそおって話す。

　忘れてるのは君だ。僕らの関係とか、君が何を好きだったとか。

　もういい、彼は去ろうとする。どうも君は僕に帰ってほしいようだしな。無理強いはしなかったが、非難めいていた。

　娘は無になっていた。望むこともなかった、家全体、家庭全体、家事一切は動き出し、手際よく、優美に、秩序よく進んでいたから、欲望という名のリビドーは雷鳴や雨の騒々しさに憧れ、踵をコツコツと鳴らし、より開放的な場所を求めて旅立った。秩序ある整えられた世俗の家にリビドーの居場所はない。

　娘の顔は朝靄の中でぼやけて見えた。その輪郭が拭われ消されてしまったかのように。
　それについては後ほど。
　つまりは今。
　仕事といっても実際に何かしているわけではないの手を休め、ほんの少し頭を上げると、ぼやけた輪郭に主婦の顔が浮かび上がった。娘は食事の準備に立ち上がった。メイドが、流しに豆も米も野菜も突っ込んで洗うのを見て、娘は自分で食事の支度をするようになった。メイドは、汚染物質が蔓延しているのを知らず、気にすることもなかった。娘は葉物に対し特別慎重になった。フェヌグリーク、いんげん、ほうれん草、シロザ、ディル、レタス。メイドは青菜の束を解かずに根を切り落とす。葉まで切ってしまわないよう新聞紙に青菜を広げて一枚一枚を茎からちぎることを教えたが、メイドは大騒ぎする。私がやるしかない。全粒粉も取ってこよう。玉葱がこんなに早くなくなる？　砂糖も飛ぶように消えた。何と何を取り出して、どれとどれに鍵をかけよう？　メイドはどうしてあんなに塩を入れるの？　何でも油の中を泳がせてしまう。何と何を見ればいい？　水をそんなに入れたら野菜が溶けてしまう。そんなに入れないでと注意すると、ほら焦げた、と言って焦がしてしまう。よく熱しないと味が出ない、水っぽくなる。娘が黙って見ているとメイドはぶつぶつ文句を垂れる。それなら自分でやろうかしら？　でもこれだけの量を自分一人で作れる？　食べ物にも仲間が必要だとロージーは言う。ダールを作ればローティーとサブジーが欲しくなる。そしてギーやチャトニーやサラダやライタ、そして少しのライスも仲間入りしたがる。みんながそろって甘い物が欲しいと悲鳴を上げる。母ときたら、不意の来客のために、いつも少しは食べ物を用意しておくようにと言う。

食べ物も家族が多いのだ。

やれやれ、娘はぶつぶつつぶやいた。圧力鍋のおもりを取り外して穴に息を吹き込み、きちんと洗ったか覗き込む。パッキンを外して指を沿わせ、乾いた食べ物がこびりついていないか調べる。どうしようか、自分でひとりごとを言う。行こうか、自問する。ええ、行きなさい、自分で答える。

メイドのために扉を開けてやる。何を作りましょうかと私に聞いてくるだろう。

何を作りましょうね、お姉さん、お金をください。マスタードオイルを買わなきゃなりませんもの。お嫁さんがいらっしゃるから、前にも作ったサグパヒター*を作るようにとお母さんに言われたんです。お兄さんへお土産に持ち帰れますから。

サグパヒター、娘は虚空を見つめた。サグパヒター、メイドはそう言った。ディル、ほうれん草、挽き割りのウラド豆。全部買ったほうがいい？　いいえ、あります、とメイドは答えた。だったら何を買うの、娘は大きな声を出した。マスタードオイルです。にんにくの香りを油に移して最後にかけるんです。どうして私の目の前で雑巾を振るの？　あら、お姉さん、メイドはきまり悪そうに笑って、雑巾を脇に置いた。破れたからお見せしたんです、これも買わなくてはいけません。買いなさい。娘はぴしゃりと言った。お金！　メイドが叫んだ。大きな声を出さないで、先にお金は渡さないと言ったでしょう。剃髪の儀式があると言うから一万ルピーを渡したわ。どうして、今度は野菜のお代です、メイドはさらに大きな声で叫んだ。野菜です、もう忘れたんですか？　サグパヒター、メイドは身を乗り出して娘の耳元で意味ありげに大きな声で言った。娘はサグパヒターの運命にのみ込まれたと感じた。

のみ込まれつつも再び仕事に戻った。長い間、生気のない事柄について書いてきた。たとえばアロエベラについて。アロエベラは中流階級の屋根の上やバルコニーや室内、あるいは運良く庭に植えられているのを見かけるようになった。私の幼少時代には価値がなく、立場もなかった。だが今はキティパーティーや誕生日会のプレゼントや景品、お土産の品にもなっている。

丁寧に手入れされ可愛らしい花を咲かせる。ある人は髪に、ある人は頬に、ある人は首に、またある人は胸に、アロエベラの果肉をすり込んだり飲み込んだりして、適切に白くなったり黒くなったり、病にかからず長寿で素晴らしい人生になることを願って。

アロエベラ、君の日々は一転した。私もまた別の形で。娘は机の上でまどろんでいる。娘も仕事も、インスピレーションの女王の啓示を受ければはっきりと目を覚ますだろう。だがそれは、刺激的なロージーのことではない。娘はロージーの足音を聞くとはっと目を覚まし、きっとあの人に違いないと覗く。やはり彼女だ。彼女は中に入ってきて、娘が一人なら近くに座るし、誰かの姿が見えると踵を返して去っていく。

眠る娘は悲しげだ。寝ている間にチューリリーが鳴る。母のチューリリーのジャラジャラ音。母は起きているに違いない。違う！　鳴っているのは私の手首！　娘は起き上がる。私がしているのはタイで買ったブレスレットだ。革製の。どうして鳴ったの、鳴るわけがない。耳鳴りに違いない。悪賢いチューリリーが幽霊になってやってきたのか？　私の木製やプラスティックのストロー・ジュエリーもガチャガチャと音を鳴らし始めるのだろうか。

娘は立ち上がる。足をサンダルに突っ込むとパタパタバタバタドンドンと音がした。お母さんのサンダルみたいに。ねえ、その足は私？　それともお母さん？　娘は足を見る。そうか、わかった。お母さんのサンダルを履いてしまった。いつの間に？　気づかなかった。サンダルに散々文句を言っていたのに、そんなことも忘れて自分で履いていた。歩いている間、サンダルのおしゃべりは止まらず、ソールがヒールと言い争う。パカパカパカパカパカ。

母のように歩かないよう、サンダルを押さえながら歩く。

静寂とは違う。娘は独り暮らしをすることで、努力をして静寂を手に入れようとした。自分の声を見つけることで静寂を手に入れた。音が消えることで無音が訪れる。

彼女は沈黙に憧れ、無に憧れ、闇に憧れる。沈黙に

＊ウラドママメとほうれん草のカレー。

は歌が、無には言葉が、闇には視界が存在する。孤独には大地がある。草の生える音が聞こえ、目に見える。花が咲くのが見える。

　知覚に草が生える。乾いてチクチクとした草が。


　その日も、ジャラジャラと鳴るチューリーの音で目覚めた。自分の手首が自分のであることは確かめた。それなら母のチューリーに違いない。自分の腕で鳴るチューリーの音に初めて愛着が湧いた。だが顔を洗いに行ったバスルームで鏡を見ようとしたとき、鏡に映る私をお母さんの顔が見ているのではないか、と気味の悪い感情が押し寄せるのを感じた。一緒に暮らすと人の顔は似てくると聞いたことがある。夫と妻、飼い犬と主人、主婦と牛やオウムや猫のように、娘と母も？　一見すると冷静そうな娘が冷静さを失った。急いでガラガラとうがいをしたとき、お母さんも同じように喉を洗浄し、勢いよく痰を吐いていたことを思い出した。私は最初からこうやっていたじゃないか、娘は呪いを振り払う。音という音にびくびくしてしまうのはなぜ？

　そのとき廊下から声がした。お母さんのチューリーが再び声を出した。ガウンを着てサンダルに足を深く突っ込み客間を出てみると、母はすっかり身支度を整え、ロージーを脇に従えていた。ＫＫは運転手に指示を出している。

　どこへ行くの？　娘は尋ねた。

　空がよく晴れているから、母はそう言って出ていった。空をドライブするのか。

　新しい刺繍のマントに包まれて飛び立った。鳥のように自由に。襞が足に絡みつき動きを制限するサリーは脱ぎ捨て、母は真っすぐ空を飛ぶようになった。誰も知らないし、知りたくもないだろうが、母は家で、襞のないマント、またの名をマキシ、またの名をカフタン、またの名をローブ、またの名をガウン、またの名をテントの中に身をくるみ、でんぐり返りをしてみせる。ベルギーの古いレース、アンティークのパールシーのボーダー、柔らかな刺繍を施した、うっとりするような服をテーラーのラザが作り、ロージー経由で届けた。ロージーはロージーで、お姉さん、楽しいから袖を通してみなさいよ、ぱっと広げてみなさいよ、痒くなったら広げれば蚊帳になるんだから。その場にいたくなかったら、どこでもいい、服をテントにして座っていれば、きっと気持ちが楽になる。かつてブルカに……ロージーのおしゃべりは、仕事をしているようでしていない娘の耳にも届く。ブルカに隠れた女性は、リキシャに乗って車の間をすり抜け、降りてからは歩き、道端にも座った。誰も気づかず、その女性の顔を見た者もいなかった。サリーだったら、ここから足を出し、向こう側のパッルーを何とかしなくてはいけない。一大事だ。

ＫＫは車が戻るまでどうしようかと思い悩んでいた。コーヒーでも飲む？　ＫＫは言った。

朝は紅茶を飲むとは言わなかった。目を合わせないように前を見て歩き、座ってコーヒーを飲んだ。話すなら別の言語に翻訳する必要があると感じた。でもどうやって？

翻訳は簡単ではない。二口分の英語を飲み込むだけで英語を翻訳できると思っているなら、子供の頃にブラジバーシャーを聞いただけで『ビハーリー・サトサイー』が理解できると思っているなら、それは大きな間違いだ。翻訳とは、例えて言うなら、渦巻き菓子《ジャレービー》よりねじれて曲がりくねった乳粥《キール》だ。物語には必ずしも明白でない物事が含まれている。学術的な翻訳になると、専門用語を探すことだけで疲れ果ててしまう。文学には情緒と波動がある。翻訳を売りたければ、翻訳者と作家は出版社にお金を要求しなければならない。そうでなければ、なぜその労力を注ぐ必要がある？　出版社がアクセスできない所にお金を閉じ込めてしまったら？　翻訳は惨事を招きかねない。笑顔の本当の意味はナイフで、食べろの本当の意味は食べさせろ、いらっしゃいの本当の意味はもう帰って。このような翻訳の罠にはまることは無限にある。母親が子供になり、娘が大人になりつつあるこの現実もそうだ。もっと恐ろしいのは、どうすれば言葉が見つかるのかという点だ。娘は悲しげにＫＫを見つめる。翻訳でもするように、怒りがこみ上げてきた。

汗の臭いがした。メイドか？　それともロージー？　ＫＫから漂う香りであることを願った。この頃、あの体臭がいやになっていた。自分の肉体から疎外されているように感じていた。肉体が魂になりつつある。ＫＫが手を伸ばしても、煙のように魂の間をすり抜けていってしまう。ＫＫが無理にでも体を求めると、取っ組み合いのようになり、互いに苛立つ。

ＫＫは自分の世界にいた。恐らくむくれていた。娘は不機嫌になった。どうしたら仲直りができる？　家が騒がしいことを理由にしようか。棺が欲しかったのか？　そうではないが、いろんな生命体が忍び込んでくる。ロージーおばさんのことじゃない。あの人はとてもいい人、母の世話をしてくれる、それも無償で。オッズ・アンド・エンズの儲けをのぞいてということにはなるけれど。太陽や空気を装い生命体が走り回る。何をバカなことをしているの？　バカじゃない、新たなラーガ。ラーガの何が悪い？　タイミングが悪かった。母は気分で聴く音楽を決める。午後は宮廷音楽、朝はファド*。目を閉じていても母が音楽をかけられるように、ロージーが再生ボタンに赤いビンディを貼り付けた。母はスーフィー音楽やファド、ガザルを、気分に従って手当たり次第にかける。母への不満？　そうではない、音についてだ。ただ娘はこれをどう説明できるだろう。音を翻訳するのは何よりも難しい。見て。家じゅうが震えている。壁や窓や屋根の漆喰や土や木やガラスが、血管や筋肉や呼吸や瞼であるかのように震えている。

　しかし今、家は静かだ。母は外出し蚊も蠅も蜘蛛も皆、寝静まった。

　娘は何も話していない。沈黙は重い。

　母はいつ帰ってくるのだろう、娘は自問する。第三者が彼女の家族の予定を話す。ＫＫは自宅のようにくつろいでいる。娘は鍵を返してもらう口実を探している。恐る恐る外から取っ手を回して中に入る。母はどう思うだろう。以前も来た人が、今日もまたいる。どうして来たのか。ロージーの仲間が、話に尾ひれをつけ、興味をそそる物語でも練っているに違いない。兄嫁は気心の知れたグループにシェアする話題を手に入れた。

　ロージーは母を湖畔の土曜市に連れて行った。軽いサンダルを買わせた。どんな色でもそろっている。

　娘にとってはとても重く、とても暗い話題に感じられた。湖ってどこよ。憂鬱だ。沈み込んだ気分で考えた。毎日が新たな誕生だ。私の家には決まった習慣がないから、新たに生まれ変わるのは簡単だ。母はそれをとても楽しんでいる。サンダルなら買ってあげるのに、なぜ湖の向こうまで？　安さの魅力。ロージーの安物志向。

　夕方には市場を閉じるから、店主たちは何とか売ってやろうとして安くなる。発電機のライトが空気を汚す。母はきっと咳き込みながら戻ってくる、娘は言った。会話。

　夕方には帰ってくる？　ランチには戻るだろう。KKは苛立った声で言った。もう帰る。

　娘の憂鬱は増した。怒りも。どんな決定に対しても、自分だけ置いてきぼりだと感じる。

　誰も見ていない。見ただけで全てを理解する人などいるのだろうか？　目の前を通り過ぎても誰も見ていない。この世の終わりが訪れても、愛する人が去っても、点が四角になっても、チーターが蟻になっても、麻痺した体が踊り出しても、流れが止まっても。時折見えるのは私たちの空想にできた穴だ。外にいても内にいても。

　静寂は消えた。廊下の掃除に時間をかけるメイドを叱るべきなのか。毎日こんなに掃除をするなんて誰が想像できた？　仏像の埃を払っているのを見た。いつ下ろしたのだろう。目の前にある。自分で下ろしたのではないし、下ろしたのも見ていない。家の中で起きていることを私は何も知らない。いつ上げられ、いつ戻されてた？

　娘は立ち上がり、母が好みそうなランチョンマットを敷き、ハトラス製**のペアボウル、赤い取っ手のスプーン、カラフルなお皿をきちんと並べた。いてもたってもいられなかった。冷蔵庫を覗いた――アーオンラー***と玉葱のピンク色のチャトニ、生姜や唐辛子や生のターメリックの千切り、ジャームン酢****、大根、蕪、カリフラワー、人参のアチャール、カーンジー*****、ブクヌー******、何を出してどの器に入れよう？　元あったように並べるだけではみっともない。メイドにだめを出さな

＊ポルトガル民謡。
＊＊ウッタル・プラデーシュ州の地名。
＊＊＊薬用植物。
＊＊＊＊フトモモが原料の酢。
＊＊＊＊＊発酵した米を用いた飲料。
＊＊＊＊＊＊ミックススパイス。

ければならなかった。今の私は自分の流儀を捨て、人のやり方に合わせている。

娘は食卓に腰を落ち着け、目の前を見つめる。こうして座っているだけでも体が重かった。見つめると手も人参もハルワーもヒヨコマメ粉もラッドゥも、そして下も見つめるようになる。オクラ、ナス、カリフラワー、キャベツ、青菜の匂いを嗅いだだけで体重が増えるようになる。

太ってきたみたい。娘はＫＫのほうへチョコチップクッキーの缶を押しつける。

年を取ったのさ、ＫＫは冷酷に言い放ち、少し歩いてくるよと言って出かけた。娘のたるみきった体を置き去りにして。

母は新たに手に入れた体に楽しみを見つけ、ほかのどんな体も置き去りにされる。

肉体の神秘は恐ろしい。肉体を卑しきものと考える人は愚かだ。スーフィーや賢者は、肉体は鏡であり、家であり、ストールであり、虹であり、土であり、流体であり、青い空だと言っている。蛇であり、ライオンであり、牛であり、鹿であると言った。だから祈りを捧げよ、愛おしく見つめよ。ダイヤモンドの鉱山であり、炭鉱だ。ピカピカ光る稲妻に打たれ、暗闇の鞭をピシャリと打つ。肉体は心であり、心は肉体を介して道にたどり着く。肉体が空っぽになり火の鳶が塵に身を委ねたら、心はあらゆる存在のある宇宙を旅し、記憶となってさまようだろう。記憶とは、原初のころから旅する魂で、私たちは手を伸ばしてかすかに見える糸をつかもうとするが、その糸は滑り落ちるのを感じるだけだ。

肉体を理解するために、まず地球を知る。大地であるその肉体に巻き付く心。固体の中の液体。水面に漂う幻影のように気まぐれな心。その鼓動、その歩み。閉じたまま、開けば開いたまま、覆えば覆われたまま。パチパチと音をさせ流されていく能力はどこにでもある。わずかな地割れ、わずかな爆発で、地球は地滑りを起こし、内側の液体や炎や岩や山があふれて噴き出す。外に何が投げ出されたのか、科学者たちは道具を持って駆けつけ明らかにしようとする。固い大地の下は、すべてが柔らかくぶくぶくとしている。燃え盛る炎、沸騰する水。神のことを思わずにいられなければ思えばいい、地球は虚空に垂れ下がり、その内側であらゆるものが地震のような騒ぎを起こしている。神のことを思わなければ、間違いなくめまいを起こす。ああ、私たちは飛んでいるのか、倒れているのか、真っすぐ跳び出したかと思えば逆方向に揺り戻される。安全、保護、ああ……、ええ……、おお……神秘的な蛇口やホースから何かが噴き出したらどうしようか……、私の心から、私の体から……。

　ただの小さな揺れだと考えよう。そうすれば穏やかになる。それが大きな揺れなら地震だ。呼吸は乱され、内面は溺れてしまう。

　足下のはるか下の大地から湧き起こるうなり声は、地割れしたところから自らを突き動かし蒸気の波となって、次に雲、そして丸い塊となり、あるいはロケットとなって噴射する。溶岩が激しく流れ、火花を吐き出しながら沸騰し、残りはすべて黒く石化し、化石のような残骸となり、何世紀かあとに詩になり詠まれる。なんという素晴らしい造形物だろうかと。医師や科学者たちは、どのような蒸気が足の下から噴き上げていたのか、その隠された意図を見破るかもしれない。

　百の石。大理石。煙の中から湧き起こった。男根の大理石。

　今回、母は転ばなかったし失踪もしなかったが、バスルームから声を上げたから結果として娘は慌てふためき駆け込んだ。母が扉をロックしていなかったからだ。

　母は服をたくし上げ、今まさに、手で股間をまさぐっているところだった。しっしっ。

　なぜ呼んだの？　娘は不思議に思っている。

　いいから外へ出て。

　外へ出ると母は言った。ちょっと太ったみたい。強く押したら外に出てきてまた中に戻っていく。触ってみたの。体の一部が。こんなふうに。母は空中で形を作る。ゴムの中に水を閉じ込めたみたいな。光ってる。膨らんでる。こんなに大きいの、母は空中に描いてみせた。

　見せてよ。娘が頼むと、母はバカねと言った。

　触らせて。母は絶対に無理だと言う。

　娘も気まずい。病院へ行こう。

　いやよ。何日か様子を見てから。

そんなに大切なものなのに様子を見るの？　娘は冗談めかして言った。母は恥ずかしそうに笑った。

　そうじゃないのよ、わかったわ、ロージーを来させて。母がそう言ったとき、もう一秒だって待つものかと娘は決心していた。そうは言っても、きっとケイパーとカテキュとハナモツヤクを灰と混ぜたものをペーストにして塗りつけ、効果を待つのだ。

　ＫＫは言った。無意味なことはよそう、何かが育っていることは育っているんだ、予約しろ、時間がもったいない。

　シドがおばあちゃんを車に乗せて病院へ連れて行った。また大群が押し寄せてきた。医師が再び攻め込んできた。病院の病院式のやり方が再び。作業療法室の外では、ストレッチャーに乗せられた女性が「私の赤ちゃん」と言って泣いており、「お小水は出てない、降ろして」看護師が叱り飛ばすように声を上げ、作業療法室の扉の床に置いてあったベッドパンの上に座らせた。ベッドパンに座らされた女性は車椅子から降ろされた母を見てもなお「赤ちゃん、私の赤ちゃん」と泣いていた。

　ロージーはどこにもいなかった。母が、仕立屋の先生《マスター・ジー》の店がバーザールの近くにあるから知らせてきてちょうだいと言う。医師が診断する前にロージーの治療を試してみたいと思ったのだろう。私の体は私の管理下に置かせて。誰かに委ねてしまえば、工場のように人間の手を離れ、息もかからないところで、ベルトコンベアーのような機械が動いて、一度乗せられたら止まるまで降りることはできない状態になるのを恐れていたのかもしれない。ミルクにココアと砂糖を入れて、容器をシャカシャカ振り、装置がどこからともなく運ばれてきて、乾燥させ、ドンドン叩き、平たくし、印字し、スタンプを押し、焼き印を押し、銀紙に包み、ドンドンバンバン積み上げて、市場にまき散らす。

　母はスーパーデラックスルームに通された。椅子にシートベルトで固定され、足はペダルの上に固定され、こう言われた。これからあなたを一人にして出ていきますから、服を腰までたくし上げてください、誰もいませんから手は手すりに置いてください。どこからかリモートで何かのボタンが押された。椅子では機械仕掛けの生命体がズーンウーンウーンと言っている。母の手はベルトで固定された。ズーンウーンウーン。母の膝の上でカーテンが揺れ、下半身を見えないようにしてある。ズーンウーンウーン。椅子はひっくり返りそうに倒れながら母の下半身がカーテンの向こう側に差し出される。トレーに載せた一人分の食事のように。火箸でつまみ、スプーンですくい、ナイフで平らにする。ズーンウーン。突然、椅子が真っすぐに戻り、カーテンが開けられ、布がかけられた。医師の一行が入ってきた。母を車椅子に座らせ、家族の元へ送り届けた。

問題ありませんよね、先生？　まるで目の前に神様がいるかのような面持ちだ。信頼の洪水が、検査の洪水に飛び込むような熱心さで押し寄せる。検査に次ぐ検査で、可能性のないものを消去していく。そしてやっと何をすべきかわかる。肺や別の体の部位が治療に耐えうるか確認するために、また検査をする。その腫れ物はジャッカルなのか、ライオンなのか？　こわごわとした目で見つめる。

医師は答えた。嚢胞《のうほう》ですね。長さは二インチくらい。

シー。近くに立っていた別の医師が、廊下にいる看護師長が大声で話すのを制止した。何事ですか？　シッ、シー、外来ですよ？

取るにしても残すにしてもペニス！

ぺぺぺぺ…。母はささやいた。老後の私は、おしっこが…ペニスから出てくるの。

ええ、これは物語で、母がそんなことは言っていないのは明らかだ。だってそんなこと、誰がどうやったら言える？　頭の中で考えたのだろうか？

どうやって気づいたんです、お母様、女性医師は尋ねた。

便秘だったのよ、力んでいたのよ、とても強く。

それで出てきたのですか？

ええ、クシャミをしたときも、咳き込んだときも。

どんなときでも？

あなたと注射を受けに行ったとき、看護師が来て下の毛を剃り落とされたこと、それからあの奇妙な椅子に座らされたことを、母は少し恥ずかしそうに娘に話した。

それを聞いた娘は尋ねた。手術はするの？

それを聞いた母は譲らなかった。ロージーを呼びなさい。

護符やお守りに頼る時ではない。娘はもう母の言うことなど構わなかった。一族郎等が到着したので、娘は体をさっぱりさせたくて自宅へ帰った。蛇が出た、蛇が出たと言うと本当に蛇が現れるように、ロージーがいない、ロージーがいないと言っていると、頭にこびりついた不安が立ち現れるに違いない。そして「あら、ロージーおばさん」という言葉が娘の口をついて出てきた。マドラス・カフェに車を止めてイドリーを買い求めていたときだ。メイドは帰ってしまったに違いないし、母は残り物を冷蔵庫にしまう習慣をなくしていた。

　ロージーは道路を渡ろうとしていた。そしてこちらを見ると、真っすぐ通り過ぎていった。

　通りの向かいにある店に車をつけた。見えていなかったのかしら、そう考えて、娘は車から降りた。でも目の前を通り過ぎたのだから、母の願いを先延ばしにしていいはずがない。

　仕立屋だった。カウンターの向こうに誰かが立っていて、レシートを切ったり、お金の勘定をしたりしていた。奥の部屋からミシンを踏む音がしていた。糸、端切れ、布の束が手際よく並べられ広げられるのを見た。真新しい布のいい香りがした。店内には新しい生地の匂いが漂い、ハンガーには縫われた服がずらりと吊るされていた。仕立屋は肩からメジャーをぶら下げ、他の者に指示を与えていた。

　あ、ロージーおばさんだ！　でもあれは外にいた人！

「ロージーおばさん」娘は思わず扉から中を覗き込んだ。

　振り返った。不思議そうな目。

　あらいやだ、男性！　男性のパンジャービー・スーツを着ている。私は何を見ていたの？

　同じ身長と体格。同じ顔。でも目は医者のよう。唇は閉じている。ポケットから覗くタバコの箱。耳にはちびた鉛筆を挿している。足の指には体毛。頭にはレース編みのイスラーム教徒の帽子。目には縁取りがなされ眼鏡をかけている。首から両肩へかけられたメジャーテープ。手には鋏。

「どなたかお捜しですか」上品だがどこか冷たい、印象のない目。

あっけにとられる娘。男性の体から男性の声が発せられる。

「ええ、でも……」

男性は黙って見ていたが、やがて目の前に広げた布にチャコペンで線を引く作業に戻った。「お客さんが何をお求めか聞きなさい」カウンターに立っていた若者に大声で指示した。

「いいえ、何も。私、会いに来たんです……。その……母……病院……おばさん」

知らない人に向ける冷たい目。

「おばさんは私を知ってます」はっきりと告げた。

「はい？」

「ロージーおばさんに……その……」娘は口ごもった。するとほかの女性がガタガタ音を立てて入ってきた。

「マスター・ジー、私の服は？」

男性は振り返り「できたか？」奥のほうから返事があった。「まだです」

「木曜日だって言ってたじゃない」

「木曜日に取りに来てくださいよ。職人が村に帰ってしまったもんでね。二人辞めたんです」

「どうしてよ、マスター・ジー」文句が始まった。

「私のドゥパッターは？」

「長さが足りないんですよ、そう言いましたよ。布も残ってない」

「お店の人ができるって……」

「それは店の人の言い分だろう、私は仕立屋だ。布を節約してどうする？　ハンカチでも作れというんですか？」

「マスター・ジー」

仕立屋のラザは端切れで商売はしませんのでね」

「お客さん、木曜日にいらっしゃい。今は……」男性はおそらく娘のほうに体を向けたが、彼女はもう店の外に出ていた。あの仕立屋のラザはロージーの双子なのか？　ロージーは二手に流れる川であったが、それだけでは足りないのか？　いったいいくつの方向に流れていく？

今、母も二手に分かれていくのだろうか？

怒りと困惑で涙がポタポタと落ちてきた。もう私の手に負えるものは何もないのか。もうこれまでと同じようにはいかない？　それは私が何も理解できないからか？

囲むように立っていた。調和の取れない仲間たち。長男、嫁、娘、KK、それから誰かの知り合いや友達。皆、目を合わせないようにして、親密な人間の親密な肉体の一部に関する親密な悩みに没入していた——母の女性性器。あるいは男性性器。

　馬のように息を切らせてロージーおばさんが登場した。「ねえお姉さん、ねえベイビー、なぜ教えてくれないの？　癖になるわよ、お姉さん」

「年を取るといろいろと出てくるのよ」母はロージーおばさんを見て喜んだ。

「年寄りの病気じゃないわ。腫瘍。にきびや吹き出物は子供にもできる。若さゆえの老いよ」

　皆、あちこちに目をキョロキョロさせた。

「何でもないの、感染症ですって」母は得意げに言った。「あなたこそ、どこで油を売ってたの」と叱りつけた。

「お稽古よ、お姉さん。三四の詩を毎日暗唱しているの、一七編の詩は一つの方向を見て、一七編の詩は別の方向を見て唱えてる。それにしても、こんなに大勢の前でなんて格好をしているの？」ロージーは母の手首のチューリーを指さした。

　驚いて母はロージーを見た。「二本だけ」母は言った。

「お姉さん、ここはインド。鉄道のトイレでうんちしてる間にチェーンでつないでおいたブリキのコップだって盗まれる場所。そしてここは病院。みんな裸にされる」

　人々は再び目をキョロキョロと泳がせた。

「別に泊まりにきたんじゃないわ」母は目を閉じた。目を開くとチューリーを外して、娘のそばに寄せて手を取った。「あなたが着けなさい」

「四人とは近づかないこと」ロージーは腋の下に汗をかきながら、結っていた髪をほどき、器用にまとめて、またくるりと丸めた。「弁護士、警官、医者、肉屋。彼らはいつも、訴訟やナイフで人を刺すのに忙しい」

「大事なのは時間を守ること、人を刺すことじゃない」

「知ってるわ」ロージーおばさんはきっぱり言った。「今、看護師長と話をしてきたの。私はここにいるでしょ」ロージーは母に寄りかかり、指を振りながら威圧した。「ここは病人をもっと病気にするところ。病気を遠ざけはするけど殺しはしないから、いつでも戻ってきてしまう。手術もするんでしょ！　何のための手術？　体をバラバラにするため？　医者は解剖するのが何より大好きなんだから」顔を紅潮させている。そして笑った。「特に男はね」

　それ以来、母は新たな命に名前を与えた――おでき。内側から生えてきたものは、ねじれたり揺れたりするたびにつるりと滑って飛び出した。陽気な陰茎。医師は、そのおできが噴出する日を来週と指定しファイルにした。それまではこっそり世界を覗き見ては洞窟に戻って眠りにつく日々だ。

　それともパールヴァティーが冷たい水の中に沈めて炎を消そうとした火照るシヴァ神のリンガムだったのだろうか？　シ、シャント、シャンティ…。ヴァギナ《ヨーニ》は沸き上がる欲望を静めるために水をかけ、涅槃、瞑想、三昧、どのシヴァ寺院でも見られるような境地へと導いた。

　小さくなった女性はマントラに陶酔していた。自分の肉体の土にあった、しみや汚れや発疹や動きにくさや苦しみを、小石やら小枝やらトゲやらを取り除くようにすっかりきれいにして、大地を肥沃にしたら新たな作物が芽を出した。リンガムが生えてきた！

　おそらく母は恐れていたのだろう。肉体を認識し新たな地図を描くことに酔いしれる。だがそうとなれば誰かの干渉を受けるだろうし、それは例えば医師であり、干渉されるのは面白くない。私の大地は私のもの。木の梢も木の葉も枝も薬草、あるいは吉祥のリンガム、または取り除かなければならないただの腫瘍だとしても、それでいい。手術という言葉が宙に浮いた瞬間、会話は最高潮に達する。ある者は茫然自失となり、ある者は絶望し、ある者は激昂し、ある者は信仰深く、ある者はのんきになり、ある者は自暴自棄になる。ある者は講釈を垂れる。注射だって手術だ、恐れるな。ある者は自分の知識で評論する。注射針ではない、注射器で嚢胞から膿を出すことで、収縮し乾燥させることでひとりでに落ちる。ある者は思い出させる。掃除とは、こびりついた汚れをこすり落とすだけではない、まさにそういうことだ。箒を動かしなさい、手術ではなく。まともな話をしたのは嫁だ。剝がす、切る、むし取るのはかなり軽い処置であって、その後に良性か悪性か分かると息子が電話で報告してきたと言った。

おそらく母は気を悪くしていた。ロージーがそばにいると強くなった。おそらく二人は向かい合って座り、手術のちょうど二日前にすべての腫瘍と腫瘍らしきものを激しく呪ったのだろう、その日に奇妙な出来事が起こった――母の大腿部に血液がたらたらと流れてきた。少女に初めて起こる月経のように。

これは何？　娘はおどおどしてコットンに布を巻いたナプキンを作り、KKを呼び、兄嫁に報告すると、兄嫁は嵐の速さで兄を連れてきた。

兄は誰よりも無口だったが誰よりも心配しているようだった。母を一刻も早く治療して連れて帰りたいと思う一方、手術室に母が入る前に、小切手や株式の書類にサインをさせなくてはならず、株式にかぎらず遠くの不動産の書類にも署名が必要で、それに最後の支払いも残っていた。母は同意してくれるだろう。家を建てることに。芝生があり陽光が差し込むような家があれば、母も幸せになる。妻は都会を離れたくなかった。もし思いどおりにできるなら、新居を売って息子たちに自分たちでお金を使わせる。サインさえあれば遅延損害金の心配もないし、頭を悩ませることもなくなる。念のため、白紙にも一、二枚、サインをさせておこう。しかし誰がその書類を母の前に出すのか。兄は完敗した面持ちで立ち尽くしていた。仕方あるまい、これが長男に与えられた宿命だ。

青いガウンと車椅子の母を三度目の検査に連れて行くと、あちらこちらで心配した人たちのグループが入れ代わり立ち代わり訪れては去っていき、腫瘍を診察に来た医師を見て言った。な、何なの、何……何よ、何がどうなっているの？

おめでとう、女性医師はそう言った。いいえ、男の子ですよ、とも、女の子ですよ、とも、自転車ですよ、とも言わなかった。腫瘍がひとりでに破裂したのだそうだ。時々あることですよ、傷口を治すために抗生物質を一通り投与するだけで、他はすっかり元気、とロージーは言った。

皆が納得したところで、母は娘の家に帰った。月経のような女性の問題を、娘のほかに誰がケアできるだろう？　それから数日、どろどろのものがにじみ出てきた。娘は自分の娘のために用意するような気持ちで、生理用ナプキンを購入し、いつか母が教えてくれたように、くるんで捨てられるように紙封筒や古新聞を母のバスルームに置いた。

　もしかして結婚していたほうがよかったのではないか、と娘は再び自問した。私の結婚がだめになっていなかったら。子供たちがたくさんいて、家にはいろんな年の人たちとの交流があって、自分の兄弟や結婚相手の兄弟姉妹、父方母方のおじやおば、その子供たち、その嫁ぎ先の家族や使用人や雇っている職人、役人などみんなが集まって、きっと二階建ての家に住み、屋根裏には時々そこに逃げ込む書斎にしている部屋があって、誰かがいつも母のそばにいて、突然の訪問客におびえることもなく安心して生きていたかもしれない。

「お母さん、この臭いのは何？」扉の外のゴミ箱に身をかがめ、紙袋を捨てて聞いた。

「感染症」母は自信たっぷりに言った。「これに私は殺されかけたの」

　お願いだから、こんなおかしな日はもう勘弁して。どこからやってきたのか、こんなひどい日は。

言うべきではない。考えるべきでもない。時とは偉大なライバルだ。

　あなたが何と言おうと、あなたが負けたと詰めてくる。ひどい日だと言えば、もっとひどい日にしてくる。いい時代だなんて言うのは政府だけだ。

　とにかく娘はおかしな日だと言った。もっとおかしな日々がやってくるのは、そう遠くもない。

　まずはロージーだ。ロージーは見つからず、代わりにラザを見つけた。今日まで一度も見たことのなかった人が折々に姿を現すようになり、そのことで娘は不安に駆られた。パーンの店でも見かけ、同じことが起きた。こっちを見るのに私が誰かわからない。噛みタバコをクチャクチャさせ、目は凍り付いている。大通りの大衆食堂でトラック運転手と紅茶をすすり、タバコをぷかぷか吹かしているのも見た。あるときタピオカを買いに行くと、娘のすぐ横で、袋入りのコーンフレークを買っていた。軽く会釈をしてこんにちはと言った。

　娘が。彼からの「こんにちは」はない。視線は矢のように鋭く語る。知らない男に微笑みかけるこの女は何だ？　新聞社のエレベーターの外にも立っていた。二人で一緒に乗り込み、静かにエレベーターは上昇し、二人は同じ階で降りた。彼は丁寧に扉の開くボタンを押し、彼女を先に降ろして自分も降りた。娘はありがとうと言って少し頭を下げたが、最後まで異国の地で会った異国の人に対応する態度であった。

ロージーには慣れてしまった。どこからか帰ってくると、うちにいる。朝シャワーを浴びて出てくると、廊下に座っていたりする。娘が面食らってしまうのは、ロージーではない、母の声だ。声ではなかった、会話の内容だ。

こんな言葉が耳に飛び込んでくる。「二インチは下らなかった」

やれやれ、娘は羞恥心と怒りとためらいが混ざり熱くなった。そんな話を母がロージーにするなんて。母の二インチのリンガムについて二人で笑っているの？

娘はほとほと困り果て、向き合うことにした。

不快な胸の内は、やがて恐怖の波になって漂った。目の前にいたのは仕立屋のラザだ。ロージーではない。娘の家の中に。母と一緒に。二インチのおしゃべりをしていたの？

メジャーテープと鉛筆と眼鏡で母のチョーガーを測っているのが見えた。

二インチなら広げられますよ、お母さん。

ダメダメ。母は譲らない。あなたはわからないのよ、すぐつまずいて汚れてしまうんだから。私は縮んでいるの。

そんなことないでしょう、お母さん。仕立屋は穏やかに笑った。

じゃあ、布が私の上で成長したのね。樹木のように。

ありがと、ありがと、それだけよ、高まった感情は鎮まった。恐怖の波は収まったが、代わりに蛇が鎌首をもたげ娘を見つめた。

私の娘。母が紹介した。仕立屋の先生よ。母は娘に伝えた。

蛇は鎌首を揺らした。どうぞ健康で、お嬢さん。蛇のようなしゃがれ声だった。

私は恐れるべきなのか。自分の家で。娘はわざと何も答えなかった。ただ様子を盗み見た。背が高く逞しい。いや、たぶんロージーはこんなにムキムキしていなかった。いや、していたのか？　一つの体がどうやって二つの方向性で存在できるのか？　私たちは皆同じで、服装や歩き方、マナー、姿勢がいいか悪いか、足を引きずっているかどうか、兵隊のように行進しているかどうか、手を踊らせて柱のように高く上げる人、それぞれが違って見えるだけのことかもしれない。

　自分の紅茶と一緒に、二人の紅茶も持ってきて置いた。ロージー――失礼、ラザ――は、お嬢さん、お構いなくと言った。微笑んで。口が少し開いた。歯が見えた。同じ前歯、ごく普通の、二本が重なっている。そこに光が当たると、光と影が不均一に明滅する。ロージーが来たら、もっとよく見てみよう。娘はその場所を離れた。

　これはロージーなのか。ロージーに見えるだけなのか？　顔立ちも体つきも似ているようで似ていない。すべてが何とはなしに怖かった。

　おびえること、常におびえていること。これが娘の新たな人生。一人でいることが一つ。この一人の人間が一緒にいるのは、脚の間から、噴き出しそうな溶岩のようにシューシュー音を立てながら湯気を上げさせている人だ。しかもお客があちこちからやってきて、まるで役に立つことがない。自分より小さな人形のようなおばあさんを床から持ち上げることもできないのだ。

　娘は弱気になりかけていた。手を差し伸べてくれる人がいればバナナでも食べるのに。仕立屋が帰ったら向こうへ行こう。このロージー＝ラザを見ると裸にされたような気がしてくる。廊下のあらゆる方向に服が流れていき、そこで人々は身に着けた。私は裸でうろついていたのだろうか？　一人だったから問題なかったが、今はみんなに見られている。ぶるぶると震えた。

　娘は不安に駆られていた。

　他の誰も不安ではなかった。安心しきって布を広げ、チャコペンを走らせている。そして再びバルコニーに出てタバコをふかした。

　ロージーはタバコを吸わない。パーンも嚙まない。男でもない。

　めちゃくちゃな出来事に注意を払ってみる。一体何が起きたのか。だが「起きたこと」と「なぜ」は一致しない。何かと何かを合わせたものは、ごまかし、気晴らし、娯楽だ。信じてみろ、さもなくば舟はよろよろと揺れる。二＋二＝四に囚われるな。ガーンディーの三猿になるな。見ざる聞かざる言わざるは、もともと日本の日光東照宮の三猿に由来する。悪を見ず、悪を聞かず、悪を語らず。ああ、私たちが見ること聞くこと語ることを選んでいたなら。目と耳と口を不自由にさせて、どんなものが得られるというのか——日本の寺の壁龕に美しく飾られたままで。数学が紆余曲折に満ちていることにも、二＋二が虚構の計算であることにも気づかなかった。足し算はいかようにもできる。どちらに流れることもできる。ロージーのように。結局、この狂気はシェイクスピアメソッドであるのかないのか。シェイクスピアは問うたが、答えは出なかった。実際のところ答えなど出ない。物語にも。

小説や物語は、進むにつれ意味を生み出していく夢だ。ボルヘスがこのことを思い出させた。すべては幻《マーヤー》。すべてはインドから生まれた。これらはボルヘス以前から言われていた。夢とは樹木のようなもの、枝や葉や小枝や梢に自分の物語を聞かせ、大きな腕、または小さな可愛らしい腕を広げ、しっかり手をつないでは離す。物語が合流し、散らばったとき、空中の土や砂に混ざって舞い上がり、新たな縦糸横糸となって生み出される。まだ生み出されていない物語はこれから生まれる。

細胞も結合する。実体が現れる。一人の人間の、一人の集団の、一つの部分の、部分の中の部分の実体。半人半樹が結合すれば、それは完全な実体となる。あるいは、長男とカラス。母とチューリー。ロージーと河。娘と沈黙。

そうであるなら、ナラシンハも、ナラベーリヤーも、マツヤカンニャーも、昆虫の頭も、蝶の心も、亀の頭も、快楽主義者も、チーラハランも、国境の国も、結合したものも結合未満のものもすべて個性だというのは偽りでなくなる。完全であろうと、不完全であろうと。すべては無限だ。たとえうたかたの夢であっても。

警備員も心配していない。呼び鈴を鳴らし、仕立屋のラザが来ていることを伝えてきた。

警備員の声に皮肉の色はあったか？　彼も、ロージーがラザの服装で来ていると思っているだろうか？それとも本当に、一人は母の世話のために、もう一人は母の服を直したり縫ったりするために、そして他の住人の注文を受けるために来ていると思っているだろうか。そのうち一人は母を軽い散歩に連れ出し、孔雀が啼く霊廟で座って過ごし、戻る時には二人とも孔雀の羽根を手にし、母はそれを金色の杖にぶらさげ、蝶と孔雀の時代が来たことを告げるように帰ってくる。もう一人は、生地を見せて縫い方を相談すると、バルコニーでタバコに火をつける。ちょうどそのころにKKが来ていれば一緒に一服する。

　KKはそれほど来るわけではないが、やはり訪れる。出勤前か勤務後に。プレッシャーを与えて鍵を返せと言うように。

　娘の不満は、誰も事前に知らせない点だ。聞こえる声さえも彼女を欺く。ロージーだと思ったらラザだったり、ラザだと思ったらロージーだったり。声は一つなのか？　皆一つの声を持っていて、体の状態に応じて女性的に聞こえたり男性的に聞こえたりするのか？少し女性的であって、少し男性的でもある。

　ここもまた結合だ。ここにもまた二手に流れる川がある。

　KKもまた、あらゆる方向に流れている。母、ロージー、そしてKKが座る。母、ラザ、そしてKKの場合もある。ロージーは薬を飲み、ラザは酒を飲む。禁酒日《ドライ・デー》にも酒を持ってくるからKKは感謝の気持ちを込めてソーダ割りのウイスキーを注ぐ。レモンハニー・ブランデーを飲むのが日課の母もまた飲んだ。シドがいなくても。

　娘に声をかけるが、いつも忙しくしている。誰からも距離を置く癖がついている。

　そんな彼女の思いも知らず、パーティーは遅くまで続いた。

　泊まっていきなさい。母はKKに言った。入院生活が終わったある日の夜のことだ。KKをどこに寝かせるのかも考えずに。今、母は広い寝室を一人で使い、娘は客間で寝ている。母はもしかして以前のように考えたのか……？

自分におびえることは、ほかの何かにおびえること以上の事態だ。絶対的な苦痛。

　他人は他人。距離をとれる。永遠に、あるいはわずかの間であっても。妻が夫に悩んでいるなら、女友達のところへ身を寄せればいい。家を出て息をし始めた。門を出て歩き出した。道に出ると走り出した。さあ、飛べ、舞い上がれ、運命に身を任せろ。外に出ることができなければ、心の中から追い払え。それもできず、心の中で敵に従っている人は、敵を倒し自分を頂上に立たせろ。他人を下に追いやれば自分が上になれる。雲のような悩みは、気高い自信で覆ってしまえ。自らに迷いがあるのなら、自らを満足させろ。何よりもいいのはこれだ。意味のない忍耐を笑い飛ばし、口から吐き出してしまえ。はははは、ほほほ。

笑いは人間が学び、伝授したしるしだ。笑いがなかった時代もあるはずだ。子供が生まれても喜びを感じず、愛する人が死んでも悲しみを感じない。この二つの感情をふるいにかけなければならなくなった時、喜びに喜びを得させると同時に、悲しみを癒やす処方がなされた。そうやって人は泣いた後でも幸せになれた。笑うことで幸せが訪れた。動物もこの極意を身につけた。ペットの動物が尻尾を振るだけでなく口でも笑うようになった一方で、野良はいまだ険しい顔をしている。猫が飼育されることはない。もし飼われていたら猫も大笑いをするようになる。アリスの猫は笑おうと努力をした。すべては、笑いから生まれる自信に由来する。あらゆるものが悪用されるように、笑いもまた悪用されるが、それはまた別の話だ。微笑は路上を徘徊し、堕落した人、悪人、悪党、悪漢が悪の平手打ちで傷をつけるように笑いをふりまき害をなしたので、笑いは存在するが笑いの慈悲は消えた。

娘の笑いも微笑も軽薄なものとなり、何もかもが消え失せた。自分に対するおびえだけが残った。ダールにニンニクと唐辛子の香り油を入れながら、心の中で、私は誰なのと口に出す。だから私って何者よ？　ねえ、私はいつ現れたの？　この家に住むようになったときから？　これは誰だった？　あれは誰だった？　申し分のない形に家を整え、我が子、いや、母親をしつけ、KKのキスをふにゃふにゃになって受け入れたのは誰だったか。結局最後には自分に苛立った。舞台裏では、ロージーとラザと母の会話を聞き、親戚たちが引き出しや棚をすべて開け、ナプキンやらグラスやら紙やらペンやらを取り出し、それらを品定めし、値踏みするのを黙って見ていた。やがて母がメイドや隣人や警備員や庭師に号令を出す。シドが仲間を連れて来ればパコーラーを揚げ、パーパルを平らに広げる、これは一体誰？

私はいつから私になった？　私は鼠？　家具の裏で、家の中に潜って駆けずり回っている。

自分を鼠だと考えるような人間が、幸せになれるだろうか？　自分から逃れることができなくなっている。ボルヘスによれば、残念ながら、世界は現実だ。残念ながら、私はボルヘスだ。孔子が言うように、どこにいようと逃れることはできない。つまり、どこへ行こうと鼠がいる。

娘は仕事をしているふりをして本の前に座り、ペンを持ち上げると、母が腕に着けてくれたチューリーがチリンと鳴る。この音で疑念を新たにした。私はいつ私になったのだ。私はいつ母としての私になった？

笛とベル。これらの存在。空中だけではなく心の中に入り込み、体にぶつかってくる。家の中にいる人は、これらの訪れを理解できる。書き物をしていたらびくりと反応する、動作していた体が揺さぶられる。中には家から出てしまう人もいる。主に男性だが、耳に綿を詰めて自分の中に潜り込む。これらのことが出来ない人は笛やベルから逃れるためのコツを体得する。後者は女性だ。ラージー・セート*は、リルケを翻訳したとき、行間で笛とベルを鳴らし、句点を打った。シーラー・ローヘーカル**は、執筆と執筆の間に笛を鳴らし、行の周囲に新鮮な洗練さをもたらした。マイトレーイー・プシュパー***は、村人を名乗る女性らとともに、道を遮る者たちを押しのけて独自の道を切り開いた。その結果、笛やベルが鳴ると、村の女性と衝突した者はよろめいた。人をよろめかせる笛やベルという、激震を起こす音を鳴らしたマイトレーイーの手による文章は、パコーラーのように殺人的だった。

これは笛とラッパの執筆法と呼ばれるもので、新鮮な技巧を持つ音を含む文体だ。物事に追われながら物を書かなければならない人たちの芸当である。一朝一夕に習得できるものではないが、一度身につけてしまえば、笛とラッパ、さらには別の音をも鳴らし、潤いを与えられる。最後に例を一つ挙げると、シドの将来

＊ヒンディー語の小説家（一九三五〜）。
＊＊ヒンディー語の小説家（一九四二〜）。
＊＊＊ヒンディー語の小説家（一九四四〜）。

の妻、登場人物ではないので本作で登場することはないが、その彼女は立派に笛とラッパの句点を打ち、素晴らしい仕事をした。勤めていた会社で出世し、シドの協力でかわいい娘を育てた。最後の一節を付け加えないわけにはいかない。

このように、結婚、出産、義理の両親の介護などの社会的義務と格闘し、晴れてリーボックを履き、その勇ましい決然とした足取りが、笛とラッパのフワフワとした音に鉄槌を下す。

何も学べない者もいる。どんな音にも跳び上がり、言葉はおろか文章も自由に操れず、体も不自由になる。圧力鍋、呼び鈴、やかん、ミシン、オーブンが、音をピーピー鳴らして家を操ろうとする。その音は強烈で、慣れないうちは、重い物同士がぶつかったようにガタガタする。娘がちょうどそうであったように。

他の人は立ち上がって笛を止めるが、ここでは笛が娘を黙らせた。彼女の仕事は句点が打たれていなかった。仕事に対して努力する作業自体が仕事となっていた。その合間に、出入りする人々を本の陰から覗き見ていた。毎日やってくるロージーを。真実は、真実だと思えるものの中にあるのであって、存在するものの中にあるのではない。

ロージーは、どこかに行くと言っていた。いつもどこかへ行っていた。あるときはジャンガイー、またあるときはヴィヤーラーへ。バクサルから母に電話があった。メーワート、カルナール、ボーンドシー、ボンベイからも。お祭りがあるんだといって、チャリティーセールを手配し、お金を稼いでいた。

本の陰から、外国に行く話に娘は耳を傾けた。パキスタンの話。パスポートの話。

そういうのは長男にさせればいい。母の声がする。兄は同意するだろうか。パスポートを作ることをどう思うだろうか。女性、またはそうではないロージーのために？　娘は苦笑している。

本棚から本を取り出し、その隙間から覗くと、ロージーではなくラザだった。何の暗示だろうか、仕立屋のラザに変身していた。二人の欺瞞は娘をくたくたにさせた。

仕立屋がパスポートを欲しいと言っているのか？ならば彼のパスポートは〝男性〟と記される。

本の隙間から、ロージー、いや、ラザの目が見える。娘は、もう片方の目を閉じて想像し、心の中でスケッチしてみる。品のよさそうなその物腰の裏に、どれだけの陰があるのだろうか。狡猾なまなざしで母を見ている。

　これはロージーの狡猾さか、それとも仕立屋ラザの狡猾さなのか？　そしてパスポートを作るというばかげた話。

　パスポートはＫＫにお願いしましょう、ラザが母に言うのが聞こえた。もうＫＫとは親友だ。

　ＫＫの性欲に満ちた目は娘の胸を照らした。しかし今、彼女を一瞥することもない。もし見てくれたら二人で話し合うだろう。ロージーがなぜラザになったのか？　同じ人でしょう？　それとも二人？　一人は胸が真っ平ら、もう一人は両脚の間が真っ平ら。ジキルとハイドのように二人で一組。どちらがジキルで、どちらがハイド？　どっちがどっち？

　ある日、娘は母に尋ねた。そうじゃないの。こうよ。家でタバコの煙の匂いがするようになったことについて。母は黙っていた。仕立屋はなぜタバコを吸うの？母は黙ったままだ。仕立屋もロージーと同じように重なった歯をしてる。いちいち黙っていたら気まずくなるでしょう。あの人の宗教は？　誰のよ、母はやっと聞き返した。ロージーおばさんと仕立屋のラザ？

　母は笑い出した。あなた宗教に興味があった？

　今度は娘が黙った。あまり深入りしないで、放っておいてちょうだい、忠告を与えるように母はそう言った。一つの宗教でも二つの宗教でも、一人でも二人でも。そんなこと、あなたは忘れてしまいなさい。

　それが忘却の作用だ。忘れたいことは何でも忘れられる。忘れたいと思っていたことさえも。記憶の四方には境界線が引かれ、そこを越えるすべはなくなる。どのような努力をしようとすまいと。境界線を越えたとして、その記憶は最初の記憶ではなく再発見された記憶だ。胎児になる前のあなたは生まれ変わった誰かであったが、今、この人生のあなたの人格は、日常生活から新たに形作られた。前世で、あなたはあなたではなく別の誰か。もし記憶が残っているとすれば、その記憶によって縛られる。だから忘却と新しい記憶の両方に向かって口が開き目も見開かれる。なぜなら、前進しようとも、後退しようとも、境界の向こうには新たな世界があるのだから。この物語で二人の女性がハイバルに到着したとき、そこは以前と同じハイバルであると同時にまったく新たな場所であった。以前から危険であったと彼女たちは言うが、その危険はまた新たなものであった。

セミナーのプレゼンテーションでもなければ、物事は会話のように絡み合う。時間と順序がまぜこぜになる。呼吸も景色も香りも味も車輪もめまいも散文も韻文も。

風がうなるのはそのためだ。風は、ありとあらゆるものにぶつかり、傷つき、後退し、また風とぶつかる。

風とは記憶であり、問いだ。記憶は必ずなされなければならない。そしてまた問う。どうして？　どのような理由で？　あれはこうなったのか。そんなふうに。それで？　壁の中には問いと記憶。言葉の中に。美の中に。亀裂ができ、すべり落ち、また立ち上がる。私は何か、私は何者か、どこの村？　何をそんなに厳しい目で見つめているのか。この問いは、答えを丸暗記し、答案用紙を開くなりすぐ書き込むだけで点数を稼げるようなものではない。答えのない問いだ。私たちのインドはどこにある、それを繰り返し唱える人さえ、答えを知らない。

その問いが大きいかどうかは問題ではない。広大であり、広がっている。問いは小さいものとも関連している。細部の詳細。それは問いですらない。見なければならず、注目すべきものであり、配慮すべきものであり、集中を途切れさせてはならない。細部に気づかなくてはならない。すべての森にぽつんと立つ一本の樹木。大衆の中で輝く顔。憐れみの顔に一瞬浮かび上がる敵意の記憶。エレベーターの鏡に映る化粧の間に見える小さな皺。ほかに語られるのは、細部を覆い隠すためのものだ。

盲目の目は遠くを見続ける。遠くにあるものは隠される。見なければならないのであれば近くで見ろ。それでようやく遠くまで見える。蟻は壁をすり抜け、ひびの間に潜り込み、自分の呼吸で穴を掘り、向こう側へ出る。境界の向こう、ハイバル峠を越えて、また別の世界へ。近くに、より近くに。

近くで見れば周囲の夢が見えてくる。自分のことで頭がいっぱいでなければ、たくさんの意図に気づく。疑問が浮かび、問いかけたりもするだろう。自分の感情で動いている彼らは、母が戻る場所があるとすれば結局ここだ、他に何があるのか、と傲慢にも考えた。

まさか母の口から、私は行かなければなどという言葉を聞く日が来るとはどうして予想できただろうか。

娘は倒れた。

日が陰ると、母は陽の当たる場所に椅子を移動させ、羽を広げて卵を温める鳩のように座っていた。杖で苗木をいじっていると蝶も飛び始めた。

娘はKKの声を聞いた。自分の望遠鏡、またの名を本棚の隙間から覗くと、仕立屋と一緒にタバコの煙を輪にして浮かばせた。

KKは、玉葱、青唐辛子、コリアンダーの葉、岩塩をふりかけた揚げピーナッツの皿を持って入ってきた。それをテーブルの上に置いた。目を合わせることもなく、一言も発しなかった。

苛立ち涙ぐんでいた。本に視線を落とすのは得意だ。母が声をかけると「今行く」と答えるが、そのまま座っていた。

娘のまどろみは、母が再び声をかけると破られた。宴会は終わろうとしていた。声はまだしていたが誰だか分からない。扉が閉まる音がしたので、少しばかり慌てふためき、娘は立ち上がった。KKは黙って帰ってしまったのだろうか。立ち上がると眠っていた足がしびれて転んでしまった。倒れかけた体をひねって机の上に置いてあった自分の書類を守ったが、そこまでだ。言葉が山のように積み重なってあふれ、向こうのほうから母がどうしたのと叫ぶ声がし、仕立屋が走ってきた。

仕立屋は娘を支えて立ち上がらせ、娘は足を引きずりながら仕立屋にもたれかかった。

後ろから母が来た。実に早い足取りでやってきた。

いいから何も聞かないで、聞かないでね、娘はすすり泣きながらくぐもった声で言った。どうしたの、母はこわごわと尋ねると娘は嗚咽した。仕立屋ラザは娘を何とか起こして廊下のベンチに座らせ、背中と足の下にクッションを当ててやった。足をくじいていたので軽く押してやったりもした。痛いのはここ？　ここ？

母に言われて仕立屋のラザは冷蔵庫から氷を持ってきて、お姉さん、小さなタオルはどこかな、いや、私に言って、と娘に尋ね、引き出しから取り出したタオルで氷をくるみ娘の足首にそっと押し当てた。

遅くまで仕立屋のラザは応急処置をした。母は言った。あらあらあなたこれじゃ歩けないじゃない。しっかり治るまで起きちゃだめよ。ごらんなさいな、紫色になってる。

折れてはないの、お母さん、でもひねってしまったみたい。内出血してる。

ＫＫは飛行場に向かった頃だ。戻るのは明日。どうしましょうね。あなた動いてはいけません。母は娘を叱りつけた。シッダールトがもう帰ったか確かめてみるわ。

お母さんは座ってください。どうして心配するんです？　今夜誰か来てくれます。明日にはＫＫさんがいらっしゃる。

この子、バスルームにも行けないわ。母は落ち着かない。

私なら大丈夫、娘は言った。もうそんなに痛くないから。

そこへ入っても？　仕立屋のラザが尋ねた。客間のほうを指さして。縫い物をする布を入れた自分のバッグを手に取り中へ入った。

入って来たのはロージーだった。ピンクのボーダーの入ったグレーのシャルワール・カミーズ姿。髪をくるりと巻き、サンダル、ハンドバッグ、ジャイプルの腕輪を、まるで外すために着けたかのように急いで外し、娘の足を調べると、一瞬にしてすべての役割を引き継いだ。

普通の腫れよ、お姉さん、もうちゃんとしっかりよくなるから。

誰かが目の中に水鉄砲を埋め込んだかのように、娘の目から涙があふれ、ほとばしった。私の体が言うことを聞かない。立とうとしても倒れてしまう。娘にはわからない。何をどうすることもできず、どうすれば止めることができるのか、どうすれば色彩豊かな人生を送れるのか。

痛いわね？　ロージーおばさんは聞いて来た。おばさんの手の感触は仕立屋とは違っていた。仕立屋の手は力があったが慎重で、そっと触ってきた。おばさんの手は親密さがあり柔らかく、体のそれぞれの場所の秘密を知り尽くしていた。マッサージはしない。包帯を巻くだけ。バッグから薬草を取り出すと、ターメリックを熱して軟膏を作り石灰も塗った。それをそっと擦り込み、伸縮性のある包帯で全体を巻いた。ターメリックを混ぜたミルクを娘に飲ませると、娘はすぐに眠くなった。本当に！

あくる日、ＫＫが来てロージーが帰った。

夕方には仕立屋のラザが娘を見舞いに来た。

もうちゃんとしっかりよくなるから、ベイビー、仕立屋のラザは娘の不安を取り除くため、ロージーになって言った。骨は折れてませんよ、ファイン、お嬢さん。またラザに戻った。娘は感謝しながら彼を見つめ、手を合わせた。いろいろと治療や介護をしてもらった。

仕立屋は娘の額に手を置いた。髪が乱れていたので手櫛で後ろになでつけてやった。額が山形になっているのは、美しさの証です。隠さないでください。

私に似たのよ、母は笑いながら自分の額を触った。

髪の生え際が終わるところ、そこを頂点に鼻のほうに向かって三角形になっている。

あなたも、お母さんも美しい、とてつもなく。ＫＫは言った。

お母さんはお母さん。仕立屋のラザも笑っている。お嬢さんは美しいんですから、早く治して、きれいでいてください。

娘の心が流れた。全身で伸びをして、母のように大きな声を出したくなった。仕立屋の手を額に触れてもらい、いい気持ちがした。冗談を思い出し、学生時代の記憶が甦った。学校ではこれをウィドウズピークと呼んでいた。額が山の形をした人の夫は二度結婚すると言われていた。

君のはそうだったな。ＫＫは笑った。

私のもたぶんそうだった。母が言った。

おや、お母さんも？　仕立屋のラザは深刻そうな様子で母を見た。

こんなふうにばかばかしい話が進み、娘はＫＫと一緒に笑った。母も笑った。露わになった肉体を、笑いが覆い隠しているような、恥じらいの笑い。

雨がやむと、黒鳥はさらに大胆に歌うようになる。

デレク・マンという名のイギリス人がフランス語で書いた調子外れの曲が、どこか遠くヨーロッパの辺境の村で流れているのを聴いている。心が揺さぶられたデレク・マンは、二つの時間の二つの方向性を甘い音楽に整えて機能させ、ペンを取り、自分の小説の中に黒鳥の歌を記した。

　黒鳥はそこでも歌い、ここでも歌い、そして今も歌う。その瞬間は毎年毎年やってきて、そしてそれは同じように足されていく。流れゆく時がそこで止まってしまうかのように思われたその瞬間、たとえば二つとない思い出の瞬間は、自分が戻るまで忘れられてしまう。時は記憶の領域ではなく、その場所、その樹木の領域で、他人にとっては別の意味を持つが、その木の幹は、他のどこでもないその茂みから現れたもので、その肥沃な大地を突き破って出てきたもので、身内でもなければ嫌気の差すものでもなく……。うねりは右から起こり、左に向かう。何歩？　子供たちのためにたくさん、大人のために二、三歩……茂みの左側にもう一つの茂み、時にすべての茂みが心の中にとげを生やす。右側のもう一本の樹木が、私の所へおいで、飛んでおいでと呼びかける。重みが欠けることもなく、あの春の光の中で初めて出会ったときのようにすべての原子は揃っていた。夕刻だ。子供たちの夕刻、時間から自由になった夕刻、そこまで遅くもなく、ある者は一人で、またある者は特別な場所にいる。特別な年齢。あの人は何をしているのだろうか。何の手がかりもなく……たった今探っている。彼の中にある落ち着きのなさが、彼を別世界へと誘ったが、ゆっくりと戻り、落ち着きを取り戻しつつあり、ようやく落ち着いた。

　初めて彼は季節の到来を理解し、初めてすべてを忘れ、耳を傾ける。あらゆる感情表現を超越し、自分のいない状態を知り、己の無知を知る。音色に陶酔し、そこに身を浸す。始まりがあり、それが終わりであると理解し、幸福、怒り、後悔、供述、挑発、嫉妬、願望、警告、恐怖、愛情、混乱、皮肉、忍耐、連帯、叱責、勇気、厳かさ、ユーモア、静寂を聴く。その言語を奨励するあらゆる言語。それがすべてであり、その人はすべてを理解していた。

　彼は遠いところから戻ってくる。

　黒鳥は一生涯その人に語るだろう。春の兆しを感じる頃にいつも戻ってくると。彼がどこにいても、この茂みの前で、この光の中で、この瞬間の中に彼はいる。

向こうの赤い顔のは猿ではないと言う。

それも持って行かなくてはいけないの？　母は笑っている。

チロンジ*とあなただけと言う。ロージー。見てと言う。母。

パスポートは私に必要？　存在しないことの利点もある。私たちはイスラーム教徒やキリスト教徒の数に入らない。ましてやユダヤ教徒、パールシー教徒、ヒンドゥー教徒もそう、男女の数にも入らない。私たちには名前がなく、私たちは認識されない。私たちの本当って何、空想の中にしまっておきたいんでしょうね。そうなると私たちはどこへでも潜り込める。

おばけ。母は笑った。

おばけにだって祈るでしょ、天国の場所を知りたくて呼びかけてみたり、箒を振って追い払ったり、おばけは才能に恵まれていて、不老不死の特別な存在なんだから。私たちはおばけじゃない、穢れよ。

くだらないことを言わないの、ロージー。母。和ませるように言う。

私たちは、ひずみなのよ、お姉さん。近づかない。見かけたら殴る。死んだのか生き残っているのか、振り返って見て確かめてはいけない。見なかったものは見ていない。消えたまま。私たちは消えている、この庭は私たちのもの！

このような人々は簡単に消えてる。この社会で無用な人のことを誰が気に留める。

お姉さん、ニターリー村の子供たち。**彼らに起こったことを、誰が気に留めた？　誰も気にしていないと知ったとき、その人物に宿る悪魔が目覚めたのかもしれない。独り暮らしだった。孤独だったのかもしれない。家は荒れ果て、家を出て門のそばに立って通りを行き交う人を見て、悪事が頭に浮かび、その気持ちと情熱が重なったのかもしれない。可哀想な少女は一日中さまよっていた。そこも通ったかもしれない。孤独な男を見たかもしれない。その子が言ったかもしれな

＊ウルシ科高木インドウミソヤ。果実の種子を食す。

＊＊二〇〇六年ウッタル・プラデーシュ州ニターリー村付近で発生した連続殺人事件。多数の子供が犠牲になった。

い。おじさん、タフィー。あるいはペン。それは少年だったかもしれない。おじさんがタバコを吹かしているのを見たかもしれない。それを捨てるのも。走って拾い上げ、一服か二服したかもしれない。また別の日には捨てないでと言ったかもしれない。あるいは、おじさん、煙草と。

あるいはヒヨコマメを口に放り込む孤独な男がいるのを見たかもしれない。こうしたことを繰り返すのに時間はかからない。一日目は何も与えない。あくる日はなんとなく知り合いの雰囲気を抱かせた。そして、ヒヨコマメ、タバコ、ペン、タフィー。気前よくはない。淡々と渡す。何気なく。心はある場所に、手は別の場所に。心でなければ、頭で別のことを考え、手はここに。「サンキュー」子供たちは微笑んだに違いない。誰が彼らのことを気に留めた？　そして接点ができた。

あくる日、男は笑っていたかもしれない。何気なく。ただ単に淡々と。接点は広がった。男は自分の力を感じたかも知れない。行動だ。おれは微笑んだ。誰も知らない。おれがタフィーをやったことは誰も知らない。誰も何も知らない、気にも留めない。接点ができた。何かしたところで、誰が気にする？　誰も責任を負わない。この子たちのことを誰が気に留めた？　誰がこの接点に気づくものか。

逃げろ、と男が言えば、子供たちは逃げたに違いない。力がある。一人の男は笑ったかもしれない。次に子供たちが男を見かけたら、また逃げろと言われるのかと思うかもしれない。おれを恐れている。力がある！　来い、男は言ったかもしれない。ピーナッツをあげたかもしれない。あるいはタバコかもしれないし、少女だったかもしれない。そして、おいで、と言って家のほうを向いたかもしれない。少女は瞬きもせず見つめている。そして猫のように門の下をくぐり抜け、男についていった。男は振り向いた。少女は立ち止まった。男はまた歩く。少女も歩き出す。おれには力が！　家の中で男は食べ物を与えた。

ある日、少年あるいは少女は、自分から門を開けて中へ入った。ある日、木の下の椅子に座り、食べるようになった。ある日、扉の外のベランダで眠っている姿があった。その子を捜す者は誰もいない。

何だ、旦那、この子らの前にも後ろにも誰もいないじゃないか。おい！　男は歯を見せて笑った。少女はおびえて立ち上がり、倒れてしまった。男は笑い出した。少女も。ゲーム。力がある！　世界の真ん中にいて、この子を誰も見ていない、おれのこともだ、気づくなら何とかしてみろ、おれだって何とでもする。

　どうすればいい？　力がある！　力の循環、悪魔の循環。自分の力を味わうために子供を味わい始めた。食べて、下水に捨て、飽きてくると使用人に言った。来い、スパイスを挽いてこい、食事を作れ、おまえも一緒に座れ……

　私たちのことなんて誰が気に留めるの、とロージーは母に言った。私たちは市場に属してない、注目してもらおうと宣伝する必要だってないし、私たちのために店を開くこともなければ儲けを出すこともない。けちな香辛料屋だって私たちの商売は嫌がる、だからね、私たちはそれだけ浅ましくて目にも見えないくらいのおまけなの。

　私たちのための映画も、文学も、芸術も、服もない。私たちはあなた方が捨てたもの。その捨てたものを拾って着る。私たちは物の数に入らない。湖に私を捨てたって誰も気づきやしない、一人少なくなったって。

　私たちは誰も気に留めない、私たちがいようといまいと。存在しないとなれば、私の権利に何の意味があるの、存在しないなら、国境を行き来するのにパスポートは必要かしら。

　私たちはみな悪魔のようなもの。子供たちが消えても気にしないこの社会、この世界は神なのかしらね？ねえ、人殺し、ロージーはそう口にした。

　髪をおさげにしてピンクの髪飾りを揺らし、しなを作って言った。ロージーのシャルワール・カミーズはネイビーで、ピンク色のバラの蔓が刺繍されていた。チュンニーは王妃の色で緑色の葉が流れているようだ。仕立屋のラザが上品に振る舞い、質素な身なりをしたように、ロージーは色香の漂う服を着て優雅さをまとっていた。ロージーがいなくなったら、世界は少しだけすばらしいものではなくなってしまいそうだ。ロージーの不在を気に留める人がいるかいないかは別として！

　湖。母が沈黙を破って立ち上がった。

　湖、母は慌てふためいて家を出た。杖と娘を引っ張って。

　二人は湖のほとりに立っていた。ＧＰＳで調べても

迷ったが、とにかく到着した。この町のどこに湖があったのだろう。ヤムナー河も干上がったというのに、どこから水が来るのだろうか？

町から遠く離れた場所に雪の層があったが、それは雪ではなく湖で、ほんの数日後に燃え上がることになる。

その湖には、とてつもなく嫌な臭いのする白い靄がかかっており、その下から黒い大地が顔を覗かせている。町のあちこちの下水がそこへつながり、工場や下水の汚水排水が流れ込んだ。油とリンが混ざった有毒な化合物が今しも燃え上がろうとしていた。一二フィートの高さまで炎が噴き上がれば大災害になるだろう。遠目には一面の雪に見えたが、近くで見るとそれは真っ白い泡で、沈みゆく夕日の断片が当てもなく貧相に佇んでいた。岸の湿った土がフィルターとして機能していた時期もあったが、今はセメントの建物で埋め尽くされている。有害物のまとわりついたヘドロが一面を覆っており、どこかに消えてしまったロージーが魚のように浮かび上がってくるのではないかと、母はナイフのように鋭い視線を湖に向け、静かにそこに立っていた。

柵に留めていた釘が一本外れ、注意書きがぶら下がり、タンタンタンと音を立てるので、物寂しさがいっそう増した。首をかしげれば書かれていた注意書きを読むことができた。娘は首をかしげた。公園内でクリケット、飲酒、賭け事、タバコ、犬の散歩は禁止します。茂みに隠れるのは禁止。喧嘩禁止。立ち小便禁止。自転車禁止。だが公園などどこにも見えない。草花を摘んではいけません。公園は湖と同じように有害物に覆われ姿を消していた。

きっと誰かが安タバコ《ビーリー》をふかし泡に火をつける。遠く離れた世界の国々は第三世界の驚異に衝撃を受け震え上がるだろう。新聞やテレビの見出しはいつでも刺激的だ。

だが、どこにもロージーが消えたというニュースはない。

おばさんはいつもどこかへ行ってしまうのよ。娘は、心配そうにしている母にそう言った。

でも電話はしてくる。

戻ってきたらきっと電話がある。

電波が届かないのかもね。

呼び出し音が鳴り続ける。電話に出ない。

外国に行ったんじゃないかしら。外国にいると、電話にはほとんど出ないでしょ。パスポートがどうとかずっと話してた。

あの子は私のために用意してた。

娘は混乱した。

私を連れていこうとしてた。

どこへ？　娘は慌てふためく。

赤い猿がいないところ。

しっかり答えるので、娘の当惑は増した。

あの子はパスポートを持たずに何度も行ってた。

じゃあ、行ったんでしょ。なんというおかしな話をしているのかと娘は思った。

でもチロンジが私の所にある。

事情を理解できない状態に、娘はもう慣れていた。母の希望は叶えた。言われたところに電話した。仕立屋の家に伝言を残し、カンテーラームにロージーを見ていないか尋ねた。時々見ますねと言われた。仕立屋の電話は鳴りっぱなしだった。

二人は一緒に消えたの？　母は謎めいた質問をすると、娘は馬鹿の一つ覚えのように首を振った。

私にはわからない、娘は負けじと答えた。

そうでしょう、母は杖を振った。私もよ。二人の意見が一致しているかのように答える。

ビーリーやタバコに火をつけたマッチを誰かが湖に投げ捨てたら、湖は燃えるでしょうね。

湖が燃え上がったら、ロージーはネス湖の怪物のように姿を現すの？

そろそろ暗くなる、娘は母の肩に腕を回した。もう行きましょ。

ここなのかしら……？　独り言なのか娘に向かって言っているのか、母にはわからない。

そうよ、お母さんはサンダルを買いに土曜市に来た。

……あの子は家を買った。母は言葉を続けた。

ここに住んでいたの？　町から遠いこの場所に？

私はわかっていた……娘は、ロージーの話なのかラザの話なのかわからなくなっていた。二人ともどこか近くから来ているのだとばかり思っていた。店も近かった。兄が役人をやっていた頃、ロージーの姿をよく見かけた。

その家を貸していた。母は自分の体の一部のように杖を振った。引っ越す話をしていたの。

ようやく娘は答えが見つかった。引っ越しの最中に電話をする人がいる？　電話が鳴っても放っておく。

　悪寒が走った。二人の若者が土手に座り、黙って携帯電話をいじっていた。ポルノ映画を見ているか酔っぱらいだろう。遠くまでの間に見えるのはその二人だけで、霞みの向こうに家々が見えた。行きましょう。

　ええ、行きましょ。母は言った。

　母が行こうと言ったのは、家のあるほうだ。湖から有毒な雲が立ち上っているほうだ。これから数日もうもうと燃え続けるだろう。想像してほしい。火柱の立つ湖のことを。

　林立する建物。干し草の山から針を探し始めた。


　家事手伝いを登録するエージェントがある。彼らは一日中来てくれて、母に紅茶を飲ませたり、入浴させたり、軽食を食べさせたり、頭のマッサージをしたり、髪を梳いたり、下の庭を散歩させたり、近くの霊廟まで連れていったりしてくれる、と娘は言った。

　娘の声は届いていない。母はＫＫと人捜しをするので忙しかった。あの人の居場所を探して。モスクの裏の墓地がある界隈に部屋があるといい、ＫＫはそこへ母を連れていった。わかったのは、ロージーが国境を越えると言っていたこと、越えるつもりだが、その前に湖にあるアパートに荷物を置きに来ていたこと。

　だから言ったでしょ。外国にいるから電話に出られないのよ、と娘は勝ち誇ったように慰めの言葉をかけた。

　母は物思いに耽《ふけ》っていた。ぼんやりしていた母が突然、運命に決着をつけるために腰紐を締め上げ、靴紐を結んだ。

　心配するなんてどうかしてるぞ、長男は心配そうに言った。妻はこの問題から何とか離れられないかと必死だった。カンテーラームは微笑んでこう言った。大奥様、そんなに心配してはいけません。あの人は落ち着かない人生を歩んでいるんです。しかし、大騒ぎする母を止めたり咎めたりすることは誰にもできなかった。しかもだ。住所不明、性別不明、職業不明、年齢不詳。墓地のあるような怪しげな界隈で生まれた人間の捜索に心を打ち砕き、人生に与えられた時間や命をすり減らすこと自体、尋常ならざることだ。

　ロージーの電話を鳴らす。今度は誰かが出た。

誰なの？　ロージー？　ＫＫは母の声を聞きつけ振

り返り、娘はデスクを離れた。シドもそこにいた。そしてあたしは彼を車で連れていったんです。そう、あたしです。それともう一人、仲間がいました。ここまで物語に登場していない人物です。その人物について語られることはありません。その人物はあたしより物語に必要のない存在で、あたしよりも偶然にこの事件と出くわしたので、たとえその人物がいなかったとしても他の誰かが証言してくれます。その人物の名はラーヒールといいました。けれど名前を知って何の意味があるのでしょうか？

　シーラー。シャキーラー？　母はかすかに声を発した。電話の後で。

　ロージーには、あとどれだけの形態があるのだろうかと娘は思った。

　湖畔の家に行こう。

　皆で行った。

　扉は開いたというより壊れたようなものでした。あたしたちが叩いたのです。

　その人はあっけにとられていました。誰か別の人のために開けるつもりだったのです。シーラーかシャキーラーが。

　ロージー？　シドのおばあちゃん《グラニー》はその人の背後に視線を走らせました。

　シーラー。あるいはシャキーラー。あなたは誰？

　ロージーはどこだ？　ＫＫが尋ねます。

　叔母さんとシドは、その女性の脇から中に入りました。

　行った、その人は言いました。中を見ても、扉の前に立つ人々たちの誰と話をすべきかわかりません。

　あの子の電話に出たけど、なぜあなたが持っているの？

　置いていった。シーラーまたはシャキーラーが言いました。

　あなたは誰？　あの子はどこ？　いつ戻ってくるの？

　突然シーラー／シャキーラーの口からあふれるように文章がこぼれ落ちました。無礼ではありませんでしたが面食らいました。私は間借り人。長い間ここに住んでいる。自宅に帰ってきた。夫も帰ってくる。私は出かけるところ。行くところがある。外にスクーターがある。洗濯物を干す場所がなく、そこに干している。ここに機械を置いて家で工場を開いていた。プラスティックの蓋を作る。とてつもない音がして、頭が痛くなる。

話して話して爆発した。怒りが爆発した。あなた方、どなた？　何様のつもりで質問をなさるの。あの人がどこにいるかなんて知るわけない。親しくもなければ友達でもない。誰があの人と親友になるもんですか。いつ戻るか？　知りませんよ。電話も忘れていった。病気でしたよ。

病気なのになぜ出かけた？

病院でしょ。

誰かに付き添われて？

自分で行ったのか、誰かが付き添ったのか？　知りませんよ。どうして私が連れていかなきゃならないんです？　家賃は払ってますよ。毎年値上がりしました。出費がかさみます。

なぜ自分の電話を置いていった？

知りませんよ、あの人の電話ですからね。忘れていったんですよ、別の電話を手に入れたんでしょ。使えるかどうか、それはあの人ならわかるはず。電話が鳴ったから私は出たまでの話。無意識に取ってしまった。私、熱があるんです。あなたたちには迷惑してます。やけに質問しますよね。すっかり好戦的な態度に変わった。髪は赤く、今まで寝ていたのか、ぼさぼさでした。目には隈ができており、よろめくと、首に縄をかけられた人間のように頭をぐらりと前に倒しました。もう失礼します。あなた方もお帰りになって。辟易した様子で、大声でわめいていました。

グラニー、行こう。

足を踏み入れた瞬間から変な感じがした。皆が口を揃えて言いました。

食べ残したアチャールのような臭いがしたな、シドが言います。

そこは二部屋のアパートでした。裏のベランダは物が山積みで散乱していました。

あの人のピンクの髪飾り《バランダ》が見えた。娘さんが言いました。

お母さんは杖をコツコツ叩きながら家の中を一周しました。シーラー／シャキーラーについて不平を言いながら。一つの部屋は巨大な王座のようなテーブルに飲み込まれ、もう一つの部屋には巨大なダブルベッドがありました。

ＫＫは、怖いと思ったと言いました。

奥の壁にパーンのような真っ赤なしみがあったのを皆が目撃しました。

ロージーはパーンを噛んでいたでしょうか。ラザが噛むのは見たことがあります。

ダブルベッドの下、誰かが思い出しました。その後ろにも。また誰かが思い出しました。

パーンのしみが血痕だなんて、誰が受け止められるでしょうか。

時代の性質を知りなさい。人は飽きやすい。どんなときでも何か起こっていなくてはならず、ドラマティック、あるいはドラマ性があるわけでない場合は何も起きておらず、人生が止まっているように感じられる。人生が同じスピードで、自分のペースで進んでいると、動いていないように感じられる。人生のペースから離れ、自分の本やコンピューターの後ろに座ってみると、自分が死んでしまったかのように感じられるかもしれない。静止は怖い。静かに座っていると石のように干からびてしまうのだろうか。恐ろしい考えだ。日にちが揺れ動き、足元で地面がひっくり返り、ルーティンが覆され、心臓や肺の欲望が飛び跳ね、竜巻が暴れ、何が壊され、何が生き残ったのかと考え、毎朝、外に出て人生と格闘したほうがどんなにいいか。

だからこそ、平和より反乱に夢中になる。美徳より悪徳が勝り、献身より咆哮のほうがよく、作るより壊すのがよく、落ち着くより焦るほうがよく、沈黙より喧噪のほうがいい。トルストイの物語のように、妻は善良で穏やかな医師に飽き、怠惰で快楽主義の廃退的な恋人を追いかける。時として人は、破滅の中にのめり込む。頼りになるものを捨て、鼓動を高まらせるものに没頭する。

今日の歩みは、つま先立ち。止まらず、時には走り出すスピードだ。かかとを地面につけるのを忘れている。つま先がいつまで重さに耐えられるか見てごらん、ドシーン、私は倒れてしまった。

計算が狂っていたのだ。母も娘も立っていた大地で。そしてドシーンと倒れ、全員が全員倒れ、残りの者は倒れただけであったが、ロージーは倒れて死んだ。

ロージーは死んだ。

ロージーが死んだ。

湖に火がついた。

あの扮装者か？　巡査はシドと娘を見て笑い出した。あれに何も起こりやしない。あちこち歩き回って、ときどきここへも来る。

　ここらの人は誰もが知ってるよ。知っているというのは言いすぎか。すべての姿が偽物だ。紅茶を持ってこい。

　そして巡査は母のほうを向いた。お母さん、誰の厄介事に巻き込まれたんです？　あなた、お人好しですよ。品のいい人ほど、人の心配をしてしまう。お年寄りだから、心配になってしまうのでしょう。うちのばあさんもそうでした。一緒に暮らしてますがね。朝から活動して、ハリヤーは来たのかと聞きます。うちの使用人です。夜は風が強かったから中庭に箒をかけさせなさい。もう六時だから水を汲んで、井戸からよ。お母さん、それからね、おやバウンデーが戻っていないじゃないか。バウンデーは私の呼び名なんですがね、と警部はバウンデーについて笑って解説した。五時になりました、時計台の鐘が鳴ったから、署に電話しなさい、心配だ、心配だ、バウンデーの仕事は最凶の悪党を更生させることなんですから、危険も危険、私の大切なおばあさん。

　バウンデー警部は、生あくびしながら、噛みタバコのパーン――アセンヤク、パーンに欠かせない石灰の混じった溶液――を口の中でこねくり回し、それは楽しそうに噛みながら続けた。この人たちは姿を消したりしない、ふらりと現れては去っていく。以前はこっちに来なかったのに家を購入したんです。どこから金を手にしたのか知らんがね。あの商売、何をやってるんだか、たっぷり稼いできますよ、私やあなたに買えないものを、この人たちはポンと買ってみせる。でも誰がどうやって売ったのか、そりゃわかりませんな。近頃なんて、値段の折り合いが付けば、人は黒も白も忘れてしまう。相手が誰なのか知らなかったのかもしれない。身分証も見せずに買ったのでしょうな。見てくださいよ、ドロドロの溶液を口でクチャクチャさせながら言った。身分を明らかにはできません。身分証なんて持ってないのをいいことに、いなくなるんです。

　バウンデーは不機嫌になった。ああした連中は、私らの生活圏へやってきて迷惑をかける。とにかく、自分のアパートを貸しに出した。そう言うと笑い出した。一度なんか三、四匹の犬が突然襲いかかって倒したんです。勇者も完敗。犬でさえ、あれを不審者だと理解した！　子供らが、あの人を追いかけて石を投げつけたりするもんだから、誰であろうと暴力はいけないとお灸を据えましたがね。とにかく、あの人は度々現れた。いい金になったでしょうな。ここらは物価の高い地域ですからな。昔は村でしたが、今は立派な人々がここに家を建てる。開放的です。湖もある。バスも来る。メトロもここを通る。火も消える。なんてことありませんよ。無意味な騒動です。政府の調査団が来ました。誰かが安タバコ《ビーリー》の燃えかすを投げ捨てたんでしょう。乾いたゴミはどこでも燃えますからな。水面にゴミの層ができていた。その下にはプラスティックのゴミ。だから水がゴミを通過できない、それだけのことです。おかげで私らの仕事は増えました。問題は山積み、解決しましょう。あなた方は心配しないでください。見ていてごらんなさい、ふらっと戻ってきますから。

　私は忙しいんでね、バウンデー警部は身を乗り出してシドに言った。今回はシドのそばにいたから、あたしにも聞こえましたよ。でも、あたしのことはいいんです。近所の人たちが言うには、近頃は男の身なりをしていたらしい。そうすれば犬も子供たちも見逃してくれるんでしょうな。体を揺らして大笑いした。本当です。だって、猿やオナガザルも男がいれば避けますが、女性なら脅してバッグや眼鏡やスマホをひったくる。バナナやパンをきれいに持ち去ってしまう。ここには猿も、オナガザルも来ませんよ。時々、めったにありませんが、湖に迷い込んでくるのがいるだけです。サンカトモーチャン寺院には列をなして並んでいるか座っている。あそこでは猿が信仰を集めている。当然でしょう、彼らはハヌマーン神なのですからな、お祈りを捧げます。私はハヌマーン神を信仰していますよ。ハヌマーン・チャーリーサー*は毎日唱えます。土曜日にはお寺に行ってラッドゥをお供えします。運動をするようになったのは、ハヌマーン神のおかげです。そして警察官になりました。私の家族はハヌマーン神を敬愛しています。皆の心を穏やかで清浄なものにし、兄弟でけんかすることもなくなります。私は妻とも喧嘩なんてしませんよ。口からあぶくのように笑みがこぼれてきます。ハヌマーン自身は離俗者ですが、豊かな戸主の生活を全うする帰依者には祝福を与えます。そして心。心についてては聞かないでください。どの心臓も鼓動しています。病気なのか、心臓発作《ハートアタック》なのか、それは誰にもわかりません。ハヌマーン・チャーリーサーをお読みなさい、お母さん、どうか心にどんな攻撃《アタック》も受けないように。見てくださいよ、警部は自分の携帯電話を押した。私の父がいつも読んでるんです。お父さんの声がした。ジャエ・ハヌマーン・ギャーン・グナ・サーガル・ジャエ・カピース・ティフン・ローク・ウジャーガル。父の心は私より立派なんです。あなた、お母さん、いつもハヌマーン・チャーリーサーをお読みなさい。日々がよくなります、人生も。

母は杖をくるりと回した。あなた、行方不明者の届けを受理してくださいな。母は、シーラー／シャキーラーに会った後も動転する様子はなかった。母が私たちを警察署へ連れてきた。そこは、行方不明になった母が見つかった時に行った警察署ではない。湖の辺りにある警察署だった。火の手が上がって雲のように煙が立ち込めていた場所だ。

バウンデー警部はむくれていた。あなた方は何を考えているのですかね？　誰かが消えたわけでもないのだから事件でもない。大の大人がどこかへ出かけたことを、あなたは行方不明だと言いますけどね、行き先を誰かに告げなきゃならない理由なんてこれっぽっちもありませんからね、聞かれて答える必然性さえないんですよ、なのにあなた、お母さん、あれと何の関係があるんですか、自らもめ事に巻き込まれてどうするんです、あなたの年齢で警察署やら裁判所を回るんですか？　あくび、かすれ声、パーン、タバコ、アセンヤク、石灰、げっぷが渾然一体になったものを口でクチャクチャさせながらこう付け加えた。あれが何者か、あなたは知ってるんですよね。どんな商売をしていたか、歌って踊って物乞いをして、何で食べていたか知る由もありませんがね、ああした連中は、結婚式やら窃盗や物乞いやら、あなたの前で口に出すのも憚られるようなことをしてるんですよ。みんなそうです。私らは知ってるんです。捕まえたら鞭でちょっと叩いて釈放するんです。誰も自分の署を穢したくありませんからな。ああした連中のために房を分けなくてはならんのも不本意ですしな。ここはああした詐欺師のための場所ではないんでね。他の連中と一緒にしたら暴動が起きてしまいますから、私らが警棒で少しばかり懲らしめて——近くに立っていた巡査からふっと笑い声がこぼれた——釈放してやるんです。お母さん、何か問題があるなら、そこへ記入してください。ですが住所不定の人物がどうやって行方不明になりますかな。

警部は賢くなったような気がし始めた。

それに湖が燃えているのは知っているでしょう？

怒ったように言った。

燃え盛る炎の中に、消されてしまった人がいる。この国は非難にさらされた。国内外のNGO、記者、市民、人権活動家、それから政府自身が声を上げた。この火災にこの世の終わりを見る者もいれば、単なるポイ捨てタバコの不幸な事故に過ぎないと見る者もいた。あれは自然環境に対する危険な干渉の結果であって、化学物質が水の上で燃えているのだと言い、また別の者は、湖は乾燥していたが、雨季の間に岸辺に物が溜まり、無知な村の人々がそこにビーリーを捨ててしまったのだと言った。混乱を招くに違いない視点ばかりだ。湖岸の火災と湖の上で燃え盛る炎を切り離せない人々が騒動を煽る。

警察は湖を包囲して封鎖し、許可なく立ち入れないようにし、昼夜問わず見回りの警察が配備された。旅行者はあふれんばかりの数となり、煙と炎の雲が立ち込めた。母は母で、KKを連れて再びやってきた。

私ら警察官が睡眠も十分に取れないというのに、姿をくらます天才をまた捜しに来たと言うのですか？　どこまでが本物でどこからが偽者かわからないのに、一体どうやって捜せばいいのか教えてください。人間なんですか。それともあれは魔人のジン？

冗談めかした物言いはしたが、バウンデー警部は疲れ切っていた。ハヌマーン・チャーリーサーを唱える暇もないようだった。湖の火災が大事になったからだ。

警部は、例のさまざまなものが渾然となった溶液で口をまたいっぱいにした。KKのプレスカードが警部の心を刺激したのだ。マスコミの束縛から完全に解放

＊ラーマ王に忠実に仕えた猿神ハヌマーンに捧げた賛歌。

されていなかった。口の中の渾然一体となったものをごくりと飲み込んだ。そして湖の監視業務についている警察官から数人を呼び戻し、ロージーの新しいアパートへ向かわせた。

　寛容な人は愛を愛し、狂信者は武器を愛し、蝶は杖を愛する。詐欺師は政府を愛し、私たちやあなたはバルフィーやラッドゥ菓子を愛し、新聞は熱狂を愛する。だから新聞紙面は犯罪で埋め尽くされ、店には客を騙すペテン師があふれる。ニターリー村の窃盗強盗、十二月十六日、ジェシカ・ラール、ハルシャド・メヘター、ニーナー・タンドゥール・ショーブラージがジーナト・アマーンを殴打、カプールの抗争が過熱。権利や権威の世界では、新聞はこうした権利や権威を盾にする。農民の自殺の話題が選ばれることはなく、見えざる者の失踪は置き去りにされ、森に住む人々への暴行に目を向けるほど関心を寄せない。目を引く者が紙面を飾る。あるニュースが一面トップを祝辞のように飾り、それ以外は小さな蟻のように隅に追いやられる。法廷では、山羊が別の山羊の放牧地に忍び込んで草を食べたことが審理され、ナショナリズムが擡頭するこの時代、身体障害者が国歌斉唱の際に車椅子に座ったままでよいのかどうか審議された。誰が何をどこに載せるか、どの写真を掲載するか、それを選ぶのは報道の自由だ。ＫＫは、ロージーの事件を書こうと決心した。記事に一ページ割けることになった。せめてもの救いとして。

　その記事をたまたま読んだ人は、ヒジュラーのロージーが自己資金で慈善団体を作っていたことを知った。ロージーは、イスラーム教系の孤児院から、シク教寺院グルドゥワーラーのランガル・カーナーに送られ、その後、キリスト教宣教師の家へたどり着き、そこで少しの読み書きを覚え、大人になってからは手に職を付け、その道の専門家になった。縫い物、刺繍、あらゆる手工芸品の制作、ジャムやゼリー、チャトニやアチャールの製造、労働者への弁当運び、そんな仕事をしていた。そして湖のほとりにアパートを購入し、貸していた。

　警部が来たときは鍵がかかっており、その二日後にもまだ施錠されていたので、壊して中へ入った。シーラーあるいはシャキーラーという名の女性と、つやつやとした黒髪のボーイフレンドが部屋の外で捕まった。長期休暇に出かける準備をしているところだった。発見されたロージーは、箱形ベッドの箱の部分に詰め込まれていた。

新聞によれば、ロージーは、店子を追い出して自分が住みたいと言いだし、これをめぐり口論になったと書いてあった。最初、シーラー／シャキーラーは時間をくれと言い、次に、家賃をもっと多く払ってもいいと言い、今度は買い上げたいと言いだし、ボーイフレンドを連れてきて、ああ言ったこう言ったの水掛け論と侮辱が続き、店子カップルはバウンデー警部が言ったのと同じことを口にした。

つまりこうだ。何を証拠に言っているか知らないが、ちゃんとした書類も持ってない。私たちは騙された。あの人が偽者だとは知らなかった、最初は女だったのに、それから男になって現れるようになった。

泥棒も警察も、偽者に関わる理由がないことに同意したため、この問題はしばらく立ち消えとなった。

私たちは品行方正な人間だし、このあたりは品行方正な人間ばかりだ。誰に聞いてみてもいい。この家に蛇口を取り付けたのも私たちだ。心優しい隣人の許可を得て壁を建てたのも私たちだ。電気屋で働いている少年は、うちにコリアンダーやミントや青唐辛子を分けてくれる。鉢植えに種まきして、人参が芽を出したこともあった。壁で覆いを作らなかったら中が丸見えなんです。彼が仕事に出かけてしまって、私が一人になる間、通りがかりの人に覗かれたいと思うはずがないでしょう？　天井も雨漏りしていたから、何千ルピーもかけて防水塗料まで塗ったんです。あの人は何もしてくれませんでした。それでも私たちは、合法か非合法かであんたを訴えるつもりはないと言ったんです。たとえ詐欺罪で刑務所に入れることができたとしてもね。あの人は他の人と違うから。両手をパンパン叩いて物乞いしたり、下品な歌や踊りをして騒ぎ立てることもない。そんなことは一切していない。私たちはあの人の家を借りている、それだけ。時々ここへ来るなら、私たちの所に泊まればいい。見てごらんなさい。ベランダに囲いを作って場所を取ってある。私たちと一緒にいたってかまわない。許可しましたよ。そうでもなければ、住まわせたいと思う人なんかいやしませんよ。子供たちだって住んでいる界隈なんです。お金は払ったし、あの人はずっと前から国へ帰ると言っていました。ええ、長いこと。だから見つからないんでしょう。

それが見つかった。箱の中にいた。台所の鉄製の乳鉢の中、壁に飛び散っていたパーンを吐いたつばの色をした血にまみれた乳棒があった。肉片と粉々になった頭蓋骨とが、砕かれて腐っていた。

姿を変えるあの人の、もう一つの姿だった。バウンデー警部は何も言わなかった。

新聞によれば、ロージーは善良なヒジュラーであり、店子は所有権を認める書類にサインをさせようとした。どこかへ消えて戻ってこないことを願って、ロージーの死後、このアパートを店子に残す約束をさせようとしていた。だがロージーは書類にサインをする気もなく、死ぬつもりもなかったし、死に急ぐ気もなかったから、鉄のすりこぎで殴られ、殴られたあとは知ってのとおりである。

KKは、憲法の下に人は男女を問わず、どんな性であっても等しく平等なる人権を有していることを記事にした。法律で認められ、第三の性を宣言することができるようになり、権利が与えられるようにもなったが、現実にそれが実践されることは少なく、社会的に受け入れられることはまれだ。編集者は、読者の興味を引くという観点から、この部分は不要だとして、長い記事は学術誌にでも書けばいいと言った。あまりに新聞で書き立てると読者が飽きてしまう。そんなわけで以上。読む人は読む。それでこの問題は決着、おしまい。

身元確認のために呼ばれたことも、母が二回「行こう」と言ったこともどこにも記録されていない。

遺体安置所。ロージーの遺体。頭はシーツで覆われ、両足が出ている。形の崩れた人形のような足の指に、死体番号の札が糸でくくりつけられていた。

値札。安い。

娘の目の前に霞が広がった。世界中がここまで悲しみ、別離、記憶、憤り、奪い合い、うねり、これらがすべて目の前に横たわっている人から音もなく湧き上がり、煙となって浮かんだ。娘の目はうるんだ。目の前にある死体がロージーのものではなく自分自身のものであるように感じたのだ。私たちは皆、こんなふうに終わるのだろう、こんなふうになるのだろう、こんなふうに見られるのだろう、私たちの美しさはどうなるのだろう、私たちはいくらに値踏みされるのだろう。

ロージーの足は、あの夕方の湖のように緑色で、しみができ、シーツからはみ出していた。シーツは軽く縫われていたが、その下にあるものがふわふわと膨らんでいるように感じられた。

腫れ上がり、変形した腹部が破裂して、カバーをしている布地にしみ出したのだろうか。体中の血液は膿に変わり、肋骨を突き抜けて洪水のようにあふれ出したに違いない。

母は顔を見たがった。

上官の許可があれば、と付き添いの係員は言った。

母はかまわずシーツをめくった。ロージーの手は縫われていた。足のようなものは腐った木の腐った枝のようだ。触らないで、娘は止めようとした。押し潰されたビーツのように体液が噴き出すのを心配して。

上官を呼んでください、係員は無気力に冷酷に諭した。

母はそっと手を触れた。KKは止めるためか支えるためか、母の手の上に自分の手をそっと置いた。

シーツはよれていた。娘は今にも逃げ出しそうにつま先立ちをしている。

ロージーはすっかり朽ち果てていた。死臭をホルムアルデヒドの刺激臭で覆った臭いが充満していた。体内で食べ物を消化吸収させていた物質が、消化させるものを失いロージーを溶かしていた。ロージーをのみ込み吸収していた。ロージーのはらわたの中で祝祭が続いていた。

心臓が拍動を止めていた。滴った血が凝固して、一部は腐ったり腫れたり汚くなっていた。皮膚が割れて膿が外へ漏れ出していた。バルターを拵えるために直火であぶった焼きナスのようであった。

KKの名刺がプレッシャーを与えたのか上官がやってきた。顔を覆いなさい。係員を叱りつけた。

このおぞましい瞼を押し戻してちょうだい、娘はぎゅっと目をつむった。

ロージー、母は実に静かな声で言った。しっかりと何かを確かめるように。

言葉を失ったその口を開いて、娘は願った。ロージーの鼻からにじみ出た液体からちらりと見えたのは、かつて血であったものだろうか、生き延びられなかった虫だろうか。

病院と死体安置所は、過去も未来もない、身元不明の引き取り手のない死体から一刻も早く解放されたいと急いでいるようであった。KKや母がそれを目にしなければの話だが。ロージーはなぜ洗われていないの、母はとがめた。

シーツを直せ。上官はまた怒鳴りつけた。

きちんと直すために係員がシーツを揺さぶると、それは余計にずれて、ロージーの裸体は、むきだしになった。むっとする臭いがした。ロージーの体は、死蠟の薄い層がしぼんでひび割れを起こし、深い青緑と焦げ茶色の縫合部やしみでいっぱいだった。あちこちに見られるひび割れは防腐用スパイスを詰め縫合していた。

絵画。興味をそそる絵画。損なわれた絵画。

そしてこれは？　乳房か腫れ物か。この上向きに立っているのはかつてペニスだったものか。

それは死後硬直と呼ばれ、遺体がこのようにこわばることを言う。陰嚢のそばでペニスが木になる。腫れ物ができる。

なぜ服を着せないの？　母は声を荒らげ、懇願するようにKKの目を見た。

上官は不意を突かれ、どぎまぎしていた。

その死体は、何かをまとったように、腫れ物と化学物質と血とかさぶたと傷と縫合とあせた色で覆われていた。

植民地時代、位の高い人の家では、大切な祝い事の日になると、大きな動物を丸焼きにし、シーズニングで化粧を施した。チャトニに漬け込み、バターの層を作り、色とりどりのドライフルーツやナッツを詰め、ニンニクと生姜と花びらと葉をまとわせ、大テーブルに飾り立てる。スパイスとペースト状のマサラで装う。フォークとナイフはナプキンの上に整然と並べられている。

今は亡きロージーの遺体を医学研究のために献体した、と母は言った。法的遺贈に他ならない。

ロージーは荼毘に付されるのとおなじ。宗教儀式はなかったが。


杖が雷を落とし、意識を失う。息が上がり、下がり、そして止まる。

目は愕然と見つめ、そして乾く。あるものは死に、またあるものは生気を失う。雷がやむと木は藁のように折れる。砂嵐が静まると、藁葺き小屋は壊れてしまう。歌が失われると、喉は咳き込むようになる。

音はとても重要だ。色恋や愛が狂気であろうとなかろうと、喉には人生を通して流れる音が必要だ。だからこそ、サーラー・ラーイ*の物語ではメロディーの糸を失ったP・スンダラムが取り乱すのだ。

歴史は繰り返す。母は生気を失い、咳き込むようになり、音を失った。今度は娘の家で。

どの微生物の中で風が騒ぎ出したか知っていますか？　引き取り手のないものは、そこに横たえられるだけ。長男のかかりつけの医師がそう言った。お母様をどうしてそのような場所へ連れていったのです？　アレルギーを引き起こしたのかもしれませんね。

喉には音に代わって咳が住み着いた。母は話すことを忘れた。体をわずかに動かすと、昼夜なく、前屈みになって乾いた咳をこんこんさせる。何もかも失われた世界に咳が響く。何もなくなったのを咳はわかっている。そんなふうに。咳き込むたびに折れ曲がる体を、そのたびに娘が真っすぐに起こしてやるが、体はまた少し小さくなっていた。どれくらい小さいのかと言えば、決心さえすれば、どこかの境界に出来た小さなひびをくぐり抜け、向こうへ行けそうなほどの小ささだ。

朝、娘が黒い鳥の近くに座らせてやると、ふたりは同じような寸法に見えた。大きさと実寸は関係ない。バンヤンがジャスミンの木ほどの大きさになれば、それは小さい。蝶がカラスと同じ大きさなら大きく見える。母親が発狂し、家族が憐れみの心に沈むのを見て、鳥は憐れみの感情に飲み込まれた。背中を丸め、自分より小さくなった狂った女を眺め、黒い鳥は木の枝に留まって歌い、歌うのを少しやめ、母が自分の歌を思い出してくれはしまいかと、また歌い出した。母は舞い上がり、消えかけ、自分の中でせめぎ合うなんらかの物語に取り囲まれていたに違いない。母は娘が口に入れたものは何でものみ込み、そのたびに咳き込んだ。まるで何かが飛び出して、彼女の三昧を壊すかのように。

少し苛立ちを感じつつも娘はバルコニーに座っていた母を薄手のショールで丁寧に包み、朝の冷え込みか

＊現代ヒンディー語・ウルドゥー語小説の作家、翻訳者、編集者（一九五六〜）。

ら守った。娘のシュラヴァナ・クマーラ*的な愛が洪水のようにあふれ出した。母を外へ連れ出すロージーがもういない。どれだけ母は悲惨な思いをしているだろうか、私が思いを寄せなければ。食事の時間や着替えの時間になったことなど思いも及ばないだろう。ロージーやほかのお供が楽しくやっているのを部屋の隅で縮こまって見ていた娘が、重要な存在として立ち現れることとなった。虫けらみたいな存在だった娘は、ロージーと一緒に死んだ。母を寒さから守り、柔らかな陽光を与え、今やビロードの日だまりのように母を包んでいる。

日だまりになった娘に力がみなぎり、ある日、ＫＫを求めている自分に気づいた。ある記事を投稿するために二人で出かけ、帰りがけに二人のお気に入りの遺跡に立ち寄ったときの感情に近かった。森に人は寄りつかない。マクドナルドもハルディーラームもない。二人は暗闇の中で、地面まで届くマンゴーの木の梢でロマンスを再燃させた。危険だともいえる。よく言われる蛇やトラが危険なのではなく、危険なのは人間だ。娘は新たな力を蓄えており、あえて危険を冒した。

他者に対しても、愛が慈悲の心として湧き上がりあふれ出した。娘の家の扉は以前よりずっと解き放たれている。誰か元気になった人が病に倒れると、その人の親族はとても不安になる。ショックを受けている人の前で、平気な顔で息をすることができるだろうか。床にこぼれた紅茶やスパイス菓子のくずを求めて蟻が行列を作っているのを見かけるようになった。シドや他の家族、使用人、友達、兄弟などの群れが、娘の家に現れては、ああしろこうしろ、こうすれば解決すると対処法を提案した。兄の妻を経由して遠くの国からも対処法は届いた。カモミールティーを飲むといい、落ち着くから。ガスが溜まっているならミントを摂るといい、おなかがすっきりするし咳にも効く。それから睡眠薬は、おばあちゃんの年なら半分で十分だ。しっかり眠れるはず。どこか山のほう出身の守衛の嫁が何かのオイルを持ってきて、これを使うといいんです、私が頭に塗りましょうと言う。体内の毒素を出してくれます。小さなガラス瓶には緑色のオイルが入っており、その中に百足のような植物の茎が浸かっている。守衛の嫁が言うには、それはどこかで採ってきたもので、長いことオイル漬けにすることで成分がしみ出す特効薬らしかった。医師は、まず病院で検査をし、すべてのパラメーターが整っているかどうかを確認し、その後に他の検査を考えたいと言った。珍しいウイルスが氷の中に長い間眠っていて、氷が溶けて世界に広まっている。入院させて観察し、解決策を考えよう。地球温暖化が背景にある。

　再入院について、少なくとも今は、家族は同意しなかった。ロージーは亡くなり、自分の賛否の票を置いていった。シドは、うちのハウスドクターを連れていくと言ったが、母には体の痛みがあるわけでもなく、めまいがするわけでもなく、息切れがするわけでも汗が出るわけでもなく、咳も良くなっており、母の症状すべてから診断できる総合診療医はおらず、どの医者も別の医者を必要としており、それぞれ各自に別の検査をして、こうではない、ああではない、と判断しなければならない。ロージーなら、お姉さんを病院に連れていってはいけない、病院は生き返らせる代わりに死なせるところだ、とか、病院に悪い記録が残るから死なせてもくれない、とか言いそうだ。私に知らせてちょうだい、大急ぎで駆けつけるし、手当てもしますからね。私が来るのにパスポートは必要ないんだし。

だがロージーはいない。生命から遠く離れていった。そして母は黙ってただ静かに座っているか咳き込んでいる。家族は、前に後ろに母を支える寝具となり毛布となり、魔法の絨毯となり、杖となった。

　家族は未来永劫すべてを理解する。以前もきちんと理解した。夫が旅立ったとき、母も旅立とうとしたことを理解し、母を引き戻そうと努力し、今もまた、再び旅立とうとしている母を引き戻そうとしている。

　ロージーの旅立ちが原因だとは誰も言わない。母が兄の家を出たことで終わりを迎えたような状態になった、というのが兄と嫁の考えで、娘からすれば他人に世話を任せたことがきっかけだった。家族は自分のやり方を変えようとはしないし、自分たちが盾になっていると信じ込むこともやめない。家族が昔から愛している人は今、瀕死の鳥である。瀕死の鳥に限りない愛と同情が寄せられ、家族を瀕死の状態にした者は家族から怒りの攻撃を受ける。鳥の衰えた翼に息を吹きかけなさい、私たちの支えに寄りかかり少しずつ少しず

*『ラーマーヤナ』に登場する親孝行として知られる人物。

つ飛び立ちなさい、もう十分、そんなに急ぐことはない、私たちに寄りかかり、動きなさい、私たちの支えがなかったら絶対に倒れて潰れてしまうから。

母の言うことは何でも聞いてあげようとか、人生の終の棲家を幸せなものにしてあげたいとか、家族が自己満足的に心配し共鳴し合うその行為は独りよがりで、実は母があんなことこんなことを家族にさせているとは思いも寄らない。

開いている扉から足音が聞こえ、立ち上がった娘はショックを受けた。兄が妹の前にいた。妹の前に兄がいた。両者のほかには誰もおらず二人の目は釘付けになった。大地と視線と空気と心と体が揺さぶられ、すべてが液体になり、チャプチャプゴボゴボ、渾然一体となった。

独裁者の表情というマントが、兄の顔に一枚のカーテンのようにかかっている。そうやって汗をかいても不安がよぎっても顔を隠してきた。仕立屋ラザは布地からコスチュームを作ったが、この人は態度を鎧にする。

母はバルコニーで静かに座っていた。兄はそこへ真っすぐ向かった。行きましょうと指示を出す。外にいると体に障ります。

母はゆっくりと頭を上げた。兄を見て、その後ろについてきた妻を見て、その後ろに立つ娘を見て、その後ろで扉が開いているのを見た。隣の長毛種の犬が、母と目が合ったのがうれしくて吠えた。

私を捨てた。母は言った。

嫁は頭を下げて母の足に触れた。何をおっしゃるんですお義母さん、お義母さんが私たちを捨てたんじゃないですか。もういいでしょう、行きましょう。今すぐ行きましょう。

すぐ行きましょう、母は発狂したような声で受け入れた。

お出かけは終わった。お義母さんは奇妙な生活を味わった。安らぎの生活に戻りましょう。嫁は、我が家には他のどこにもない何々がある、我が家に来なくてはいけないなどと言った。遠くに住む息子からも電話が来たんです。お大事にと言ってましたよ。自分の事をいたわってくれただとか、看護師を雇っておばあちゃん《グラニー》に必要なもの、たとえば、便秘になったら毎食スプーン半分のサイリウムを水に溶かして飲ませること、朝にはネビカードがいいことなんかを伝えてくるといいよなんて言ってました。あっちの無花果を大学から送るそうです。私も使えるフットマッサージャーをおばあちゃんに使わせてあげてね、頼んだよ。

ポール・ザカリア*の小説を読んだ人なら思い出すかもしれない。遠くに住む息子が年老いた孤独な母を心配し、世話に必要なごく小さな事柄に心を配った。看護師の募集広告に応募して来た女性に、ポール・ザカリアのような息子がすべてを手紙にしたため伝えた。もちろん条件や給料を話した後に、である。娘や息子はそれぞれの暮らしをしていると伝えた上で、大好きな母の責任は自分が一切引き受けるし、二年に一度は家族を連れて会いに行くとも記した。だから、看護師さん、あなたが一緒にいるんです。九時になったら、母を小さな声で起こしてください。揺さぶってはいけない。そっと掌を添えて、おでこに手をやるんです。母が起きてあなたを認識したら、優しく微笑み、もしあなたのことがわからないようであれば、微笑んで誰なのかを思い出させます。それからベッドの枕元を起こし、枕に寄りかからせて座らせ、体を少し前にずらし、背中と肩をそっと、しかし徹底的にマッサージします。それから、もう一人の登場人物であるソーサンマーの助けを借りて便座に座らせます。その間もずっと微笑んでいてください。母が立ち上がったとき、元気と愛情を感じてもらわなきゃならないからです。笑顔は、母の健康、精神肉体の両面においてですが、とても有益なんです。便座に座っているときは、看護師さん、片手か両手で背中をトントンしてあげてください。九時二〇分、スポンジで体を洗います。その間もずっと話しかけてください。甘い話題がいいですね。看護師さんの人生の幸せな経験と結びつけてください。あるいは僕たち子供、正確には僕は僕の母の子なんですが、そんな子供たちの話をして甘い言葉をかけ続けてください。

要するに、母が眠るとき、目覚めたとき、ベッドの上にいるとき、トイレにいるとき、車椅子に乗るとき、あらゆる場所、あらゆる瞬間に向けて未来の看護師へ

＊マラヤーラム語文学者、作家、脚本家（一九四五〜）。

の指示がなされた。夕暮れ時、日が沈み始めたら車椅子をバルコニーに出し、地平線のほうに顔を向け、車輪にロックをかけてバーを置き、前のめりになって転げ落ちないようにしたら、母をそっと一人にしておいてほしい。微に入り細を穿つ内容であった。

七つの海を越えた息子は、遠く離れていても、細微なことに注意を払った。ポール・ザカリアは、夜の九時半に物語に登場する息子に母親を寝かしつけさせ、目を覗き込ませ、おやすみ、いい夢を、と言わせ、母が笑っているかどうか確かめさせ、愛情を込めて頭と頬と唇に、娘や息子がするようにキスをさせ、大好きなお母さんと言わせ、看護師を通して子供たちがやっているように感じさせるよう指示を出したと書いている。

これらの条件すべてを提示した上で同意してくれるなら、母の看護師としてあなたを面接します、と物語の息子は手紙を締めくくった。

だがこの家族にザカリアを読んだ者はいなかった。だが、物語の中であれ外であれ、息子は息子だ。長男の妻は、遠くに住んでいる息子はこんなにもおばあちゃんの心配をしてくれ、さらには、私がお義母さんと家の世話だけに人生を費やすべきではないと心配し、仕事を抜け出して二日に一度は必ず電話をかけてくれ、向こうですべて手配して、私だけが背負わなくていいようにしてくれたのだと言った。

お母さんの荷物をまとめろ、何世紀ぶりかに長男が妹にかけた言葉は命令口調だった。

娘が気を悪くするのも無理はない。体調が安定してからにして。

行こう。母は娘を見て小さな声で言った。

なぜ母親というものは、死ぬときになるといつも息子の家のことを思い出すのか？　クリシュナー・ソーブティーは、『娘よ』の中でそれを書き示した。

母は咳をし始め、杖を床に立て、そこにもたれかかった。

中に入りましょう、娘は言った。

母はこんこんと咳き込みぶるぶる震えながら杖を上げた。頭も上げた。震えながら突き上げた杖は、長いマッチ棒のように、沈む夕陽の赤みから火をもらい、近くの木陰に吊るされたランプに火を灯した。ところどころで赤い炎が揺らめいた。母は杖を枝の上に置いた。まるで杖もその木の枝だといわんばかりに。このうれしい知らせに黒い鳥はぴょんと跳ねた。太陽は昇り、母の前にある杖＝枝に座り、黒い鳥はもっと黒くなり、その目は真っ赤になった。母の喉の音を取り戻すため、チューン、チューン、チューンチューンチューン、チューンチューンと長々とした啼き声を懸命にあげた。

国境を越える、母は言った。

どういうわけか誰もが押し黙り、母と鳥の声を聞こうとした。口笛のあれだ。別離の悲しみ、再会の喜び、そんな歌だ。

黒い鳥は口笛を吹き鳴らしている。小さな女性より先に。

母がどこにいようとそれは現れる。この木の前、この茂み、この炎の中、そしてこの瞬間に。

そして鳥は飛び立った。

不意に母が口笛を吹き出した。豊かな都会のガヤガヤした家の中ではなく、荒涼とした砂漠にでもいるように。口笛は虚空に響き、ゆっくりと消えていく。

ゴロリと涙が落ちてきた。石のように。雨季の雨粒のように。

思いがけないことは山ほどあるのに、誰も信じようともしない。この世界では原因や理由を追い求める。一つの体に、さまざまな人生がある。もしそうでなければ、硬い石でできた重厚で荘厳なタージ・マハルが、ガーゼのように風に漂うだろうか？

石が紙のように浮き上がる。水滴が石のようにゴロリと落ちる。石は知る限り石でしかない。重くて硬くて動かず揺らがない。息が上がり岩が震える。そんなとき紙になり漂う。紙はパタパタと揺れ、そこに記された物語が舞い上がる、真新しく。

ペンから生まれた文字のように、辺境で赤い光が散らばっている。

辺境、それは境界、また別の国境線の、また別の国境線、国境の向こう側。

国境には砂がある。砂漠のように。砂が待っている。とどまっている。砂の待機、砂漠の留置。それが国境だ。ある者は一方に、またある者は別の方向に。越えてくる者あるいは越えていく者。交易、それは果てしなく続く。

作り話のようだ。だが説明できる。答えはある。どこにいようとこちら側には私がいて、向こう側にあなたがいる。向こうにあなたと私、こちら側に私とあなた。その出会いを待っている。もし会えたら愛《ラティ》の出会いだ。体が心が砂の中に流れ、沈み、すっかり収まる。

　小さくなっていく女性は砂漠を流れる風のように口笛を吹き、何にぶつかることもなく進み、ゆっくりとゆっくりと砂の層が舞い上がり、三昧の境地にいる姿が現れる。

　ゲームのようなもの。子供たちがジャンプした正にその瞬間、「パスポート」という言葉が飛び込んできて、その人の調子が狂ってしまった。

　母は長男にずっとパスポートを頼んでいた。長男の家には行かず、別のどこかへ旅行する計画でも持ち上がったのだろうか？　全員ショック。

　自分を納得させた。まあいい、人生の終盤なのだから、夢をかなえればいい。したいことがあるのはいい。そうでもなければ、前のようにまた伏してしまうのではないかと心配していたんだ。旅行に連れていこう。

　パキスタン。母がそう言うと、皆は聞き違えたのではないかと思い、まともに取り合わなかった。

　この年になってもしたいことはしたいのであって、なぜ挑戦もせずに死ななくてはならないのか？　カシミール、ゴア、ケーララには行った。外国がよければシンガポールか上海はどうだろう。シドのイベントごとがあるときには、おばあちゃんを連れていく。無限にいる友達がこれほど役に立つことがあるだろうか？母が望むならスリランカやモーリシャスの旅を手配しよう。ジュンマンもそこへ行ったが、ホテルの壁はガラス張りで、四方は海に囲まれていた。そう、行きたければ、ロンドン、パリ、ニューヨークでもいい。今どきは皆、子供を勉強に行かせたり結婚で移住させたりする。だが旅を計画するには、年齢を考慮しなければならない。どうしてもと言うなら、勇気を出してオーストラリア。いつも母親に電話をして、この辺りを案内してあげると言っている。ママがお姑さんを連れていけば、一緒に旅ができる。外国旅行に行こう。

　だってパキスタン。パキスタン？　パキスタン！クリシュナー・ソーブティーの『パキスタンのグジャラートからインドのグジャラート』の騒々しいスローガンに、なぜ母を巻き込むのか？　母を。

パキスタンは遠いよ。

それを聞いても母は動じなかった――パキスタンは変わらない。遠いのは私たちのほう。

だとしても、そんなに遠くに行きたいならオーストラリアではだめなのか、家もあるんだ。どうしてパキスタン？　誰がパキスタンに行く？

ロージー。母は答えた。

ロージーが何なんだ、と皆が悲鳴を上げ、互いの声にびっくりして飛び上がった。

これが物の怪に取り憑かれるということか。

「あの子は行かなくてはいけなかった」

「あの子は行った」

「チロンジも持たずに」

「だから？」

「私が持って行く」

長男、妻、キチャルー伯父さん、ミラーシー医師、KK、娘、全員が絶叫し、沈黙し、頭をひねり始めた。どうするべきか？

長男は人に頼んでパスポートを作らせた。妻は、安心させたほうがいい、計画を立てるだけで満足することもあるのだし、行くことになんかならない、と言った。

娘は思いやりを持って心を広く構えて考えた。ロージーは母に寄り添ってくれたのだし、母が誰かにチロンジを届けたいと思っているのなら、私は是非賛成したいと思った。今はLGBTの時代で、私は保守的ではない。

僕も行こうか？　KKは娘を驚かせた。お母さんが理由をくれたんだからさ、平和活動のグループでいつか行こうと思っていたし、僕たちも行ってもいいんじゃないかとKKは言った。

母は座ったままではあったが、話にうんざりした様子で、関心を示さず不愉快そうだった。母の誕生日パーティーのために、KKや長男が集まって話をしていた。もう一杯、何を注ごうか？

もう一杯、クラブハウスで母の八〇歳の誕生日を祝ったときにも長男はKKにそう言った。

おばさん、ブランデーは？　KKは母の沈んだ表情を見かねて声をかけたが、娘は目配せして黙らせた。

あなた。母は娘のほうへ杖を上げて言った。一緒に行くわよ。命令だった。

さあ行きましょ、パーティーの最中で立ち上がり、皆のいるほうから顔を背けた。迫り来る冬を前にゾクゾクと背筋が寒くなる気温に体を震わせていた母に、長男の妻が巻いてやったショールを無造作に振り落とした。

一枚ずつ巻き付けていたものを剝ぎ取るように、兄嫁も母もおじもおばも何もかも、最後に母そのものが露わになり、異国の、他の誰の考えや心配にも触れられない、自分だけのものになった。

八〇歳にして母は、わがままになった。

準備は永遠に終わらないように見えるのに、結果は始める前から決まっているように思えることはよくある。たとえば試験、たとえばスピーチ、たとえば人生、たとえば食事、たとえば子供時代、たとえば母が倒れ再び立ち上がること、すべて考えているのとは逆のあらぬところで決着する。夫を越え、ロージーを越え、また新たな境界を越える。

インドとパキスタンは対抗している。クリケットで戦わせろと言う人もいれば、向こうの歌手に歌わせるなと言う人もいる。向こうの漁師がこちらの魚を釣ろうとしているから沈めてこいという人もいれば、あれは元軍人のスパイだ、皮を剝げと言う人もいる。そんな攻防のさなか、ビザが下りたり下りなかったりする。大使館は神殿のようなもので、何の準備もなくゲームを終わらせることもあれば、バウンダリーを越える大ヒットを飛ばし、六点を取り続け、なお負けることもある。

妻は特別に着飾って大統領官邸のディナーに出かけた。国内外の大使が出席していたのでフォーマルの黒のパンツにクリーム色のトップスを合わせ、オーストラリア製の黒のジャケットを羽織った。リーボックではなく、フランスの輸入靴店で買ったクリスチャン・ルブタンのハイヒール。真珠のネックレス、ダイヤモンドが輝くブローチ、手首にはバングルに加工されたきらびやかな腕時計。今日の彼女は万能で無敵だ。見て、と長男に話しかける。あれは私のヨガの生徒でパキスタン大使のお嬢さんなの。

いつでも我が国にいらっしゃるときは歓迎しますよと大使は言った。あなたは私の娘の先生ですから。

見て、嫁は自分の衣装に酔っていた。

その翌日、大使館で必要な書類一式を受け取り、とにかく片っ端から記入し、「あなたが署名してください」と大使館職員が言うので、シドがおばあちゃんの分と自分と叔母さんの分までサインした。訪問予定地には、思い出せる地名、ラホール、カラチ、イスラマバードなどを書いた。

国が分けられると、敵意も生まれるが友情も維持され、ビザや国境はその時の気分によって決まる――時に傷つき、時に溺れて、時に三昧の境地で。

ワーガーまで同行した兄は、まるで自分が国境線の一部になったように、妹といる母に意識を割いていた――時に傷つき、時に溺れて、時に三昧の境地で。

第三章

国境の向こう

ワーガーに行けば、波瀾万丈のドラマと分離独立の物語が始まる。

　小さくなりつつあるこの女性の年代記もまた、他の多くの物語と同様、恋愛、悲しみ、勇気、痛み、別れ、分断を描く分離独立の物語だ。表向きには存在しない霊魂が空間をあちこち漂う。あるいは座る。作家たちが一列に並んで座っている。フォーマルな晩餐会のように、各人の前に名札が置かれる。ビーシュム・サーハニー。バルヴァント・シン。マントー。ラーヒー・マースーム・ラザ。シャーニー。インティザール・フサイン。クリシュナー・ソーブティー。クシュワント・シン。ラームナンド・サーガル。マンズール・エヘテーシャーム。ラージンダル・シン・ベーディー*。数限りなくいる。俳優たちは各々、軽業師よろしく体を揺らし、肩を寄せ合い、前に置かれた台詞を読んでいる。

　モーハーン・ラーケーシュ**の書いたガニーが瓦礫の山に座っている。

　向こうに座っているのは、貧しき人々を書くインティザール・フサインだ。私たち若い人間は新たな地平に向かって移住した悲しみで心がいっぱいだ。私たちは新たな教育を受け、選ばれた人間だった。他の誰も故郷を離れようとはしなかった。この先ずっとディバイに背を向けることができるだろうか？　一度そこから視線を逸らせば、これからも逸らせざるを得ず、帰る道まで閉ざされてしまうのを私たちは知っていた。モウラーナー、俳優が台詞を読み上げる。誰もが私たちを不当に扱った。よそ者もそうであったし、身内もまたそうであった。

　内側はうつろなまま、外側は不穏なまま、私はさまよい歩く、女優がページを繰って読み上げる。インティザール・フサインは、女優のほうを向くとその肩を叩き、自ら書いた言葉をあたかも女優の言葉のように読者として読み上げる。小道が、鶏が、木々が君に気づかないのは悲しい。気づいたとしても、それはあなたが沈んでいるとき。あなたはニームの木を探して歩き回ったけれど。インティザール氏は弱々しく語る。こちらでは、ニーム、タマリンド、マンゴー、ピーパル、これらの木々は私を見ても分からなくなっている。『人生という名の《ジンダギーナーマー》』のページをパラパラとめくる音がし、一人の俳優が立ち止まる。星がちりばめられた薄紫色の、裾のゆったりしたガラーラー***にクルターを合わせ、暖かそうな袖のない上着《バンディー》を羽織り、チトラーリー帽をかぶる、凜としたいでたちのクリシュナー・ソーブティーが本のページから現れた。手には、まだインクの乾いていないペンを握っている。ペンを走らせながら、彼女は『人生という名の』から『パキスタンのグジャラートからインドのグジャラート』まで線を引き、まるで新たな国境――それは彼女がいずれ越えるものであって決して閉ざされることのない国境――の先へと続いていった。一人の登場人物は、本を開いたあと、呆然としながら彼女のそばを歩き、ごく小さな声でそっと囁いた。「ヒンド・ラーオの息子は四人、ショー、ティョー、ギョー、四人目は、ダリトで屑集めをしているから名前は無用。イスラームッディーンの息子も四人。その名はアラブ、パターン、トゥルク、ムガル」

音節をつなげて言葉を作るゲームのようだ。それを聞きつけた他の登場人物が集まる。一緒に、別々に、次から次へと、互いに離れればなれの二つの側で、どの列が最も新鮮で爽快であるかを試しているように、風変わりで演劇的な方法で、立ち上がり、踊り、せがみ、声を上げる。

＊分離独立前後の動乱期にあったインドとパキスタンの小説家たち。
＊＊ヒンディー語文学の小説家、脚本家（一九二五〜七二）。一九五〇年代の現代文学運動の先駆者の一人。ガニーは『焼跡の主』の登場人物。
＊＊＊足首のゆったりしたズボン。

「声がする――

なぜお前の声だけ？

私の声で、なぜいけない
私の声がなければお前の声はない
お前の声がなければ誰の声もない」

クリシュナー・ソーブティーはペンで線を引き続け、記憶にしたがってつなぎ合わせる。「皆が皆、互いの声と争い始めた。我先に出ていこうとするかのように」

新たな国境、新たな越境。

ちょうどそのとき、『トーバー・テーク・シン』*のビシャン・シンが軽業師よろしくやってきて、彼が宙返りするたび警備員はバンバンと発砲し、赤い流れが彼の体をつたい、めまぐるしく回転し、赤い噴水が舞台の上で弧を描いた。ある者は笑い、ある者は恐怖でぶるぶる震えた。ビシャン・シンは見られるのを喜び、もっと見せ場を作ろうと見計らい、撃たれた場所には赤い円弧が描かれ、そしてようやく朗読が始まる。アウパル・ディ・ガル・ガル・ディ・アネックス・ディ・ムング・ディ・ダール・ディ・オブ・ディ・ランタン。

俳優たちは大喜びで唱和する。アウパル・ディ・ガル・ガル・ディ・アネックス・ディ・ベーディヤーナーン・ディ・ムング・ディ・ダール・オブ・ディ・パキスタン・ガバメント。

アウパル・ディ・ガル・ガル・ディ・アネックス・ディ・ベーディヤーナーン・ディ・ムング・ディ・ダール・オブ・ヴァーヘ・グル・ジー・ダー・カールサー・エンド・ヴァーヘ・グル・ジー・ディ・ファタハ。

会場は紅潮し歓喜の渦が巻き起こった。

そんなとき、アナウンスが流れる。ここはワーガーです、静粛に。皆さん、動きを止めてください、静かに座ってください。作家は偶像のように自分の椅子にじっと腰掛けたまま微動だにせず、俳優はポーズをとったまま石のように固まっている。ビシャン・シンも片手を耳に当て、もう片方の手で目を覆いながら、声に耳を傾け注意深く聞いているふうにポーズを取る。そして大真面目に聞く。ファザルディーン、トーバー・テーク・シンはどこにいる？

マントーは優しい声で答える。どこにいるか？　そこにいる、元いたところに。

ビシャン・シンは飛び上がる。しかし声は深刻になる。ここはワーガーだ、空中にこだまする声に、感情は押さえつけられる。

突然、着飾った人たち、村人たち、そして軍服姿の人たち、大勢の人たちが駆け寄ってくる。作家たちの下から椅子を引き抜き、ペンをポケットに押し込み、銃や剣を振りかざして構える。作家たちは椅子が動かされたことを理解するのに時間がかかり、しばらくの間、腰を宙に浮かせたままだ。

実際のところ、このドラマは、現在の人たちのものでも、クリシュナ・バルデーヴ・ヴァイドのような過去の時代の人たちのものでもある。二つのドラマが並列しているとも言える。二つのドラマが混乱を極めていると言う人もいるだろう。かたやすべての人の目に映るもの。門のこちら側にはカーキ色の軍服姿、門の向こう側には黒の軍服姿、門の両側には、雄鶏のような、身長六フィートの人が七フィートにも見えるような、赤と黒の長い羽根を頭に飾ったターバン、インド万歳＝母なるインド＝パキスタン万歳＝ジンナーに勝利あれを唱える背の高い若い兵士の見世物。もう一つは誰の目にも見えない。たとえワーガーがなくなっても今も存在しこれからも存在し続ける作家たちだ。彼らの椅子は日々引き抜かれ、うつろなまなざしでそれを見つめる。

それもそのはず、作家たちは、こちら側へ行かなければいけないのか、あちら側へ行かなければいけないのか、どこを越えればいいのか理解できずにいる。時にこちら側、時にあちら側と頭を動かしているうちに首を痛め、猜疑心いっぱいの目で、迷いながら、時にあちらに流され、風に流されるようにふらふらとよろめきながら進む。人が国境と呼ぶものの上空から両側を見ても国境線は見当たらず、そうなると彼らが思い違いをしているのかもしれない。本当は国境を越えたのかもしれない。

作家は誇り高く迷える旅人だ。彼らは当惑し、そこ

＊サアーダト・ハサン・マントー（一九一二〜五五）の印パ分離独立の人々の混乱を描いた著作。

に座り、「時と場所が私の中で混乱をきたしている。自分がいつどこにいるのか、まったくわからない」と互いに言い合う。

彼らは荒涼とした森や人気《ひとけ》のないホールにおり、座っていたはずの椅子も引き抜かれ、新たな聴衆がやってきたことさえ知らなかった。群衆の数はあまりにも多く、愛国心をほとばしらせていたから、作家たちの椅子が足りなくなることは日常だった。

しかし、その日の『トーバー・テーク・シン』のビシャン・シンは、反抗心から不機嫌になったのか？　その日、彼の劇と別の劇は共存していた。国境の見世物を混乱させるためなのか、今日は酒瓶を一本しっかり空けて酔い潰れていたようだった。さて、二つの劇は毎日それぞれ別の道を進んでいた。なぜ、ある日突然、戦いを挑むように衝突したのだろうか？　ビシャン・シンと誰かの間で何が起きたか誰も見ていなかったが、竜巻が巻き起こり、赤い風雨が吹き上がり、渦を巻いてワーガーの舞台は滅茶苦茶になった。面倒を起こした者を直ちに逮捕せよとの命令が上から下ったが、できるのは現行犯逮捕だけだ。過去に身柄を確保できなかったのに、今どうやって逮捕しろと？

クリシュナー・ソーブティーが、たとえ今日であっても絶対に許さないといった口調で厳命を下すのを誰もが聞いた。彼女は背を伸ばして立ち、向かってくる警備を威嚇して恐れおののかせ、一歩も動けなくさせた。ソーブティーは激しく指を振った。あなた方、もう十分《ユー・サル・ザット・イズ・イナフ》。本当にトーバー・テーク・シンと対決する勇気はあるのかと言わんばかりに。

向こうでは、門の両脇で大きな扇をつけたターバンの衛兵と口ひげを生やした衛兵が秩序を乱していた。この赤いしぶきが飛ぶ中、どうすればひときわ背筋が伸びているように見えるだろうか。雨が鼻や耳をつたっても、手を上げて拭うこともできず、頭を倒してよけることもできない。

しばしの狂騒だ。やがてアナウンスが響く。日が沈もうとしている。始めよ。両国の間にある巨大な門がガチャガチャと音を立てて開き、我先にと群衆が急ぎ、インド＝パキスタンの門のあちら側とこちら側に腰を下ろすと、長身で身なりの整った兵士たちが、踵の高いブーツを履き、ターバンの上に大きな扇を旗のようにはためかせる。

作家はもう立ち上がっていたが、どこへ行けばいいのかと戸惑いながら歩き、ビーシュムは門の前に立って不意に反対側を見つめて驚き、そのまま倒れてしまった。ああ、将軍の頭蓋骨がたたき割られてしまったと彼は悲しげに言った。一人の女優が彼の真後ろで読む。「杖はどこ、破れた深緑色のターバンはどこ、壊れてしまったサンダルはどこ……」女優が黙り込むとビーシュムは自分の本を女優の手から取り上げる。君、と彼は言う。私、と女優は言う。ここで何があったのか知りたいのだろうね？　いいか、彼はさらに悲しげに、書かれた台詞を読む。聞かせようと、聞かすまいと、たいした違いはない。

そこで、クシュワント・シンが、トラのように唸りながら、前後の見境もなく、誰のものでもない土地に足を踏み入れ、彼のターバンが第三の旗のようにパタパタと風になびいて広がるのが見える。ここでビシャン・シンは大空に向かって激しく首を振り、鳥よ、お前はあそこを飛んでいるのかと叫ぶ。彼の声が今の世界にこだまする。

それを見ていた者がいたかどうかはさておき、無数の翼がはためく音はそこにいた者の耳に届き、誰もがその場に立ち止まり、しばらく上空を見つめ、鳥はどこにいるか翼はどこではためいたのか確認した。この日の不思議なドラマについては、鳥か、ＵＦＯか、過去の大虐殺の声か、と新聞に記載された。

門の両側に頭をもたれかけていた二人の髭面の男は、自分の身にも何か及ぶのではないかと慌て、頭を真っすぐにした。本番前に不安がよぎり、相棒は目と目を合わせる。こうした行動は、同情と仲間意識によるものだ。本番中、二人の目は獰猛な敵意で結ばれる。

何があろうと芝居は止まらない。その場は愛国心に包まれ、観客はすでに着席しており、愚かな作家が呆然と立ち尽くすだけで、これ見よがしに軍服を着た女性も、彼らが作家だと認識することもなく、牧場で家畜を放牧するかのように連れ回したが、一方でそれなりの敬意も払い、観客の中に交じって着席させた。

ただトーバー・テーク・シンだけは誰にも捕まることはない。鳥の翼の音も近づいては遠のくを繰り返す。

観客は着席し、作家たちはうろたえ、作家の他は手に携帯電話を持ち、それを高く振り上げた。沈みゆく太陽の光がそれぞれの携帯電話を照らす。燃えている携帯電話を握っているようだ。礼拝《スイジダー》なのかと作家が問いかけようとしたが、皆の意識は、観客の通路でブーツを踏みならして着地した巨体の衛兵に集中していた。

座席から湧き上がる愛国の咆哮を聞けば、キャンドルサービスでないことは明らかだ。

ラーヒー・マースーム・ラザは書いた。この通りは沈黙している。それが誰であるか、なぜ来たのか、どこへ行くのかと尋ねる者はいない。

この通りは沈黙している。それが誰であるか、なぜ来たのか、どこへ行くのかと尋ねる者はいない、と一人の俳優が台詞を繰り返す。ラーヒー・マースーム・ラザがちらりと彼のほうを見る。こんにちはと俳優は挨拶。こんにちは、とラザも挨拶を返す。しばらくいてくれますか、と尋ねる。今ここにいても仕方ないでしょう？　ラザは顔を背けた。

観客は熱狂し大声を上げた。どれだけ待っていたかと口々に叫ぶ。

自分の名前が呼ばれるとインティザール・フサインは優雅に立ち上がった。詰め襟のコートをまとい、誰のことも目に入っていない。彼の声は悲しげだ。私たちは今、死ななければならない。もう十分に目撃した。見てはならないものまで見た。世界を見たいとは思わないと言い残し、絶望的な口調でその場を退いた。今この瞬間、正気を保っている者はいるだろうか？　国の半分を失ったというのに、人々はまだ正気に戻らない。

誰が彼の姿に視線を向け、声に耳を傾けるだろうか？　人は時間もお金もあるからワーガーまでやってきた。これだけ待たされて、ショーを見ずにいられようか。

やがて大がかりな舞台が始まる。きびきびと動く軍人の健全な行進。両隊共に徹底的にリハーサルを重ねたのだろう。リハーサルの間は誰も敵にならない。笑いが起こり、冗談もあった。君たちが頭を蹴り上げるように高く足を上げるのなら、私たちは頭を割ってしまうくらいに足を蹴り上げよう。君たちが、かじりつきそうな勢いで我々をにらみつけるなら、砲弾を浴びせる勢いで瞳から炎を放ち君らを威嚇する。だが今はショーの最中。敵意があるふりをしているだけ。剣は音もなく空を切る。銃はバンバンと音をさせ、猿たちが目をむいて威嚇し合う。拳を振りかざし、相手を黙らせ、震え上がらせる。よくできたドラマは、演じ手の感情が本当か嘘かわからない。

喧嘩か遊びか、どちらだろうかと人々が見つめる。作家たちも。マントーは、眠るように、あるいは泣いているのか、頭を垂れた。

クリシュナー・ソーブティーは、もちろん今も怒りに駆られ、指を振って言う。サー、もう十分。

しかし、トーバー・テーク・シンの獅子《シン》は絶好調だ。共産主義の挨拶で衛兵の右寄りの技をやっとのことでかわし、相手を惑わせる。ナショナリズムがこれほどまでに高揚しているから、当面は統制が取れると言えそうだが、シンは新たなトリックに手を染めた。心の奥にあるナショナリズムの叫びが、突然見えない場所から立ち現れ、空を舞い、驚かせる。叫び声は揺れ動き、警戒せよ、捕らえよ、ショーを止めるなという強固な厳戒態勢が敷かれる裏で、個人はうろたえ戦慄する。なぜなら、赤い鳥、あるいはなにがしかの物がパタパタとはためき、赤い色を身にまとい空に舞い上がったからだ。クリケットの試合の歓声より高い声で、インド万歳、パキスタン万歳、ジンナー万歳、母なるインドに勝利をという耳をつんざく叫声が、アウパル・ディ・ガル・ガル・ディ・アネックス・ディ・ベーディヤーナーン・ディ・ムング・ディ・ダール・オブ・ディ・パキスタン・アンド・ヒンドゥスターン・オブ・ディ・ドゥル・フィテー・ムンフを差し置いて響き渡る。

私服警官が配備されたようだ。ロボットのように四方に目を光らせ視線を躍らせているが、ビシャンを捕まえることはできない。私服警官と軍人の視線をくぐり抜け、民衆の中に突然現れては大声を上げる。両国のゲートの両側でスキップをする彼を誰も止められない。

パキスタン万歳と叫ぶ集団の中で、偉大な神《ハルハル・マハーデーヴ》、シヴァ神よと叫ぶビシャン・シンを、兵士は捕らえようと走ったが、宙を飛んだのだろうか、はたまたゲートの下をくぐり抜けたのだろうか、国境の向こう側へ回り込み、アーベー・ザムザム・ルトバー・シャーと叫んだ。天才を自負する熱血漢が殴りかかろうとしたが、彼は煙のように拳をするりとかわした。

拳のアイデアはビシャン・シンを大いに満足させた。国境の両側にいる巨大な兵士の太ももに、拳を食らわせるとすぐに姿をくらました。太ももから血が流れ、兵士は足をひねり、一糸乱れぬはずの軍服が乱れた。

なんとか倒れずにバランスを取ったが息が上がった。辺りをぐるりと見回したが、襲ってきた者の姿は見えない、再び襲われたら倒れてしまう。他の人々も見ていたが、猿か何かかと思っていたら、悪魔らしき者が現れて、幽霊のように消えてしまうなんて。

　ビシャン・シンの突然の出現と消失。今日の芝居はこなれていた。無言で踊っていた衛兵が、誰かにくすぐられたような気がして腰をくねらせた。この男は賢かったので、行進のステップの一つに見えるように、反対側にもさっと腰をくねらせた。国境の向こうの衛兵は相手方の動きに遅れを取るまいと、体を両側にくねらせて動きをシンクロさせた。

　さてどうしたものか？　ビシャン・シンは作家らと俳優らから取り上げた本を開くと、何やら大声を出して読み上げた。いつものシュプレヒコールの中に文学的な台詞が場違いにもこだまして、群衆も作家も困惑した。目の前の出来事が理解できないまま、自分の書いたものを耳にし、うろたえて立ち尽くし、それが自分の書いた憐れな台詞であるのを認め、謙虚に挨拶をした。『乾いたバンヤンの樹《スーカー・バルガト》』を手に取り、故郷が暴動で焼き払われてもなお故郷という台詞が空にこだましたとき、マンズール・エヘテーシャームは面食らって振り返り、一度だけ罪を犯したとでも言うように立ち上がり、うろたえたまま自分の姿が見えなくなるのを期待してしゃがみ込み、つま先立ちで逃げ出した。

　長年にわたる両国間の狂気じみたやりとりで感覚がおかしくなってしまった彼は今日、寛大な心でいられなかった。来る日も来る日も行われるその舞台で、この後に起きた出来事は限界で、限界に勝る限界で、限界を越えていた。

　日が落ち始め、両国旗を降ろす時刻となった。とさかのようなターバンを着けた者たちは、慌ただしさを表に出すことなく正確に任務を遂行しようと急いだ。友よ、お前と俺は一つ、敵などいないとでも言いたげな握手が、すでに、いつもよりも手際よく交わされていた。最後のダンスが残っている。両国旗を降ろさなくてはならない。

　シュプレヒコールが上がると、猿のような素早さで全員がてきぱきと動き、国旗は降ろされた。芝居が外の喧噪と等しくなると、その光景は品性を失ってくる。しかしそのときそこで何か起こった。いたずら好きが猿のように飛び上がったのだ。気の触れた狂人のように。ポールからポールへとサーカスのように飛び移り、両国が国旗を降ろすのを妨害し始めた。衛兵たちは気が気でない。両国ともに。万が一にも強く揺さぶればロープは切れてしまうかもしれない。しかし、なぜ引っ張ってもうまくいかない？　兄弟よ、引っ張ってくれ、共に名誉を守ろう、さあ一緒にとでも言うように。衛兵はなすすべもなく互いの目を見つめ合う。上の人間に叱責され、仕事を干されてしまうのではないかと、心の底では恐れていた。しかし今日、旗は自由だった。下に引けば上に上がり、揺さぶれば止まる。両国旗。

やがて誰もが正気を取り戻した。観客は自分たちのひときわ大きな歓声も忘れ、衝撃に目を見張った。静寂が広がった。両国双方で電話をかけ、大急ぎで使者が派遣され、瞬時に軍の最高幹部が行進してきた。真っ直ぐゲートへ向かい、控えめだが苛立った声で旗を降ろせと厳命した。

芝居を演じる俳優のメーキャップのように、怖い顔をした衛兵の威厳は陽光で溶けてしまったようだ。顔色が悪い。背の高い衛兵が子羊のように見える。いまいましい不名誉。

誰もが自国の旗を凝視した。旗は猿のダンスを踊っている。衛兵の能力の及ばない事態だ。国旗は降りず、衛兵らの顔色が悪くなり、軍服だけが残り、彼らはいなくなったも同然であった。

そのときだ。鳥が再び羽ばたき、気づくと両国の旗がパタパタと音を立てて降り、完全に降りきる前に旗は宙を舞った。見えない手であちら側からこちら側へ、こちら側からあちら側へ放り投げられたかのように。向こう側に三色旗、こちら側に三日月旗。

おお、おお、おお、群衆から悲鳴、あるいは叫声があがった。

国旗が直面している現実をなかったことにしたいのか。至急ゲートを閉めよとの命令が聞こえる。鉄がきしむ音が鳴り響くやいなや、警察は、両国の観客が持参したカメラ――携帯電話のカメラも含む――そして両国の記者の目から一瞬で旗を隠した。そのスピードは賞賛に値する。

そんなわけで、ワーガーで降ろされた国旗が行き先を忘れたという大失態は、今日までどの新聞や雑誌にも掲載されたことはない。証拠写真はどこにもない。警察官や軍人の誰かが好奇心や興味からこっそり撮影したかもしれず、何世紀か後、研究者や反体制派が偶然それを見つけ、その背後にあるストーリーを掘り下げたら写真が表に出てくることもあるかもしれない。しかし、騒音は今、静寂の中で鎮められ、人目に触れることはない。

現れたかと思えば消える芝居の中で、小さな人々に誰が注目するだろう？　彼らが並んでいたところで、興味を持つのは当人以外おらず、当人だって、自分たちを十分に正しく理解しているわけでもない。小さな人々は、古い時代と新しい時代、若さと老いをごちゃ混ぜにし、しょっちゅう間違えてきたからだ。

小さな人々の列の中に、小さな女と、大きくなりつつある娘が一緒に歩いてやってきた。

車中に娘と座っていた母は聞く耳を持たず、この先は歩くと言って車を降りてしまった。チロンジの包みを持って歩くのは母ではなく、国境を越えたいと願った、今は亡き女友達のようであった。

魂の道を進むには、魂のペースで歩かなければならず、母はゆっくりとゆっくりと、少しずつ少しずつ歩いた。

小さな人々は、ルーブル美術館のモナ・リザの前で人々が立ち止まるように、アターリー*の里程標の前で足を止めた。ラホールからの距離が記されていた——三〇キロメートル。道は左右に伸びていた。

一歩で一世紀の時を超えていく風情で女は歩く。娘と手をつなぎ、コツコツと杖をつきながら。息子は遠くから、こうなったら車に戻らせてアムリトサルに戻るしかないと苛立ち、怒りに似た感情を抱き、その様子を眺めている。

それもそのはずだ。直射日光を浴びて暑かった。日陰でやっと涼めた。

大きな大きな庭がある、工場にあるような庭だ。

何の工場かしらね、昔からあった？　小さな人は、そう口にした。

制服を着た者たちが道路脇のプラスティックの椅子に腰を下ろし、警戒しながら一息ついていた。半分眠り、半分目覚めた状態で長距離移動する鳥のように、彼らも休憩しながら警戒する訓練を受けたのだろう。

これは昔からあった？　小さな人は尋ねた。

女性警察官が女性たちを調べた。ハンドバッグの中身は？　その包みは？

小さな人々は大きなホールを通過した。査問に次ぐ査問。真新しい入国審査場。ここは誰のものでもない。かつて自分のものだった場所が忘れ去られて長い。ホールは広くて大きい。人々は小さい。列は長い。生活に事欠く貧しき人々。ピカピカの富裕層。頭上には包み。輝きを失った顔。ポリオの薬？　ええ、飲みましたよ。証明書を見てください。パスポートとビザはありますね。ない？　警察官が疑いのまなざしを向け、右に左に視線を走らせにらむ。じろじろ。

職員は頭を掻きむしる。何と何を調べて吟味すればいい？　写真の束。機密写真ではないのか？　我々の各施設、国会議事堂、陸軍基地？　手紙の束。ああ、大昔のものか。行って。持って行きなさい。木の写真、どういうことだ？　説明しなさい、この木の写真をなぜ持っている？　こちら側に木はないのか？　違うんです。わかってもらえませんね。親族とか、木々とか、石ころとか、そんなものすべてを見たい人がいて、見せたい人がいる。木の葉の裏側や石の層の奥に何か隠されているのではないかと石を擦り、木を引っかき回して調べた。

何も見つからなかった。彼らが見たいものはそこにない。あったのは、見たくもなかったものだ。

牛糞を携帯しているな、どうする？

乾いているのか、それとも湿っている？

乾いてる？

しかるべき方法で梱包しなくてはいけない。

プラスティックの袋にきちんと入れろ。こちらで捨てるべきか、本人に捨てさせるべきか？

何だ、自分で決めてくれ。

男性、通って。自分で持って行きなさい。

チロンジの種。密輸？　薬物？　二人の女性はその可能性を超えているように見える。

これは？

仏像？　娘の目は大きく見開かれた。いつお母さんはこれを荷物に入れたのだろうか？　私たちの留守中に兄さんに取られることを恐れたのか？　私の家に勝手に入ることはない。この仏像は自ら来て、気が向いたときに現れるようになった。物語に自分の居場所を

＊国境のインド側。

求めているのか？　検査官は仏像を手に裏表に返して調べていた。娘は無表情でいる。検査官は若く、仏像は古く、八〇歳の女性を伴っている。体は痩せ細り、骨と皮だ。目はすっかり落ちくぼんでいる。あばら骨が何本あるか数えられるほど浮き上がっている。若者はそれを数え始め、やがて疲れた。今は忙しい、遊んでいる暇はない。

いいですよ、座ってください。

バスに座らせた。

門に到着した。つまり両国を隔てる門。インドのゲートからパキスタンのゲートへ。

鉄の門は甲高い音を立てて開いた。ゆっくり歩く者もいれば、走り出す者もいた。バスが停車していた。

歩き続ける者もいた。厳しい日差しに照らされ、呆然とし顔面蒼白となり、息を切らせよろめきながら歩く。立ち止まる。また歩く。

母はバスを降りると周囲が気づくくらい不安そうな迷子の目をしていた。国境はどこ？　私はこちら側？それともあちら側？

花壇があった。母はしゃがんで花を手で拭いてきれいにしてやった。手に土がついた。

誰かに会いに来ただけの人もいる。こちら側の老女が駆け出し、あちら側の子供を抱きしめる。私の孫、私の孫よ。子供は老女の涙を見て笑う。私たちはどこにいるのと目をぱちくりさせる。彼女は知る由もない。

長いクルター、短いクルター。無地のクルター、刺繍を施したクルター。パージャーマーのようなシャルワールを着た人、シャルワールのようなパージャーマーの人。

ある者はカセットを持ってきた。ベーベーは歩けない。声を送った。ちょうだい。こちらへよこして。毎日聴くんだから。

クックーはシャームリー・デーヴィーの弟で、かつてはパラムジートと呼ばれていた。マウジャー・コート・カリーファーのほうからやってきて、カリムッラーという名にふさわしく、顔に皺が深く刻まれている。叔父さんに会ったことがないシャームリーの息子は、自分のほうに歩み寄ってくる人を見て飛び上がり、ああ、来てくれたんですね、と言う。国境線に立った弟と姉は、好奇心からか非難からだろうか、互いに質問を投げるが、すぐに自分の言葉を繰り返す相手に驚く。今までどこに行っていたの？　同じ質問を何度も繰り返すが答えは返ってこない。わからないものはわからない。

サルブジート・カウルもやってきた。ブルカを後ろに外し、私の子はどこにいるのと探していた。あなたの子はどこ？　四歳のアムリト・カウル。ターバンをした男がその向こうのバスの中に座っていた。近くに座っていたサキーナーの娘のマースーナーは、その男を叔父さんと呼んで手を触れた。これは？　叔父さんは、サキーナーがアムリト・カウルであると気づいた。村の家に行くと、毎日星を見つめては、娘はどうしているだろうと考えている母親がいた。星が降ってくると、彼女は蛍をつかまえるように掌の上にそれを載せる。この人こそがサルブジート・カウル。この子が私の娘。私の娘の娘。

緑と白のゲートが、音をきしませて閉まろうとしている。あちらからこちらへ、こちらからあちらへと移動させられる人々は、家畜のようだ。

あの小さな女は自分の娘とバスを降りる。

二人をラホールに連れて行くため、パキスタン大使は車をよこしていた。ラーハト氏が二人を歓迎する。

小さな女は、国境と呼ばれるものの向こう側に立ち、こちらに行くべきか、どこへ行くべきか、地球のように悠然と体を回転させている。今日に合わせたかのように、イスラム神秘主義の修行僧《ダルヴィーシュ》のような服を着ていた。服ごとぐるぐる旋回している。娘は回る母を止めて正面を向かせる。ラホールに続く道のほうへ。その道はグランド・トラック・ロードと呼ばれ、こちら側にもあちら側にも続く。

通りで競争でもあるかのように女は足早に歩く。

スワーミー*は一羽の鳥を創造した。なぜ鳥なのか、友は尋ねた。

どこかで見かけた。スワーミーはつまらなそうに答えた。なぜ崖にいる？　羽を休める場所を見つけたんだろうよ、スワーミーは同じように答えた。やがて世

＊ジャグディーシュ・スワーミーナータン（一九二八〜九四）。インドの芸術家、画家、詩人、作家。

界が彼の描く高原を目にする。鳥はそこに。やがてその大きな崖は世界に注目され、そこには小さな点、あるいは蝶、または花のように、鳥が鎮座した。あまりにもさりげなく留まっていて転げ落ちてしまいそうに感じられるが、そんなことは起きない。この先、転げ落ちることもない。生命力のある小さな小さな鳥。この鳥をスワーミーがどこかで見かけなければ、絵筆を走らせなければ、世界にお披露目しなければ、誰の目にも触れなかった。

　ドラマが始まる。鳥と崖。大きな崖。ちっぽけな鳥。今しも崩れそうな崖と蝶のような鳥。さあさあ、どうなる、さあさあさあ！　岩が落ちる。鳥が死ぬ。いや、いや、いや。岩が隆起し、鳥は、ああと声を上げ、魚を捕まえる。崖が溶け、鳥は泳ぐ。ああ、ああ、ああ。

　ならば水の中の魚も、スワーミーは……絵にした。

　ある日、目覚めた。今日は別の色を選ぼうと思いついた。キャンバスを床に広げたのは、水を広げて鳥を泳がせるのにいいと思ったからだ。絵の具のチューブを手に取った。どの色を出そうか、コバルトブルーにしようか、あるいは郵便ポストの赤がいいだろうか？手にはいつものように五本の指がある。その五本指が絵の具を出す量を見極める。だがスワーミーは機械ではない。いくら画聖《スワーミー》であっても人間だ。動かすのは指であって、決まったスピード、決まった強さで指令を送るボタンではない。絵の具のチューブを強く押しすぎた。

　その特別な日、子供たちなら喜んで声を上げる歯磨きペーストのような色の絵の具がこぼれ、キャンバスの上を大暴れして広がった。こぼしたミルクをサリーの裾でさっと拭く母親のように、スワーミーは腰巻き《ドーティー》を左右に振って絵の具のしぶきを吸い取らせた。もちろん、魚を窒息させないように、そっと優しく。

　手織りのドーティーで、色は白、細い黒の縁取りがある。ボーパールのムリグナヤニー製だ。彼はドーティーのしみを永遠にキャンバスに残した。その瞬間、新たな世界が別の物語とともに立ち上がった。岩があり鳥と魚と水と手織り布《カーディー》が捺染された正真正銘の人生、そして旅が始まった。

　物語は無限。母は無敵。女たちの始まり。

路は目撃した。二人の女がそこに立った。去った。

路は、そこを通過した多くの物語を見てきた。踏みつけていく者、踏み潰していく者もあった。

その路は川のように物憂げに漂い、こちらの国からあちらの国を何世紀にもわたりさまよった。人々が笑うのを知り、慌ただしさを知り、血管いっぱいにどっと流れていく血のような恐ろしい光景を見てきた。路の両脇を美しく飾る木々の緑が舞い上がる砂塵で茶色や灰色になってしまったら、夏の夜、蛍の瞬きが目を喜ばせてくれる近くの運河が赤く染まったら――赤は赤でも、昇っては沈む太陽の赤ではなく、過ぎ去りし日の流血の赤だ――路はきっと気を悪くする。

その昔、過ぎ去りし日に路を行き交うキャラバン同士で暴動が起こった。殴打、傷害、怒号、叫声。祭りにでも参加するように暴動が繰り返されたという。（それがどんなものか、試しにグジャラートで聞いてみるといい。今日はどこで何があるのかと誰かに尋ねると、サーバルマティー・アーシュラム*の近くで行事があるから、この車に一緒に乗っていけと誘われる。怪しげで慌ただしく下品に目を動かし、刃物で魚を捌くように切りつけ、カップルの命をフォークでバラバラにしてほくそ笑む。軽率に暴動が行われる）路は、暴徒が襲いかかるのを見るとはなしに見た。誰が殺しに走り、誰が殺されることから逃れ、誰が慈愛を求め、誰が脅し、懇願し、誰が生きて誰が死んだか目撃した。

剣や斧や槍を持って殺しに来るのを見たとき、ある人は路上で殺された子を拾い上げ、左右を向き、その子を盾にして、命からがら逃げた。

記憶が曖昧なのは、逃げ惑う足や車輪や蹄が、旋風を巻き起こすまで砂塵をかき混ぜたせいでもある。砂嵐で視界が悪いなか、父親は娘の頭を切り落とし、夫は妻が頭に載せていた鍋や素焼き壺の中から杵を引き抜き、殴り殺した。いたるところで裏切りが行われ、大きなトランクは空で、ダイヤモンドや真珠は小さな包みに隠された。

＊ガーンディーが南アフリカから帰国後、インドでの活動の根拠地にした修道場。アーマダーバード市から北八キロ、サーバルマティー川畔に位置。

あるキャラバンが、宝石やお金、叩けばカンと音のするきらびやかなボタンや金の延べ板を小袋に包み、牛車に座らせた子供たちに預け、あの木に登って隠れなさいと囁くのを、路は驚きのまなざしで見ていた。

子供は二人いた。体を小さく丸めて木に登った。この木に。おそらくこの枝の上だ。おそらくその頃はもっと葉が茂っていた。今ほど枯れておらず、砂埃の色でもなかった。

路には母性があったに違いない。他の人々のことは忘れ、二人の子供だけを見ていた。一人が誤って枝から落ちたとき、路はもう一人の子供と一緒に悲鳴を上げたが、幸い、その声は砂嵐の喧噪にかき消された。子供は飛び起きると、砂を払うこともなく熊から逃げるような速さで木に登った。

木の上に魂を忘れてきたのかもしれない。子供は生気を取り戻すと、自分のわんぱくぶりを笑った。弟が笑うと、その弟を落ち着かせるために兄はおどけた。泣くなよ、ははは、今のを見たか？

かなりの年の老女を頑丈な棒に縛り付け、ブランコのようにゆらゆらと揺らし、逆さ吊りにして引きずる二人の男が走ってきた。ハイエナを殺した村人が、獲物を棒に吊るして持ち帰るようにも見えた。笑って遊ぶ年頃の子供たちが、笑っても許されただろう。

しかし、今の今まで棒に吊るした女をゆらゆらと揺さぶっていた二人が、女を路上に捨てて逃げるのを見ても、子供たちは笑わなかった。

子供たちはしばらくそこで、その場所、つまり木に隠れ、互いの体にしがみついた。路上で起きていることがうまくのみ込めず、恐れおののきながら無邪気な瞳で眺めていた。

路は路だ。誰かに指図できる立場にない。押し黙っているが品性はあり、年齢もあり、喜びや悲しみといった感情もある。遥か彼方までうねるように路は続き、何マイルも離れた地面を小さく叩くと、その音はこだましてこの場所まで響く。この路は銀の河だ。あるイギリスの作家は人生の河と呼んで慈しんだ。河のように頭も足もなく、始まりも終わりもなく、その連続性が好ましい。路の端に立てばそこが起点になる。別の場所に立てば、そこが起点だ。どこまでも続く路を誰が止めることができるだろう。

しかし、それも爆弾が作られる前の時代のことだ。短かった路は長くなり、曲がりくねり蛇行していった。

馬、駱駝、騾馬、人間の足。その上を歩き、路は賑わいを見せた。路の脇には木陰が続き、水をたたえた池がある。遠くから旅して来た人がほっと一息つくための宿場がある。歌が歌われ、楽器が演奏され、眠くなれば眠り、空腹を満たす。

だが、その手の乱闘や流血沙汰だけは、どうかやめてほしい。私の上を歩いて人殺しをすると、私まで傷つく。実際に傷ついてもいる。あの二人の子供を、いつまで木の上にいさせるつもりだ？

声はやむことを知らなかった。こちら側で走れば向こう側でも走り、双方に飛びかかる。

流血のさなか、一人の老人が路上で手を合わせ、静かに祈っていた。どうか、やめてくれ、老人は路と共に祈った。その老人は、合掌して祈りを捧げたまま息絶えていたのかもしれない。

そのとき、弟が再び木から落ちた。今度は誰かに見つかった。武器を構えた人間が木のほうへ走ってくる。「逃げろ」木が叫ぶと、子供はさっと駆け出し、逃げ惑った。銃声がバンバンと音を立てて飛び交ったが一発も命中しなかった。ところが兄にとって弟の命は自分の命、木から飛び降りると、叫びながら弟を追いかけた。やめろ、弟にかまうな。一発の銃弾が放たれ、弟が倒れた。兄が弟のそばに来た。別の暴徒が兄を刺そうとナイフを振り上げたそのとき、弟を撃った暴徒がやってきた。

そいつは刺すな。

なぜだ、ナイフを持った男が聞いた。

俺が連れてく。銃を持った男が言った。

連れてはいった。だが、どこへ行き、何が起こったのか誰も知らない。何年もあとにラーハト・サーハブがやってきて、まさにこの木の下でよろめいたとき、木は誰が来たか理解したに違いない。銃弾はとっくに消えていたが、彼の顔はその路に深く刻まれ擦り込まれていた。路は彼の息とすすり泣きに耳を傾けた。

彼女たちが見たかどうか、それは分からない。路は彼女たちを見たのか？　ラーハト・サーハブと一緒に歩いているときに。

ラーハト・サーハブは路が好きだった。そして、さあ、運河のほとりを散歩しましょう、と言った。季候もいい、気分が変わりますよ。

母は路を気に入った。木々の下を歩き、運河に蛍がキラキラと瞬いていた話をした。

娘は、思わず笑った。母はきっとロージーからたっぷり学んできたのだ。あの年にしてこの熱意。若さを取り戻している。KKには笑って話そうと思った。若さは時間を間違えてやってくると思わない？　まだ物を知らなかったとき、若さを生きているという感覚はなかった。若さは訪れ、そして去り、私たちはそれに気づかない。青春は老いてから来るべきだ。熱中の意味は、あらゆる経験を積んでからようやく理解できるというものだ。若さゆえの繊細さが喜びをもたらす。理解できるようになる。

母と前のほうを歩いていたラーハト・サーハブが、かがんで路に手を触れた。母はとても小さかったから地面との距離は近く、おまえさんも触ったらと路のほうから近寄ってきたので、指を伸ばし地面に触れた。

古い岩はただの石ではない。過ぎ去りし日々の先祖の魂が眠っている。原初の人間が握ったであろうこの岩に触れると、指がぶるぶると震えた。最高神が創造した最初の人間であるような感覚を覚える。

彼女たちは沈黙していた。しばらく立ち止まった。小さいほうの女性が木の枝から垂れた葉の表面を拭った。

母はもう疲れているようには見えなかった。娘は、母がロージーを体内に引き込んでいるような気がしてならなかった。過ぎ去りし日の友／介護者であった人の意志を継ぎ、借りを返しにきたのだ。母にはロージーの活力がみなぎっていた。

ラーハト・サーハブは横目でそれを見ていた。微笑んでいた。もうお疲れになっていないようですな。木々の下で、あなたはぴょんぴょんと跳ねていらっしゃる。

うれしそうだ、という意味だ。

私は九官鳥や雀にでもなってしまったのかしらね。小さな女性は笑った。

ロージーだ。大きな女性は理解した。あの人があなたをここへ連れてきた。大きな女性の胸はざわついた。死んだあとも母の中で生き続けるなんて、ロージーは母に何をささやいたのだろう？　ロージー過多の状態で、母は母らしくなくなっていた。落ち着きがない。行くのが最も難しい国へ行くという考えにとりつかれている。どこまで孤独なのだ、私は。

ボートよ、お姉さん、ボート、あなたはボートになってる。路でなく川みたいに漂っている。まるでキプリングが『キム』で「人生の川」と呼んだように。あなたは、老いのよろめきを子細に記述しているだけ。それ以上のことはない。

そのとき、路がたわんだ。よじれた。母の体が揺れた。

路が飛び跳ねた。母が飛び跳ねた。

あらあらあら、娘は飛び上がった。お母さん、どうしてこんな歩き方をするの？　杖だって、ちゃんと握ってないじゃない。

女王のようですな、ラーハト・サーハブはユーモアを交えて笑った。偉大なる路で。皇帝の偉大なる路で。

相当に古い路なのね。大きくなった女性は思っていたことを口にした。

ええとても。チャンドラグプタ・マウリヤ*が修復し、シェール・シャー・スーリーがここまで長くしました。

すごい、路を歩くだけで、歴史をすべてたどってしまった。娘は思っていたことを口にした。

ラーハト・サーハブは真剣なまなざしのままだ。この路は二五〇〇キロに及びます。前にも後ろにも。

前後を真剣に見据えるまなざし。誰も何も言わなかった。

かつて存在し、そして失われていった国々を見ている。キャラバンを。馬車を、牛車を、トラックを……血、煙、ガラス、金、膿、暴動、避難民、ドライフルーツにナッツ。

ラーハト・サーハブの目は前も後ろも見ている。彼は一本の木の側で立ち止まった。大きな木陰。二つの国の住民の数だけ鳥がいる。朝の陽光が枝葉の間からこぼれる。その上にはラホールの空。どこに枝をかければいいかと真剣なまなざしを向ける。

ラホールの朝日がラーハト・サーハブの目に輝く。彼は娘の頭に手を置いた。あなたは違う世代の人だ

＊一時期はムガル帝国を圧倒し、今日のアフガニスタンから北インドまで支配する帝国を築いた。

ね。

　母はラーハト・サーハブに名前と住所を伝えた。ロージーがすっかり手配してくれたのだ。少し離れたところでそう思った。近くの里程標に書いてある文字を読んだ。ラホール＝デリー間道路。

　路を束縛するものはなく、あちら側に行こうとこちら側へ行こうと、ビザに煩わされることはありません。ラーハト・サーハブはそう言った。

　みんな笑い出した。笑うしかない。


　母はラホールへと急いだ。市内を見ましょうと言う。どれだけ多くのことをロージーは母に教え送り出してくれたのかと、娘は改めて感心した。日中軽く苛立ちを覚えた。母は刺繍入りのガウンの上に薄いショールを羽織っていた。ファレッティ家の芝生でおいしい紅茶や朝食をいただいたあと、三人は出発した。街を見ましょう、それから母が控えてきた家の住所へチロンジを届けに行きましょう。

　ラーハト・サーハブはラホールを案内しながら土地の説明をした。行きたい場所を言ってくだされば、お望みの所へお連れします。車もラホールもあなた方のものです。

　彼は大切な母をあちこちに連れていき、熱心な旅行者のように、これを見てみましょう、あれをしてみましょうと言った。ワジール・ハーン・モスク*のミナレットに上って景色を眺めましょう。母は息を切らし、休みながら上り、眼下に広がるラホールを眺めた。

　母は眺めた。記憶の奥深くに迷い込んだように。

　亡くなってしまったんだわ、かわいそうに。娘もロージーを思い出し、携帯電話で写真を撮った。

　ラホール城を見に行きましょう、あの子はあそこを歩くのが好きだったと母は言うので、それを見た。バードシャーヒー・モスクを見ると言うので、それも見た。ラーヴィー川**へ行きましょうというので、そこにも行った。こんなに涸れてしまったのね。昔から知っているように、母はそう言った。緑豊かなラホールの水はどこへ行ってしまったのとも言った。あの子はよくここへ来ていたのよと思い出すように語った。

　年老いた人の友情とは、このようなものなのだろう。人間であれ、ジンであれ、動物であれ、誰とであれ、人は友といるときに喜びを感じ、友がいなくなっても、その喜びは生き続ける。こんなふうに娘は頭の中で俗説による心理考察を続けた。私の家のバルコニーで、家の正面の霊廟に腰掛けて、母はロージーとおしゃべりしていた。パキスタンのキチュラー***を拵えて。ロージーは自分の知識で母の気を引いた。連れて行ってあげる、これを見るといい、あれを見せてあげるなどと言って。母は私の家に来て、真新しい夢を見るようになった。ええ、パキスタンに行きましょう。もうロージーはいない。だから私が連れて行く。ロージーが見せようとしていたものを、私が見せる。母はすでに宿題を終え、何と何を見るべきか、そのリストを全部記憶している。

母は、モンゴメリー・ホールに行くと言った。今は図書館になっていて、カーイデ・アーザム・ホールと呼ばれていた。

母は言った。ローレンス・ガーデンはどこ？　それからトーリントン・マーケットは？

次にモーチー・ダルワーザーとモーチー・バーグへ行こうと言った。

あらまあ、どうしてこんなに乾いてしまっているの？

ロージーは緑豊かだと言ってたけれど。

ここは政治指導者が演説をし、子供たちがクリケットをする場所ですが、公園にしようとする試みもあるんですよとラーハト・サーハブが言った。

ロージーのリストには絶対行かなくてはいけない店があるらしく、母は真剣だった。地元の商店で見るのとよく似たような品物が並んでいて、ドライフルーツやナッツ、ちゃちなプラスティック製の弁当箱、ガラスの小瓶、香辛料の効いた食べ物など、カロール・バ

＊ラホール旧市街にある一七世紀に建築されたムガル帝国時代のモスク。
＊＊パンジャーブ地方を流れる五つの川の一つ。分離独立で水利権をめぐり紛争の原因となった。ヒマーチャル・プラデーシュ州の山中に源を発しパキスタン北部を流れるチナーブ川に注ぐ。
＊＊＊ハリームの一種。肉、マメ、スパイスをじっくり煮込みペースト状に調理したもの。

ーグやチャンドニー・チョウクにもありそうだ。ところが母の中にはロージーがいて、二人分の四つの目には、すべてが真新しく珍しい物に映った。

そして言った。あの店でカターイー*を買いましょう、とてもおいしいんだから。

ロージーの経験に歩調を合わせ行進する。一つ一つの願い、一つ一つのときめきにロージーが宿っている。その一歩一歩で叶えられなかった願いを満たす。

娘は今、好奇のまなざしで見ている。ロージーの切なる願いは母をロージーに変身させ、私だけでなくラーハト・サーハブにまでラホールの街案内をしている！　母は今、前を歩き、杖のコツコツという音のあとに二人で付き従って歩いている。ロージーは母の耳に囁く。ここを右に曲がって、それから左。それを受けて母は道を曲がる。

自転車、スクーター、物乞いが往来する中を、母の導きで娘とラーハト・サーハブが進む。

アナールカリーの買い物はみんなバーノー・バーザールでしたと言った。ところが、そこに着くと、よく思い出せないと言う。

聞いたり聞かされたりしたことを、どれだけ覚えていられるものだろうか？　大丈夫よと娘は慰めてみる。行きましょう。

ええ、行きましょう。母は娘に同意した。すぐそこの食堂で紅茶を飲むことに。アナールカリー・バーザールの片隅にある古い食堂で紅茶を飲む。あの子も飲んだ、と言った。辺り一帯を歩いて回り、ロージーから聞いたことを思い出そうと無理をしているようだった。

あの食堂よ、と指さした。確信したのだろうか、そうに違いないと判断したのだろうか。

ラーハト・サーハブと話し合っている。紙に書いた名前と住所を再び取り出した。娘はアナールカリー・バーザールのピカピカ光る電飾を見つめ、いくつかの店をチェックし、そろいのサンダルや靴を買い求めた。アクセサリー類やシェニール織のシャルワール・カミーズ、KK用の灰皿、彫刻の施された燭台、鍵をかけておくための彫刻が施されたフックを買った。デリー門、という言葉が聞こえた。スルジャン・シン通り。

なんとロージーは幸運なのか！　誰かにチロンジを届けたかったのに、それは叶わず、慈悲深い母が責任を持って運んできた。そして私は母を引き受けた。行こう、そんなに難しいことじゃない。そこにロージーがいるとしても実行させているのは私だ。

　トゥッシー・ウス・パール・タオーン・アーエー・ホー？　あちら側から来たのかい？　食堂の主人が訊いてきた。店のおごりだと言ってパコーラーを出した。


　スルジャン・シン・ガリーに着いたとき、母が目を固く閉じていることに娘は気づいた。

　デリー門で急に立ち止まった。頭の中にある地図を読むために目を閉じなくてはならない。自分の中を出入りする魂に相談するときもそうだ。独りごちているようにしか見えないが、ロージーと話している。「左には何があるの？」シャーヒー・ハマーム。この先はバーザール。路地には素焼きの器でお茶をすする男。ゆっくりと前へ進む。古ぼけた廃屋、むき出しのままぶらさがっている電線。頭上では電線が、足下では路地が絡み合っている。鳩が飛び立つ。猫が通り過ぎる。ここがどこで何なのか、魂に聞かせるように母は話し、映像を刻み込む。魂の賛同を得ると一歩進む。

　方針はまるで定まらない。ゆっくりゆっくり路地を進み、ロージーと何やら囁き合っている。路地の人々はどう思っているだろうか。あちら側から来た女が独りつぶやいている。

　口を出そうとする娘に、ラーハト・サーハブは黙っているよう合図した。あちら側からやってきた霊と話すのが、あたかも普通であるかのように。

「厠の店」母はそう言って、まるで何でも知っているかのように指し示す。「木はどこかしら？」

　木って、どんな木よ。この狭い路地に？　一列になって歩くのも難しいのに。肘がぶつかり、足はドブにはまってしまう。

「木って？　お母さん？」

「紅粉が塗られた木よ」

　ロージー、ロージー、娘は怒りたくなっていた。だが死者に怒ってどうする？　母に一体何を吹き込んで

＊小麦粉や米粉、バター、砂糖、ヨーグルトなどが原料の焼き菓子。

くれたのだ。シンドゥールの木を捜すの？　ここで？　あれを尋ね、これを尋ね、母は質問し続けた。ラーハト・サーハブは国境の向こうから来た女に忍耐強く向き合う。この女性はお客だ。

誰かが言った。もしや、あのシーア派の？　ノウチャンディー・ジュンメーラートの？

紅粉の印のついた木は実在した。ではロージーはシーア派だったのか。今日までそんなことも知らなかった。

母は、気が触れた女のように向こうで左右に首を振っていた。そして言った。「ないわね、またデリー門に戻りましょ」

何がないというのだ？　ロージーが教えた住所？　それなら書き留めてある。誰かに見せれば連れて行ってくれる。別の観光地があるの？　何もかも見ておきたいのだろうか？　だったら、なぜこんな風に探り探り進むのだろう？

ラーハト・サーハブは、デリー門まで連れてきてくれた。母は再び辺りをよく観察して立つ。そして言った。「あっちではないわね、こっちから行くわ。あの木のある路地のほうへ」そして慎重に地面を踏みしめて進んだ。「見なさい、あれを、それから、あれ」自分に、あるいはロージーに話しかけているように、そう言った。

あの機関車、車両がある。

母は目を閉じて歩き出した。物事が鮮明に見えるようだ。

やだ、どうしてそんな歩き方をするのよ。娘は思わず声をかけた。「お母さん！」ラーハト・サーハブは娘を制した。

目を閉じた母は前へ、右へ、ぐるりと向きを変えてまた右へ。二人は後を追う。

今を閉じ、記憶を開いて。

ドブのところで母は立ち止まった。そこには水が流れていた。汚れているようには見えなかったが、ドブの水だ。そこで母は目を開き、長い間、水を眺めていた。やがて体をなでると、その手は下に降りていき、股間で止まった。かすかな声でぶつぶつ言った。「このドブで、あの子は小さいときおしっこをしたんだけど、止まらなくって」

男たちに囲まれた一人の女が、股間に手を押し当て、ラホールの空の下で無防備に立っていた。あちら側から来た女が、である。娘の耳は燃えるように熱くなった。あのロージーって人は、なんてことを母に話して聞かせたのか。彼女は母の手を戻した。

　母は手を放し、遠くを見るように再び路地の奥まで観察し始めた。不確かな顔をしていた。ロージーのようにあちらにもこちらにも流れていく双頭の川になってしまったようだ。その瞬間、二つの流れが交わった。一瞬、時が止まった。国境を作る。

　入ろうと決意した。ひときわ狭い路地だ。両側の壁に肘が当たるほどだ。ここで杖は必要かしら？　母は娘に杖を預けた。目を開ける必要はなかった。だからまた目を閉じた。閉じたままにしておいた。

　立ち止まって待つ。後続の者たちも立ち止まった。手で壁を触ってみる。ロージーが言っていたとおり、ざらざらとした感触だ。安堵する。あの壁、そうよね？

　目を閉じたまま路地の壁に手をぴったりとくっつけて先へ進んだ。母は路地に身を委ねたようだった。そして壁は母の手をつかみ、どこへでも連れていってくれるように思われた。

　路地は母を連れていった。先に進むにつれ壁は古くなる。小さな窓ほどの大きさの穴が開いていた。母は手を中に入れ、頭を突っ込んだ。そこで止まった。目は開かなかった。その先の天井にも穴があった。上から転がってきても落ちることはない。体半分は上に、半分は下にぶら下がったまま身動きが取れない。天井に防水シートが張られていたのを、母は半分目を開けたときに見た。「まだ？」天井の穴に向かって言った。

　見たものがすべて消えてしまわないように、急いで目を閉じた。

　夢の中に戻っていくように、そこに立っていた。母の動きは突然だった。足は歩き方を忘れ、気が触れてしまった人のようであった。片方を前に出し、もう片方を置く。そうじゃない。両足を一緒に持ち上げ、同時に前に出ようとする。自分だけ取り残されるのを恐れている。二本の足は、一瞬でも離れたら残されたほうの足も一緒に動く約束でもしたのだろうか。一つの命が二つの体に宿るように一心同体だ。

　先頭を歩く母は飛んで跳ねて駆け回る。壁の先には小さな階段と腰を掛ける赤い台座《チャブートラー》があった。

　お母さん。今にも転びそうな母を受け止めようと娘が動くと、またもラーハト・サーハブに制された。娘の肩に手をかけ、ほんの少しだけ力を入れて引き戻した。娘は驚いて彼のほうを見た。

母は興奮した様子で両足を同時に上げ、階段を飛んで上り、赤い台座に着地した。

緑色をした重たい頑丈な古い扉があった。ひび割れが網目状に刻まれ、重い鉄の鎖で留められていた。

「ここがあの子の母方の祖父母の家」母は囁いた。宣言のような囁きだ。

扉に表札らしきものは見当たらなかったが、クリケット用具あり、とウルドゥー語で書かれたボードがあった。母は「クリケット用具あり」と読み上げ、扉の鎖を鳴らした。

じゃらりと鎖の音をさせると、路地のはす向かいの家から老人が現れた。一〇〇歳の男。長い髭、蜘蛛の巣のような目。〈お医者さんの家族だよ〉扉の鎖を鳴らした女に向かって言った。〈お医者さんの娘が来たぞ〉路地に聞こえるように叫んだ。階段を二段上り、台座に立っていた母の頭に手を置いた。

そのとき髷を留めていたヘアピンが落ち、結っていた髪がほどけたので、路地の四方から人々がピンを集めに現れた。

その昔、ブーペーン・カカルという画家がいた。彼は絵筆で語った。自身は男性を好んだが、女性の物語を語った。女たちに女らしい衣服と仕草を与えた。彼は、箱やキャンバスや視線に物語を閉じ込められないことを知っていた。だから一度として閉じ込めようとはしなかった。むしろ何もない開かれた場所を残しておいた。そうすれば、物語は自由に動けるし、望めば別の道を歩める。

物語が終わることはなかった。窓、壁のひびなど、どこかに隙間があれば、もしなければ大地を揺らして隙間を作り飛び出していく。まだブーペーンが語っても、書いても、色を付けてもいない場所から。どこへ行ったのか、すぐにははっきりとしない。消えてしまった。心配をよそに。語り継がれた言葉を風に委ねて。国境を越えて。何度でも。今度は娘と一緒に。国境を越えて。三昧の境地から目覚めた。

狂信主義者や保守主義者は、三昧の道も、物語も、ブーペーン・カカルも理解しない。できるのは閉じ込めることだけだ。ファイルや箱や容れ物の中に。閉じ込めの行為は、賄賂や不正だけに対してだけ行われるのではない。物語にも行われる。女性に関するものであればなおさらだ。てこでも動かないなら結構。墓を作れ。決して壊れないような墓を。女たちは必ずそこへ入れる。輝きを失い、色褪せ、皮膚が皺になり、骨が溶けるように。芳香が立ち上るように。

狂信主義者は蓋を動かさない。彼らは芳香の放つ存在感を受け入れたくない。

しかし彼らは神ではない。ありがたい！　ポール・ザカリアの別の物語では、偉大な音楽家であり文学の大家バブカーの前で、万能の神が打ち負かされた。神は負けを認め、バブカーの前に座り、音楽を教えてほしいと懇願する。音楽や物語の中に存在する芸術、神の手の届かないところにある芸術の勝利であった。

閉じた蓋を蹴飛ばすのは可能だ。芳香が立ち上り、うねる波が陰影を与え、物語は新たな道を歩み出す。乳海が攪拌されヨーロッパ大陸とヒマラヤ山脈が隆起したように、砂の攪拌から物語は生まれる。古い砂紋に新たな砂紋が刻まれる。砂に形が生まれる。砂で境界は消される。

風は物語のようにさまよう。風は誰にも止められない。蓋をすることも箱に閉じ込めることもできない。風はビザも何も理解しない。物語のように柔軟で弾力もある。これは風か？　火か？　煙か？　芳香か？　これらの要素を、ロージーのように箱型のベッドに閉じ込めることはできない。

果たしてロージーは閉じ込められていたのか？　彼女は目覚め、母のずっと前方を歩き、娘の後ろを歩いている。

物語とはそういうものだ。

昔、王がいて、王妃がいて、どちらも死んだ。それで物語は終わり？

少年がころころと笑い出す。

昔、王がいて、王妃がいて、それで、それで。

少女が笑う。物語はこれから。

昔、王妃がいて、お姉さんがいた。

絵筆を取った。絵筆は色で満たす。そしてブーペーンは止まる。一部は未完成、色はまとまりもなく広がる。どのように広がるのか、この先どうなるのか。あるのは沈黙。飛び込み、境界をまたぐ。物語は終わらない。

ロージーはどこにいる？　お姉さんのことばかり。
私たちは賭けに負けた。

ずっと見ていたものが裏側だったと知れば腹が立つ。自分の知覚に疑問符がつくようなものだ。私たちがロージーを見たと思ったところに母がいた。私たちがロージーの幽霊を作り、私たちは彼女を見た。そこにいたのはロージーではなく母だった。ワジール・ハーンのミナレット、ラーヴィー川のほとり、バーノー・バーザール、ドブ、緑色の扉、赤い台座。

人生の長さや重さが損なわれる。私たちの目を布で覆い、延々としゃべり続けていたこの女は誰だ？　ウルドゥー語を読み、話す。私たちのラホール駅は、ウルドゥー、グルムキー、ヒンディー、英語の四種類で書かれていたなどと言う。

お母さん、嘘をついたのね。ファレッティの家で娘は言った。

いいえ。
みんなあの人の話だって言ってた……
あの子のよ。
ロージーの……
亡くなってしまったあの子の話。あの子は私。

緑色の扉を開ける人がいたが母は見ないふりをして家の中へ入った。入り口、と言い、きちんと鍵をしめて、と言い、年老いた男と一緒に、家をなめ回すように見ている。スローモーションのようにまばたきをするので、その目は何時間も閉じているようにも、何時間も開いているようにも見えた。路地には人が次から次へと押し寄せ、一〇〇歳の老人の後ろに集まった。もはや誰が家の人間で、誰がよそから来たのか区別がつかない。

母は顔を上げていた。集まった人たちもみんな顔を上げていた。

「あっ！」驚いた母は割れんばかりに大きく口を開け、それを手で塞いだ。「階段は落っこちてしまったの？」

みんなが見ている。

「昔は五階あったの。あの子が言ってたもの。屋上もある。見てよ、二階も壊れちゃって」

「いや、部屋は残ってるよ」よそから来たのか、家の中にいたのか、一人の少年がそう言った。

「階段を上るとまた別の入り口がある。ここが鉄製の箱があった部屋」母は言った。「トランクの部屋。そこには綿入りの掛け布団、マットレス、毛布、シーツ。皿、鉢、プレート。ノート、写真、双眼鏡」

「こっちは、おじいちゃんの部屋。あの子はおじちゃんと呼んでいたけど。ここでキャロムを遊んでいた。指で駒を引きずるやつ《ガシーター・マール》なんて呼んでたわ」

「ここは浴室。蛇口は一つ。湯沸かし器はない。シャワーもない」

「まだ上にもある」母が階段を上ると、路地の人々や、家の住人も、ぞろりとあとをついていく。壁にぶら下がった電線に古い蜘蛛の巣が絡まっていた。それをよけながら歩く。

「上は居間」中へ入り、母は言った。「これ。緑色の木製の」緑色の部屋を見せた。「窓には、赤、青、黄色のガラスが入ってた」

「ここからコウサルが見えた。あの子のクラスメート。その子が見えると外へ出て馬車に乗って行った。ディルバーのお稽古よ。あの子は自転車に乗った。ローリー*社製の自転車。一緒に学校へ通った」

「ここは柱の部屋」母がガイドする。「ここに台座があったの。柱は壊れてしまった」母は示してみせた。

「正面は母方のおじさんの部屋。見る影もないけど」母は言った。

「上はね。寝室。衝立は残ってない。あの子は、そこから誰が帰ってきたか見てたの。カウサルは一人かしら。それとも兄弟と一緒かしらってね」

「上からかごを垂らし、買い物をした。果物や野菜を。卵は一ダース一アンナ。一アンナで大きなパン二つ。魚は一セール**一アンナ。肉は一セール四アンナ。生肉。調理済みは六アンナ。パーイー、ラスグッラーはいくら？　奥さん、一つ一アンナだよ」

「屋上にも部屋があった。吹き飛んでしまったの？」非難めいた口調で、母は取り巻きの人々に尋ねた。

「あそこであの子は勉強してた。カウサルと一緒に。

＊　英国の自転車のメーカー名。
＊＊　重量単位＝約九三〇グラム。

アンワルと一緒に。彼らのお父さんは英語の教授だった」

「おしゃべりが止まらない年頃で、屋上によく上がってきた」

「ふわっとふくれたプルカーを作っていた。おじちゃんに屋上まで走らせられた。竈に火を入れ、ローティーを鉄板の上に置いたところで。一騒ぎあった。おじちゃんは大急ぎで外へ出ろと言った。扉が倒れ、階段がけたたましい音を立てた。おじちゃんは外へ出ろと言った。家が燃えていた」

「家は残った」母は静かに言った。「先に言うけど、火は消し止められたの」

「下へ行きましょ」

全員、階下へ向かった。そこにはクリケットの道具が並んでいた。ビニールに包まれたバット、ボール、パッド、ウィケット、帽子。売り物だ。

「おじさんの薬局。そこで眼鏡の度数を見ていた」

「あの子のおじさん」母は取り巻きに教えた。「眼科医だった。カーキ色のズボンに黄色の格子柄のシャツ。そこの調剤師。パターニー・シャルワールにターバンを巻いていた」


誰かが母のために安楽椅子を用意した。母は座った。

「あの子はおじさんと一緒にここに座ったの。一六歳の時に。あの子はトリビューンを読んでいた。おじさんは、アンワルの視力を調べた。五ルピーだった。一行読みなさい。ラホール。だが四つも六つも読めなかった。近視だから眼鏡がいるね。この眼鏡なら壊れず一生使える。分厚いガラス、黒いフレーム、耳にフィットするつる。キャロムでアンワルが勝つようになると、あの子とカウサルは、眼鏡のおかげで二倍見えるからだと言ってからかった。ずるよ。アンワルは眼鏡をポケットにしまい、また駒を打った」

母のお茶が来た。

緑色の木製の扉は開いていた。子供も大人もみんな集まっていた。扉には、クリケット用具と書かれてあり、中はクリケットの道具でいっぱいだった。老人はそこに座っていた。会話を理解できる人がいたなら、話していたことを書き留めておくべきだった。長く、もつれて、口数は少ない。一言ぽつりと言う。始まりも終わりもない。緑色の木造のラホールの家に集まってきた人々と同じく、言葉もまた内側から出てきたものか、外側から出てきたものかわからない。

グルダースプル……ホーシヤールプル、ラーイルプル、ドゥスカ……ドゥスカはラホールから一〇〇キロ……私たちがいるのはマウジャー・コート・キラーファー……娘はラージプラーのパティヤーラー……ええ、ええ、シェークープラは良く覚えてる……グルジャーンワーラーが毎日電話して……シャカルガルは破壊され……ああ、彼はスータルマンディーで事業をして……息子よ、達者でな……サビーハーのことは聞くな、このブラウスはあの子が送ってくれた。わしは、そこでは死ぬ……カトラー・ムンシヤーンはルディヤーナーに行ってしまった……兄さん、カールー、母方のおじ、お医者さん、父方のおじは行ってしまった……わしの家にいらっしゃい。あんたの家だと思っていい。神があんたをお守りくださる……いらっしゃい。

娘の頭にしっかり手を置いてなでた。

ここだ。一〇〇歳が言った。

あなた、どうして泣いているの？　母はそう言って笑った。

ええ、あの人の娘さんは怒っていました。

何について？

ラーハト・サーハブはデリーにいるパキスタン大使と電話で話していた。一方はものすごい剣幕で話し、熱々の炎をぼうぼうと燃やし、もう一方はやや不明瞭なか細い声で囁くように答えた。

チロンジについてです。

何の話だ。君はチロンジを噛むのか。

いいえ、ヒジュラーが食べるんです。

何だと？　電線を伝って火花が散り、ラーハト・サーハブは危うく感電するところだった。

あの方がヒジュラーのために持ち込んだのです。

ヒジュラー？　そのような話題が、我々の部局でいつから持ち上がるようになった？

ええ、あの二人が話していたんです。今から行こうと。

ヒジュラーのところへか？

いいえ、家です。家に行かなくてはならないと。

つまり帰ってきたんだな？

いいえ。娘さんは家に行こうとおっしゃって、あの方も行こうとおっしゃいました。私に分かるのはそこまでです。

二人は戻ってきた、そういうことだな？　大使はこちら側にいたから、あちら側をこちら側と言った。

いいえ、あの方たちはこちら側の家のことを言っていたんです。ラーハト・サーハブは説明した。

とんでもない。ばかなことを言うな。彼女たちの家を私は知っている。

あの方は　夫《ショウハル》の家だとおっしゃいました。

夫の家はこっちにあるぞ。

ええ、でもこちらだとおっしゃるのです。

頭がおかしくなったのか？

いいえ。インドから来た二人の女性の行方がわかりません。

君に一任したよな。君はどこにいた？　大使は吠えた。私に何を期待している？

大使、私はカラチで予約を取り、飛行機に座らせました。向こうで部下が彼らをホテルに連れて行きました。それから……

それから？　電話線は動悸しているみたいに震えた。

大使、モーハッターナガルで何かあったようで、製糖工場の技師長に会いに行ったということです。

まだ続けるか？　電話線が火照っていた。

ヒングラージについても何か言っていました。そこには海があって、砂漠があると。

私にパキスタンの地理を教えるつもりか？

とんでもありません。大使、私が言わんとすることは……

何だ？

大使、お二人はビザをお持ちでないので、私の部下が行かないようにと申しました。動かないようにと。部下はビザを手配できるよう私と話すと言ったと申しておりました。なのにお二人は動いてしまいました。

ビザもなく？　電話線は燃えた。君は自分が何を言っているかわかっているのか？

マダムは自分はここの人間だと言い、ビザによる制限を信じませんでした。

君もそうなのか？　電話線はシューシュー音を立てた。

いいえ、滅相もありません。電話線は力なく揺れた。しかしあの方がお認めにならなくて。

君の頭は正常に働いているのか？

ええ、ただ、おそれながら若いほうの女性が……

シンド州全域を捜索するため、全県を警戒させろ。

ただし目立つようなことはするな。慎重にやることだ。両政府の摩擦を知っているな。万が一にも先方に知らせが届けば大ごとになる。それだけでない。国の名誉にかかわる問題だ。あの方々は国が招いた賓客だ。慎重に慎重を期して。二人の女性の特徴を送れ。ビザなしでさまよっていることが二か国間で噂になる前に見つけるんだぞ。

　はい、はい、大使。私が見つけます。砂漠だろうと海だろうと、どこの国にいようとも、お二人がどこへ行ったか誰にも知られることはございません。

　君は何をほざいている？　誰がどこに住む権利を有し、誰がどちらに属し、どちらの法を優先すべきか。これらが両国の頭痛の種であったことは、君だって十分知っていただろう？

　ミティで二人を目撃したと言う人がいた。ミールプル・ハースで見かけたと言う人もいた。女たちは行方不明のままだ。

　タール砂漠で国境を越えた二人組の女性――一人は小柄、一人は大柄――を見かけたら、最寄りの警察署にお知らせくださいという警戒情報が出されたが、思うように秘密は守られなかったようである。

　具体的に集まった情報は、自家用車のタイヤがパンクしてここで修理したこと、それから、二人の女性は二つの影のように車を降りて遠くをふらふらしていたこと、何やらもめていたことなどであった。

　二人が捜査されているなんて知るわけがないだろ。修理工の青年はそう言った。顔に外国人と書いてあるわけでもない。見た目は自分のおばさんと変わらない。

　二人とも？

　いや、三人とも。

　どうして三人になる？

　二人のインド人と俺のおばさん、足して三人だろ？ばかか。おばさんに似ていたんだろう？

　三人ともおばさんみたいだった、そう言っただろ？ともかく。どんな話をしていたか言ってみろ。

　知らないよ。青年は服の汚れを払うと、むくれて押し黙ってしまった。証言をしてるのに怒られるなんて。人が政府関係者を避けようとするのも無理はないな。

　近くにいた修理工が、もしかして彼女たちを捜してるんですかと言った。話をしてるのを聞きました。

どうやって聞いたんだ？

必要に迫られて。あの茂みの中にいたんです。

女性たちが茂みに立っていたのか？

僕が先にそこにいました。用を足している最中に女性たちが来たもんで、動くに動けなくなって座っていたんです。

よし、聞いたことを話してみろ。

ええ、ウールのショールをかけていました。寒かったんです。母と娘に見えました。僕が見たのは……

見たことじゃない、聞いたことを訊いている。

はい。二人は誰かを捜していました。何か名前を言っていたと思います。孫かな。あるいは子供か。カウサル。夫。アンワル。言い争ってました。

言い争ってた？　探りにきた男が訊いた。

修理工はジーンズをはいており、映画のヒーローみたいに片足は膝までロールアップしていた。大の映画ファンで、アミターブ・バッチャンの信奉者であることも明かした。

僕は用を済ませて立ち上がろうとしていたところだったから、会話に注意を払おうなんて考えつきもしませんでした。あなた方に訊かれると知ってたら、メモでも取りましたけどね。見てくださいよ。僕はポケットにノートを入れてるんです。ええ。にっと歯を出して笑った。映画音楽の歌詞を書き留めて、鼻歌を歌ったりして。だからみんなイムティヤーズは陽気な男だと言うんです。

ディリープ・クマール。

はい？

誰が歌った？

ラーフィーかキショールでしょうね。修理工は、はっきりわからないようだった。

ディリープ・クマール自身だ。

自分で歌っていた？

映画の中で。誰かが説明した。

そうか、どうりで。ああ。ぽりぽりと頭を掻いた。なんだ、うっかり間違ったことを口走ってしまいました。『バナーラスのパーンを嚙んだあと』*のことを言おうとしてたんです。

上官ににらみつけられた部下は背を伸ばし、修理工に冷たい口調でこう言った。我々は、あちらの国の映画について学びに来たのではない。あの女性たちを捜しに来たのだ。女性たちは歌っていなかっただろう？

それとも歌っていたのか？　どうだ？

歌っていません。女性は怒っていました。

というと？

扉から扉、砂漠から砂漠、不安から不安、私はいつまでさまよわなければならないの？　女性は、そう言って怒ってました。それから大声で叫んだんです。たぶん娘さんがお母さんに。忘れてないわよね？　シャトランジ《チエス》だかカロンジだかチロンジだか知らないけど、それを届けにきたんでしょ。何かを届けにきたというのは確かです。すでに届けたのよ、ラーハトさんが届けてくれたの、と小さなお母さんは言ってました。修理工は、少し高い声を出し、母の返事を真似してみせた。

それから？

警察は情報をまとめようとしていた。

情報はこれだけ。修理工は次に続けるべき映画の台詞がでてこない。忘れてしまったのか？　いや、僕は覚えている。君は間違ったことを言った。いや、合ってます。二人とも車に乗って行ってしまいました。車のナンバーは読めませんでした。どうもすみません。どうやって立ち上がろうかと必死だったので。

事情聴取に来た人間は、修理工にも茂みにも興味はなかった。そこから動けたのか、茂みに隠れたままでいたのかまで知る必要はない。彼らは、この辺りにいたと思われる二人の外国人女性を捜すために来た。それもできるだけ目立たないように。

ほんのわずかな火でも煙は上がる。その煙は他の部局に届いた。湖だかアンワルだか夫だかカウサルだか小さいのだか大きいのだかがビザも持たずに我々の国をうろついている。今時は清廉潔白そうに見える少年少女や老人もスパイやテロ目的で送り込まれると聞く。ロージーも、シャトランジ・カロンジも、扉も、タール砂漠も、危険な潜入捜査の符丁かもしれない。

しかしそれ以上は出てこなかった。タール砂漠と静寂だけ。

タール砂漠は砂漠である。その声は静寂。騒音も群

＊映画『Don』（一七九八）の劇中歌。

衆もなく、こだまで満ちあふれている。空、すなわち自由。砂漠、すなわち砂。夜になると、このような思いがファイズの脳裏をよぎる。砂漠にそよ風が吹くがごとく、荒野に春が訪れるがごとく、病が理由なく癒やされるがごとく。

夜だった。月は満ちていた。月明かりに照らされ光る砂。砂はかつて海であった。トゲのある灌木が砂に影を落とす。そびえ立つ砂丘。四〇〇フィートも五〇〇フィートもある。砂丘は移動する。灌木の根や絡まった枝が、月明かりを浴びたそうに砂の中から顔を出す。

美しい眺め、静寂の情景。二人の女性が二人だけの世界にいる。目撃する者も、何が起きているのかを見て記録する歴史家もいない。

しかし。

記録すべき事柄ではあった。砂漠と友であるなら、歴史家や目撃者は必要ない。蝶が物語を聞きに飛んでくる。砂の粒子が束になり、風がそよぎ、月光は鉛の月のように燃えたり消えたりする。女は、止めて、と言って車から降り、砂の影になる。

両手を杖の上で組む。砂漠に座っていると、ほら、杖に描かれた蝶がゆっくりと舞い上がり、柄《え》に留まった。そっと、女の指の間に、幻想か夢のように軽く。

蝶は黒かった。広げた羽には白い斑点があり、その斑点は飛ぶと縞となる。音も立てず羽をひらひらとさせて舞い、女を見つめて話に耳を傾ける。

女は単調に話す。蝶は耳を傾けるが、耳を傾けるのに必要なのは魂であった。物語の間じゅう、蝶は羽をひらひらさせた。

蝶が羽をひらひらさせるたび、肉眼では見えない砂粒が舞い上がる。

微動だにしない女の口から発せられた言葉。杖の柄を握る女の指。指の間には蝶。見渡す限りのタール砂漠。

女の話を蝶は黙って聞いている。

女は語る。やがて黙り、また語る。

第一の物語――『物語』

鉄板の上のチャパティ、火を入れた竈。あの子は屋上にいる。どかっ、どかっ。あの子を追う者の足音。おじちゃん、おじちゃん。あの子はおじいさんをおじちゃんと呼ぶ。布で顔を隠した男。あの子を押さえた。捕まえた。引っ張った。おじちゃん。チャパティ。台所から煙が上がる。家が燃えてしまう……

　麻袋のようにぞんざいな扱いを受ける。布を巻いた覆面の男があの子を引きずった。引きずりに引きずった。でこぼこの路地を引きずられる。家を離れた。

　隣近所にまで火が回った。煙。咳。路地。引きずり回す。片方のサンダルが壊れた。新しいサンダル。親指に食い込んだ。毎日履くんだよ。そのうち緩んでくるから。一時間。二時間。親指の爪が肉に食い込んできた。食い込んだ爪をゆっくり引き上げて、切ってしまいたかった。

　空。めまい。鳥。

　食べ物の容器が路上に散乱している。あの子は食べ物にまみれる。爪で傷ついた親指に唐辛子入りの液体がしみこむ。

　炎に包まれた家が向こうに見える。黒い影が炎の中で踊る。飛び降りる者。脱出する者。拾い上げられ投げ返される者。タンドゥール窯の中のじゃがいも。

　おばさん。おばさん、おばさん。ジャッダンおばさんのお店。みんなのジャッダンおばさん。助けて、おばさん。チャパティを鉄板にのせたままなの。ああ、私が家を燃やしてしまった。灰。おばさん。おじちゃん、おじちゃん。叫声。咳。目がしばしばする。

　髪が引っかかった。先の尖った何かに。頭皮が引っ張られる。覆面男が激しく振る。引っ張る。流血。犬。尻尾を丸める。落ち着きを失う。

　焼けて損なわれた体にぶつかる。死体。あるいは生きているもの。

　アンワル、アンワル。アンワルはラーイルプルに行っていた。家を探しに。見つけたら、あの子を連れて行くつもりだった。それまで母方の祖父母のところへ預けられていた。

　結婚の前にもラーイルプルに行った。一度だけ。大学時代に。テントの映画館。スツールとベンチ。『幻の町《マーヤー・キ・ナグリー》』。映画。

　殺せ、殺せ、殺せ。ニッキヤーン・ジンダーン。

　声。

　ああ、バーボー・ジー、バーボー・ジー。

　靴、サンダル、息を切らしながら走る。

　馬車がひっくり返った。馬はいたのか？

　誰のイヤリングだろう？　眼鏡。頭蓋骨。壁に投げつけたスイカのような。脳と片目がバネのように外へ飛び出していた。

引きずられた。

持ち上げた。投げつけた。トラック。覆面の男が一人か二人。トラックには少女たち。あの子みたいな。一六歳。一七歳。一九歳。泣いている。しくしく泣いている。折り重なっている。羊に山羊。虫。手を嚙む。覆面男は平手打ちを加えた。恐ろしい目。血走っている。額にこぶ。火の中を引きずって火傷を負ったような、かさかさした色。

暗闇。上に粗布をかけた。死体は下に埋められた。少女たちは悲鳴を上げた。髪をかきむしった。粗布で擦れる。暗闇。粗布に重い物が落ちてきた。少女たちの下に。息が詰まる、押さえつけられる。死んでしまう。意識を失う。泣いている少女。沈黙する少女。何も見えない。あの子もだ。

喧噪。あるいは沈黙。

記憶。あるいは憶測。

トラックが止まった。覆面の男たちは飛び込んだ。少女たちを下へ下へと引きずり下ろす。泣く。黙る。私は何もしていない。放して。髪よ。私をどこへ連れていくの。お母さん。お父さん。お兄ちゃん？　あなた？　おばさんがあなたを許さない。

墓地。墓が一つ開いていた。新しい。あるいは壊れている。あの子は倒れた。じっと横たわる。逃げる。こぶのある男が続いて飛び降りる。引っ張られた。投げられた。痛い。記憶がない。

そう、痛み。思い出した。足の爪。切ることができなかった。内側に伸びていた。肉に食い込んでいた。どうやれば取れる？　化膿し始めていた。

足を蹴った。戸が開いた。薄暗い部屋。墓の中。少女たちが詰め込まれた。沈黙。脅し。ぎゅう詰め。家畜のよう。戸が閉まる。暗闇。泣く。沈黙する。涙。血。汗。尿。悪臭。そこにいたかもしれない。覚えていない。

昼か夜か？　何日、何夜？　よくわからない。

トラックの荷台に積み込まれた。あの子は立っていた。がらんとした道路。飛び込む井戸は見当たらない。後ろに覆面の男二人。下だ。あの子を押して座らせた。倒れた。どこへ連れていくの？　私たちをどうするの？　アンワル。どこで捜すの？　荒野。

白い太陽。井戸、井戸、あの子の心臓に痛みがさす。願うだけでは死ねない。口にするだけでも。

シャルワールは二枚はきなさい＊。マダムは少女たちに指示した。だが二枚重ねにしてはくシャルワールは置いてきてしまった。家に。

家に入ったとき、私がはいていたシャルワールは一枚だったか二枚だったか？

チャパティが焦げた。家が燃えた。私が燃やしてしまった。あの子は泣いた。井戸はどこにもない。

何日？　何夜？　どこかで閉じ込められた。今はトラックに積み込まれている。どこかに監禁される。またトラックに積み込まれる。このトラックだか別のトラックに。わからない。同じ少女たちかどうかも。何人？　山といる。

一度は馬車の上にいた。こぶのある男と馭者の足下に押し込まれた。何かに覆われて。少女たちは？　わからない。

トーストの半分を食べた。穀物の粒と水の時もあった。穀物の粒だけのことも。水だけのことも。デーツのことも。ヒヨコマメのことも。四アンナの挽肉カレー、一アンナのチャパティ。ここに毒でもあれば。

暴動を耳にした。難民の話を聞いた。思考停止。発話の停止。アンワル。おじちゃん。井戸が見えたら逃げよう。

少女たちはじっと黙っていた。私たちは売られてしまう、誰かが言った。私たちは襲われるんだ、別の誰かが言った。再びの沈黙。手を取り合い座っていた。いつか離ればなれになる。

車が変わった。横にも動くことのできる軍用トラック。その中に詰められた。ぎっしり。新しい少女がいたかもしれない。全員少女だ。なぜ少女だけ？　少女たちの損なわれた運命。

牛や水牛の柵の中。動物と一緒に。藁、牛糞、鳴き声。

あるときは古城の廃墟にいた。高い所から飛び降りて、命を絶つことができたらいいのに。

突然ブレーキがかかった。少女たちは互いの上に折り重なった。トラックは停車した。全員一列になって下ろされた。牢屋。さらなる少女。全員が閉じ込めら

＊レイプから少女が身を守るため、少しでも時間を稼ぐための抵抗。

れた。囚われの身。どこかの修道院。廃墟。浴室。初めて。怒鳴られた。石鹸と衣類を手渡された。沐浴しろ。沐浴した。

屠殺場に向かう山羊はもてなされる。なぜ毒をくれない？　ああ、神よ。ああ、神様。少女らは手を取って輪を作り、沈黙の人となる。

あの子は古いクルターの袖を裂いた。包帯を作って足の指の傷に巻いた。足を引きずっていた。

初めての広い場所。大きな牢屋。あの子は荒れ果てた部屋を歩き回った。足を引きずって。ある部屋に仏像があった。博物館で見たことがあった。アンワルと一緒に。あれにそっくり。私のアンワル。アンワルが置いたに違いない。勇気づけるために。アンワルからのサイン。小さな。五インチの。あるいはそれより小さな。あの古代のブッダ。アンワル。どこにいるの？　なぜ私がここにいるのがわかったの？

あの子は仏像を手に取った。胸にしっかりとつけて。寝ても覚めても抱いていた。死ぬ必要なんてない。私はとうに死んだ。それでも仏像にしがみついた。私たち二人の葬儀。どこへ行くときも肌身離さない。これは何かの兆候。これはアンワル。これは死んだ私の心の慰め。石でできた慈愛に満ちた心。


女は立ち止まった。蝶は再び杖の中に戻っていった。カラチを出発した後から、車に乗った人々の探索は続いていた。砂漠が見えると女は再び車を止めさせた。同じように座った。杖の柄に指を絡ませる。女の様子を見た蝶は、絵からするりと抜け出し二本の指の間に寄り添うように座った。今度の蝶は焦げ茶色に黒の縞模様であった。両側の二つの点が目のように開き、羽の立ち上がりは耳のように突き出している。

女が次の物語を始めようとすると二頭目の蝶が目を開き、耳を広げ、女の前へやって来た。耳を傾け、見る。

第二の物語――『仏像とその少女』

どこかで銃弾が飛んだ。大型車の音がした。トラックだ。足音。口論。大声。裏門が音を立てて開いた。少女らはしゃがみ込んだ。互いの手を取り、壁にぴったりくっついて座った。あの子はドゥパッターに仏像を隠していた。胸の中に。アンワル、アンワル。絶望が押し寄せてきた。

誰だった？　口論をしていた。そちらが連れてきたのはみんなヒンドゥー教徒じゃないか。そりゃ罪だな。どっと笑いが起こった。二、三人だけ残してくださいよ。また笑う。友よ、都合のいい場所を見つけてくれたもんだな。どうだ、少しの間だけ遊ばせてもらうぞ。大笑い。

再びの沈黙。門がきしむ音をさせて閉まる。再びトラックのタイヤが止まる。トラックは去った。

何が起こるの？　どうなってしまうの？　私はもう死んだ。いいえ、仏像が守ってくれる。これはサイン。アンワルと一緒のとき、初めてこのような仏像を見た。アンワルはきっと感じてくれる。きっと私たちは助かる。

泣いていたのはあの子だろうか、それとも別の少女だろうか。手を縛られ一列になって私たちは座っていた。

あの子は誰に隠すこともなく仏像にすがるようになった。家が懐かしくなるとブッダを額にあてた。死の静寂を感じると、ブッダに深く頭を下げた。

いつまで。いつまで続くかわからない。時計もラジオも何もない。

口論と下品な笑いのあと、古い建物から移動させられた。彼らは欲望にまみれ、分かち合おうとしない。ハレムに送られる。どこかの資産家に売られるのだろう。

そんな場所へ連れて行かれる。

街からは遠い。人気《ひとけ》のないさびれた場所だろう。森で止まった。たき火を起こし、少女たちに全粒粉《アーター》が渡された。ローティーを作れ。言われたとおりにしろ。さもないと殺す。

命を守るか、名誉を守るべきか。心は荒れすさむ。火ばさみも鉄板も何もない。アーターをこねた一枚分の丸い生地を直火に投げ入れ、燃える前に枝ではじいては裏返す。野獣じみた暴漢はそれを食べた。

二人だったか、三人か。額にこぶのある男がいた。声を出さず囁き合う。火。キャラバンが襲われた。カラチ、ラーワルピンディ、ラホール。タンドージャーム、ウマルコート、ムナーバーオー。タルパールカル、キプロー、タンドー、アルハヤール、カドリー。どこに連れていくの？　バーザールに立たせるため。

仏像。私の仏像。私の石心。

車輪がはまった。車が進まない。

ハンドルを素早く切れ。一人が怒鳴った。

降りろ、動揺が広がった。タール砂漠の運転は誰でも出来るわけじゃない。

タール砂漠にいる。私たちをどこへ連れて行くの？

風。バシン、ガチャン。防水帆布がパタパタする。その下に少女たち。少女が泣いたり塞ぎ込んだりするのは、もはや習慣になっていた。みんな衰えていた。手を取り合って座った。だが私のそばには仏像がある。

皮膚を剝ぐような風。防水帆布がめくれ、私たちは転げ落ちそうになる。

エンジンがぶるんと唸る。そして風。

トラックは再び止まった。タイヤにとげが刺さった。パンク。長い停止。空気を入れていた。なあ、早くしろよ、西はもうすぐだ。

あの子は彼らが礼拝するのを見た。二人だけいた。おそらく。あるいは三人だったか。ダブルショールを風になびかせ、ひざまずいて礼拝する。

一人の少女が下痢をしていた。みんなで一斉にトラックを叩いた。防水帆布の下から。叩き続けた。大声で叫んだ。出して！　お願い！　開けてちょうだい！

おなかが。

帆布が解かれ、風が襲いかかるように吹き込んできた。砂漠の風。多くが倒れた。

日中だった。日が出ていた。凶悪な風。まっすぐ立っていられない。倒れないよう互いにしがみついた。砂を含んだ風が破片のように私たちの体に刺さる。小石の雨が目に入る。擦り傷から血のひとすじ。砂の擦り傷。ぱたぱたと倒れる少女たち。暴風。砂砂砂。

再びトラックは走った。再び下ろされた。どこかの駅で。コークラーパール？　一八七〇年に作られたと書いてあった。小さい。何もない。線路。ここに座らされ、どの市場へ送られていくのか？　何か考えられたとして、少女は何を考えればいい。考えるだけの何が残っていたというのか。

私。私の仏像。

二人いたのか、三人いたのか。私たちの前後に。鳶の目。少しの肉も逃がさない。

どれくらい座らされじっとしていたのだろう。時計はどこかにあったのか？　すべての物は意味を失っていた。すべての物が止まっていた。泣くこと、叫ぶこと、沈黙すること、話すこと、すべてが無意味。鼠が走り、泣き叫び、誰かが笑いだし、誰かがそれに続いた。

遠くに駱駝の列が見えた。

覆面の男が息を切らしてやってきた——逃げろ、やつらに知られたぞ。

混乱。

こっちに来るぞ。逃げろ、逃げろ。

少女が言ったのだろうか、それとも覆面男だったのか。あるいはこぶの男だったか。列車が止まる。ここから逃げろ。

遠くで大きな音がする。颪。心臓。

わけもわからず逃げた。この人たちから逃げるべきか、それともこれから来る人たちから逃げるべきなのか、そんなことは考えもしなかった。ただ走った。

一台の貨物トラックが止まっていた。少女たちは押し込まれ、積み込まれた。抱き上げられ、投げ込まれた。あの子は、ひどく恐れおののいていた。飛び降りようと立ち上がった。私の仏像は？　どこに落ちたの？　誰かが乱暴に荷台に投げ入れた。仏像は？　心許ない彼女の胸によぎった。今度こそ間違いなく消えた。

貨物トラック。フルスピード。防水帆布はない。せわしない風。こんなにも強く、こんなにも悲鳴を上げ、倒し、転がす風。仏像を失った私は走行するトラックの上で、風のせいではなく、心臓の鼓動に悲鳴を上げ、倒れて、転がっていた。

誰かの手があの子の手に。恐れおののく。小さな少女。一一歳。一二歳だろうか。おびえきった顔。トラックは急に止まった。降りろ、降りろ。飛び降りろ。

泣き叫ぶ声、足、手、殴られる音。

これを持ってけ、これもこれも。覆面の男らが笛を配りだした。風船屋がくれるやつだ。これを吹け。走れ。走った。こちらに行く者、あちらに行く者。ちりぢりになれ。一緒にいると捕まるぞ。笛を吹け。互いの様子がわかるように。見失うな。

行け。急げ。もう何もしてやれない。笛を吹いて迷子になるな。向こうへ着いたら集まるんだぞ。用心していけ。

何をしているのか理解する暇はなかった。

覆面男が一人、あの子のほうへ近づいた。覆面男ではなかった。こぶの男だ。顔を覚えていない。その手に仏像があった。私のだ。

持ってけ、姉さん。皆、頭がおかしくなっていた。さあ、走れ。そして戻ってきた。急いで。自分の家へ。少女の手を引いて私は砂漠を走った。その子がロージーだった。

杖をついて物語を聞かせる女の指に、いつの間にかたくさんの蝶が留まっていた。居場所を見つけられなかった蝶は、砂の上に羽を大きく広げ夢中になって聞き入った。蝶たちは、羽をぱたぱたさせ、ああ、善良な人々が、動乱の時代に人間の蛮行から少女らを守ってくれたのだ、と語るともなく語っていた。平和な羽ばたきであった。ほら、こんなに悪い時でも善良な人がいるという希望を忘れてはいけない、そんな思いで蝶は互いの羽に触れ合った。その希望を自分の羽に記して生きなさい。この思いを飛翔に刻み込みなさい。

蝶は、自分たちはこの世の数日の客であることを知っていた。砂上に散らばっていく月光のような存在だ。六、七日もすれば、すべてが終わる。最大限に生き抜いてもせいぜい一二日。

世代を超えて信頼のメッセージを世界中に広めてきたのが自分たちであることを、蝶は知っていた。花から花へと蝶が花粉を届けるから、この世界では植物は芽吹き、花を開かせ、咲きほころび、芳香を放つ。同じように、物語に耳を傾ける蝶は、自分たちが去ったあとも物語が花開き芳香を放つようにエッセンスを楽しみ、微細な粒子を集め、砂の上にまいていく。私たちが死んでしまっても大丈夫、使者の役目は生き続ける。

遠く離れた場所で花を咲かせるのに、蝶が一頭いれば十分だが、ここにはたくさんの蝶が集まっている。今ここで物語を抑えることはできなかった。善意も。

それから？　蝶は円になって座り、夢中になって目を凝らし、うっとりと女を見守っていた。

第三の物語――『砂の海』

強い風が吹きすさんでいた。嵐の中を進む船に乗る人々が、あちらへ滑り、こちらでひっくり返る。私たちは、あちらで転び、こちらでも転んだ。

別々に走れ。

私たちはあちらに飛び、こちらに飛んだ。まるで難破船から振り落とされるように。水ではなく、砂の海の中に。正面から迫ってくる嵐に向かって、私たちは命を守るために必死に駆け巡った。砂嵐。

全員ばらばら。少女の手をしっかり握り締めていた私。笛を持っていたから、近くにいるという安心感を与えて励まし合った。手足を振り回して砂の海を泳いだ。笛を吹いた。笛の音は風に乗ると、うつろにこだました。砂の鳥のように。あるいは幻覚のように。

その風は砂の粒子を豪雨のように降り注がせた。大海原見たことがなければ想像もできないだろう。

に押し寄せる津波のように、遠くの空から突き抜けんばかりの砂嵐がこちらへ迫ってくる。私たちに向かってきた。高くそびえる黄色と黒の壁が私たちを飲み込む。ぞっとするほど恐ろしい波が、幅も奥行きもある広大無辺の砂嵐が、咆哮を上げながら、こちらへ襲いかかってくる。

振り切って逃げようか。でも、どうやって？　背後から狂気の群衆が迫っている。さらってきた少女たちが野蛮な者の手に落ちないよう、あちこちに隠していると いう情報が、彼らにも伝わった頃だ。火の竜巻だ。向こうから迫ってくる。

火の竜巻。正面に砂嵐。そこにあるのは現実の形か、虚構の形か。砂の上を駆け巡る野蛮な生き物のイメージ。全軍を率いて。あぐらをかいて私たちに迫ってくる。私たちをのみ込む。大急ぎで逃げ惑う動物たち。雷鳴を轟かせ、咆哮し、煙を上げ、甲高い声を上げる。

ありあまる風。ありあまる砂。私たちは、そこを泳いだ。どうにか溺れないように、手と足を必死に動かした。少女を手放さないように、仏像が流れていかないように、私が溺れてしまわないように。砂の波を水のように腕でかき分ける。水の地震。

泳ぎ方は知らなかった。息を切らしていた。砂が肺を切っていった。息が詰まっていた。私砂砂。私沈む沈む。鼻に砂、口に砂。目に耳に砂。息を止めて泳いだ。動転して口を開いた。息が乱れ、砂が充満し、喉が削られ、息が傷を擦るように出ていく。なんとか手足を動かし続けろ、少女の手を引き続けろ、信じ続けろ、望み続けろ。あの子はまだ手にしがみついている、そして仏像、私の仏像は、ある。私と一緒に、ぴったりくっついている。絶対に落とすな、流すな、なくすな、目を閉じろ、前を向いてただ進め、他の少女はどこだ。笛を吹いた、聞こえなかった、波の音で、暴漢に聞こえないように。この音、ああ、少女たちの音ではない、笛が鳴っている、ああ、誰かの死体が目の前にある。ああ、誰かの体が波打っている、まるで水面に死体が浮き上がりまた沈むように。そんな風に進んだ。私も。

前方に少女たちをのみ込もうとする魔の波が迫っていた。まるで顎の裂けた野獣の集団。その中に向かって私たちは走っていた。

そしてぶつかった。恐ろしいまでの衝突。黄色い嵐の壁が私たちに襲いかかった。太陽を完全に覆い隠した。宇宙の割れる音がした。海、海、どこまでも。

その巨大な波の中で粉々に砕け散った私たちの断片が渦巻いた。太陽が消えた。砂と闇の出合い。水中でかき混ぜられた魚や葉や枝のように、少女の手と足を上に出しては沈める。海底に映る反射。食べかけの誰かの人体。それとも何だ？　何かが波打った。体から外れた腕だろうか？　あるいは蛇。ああ、内臓が底まで流れてきたのか？　そしてこれは……三昧の境地に至った趺坐《ふざ》する聖仙か？　私の仏像のように。だが、聖仙の頭は切り落とされている。首のない三昧。

少女たちはどこだ？　私は一人なのか？　笛。この轟音の中で。もう一度吹いてみる。誰か？　聞こえる？　口に砂。それでも吹いた。

たぶん向こうから、お姉さん。少女が言った。本当に聞こえる。笛に笛で答えた。

たぶん嵐は小さな嵐になったのだ。たぶん笛は鳴っていた。少女たちは身をかがめて笛を吹いた。笛。また別の笛の音。互いを探す笛。

ピィーーーーピィーーーーー。

やがて笛の音はかすれていった。さらにかすれた。死にそうになりながら笛を吹いていた少女が死にかけ、死に近づき、それでも吹いた。笛に息を沈め、さらに沈み、本当に沈んでしまった。溺れ続けながら笛を吹き続ける。笛を吹くたびに溺れ、さらに溺れ、すっかり溺れてしまった。

砂の海で少女たちは泳ぎ続けていた。黄色の砂の波に倒れ、もがいていた。時折止まっては笛を吹いた。ゆっくりとゆっくりと少女たちの体は力を失っていった。一人、また一人と溺れていった。一人、また一人と笛が鳴り止んだ。一人、また一人と影が沈み、笛がやんだ。静寂。

音のない風。再び杖に戻った蝶は、幻のように母の指の間に座った。眠りながら物語を聞く。夢、悪夢、人々の息遣い、これらすべてが物語を止め、敷き詰められた静寂のように蝶の周りに広がった。

蝶は眠り、物語はその下に広がり、蝶の心の中でひらひらと舞い始めた。

第四の物語――『溺れていた』

意識が戻ると彼女たちは棘のある茂みに絡まっていた。彼女、少女、仏像。茂みに絡め取られなければ、目の前の池に落ちていて、砂でなく水の中で溺れていたはずだ。

太陽は沈もうとしていた。薄暗くなる時刻であった。近くに小屋と麦畑。そんなことが思い出された。遠くまで何もない。

母とロージーは池を見てすぐ、大きな恐怖と喉の渇きを覚えた。母は年長で、ロージーは怖がってぴったりついていた。

目を凝らした。見渡すかぎり誰もいない。どこかに笛が埋もれるのを見た。仏像はある。あれが無事なら彼女たちも無事。

母は少女と離れないように身を隠し、足を引きずりながら前進した。乾いた血。畑に避難した。麦だと思ったが、他の穀物かもしれない。二人は生の穂を嚙んだ。

仏像と少女を畑に座らせ、母は池へ水をくみに行った。闇がやや深まっていた。どうやって水を運ぼうか、あるのは掌とストールだけ。母はストールを水に浸した。少女の口に水滴をそそいだ。

逃げなくてはいけない。どこの村にいるのだろうか？　暴徒の手に落ちたら？　逃げよう。他の少女たちがいる所へ。たとえ会えずに一人だったとしても。ああ、神よ、母は仏像を見た。ああ、こぶの男だ。兄弟よ。

行くって、どこへ？　彼女たちは、どこから来たのか？　後方から、それとも前方から？　向こうの空に少し光が残っていたような気がする。嵐は前方、太陽は後方、ならばきっとこの方向だ。年頃の娘が仮説を立てた。仏像を小脇に抱え、二人は進んだ。

歩き続けた。一言も話さずに。風はもうやんでいた。砂は柔らかく、二人の足下をやさしく押した。裸足。手をつないで二人は歩いていった。夜の冷たい砂漠を歩くのを楽しんでいるかのように。

何を考えていたのか？　何を考えるというのか。

一面の砂。根や枝が顔をのぞかせている。荒れた茂み。沈黙のまま前進を続けた。するとどこからか笛の音が聞こえた。最初はゆっくりと、次第に落ち着きを失って。ピィィィィー。ピィィィィー。

お姉さん、笛、少女が言った。少女はどこからか笛を取り出し母に渡した。母の笛は残っていた。母は笛を吹いた。ピィィィィー。

少女に渡して言った。吹きなさい。少女は吹いた。ピィィィィー。

どこか遠くから笛の応答があった。砂漠の静寂が波打った。

吹くのよ。

短い間隔で少女は笛を吹いた。風船屋がくれる笛。こちらで笛を鳴らすと、どこかからこだまが返ってくる。


二人は辺りを見回した。どこ？　あっちから。あっちに行こう。

うれしかったのだろう。どこに向かうのか知らないが、とにかく勇気が湧いてきたのだろう。

口の中は砂でいっぱいになった。体の中までいっぱいだ。二人の咳は止まらなかった。咳は強くなるばかりであった。

どれだけの時間だったかわからない。疲れと飢えに苦しみながら、何日歩き続けたのだろうか。日差しが強ければ、茂みの陰に座った。まどろみもした。

見渡すかぎり誰もいない。

闇に見えるのは、引きちぎられた腕、切り落とされた頭、折れた指、砂に揺れる影。あるいは風の中。風もかすかに笛のような音をさせた。二人を慰めているかのように。

風が鳴らしていたのかもしれない。二人は笛を吹いた。応答の笛が聞こえた。

二人だけが歩いていた。孤独に歩いていた。幼い少女と年頃の娘、お姉さん、私が。

草を吸った。少女の白い乾いた唇が。

それから力がなくなった。少女は声なき声でお姉さんに尋ねた。お姉さん、私たち何か悪いことしたの？

私はその子を膝で寝かせた。低木の陰で私はあの子の体をトントンしてやった。物語を聞かせてやった。昔々、王様と床屋がいました。床屋は王様の髭を剃るよう命じられました。床屋が到着すると、王様は頭にターバンを巻いていました。床屋はターバンを外しました。すると王様の耳はロバの耳でした。誰かに言ったら殺すぞ、と王はどなりつけました。床屋は恐ろしくて言葉を失い帰ってきました。しかし腹が痛い。痛みは増すばかりです。床屋は病気になってしまいました。どうしよう。外へ出ました。一面の砂漠には誰もいません。誰一人。そこに一本の木があるのが見えました。床屋は走りました。木に話しかけました。聞いてくれ。床屋は王様の耳のことを木に伝えました。すると元気になりました。ところが今度は木が病気になってしまいました。誰かがその木を切り倒し、サーランギを作りました。床屋は、サーランギを弾く音を耳にしました。サーランギは歌っています。王様の耳はロバの耳、王様の耳はロバの耳。少女は笑い出した。ロバの耳、ロバの耳と歌いながら、あの子は眠った。

私が目覚めると、どこかの野戦病院にいた。熱。緑色の痰。咳。体じゅうにあらゆる傷がついていた。もう助からない。

少女はいなかった。仏像は隣のテーブルにあった。

のちに知った。国境線が引かれたこと、そして私が生き残ったこと、もう危険はないこと。

柔らかな砂、風も柔らか。
砂が風に舞う。
風が砂を揺らす。砂が毛布のように風を包む。
毛布がぱたぱたと揺れる。
砂は柔らかい。風の中をゆっくりと軽やかに跳ねる。
うさぎが毛布の中に潜り込んだ。毛布の下で駆け回っている。毛布と一緒になって走っている。ごらんなさい。砂漠を走る毛布。中で跳ね回るうさぎ。地平線を追いかけて。

物語は終わらない。新たな物語が語る。感受性豊かな女の瞳は深い。少女のおさげが色違いのリボンで結ばれている。木の梢に蝶が留まっている。砂漠に一羽の鳥が飛んだ。

どこへ行くのか？　留まる場所を探している。一休みする。辺りを見わたす。何かを感じ取る。心臓が震えている。

スワーミーは目を閉じる。遠くの声を見ている。その中の静寂に耳を傾ける。砂丘に、誰かの声、何かの音、何かの瞬間がある。

何が見えた？　石が動いた。風が姿を変えた。蝶が飛んだ。木が額にキスをした。笑いが起きた。

だから笑え。

目を開けろ。何が見えた？　何も？　だったら笑え。

インティザール・フサインは、大地は傷つき、むくれ、木々は認識し、土は報復すると言っていた。

ブーペーンは絵筆を走らせ、物語は駆け巡った。時にアスリートのように目にもとまらぬ速さで大きく跳躍し、全速力で表面を通過する。時に揺れ、揺れの一つひとつに思い出が浮かび、思い出の一つひとつに新たな結合がありカーブがある。

そしてカカルは止まった。止めたのだ。水を含ませにじんだままの色を残した。すべては、ここにない。すべては、まだここにない。生まれるときにまた生まれ、別の新たな跳躍がある。

その窓。そこから母は飛び、砂漠に到達した。物語を作るために。そしてそこへ行ったのか、目下のところわからない。生きていたのか、殺されたのか自力で神の寵愛を受けたのか、そして娘はどうなったのか、疑問は尽きない。

最後の目撃情報はペシャーワル近郊でバスに乗っているのを見たというものだった。そのバスはブーペーンという者が描き、庶民の切なる願望をカラフルに描いたものであった。

しかしドラマは展開した。ハイバルで。


尋問の日々はハイバル峠のような紆余曲折をもたらした。一脚の椅子に尋問官。その前にファイル、パスポート、眼鏡。こちらには母のための椅子があり、気が向けば座り、気が向けば立った。近くの椅子には娘。娘の頭にストール。母の頭には何もない。おびえる娘、無気力な尋問官。機嫌のよい母。

名前を聞かれると、チャンダーと答える。夫の名を尋ねられると、アンワルと答える。家の質問をされると土をすくい上げる。

この人は誰？　そばに座る娘を指さす。

私の母、母はそう言って笑う。そしてあなたはおじいさん。あらやだ、あなた、あれが私の娘だとわからない？

恐れ入りますがマダム、はっきり答えてくださいませんか。

あなたこそ何が聞きたいの。

お名前は？

毎日尋ねれば別の名前を答えるとでも思う？

あなたのパスポートに書いてある。その男は懸命に読もうとするが発音できない。

読めないの？　母は尋ねる。

あなたの家はどちらで？

この土の中。

どうかお願いですから、土のことは忘れて。

あなたね、土を忘れろだなんて言わないでちょうだい。土が気を悪くする。母は立ち上がると、何かを読み上げるように、あなたの土地はあなたに呪いをかけている、と言った。ねえ、あなた、大地だって呪いをかけるんですから。ああ、パキスタン建国に熱中するあまり、この土地を荒らし、家族を引き離さなければよかったのに。


どうぞ座って、おかけになってください、と尋問官は動揺し声を荒らげた。

読んだでしょう。読んでいないの？　何をしていたの？　インティザール・フサイン。『この先は海《アーゲー・サムンダル》』です。

マダム、と質問に来た者が立っている。母をどうしたらいいものかと途方に暮れている。

答えなさい。立ったまま母は質問をする。インティザール・フサイン・サーハブの土地は誰の土地？　お答えなさいな、あなた方の土地？　それとも私たちの？　お座りなさい、座って答えなさい。

マダム、私たちが質問するんです。

だったら、あなたが答えなさい。

あなた、尋問官は落ち着きを失う。動揺すればするほど、彼の口は嘴のように突き出す。顔から鳥が生えてきたのだろうか。最初は小さな嘴、やがて口が膨らみ、鳥全体が現れた。この見知らぬ新たなる女性、母が話す言葉の一つひとつに苛立ちながら肩をすくめる。さっと飛び立ったら口はどうなるのだろう？　そばで無表情で立っている部下たちも、連日の知恵比べにほとほと嫌気がさしている。

住所は？

あなたね、自分の住所を知らないの？　誰でもいいわ、ここの住所を教えてちょうだい。ランディー・コータル*。ヴィーラーン・ゲスト・ハウス。鳥の家。空き部屋が二つ。小さなベランダ。そして四方を囲む高いフェンス。鳥小屋というより瀟洒な砦のようだ。塀の上にはモスクのミナレットが見え、その上にはハイバルの空が掌ひとつぶん見える。

　ご婦人、我々はあなたのご住所を聞いているのです。ここは刑務所です。

　あなたにとっては刑務所かもしれない。私は自分の意志でここへ来たの。準備をするのに時間がかかった。二台のベッド《チャールパーイ》と——あなた方、一体煙草をどれだけ吸っているのかしらね——煙を吸い込んだマットレスに悪臭の漂う掛け布団を部屋に入れてくれましたけどね。シーツと枕カバーを頼んだら持ってきてくれました、年長者への敬意があったのはせめてもの救いでしたよ。ランディー・コータルのバーザールのいいところは、そこに行けば何でも手に入るところ。拳銃、ピストル、飛行機、ハシシ、とにかく欲しいものは何でも。バケツ、マグカップ、歯ブラシ、手桶、グラス。眼鏡のつるだって直してくれた。カーテンも必要だった。私はショールで頭を隠したりしませんけど、部屋にカーテンは掛けていますからね。夜眠るときは暗くしないと。日中、日差しが強いこともありますから。とはいえマットレスや掛け布団を日に当てるのはいいことです。この下僕たちにとっても。

　四丁のカラシニコフを抱え、引き金に指をかけ、警護にあたる護衛に向かってジェスチャーをする。この子たちも日光浴をさせた方がいいと思うのよ。軍務に就かせるなんて無意味だわ。大きくて重い銃を肩に掛けて職務に従事している。座って私たちを見張り、口髭の先をクルクル巻いている。やることは何もない。ねえ、坊や、口髭も生えていないのに、どうやって巻くのかしらね？　あご髭はある。本物？　そうは見えないけど。若いのに、ふさふさのあご髭を伸ばして弱りきった老女を追い詰めるなんて、どんな了簡かしらね。

　尋問官を追い詰めていたのは、老女のほうであった。どんな質問にも、まともに応じることはなく、気まぐれに冗長な説明をする。そして笑う。それ以外は無言と沈黙。

どうです、ご婦人。あなたのお世話は十分にしています。あなたの状況を鑑み、監禁してもおりません。そうでなければ……。

まあまあ、よくもそんなことを！　私たちを監禁ですか。どんな理由で？　あなた方が誇るパシュトゥーン流のおもてなし、融和の情はどうなってしまったの？　パシュトゥーンらしさは世に広く知れ渡っているわよ。それをないことにできるのかしらね。

こちらも最大限のおもてなしをしています。ですからあなた方も、どうか。服に食事にカワ茶**、あらゆるものはお届けしましたよ。果物、野菜……。

ええ、私の便秘症もすっかりすっきりよくなりました。でも私物が消えたままなの。それもまた、そちらの最大限のおもてなし？　浴室に鏡はないし、寝室にヒーターもないし、電気にいたっては少なすぎて、何か読みたくても薄暗くて読めやしませんよ。あなた方は読み書きを軽視しておいでじゃありません？

そんなに教養があるのに、なぜビザなしで侵入なさったのですか？　二重の犯罪です――ビザの発給を受けていないのは。国境地帯のハイバル峠では特別な許可がなければ通行できません。取り調べをしている尋問官は状況をクリアにしようとした。子供じみた厳しい尋問をしなければならかったが、互いに苛立ち幼稚なやりとりに終始した。私たちは仕事をしなければなりません。あなたの私物は見つけます。この点だけは明確にしておきます。やがて誰が誰に説明するはずだったかを思い出し、同僚と毎日やってきて、ここで行われていた尋問を続けた。マダム、聞かれたことに黙って答えてください。

あなたね、どうやって黙って答えられるのよ、母はそう言って笑った。

またもや母は立ち上がり、長々と演説を始め、またもや小言を言った。

答えてください。あなたはこちらへどうやって来た

＊パシュトゥーン人の居住地。国境にまたがるハイバル峠の中間地点の最高所。標高一〇五五メートル。
＊＊パキスタン～アフガニスタンで飲まれる緑茶。

のですか?

あなた、記憶力がかなり弱いようね。昨日も話したじゃないの。タルカムから戻る途中、後ろからあなた方の車がやってきて、私たちの車の周りをぐるりと周って行く手を阻んだ。止まらざるをえなかったわ、衝突してしまいますからね。すると銃を持った集団が飛び出してきて私たちを取り囲んだ。私はハイバル峠をうっとりと眺めていたの。ナイフで削ったような灰褐色で、山脈の峰はサンドペーパーで強く擦ったように鋭く尖っていた。道は曲がりくねり、駱駝一頭が通れるか通れないほどの狭さだった。空はトルコ石の色をしていた。山には洞窟があり、それは聖仙の閉じた目のようでもあり、盗賊や兵士のような——どちらでも同じこと——警戒を怠らない鋭い目のようにも見えて、沈む太陽をいとおしく眺めていたの。ある場所は漆黒色になり、またある場所は鮮やかなピンク色になった。私はうっとりとしていた。

尋問官は面食らっていた。どうかあなたみたいに協力するように、お母様に言ってください。質問にだけ答えてください。

彼らは、やってきては去っていく。そしてまたやってくる。母をもう一度椅子に座らせる。娘を近くに置いたが黙っているよう指示した。

いついらっしゃったのですか?

あなたの部下が私を捕まえたとき。いいかしら、と言って母は足を組み、杖を土に埋め、長い説明を始めた。私たちはタルカムに着いた。疲れていなかった。愛にあふれた旅だったわ。私たちは部屋に案内され、横になって一息ついたら、ドライフルーツやナッツを出していただき、カワ茶を飲み、女性専用の部屋に行って女性に必要なことを済ませられた。ここに残ってとみんなに言われましたよ。愛のあるもてなしだった。泥の城、鉄の門、中に駐めた自動車、壁の穴。部屋の中から何もかも見えるその穴に銃身を押し込めば弾を撃つこともできる。以前は、それを見る機会に恵まれなかった。

聞かれたことに答えてください。あなたはタルカムへなぜ行ったんです?

あら、なぜって、あなたのところの上官が行ったと聞いたからです。ある善良な方が私たちを夕食に招待し、彼の息子を同行させたんです。アフリーディー。ミチュニー検問所、タルカム検問所、あのかわいい息子さんはどこへ行っても降りてきて、私のお客です、と言って私たちを行かせた。でも、あなたは彼をどこかへ隠してしまった。あの子はどこ？　あの子も逮捕したの？　なぜ拘束したのよ。パシュトゥーン流の立派なおもてなしをしてもらったのに。あの子はどこよ？

私たちが質問をしています。あなたではない。あなたは答えてください。お母様にしっかり答えるよう伝えてくださいませんか。私たちは、神がお望みであれば、すべてを迅速に解決したいのに、あなたがご自分で問題を複雑にしています。

お母さん、答えて。答えてここを出ていこう。

私だって。早く暇乞いをしたいのよ。

でも行くわけにいかないの。あなた方の上官にお会いしないかぎり。彼に会いに来たのだから。

それはどんなご事情で？

いいかしらね、と母、つまり、この女性が再び杖をトントンとたたいた。あなたは一語一句書き留めたほうがいい。すぐ忘れてしまうから。よく聞きなさい。私たちはこうしてここへ来た。一台の車で。前方にバスが一台あった。ペシャーワルからバスに乗った。バスでは足を投げ出して座っていた。カラフルなバスだった。使われていない色はない。絵や彫刻が折り重なっている。松の木が描かれていた。湖、ハウスボート。映画スターの顔、色白の顔。シャミ・カプールは私にもわかった。鶏、白鳥、鴨。鹿、熊、花、そして愛の矢が刺さった真っ赤なハート。静かに。話の腰を折らないで。思い出させて。色とりどりのデコレーション。花に、小さな電飾、細かい鏡がはめ込まれたデザインがキラキラと光るのを眺めた。まったく飽きなかった。素敵なバス、運転手は雰囲気がよかった。荒れ果てたこの地にあなた方が用意してくれた部屋とはまるで違う。ランプをつけてちょうだい。明かりが足りないの。再び合図して黙らせた。テレビ、ステレオ、冷蔵庫など、重い荷物を背負った人々が道いっぱいに歩いていたのを私は忘れていないわ。私たちのためにテレビを置くのは大変なことかしらね。ニュースを見たいの。あなたは世界から私たちを遮断したのよ。

お願いですから、どうかそこまでに。では最初から始めます。もう一度チャンスを与えてやろうとでも言わんばかりの口ぶりだった。消耗し疲れていたのは尋問官のほうだった。

母が大汗をかかせている。尋問官の口は鳥のようにますます突き出し、今にものみ込んでしまいそうな勢いで舌を動かしている。

それで、どうなさりたいの。あなたは決着をつけたいとおっしゃった。なのに同じ調子でまた始めましょうと言う。母の小さな笑い声がハイバルにこだまする。

名前は？　尋問官は手を上げ規律を正そうと問いただした。

何と答えましょうかね。あなた方は読み書きもできなければ耳も聞こえないのに。

チャンドラプラバー・デーヴィー、あなたの名前を言ってください。尋問官は少し大きな声で言う。心の中で練習していた言葉をやっと声にしたのだろう。

名乗れと言っておきながら私の名前をおっしゃるのね。母は笑う。太陽よ、名乗りなさい。さあ、月よ、自分の名前をおっしゃい。

チャンダーとは？　どこから来た？　どうして来た？

私はチャンダー。母は大声で尋問官に言った。チャ・ン・ダー。チャンダー。ここから、と言って土に手を埋める。自分の意志で来ました。

あなたのパスポートにその名前はない。

チャンダーはパスポートもなく送り出された。

あなたはビザを持っていない。

チャンダーはビザを発給されずに送り出された。

あなたの住所はインドで、ここからとても遠い。

それは向こうの住所。遠いのはあなたよ。

私はここの人間、あなたがやってきた。

いいえ違うわ、私は来たのではない、ここを出たの。母は拝む[*]ように言った。「見知らぬ理由がわからない。おまえがどこの出であれ、私もそこの出だ[**]」

頼みます。お母様に正しく答えるように言ってください。

正しい答えが何か、なぜあなたにわかるのかしら。

お母様、尋問官は頭を抱えて言った。あなたはなぜここへ来たのです。私たちを困らせるためにですか？

いいかしら、と母は再び杖をつき、また長い話を始めようとしている。立ち上がった。ここがハイバル、そうよね？　止まる。何の反応もないので先に進める。ハイバル峠はハイバル峠。皆がここを通る。ここへ来た人物を何世紀分も列挙する。アレクサンダー、ティムール、バーバル、アフマド・シャー、白人、ガズナヴィー、絹、鉄、金、何もかもここの犠牲になった。この岩の美しさをごらんなさい。まあまあ、なんとすばらしいこと。そこに指輪、あそこにはロケット、向こうには腕輪。ハイバルの森の女神が愛情を込めてあなたを美しく装飾している。ここには魔法がある。誰だってここを訪れたいと願うでしょう。頭を揺らし、杖を握ってそう言った。

お母様、ここは非常に危険な場所だというのは、あなたもご存じでしょう？　誰がここへ連れてきたんです？

母は尋問官を遮って話す。太陽が沈むと、ハイバルはピンク色に輝くの。空は色でいっぱいになる。ここで行方不明になった人は、みんな飛んでいってしまう。行方は誰にもわからない。どうすればいいの、と娘のような声で言った。ここを無事に生き延びるには、ここを通らないか、危険を冒すしかないでしょう？

私たちも、あなたには無事にお帰りいただきたい。しかし質問には答えていただかなければ。誰があなたをここへ連れてきたのです？

私の意志。

名前を。

チャンダー。

あなたの名前ではなく。

あら、やっと私の名前がわかったの。

あなたをここへ連れて来た人は？

アリー・アンワル。

えっ？　鳥たちが慌ただしく飛び立った。

あなたの局長の名前は？

アリー・アンワル、不意に名前が出てきた。ええっ！　尋問官は後悔しているかもしれない。カラチで、あるいはその後も、あなた方に同行していた方々のお名前を教えてください、と即座に質問した。あなた方を連れてきた方とは。書類もなしに。その方々と話します。

アリー・アンワルが私を連れてきた。あの人と話をしなくては。私の伝言は送ってくださったの？

＊跪拝（スィジダー、ひざまずき額を地面に付ける礼拝）。
＊＊ミール・ターキ・ミールの詩。

マダム、私たちはあなたの無事を願っています。聞いたことに答えてください。

私が質問したことに、どうか答えてください。

恐れ入りますが、調査をしなくてはなりません。あなたは外国人で、女性で、高齢で、何も知らない。しかしあなた方を連れてきたのはパキスタン人で、間違ったことをしているのは十分に知っていた。彼らを調べなくてはいけません。

私のものはどうしてくれるの？　なくなってしまったじゃない。杖だけはあっちこっちと叩いて返したんでしょう。残りの荷物は爆弾処理班のところへ送ったの？　善良な人々を送り込む手伝いを私がすると？　ありえないわ。

あなたの荷物は、すぐにこちらへ来ます。ですから名前を教えてください。賄賂でも渡すかのように言った。

チャンダー。アリー・アンワル。そのほかに誰が関係あるというの？

荷物は翌日届いた。母は飛び上がって自分のバッグを開けた。私の仏像。私の仏像はどこ？

母は点検している。とても古い物なの。元あった場所に置くの。

私はとても年老いた。元いた場所にいる。若者たち、カラシニコフの担ぎ手たちに言った。爪切りをお願い。

この女は何者だ？　私はこの人を知らない。毎日、新しい話を語り出す。そんなことが本当に可能なのか。年を重ねるうち、この人の何かが揺さぶられでもしたのだろうか。

揺さぶられたのは私のほうだ。母が日々別人になっていくのを、黙って見ていられなかった。母が絶えず新たな自分を作り出していくことに耐えられなかった。母が次に自分のことを何と表現するのか、私には今も分からない。いつだって私は不安に駆られている。

どうして母はこうなったのか？　どうしたらこれだけの出来事が一度の人生の中で起こり、あちこちに流されることになったのか。

この女は、かつて私の母だった。私は、かつて老齢の母を支えているほうの人間だった。母の手を握り、国境のこちら側まで連れてきたのは私のほうだ。いつから私は母に騙されていたのだろう。いつから母のマ

ントの裾に張り付くように、母に引きずられるように
なったのだろう。母は一体、私をどこに連れてきたの
だろうか。母は一体、誰と誰に会い、誰と誰を狂気の
沙汰に引きずり込んだのか。カラチでは、母の友人と
会った。ある人はイスラーム教徒で、その娘さんはシ
ンド地方にいる。娘さんの母方のいとこは弟に会いに
ペシャーワルに移住してしまったから、その人に会い
に行かなくては。私たちはペシャーワルへその人を捜
しに行った。意地を張っている場合ではない、すぐに
会いに行く。私たちの目的地は、何が起きても不思議
ではない場所だ。命を落としても、不幸な事故に巻き
込まれようとも、政府は責任を取ってくれない。ハイ
バルという名のその危険地帯に、母はたじろぐことな
く潜り込んだ。ジャムルード砦を過ぎるとハイバル峠
だ。私たちはパシュトゥーン人の住む居住地に放り出
された。そこでは流血沙汰や密輸が日常的に行われ、
追い剝ぎに遭うのも珍しいことではない。

私は恐怖でおかしくなりそうだった。しかし母――
この人は何者なのだ――のところには恐怖のほうが近
づこうとしない。

私といえば、予期せぬ事態に希望を失っていた。老
い先の短い母にささやかな幸福を与えることができた
らいい、そう願って旅に同行した。人生を終えるのは
母だ。私ではない。

私は騙された。旅を案内するのは私だと思っていた
が、それは大きな間違いだった。いつも自分に言い聞
かせていた。旅はこれきり、さあ行こう。だが目的地
に着くたび、また母を喜ばせることを一つしてやらな
ければならない。終わりのない旅だ。母に聞いたとこ
ろで、すぐそこ、と言うだけ。何度も何度も聞いた。
目的地は、すぐそこ。

すぐそこに現れたのは？　ハイバル峠だ。静寂だ。
風が、ハイバル峠からどこかに向かって吹く。だがハ
イバル峠を訪れるものはない。四方を高い塀に囲まれ、
そこには木製の扉が据え付けてある。開けられること
のない扉。その扉が開くのは、食料やカワ茶が届くと
き、尋問官が来るときだけだ。開いた扉の隙間からか
すかな風を通すのみだ。

そしてこの女。この女はいったい何者だ？　千変万
化して、いくつもの名前と住所と言葉を語る。何を信
じたらいいのか。

もう少し、と母は言う。この人に会わないと。これ

で最後だから。

　最後？　これが済んだら帰るの？　なぜ帰ろうとしない？　なぜ、これほどの騒ぎを起こし、帰そうにも帰せないような状況を作り続けるのか？　彼らだって決まりを守るために手順を踏み、体裁を守らなくてはならない。

　この女は何者だ。一向に引こうとしない。母に年齢を指摘した。母は私が生きてきた歳月など気にもしていないようだ。私は何者なのか。なぜこんなことになってしまった。これは私の人生なのか。それとも誰かの人生なのか。私は他人の人生を生きているのか。これが本当の私か。それともこれまでの人生が本当なのか。

　ＫＫのことが突然恋しくてたまらなくなった。私は答えた。自分はジャーナリストで、私のパートナーも同じ職業だと。きっと心配している。捜しているかもしれない。よどみなく私は尋問に答えた。相手を萎縮させようと思ったのだ。ほんの少しでも、私のことを恐れてくれないかと願った。

　私の他に誰を恐れるというのか。この女ではない。毎日来る見回りでもない。国境警備隊、パキスタン政府、陸軍、部族長、あるいはテロリスト。二つの国は、恐怖と脅威を用いて駆け引きをしている。使いやすそうな駒が見つかれば、駆け引きの道具にされる。二国間の政治交渉に無実の二人の女を利用することも可能だ。インドにいる人質と引き換えに私たちを解放する。だが私たちの命の値段はスパイやテロリストの解放に見合うのだろうか。インド政府が合意してくれるだろうか？　すべては二人の女の命が政府にとって価値のあるものだという前提があっての話だ。

　母にとって、私の命は多少の意味を持っているはずだ。この物語は私のものではないし、そもそも母の物語の中に私はいない。この人は何者で、何を望んでいるのか。どうして言われたとおりのことをしてくれないのか。指示に従えば解放されるというのに。母は正反対のことをして周囲の不安をあおる。

　私は怖かった。この国の習慣に敬意を表し、私は布で頭を覆った。そうすることで私にも敬意が払われることを願った。尋問は続く。毎日毎日、訪れては質問を受ける。私は礼儀正しく答える。名前は？　私は答える。両親の名前は？　私は答える。なぜここに来たのですか？　母の付き添いです。ビザもないのに？

はい。なんとお答えすればいいのでしょう。あなたは教養がおありだ。いけないことだと分かっているでしょう？　はい、でも私たちは何かを企んだわけではありません。私たちは無実です。どうか解放してください。いつまで拘束するおつもりですか？　家族が心配します。老齢の母をごらんになって。

ＫＫは事情を知るはずもない。兄さんだってそうだ。耳に入っていれば、とっくに手を打っているはずだ。だが、あと数日もすればＫＫも兄さんも理解する。二人はどこだ？　消息が途絶えた。いつ戻るのか。だが気づいた頃には、四人の武装警備隊員が私たちをすっかり調べ上げている。

初日からいつ好機が訪れるかと、彼らはそのときをうかがっていた。いつ撃たれるのかと不安で心臓が張り裂けそうだった。四人の警備隊員はいつも私の周りを行ったり来たりしていた。就寝時も扉の前に張り付いて警戒していた。少しでも目を閉じようものなら、銃弾を浴びてしまうかもしれない。銃弾を浴びて、私は死ぬ。どの銃弾で私は死ぬのだろう。死んだ私の顔を誰が見に来てくれるのだろう。ＫＫだろうか？

なぜこんなにあなたを思い出すのか。近くにいるときはそんなに想わなかったのに。次に一緒に歩くとき、私はきっとあなたの顔を覗く。今はただ、あなたの不在に思いを馳せる。もう二度と離ればなれにならない。あなたの言葉を無視しない。何度でもあなたの体に触れる。あなたが望んでいたように。

私たちは触れたいと思うタイミングがずれていた。

そしてこの女。自分のこと以外、一切考えようとしない。母は、私の目の下の隈に気づきもしない。ところが母は、鏡を持ってくるよう言いつけた。おかげで私は自分の顔と向き合うこととなり、見るたびにうろたえた。私の手を見て。こんなにもガサガサでみっともない。鼻毛がこんなに伸びているのに、小鋏を持ってきてと頼むこともできない。鏡を見て、おぞましい思いに駆られるばかりだ。どうすればいいのか。あなたの小さな鋏はどこ？　ゲストルームにあったかしらね。ＫＫ。今の私を見たら、あなたはきっと何の魅力も感じなくなる。眉毛は百足のようにモジャモジャ。口髭は伸び放題だ。私は男になりつつある。私はおじさんだ。衰えた、薹のたった、やつれた老女を誰が愛せるというのか！

警備隊員たちの視界に欠陥だらけの二人の女が入る。

無邪気で聞き分けのない女が二人。スパイでもなければゲリラでもない。二つの国は狂気じみた対立を続けている。報復すべき事象が起これば、交渉の材料にする。

かつて私の母だった人は、単純な物事を複雑にすることに心を決めてしまった。ビザを持っていない。支援者の名前も明かそうとしない。私が知っているのは、母方のおば、母方のおじ、その兄弟がいるということだけで、母に不利な証言をしたくてもできない。それに加えて、この仏像。この地で見つけた仏像は、明らかにラホール博物館にあるそれと酷似していた。古い時代のもので、国宝とされている。母は、その仏像を自分のものとして持ち歩いていた。仏像を返そうとせず、母は駄々をこねる。どうかもう諦めて。お母さんと私の命を守るために。返して。

返す？　母は私に聞き返した。私が帰ってきたのよ。アリー・アンワルに会うために。

アリー・アンワル、アリー・アンワル。前に耳にした名前ではあるが、不安が重なり頭から消し去っていた。それが誰であろうと構わない。私たちを解放して。

さて、どうしたことだろう。警備隊員が小さなベランダの壁に寄りかかるようにしてまどろんでいる。もう一人は横になり、カラシニコフを体から離している。なんと不注意なことだろうか。拘束した囚人は危険人物ではなく、逃亡の心配もなく、殺傷の危険性もないと判断し油断しているのだろうか。

私は注視している。彼らが今、私たちを傷つけることはない。だが今は眠っていても、起きてしまえば力で負ける。ならば飛びかかって銃を奪い取るべきか。バンバンと撃ちつけて片づけてしまおうか。そんなことをしても私たちは助からない。警備隊員を殺したら、次は母、最後に私が自分で自分を撃つ。

実にいろいろなことが起こった。今、母は私と一緒にいる。だがいつ離ればなれにされて、高圧的な態度で迫ってこられるか知れたものではない。手足を折られるかもしれない。いやいや、女には手を出さないはずだ。だがもし、女性警察官がここに配備されたら？

銃声がした。どこから？　死にかけたのか？　私が撃たれたのか。いや、警備隊員は眠っている。母が撃たれたのか？　私は中庭に走った。母が倒れている。私はどうなる？　母のいないこの地獄で。

警備隊員は目を覚ました。銃を携えた一人が笑った。

おののく私の目を見て。外では銃弾が飛び交っている。結婚式の音だろう、と彼は言った。

何の慰めにもならない。人殺しが。どう理解すればいい。その警備隊員は小さかった。身長も年齢も体つきも。武装していなければ、ただの無力な少年だ。あご髭は生えているが、それ以外はまるで子供だ。髭が生えそろっていない。だから剃ってもいない。体に対してなんと大きな銃だろう。撃ち方は知っているのか？　カラシニコフは本物だ。政府が愚かな争いを続ける間、銃は自ら暴発するようになっていた。

何の冗談だろうか。危険に満ちたこの世界。

理解できない。さらなる不安がつのる。私たちには何も起きないというのか。政治のシステムを守ることに固執するなら、法的な手順を踏む必要がある。事件として書類に記されたなら、ペンが置かれ、見分がなされ、解決の時を見る。所持品を調べ、私たちは尋問を受け、拘束される。手順を終えてからでなければ解放されない。

母の振る舞いは、休暇中の人のようだった。日のよく当たるところに椅子を置いて座っている。母のそばには二人の警備隊員が立っている。みんなで笑っている。これは私の耳鳴りか？　この男はショーエーブ・アフタルより速い球を投げるんだ、そんなことを母に言っている。

私はドスンと音を立てて座った。ベランダで母と一緒にいる二人ではないほうの警備隊員も一緒だ。撃たれる前に、いっそ私が撃ち殺してしまおうか。

なんと無害な話だろう。剛速球の投手が、笑いながら自慢話をしている。

本当なんだ。おれはペシャーワルでクリケットの試合に登板した。ジャーヴェード選手が練習の間に見に来てくれたんだ。

ジャーヴェード・ミヤーンダードのことだ、ともう一人の警備隊員が母に説明する。

投げてみろ、見ているから。投手は脚にパッドをつけてやってきた。現役を退いても、ジャーヴェード・ミヤーンダードは、やはりすごい選手だった。おれは勇気づけられた。二五歩の助走をつけて新記録を打ち立てたんだ。

話についてきてる？　母の周りには警備隊員が勢揃いしている。

よく分からないけれど、続けてちょうだい。そのうちきっとわかるから。みんなでクリケットの試合を見ていたのね。

五球投げ、ジャーヴェード選手は負けを認めた。もう十分。失敗だ。

自信満々の様子で語っている。見てよ、お母さん。

お母さん？　今、お母さんと言った？

あなた、なぜ選手にならなかったの？　どうして銃を構えているの。母は杖を振って、軽く叩いてみせた。

貧しさに抗えなくて、青年は言った。

教えて、もう一人の警備隊員が言った。強いのはおれたちパキスタンのイムラーン・カーン*かな？　それとも、あなたの国のカピル・デーヴかな？

あなたの国とかおれたちの国とか、私にはよくわからないわ。母はそう言って笑い、ペチコートをたくし上げた。

お母さん！　お母さん？

ハイバルは沈黙を守っている。毎日が同じ。その同じ中に違う毎日がある。

かわりばえのしない人生が前に動いている。

ハイバルの空。彫刻のようなハイバルの山脈。切り立つ山の峰。静寂の麓。空と彫刻に囲まれた扉。

扉はどこにも行かない。高い土壁に囲まれ、二つの部屋をつなぐように直立している。扉が移動すれば、鉄道車両のように部屋ごと一緒に引きずっていくだろう。

扉は外から閉められている。

上から覗くとハイバルの静けさが見える。遥か向こうの路上では、極彩色のトラックが整備していないようなタイヤでけたたましい音を立てながら走る。トラックのキャブレターは、言葉を話せない獣のように重々しい黒煙を吐き出し、山の中に消えていく。銃弾のように。ハイバルでは、結婚、誕生、死、憎悪、愛情、あらゆる場面で銃弾が飛び交うが、誰も気に留めない。

扉の内側に二人の女性がいる。母娘。娘は囚われているように見える。檻の中の鼠のように、額ほどの小さな庭をちょろちょろと歩き回っている。彼女は、あらゆるものに疑いの目を向けている。少し動いただけで、死が迫っているように見える。同じような毎日の繰り返しで、自分の動作というものを失い、死人のようになっている。すべてに動きがなく、死だけがそこを軽快に動いている。ある瞬間と次の瞬間に違いはなく、夜と昼の違いもなく、あるのは長く終わりのない死の瞬間だ。

　扉は閉じられているが何度でも開く。お茶に朝食が運ばれ、果物と野菜料理が運ばれ、豆スープ《ダール》に肉料理が運ばれ、ローティーとナーンが運ばれ、一筋の風がひっそりと運ばれ、警察、軍隊、政府が胸を張って威嚇しながら泥棒を捕まえにやってくる。娘と母親を前に座らせ尋問をする。母は頭からかけていた厚手の布を肩まで下ろし、でたらめなことを言い、答える代わりに問いかけ、娘はブルカのようにショールで頭を包み、年寄りじみた落ち着いた声を出して場の空気にヴェールをかける。何世紀も頭を覆ってきたヒジャブを母が一枚一枚捨てていったのとは正反対に、今の娘には、こうして頭を覆うことが必要だった。顔を覆い頭を垂れる人生。ハイバルに身を委ねる生涯になったとしても。娘の死が今訪れるならそれでいい、ハイバルが決めたことだ。

　質問は出尽くした。同じ問いに同じ答え、庭に舞い、高い塀の上で漂い、こぶし大に見える小さな空へと消えていく。断片のいくつかは、近くのモスクのミナレットの一つに引っかかり、はらはらと落ちていく。

　尋問官は扉の外へ出て行く。鍵は閉めない。チェーンを軽くカチャカチャと言わせて引っかけただけだ。娘は恐れおののいている。わざと扉を閉めずに行った。私たちは逃げたとか、逃げようとしていたとかいう理由で射殺されるんだ。この騒ぎには飽きた。終わらせたいのだ。

　だからこんなにも落ち着いているのだろうか？　四人の警備隊員はロボットのように引き金に手をかける準備は出来ていたが今はごろんと横になっている。警備隊はそこにいるが、銃は向こうにある。クリケットとボンベイの映画の話を母としている。

　顔が鳥になってしまった人たちに娘は言う。私たちが悪人でないことはわかったでしょう、解放してくだ

＊有名クリケット選手。

さい。一筋の涙が頬を伝う。おや、何を心配しているんです、あなたは我々のお客じゃないですか。

牢屋にお客？　策謀とは深淵だ。これ以上ここの客になりたくない。いつ出られますか？

神がそれを望むなら、と彼は言った――神がそれを望むとは？　新たな脅しだろうか？　――鳥は飛び跳ねる。そうなることもあるでしょう。上の命令を待っています。

上の命令？　上とは誰で、どんな命令を下そうとしているのか？　策謀とは深淵だ。

ディリープ・クマールとマドゥバーラー*のような、ガーオスカルとイムラーンのような、この安心と慰めは何？　何なのだ？　囚人の緊張をほぐそうとしているのか？　出て行かせるために？

娘は年を取っていた。こめかみの辺りが白くなってきた。喘息の発作のような息切れをする。

必要なことがあれば何でも言ってください。どんな不満でもおっしゃってください。

娘の息が詰まってきた。もうおしまいだ。入念に練られた計画だ。防御する力が崩れたので何かを吐き出すまで待ち、決着させる。生け贄として捧げられる。


そのときが来るまでは食事を与え、飲ませ、花輪で飾ってやれ。

花が用意されている。もう一人の女性から次から次へと注文がありまして。この沈んで乾ききった雰囲気をどうにかしてちょうだい、草を敷き、花を植えなさい、とあの方がナワーズ・バーイーにおっしゃったんです。ナワーズ・バーイーは苗木とシャベルと肥料とじょうろを持ってきました。

母はわからないのだろうか？　ここは牢屋よ？　牢屋でこんなふうにお母さんの希望を叶える。楽しませてみせる。見せかけ。お母さんを弱らせるための罠。油断させて残酷に手を放すんだわ。お母さんは、知らず知らずのうちに彼らの策謀の手助けをしている。

母は愚かだ。小さな人形のように、ゆったりしたガウンをまとい、杖をついて立っている。マッチ箱の中に庭を作らせている。殺し屋の男たちとクリケット談義をしながら。草、干し草、きれいな砂利。手で土をなでる。トントンとたたいて土をならしている。小さな根を支えて苗木を持ち上げ、シャベルで小さな穴を掘ると、そこへ苗木を埋め、土で覆って植え込む。あご髭のない殺し屋はじょうろに水を入れる。母は新たに植えた苗木に水をやる。

ナワーズ・バーイーは植木鉢も持ってきた。同じ苗木だ。だが大きい。花がやってきた。マリーゴールドだ。

犠牲祭《バクリード》で山羊の首にマリーゴールドの花輪をかけるのを見たことがある。花壇の花はまだ咲いていない。いつまで待つつもりだろうか。だから植木鉢を持ってきたのだろうか？　すべては彼らの呪いだ。愚かな母は自ら呪いに手を貸している。

センニチコウ、ナワーズ・バーイーは言う。ザファルグル、一人の殺し屋が言う。バラの花、もう一人が言う。グルハザーラー、別の一人が断言する。マリーゴールド。母が言う。そして付け加えた。名前なんてどうでもいい。あなたはそう呼び、私はこう呼ぶ。どんな名前で呼ばれても、花は自分だと理解する。

静寂のハイバル。やがて日は沈み、真新しい静かな闇が夜を包む。

一羽のカラスが羽をぱたぱたさせ、曲芸師のように宙を舞った。銃で撃たれでもしたかのように。カアカア啼きながらモスクのミナレットに止まり、体勢を立て直すとはあはあと息を切らせ喘いだ。

下の花壇では、肘まで土に手を埋めた母が、カラスがはあはあ喘ぐ声に目を細めた。あら、どうしたの？　カラスは土を掘り起こしている母を見て、もしやミミズを探しているのでは、と考えた。それだけ見て母とカラスは互いを理解し合った。あのときと同じように今日も。カラスはいつでもミナレットに座り、カアカアと啼いて沈黙を破った。ラーム、ラームと挨拶でもしているかのように。

母は土にまみれて座って眺め、娘は赤いスカーフにくるまっていた。母はカラスと、娘は破片やくぼみとおしゃべりを始めた。

不安を抱いたカラスは高い塀に飛び降り、油断なく

＊インドを代表する映画俳優。

目を光らせ、翼をバタバタとさせて飛び立とうとする。母は非難しやめるように言ったが顔は笑っている。カラスは羽ばたくと、母の隣、土の上に舞い降りた。母の鋭い視線に気づいて二歩下がる。いいですか、と母は言う。この柔らかな葉っぱに嘴を突っ込もうなんて考えてはいけません。

蕾がある。母はそれを指でつまんで整える。陽光を浴びさせてやる。

トントン、カラスは礼儀正しく土に頭を打ちつける。そうやって、あなたの根も葉も蕾も私が壊すわけはないのだと伝える。私はミミズに用がある。ローティーにも。カラスは母の椅子のそばに置かれた皿にあるローティーを物欲しげに見つめ、母はその視線を追う。

まあ、よく嘴を動かしていること。盗もうとしているのかしら？　ここは牢屋、気をつけなさいませ。おまえさんもビザを持っていないの？　まあ楽しんで。おまえさんもアリー・アンワルの前に行きなさいな。

アリー・アンワルは巡回中です。ナワーズ・バーイーは伝えた。そのナワーズ・バーイーは母をお母さんと呼んでいる。この人も扉を閉めず、チェーンも鍵もかけない。

話をするなら相手は彼よ、と母はカラスに向かって言い、ナーンのかけらをやった。

母は今、カラスと会話をしているの、娘は庭の隅に向かってつぶやいた。私たちはこのように生きてる。半分はこちら側、半分はあちら側。いつまで？　なぜ？　ＫＫ、あなたに会いたい。一度でいい。死ぬ前に。許してもらいたい。あなたがいてくれたとき、もったいぶった態度をしたことを。素直じゃなかったことを。謎のアリー・アンワルが現れたら、どうか解放してくださいと頼むつもりだ。もし現れたら。

その人が現れるまで母はきっと動かない。そのあと、この銃を持った人間が移動すれば、やっと私は自由に動けるようになる。ああもう、うるさい。娘は少し怒ったような声を出す。ストールに対してなのか、カラスに対してなのか、母に対する言葉だったのか、それは定かではない。母のほうに耳をそばだてる。私ではなくカラスと話したり笑ったりしている。カラスがいなくなれば別の話し相手を探すだろう。てんとう虫でも拾って、手のひらに乗せておしゃべりするに違いない。私は何者でもない。私の人生は意味もない。

殺し屋たちともおしゃべりをしている。手足と同じように銃を投げ出している。彼らは兵士というより壊れた柱や壁のように見える。あるいは庭師。母の指示で庭の草むしりをしている。埃が目に入ってきた。

いらっしゃい、いらっしゃい。母はカラスを手招きしている。

カアカアと言っていたかもしれない。

カラスは嘴で母の手をつつく。

母はカラスと話している。からかっている。おい、食いしん坊。そして言い聞かせる。おまえさん、いいわね？　植木をほじくってはいけないのよ。やがて映画みたいなことを言い始める。おまえさんは恋したことあるのかしらね。誰かに心を捧げたことはある？　そうかと思えば哲学を語る。失ったものこそが真の愛かしら。

失われた愛は真実。真実は失われた。失われた真実。

私のことを言っているのだろうか。娘は不意を突かれた。KK。あなたと私のこと？　あなたと私はどこかで愛をなくしてしまった。ふと甥のシドを思い出した。ギターを抱え、ディスコビートに合わせて歌うシドだ。なくしたーあーあーあーあー真実ぅーうーうー。KKにも見せたい。彼は笑い、手拍子を打ち、足でリズムを取る。

私とは、何と孤独なのだろう。娘はうろたえる。ここはどこ？　私は誰のもの？　私のもの？　KKのものでも私のものでもない。

娘は孤独だ。あれは誰？　娘は、母親を遠くの隅から見ている。私は何と孤独なのだろう。KK、あなたに何を話せばいいの。あの人は自分に何かをつぶやいている。それはカラスと話しているようなものだから、娘はほとほとうんざりしてしまう。遠く離れた場所から口を挟む。お母さん。嫌気が差して声を上げた。力いっぱい足を踏みしめる。

開いている扉から尋問官が入ってきたが、カラスを見て外へ出る。

疲れていたのだろう。一刻も早く問題を決着させたい、この狂った状況を壁の中に永遠に閉じ込めたい。誰もがそう思っている。

だがそれは危険だ。アナールカリーが歌っていただろう。恋人たち、恐れることはない！

彼らは上からの命令を待っている。次はどんな手を打つべきか。殺害の指示を待っているうちに殺されてしまうのだろうか？　カラシニコフを撃ち、さっさと終わらせてしまえ。

　カラシニコフの銃声が響く。ナワーズ・バーイーは、開いている扉を通過し中庭へ飛び出した。銃弾ではなく彼自身が銃身から飛び出したかのように。

　娘はわなわなと震え、中庭の隅に立ち尽くす。カラスは飛び上がり塀の上に留まる。

　おめでとう、ナワーズ・バーイーははらはらと涙をこぼしている。あなたのところへ上官がやってきます。わかりますね、あなたが会いたいとおっしゃっていた人です。上官は事情を理解するでしょう。釈放の許可が下りたと思ってください。

　娘は前に駆け寄る。ナワーズ・バーイー、参りましょう。電話番号を教えてください。私は祖国に帰ってあなたに電話します。興奮した娘の口から言葉が自然と出てくる。

　ごかんべんを。ナワーズ・バーイーが手を合わせる。二度とこんなことがないように。どうか両国の間に良識と神の導きがありますように。そして成熟し、自由に行き来できるようになるように祈りましょう。そうでなければ、このように人々が理由もなく刑務所に入れられ続けることになる。どちらの側の国でも。母方のおじは、一七年も向こうに行ったきりです。彼の目から涙が一粒こぼれる。

　殺し屋たちの柔らかな頬にも。娘はショールの中で嗚咽する。

　母の手は土まみれだ。ゆっくりと体を起こした。完全に立ち上がった。そしてゆっくりと回転する人形のように振り向いた。ナワーズ・バーイーの目から、また涙がこぼれた。四人の殺し屋の柔らかな頬にも。

　なぜこんなことになったのか？　どうして私たちの身にこんなことが起きたのか？　なぜ私たちは会えなかったの？　母は地面から視線を上げてカラスに問いかける。カラスの目は燃えている。どこにいたのよ。悲しげな声で尋ねる。また怖くなって駄々をこねたの？

　カラスの声がした。カアカア。そうそう、だったかもしれない。

　あるいは、お母さんのカアカアか。


　事務室が用意された。しかし、アリー・アンワル局長のための部屋なのか、母のために用意されたものなのか、判然としない。

目の前に椅子と机。そこにアリー・アンワル局長の名札が設置されている。

小さな中庭で後ろに腕を組んで立っているのがナワーズ・バーイー、無実の四人の殺し屋、嘴の男、黒服でカラシニコフを携えた髭面の男、ミナレットから壁まで飛んできたカラス、隅に一脚ある椅子に、ショールの陰から様子をうかがう娘が座る。机から少しだけ離れたところに椅子が一脚。誰も座っていない。母が植物の中でしゃがんでいるからだ。

母は立ち上がると、人形のようにくるりと回転し皆のほうを向いた。ゆっくりと。新しく到着した警察官の目をじっと見つめ、新しく到着した上官はすぐに頭を下げた。母は土にまみれた両手を払い、銃声のように大きな声で宣言した——アリー・アンワル、またはナンヘー・ミヤーン。土埃が宙を舞った。

ナワーズ・バーイーは、母に杖を握らせる。母は棒のように杖を振って椅子のところまで歩き、腰掛けて、と言った。アリー・アンワルが立っていたからだ。

娘は目をぱちくりさせた。口から言葉があふれ出しそうで止まらない。しかし娘に注意を払う人はいなかった。ああ、カラスが一度か二度、壁を伝ってぴょんぴょんと娘のほうに寄ってきたが、カラスは自分の気になる音のほうへと足を運び飛んでいく。どこかにいい食べ物がないか、旨い物はないか。

娘はすっかり我を忘れ、四方を取り囲む壁に向かって何やらぶつぶつ言っている。今もだ。あれがアリー・アンワル？　お母さんが自分の夫だと言い張っている人？　あまりにも怖くて、母のした話を聞かないようにしていた。覚えているのは、母が警察署で別人の名前を言ったこと、山型になった額を見せてその意味を説明してみせたこと、そこまでは覚えている。そんな記憶が私に警告を発する。出て。出ていって。人生は十分に複雑だ。これ以上、複雑にさせるわけにいかない。嫌なの。私は一度も信じなかった。母の頭は混乱している。話を聞けば騒ぎが起こる。だから出て行って。お願いだから近づかないで。でも今日が証拠だ。母の頭は正気を失っている。母はこの人を自分の夫と呼ぶの？　待ってよ、私と同じくらいの年じゃない。それくらいの年齢。もう少し上？　それとも下？　どこかで名前を聞いて、混乱する頭の中で引っかかっていた。いろいろなことが母に起こりすぎた。頭に靄がかかってしまっている。お母さん。私の。私があなたの世話をする。でもどうやって？　ここで、私一人で？　ああ、アッラー様、神様、ＫＫ、兄さん、ラーハト・サーハブ、大使様、兄嫁様、神が望まれるなら、どうかお救いください。

あらゆる神々に祈りを捧げる兄嫁のように、娘も頭を垂れる。障害が取り除かれますように。全能の神。神様。

おや。母がふと前に出る。自分で自分を牢獄から解放するように。あなたを待っていたの。あなたが来てくれたのね。あなたの助けが必要ですよ。あなたは教養があるでしょう。ここに連れてきてくれた大使に聞いてくださいな。私たちは何もしていないんです。釈放してください。母は庭に出た。

嘴男は母を座らせようと指示を出す。

あなたの名前は？　アリー・アンワルが尋ねる。母に。

ねえ、私が誰に会いに来たのか、あなた聞かされていないの？　母が質問をする。

アリー・アンワルは机に視線を落とし、再び前を向く。母の右や左にも。こちらへはどのようにしていらっしゃった？

あなたの軍隊と。母は箒を掃くように全方向に手を振る。報告を受けていないの？　手から、まだ土がこぼれている。

アリー・アンワルは非常に丁寧に伝える――ご婦人方、あなた方は間違ったことをなさいました。とても危険なんです。あなたはご存じないでしょうが。

それでも、私たちを連れてきてくれたあなた方には感謝するわ、と母は笑って言う。

そのとおりですよ、マダム。あなたはここで保護されている。ひとたび外へ出れば行方不明になり、ターリバーンの手に落ちるかもしれませんし、この山に埋もれてしまうかもしれません。私たちはあなた方に無事にお帰りいただきたいのです。

帰ってきたわ。母は目を真っ直ぐに見ている。アリー・アンワルは視線を下げた。

ご婦人、ビザもなく入国なさったんですよ。

どうして私にビザがいるのかしら？　今までいらなかったのに、なぜこの年になって持たせるの？　母は自分が一〇〇歳か二〇〇歳のような口ぶりで話す。数世紀生きてきた人間のように。

これが犯罪だということは、おわかりですね。あなたは国境を越えていらっしゃった。アリー・アンワルの声がひときわ大きくなる。

娘は母に一歩近づき、三歩下がった所に控える。カラスはその場にとどまり、首を傾げて微動だにせず、片方の翼に頬をのせ、じっと耳を澄ましている。

母が杖を立てて立ち上がろうとしたからだ。上昇している。立ち上がるために。その後も上昇を続けた。上昇しもう小さくはない。背が伸びているようだ。ハイバルの空に頭が届きそうなほどに。背筋を伸ばし、誰もが視線を上げ頬に手を当て聞いている。

境界、母は言う、境界？　境界が何か知っていますか？　ボーダー。ボーダーとは？　存在を囲み、個体を支えるもの。大きくもあり小さくもある。ハンカチの縁、テーブルクロスの端、私のドーハル*の刺繡の縁取り。地平線。この庭の花壇。畑の畝。この屋根の欄干。額縁、あらゆるものに境界はある。

ああ、でもね、境界は、追い出すためにあるわけじゃない。両面を照らすためにある。

あなたは私を出してくれた。行っていいわね？　違うの。

国境は閉じていません、開いています。形作ります。端は飾られています。端のこちら側も花が咲いていますし、向こう側だって。彫刻をすればいい、蔓草で刺繡すればいい、本物の宝石をちりばめればいい。国境とは？　存在を際立たせるもの。力を与えるもの。分断するものではない。

境界線が意識させる。そこで両者は出会い両者は栄える。境界線は両者の出会いを飾るもの。

肉体のあらゆる部位に境界がある。この心臓にだって。心臓を取り囲んでいると同時に他の部位の橋渡しをし、結合させている。心臓と他の部位をばらばらに分断することはできない。不吉なことは言わないように。心臓に引かれた線は境界線ではない。傷と呼ぶ。境界の中に心臓を閉じ込めたら心臓は壊れてしまう。

ばかを言わないの、境界は何も止めたりしませんよ。二つの部位の間で橋渡しをする。夜と昼の間で。生と死の間で。獲得と喪失の間で。二つを結合させる。引

＊チャーダルを二枚重ねて縫った物。

き離せるものですか。

　国境とは地平。二人の世界が出会う場所、抱きしめる場所。

　ボーダーとは愛。愛は牢獄を作るのではなく、あらゆる障害を乗り越えさせるため星をまく。境界線は出会いの線。こちら側とあちら側が合わさることで、寄り添い心地よい形が生まれる。二つの国のためにある。両国が出会うためにある。合流地点《サンガム》。

　国境の線引きはゲームだ。とても旨みのあるゲーム。一本の線が引かれる。けんけん遊び《イカト・ドウカト》。そんなようなゲーム。けんけん。ロープを張る。その上でスイングする。あちら側でもこちら側でも。こちら側にもあちら側にも滑り込む。こんなふうに。線の両側で曲芸師《ナタ》のようにくるりと回りなさい。こんなふうに。出会えば大笑いする。ゲーム。けらけらと笑って遊びなさい。私たちが渡ったら、あなた方の番。ボールを投げなさい。打ちなさい。国境の向こうまで飛ばせば——六点！　国境に触れたら——四点！　全員大喜び。

　国境が歓喜に酔いしれる。歌を作りなさい、踊りなさい、詩を詠みなさい。国境線を美しくしなさい。無限のかなたまで、恐れることなく。極限まで。国境、端。そこを打ち付けてはいけない。打ち付けさせてもいけない。線をさらに前に引かせなさい。もっともっと前へ。大真面目だが愛のある勇敢な構造ができるまで。目に見えないロープを引っ張るように。前へ、もっと前へ。バランスを失うことなく崩れることも壊れることもないように。向こう側へ越えてきなさい。

　境界とは、殿方の皆さん、越えるためにあります。

　境界線が飛び越えるように言っています。飛び越え、戻り、遊び、笑顔で挨拶するように言っています。そこで出会い創造するようにと。

　境界線をまたぐのは楽しい。さまざまな取引が行われる。国境は人と人をつなぐことを可視化する。一人が出会えば、もう一人も。愛に包まれて。

　憎しみを抱けば、力を与えるために動脈を流れるはずの血液がまかれて遠ざかり、両国がぽつぽつと死んでいく。こんな愚かなことを誰が望むのですか？

　これがあなた方愚か者の望みなのでしょうね。あなたは国境を憎悪の源にした。国境を、二国の存在をより高め美しく輝かせるようなものにはせず、両国を痛めつけ、野獣にし、毛細血管までずたずたにした。無知蒙昧。誰かを殺しても自分には何の影響も及ばないと思っている。あなたのような未熟な知性の持ち主が考えそうなことですよ。子供たちよ、血で引いた国境線の行く末は一つ。血は血管の外へしみ出し、身体の各部位は乾いてこわばっていく。それでもなお、人はアッラーの他に神はなし、ラーマ万歳、クリシュナ万歳と唱え続ける。

国境は、私の時代とあなた方の時代で違う。昔はこんなふうに不安がることはなかった。あらゆるものに爆弾が隠されているということもなかった。この杖に、あの植木鉢に、私の爪の中に。爆弾処理、クンクン、バンバン、チェックチェックに全時間を費やす。その昔、互いをよそ者だ、外国人だと決めつけたりしなかった。空気はきれいで、塵ほどの小さなものもきらきらと輝いていた。素朴で平凡な日々。小さな塵は、目に見えない未知の毒物ではなく、ただの塵だった。私たちは自分の感情を理解していた。富や名声や敵対心で張り合ったりもしなかった。空は、あなた方のような欲張りが突き上げる中途半端な拳ではなかった。この扉は家を牢獄にするようなものではなかった。私たちの扉は開かれたままだ。こんなに視野は狭くなかったし、目で外を見る代わりに銃身を向けて撃つような恥知らずなこともなかった。国境とは、国境のこちら側もあちら側も美しいものであった。越境には愛と尊厳があった。国境にあったのは、こちら側からあちら側へ笑って滑る子供たちの滑り台だった。

これを知り、インティザール・フサインは故郷を出た。こちら側に家があり、国境の向こう側に新たな家があるというのは未知なる喜び、試してみようと信じたのだ。山ほどのインティザール・フサインが、行こう、そして戻ってこようと言って旅立った。

それがまさか、おまえは別の民族だと言われることになろうとは。自分が大人物で、世界の首根っこをつかんでいると信じている。破滅の叫びを聞かず、今まさに人生の花園が花開こうとしていると信じている。どのインティザール・フサインも戻ってこられない。ディバイを出発した者はあちこちでよそ者になった。そして国境線は？　犯罪と血に飢えた冷酷な殺人者たちを陽光と風のある場所でうろつかせた。欺瞞の記憶のほかに、あちら側とこちら側は何を手に入れたというのだろうか。私は記憶の綿に過ぎない、とインティザール・フサインは嘆いた。

国境はどこ？　ピチュワーが一本の木に旗を立て、

国境ができた。ジョーギンダル・ポール*は狂信的なイスラーム学者を書いた。彼はカラチに到着したが、そこに国境線は引かれず、古きよきラクナウに住んでいるものだと信じている。あなたが自分の心に国境線を引いたんですよ。名前は変わっても場所は同じ、人も同じ。

　愚かなことはしないで。私の言うとおりにしなさい。国境の茨の道を風のように流れなさい。電線があるなら電気になりなさい。善良になり、善良にプレーしなさい。善良な人々を拘留しておくことで悪者を捕らえるのがどんなに難しくなるか。あなた方は恐怖のゲームを作り出した。犬に喧嘩をさせたのですよ。ワンワン、ここは俺の縄張りだ。小便で境界線を引いた。誰かが来ればワンワンと吠えまくり、丸ごとかみ砕く。

　国境を欲深き者の手に委ねないこと。彼らにとって流血沙汰と犯罪はただでもできること。そして陽光、空、風を密輸する。

　国境を受け入れないこと。国境で自らを粉々にしないこと。

　私たちだけだ。私たちが認めなければこの国境の壁は残らない。

　母は杖で一本の線を引いた。線を行き来し始めた。飛んでみたり、宙に浮いてみたり。手と足を戯れるように振り上げ、大地をかき混ぜる。母の声は高くなり、そして低くなる。母の目はぱっと輝き、そして笑う。そして線の上に立って輪になってくるくる周り、杖を上げ、皆の頭上でゆっくりと杖を躍らせたので、それに合わせて皆も右に左に杖をかわす。

　母は九つの感情《ラサ》を放った。

　全員が立ち上がり、あらゆる色に染まっている。アリー・アンワルの顔は紅潮し、髭面の男たちの顔は黄色く、殺し屋たちは愕然とし、ナワーズ・バーイーの顔は和らぎ、娘は恐れおののき、カラスは誇らしげだった。誰もうんともすんとも言わなかった。

　母は黙り込み、自分の中に深く下りていき、実にゆっくりと腰を下ろした。座ったあとも大地に埋もれていきそうなくらい下降を続けた。

　お行き、母は顔を背けた。私は悲しい。大勢が亡くなった。

出国の情報は定かではないが入国についてはわかっ

た。アリー・アンワルについて。囚人となった母がした国境の演説の後。しかしそれが翌日であったのか、あるいは二日後であったのか、誰も把握していない。扉は施錠されず開かれ、一同は以前とほぼ同じ様子で再び入ってきた。つまりは呆然として、アリー・アンワルは赤く、嘴男と、神が望むなら男と、髭面男は黄色く、殺し屋はあっけにとられた様子、ナワーズ・バーイーの顔は柔らかで、娘は恐れおののき、カラスは誇らしげで、ピーともチュンとも言わなかった。全員偶像のように立っていた。時の隔たりなどなかったかのように以前とまったく同じだ。このまま時は進んでいくのだろうか？

母は植物に囲まれ、ゆっくりと振り返り、杖を手に取り、ゆっくり椅子の前まで進み、杖を背もたれに立てかけ、手についた草や土を払い、ゆっくりとお座りなさいと言うと自分も腰掛けた。

アリー・アンワルは座っている。他の全員は立ったままである。カラスは習慣から音も立てず声も出さずに飛んできて、塀にぽつんと留まった。カラスは翼に首を載せ、他の者にも同じように休息のポーズをとるよう合図を送った。

誰が指揮を執るかはかりかねているのか、皆、黙りこくっている。母なのか、アリー・アンワルなのか？

全員沈黙。

ガーンジャーで酩酊しているかのようだ。誰かが倒れてしまえば残りの全員も倒れてしまいそうだ。

忘我の境地にある母の沈黙が、耐えがたい空気を作る。しかし母は手で合図をした――続けて。

チャンドラプラバー・デーヴィー夫人、アリー・アンワルは下を向いて言った。

チャンドラプラバー・デーヴィー夫人、母はきれいな笑みを浮かべた。

娘の口から、ふとため息がもれ、かんしゃく玉のように落ちた。

ご婦人、アリー・アンワルは抑えた声で言った。ご自分の荷物をまとめてください。あなたを無事にラホール空港までお送りします。そしてそこから……

母は遮る。私の仏像はどこ？

＊小説『スリープ・ウォーカーズ』の作者。

アリー・アンワルの声がわずかに震えた。彼は冷静を装って言った。あれはあなたのものではない。

でしたら、どなたの？　母はぴしゃりと言った。私のものです。

あれはこちらのものです。こちらに属します。

どのように入手なさった？　博物館が報告書をよこしてきました。ハイバル・パクトゥーンクワ州マイダン県シクリのもの。紀元前二世紀のものです。

そっくり同じものならラホール博物館にある。母は言った。まるで両者の意見が一致しているように互いの主張を述べたてる。同じ層の石、同じ深い色。私たちは見たの。そのとき手に取った。

それは泥棒です。

どうしてそうなるの、犯罪被害証明《FIR》の記録でもあるの？

どこにも書いてないが本物です。証明されています。

私だってそうよ。私だって本物です。どこかに記録されていようといまいとね。

それはここで発見されたのです。ここがその国です。

私もここで発見されましたよ。教えてちょうだい。私の国はどこ？　あなたのお父さんにも聞いてごらんなさい。

アリー・アンワルの顔は赤くなった。バカなことをおっしゃらないでください。

お父さんに、そのバカなことを聞いてごらんなさいな。

あなたと何の関係があるんです。自分のことを話してください。ここで起きていることを話してください。素直に話した方がいい。

素直に話しますとも。あの方にお話しします。あなたのお父上に。あの方に会わせて。

この話に父を巻き込まないでください。

巻き込まないでください？　あの方こそ、この話の渦中にいるというのに。

なぜご婦人は荒唐無稽な話をなさる？　これは政府案件で、ゲームではない。

政府案件はゲームよ。意味も恥も外聞もない。不運で不名誉。無礼で不誠実。

どうかお静かに。

お父上は黙っていらっしゃるのかしら？　ここへ呼んでくだされば分かります。

なぜ呼ばなくてはならないのですか？　この件と何

の関係があるんです？

夫なら妻に関係があるでしょう？

次はどうなったか？　全員と母の対立。ある者は立ち上がり、ある者は倒れた。ある者は心臓をどきどきさせ、ある者は我慢の限界に達して怒り、何やら渦のようなものが起こった。アリー・アンワルは頭を抱えた。殺し屋はカラシニコフで何とか体を支えた。神が望むなら。男の口から、神よ、との声がもれた。ナワーズ・バーイーは母に一歩近づき、よろめいた。もう一人の髭面は、左を向いたり右を向いたり、ついには爪を噛み始めた。嘴男は口をあんぐり開けたので、鳥は下に転げ落ち、知らないうちに飛び去ってしまった。

カラスは青ざめていた。

娘は一歩前進し三歩分下がったところで泣き出し、構内を懇願で埋め尽くした。懸命に言葉を尽くす。母に対しては、お母さん、怒らないで、解放してくださるんだから行きましょう、と。ナワーズ・バーイーに対しては、お母さんに黙っているように言い聞かせてください、と。カラスに対しては、お母さんは上に飛んでいってしまったのかしらね、そのうちこの世からいなくなって私まで破滅させるのでしょうね、と。殺し屋には、私たちをぶたないで、私たちはこんなふうに死んでいく身なのだから、自力で立つこともできないの、お母さんには言わないで、きっと私が貧血だとか言うでしょうし、私にチキンスープを飲ませてやってと言い出しかねない。マーケットに行って、あの子にマルチビタミンを買ってきてやってとか。髭面に対しては、何度も何度もそれぞれに向かって、ここは牢屋だ、私たちは何もしていない、あの年齢では頭がおぼつかないの、あなたにだって老齢のお母さんがいるでしょう、老齢のお父さんだっているでしょう、もしご両親に、これが最後の願いだからと言われたら、私がしてやったように、あなただって叶えてやるでしょう、母は忘れてしまっていて、ここが自分の場所と思っているの、自分の娘が誰かもわからなくなっている、息子のこともね、と。自分の家を忘れてしまって、ここを自宅だと思い込んでいる、庭だと思って、花を植えたりしていたけど、ここは牢屋で、この人生は私たちのものではなく、私の人生でもなく、私自身は別の種類の女で、一人で生きている。意志を持って他の誰とも違う生き方をしてきた、みんなと離れて生きてきた、私のあの家……私の本……音楽……私の夜の静寂……友人……ＫＫ……古いコインの長いネックレス……いつも着けていたっけ……保安検査場で何度も着けたり外したりしなくてはいけないあのネックレス、すぐに戻るつもりで持ってこなかった……あれが……あれば……わかったのに……私が何者なのか……ランディー・コータルの店では手に入らない物なのだから。アリー・アンワルには、どうしてわかってくださらないの、母は自分が何を言っているのかわかってないんです、私だって頭がおかしくなりそう、息が詰まりそうです、アリー・アンワルさん、お兄さん、あなたは私のお兄さんでしょう、と言った。

　ええ、と母は言った。その人はあなたのお兄さんよ。アンワルに伝えてくださいな。アンワル、あなたの妻がやってきたって。

　カラスは冷静さを取り戻し、わあ、と言った。

　ＫＫ、私は出ていきます。永遠のお別れです。あなたとの生活は大きな意味がありました。それを出ていく前に言いたかった。あなたと共に本当の意味で生きることができた。諍いさえも生きていることを感じさせてくれるものでした。

　ありがとう、ＫＫ。あの日々を私に与えてくれてありがとう。あなたは私が欲しいものを与えてくれました。でも今なら分かる。私たちが望んだ生き方、共に眠り、朝になれば共に起きる生き方は、ずっと続かなかったことが。

　愛するあなたに手紙を書いています。できることなら、この別れに耐える勇気をください。

　ここはハイバルです。ここに海があったら、この手紙をガラス瓶に詰めて蓋をして、あの扉からこっそり外へ出て海に浮かべるでしょう。いつかあなたの所に届くことを願って。

　でもハイバルは、見渡すかぎり山に囲まれています。来るのは簡単ですが出て行くのは不可能です。風さえも、ひとたび迷い込むと押し留まって息絶えます。そういえば、最近一羽のカラスが母のお伴をしています。前に見かけた赤腹四季鳥みたいな鳥。覚えている？　本当は鳩がよかった。この手紙を首に結びつけてあなたのところへ飛ばすことができるから。私からあなたのところへ。

　カラスは何の役に立ってくれるかしら。ただ私を苛立たせるだけ。わけのわからない母の話を何でも理解しているみたいに空を飛んでいる。おかげで母は調子に乗ってしまう。母はわかっていません。カラスはローティーなんかをもらいたくて周りをぴょんぴょん跳ねているだけなのに。

カラスは私の体の一部をあなたの所へ届けるかもしれない。私の肉片か、骨のかけらをくわえて、あなたの前に落とすかも。これは人間じゃないか、とあなたは驚く。私の手が届くかもしれない、小指が他の指より短い私の手。そしてあなたは思い出す。ああ、これはこの世を去った最愛の女の手だと。あるいは足の骨格を見て私だとわかる。親指が特に長い私の足。もし注意深く見てくれたらわかる。

どこを旅していたときだったかしら。バスや列車に乗って、記事の取材をしていたとき、あなたは私の足を膝に置いて言った。美しくはないが、愛らしいって。いとおしい足だって。私をからかったの。覚えている？　あれはどこだった？　いつだった？

何か覚えてる？　私が覚えているか？　母のように忘れてしまったかもね。新たな人生を歩み始めたかしら？

それでもあなたに伝えたいの。助かる見込みがなくなってしまったから。KK、私に何が起きているか想像もつかないと思う。私の母は私をいったいどこに連れてきたのだろう。現実とは思えないドラマよ。母は心から楽しんでいるみたいに演じている。

母はお構いなし。八〇歳だもの。母が何を恐れる？　このまま夢を創作し続けるでしょうね。

でも私、私はこんなことを望んでいたかしら。

昨日、私は母と喧嘩した。一つまた一つと作り話をする。

母はそれがわかってないみたい。作り話じゃないんだと私のほうが叱られた。

私はこんなふうに思う。母は退屈な人生を鮮やかにしたくて作り話をしてるんじゃないかって。母を家に連れてくるべきじゃなかったかもしれない。母は私の人生に嫉妬していた。自立して自由に生き、誰かに対する責任を負うこともない。行きたいところへ行けるし、誰でも連れていける。誰にも邪魔されないし、生活のリズムを乱す人もいない。私に対して対抗意識を抱いて、私を追い抜こうと思ったのでしょうね。服は脱いで捨てた。母は体をさらけ出し、無防備にうっとりと酔ったように歌った。あのロージーと。母はロージーと仲良くした。私以外のみんなは止めたけど。私は何一つ止めなかった。私は励ました。ロージー／ラザの変身も、私は自由にさせた。私の家、私の生き方はひっくり返されたけど、私はそれでも一緒にいさせた。自分についてもそう。見て、私の額も山の形をしているなんて言って、突拍子もない作り話を始めた。名前も作った。アンワル！　その名前を追いかけて私たちはここまでやってきたんだから。その特別捜査官を夫だと言って、会わなければいけないとのぼせ上がって、昨日まで、母はその作り話をしていた。でもその人が年下だと分かったものだから、このたび父親を捜すことになったの。

私のことを考えてくれないの？　私たちは笑いものになっているの、バカにされているのが分からないのかしら。年相応のことをしてちょうだい。結婚とか恋愛とか恋人とか、そんなの全部、お母さんの作り話でしょう？　家族や家族の幸せを願うことも忘れてしまったの？　それでも母親かしら？

これに対してなんて言ったと思う？　何をもって忘れると言っているのか考えてごらんなさいですって。出来事は、何かを考えることによって起きるの？　それとも忘れることによって起きるのかしら？　考える人たちが物事を起こすの？　それとも考えるのをやめた人たちによって物事は起きたの？　忘れることは死ぬこと。私は死んでいない。私は砂に過去のすべてを埋めてきた。今日、私はその砂に戻ってきた。それがすべて。

私は悲鳴をあげたわ。お母さんの砂の記憶が私を死の淵まで連れてきた。お母さんが夢を見るのはいい。その夢を思い出だと思うのもいい。空想の遊びを楽しめばいい。お母さんの最後の日々ですもの。

でもね、お母さんに何が起ころうと、すでに起こってしまったことだから、もう現実か物語の中で好きに生きればいいだなんて、あまりにも冷たすぎると思って言えなかった。だから、代わりにこう言った。私はまだ生きなくてはいけない。こんなふうに生きるつもりはなかった。ここでは息もできない。私が、家や家族、他人とのしがらみに縛られて生きなくてはならなかったとしても、他の人たちのようにはしなかった。二、三人の子供、家事だとか、車だとか、折々に人を助けたりして、母になり、祖母になり、王妃になり、女王になる。リーボックを履いて、こんなこともできると私も言いたかった。自分らしく生きたかった。お母さんのことが少し心配になってただけ。私の人生は奪われた。

　お行きなさい。最初に。解決策でも思いついたのか母はそう言った。アンワルには私から伝えておくから。

　アンワル、アンワル、その名前がどこから私の耳に届いたのかわからない。母は警察署で初めてそれを口にした。父のあとに母が本当に病気になっていたのを、私たちは気づいていなかったのかもしれない。母はとても落ち込んでいた。そのときにはもう頭がおかしくなっていたのかもしれない。一人でいるのが耐えられず、病んだ頭が別の夫を創作し、妄想の世界に身を委ね、自分を蘇らせるために嘘の力を借り、嘘を嘘で塗り固めて私たちはここへたどり着いた。牢獄。

　あるいは精神科病棟。

　老いて人は子供になると聞いたことがある。でも自分を若いと思い始めるなんて。見苦しいことだと思う。そのうえ母は私を老女に仕立て、死ぬためにハイバルに連れてきた。

　そう、ハイバルでなければならなかった。シュールなドラマには最高の舞台だと思う。ティンブクトゥ*だってよかった。月でも。火星でも。現実世界にありそうもない場所なら。母は自分が創作したお芝居を楽しんでいる。死んだとしても、こんなに劇的な死に方はないと思う。こんなに独り言を言うようになってしまって。あの日の国境で母とした会話を聞いてほしかった。それを眺めていた人たちの窮状を見てほしかった。

　物の道理をわきまえて。自分の年を考えて。私の年はわかっている。お母さんはアリー・アンワルについて決着をつけようとしていた。それが叶わないと知るや父親に迫った。私たちに勝ち目はない。彼がどれだけ怒っていたか見たでしょう？　いきなり誰かがやって来て、お前の父親のあれだの何だのとまくし立てたらどう？　私たちだって黙っていられないでしょう？　私は母を説得した。

　でもその人が、もしあなたのお父さんのあれなら事は深刻ですよ。歓迎するべきです。あの人は一歩も引

＊サハラ砂漠の南端、一一世紀に遊牧民族が宿営地にしてできた町。

かずに言った。

お母さんにとってあの人が何らかの存在であるはずもない。私はもう一度、説得しようとしたのよ、KK。あの人は私の〝何らかの〟存在ではない。私の夫。KK、私は母に繰り返したわ。お母さん、彼は違う宗教、違う国に属しているの。こんなばかげた主張をして何の得がある？

得。母が大声を出したので、殺し屋が何事かと中を覗いた。その言葉が宗教や国をあおり分断に導く。分断し、分裂させて、手に入れろ。国を作り、宗教を守れ。国は創られるのか。それとも壊されるのか。宗教は拡大するのか、縮小するのか？　得？　得って何？　私に言わないで。私は何かを得るためにここに来たのではありませんから。分け前を要求すること、さらなる分断を生むこと、そんなことには何の興味もありません。

じゃあ、どうして来たのよ、私は叫んだ。

蚊がどこからかやってきて、私の耳元でぶんぶん言っていた。ねえ、KK。こののろま、逃がすものか、なんて叫びながら、あなたが歯を食いしばって憐れで小さな蚊を追い回したのを覚えてる？　どうか蚊をのろまと呼び続けて。その姿を想像するだけで私の心は癒される。でも母には言わないで。母のことだもの、蚊と仲良しになってしまいそう。

のろまの蚊のせいで忘れてしまった。どこまで話したかしら？　そうだった、私は叫んだのよ。どうして来たのって。

奇妙なくらい素直にこう言った。夫に会うために来たの。

お母さんはヒンドゥー教徒、あの人はイスラーム教徒。お母さんの夫？　お母さんが結婚？　私は母の嘘をはっきりさせたかった。

KK、母はその答えも用意していたの。なめらかな口調で話してくれた。人間関係は、あなた方がこの世に生まれる前からある。世界に人はおらず、切なる願い事もなかったと思うの？　私たちも人生を生きてきた。私たちも勉強し、出会い、共に歩んできた。私たちも流行を生んでは壊してきた。私たちが取り入れ、他の場所で複製された。私たちも恋をした。よく聞いて、それまで人間関係に国境なんてなかったの。当時から因習はあったけど、それを壊して前に進む人もいた。私のクラスの真向かいにジャフリー先生のクラスがあったの。先生はペルシャ語を教えていらして、私たちは美術を学んでいた。私たちは先生のお宅へお邪魔して、ハリームとお肉をいただいた。母方のおじには行くなと言われたけれど、父方のおじは止めなかった。おばには、食事をいただきに行くのなら、道すがら、ラーイラーハ・イッラッラー・ムハッマドゥル・ラスッラッラーと唱えなさいと言われた。きちんと礼儀正しく。コウサルがうちに来るときは、笑いながらオーム・シャーンティ・シャーンティと唱えていたわ。笑いと遊びで道は開かれた。そのうち誰もが恋に屈した。よく喧嘩も言い合いもしたけれど、私たちは結婚した。母が言うには一八七〇年に特別婚姻法が制定され、長老さえ認めれば別の宗教を信仰する者同士でも合法的に結婚できるようになったらしいの。そして二人は結婚した。

でも、そんなはずないでしょ、お母さんが結婚したた記録がある？　私が問い詰めると、母は杖で私の肩をたたいた。強すぎないちょうどいい強さで。でも、とても怒った様子で。

記録があるか？　こちらからあちらへ何もかも移動させた人たちに、どんな記録が残っているか聞けばいい。後ろに迫る火に追われて逃げた人たちに記録はあるの？　どの家が誰のもので、残された断片がその人のものであったとわかる記録があると思う？　それを証明する書類を探すの？　私たち二人が母方の祖父とおじに祝福されたという書類を出せと言うの？　記録を調べ、家を調べ、嘘の境界線を引いて、私たちがいなかったことにするの？　歴史のページに載るはずなのに語られることのない物事が、この世にどれほどあることか。それらは風を漂っているわ。見分けがつくなら、つけてみなさい。捨てずに、存在と尊厳を認めなさい。あなた方は書類がないのにその仏像が自分たちのものだと主張し、都合が悪いことは書面による証明を要求し、証明できなければ何もかも嘘だと言うの？　この仏像のことはどこにも書かれていないし、どこの官庁にも、どこの博物館にもなく、ただ見て判断しているだけ。私たち二人のこともよく見なさい。私たち自身が記録であり証拠なんです。

母は自分の物語の中に、さらに深く入り込んでいった。でも物語にのめり込めばのめり込むほど、母は楽しそうだった。私を死に近づけ、母は生き生きとしていった。ああ、だから黙って私たちを解放しなさい。

世界は笑って

私たちは無駄骨を折るわけにいかない。世界は笑って

いますよ。これ以上何をお求め？

でも、これも母の妬みかもしれない。人生がもう残り少ないから、私を私の人生から解放してほしいのだと。あなたからも。ＫＫ、私たちの間に国境線が引かれてしまった。こうなると分かっていたら、私は壁のこちらに来たかしら？　もう戻れないかもしれないのに。

元気にしていてね、いとしいＫＫ。蚊をのろまと呼び続けて。でもサンダルを片方だけ脱いで、そこらじゅう足を引きずって歩くのは、どうかやめてちょうだい。とてもいらいらする。せめて私のためにそうしてちょうだい。あるいは私の記憶の中でもいいから。嘘であっても期待させて。いつかあなたが扉を開けたとき私がそこにいることを。

待っていてくれる？　待たないわね？　ここに来てくれる？　来ないわね？　誰も待っていない。誰か居場所を知っている？　どちらでも同じこと。このまま私は死んでいく。私があなたに会いたかったことを、あなたは知ることもない。真実の愛、失われた愛。

かしこ

消えかけた者

追伸：たった今、ナワーズ・バーイーが来ました。帰り支度をしてください。車でお送りします。あなた方はお故郷《くに》に帰るんです。今週の金曜日は休日です。翌日が土曜、そして日曜。翌日の月曜日に。お母様、上官のお父上に会うことはできません。あら、ナワーズさん、どうして。会えないもんですか。あなたが伝えれば、あの人はやってきます。来られないのです。半身不随でして。起き上がることができないそうで。

私には事情がわからない。母はナワーズ・バーイーとひそひそ話をしている。ナワーズ・バーイーは母の腕に手を置いた。シンミはなぜ教えてくれなかったのだろうと言ってる。シンミはコウサルという人の娘で、女友達だと言っている。ビザもなくシンド州を歩き回っているときに会った人だ。シンミのお母さんはもういないこと、母方のおじさんを教えてくれたのも彼女だ。

母は立ち上がった。一人で。ちっぽけだ。ナワーズ・バーイーは出ていった。

母は何か言おうと口を開いている。悲鳴でも上げて

いるのか裂けそうなほど口を開いてる。泣き崩れそうだった。声は出ない。母は立っている。一人で。口を開けたまま、張り裂けそうに、体をゆがめ、沈黙する。

壁に母の影が長く伸びる。まるで母のものでないかのように。歴史の影。

疲れた。眠くはない。眠る。眠り続ける。

私は眠り続ける。ここへ来てキスをして。きっと目を覚ますから。そうでなければ仕方ない。

時は過ぎ、スリランカで行われたクリケットの試合の直前、パキスタンのクリケット・チームのバッツマンのエースがしゃっくりを始めた。どうしても止まらない。水を飲ませたり、息を止めるように言ったり、胸を叩いたり、背中を叩いたりしたが、更衣室が飛び跳ねてしまいそうなくらいしゃっくりは止まらない。おれを殺そうとしているのか、とバッツマンが涙でぐちゃぐちゃの赤い顔で言うと、ボウラーは深刻そうな顔で、背中を思い切り蹴ってしゃっくりを止めた女性を知ってると言った。チーム全員、大笑い。しゃっくりと涙をこらえながら、バッツマンは言った。おまえ、そんなに俺を蹴りたいならやってみろ。他の選手たちはひやかし始めた。おまえら、おれたちはサッカーじゃない、クリケット選手だぜ。背中にバットを打ち込むとか、六点を取るなら手助けしてやる。

冗談なんかじゃない、とボウラーは真顔で言った。おれはその人のことをお母さんと呼んでいた。

選手たちは楽しみ始める。なら、その人はおまえを息子と呼んでたに違いない。

そうだ。その人の娘は、おれを殺し屋と呼んだ。

どうしてだ、仲間の選手らはげらげら笑う。おまえがバットを持っているのを見たのか？

いや違う、カラシニコフを持っているのを見たからだ。

なんてこった、おまえはファンキーすぎる！

だがクリケット選手は真剣だった。彼は家族に不幸があった。父親を事故で亡くし、姉妹と母を支えるという重責がのしかかった。学業は中断せざるを得ず、母方のおじの勧めで軍に入隊させられた。ランディー・コータルに派遣され、政治犯の警護に当たったった。

彼はインドから二人の女性が来た話をした。独りは老齢、独りは臆病。二人に対し、常に銃を構えて警護する必要はなかったが、それが命令であり決まりであった。だから俺たちは銃を肩にかけたままクリケットの話をしたと彼は言った。そして、その人がこんな話をしたと言う。ある時転んだ彼女へ夫が駆け寄り抱き起こそうとしたが、その人は床に倒れたまま抵抗し、イムラーンが六点入れるのを見逃すじゃないかと言ったそうだ。

その人はビザを持っていなかったため逮捕された。パキスタン人に案内されて入国していた。

取り立てて特別な話じゃない、チームのメンバーの多くは口にした。先週、ビザなしでインドの友人をモヘンジョ・ダロに連れていった、と誰かが言う。他のメンバーも口々に言う。親戚や友人をどこどこへ連れていったんだと話し始める。まるでオーケストラの演奏だ。ビザが何の用をなす？　ただ車に乗せて連れていけばいい。カラチ。タクシャシラー。チトラール。カンガーン。ミンゴーラー。ディール。ギルギト、マルダーン。インダス。ハザーラー。おれたちはスワートとカシミールに行くつもりだった。でもその前の晩、イスラマバードから母方のおじが電話をかけてきて、馬鹿なことをするな、ここはあらゆる権力の干渉地帯だ、おまえが話したのは准将で、ISIや国境警備隊、その他もろもろに知られたら、おまえの客もおまえもおしまいだぞと言われた。

こんなことがあった。結局、ハイバルだった。真面目な青年はそう言った。

オーケストラが再び演奏を始める。おれたちがインドに行ったとき、行き先は二か所でビザを申請した。それでもあちこち連れていってもらった。ビジュナール、カルナール。モーラーダーバード。ヴリンダーバングルジャーンワーラー。アンバーラー。バナーラス。アトラウリー、ボーパール、カタウリー、マーラーバール・ヒル。パーク・ストリート。シムラー。

見た目で拘束されるのか？　ハイバルはハイバルだ。その変人は、恐れ知らずのトラになってたんだろうな。雌のトラ。俗称殺し屋がそう言った。その人は、私は一歩も引かないと言い、大ボスの父親と昔話をするまでそこを離れないと言った。彼女は頑として一歩も動かず、大ボスを呼び出すことになった。

それで？　信じないかもしれないが、クリケット選手らはこの物語を楽しみ始めた。

強制送還する計画もあった。それから……、彼は黙り込んだ。

それから？　間を置いて誰かが尋ねた。

すると、その人はしゃっくりを始めた。

しゃっくり？　そう、私たちもすっかり忘れていたしゃっくりだ。だが今度は誰も笑わない、一種独特な緊張感が走る。

その選手が次に話したことは奇妙で、どう反応すべきか誰もわからない。冗談に思われた話が、なぜか茶化すわけにいかなくなっていた。しゃっくりを始めた描写までは面白く興味をそそったのにである。

こんなことがあった。

その夜、警護をしていたクリケット選手が話した。その人はしゃっくりを始め、止まらなくなった。四人いた警備隊のおれたちが眠れなくなるほどのしゃっくりだ。とうとう我慢できなくなって、二人の女性のいる部屋の扉をノックした。大丈夫ですか、お母さん。上官がいないとき、俺たちはお母さんと呼んでいた。ナワーズ・バーイーもそうだ。ナワーズ・バーイーって誰だよ、と聞く者がいたので説明する。中から娘さんが出てきて、母がしゃっくりをしていると言った。隊員は水を飲ませた。なんの変化もない。医師を呼び、ナワーズ・バーイーにも伝えると言うと、お母さんは、今はまだやめて、と言った。私の背中を叩いてちょうだいと言う。娘さんが叩いた。もっと強く、とその人は言った。一、二回叩くと、しゃっくりは止まった。

止まったのか？　沈黙を破り、クリケット選手たちは尋ねた。

朝が来て、また始まった。今度は全警備隊員とナワーズ・バーイーで、どうしたらいいかとその人に提案を始めた。水を飲むといい、ただし喉に送り込むのは一滴ずつ、片手で鼻を押さえ、もう片方の手で水を飲む。グラスを逆さまにして、つまり唇が当たる方ではなく反対側を上にして水を飲む。息を止めて一〇〇まで数えたら息を吐く。先生を連れてきて、上官にも話し、まだ続いていると伝えたが、その人はまた、背中を叩けだとか、もっと強くだとか指図をし、そのうち元に戻った。

話は終わり？　話を聞いていた人たちの誰かが言った。

いいや、話していた者は言った。話はこれからだ。

しゃっくりがぶりかえすと、お母さんはマットレスを外に出して広げるように言った。その人はマットの前に立った。娘を後ろに立たせ、背中に、腹に、脇腹に、どこを向いていたとしてもパンチではなく強くキックするように言った。

娘は同意したのか？　聞き手は驚いた。

そんなわけないだろう。どこのどんな娘が同意する？

それで？

すると、その人はおれに言った。あなた選手なんだから、こっちに来て腕前を披露しなさい。

それで？

すると、その人の娘は同意した。

だろうな、と皆が納得した。蹴るなら身内だ、ほかに誰がやる？

だけど、おれたちも蹴った。

クリケット選手は口をあんぐりさせた。

翌日から、それはゲームとなり全員で大いに楽しんだ。その人が皿からローティーを分けてやっていたカラスが塀の上を陣取り、拍手を送っているつもりなのか騒々しくカアカアと啼いた。その人がしゃっくりをすると、おれたちは走ってマットをひっつかみ、フルスピードで彼女をキックした。カラスはひょいと飛び降りるとおれたちの周りをぴょんぴょんカアカアとやった。日を追うごとにおれたちのキックは強くなる。おかあさんはマットのあちこちを転げ回り、これを何ラウンドか練習するとしゃっくりは止まる。止まらなければしばらくマットの上で喘いでいるが、そのうち再び立ち上がり、おれたちにもう一度蹴りなさいと命じる。カラスもあおり立てる。おれのキックが一番上手だったから、おれに対して言うようになった。私が走ってきたら、こうやって空中で宙返りをしてキックするんですよ。

老女にそんなことをしたのか？

そうなんだ、と彼は弱々しく視線を上げた。あんなに熱心にやっていたし、あれだけやれと要求されたし、そのくせ愛情も感じていたから言うとおりにするしかなかった。おれが蹴ると、その人はバタンバタンと倒れ、またひょいと起き上がった。それから強烈な空中キックをかますと、残りの参加者たちがさっと手を伸ばし見えなくなった女性を守った。

すげえな、おまえ。危ないところだったぞ。

みんなにもそう言われた。だからその人の前にマットを敷いて、蹴ってもそこに倒れるように提案した。

怪我をしないように。

ああ、だったらいい。

だがその人はそうは考えていなかった。あっという間にマットを後ろに片づけ、自分が若返ったつもりでいる。しかもおれたちを叱りつけるから、助言する気力は誰にも残ってなかった。大声を出した。その人は怒鳴って言った。私が思い切りうつぶせに倒れたいとでも思っているの？　うつ伏せでは倒れませんよ。空を見つめながら、大地に横たわって、私は仰向けに倒れるんです。弾が前から来ようが、後ろから来ようが、どこから来ようが。

キックのことか。

しゃっくりか。

いや、銃弾だ。その人の意味していたのは銃弾でしかない。語り手は深刻な気持ちになり悲しくなった。その人は言ったんだ。ここはハイバル、二つの狂った国の幻影だと。ここでは何が起きてもおかしくない。銃弾でもキックでも、我々にコントロールできない。それでも安らかに倒れなければならない。私のこの歳で、自分のベッドで、優雅に横たわらなければならない。壊れた人形のように無残な姿になってはいけない。

それから？　唾をゴクリとのんで誰かが尋ねた。

それからおれたちは蹴り続け、お母さんはひらりと宙を舞い、持っていた杖をカチカチカチッと音をさせて空中で格納し、マットの上に仰向けになって空に向かって笑いだしたから、おれたちもみんなで大笑いした。

作り話だな、と誰かが勇気を出して言った。

本当に信じられない時間だった。

しゃっくりは？　しゃっくりをしていたクリケット選手が尋ねる。彼も他の誰も、しゃっくりが止まったことに気づいていない。

その人もしゃっくりをしてなかった。

おかあさん、何の冗談ですか。誰も笑わない。

笑っていなかった。ナワーズ・バーイーは大泣きしていた。あれはしゃっくりじゃなかったと言っていた。しゃっくりを始めたのは、ちゃんと倒れる練習をするためだった。

撃たれたんだろう？　質問者は怒っているような声を出した。理解したつもりになっていたのに、絨毯みたいに引き抜かれて、顔から転倒してしまったみたいだ。

そうだ。

撃たれたのか？　誰かが囁いた。

しゃっくりをしていた選手が声とも言えない声を出した。笑うな。彼は言った。どこか別の時代に発射された銃弾が、その時代にとどまらなかったんじゃないか。銃弾はあとから来た人に当たって、人を殺し続けているんじゃないか。ここへ来て彼の声は少し震えている。

そこまでだ《ストップ・イット》。キャプテンが叱りつけた。試合の前に、なんて空気を作ってくれるんだ。

その試合で、しゃっくりをしていた選手は一〇五ノーアウトという記録を打ち立てた。九九ランを放った後、パビリオンをはるかに越える六ランのボールを打ち返すと、彼は宙を舞い優雅なフリップを披露し、そして横たわり、愛おしそうに空を見上げ、友情のバットを差し出した。


ブンブンうなる羽音をすべて聞きたければ蚊になればいい。湿度が欲しければ雲に、小突き合いたければ国の政治家に、踊りたければ風に、泣きたければ尻尾に、河になりたければ母親に、檻に入れられつながれた動物になりたければ娘に、物語に終止符を打ちたければここに来ればいい。物語は終わらないが止めることはできる。

だが物語は前に進むこともあって、砂、蝶、鳥、老女、薬包、女性にこれを止めることはできない。そう、書かれたものの中に、それらが頼れるものは何も残っていない。ここには仏像もなければ、結婚もなく、刑務所もなく、ビザもなく、示すべき文書もないのだ。そもそも書かれた記録などなかったのだし、人間の罪深い火で燃えがらとなったものもある。

もう一つの可能性として考えられるのは、文書崇拝者たちの中に、脳から耳に降りてくることができる者がいて、彼らはさまざまな声を聞き分け、それがどこから聞こえてくるのかを推測する。これは山羊の耳で、これはカアカア、これは万能の神。しかしこうした疑り深い知識人は噂話と会話を一括りにする一方で、見たこと聞いたことと、空想や創造を分けて考えてしまいがちだ。どこまでが現実でどこまでが非現実か、それを知覚する力がない。それどころかどの言語かも理解していない。ヒンディー語を話し、ヒンディー語しか理解できず、他の言葉は一切できず、小石の羅列のような印象を抱く。自分たちの言語にない言葉や資料に載っていないことを誰かが知っているとは夢にも思わない。鳥や虫が、風や闇が言葉を持っているなどという考えは、彼らの想像を遥かに超えている。地上で起きていることが月でも話題になり聞かれているのを彼らが知る、その不可能な可能性を議論してみよう。もし彼らにそのような理解が可能であれば、地球は終わりを迎えていないはずだ――それどころか傲慢にも、フィリピンやウズベキスタンに洪水や台風などの破滅的被害は起こっても、ドイツやアメリカには起こらないと信じている。日本の福島のようなことは一度か二度起きるかもしれないが、将来的には起こらない。日本は西洋を気取っているかもしれないが、今もこれからも東洋であって西洋になることはなく、悲惨な事故は東洋で起こる。

このような人々にとって重要なのはこれまでの物語か、これからの物語か。起きた出来事を遡ることはできない。あの二人の女性は外から猫のように潜り込んできたが、ハイバルでは一羽の鳥さえも入ってこられない。ターリバーンやアルカーイダ、その同類がここを支配している。ハイバル・パクトゥーン全域が巨大な蟻塚と化し、その穴から武装した蟻たちが絶え間なく顔を出し、前後の見境もなく爆弾を仕掛け、銃撃戦を仕掛け、若い女性を倒している。

要するに、ここまで読む気にならない人は、この先も読まないほうがよく、それがあなたのためだ。色と道を好む風流な人が立ち止まる必要がどこにある？音楽の中にある音符が、一つのラーガの中をいくつもの方向に進む。そこに、どれほどの痛み、どれほどの喜びが潜んでいるのか。別のラーガが訪れて結びつく。音符に揺さぶられ、最初の曲は甘い思い出になる。音色が響きこだまして、あらゆる境界を越える。音調が変化し、音楽がたゆたう。死は訪れ、生が続く。物語は生まれ、物語は変化し、物語は流れる。自由、往来。

さらに耳を傾けようとする者は影を信じなければいけない。誰かが見た影、誰かが聞いた影。その先には影がある。銃弾が命中したのもまた影だった。

ここが岐路だ。向かうのは影の道か、鋭く削られた山脈か？　前者がよければ一緒に行こう、旅人よ。後者がよければ、ここでお別れだ。

その夜。

その夜、施設の近くで料理人の一四歳の息子が二つの影を夜に見たと言った。彼は小便をするのに気を取られていたので、そこまではっきりと見えたわけではないが、一つの影はかなり背が高くがっしりとしており、顔はニカーブで隠れ、おびえたような目をしていた。その影は、少女のように見えるもう一つの影を隠そうとしており、その影は外で漂っていて、少年によると、その影は振り返り、ナワーズ・バーイーの家の近くの宿舎の屋上からの明かりで顔を照らされたものの、顔にそばかすがいっぱいあったようで誰だかわからなかったと言う。少年は恐怖を感じたが小便を途中で止めることもできず、おびえているように見えた影とそばかすだけが目に入ったというわけだ。そう、その影が戯れるように手に握っていた棒を振ると、蝶のような蛍が舞い上がった。

その少年が見たのはそれだけだったが、特別捜査官の屋敷の外のベランダで寝ていた野良犬も二つの影を見た。おそらくそれらは刑務所の近くで目撃された二つの影で、一つは背が高い影、もう一つは小さい影で、小さい影はもう大きな影から何度もちらちらと姿を見せていた、犬は影が動く物音を聞いたが、骨や肉の形をした物音と何か違うと感じ取り、わざわざ立ち上がる気にもならないのに目が覚めて、自分の好奇心を呪った。おや、ベランダに立っているじゃないか！　野良犬は好奇心と怠惰の間で揺れ動き、まどろむ目でまばたきすると、それらは扉を押して屋敷の中へ入っていった。野良犬がその扉が開くのを知っていたら、ベランダで夜を明かすこともなかったし、ハイバルの冬の寒さの中で体を丸め自分の肉体を痛めつけることもなかった。長い間忘れていたが、血統を誇る番犬としての自分の役割というものが頭をかすめ、何とかよろよろと立ち上がろうとした。しかし喉から出てくるのは勇ましい番犬の声ではなく、寒さに襲われ息も絶え絶えの悲鳴だったから、野良犬は面目を保つため、大麻《ガンジャ》吸引中毒者のように眠りの国へと滑るように戻っていった。

次に何が起きたのか、影が闇に溶けていったのか、それを判断するのは難しい。だが偶然は重なった。チャコーラ鳥が一羽いた。イワシャコとも呼ばれる鳥だ。

二つの影が家に入ったとき、その部屋の窓のひさしの上で夜を明かしていたチャコーラ鳥が片目を開けた。聞き慣れない足音を聞いて夢から覚めたのだろうか、それはわからない。パキスタンの国鳥でもあるチャコーラ鳥は、自分を天下無双だと思っている。しかし狡猾で貪欲な人間たちは、自分たちの強さを見せつけようと躍起になっている。そのため日中のチャコーラ鳥は姿を見せず、夜の闇に紛れて活動するようになった。その屋敷の軒先はとても具合がよかったから、チャコーラ鳥はよく訪れるようになっていた。闇の中、チャコーラ鳥は安心してまどろんだ。まどろみの合間に片目を開けて、ひさしをつたう蔓草を這っていくバッタや蟻を嘴でつまみ、贅沢な時間を過ごす。もともと空を飛ぶのがあまり好きではなかった。

夜は実に暗かった。ハイバルの空では満天の星々が際立った。チャコーラ鳥は片目で星々をうっとりと眺め、もう片方の目で虫を探した。大きな影に隠れた小さな影が外からゆらゆらと漂ってこなければ、いつもの夜のように眠っていたことだろう。おや、小さな女の影だ。国鳥ははっと目を覚まし警戒した。パクトゥーン・ハイバルにおいては普通の出来事ではなかった。

チャコーラ鳥は完全警戒態勢に入った。アリー・アンワルの妻ならチャコーラ鳥も認識できる。しかし彼女は子供たちのところへ出かけており、屋敷にいなかった。なぜ彼女は夜の影に紛れ、こんな危険な通りを歩くのか？

おや、これは。チャコーラ鳥の小さな脳にコブラパールのような鮮やかなひらめきが起こった。これは囚人の女。隣の敵国からやってきた二人の無法者の女のことはハイバルじゅうで知られていた。そのひらめきは稲妻のように小さなチャコーラ鳥の思考の枠を越え鮮やかに炸裂した。その瞬間、平衡感覚を失ってよろめき、しっかり身構えていなければ転げ落ちるところだった。眠ろうとしていたチャコーラ鳥が悲鳴をあげた。

行動の原則として、何らかの前後関係がある。アリー・アンワルがその悲鳴を聞いた。彼は昏睡状態の父親アンワルの隣に座っていたアリー・アンワルだ。アリー・アンワルはとっさに窓際の扉から外へ出るとチャコーラ鳥が座っていた上のほうを見上げた。チャコーラ鳥は飛び立つべきか、その場に留まるべきか決めかね、どこからともなく現れた一羽のカラス――全能のアッラー以外に力はない――の隣に、そして安全を保てる場所に留まった。チャコーラ鳥はカラスを見て、この邪魔者は自分の虫を盗みに来たのだろうかと思い、まだ自分を追い払おうとしないアリー・アンワルを怪訝そうににらみつけた。アリー・アンワルのほうはというと、何を信じて何を信じてはいけないのか、といった表情で二羽の鳥を見、カラスは誰が味方で誰が敵なのかどうやって見分ければいいのだとでも言いたげに、少し離れたところで飛び跳ねた。つまり、三者は疑心暗鬼を深めるにらみ合いを不承不承始めたのだ。

　偶発的なもつれ合いの中、背の高い影は夜の星に溶け、小さな影はアリー・アンワルが座っていた場所に腰を下ろしたという話が数日中に流れたが、これは共謀して行われたことなのか、それとも奇妙奇天烈なことが首尾良く成功しただけのことなのか、それは誰にもまったくわからない。

　一人の母親が一人の半身不随の人のところへ到達した。

　アンワル、チャンダーよ。母は言った。

アンワルはぴくりともせず横たわっていた。その人の隣に穴のあいたシェードのランプがあり、柔らかな光を放っていた。彼の目は閉じられていた。母はその人の顔を見ていた。そして母も目を閉じた。

　母は黙っていた。どれだけ黙っていたのか、それは鳥たちにはわからない。鳥の言うとおりなら、何十年ぶりに会ったことになる。それが鳥たちが子供たちに聞かせた話である。だから母は黙っていた。目を閉じて。そして歌い始めた。かすかな歌声は、時に強く、時に外れ、時に音色をなくした。長い間、練習をしていないかのように。歌をやめて母は笑い始めた。少し恥ずかしそうに。そしてまた歌い始めた。今度は途中で止まることも笑うこともなく歌った。

　どうしてそんなに偉そうに振る舞うの。途中で一瞬、目を見開いた。

　私の主、慈悲深き……アルズ・カルト・イブラーヒーン・モウラー……。

　疲れたのだろうか、あるいは考え事を始めたのか。目を閉じたまま、額の皺が深く刻まれている。

　今度はゆっくりと目を開けアンワルの閉じた目と合わせるように自分の頭を近づけた。ラーガ・プリヤーダナーシュリー、と自分に対して、あるいはアンワルに向かってつぶやいた。母の頬はランプの明かりに照らされ赤く染まっていた。老人の気管に負担がかかるくらい血流がめぐっていた。

そして再び歌は始まった。行け、使いのカラスよ。私は言づてを送る。最愛の人が去り私は安らかに眠れない。

ああ、と彼女は言ってはいない。ああ、と言ったように見えた。というのも彼女は歌いながら、アンワルの頭の後ろ、ベッドサイドのテーブルの上に自分の仏像を見つけたからだ。そして、ああ、と言った。

同じ気持ちでカラスもカアと啼いた。その頃にはカラスとチャコーラ鳥は打ち解けていた。どちらの鳥ももはや昆虫に興味はなく、昔の恋人に会うために夜の闇から現れた女性を眺めることに夢中になっていた。アリー・アンワルは、鳥たちのことを忘れてベランダの安楽椅子でまどろんでいた。弱々しい声で時々音を外す歌手の歌声に鳥たちがなぜ魅了されたのか。だが自分のことを歌われて魅了されない者がいるだろうか？　カラスよ、のところでカラスはカアと啼いた！　カラスは誇らしげにチャコーラ鳥を見つめ、大らかな感情が心で花開いた。友情の翼を広げられたらと願った。おれたち二羽の鳥。おれと君は同じ言葉を話す。発音が少し違うだけだ。そしておれらはそれを別の名前で呼ぶ。そんなおしゃべりをした。

このインド人とパキスタン人の出会いのように、チャコーラ鳥も愛想よく笑った。

シッ、カラスは警告した。恋人たちの逢瀬を邪魔しないように。

もちろんだ。チャコーラ鳥はそう言い、物語が続くように、二羽の鳥は利口な子供のように翼を畳んで座った。もちろん二羽の鳥は危険を感じはしたが、ラブストーリーなのだから、銃声が響いたとしても、ロマンスが精彩を失うことはないだろうと考えたのだ。

仏像を見た母は、自分の顔をアンワルの耳へぐっと近づけ、この石の中にもこぶのある男の中にも心があると言った。

二羽の鳥は古典音楽に疎かったが愛の気配は鋭い耳に瞬時に届いた。

もし私の石の心とこぶの男が私の面倒を見てくれなかったら、私は今日あなたに会いに来るまで生き延びることはできなかった。その人はかすかに微笑み、手を振り、恋愛物語のヒロインのようにしなを作って頭を振り、鼻歌を歌い始めた。また同じ曲、行け、使いのカラスよ。私は言づてを送る。最愛の人が去り私は安らかに眠れない。

ドとレの音符の知識もないカラスが体を揺らした。

私は眠った。アンワル。眠り続けた。咳が止まらなかった。結核。咳をしながら眠り続けた。こぶの男は私を助けてどこかへ消え、石の心は私と一緒にいた。あなたと同じ、私も意識はなかった。目が覚めるとすべての方向が変わっていた。

その人は再びラーガを歌い始めた。バレー・グラーム・アリー・ハーン。覚えてる？　その人は笑った。ハヴェーリー・ミヤーン・ハーン？　モーチー・ゲートの広間は？

その人の音色とリズムは歌い続けても上達しなかったが、喉は少し開くようになった。その人は歌を止め回想し、アンワルは黙っていた。

タキヤー・ミラーシヤーンを覚えてる？　覚えていない？

アンワルが黙っていると、その人は饒舌になった。

あの歌があったでしょう、思い出して。私たちは毎週、アーシフ・ジャーとヌール・ジャハーンの霊廟に行ったでしょう。ラーヴィー川の向こう側に。それから私たちは庭に行った。どこかの庭よ。私とあなたで。薬草を噛んだりして。私の腕輪。みんな壊れてしまった。アンワル、その人は頭を下げ、はにかむように微笑んだ。

その人はアンワルの頰に手を置いた。彼の頭がその人のほうを向いた。顔が動いたために瞼が半開きになった。その人は手を引っ込めた。腰が真っ平らになるほど身をかがめ、鳥のように首を回した。首をそんなふうに回した。その人はアンワルの目をのぞき込んだ。

アンワル、あなた……その人の曲がりくねった体勢では言葉ははっきりしなかった。鳥たちもまた首をぐるりと回した。しかしカラスとチャコーラ鳥に誰が注意を払うだろうか？

アンワル、あなたは来てくれなかった、そんなことを母は言っていた。どうして行くことができただろうか？　私だってどうしたら行くことができただろう？　それでも私はお医者様と一緒に避難民キャンプに行き、あなたがどこかに隠れて私を捜しに来てくれるんじゃないかと想像をめぐらせたものよ。私は自分を君だと思ってテントを眺めていた。このテントのどこに私のチャンダーがいるのだろう？　テント村。蟻のように無数にいる避難民、日に何千も増える避難民。あなたは戻っていったに違いない。この群衆の中で私はチャンダーを見つけることはできそうもない。何から始めよう？　テントの上でチュンニーを振って、あなたが車でそこに埋もれていればいいと考えた。でもあなたといたときのチュンニーを私は持っていなかった。あったのは一緒に博物館で見た仏像だけ。その後、私たちはムルグチョーレーを食べておなかを壊した。覚えている？　思い出して。

アンワルの胸に母はそっと頭をのせた。母は笑い出した。私を捜しに来られるわけないわね。笑いながら、母は鉛筆で絵でも描くようにアンワルの顔を指でなぞり始めた。頬をくぼませ、唇を整えてやると、本当に唇が傾いて微笑んでいるような表情を浮かべた。誰も助からなかった。私がどこに帰れたというの？　母は子供のように指をぐいと押し込んでアンワルの瞼を開けようとした。帰れる時代じゃなかった。私たちは向かった先で生きるしかなかった。母は笑った。

母は笑い続け、歌い続け、顔に指で優しく絵を描き続け、話し続け、そして沈黙した。

どれだけ沈黙が続いたのか、どれだけ話したのか、それを計る者は誰もいなかった。何と何をアンワルに思い出させたのか、あの頃は違っていたとか、シンプルだったとか、あるいは、昔と変わってシンプルではなくなった日々の中で誰が味方となり誰が敵になり、誰が行方不明になったのか、そんなことについての一切を誰も書き留めなかった。

ほかの多くの事柄と同様に、チャンダーとアンワルの逢瀬の夜は、政府の記録にも個人の日記にも、どこにも記録されていない。

だがその夜、静かなハイバルのダイヤモンドがちりばめられた空の下は、まさに二人のものだった。

母は腰を下ろし再び身をかがめた。長い間、しわがれた喉で歌い、二人は寄り添って、――一人は座り、一人は横たわって――まったく当時と同じように、国境を越えた愛にひたっていた。

だから母が笑い出し、まったくもう、彼らがあなたと私を二つの別々の国にしてしまったのよ、と言ったとき、アンワルも微笑んだのだ。

ベランダに座っていたアリー・アンワルも鳥のよう

に片目を閉じて眠り、開いているほうの目は覚醒したまま鷹や霊や銃弾や大砲を警戒していた。ひさしの上にいる二つの国の鳥たちが連帯し警戒を続けていたのは、人間というのはショールの中にパチンコ玉や何かを隠し持っていることがあるからで、それを見分けるのは難しい。一方はよそ者であり、もう一方は美味なるものと思われていたから、恐怖心を抱くには十分な理由があった。警戒を怠らないことは、誰にとっても得策だった。

皆それぞれに変化するが、この二人の変化は他の誰とも比べられない。二つの純粋な心に並ぶものはない。純粋さのはかなさに比類するものはない。だからこれだけの時を超えて再会がかなった。距離を埋める。境界を破る。

すべてがうまくいった。母が言った。私たちは生き延びた。あなたは元気だった。生活は定まった。

母はアンワルの手を振った。アンワルの唇に触れた。瞳孔の開いたようなアンワルの瞳は裏側にひっくり返っていたが母を見ているようだった。わずかに開いた唇が母に微笑みかける。二つの熱い気持ち。充実した人生を送り再会した。

そんな夜の柔らかさに、太陽はもうしばらく一緒にいたいという思いが芽生えた。太陽は夜のそばへそっと忍び寄ったが、夜は遅くなるからと言い、手を振りほどいて去った。太陽と夜のロマンティックな諍いがアリー・アンワルを起こした。少しだけガタガタと音を立て父親の部屋の扉を開けた。

彼の父親の手は母の手が握っていた。あなたは来なかった、母はそう言った。許してあげる。私も来なかった。私を許してちょうだい。

母は立ち上がるとゆっくりとアンワルの手を胸の上に置いた。

アリー・アンワルが見たのは、この手のシーンだけである。脳卒中を起こしてから何年も冷たく孤独に横たわっていた父の胸に、古い手だが、愛によって新たに温められた手が心地よさそうに横たわっていた。胸には鼓動する心があり、その温もりが手を真っ直ぐ上げさせた。別れのジェスチャーのように。アンワルの手は上がり、その唇から言葉がそっと出た——許し。

息子のアリー・アンワルは許しの言葉を聞いた。

この夜のことはどこにも記録されていない。

人は物語が真実であると認める心構えができていない。誇大表現だ、非現実だ、神話的だ。現実の無意味な物語を真実だと考えることこそ真実ではない。

若者は年長者を信じる心構えができていない。あなた方は世界を創造したのではなく、破壊した。世界を救うことに着手したのは私たちであり、きっと必ず救う。年長者は若者と口論になる。自然や文化を救ったのは私たちだ、手抜きはしなかった、破壊して滅茶苦茶にしたのは君たち、貪欲なのも君たち、アメリカのやりかたも君たち、技術の進歩の亡霊も君たちのもの。あなた方は決まり事にがんじがらめじゃないか、と若者は主張する。しきたりや習慣や伝統の奴隷になり、言われたことをやっているだけだ。私たちだって恋をした、ジャンプしたり飛び越えたりした。年長者は眉をひそめて反論する。私たちの死の物語は、私たちの若々しい生の物語だということを君らは理解もできないだろう。

共に分断を作り出したこと、それがあってはならなかったことを、年長者も若者も言わない。

それでも偉大な魂の持ち主はいて、彼らは、年長者も若者も分け隔てなく考え、分断ではなく、これは君の時代、こちらは自分の時代だという考え方をしない。しかし彼らが耳を傾けるのは、目の前のステージで明るいスポットライトの下にいる人の声であって、賢者の言葉に誰も耳を傾けない。忘れ去られ、片隅に追いやられたものに誰が時間を割くだろうか？　ラーイプルにはヴィノード・クマール・シュクラがいるが、彼の壁の窓の外が魔法にかかっていたのを誰が知っている？　ビハールでナーガールジュナが豊かなあご髭をたたえた農民の後ろから語りかけると、久しぶりに家中の人々の目が輝き、カラスが久しぶりに翼を掻いたのを誰が知っている？　首都にはニルマル・ヴァルマーがいて、ダイヤモンドのような鋭さで言葉を刻んだが、首都の人々は彼を知らない。うっかり彼が描写した陽光を目にした人は、それがシムラーで光った陽光だとも知らずに外国から来たものだと言って排除しようとする。

文学を文学として読むとき、物語や説話や民間伝承が世界と融合しようとしているわけではなく、独自の道を進んでいるのだと気づくことがある。世界に感染させる必要も、即時的である必要も、調和的である必要も、結合的である必要も、無害である必要もない。それぞれの香り、誇り、高慢さ、プライドの歩み方が文学なのだ。

歩みを止めないのが世界だ。文学とは希望であり命を照らすものだから、世界は文学を切実に必要としている。だから世界は逆境にあり斜に構え隠れたり閉じたりする道を通して文学に溶け込もうとしている。音も立てずに文学に浸っていく。文学は、世界が拒絶する他に類を見ない歩み方で絶望を消そうとする。そしてその努力により、死にゆく女性の物語が青春の色を帯び、並ぶもののないほど清らかな初恋にハイバルがさらに磨きをかける。そして世界は、ハイバルの暴力と復讐から、山脈から、宝石と空の輝きから、陽光を集めることを強く望む。破壊の中で、新芽と青々とした若葉が世界を迎える。

だからこそ何日もの間、世界は楽しげにこのラブストーリーに忍び込み、喜びのあまり黙っていられなくなった。

その夜、国境を越えて恋人に逢いにきた女性は、国境の向こう側の恋人と逢瀬を重ね、そのあとに何が起きたのか？　結婚式を祝うように、物語は次から次へとバンバンと音を立てて進み、踊り狂った。恋人たちが泣いたから泣き、恋人たちが抱き合ったから抱き合い、二つの国に分かれ、約束は破られた。別々の家庭を築かなければならず、恋人たちがごめんなさいと許しを請わなければならなかったから、分割を呪った。世界中の人々が、この世界はどうなっているのかと憐れみ、心が揺さぶられた。

恋人たちが死の淵に降りていかなければならないとは、なんと愚かなことだろう。

朝が明けきらない頃、アリー・アンワルとアンワルの家から二つの影が再び現れ、通りに出た。だがしかし、許可もなくビザもない影が早朝に歩いているのを誰が誰に知らせたのか？　そのとき、官僚主義の役人に他に何ができただろうか？　指は引き金にあてられていたし、上からの命令が出れば、それに従うまでだ。

その瞬間、影は逃げて逃げてと叫んだ。影は走った。八〇歳の影は走るのではなく飛ぶ練習をしていた。銃弾は背中に向かって放たれたが、その背中はすでにひっくり返る術を習得していたし、顔面から倒れることなどもってのほかであった。そして実に見事に影の体は飛び上がり、銃弾が命中する直前、吟味し尽くした跳躍をこともなげに披露し、山の縁をひらりと越えた。

　その瞬間、太陽はその人のほうを向いた。目撃した者によれば西から昇った。その朝、西から太陽が影の前で礼をした。その人はキラキラと輝き、大勢が目撃した話によると、ハヤブサのように空を舞い、心地よいベッドの上に休んでいる女王のように空中に横たわり、安息の体勢のまま杖を振り、カチャカチャカチャと音をさせて閉じると、蝶が現れて四つの世界を飛び回り、その人は自分の土地、願いどおりの場所、インドとパキスタンに分離された、最期の瞬間の栄光を汚すことのできない場所に舞い降りた。


　デリーの人だったが、古風なところがあって、野暮と言ってもいいくらいゆっくりとゆっくりとしている。長いあくびをして、またあくびを誘い出し、開けた口の前で二本の指をパチンと鳴らし、手をゆっくりと遠くにやった。ネルー図書館の古い革張りのソファに座り古い新聞をめくった。あくびをして体が揺れると、革が――とても古いが野暮ではない――指を鳴らす真似をしたかのようにゆっくりと音を立てた。プスプスプス。この件に関しては、古風でも野暮でもなかった研究者が、野暮な音をさせたものだと恥じ入って辺りを見回した。そして再び彼は新聞を読みふけった。

　当時のメモリーは、つまり記憶の市場は熱かった。世界中のどの大学でも、研究機関でも、競うように記憶について研究していた。年に一冊本を出すような知識人は、もちろんこれに飛びついた。若手のインド人男性研究者や女性研究者が、アジアやアフリカの研究機関で記憶に関するセミナーを開催するようになるほど熱心に取り組み、プロジェクトの提案を大量に受けていた。ネルー図書館の研究員は、世俗的な傾向のある上級チームと一緒に、ヴィシュヌ派によるジャイナ教徒や仏教徒への攻撃の記憶を掘り起こし、現在の他の共同体的記憶と比較対照する作業に励んでいた。ネルー図書館にある古い新聞や雑誌という宝の山を捜索するために、多くの若い学者が訪れていた。

　そんなふうに彼はソファに座り、あくびをしながら、風を切っていた。記憶に飽きたのか、風を切るのが恥ずかしかったのか定かではないが、古い新聞の一枚の記事に視線を落とすと、彼の目は落ち着きを失った。

戦慄の走るような見出しだ。「越境――デリーの八〇代の女性、昔の恋人を探しにビザを持たず徒歩で国境を越える」

こうして関連のニュースを読むことに取り付かれていった。何かが始まるときはこんなものだ。これらの切り抜きは記憶の研究となんら関連はなかったが、目に留まったものを探すという行為が中毒性を帯びてしまったのだろう。目はそのニュースを嗅ぎ分けることを覚えた。

それほど多くの記事があったのか？　興味という観点からすれば、他にもっと旨みのある出来事はあったが、それでも何日か八〇歳の女性の見出しが紙面を飾った。「越境者もう一人行方不明」「ハイバル・パクトゥーンクワ州に囚われた二人のインド人女性」そして英語でも――「イスラマバードのインド高等弁務官事務所はパキスタン政府に書簡を送ったが、裁判所はこの件に関していかなる命令も下せないという主張を受け入れ、法務副次官はこれに従った」

これに対し老女である母親の長男が法廷に控訴したが、法務副次官は、イスラマバードのインド高等弁務団はすでにパキスタン政府に書簡を送っており、裁判所はこの件に関していかなる命令も出せないとした。長男は、両政府が相手国の犯罪者について騒ぎ立てるのに、一度も罪を犯したことのない母親のためには何もしてくれないのかと抗議した。彼は首相に公開書簡を書き、どうすればいいのか質問した。メディアの取材を受けた。書面と口頭で。裁判所、政府、メディア、すべての扉を叩いて訴えた。他にどの扉を叩けばいいのかというくらいに。もうどこへ行けばいいかわからない、英語でも訴えた。それでも私たちは勇気を失いません。あれは私たちの母なんです。私たちの戦いは続きます、と長男は声明を出した。

さらに多くの見出しを見つけた。ある新聞には「チャンドラプラバー・デーヴィー、別名チャンダーの主張」他の見出しは「若々しいおばあちゃん」

一部に、年老いた母親の執念に娘が付き合い同行していたとの記事があった。娘はジャーナリストとの会話は避けていたが、ある出版社に語ったところによると、母がいなくなったとき、不眠症であるはずの娘は眠っていたという。翌日、彼女は、何が起きたか誰も知らないことを知った。そして彼女は警察官に伴われて強制送還され、機上の人となった。刑務所内での母の記憶は覚えていたり忘れていたりとおぼろげで、母親がどこにいるのか、どうやって生活しているのか、家族は心配していた。過去にも道に迷ったことがあったからだ。

ガールフレンドが来ると、研究者は図書館の食堂でパンの天ぷら《パコーラー》を食べながら物語の断片を話し始めた。

そんなことがあるなんて、彼女は言った。でも分離独立期の話だからあり得るかもしれないわね。そして眼鏡をかけた。文字が読めないのよ。度数が変わったみたい、新しいレンズにしないと。

あり得るよ、僕は信じてる。研究者は言った。誰かが調べれば、きっとどこかに書いてある。市民婚姻法は見つけたが、実際にそのような結婚をした人がいたのかどうか、どうすればわかるかな？

ちょっとお兄さん、それはあなたの研究じゃないわ。

何でもいいがお兄さんと呼ぶな、と研究者は釘を刺した。そして、文書に記載がなければすべてボリウッドになってしまう、と真剣な口調で付け加えた。

ボリウッドがなかったら私たちはどこへ向かえばいい？　遠く離れたどこかの世界の片隅で暮らす鳥たちだってボリウッドの脚本を書いて楽しんでいる。昏睡、分離独立、銃、愛とか何とか、詩、宗教、砂のように舞い上がる銃弾、男が行かないようなところに夜な夜な出かける女たち、塩、唐辛子、コリアンダー、フェヌグリーク、マスタードシード、アジョワン、カロンジ、ヒーング、ミント、ザクロ、すべてがそこで炒められる。チロンジだって誰かが入れるかもしれない。闇の中の影、それを二人の女性と言い換えることもできるが、彼女たちは逃げ、殺された。しかし大方の話によれば、一人の女性は、どこでもすり抜けられるほど小さくなっており、刑務所も大したものではなく、上官の枕元に現れて要求をしたという。上官、つまり私たちの大ボス自身がけしかけたことであって、その人は逃げた。そこで発掘された大変高価な像を盗んだ。するとどうしたことだろう。我々の上官は銃弾を放ち、その人の邪悪な目から像と父親を救った。彼の家も。私たちの国では女性に銃を向けないから、凶暴な野獣か何かと間違えて撃ったに違いないし、その勇者が倒したのは獣に違いなく、それは山の上で死んでいるに違いない。だから山を捜索中なのだと言った。

だがいつまで誰を探せばいいのだろう？　今は移り変わる時代だ。毎日新たな発明がなされ、古いものは捨てられる。物語や小説は末期にある。

　ネルー大学の図書館で、小さな女と大きな女の物語について誰も語らない。


　死は誰にでも訪れる。鳥にも。雉と呼ばれることも多く美食家が料理して食べるのを楽しみにしているチャコーラ鳥も死んだ。カラスの心は折れた。

　鳥たちの友情にまつわる物語は世界的に有名だが、誰もそれを語らない。例えばガルダとオウムの友情である。その物語は何世紀も前のものであり、教養があり、偉大な古代文明に精通している人々は、その友情について確実に知っているし、そうでない人は物を知らないというだけだ。二者は親友であったから、死を想起して動揺した。君は長寿だがおれはどうなる、そうオウムが尋ねるとガルダは憂鬱な気持ちになる。君はヴィシュヌの近くにいるのだから、おれのために願掛けをしてくれ。ガルダは、私の友のために不死をお施しくださいませ、と主に懇願した。そうか、とヴィシュヌは優しく答えた。私がブラフマーにその願いを伝えよう。ヴィシュヌよ、とブラフマーは言った。私は創造主である。その願いは破壊者つまりシヴァの領域だ。だから共に行こうではないか。到着すると、シヴァは寛大にも約束を果たすと言い、すぐに閻魔大王《ヤマ》に伝えて来ると言うや、死神であるヤマを呼んできた。ヤマは三神の話を聞き、掌を合わせて頭を下げた。三神一体《トリムールティ》よ、たった今、我が使者がそのオウムを連れてきた。あなた方は知らないだろうが、ガルダの親友だという事情から、私はオウムを不死身にしておいた。ただしオウムが死にそうになったとき、何らかの事情でブラフマーとヴィシュヌとシヴァが共に現れたらオウムは死に向かう。それが現実になった。どうかお許しあれ。云々。

　この物語はこの場にふさわしくない。チャコーラ鳥がカラスと友情を育んだ。というのも、二羽は翼を重ね合い、涙で目を霞ませながら特別な夜の目撃者となったからである。

　物語はそれだけで終わらない。チャコーラ鳥は忍耐の鳥であった。痛みが肉体の内側を満たしたが、勇者のように勇敢で、揺るぎなく冷静沈着な態度を保ち続けた。ところが翼を重ねたカラスの翼が感動でぶるぶる震えたとき、不思議な感覚に陥った。チャコーラ鳥はわっと泣き出しそうになった。抱擁していた翼を外そうとしたとき、カラスがより強く翼を巻き付けてきたのだ。二羽は涙を流した。

ここでわかることが二つある。一つは、自分も泣き出してしまうから、涙を誘う場面で嗚咽を漏らす者の胸のそばにいてはいけないということ。もう一つは、誰かと感傷的な感情を分かち合うと、友情の種が蒔かれるということである。あなたがインド出身で、友人がパキスタン出身であったなら、誰も二者を引き裂くことはできない。

インドとパキスタンの友情など誰が気にするだろう？　抗争と敵意の太鼓が打ち鳴らされている。嫌悪が擡頭している時代、恋愛物語なんてチャラチャラとしてむずがゆいものに感じられる。ライラとマジュヌーン、シリンとファルハド。誰がチャンダーとアンワルの恋物語をハイバル峠に結びつけるだろうか。ハイバル峠は、殺し屋、カラシニコフ、ターリバーン、ドローン攻撃、子供たちの学校の爆破、これらの恐ろしい見出しと共に現れる。例えば宇宙から国境線が見えなかったとしても、インドとパキスタンの国境付近が光で満たされているのははっきりと目視できる。異星人が見たら、この惑星はいつも祝福ムードに満たされていると考えるかもしれない。分離が一部の人々の祝祭になったことをどうして異星人は知ることができたのか？　敵意の祝祭、分離の熱気。

同様に、この二羽の鳥は長年、翼と翼を重ねて飛び回っていたが、政治的に言えば二つの国からやってきた存在であることは誰にもわからない。チャコーラ鳥はパシュトゥーン人のいる地域に住み、カラスは意味もなく分け隔てられたインドに住んでいた。

それだけではない。誰も知らないが、そのカラスがまだ若くて幼稚だったころ、暴力的であることを男らしさと信じ、口を開ければ争いになった。愛について語るときは見下したような喧嘩腰の攻撃的な口調になった。今日会いに来なかったらとっちめてやるぞ。おれ以外の人間と嘴をくっつけたら、おまえの嘴をねじってチャーチルの葉巻みたいにぶらさげてやるからな。長男に大きな岩や小さな石を落として、頭をココナツかスイカのように割ってやろうと計画したのもこのカラスであった。その横柄な態度をフェミニストカラスに注意され、他者へ配慮する心が呼び覚まされた。彼の中に慈愛の心が芽生え、今やすっかり静かで穏やかで物腰柔らかになり、長男の様子を尋ねに窓の前までやってきては頭をぶつけてみたり、早朝であれば窓からそっと覗き込み、眠っている長男がちゃんと動いているか確認するようになった。長男が首を起こすと、自分の首も伸ばしてみたりし、黒い体をあっちの端こっちの端に動かし、日が昇りましたよ、世界中が仕事をするんで出かけていきますよ、と声をかけたい。だが伸びをしたりあくびをしたりする長男がじれったくなって、いらいらしながら嘴で窓をコツコツ叩く。コツコツというその音で長男は窓へ手を伸ばしカーテンを引く。

そのとき太陽は、輝きのない幾層にも絡まった夜のガウンを脱ぎ捨て、自分の陽光に照らされたマントに身を包み、二者と共に座っていた。長男とカラスは、やあ、こんにちは、とでも言うように微笑んだ。紅茶、長男は叫んだ。ビスケットをカラスに与える。その愛に対し、貪欲さがあふれ出す。悲しみが喜びになる。カラスは窓ガラスに頭全体をぶつけてサンキュー、悲しまないでハッピーにいこう、カアカアと歌った。

誰も知らなかったが、長男はビスケットやローティーをやるだけでなく、カラスに心をさらけ出していた。

誰も知らなかったが、カラスが何日も来なければ、待つようになっていた。カラスは、新たな客人があるよ——客人というのは母のほかの誰でもないのだが——と軒先でカアカアと啼く。長男はカラスの到来を吉兆のように感じていた。

誰も知らなかったが、暑くて喉が渇いているカラスが涼んだり、飲んだり、翼をパタパタさせて水浴びしたりできるように、長男が小さな金属の鉢に水を張っていた。

誰も知らなかったが、カラスが寒さで凍えているのを見た長男が、紙製の靴箱に綿と古いモスリンを縫い合わせた布団を敷き詰めていた。カラスが人形で、長男が少年であるかのように。誰も見たことがなかったが、ときどきカラスが一泊することもあった。母が国境の向こう側へ行った冬の初めの頃のことだ。

誰も知らなかったが、行方不明になった母の居所を捜すために長男が手を尽くし、慌てふためていたとき、もがき苦しみ、無力感にさいなまれている長男を目の当たりにしたカラスは、自分も捜索に参加しようと決意していた。自分の寝ぐらに帰ることをやめ、窓際にきれいに整えられた寝床で休んだ。長男が寝返りを打つのを同情と愛情のまなざしで眺めていたことも誰も知らない。

　誰も知らなかったが、カラスは自分にしかできないと考えていた。その一方でビザやらのごたごたについてカラスは何も知識がなかったし、分離独立の不和についても知らなかった。カラスはまったく違う歴史を生きてきた。しかし同情と宗教と愛情は、これとは別の俎上にあった。そう、カラスは自分の翼を当初から誇りにしており、今も自慢して長男を黙らせ、じっとしているようにと言い、向こうへひとっ飛びして、すべてを調べて帰ってくると告げた。

　誰も知らなかったが、長男を慰め、勇気づけてやるために、カラスはカアカア語で言葉を発した。長男自身も知らなかった。人間が他の生き物の言葉を忘れてしまったのは悲劇であった。うぬぼれが起こした悲劇のいい例だ。人間は自分の知性を信頼し得意になるあまり、知性を制限してしまったのだ。

　ところが鳥類などは、こうしたうぬぼれ――翼に誇りを持つことは単純かつ罪のない感情である――に呑み込まれることはなく、四方を見渡し、四方八方から情報を得て常に学ぶため、とりわけ遠くに飛ぶ多くの鳥は、カラスもそうであったが、片目を閉じて脳の半分を休め、もう片方の目は開けて脳の半分を覚醒させている。つまり眠りながら学習する。敵から逃れ、同時に知識も深める。悟りを得たヨーガ行者と何ら変わらないが、ヨーガ行者は鳥をそのように考えるだろうか。

　カラスがどのように飛ぶか誰も知らなかった。ワーガー、ラーハト、ラホール、カラチ、タール砂漠、母娘を追って、あれこれ見たり聞いたりして、ついにハイバルに到着した。

　誰か知っているとすれば、ハイバル時代の友人だろうが、そうなると会って記録を残すためには過去に遡らなければならず、すなわちチャコーラ鳥の言葉でボリュームのある物語を聞かなければならないということになる。それも面白い。だがそれはまたの機会に。

　とにかくハイバルに到達したカラスは、その道中に知見を深め、ビザ、分離独立、宗教間の憎悪について精通していった。パシュトゥーン人が手に負えないこと、彼らは勇ましく銃を振り上げて発砲することで喜びを表現することを知り、実際にそれを目にした。カラスだから人を簡単に信用する過ちは犯さない。カラスの肉を人間が好まないのはもちろんよく知っていたし、それは心強いことではあったが、自分たちが悪臭を放ち美味しくないから狙われにくい、というのも屈辱であった。その一方で気まぐれに、あるいは苛立ちから――苛立ちは人間の第二の気質だから――薄情な人間がカラスに銃口を向ければたやすく仕留めることができる。だからカラスは目立たないように隠れているしかなかった。

そのような深刻な事態は起こらなかった。小部屋や砦を覗き込み、パシュトゥーン人がカラスのほうを見ると、カラスらしい動作をし――実にゆっくりと、遠慮なく移動して少し遠巻きに辺りをキョロキョロ見回し、横目で警戒し、心臓をドキドキさせながら、誰にも悟られないようにと願い、パシュトゥーン人がまばたきをした瞬間に静かに飛び上がりその場を去った。

カラスは二つの点で有利だった――一つにはカラスであったこと、もう一つは空を飛べたことだ。閉じられた扉と高い塀の向こうを覗ける。

そしてそこに到着した。到着しなくてはならなかった場所に到着した。そこでは四人の銃を装備した殺し屋の警備隊員が二人の女性のところに配備されていた。もっと近くで顔を見て長男に吉報を伝えようと、モスクのミナレットまで飛んだ。

実は、長男がサリーの夢に絡め取られた木の上で、カラスは長男の母親と妹を見たことがあった。こんなふうに近くで見たことがあっただろうか？　牢屋の中というのは人が奇妙に見えてくる。小さくなった老女は髪を緩くまとめて肘まで土にまみれ、老いつつある娘は、頭をヴェールで覆い、恐怖と苦痛いっぱいの面持ちで歩き回る。

そしてそのカラスは、殺し屋は子供で、あご髭が生えていたとしても剃る必要はなく、髭を剃らなくてはいけなかったのは、むしろ娘のほうで、とげのような口髭が伸びているのを見た。草木の手入れをしている老女がカラスを指さして笑ったとき、長男が木から眺めていたときにもこの人はバルコニーの鉢植えに手を突っ込んで、今とそっくりそのままの言葉を言っていたのを思い出した。そんなこと考えてはいけません！そうだ、あの人だ、そうだ。そしてもう少し近づいた。

誰も知らなかったが、塀の上に留まって、下の花壇までぴょんと降りてきたカラスがいるけれど、長男と何か関係はないのかしら、と母は考えていた。植物を台無しにしたり、花びらや種を食べたりしたら、わかっているわね。母はそうカラスに警告すると、あとはたっぷりおしゃべりを始めた。その声はカラスにしか聞こえなかったので詳細は記せない。しかしカラスが色めき立っていたのはよく見えた。これがあれだ、本当にこれだ、今すぐにでも長男に知らせることができたなら。興奮して熱々になったカラスの顔に笑顔がはぜているのが見えた。

カラスがカアカア啼くのを母がどう理解したか誰にも分からない。しかし二者の親密さからわかるのは一つ、接触やコミュニケーションだけが率直な理解を深めるものではないことだ。絆や愛情と親密さがあれば、植物の成長を眺めることも、共に会話をすることも、沈黙することも、どちらも対話になり得る。もう母もカラスも孤独ではなかった。

カラスという種族は、何の苦労もなくどんな母語も理解したが、人類は歴史を通じて自らの種族を滅ぼし、母語も父語もどんな言葉も理解し合わないというのもまた事実だ。間違った処置として、よそ者にあらゆる種類の言葉を与え選り分けた。人類同士で混乱させ、道徳や不道徳を難解なものにした。何かを吐き出すとしてもカラスはカアカアと啼き、人類の頭上をかすめて山の方へ消えていく。人間の浅はかさの代償を、母のような人間が払うことになる。

それでも二者は打ち解けた。時には穏やかに、時にカラスがカアカアと啼く声に、母はキャンキャンと合いの手を入れた。母はカラスのために餌を用意し、何千もの話をしたが、その中には初恋の話もあり、新たな恋の熱烈かつセクシュアルな話も含まれていたが、そんな話も母はカラスに包み隠さず打ち明けた。そして、離ればなれになった子供たちや、その子供たちとの愛情深い思い出も語った。長男は小さい頃、女性っぽく、家では隅から塵を掃くのが好きで、女優のように座ると、腕を組んでなまめかしいポーズを取り、母の話に耳を傾けた。母がそう話すと、カラスは、そうそう、カアカア、そのポーズなら見たことがあります、と言って飛び跳ねた。母はカラスの熱心さをナーンと肉に結びつけ、母はいつもより多く餌を与えたが、カラスは悪い気はしなかった。じゃがいもは食べる？と母が尋ねたが、カラスは嚙めるだけ嚙んで答える前に離れていってしまったから、母は理解できなかった。

問題は、長男が捜している女性たちが囚人であるとわかれば絶対に心配するだろうから、このままにしてはおけないが、救出するといってもどうすればいいのか、どうすれば飛んでいって長男に知らせを届けることができるのかわからないことだった。ここまで来るのに何日もかかった。単に飛ぶだけではなく、そこここで情報を得ながら移動し、時速三〇キロ、朝食をしっかり取ったときは五〇キロの飛行速度を維持したが、完全に眠りながら飛ぶ技は持ち合わせておらず、紆余曲折の道のりに睡眠の時間が上乗せされた。おそらく一三日かかったのだろう。あるいは一七日か。それとも二三日？

　帰路、どこにも寄らずに帰れば、眠りながら飛んだとして一〇日だ。スーパーカラスでも丸一週間はかかる。その間に終末の災禍に見舞われたら？　無理だ、カラスは長男の目をまともに見ることができなくなるだろう。自分の寝床で眠ることもできなくなる。恥ずかしくて冷水の中で溺れるに違いない。

　母が背中を蹴ってもらっていたとき、カラスはひどく心配した。やがて彼も笑うようになった。そのうちそれが珍しくもないことを知った。ナワーズ・バーイーが母に話した秘密をカラスは聞いていたし、母はアリー・アンワルが同意したことを話していたからだ。

　誰も知らなかったが、カラスは飛行していないときも半分眠り半分目覚めている練習を始め、かつて開いていたが今は閉じている扉の上に続く壁龕で眠っていた。もし誰かが来ればそれを知るだろう。

　その夜、ナワーズ・バーイーは影になってやってきた。すでに影になっていた母は外の庭にいた。二つの影は音も立てずに扉を開閉すると道に出てきた。警備隊員、娘、誰も目を覚まさなかったが、二つの影は、カラスが影の影となり一緒にいること、二つではなく三つの影がハイバルの霧の中を長男の屋敷に向かっていることに気づいていなかった。

　カラスには理解できなかったが、息をしているはずが息が止まるのが不思議であった。そこで繰り広げられる光景を見て、カラスの心はもろくなり、胸を詰まらせていた。

　目の前のほの暗く光るランプの炎が、ハイバルの風に吹かれるようにかすかに揺れ、二人の顔がロマンティックな靄の中で揺らいだ。恋する女と恋する男。ある妻とある夫。

二人の前に非日常の光景が広がれば、二人は他人から親しい間柄に戻る。疑惑や恐怖の痕跡は、麗しのクリシュナがそれらを一掃したかのように消え去り、二人は新たな愛情を獲得して接近し、友情で結ばれる。たとえ一方がカラスで、もう一方がチャコーラ鳥であったとしても。

愛のラーガの旋律はそんなものだ。空気を、周りを浄化する。

あなたが素敵な情景を創出し、芸術や音楽を周囲に散らせていけば、憎しみや敵意や衝突は石灰の粉のように崩れ去ると言われてきた。優しい感情がほとばしり漂っていく。

恋する男は目を潤ませ、恋する女は逢瀬を歌った。二人の物語はランプの柔らかな赤みを帯びた色と混ざり合って二人の上に降り注ぎ、柔らかで美しい旋律が広がる。アンワルとチャンダーの愛の行く末は心地よく、普通のラブストーリーのように悲しいものでは決してない。

他に二つとない光景であった。二人の目は半分閉じられ、何世紀も前の歌が境界をことごとく打ち破った。

大きな価値が二人の間にゆっくりと戻ってきた。起きてはならないことが起きたとしても、悪い時代によいとされたことが起きたのだとしても、甘く切ない音が辺りを覆った。目はかすかに開き、笑顔がわずかに戻り、手は軽く上がった。許すこと、私たちのせいではないが、起きたことは私たちに起きた。許すこと。この一言に集合的な歴史と個人の経験のすべてが集約されている。これが過去で、これが現在だ。狂気の竜巻に吹かれてラブストーリーが崩壊した。そしてハイバルの深い霧と寒波と険しい山々の鋭い痛み。連続性。この希望、この渇き、この完結。

鳥たちの心は愛で満たされた。チャコーラ鳥は泣くことを覚えた。そのとき生まれた友情は、友情の手本となったかもしれない。

アリー・アンワルが慌てて隠れ、母に急いで出ていくように告げ、母が立ち上がり、その場を離れ、銃弾が放たれ、どれほど物の見事に背中から倒れたか、その一部始終を見た。二羽の鳥は心から感動で震え、どこから銃弾が放たれようと、我々もこのような死に方をしたいと思った。

チャンダーとアンワルのラブストーリーに心酔した

この二羽の親友は、一緒に空を舞いながら恋人たちの話を続けた。カラスは、人間が知らないようなことをよく知っていて、新たな友達にすべて話して伝えた。チャコーラ鳥は、そんなこともあったと笑って言い、いつも最後には涙するのだった。感極まったチャコーラ鳥が、自分もいつか国境を越えて残された仲間に会いに行くんだと決心すると、カラスは、半分向こうで半分こちらで別れた世界を見たらいいと励ましてやった。彼らが両側に広がる同じ空を見たとき、その境界線は空中に蒸発してしまうのだ。

　だがここで彼らの友情は絶えた。ガルダはオウムを救ってやれず、カラスはチャコーラ鳥を救えなかった。高い空にも長距離飛ぶことにも慣れておらず、年齢も六歳近くになっていた。月明かりで浮かび上がる国境の亀裂を越えたところで、銃か心臓のような何かが破裂し、鳥は落下した。カラスはその途中で受け止め、両者で決めていたとおり、たとえ片方が死んでも頭から落ちるという不名誉な形にならないように、カラスは仰向けにしてから嘴でくわえ、チャコーラ鳥が好きだった山に連れていき、眼下のすばらしい景色を見せ、その山へそっと横たえた。

　どこから銃弾が飛んできたか知らないがチャコーラ鳥も母も見事に横たわった。

　いや、私は殺していない、とカラスは言った。アリー・アンワルも言った。自分たちのため、そして親族や孫たちのために。この物語に興味のなかった人たちだ。彼らの時代には技術的な進歩があり、あらゆる物事がスピード感を伴った。空を飛びたければ、今ならありとあらゆる手段があり、その一端につかまるだけでひとっ飛びだ。たとえばメトロや飛行機やヘリコプター。コンコルドに乗ったカラスもいた。ビデオゲームは、閉ざされた部屋に座っているだけで宇宙空間の旅を実現し、エイリアンや未知の相手をボタン一つで殺し、一瞬で雲の上まで行き、次の瞬間は海底にいることをも可能にした。かつて風を感じるためには、体を酷使し、速く走ったり、飛んだり、息を切らしたりしなければならなかったが、今は機械のおかげで快適に座っていても楽々と風を感じることができる。

　子供たちは聞く耳を持たなかったが、罪の意識にさいなまれた。今や年老いたおじいさんとなった二者は、本当だ、私たちは殺していない、と再び釈明した。カラスは、自分のように皆が飛べるわけではないのも忘れ、ハイバルでは、銃弾は遊ぶ道具であることを忘れてしまったのを後悔する。

アリー・アンワルが言うべきは、自分が彼女を撃っていないことだけだったが、彼は、自分が強盗の脱獄を手伝い共謀したことが露見するのを恐れている噂についても、その夜、ハイバルの住人が物音で目を覚まして騒いだので、彼女を撃った噂が流れているのも知っていた。その後、すべてを忘れようとした。私は、銃弾が撃ち尽くされたあとに空に向かって撃っただけだが、誰かが脱走したことに気づいた。私が追跡されているのもわかった。そうぶつぶつつぶやいた。ところが別の意味で彼は罪悪感を覚えていた。危険だとわかっていたのに、なぜ彼女を会わせてしまったのか。そして、なぜ外のデッキで居眠りをしてしまったのか。三〇分前にその客を刑務所に戻していれば誰にも気づかれなかった。しかし夜が明け、巡回の者が通り過ぎる音が聞こえ、すべての出来事は緩いヨーグルトのように広がっていった。

するると、死者をあれだけの危険に巻き込んでしまったことを後悔した。老齢の二者は心の中でむせび泣いていた。だがこれだけこじれた話を誰に何と話せばよいのか。語り手に話させるべきだというのを人は知らないし、話すことで、自分の中の結び目がほぐれ、そのとき初めてすべてが明らかになる。人々は耳を傾ける前に見ようとし、反論を始めようとし、説教を垂れようとする。だから語り手は聴衆として、純真無垢で祖父たちを純粋だと信じる自らの子供たちの子供たちを選ぼうとする。

カラスは哲学的な問いをした。確かにチャコーラ鳥はそれほど若くはなかったし、おれのように飛び慣れていなかった。肺が破裂したのはおれの愚かさに落ち度があったとも言える。いい年をした大人が幼稚なことをしたせいかもしれないが、生きとし生ける者の命の最終段階で抱く夢を、死なせていいものだろうか。晩年になって世界旅行をしたいと夢見たり、新しい言語を学びたい情熱に駆られたり、料理学や何か別の学問を始めたいと熱中したりしたとき、その年とその技術で今から何が得られると思うかと問うべきなのか。それとも彼らの意思を尊重するべきなのか？　たとえ彼らが息切れを起こしたとしてもだ。彼らは安らかに眠れるだろうか？　カラスは悲しんで言うだろう。長男のところまでたどり着けたなら、親友が殺される前に、向こうの森や木立ちに残っている彼の友達に会わせてやれたなら、胸のつかえは取れ、後悔のため息をつくこともなかった。しかし自分は親友の願いを叶えてやった、頭から地上には落下させず、皇帝のように仰向けに横たえてやったことを思い、自分を慰めた。マーン・ジー《おかあさん》と全く同じように銃弾を受け、そして……

老齢の二者が翼を広げると、親戚や孫たちが突然遊びをやめて近くへ寄ってきた。驚きをもって彼らは話の続きを聞こうとし、中でもひときわ小さな子供たちは、ヘリコプターにでもなりたいのか、無意識に翼を伸ばし、空に向かって激しく飛び立ち宙を舞うと、スローモーションで下降して、皇帝のように満足げな笑みをたたえ、誇らしげに視線を上げ、腕を空いっぱいに広げ、背中を下に向けてスピードを落として浮遊し、地面に着くと、目に見えない境界線を越え、国境の向こう側に横たわった。

子供たちは立ち上がり、その日の遊びに戻っていった。カラスとアリー・アンワルはそれぞれの思いに浸っている。カラスは、何にせよ、おれは長男に伝えた、年月を経てあの人は穏やかな表情を浮かべるようになるだろうと考えた。それは事実であった。カラスの姿を見つけた長男は、自分の老後の心の支えを見つけたような幸せな気持ちになった。誰も見ていないところで、カラスの首をそっと撫でた。カアカアとカラスは驚いて啼いた。長男は、疲れたか、と優しく声をかけた。遠くから戻ってきたのを知っているかのように。カラスのために新しいプラスティックのコップに水を入れてやった。カラスは長男の手から水を飲んだ。時とともに友情は深まり、今では古いテニスボールで遊ぶようになった。長男がボールをあちこちに転がすと、カラスは嘴で返した。疲れると動きを止めてカアカアと啼き、さまざまなキックの方法について長男に講釈を垂れた。カラスが嘴を大きく広げて、おれには願い事がひとつあるんだと言った。一度だけ、一度だけでいいから、翼ではなく脚でボールを蹴ってみたい。だが誰もそれを正しく理解しなかった。

それは、アリー・アンワルが言ったのと同じだ。皆が誤解する。一度だけ、一度だけでいいから、彼女に触れたかった。だが誰もそれを正しく理解しない。彼女は何が起きているのかわからず事の次第に面食らっていた。彼女がどのように眠っていたか知らないが、私は心の中では彼女の肩に手を置きたかった。だが誰もそれを正しく理解しない。私は目も合わせることなく荷物をまとめてくださいとだけ言った。一時間後に戻ってくると、彼女は一人で、野生の少女のように花壇を荒らし、勝利の偽りの笑みを浮かべ、むしり取った植物の断片を空に高く投げていた。なぜか、私は理解したような気がしている。彼女の世界は根こそぎ破壊された。だが私には手を伸ばすこともできなかった。彼女が安全無事に帰れるように私が空港まで連れていき見送った。彼女の砂漠の瞳はこの地を去るとき裏返った。私の手はかすかに動いた。少し前に出していた手を彼女の頭にそっと置きたかったが、それもできなかった。後悔。後悔。

アリー・アンワルは、その母親とその娘のことを胸に刻んだ。

エピローグ

扉は何世紀もの間、諍いの音を聞いてきた。動じることもなく平然としていた。何世紀もの経験がある扉だ。一一、二年など数のうちにも入らない。一二年でも一五年でも一六年でも同じこと。勘定する必要もない。扉は自分の場所を動かなかった。動かなくてはならなければ、新しい服をまとい、新しい釘で打たれ、壁とともに引っ張られていく。今はここがすみかだ。引退後のマンション。

扉はずっと開いていたが、閉じようという試みがなされた。扉に鍵をかけられ始めたが、長男がそれを何度でも開けた。

このところ、近隣のマンションで盗難が起きていた。そこは門のある集合住宅で、敷地は有刺鉄線のある塀で囲まれ、警備員がいて、訪問者には入館登録をさせ、住人以外の車は外に駐車させ、極めつけは防犯カメラで、これが四方八方に設置され警備員室のモニターで監視しているから、盗難が起きていいはずはなかった。一戸ではなく五戸で盗難があった。泥棒は覆面をしておりカメラは役に立たず、手袋をしていたので指紋は残らず、それらの家には貴重品があり、盗まれるのを待っているようなものだった。

妻とスシーラーはいつも扉に鍵をかけたが、長男はあまのじゃくにも鍵を解除した。扉を牢獄から逃がしてやるように。こっそりと。妻が盗難の話をすると、長男は、盗難は鍵も錠もしっかりかけられた家で起きたと答えた。ある紳士は、表玄関は鍵をかけ出かけ、裏の浴室から家に入る習慣があった。だから酒を飲もうと立ち寄った友達は扉に閉め出されることになる。紳士は一人で酒を飲んで眠り、泥棒は誘い込まれ、もちろん鍵はかかっていたが、泥棒は部屋をすっかりきれいにして出ていった。泥棒が完敗した家が一つだけあった。教師の家だ。そこにはうんざりするほど本が積まれ、冷蔵庫には何世紀も前からありそうな得体の知れない野菜類、たとえばじゃがいも、ひょうたん、からすうり、いつ作られたかわからない料理、皿の上で緑豆と黒ヒヨコ豆が発芽していた。泥棒が冷蔵庫を開けた瞬間、緑色の霧がかかった雲が立ち込め、その向こうに緑、青、黄色、黒のジャングルが広がっていた。絡み合った根や枝が伸び、今にも他の家に侵入し巻き込もうとしていた。泥棒は後ずさり、仲間を呼ぶと、その仲間ははっと息をのみ、宇宙にある幻の世界のようだと言った。一人目の泥棒は忌々しい言葉を吐き、そしてそこに豊富にあった紙とペンを手に取りこうしたためた。そんなしけた仕事は捨てちまって、おれたちの仲間になれ。冷蔵庫のマグネットで目立つ場所にこれ見よがしに貼り付けて去った。

頑固一徹の長男は、扉の自由を守っていく。鍵をかけたままでは泥棒に入られ、災難に見舞われてしまうのだというように振る舞った。スシーラーの孫が、エアコンやクーラーの掃除をしたり、大小の大工仕事をしたり、家のあらゆる物を直しにたびたび来たが、シドがその辺に転がしておいた小銭や一ルピーや一〇ルピーを拾っていくのを長男は知っていた。何も言わなかったが、これは原理原則の問題であったから、そんなことがあったとき、長男は彼を遣いに出した。それも突然。本人は自分のバッグを持ち出すこともできなかった。彼が出かけると、長男はバッグを開けて財布を取り出し、盗んだ小銭の半分だけ抜き取った。孫は貧乏で、盗られた小銭はどうという額でもなかったが、泥棒は泥棒で見逃してはいいはずもなかったから、これは長男なりの折衷案である。

鍵のかかっていない扉の敵は、妻、息子、息子の嫁で、長男は親友だった。この頃は、雑巾に新製品の洗浄液をしみこませ、扉を一枚一枚丹念にごしごし磨いている。

それはもう扉じゃないな、ダイヤモンドをちりばめた宝物庫だ。シドがからかうと、その母親が、宝物は扉の内側にあるのよ、いただいてしまいましょう、などとつまらないことを並べる。

今、問題とすべきは、ピカピカの扉を開いておくべきか閉じておくべきかではなかった。家族が久しぶりに集まった。三年ぶりにオーストラリアの息子とオーストラリア人の妻が帰り、一家団欒が行われている。

息子同士は、さほど言葉を交わさなかったが、妻たちはビールをぐっと飲むと、母親が糖尿病であること、関節炎を起こしたこと、ここ数日は夜起きると転んでしまうのにエアコンのせいで誰にも聞こえないこと、夫が会話に退屈してあくびをすること、夜中に家の中を歩き回って電気をつけるから一緒には眠れない、などという話をした。今のところ幸運にも軽い擦り傷で済んでいるが、今の母親の状態で万が一のことがあれば、骨折して大事に至るかもしれない。転ぶだけではなく、骨折されては困るから、夜間看護師を置いたほうがいい。スシーラーは夜、来られないのだから。

それは良いアイデアですね《イト・イズ・ア・グッド・アイディア》、と外国人の嫁は賛成した。でもとてもお金がかかります《バット・ベリー・エクスペンシブ》、シドの妻は言った。私たちで分担しましょう《ウイー・キャン・オール・シエア》、外国人の嫁がそう言うと、シドの妻は歯に衣着せずにこう述べた。何でも私たちが引き受けてきました。あなたたちのほうで何とかできませんか。ケチがついた。これをきっかけに一家団欒は精彩を失った。もう黙れ、話題を変えろと一人は目配せし、もう一人は出費を考えろと言う。海外在住者を金の卵を産む鳥だとでも思っているのかと言い、ついには誰がどれだけ出したか計算を始めた。海外のほうが収入はいいかもしれないが、物価が高いこともわからないのか、家族はこっちに暮らしているのに、老いた両親の世話を向こうでどうやって見る。それも考えなければいけないぞ。僕らだって帰ってくるときは高価なお土産を持ってきているし、こっちで仕事をしていたときは、いざというときに備えて口座に預金をいっぱい残しておいた。なのに、それをあれやこれやで使い切ってしまったのだろう。いざというのはまさに今なのに、どこでお金を集めるつもりだ？

みんなで均等に負担しよう。海外組が主張した。

均等にと言うなら、この家で負担してきた分も計算に入れるようにとインド組は言った。こっちから何とかしろと言ったら、やっと均等という言葉が出てきたな。

もういい、やめろ。誰かが言った。なぜ黙ってる、なぜやめる。他の誰かが言った。叔母さんのときもそうだった。叔母さんは欲しい物があると家族の一員になり、何かを出さなくてはならなくなると、現代人で家族の一員ではないとなった。

これを聞いて長男は立ち上がった。長男の親友、つまりカラスが窓をノックしたからかもしれない。長男はカラスにローティーをやり、君は同じカラスなのか、それともあのカラスの息子かな、君の目は少し意地汚いな、あのカラスは感傷的で涙もろく、スレート色をした首のところに髭が生えていたんだけどな、などと噂話をした。そして長男は首の下を撫でてやった。カラスは、おれたちは家ではワアワアギャアギャアわめかない、カアカアと啼くだけ、と言った。口を開けたまま長男を見つめている。長男はカアカア語は理解しないが、愛のある友の間に言葉は必要ない。私に話したいことがあるなら、水とボールを持っておいで、と長男は優しく言う。古いプラスティックのコップに水を持ってきてやると、長男は手ずから水を飲ませてやった。新しいテニスボールを転がすと、カラスは蹴り返す。

背後で口論が続くなか、両者はボール遊びを続ける。愉快なことに、言い争っていたはずの者たちが様子を見に集まり、口論をやめてしまった。それればかりか賞賛の声を上げ、おしゃべりまで始めた。あれを見て、お父さんを見て、カラスが上手に遊んでる、すごいね、ボールを嘴で打っているね、いや翼かな、いや嘴かな、いや翼だよ。がやがやと賑やかなおしゃべりが始まった。

家族とは恩恵だ。閉ざされることはなく、そのままであり続けることもない。自分は一人だが、よくやってきたと窓際で考えた。

そう、あたしです。興奮する必要はありません。あたしが呼んだのではありません。あたしが呼ばれたんです。旧知の仲でありますし、今はもうシドと一緒に仕事をしていませんが、この家族と付き合うのにも慣れました。あたしは仕事を変えました。出っ張った自分の腹を見ると現役選手だったことが信じられなくなります。辺りを見回しても信じられないことばかりです。人生にはたくさんの顔があり、たくさんの人生があります。テニスラケットを握っていた人が有機肥料の販売員になっていたりするから、うちの工場から漂う臭いと私の汗臭い生活や性格と結びつけることはできないでしょう。あたしだってそうです。実際のところ、それは別の誰かで、アルゼンチン出身のガールフレンドで、彼女は……

あたしがやってくると必ず話が横道にそれてしまいます。人口が密集したこの物語の中で、あたしの出番はまだ訪れません。どうすればいいでしょうね。

そんなことをゴチャゴチャ言いながら、カラスとおじさんの背中を見にやってきました。窓際に。

窓は開いています。おしゃべりは近くの通りまで聞こえます。口論の中にあたしを入らせてもくれず、もう黙れ、とか、あなたにはわからない、などと言っています。ではどうしてあたしの前で言い争うのでしょうね、皆さん。あなた方の口論に砂をかけましょう。

あたしは何も聞かないことにいたします。あたしはここにいるべき者でもありませんし、あたしの物語でもありません。やってはきましたが、あたしの役目とは何でしょう？　あたしはこの物語には属しません。

ありあまるほどの物語があります。いつか、あたしもそのまっただ中に身を置くことになるでしょう。空に浮かぶ月から不思議な光が放たれています。なんと美しい夜でしょう。風がそよいでいます。ゆっくりとほのかに笛のような音を立てます。月明かりと影に満ち満ちたすてきな夜。物語が進みます。どこに罠をかけるのでしょう。

悲しいですが、あたしは窓から飛び降ります。窓ではなく、これから色づけされるキャンバスの隅に参ります。そこには別の物語と登場人物が現れて、新たな形と関係性が待っています。

訳者あとがき

本書は、二〇一八年にインドの出版社ラージカマル・プラカーシャンより刊行されたギータンジャリ・シュリーのヒンディー語小説 *Ret Samadhi*（原題：砂の三昧）の全訳である。のちにデイジー・ロックウェルによる本作の英訳版は、二〇二二年国際ブッカー賞を受賞し、著者のギータンジャリ・シュリーと翻訳者のロックウェルの両名それぞれに賞が与えられた。英語に翻訳された南アジアの言語の小説がこの賞を受賞するのは初めてのことだ。なお本書は、英訳版に欠けている部分についてもすべて翻訳し収録した。

著者について

ギータンジャリ・シュリーは一九五七年生まれのヒンディー語作家。インドのデリーを拠点として活動し、これまで、五つの長編小説と五つの短編集を発表した。歴史学を専攻し、レディー・シュリー・ラーム大学で学士号、ジャワーハルラール・ネルー大学で修士号を取得したのち、バローダのマハーラージャー・サヤージーラーオ大学の博士課程でヒンディー語作家プレームチャンドに関する研究に取り組んだ。大学院在学中にヒンディー語の短編小説を発表、卒業後は執筆活動に専念した。母語であるヒンディー語を主軸とした創作活動を続け、小さな町の家庭を描写した最初の長編小説『母』、モスク破壊をめぐる激動の一年の都市部の生活を女性が語る『私たちの町、その年』、女性の愛と、階級やジェンダーなど、抑圧から自由への逃避の物語『隠された場所』、普通の生活が突然奪われるさまを記した

『空白』など、複雑なインド社会を生きる普通の人々の心の移ろいを親密な視点で描く。また、演劇集団「不協和音《ヴィヴァーディ》」の創立メンバーとしても活動し、女性と女児に対する性加害と暴力を描く「排水溝の少女」などを執筆した。数度にわたり日本に長期滞在した経験があり、本書にも随所に日本文化に関する言及もある。影響を受けた作家の中には、太宰治、谷崎潤一郎の名前が挙げられている。

インド文学の翻訳について

ヒンディー語は、インド憲法が定めた連邦公用語（インドがイギリスの植民地であったことから英語が準公用語として扱われ、このほか公用語として二一の言語が定められている）で、一四億の人口を擁するインドの四〇パーセント以上の人々がこの言語を母語とする、主にインドの北部や中部で話されていることばである。

インドでは経済の発展とグローバル化が急速に進み、ビジネスや教育の場面では英語優位という状況にある。本書を英語に翻訳したロックウェルは、これまで一〇冊ほどのヒンディー語小説を訳しているが、いずれもインド国内の読者向けであった。本書の翻訳はイギリスの出版社で行われ、これが世界の読者がインドの書物を手に取るきっかけとなる。国際ブッカー賞のノミネート以前は数百部が売れるだけだったが、候補に挙がると二万五千部以上を売り上げたという。これに似た事例は過去にもあり、そのひとつが国内外で愛好されているタゴールだ。タゴールは、詩集『ギーターンジャリ』を自ら英語へ翻訳、出版したことから東洋人として初めてノーベル文学賞を受賞し、インド国内でさらに尊敬を集めるようになった。インドのことばで書かれた小説が英語に翻訳され、世界で紹介されたのちに国内で再評価を得るというのは皮肉な話に思えるが、作品の本質にふれる機会が増えるのは喜ばしいことではある。

日本では、研究者が長年にわたりインドの文学作品の翻訳を継続的に行っている。また、「アジアの現代文芸の翻訳出版」（大同生命国際文化基金）や、「現代インド文学選集」（めこん）などでも紹介されてきた。アルンダティ・ロイ、アニタ・デサイなど、英語で書かれたインドの女性文学、あるいはサルマン・ラシュディやジュンパ・ラヒリなど、インドにルーツを持つ作家の文学は、すでに世界的にも高い評価を受け、日本語にも翻訳されている。しかし、これらと比較すると、インドの各言語で記された小説に同様の注目が集まっているとはいえない。そんななか、ヒンディー語で書かれ、しかもインドの女性作家の小説が日本語に翻訳されることに至ったのは、きわめて幸福な事例であり、これをきっかけに、豊かなインドの文学が広く日本に親しまれることを願っている。*

＊＊＊

さて本書は、「背中」「陽光」「国境の向こう」の三章からなる。夫を亡くしたばかりの八〇歳のお母さん《マー》を中心に、時に深刻に、時にユーモラスに、この世にあるさまざまな境界——性別や年齢、国籍、時間、空間など——と向き合い、乗り越えていく家族の物語だ。

＊なお、二〇二三年、インドのズバーン出版が、インド北東部女性作家アンソロジー『そして私たちの物語は世界の物語の一部となる』（ウルワシ・ブタリア編）が、笹川平和財団の協力を得て図書刊行会から出版されている。インドの中央から見ると地方にあたるインド北東部の、しかも女性が書いた文学作品が翻訳されるのは貴重である。

物語の背景となるインド・パキスタン分離独立と動乱文学について

一九四七年八月、インドとパキスタンはイギリスから分離独立した。ありもしなかった場所に一夜にして鋭く国境線が引かれ、かつては一つだった国と人々を分断した。この出来事は、インドやパキスタンのあらゆる人々の心にトラウマを残した。分離独立の動乱という重いテーマは、文学のみならず映画や絵画など、さまざまな芸術の形で表現されている。このうち文学作品を「動乱文学」と呼ぶことがあり、本書の三章で登場するのが分離独立当時を生きた作家たちである。冒頭で、インドとパキスタンの間で唯一開かれている検問所ワーガーで毎日行われる両国の国旗降納場面の様子が描かれ、その場に居合わせた動乱文学の作家たちに動揺と困惑が広がる。そこへ狂言回しのように登場するのが、サアーダト・ハサン・マントーの短編小説『トーバー・テーク・シン』の主人公ビシャン・シンである。『トーバー・テーク・シン』は、分離独立を経た両国間で、精神疾患患者や犯罪者の交換が決定され、パキスタン側国境から引き渡されることとなった当日、患者のビシャン・シンがインド行きを拒否し、国境線に立ちすくむさまを皮肉をこめて記した傑作である。この作品は、「アジアの現代文芸」シリーズ（大同生命国際文化基金）の『黒いシャルワール』に収録され、図書館やウェブサイトから自由に読むことができる。

マイノリティーとしてのヒジュラーについて

作中に重要なキーパーソンとして登場するロージー／ラザは、南アジア世界では第三の性、ヒンディー語あるいはウルドゥー語でヒジュラー、パンジャービー語でクスラーなどと呼ばれる存在だ。『インドジェンダー研究ハンドブック』（東京外国語大学出版会、２０１８）によれば、ヒジュラーとは、男として生まれながら、通常は女装し、女性のように振る舞う者を指す語として広く用いられている。先天的な半陰陽も少数存在し、自らをトランスジェンダーとす当事者もおり、社会的には男でも女でもない第三の性をもつ者として扱われており、歴史的には、ヒンドゥー寺院やイスラーム宮廷を含めて社会的にその存在が認められてきたが英領期に入ると性的逸脱者として公共の場から排除されるようになったとある。ヒジュラーは、文学だけでなく映画やドラマのなかで、重要な役として登場することも少なくないが、悲惨に描かれることが多い一方で、マジカルで奇異な存在として都合よく消費されることもある。南アジア世界を少し旅した人ならわかるだろうが、ヒジュラーは決して珍しい存在でないにもかかわらず、周縁の存在として生きることを余儀なくされ、社会的地位は圧倒的に低い。

＊＊＊

私が本書を知ったのは、英訳版が国際ブッカー賞にノミネートされたという記事を読んだときだ。すぐに入手して読むと、さまざまな場面のイメージが映像として頭に思い浮かび、色彩豊かな物語に魅了され、映画になったらすてきだろうと思った。本書が同賞を受賞した後、この本の出版に関心をお持ちだったエトセトラブックスの松尾亜紀子さんを知人から紹介され、著者のシュリーさんがオリジナルのヒンディー語からの翻訳を希望していることを知った。映画の翻訳者が書籍の翻訳に手を出すべきか迷いつつも、結局この壮大な小説を翻訳することになった。

ヒンディー語を巧みに柔軟に自由自在に操り、独創的で実験的な表現がなされ、時空を越えた世界を描くこの物語に翻弄されることもしばしばで、壁の前で丸まったまま動かなくなった八〇歳のマーと同じように、私の翻訳もなかなか前に進まなかったが、インドのミント紙の書評に、「挑戦的な作品であり、太陽フレアや接近する嵐のパノラマ写真、露が落ちるスローモーションビデオのように、輝かしく、好奇心をそそる」とあるように、ひとたび物語に入り込めばクセになる面白さが詰まっていた。二〇二四年にデリーで著者のシュリーさんを訪ねたときにも日本での滞在を楽しんだと語ってくれたが、本書でも日本語や日本文化に対する知識を随所で披露しているから、日本語以外の翻訳者は困難を強いられたのではないかと思う。何ページにもわたり句点がない文章と出合ったときには降参しそうになったが、のちに好きな作家として谷崎潤一郎の名前を挙げている記事を読んで得心し、それからは、あえて母語でしかできない表現で壮大な小説を書き上げた著者の仕事に敬意を表し、難しい表現を前にしても歯を食いしばって本と向き合った。マーがベッドから起き上がってからは、私の視界もだんだんと開け、本の世界に浸りながら翻訳を進めることができた。

なお、原題の *Ret Samadhi* について補足したい。Ret は砂、Samadhi は仏教語「三昧」のもとになったサンスクリット語源のヒンディー語である。本作で著者は、吹き荒れる砂嵐の中、分離独立の混乱期に逃げ惑う母の様子を、猛烈な勢いの砂を浴び、それに耐え、三昧の境地にいたった釈迦の苦行と重ね合わせた。そしてこれを「砂の三昧」という詩的な表現で記した。英語版翻訳者のロックウェルは、このシーンが死を連想させることや、「三昧の境地」が英語圏の人々に理解しづらいことから「墓」という訳語を選んだのであろうが、釈迦の苦行は、仏教徒の多い日本でよく知られた逸話でもあるため、本編ではもとの意味に即して「三昧」と翻訳し、本作が境界を乗り越えて生きる人々の物語であることから、タイトルを「砂の境界」とした。

世界のあらゆる場所に境界はある。それを軽やかに越えていくマーの軽やかな行動力と他者への思いやりは、分断による嫌悪や憎悪が広がりつつあるこの世界において、ひとすじの希望のように感じた。家父長制社会を生きるさまざまな世代の女性や男性の悲喜こもごもが、深く掘り下げて描かれ、自分の意志で社会に出ていこうとする女性の悩み、専業主婦という型にはめられて生きなくてはならない女性の思い、世代間のギャップ、男性という役割を負わされた人々の逡巡など、誰しも一度は感じたことのある思いがちりばめられており、どの世界でも共感を得ることのできる力強い作品だ。

最後になったが、ギータンジャリ・シュリーさんとご家族に感謝を申し上げたい。国際ブッカー賞の受賞からシュリーさんは多忙な時を過ごしていたが、デリーのご家族の家で私を迎え、翻訳するうえで大きなヒントを与えてくださった。残念ながら、その後しばらくしてお亡くなりになったギータンジャリさんのお母様は「あなたのバングル、きれいね」といって、初めて会った私の手をつなぎずっと離さずお話ししてくださった。ギータンジャリさんに物語のインスピレーションを与えたのはこの方だろうと思いながら幸福な時間を過ごすことができたのは貴重な思い出だ。心よりご冥福をお祈りする。また、ヒンディー語の恩師の田中敏雄先生、石田英明先生、数々の励ましの言葉をかけてくださった町田和彦先生、字幕翻訳者の私に翻訳の機会を与えてくださったエトセトラブックスの松尾亜紀子さんにお礼を申し上げる。そして家族の協力がなくては、とても仕上げることはできなかった。家庭という小さく、親密で、残酷で、滑稽で、悲しくて、美しい世界を描くこの作品とインド文学が、これから日本で親しまれていくのを楽しみにしている。

二〇二四年一二月

गीतांजलि श्री

Geetanjali Shree

ギーターンジャリ・シュリー

インドのウッタル・プラデーシュ州生まれ。ヒンディー語作家。大学院在学中に短編小説を発表、卒業後は母語であるヒンディー語を主軸とし、創作活動を続ける。2022年、長編第5作目となる*Ret Samadhi*（原題：砂の三昧）の英語翻訳版*Tomb of Sand*（砂の墓）が、ヒンディー語圏の作家として初めて国際ブッカー賞を受賞。女性の不可視性が、人間・動物・植物・自然を超越した普遍的な形で描かれていると評された。他の長編に、小さな町の家庭を描写した『母』（1993）、モスク破壊をめぐる激動の一年の都市部の生活を女性が語る『私たちの町、その年』(1998)、女性の愛と、階級やジェンダーなど、抑圧から自由への逃避の物語『隠された場所』（2001）、普通の生活が突然奪われるさまを描いた『空白』(2006)があり、複雑なインドの家父長制社会を生きる普通の人々の心の移ろいを親密な視点で物語にしている。演劇集団「不協和音《ヴィヴァーディ》」の創立メンバーとしても活動し、女性と女児に対する性加害と暴力を描く「排水溝の少女」などを執筆。現在、デリー在住。

藤井 美佳

ふじい・みか

東京生まれ。東京外国語大学外国語学部南・西アジア課程ヒンディー語専攻卒。英語とヒンディー語を中心に映画やドラマの字幕翻訳を手がける。近年の主な字幕翻訳作品に『ガンジスに還る』『バーフバリ』『RRR』『何も知らない夜』『JAWAN/ジャワーン』『ジョイランド　わたしの願い』『コール・ミー・ダンサー』など。2015年より上映会を企画し、東京外国語大学TUFS Cinemaで南アジア映画の紹介を続けている。

砂《すな》の境界《きょうかい》

2025年4月8日　初版発行

著者／ギーターンジャリ・シュリー
訳者／藤井美佳

発行者／松尾亜紀子
発行所／株式会社エトセトラブックス
155-0033　東京都世田谷区代田4-10-18-1F
TEL: 03-6300-0884
https://etcbooks.co.jp/

装幀・装画／鈴木千佳子
DTP／株式会社キャップス
校正／株式会社円水社
印刷・製本／モリモト印刷株式会社

Printed in Japan
ISBN 978-4-909910-28-8